HEYNE

W0279347

Fantasy

Von **L. E. Modesitt jr.** erschienen in der Reihe
HEYNE SCIENCE FICTION & FANTASY:

Schwerkraftträume · 06/6393

Der Recluce-Zyklus

1. *Magische Insel* · 06/9050
2. *Türme der Dämmerung* · 06/9051
3. *Magische Maschinen* · 06/9052
4. *Krieg der Ordnung* · 06/9053
5. *Kampf dem Chaos* · 06/9054
6. *Sturz der Engel* · 06/9055
7. *Der Chaos-Pakt* · 06/9056
8. *Die Weiße Ordnung* · 06/9096
9. *Die Farben des Chaos* · 06/9097
10. *Der Magier von Fairhaven* · 06/9098
11. *Sturm der Barbaren* · 06/9099
12. *Freiheit für Cyador* · 06/9100
13. *Die Waffenhändler von Hamor* · 06/9101
14. *Der Malachit-Thron* · 06/9102 (in Vorb.)

L. E. Modesitt jr.

Die Waffenhändler von Hamor

Dreizehnter Roman des Recluce-Zyklus

Deutsche Erstausgabe

WILHELM HEYNE VERLAG
MÜNCHEN

HEYNE SCIENCE FICTION & FANTASY
06/9101

Titel der Originalausgabe
SCION OF CYADOR
1. Teil
Übersetzung aus dem amerikanischen Englisch
von Siglinde Müller
Das Umschlagbild malte Keith Parkinson

Umwelthinweis:
Dieses Buch wurde auf chlor- und
säurefreiem Papier gedruckt.

Deutsche Erstausgabe 9/2002
Redaktion: Angela Kuepper

Erstausgabe bei Tom Doherty Associates LLC, New York
(A Tor Book)

Dieses Werk wurde vermittelt durch die literarische Agentur
Thomas Schlück GmbH, Garbsen
http://www.heyne.de
Printed in Germany 2002
Umschlaggestaltung: Nele Schütz Design, München
Technische Betreuung: M. Spinola
Satz: Schaber Satz- und Datentechnik, Wels
Druck und Bindung: Elsnerdruck, Berlin

ISBN 3-453-19636-8

Für Lee und Sheila:
auf dass ihr Haus gedeihen möge

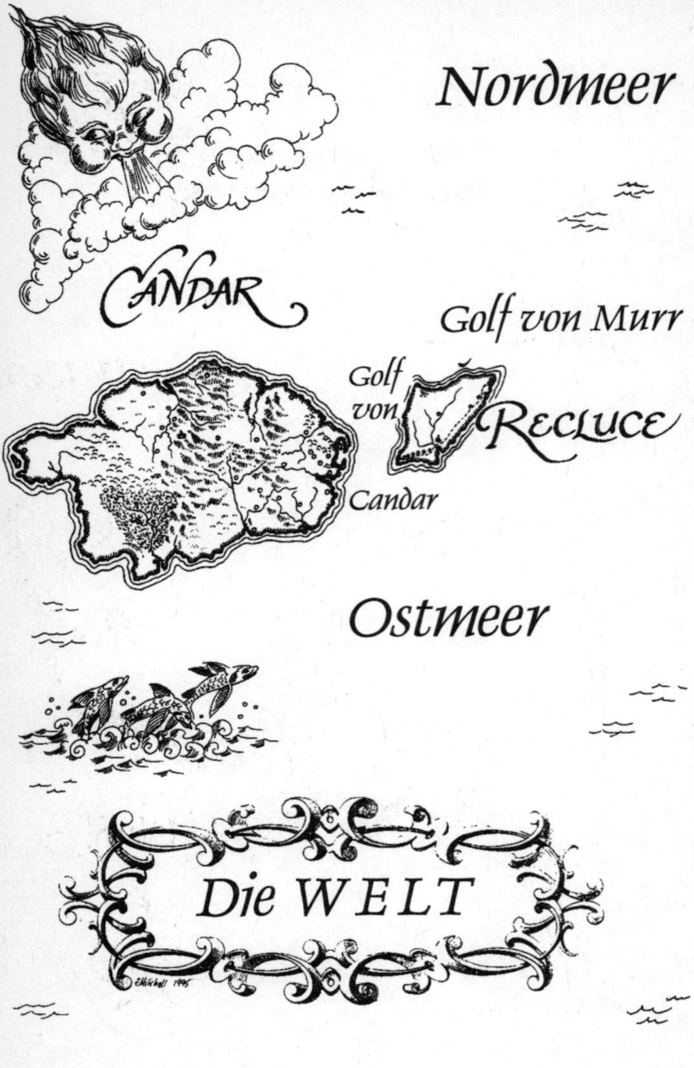
Nordmeer
Candar
Golf von Murr
Golf von
Recluce
Candar
Ostmeer
Die WELT

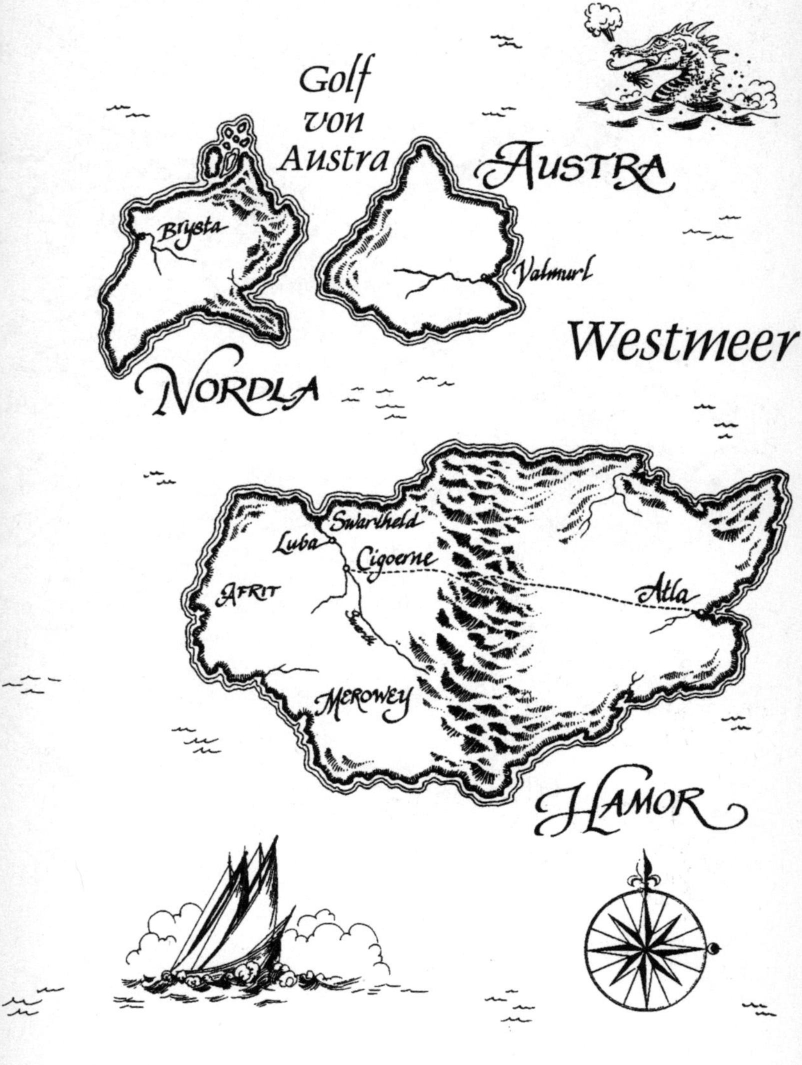

Golf von Austra
Austra
Brysta
Valmurl
Westmeer
Nordla
Swartheld
Luba
Cigoerne
Afrit
Atla
Merowey
Hamor

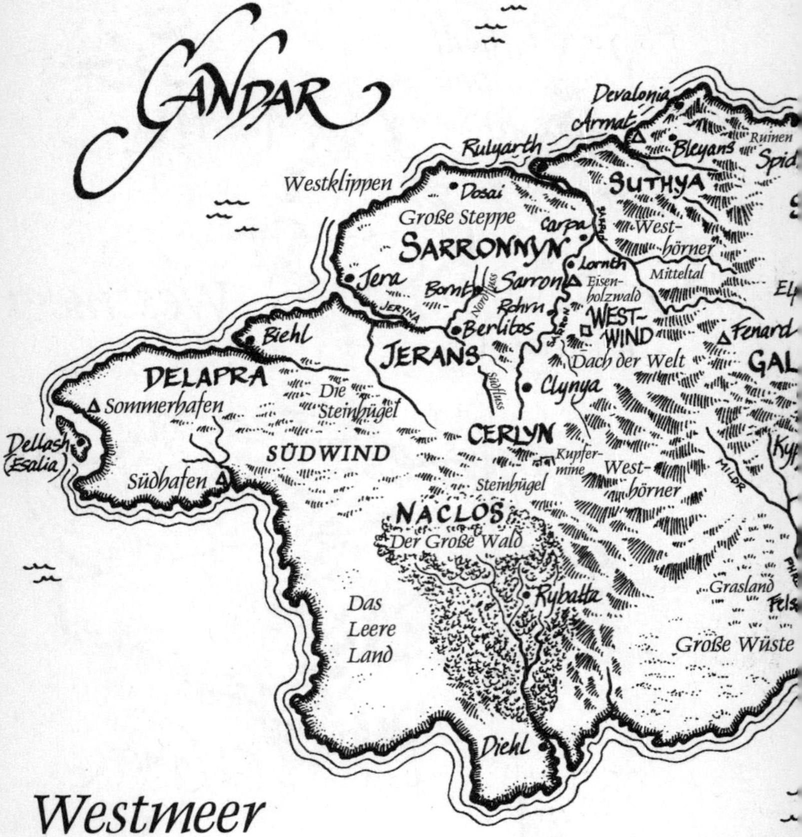

GANDAR
Devalonia
Armat
Rulyarth
Ruinen
Bleyans
Westklippen
Dosai
SUTHYA
Große Steppe
Carpa
West-
hörner
SARRONNYN
Lornth
Mitteltal
Jera
Bornth
Sarron
Eisen-
holzwald
Nordfluss
Rohrn
JERYNA
Berlitos
WEST-
WIND
Fenard
Biehl
JERANS
Dach der Welt
DELAPRA
Südfluss
Clynya
Die
Steinhügel
Sommerhafen
CERLYN
Dellash
(Esalia)
SÜDWIND
Kupfer-
mine
West-
hörner
Südhafen
Steinhügel
NACLOS
Der Große Wald
Grasland
Das
Leere
Land
Rybatta
Große Wüste
Diehl
Westmeer

Nordmeer
Golf von Murr
Landende
Schwarze Residenz
Extina
Alberth
Reflin
Lydkler
Kap Devalin
Quend
SPIDLAR
Kleth
Osthörner
Golf von Candar
Tyrhaven
Sligo
Alaren
Eisenmine
Feyn
Matra
Rytel
Wandernicht
Lavah
CERTIS
Jellico
Passera
Montgren
Vergren
Gr. Nordbucht
Nylan
Clarion
Enstronn
Sigil
Fiven
Weevett
Freistadt
Südkap
Hydolar
FREISTADT (LYDIAR)
Meltosia
Ohyde
Recluce
KYPHROS
Dasir
Telsen
HYDLEN
Renklaar
Jikoya
Arastia
Asula
Pyrdya
Sunta
Lythga
Fakla
Sturbal
Gr. Wüste
Ruzor
Worrak
Ostmeer
C. Mitchell 1995

Personenverzeichnis

Kien	Magier, Oberlektor, »Vierter Magier«
Lorn	Sohn des Magiers Kien
Vernt	Jüngster Sohn des Kien
Jerial	Ältestes Kind und Tochter des Kien
Myryan	Jüngstes Kind und Tochter des Kien
Nyryah	Gemahlin des Kien
Toziel'elth'alt'mer	Kaiser von Cyador
Ryenyel	Kaiserin von Cyador

MAGI'I

Chyenfel	Erster Magier und Hochlektor
Kharl	Zweiter Magier und Oberlektor
Liataphi	Dritter Magier und Oberlektor
Abram	Oberlektor
Aleyar	Heilerin, Tochter des Liataphi
Ciesrt	Magier
Rustyl	Magier
Syreal	Tochter des Liataphi, Gemahlin des Veljan
Tyrsal	Magier

LANZENREITER

Rynst	Major-Kommandant, Spiegellanzenkämpfer
Luss	Hauptmann-Kommandant, Spiegellanzenkämpfer
Brevyl	Major (führt das Kommando in Isahl)
Cheryk	Hauptmann
Dettaur	Sub-Major

EGHYR	Hauptmann
IKYND	Kommandant (führt das Kommando in Assyadt)
MARAN	Major (Patrouillen-Kommandant, Geliendra)

HÄNDLER

BLUOYAL	Handelsberater des Kaisers (Bluyet-Klan)
DENYS	Händler (Bluyet-Klan)
EILEYT	Buchhalter (Haus Ryalor)
FUYOL	Händler (Oberhaupt des Yuryan-Klans)
KERNYS	Händler (Oberhaupt des Kysan-Klans)
NEABYL	Buchhalter des Kaisers (Biehl)
RYALTH	Händlerin (Gemahlin des Lorn)
SASYK	Oberster Wachmann (Haus Dyjani)
TASJAN	Händler (Oberhaupt des Dyjani-Klans)
VELJAN	Händler-Erbe (Yuryan-Klan)
VYANAT	Händler (Oberhaupt des Hyshrah-Klans)

Inhalt

Lorn'alt, Cyad
Oberst der Spiegellanzenkämpfer
Seite 15

Lorn'alt, Biehl
Seite 67

Lorn'alt, Inividra
Sub-Major der Spiegellanzenkämpfer
Seite 247

Lorn'alt, Cyad

Oberst der Spiegellanzenkämpfer

I

Sollte Cyador in der Tat paradox zu Candar und die Unterstützung dieses Paradoxons tatsächlich die Pflicht eines jeden einzelnen Magi'i aus dem Viertel sein, wie haben demnach die Magier diese Pflicht zu erfüllen, um den Weg der Stufen zum Paradies einzuhalten?

Ein gelehrter Magier würde sagen: »Haltet euch an den Kaiser des Lichts, denn er ist derjenige, der die Macht zwischen den Spiegellanzenkämpfern und Magi'i ausgleichen muss, gegen die aufstrebenden Händler-Klane, die nur die Gier nach Gold und die Freude des Augenblicks kennen.«

Ein Magier, der die Chaos-Türme hütet, würde raten: »Gebt Acht, dass die Chaos-Türme so lange wie irgend möglich bestehen, denn ohne die Türme gilt Cyador nicht mehr als jedes andere Land auf der Welt.«

Wieder ein anderer würde sagen: »Begründet Regeln für die Magi'i, damit sie alle anderen durch ihre beispielhafte, reine Hingabe an das Chaos und diejenigen, die es verehren, führen mögen.«

Obschon die Magi'i von jenen aus den Rationalen Sternen abstammen, können die Wege der Pflichterfüllung eines Magiers unzählig und wie die Arten des Chaos sich sehr ähnlich sein, jedoch sind sie niemals gleich und stets der Veränderung unterworfen. Jeder Magier, von dem am meisten bis zu dem am geringsten ergebenen, besitzt eine eigene Vorstellung von dieser Pflicht. Einige versuchen ihr gerecht zu werden, indem sie ihre persönliche Beherrschung des Chaos verbessern, sie dienen Cyador, den Magi'i und dem Chaos in der bestmöglichen Art und Weise. Andere werden sagen, dass die Beherrschung des Chaos immer zuerst anderen zugute kommen muss, denn der Magier, der sich selbst vor die Pflicht stellt, wird sich dem fälschlichen Glauben hingeben, dass das, was gut für ihn ist, auch gut für alle anderen ist.

Doch keiner von beiden soll Recht behalten, denn ein Magier, der nur anderen dient, wird von einem Meister zum nächsten wandern, und jeder, den er darum ersucht, wird sein Meister werden. Ein Magier, der seine Meisterschaft über alles andere stellt, würde alle anderen zu seinen Dienern machen. Deshalb darf ein Magier weder Meister noch Diener sein, sondern nur auf dem schmalen Pfad dazwischen wandeln. Ein Magier, der keine Hingabe zum Chaos besitzt, kann keine Seele haben, und einer, der es blind verehrt, keinen Verstand.

Dieser Zwiespalt stellt das wirkliche Paradoxon der Magi'i dar, nämlich dass wir das Chaos beherrschen müssen, ohne von ihm beherrscht zu werden …

Paradox des Kaiserreichs
Bern'elth, Erster Magier
Cyad, 157 N.G.

II

Lorn öffnet die Tür zu dem kleinen Balkon im ersten Stock, um nachzusehen, ob das angenehme Frühlingswetter auch noch am Spätnachmittag anhalten wird. Mit einem Nicken schließt er die Tür und wendet sich um zum Hauptraum in Ryalths Wohnung. Er betrachtet den niedrigen Tisch aus Ebenholz, den Stuhl aus Schwarzeiche mit der steilen Lehne, in dem Ryalth am liebsten sitzt, das Sofa gegenüber und auf der anderen Seite den grünen gemauerten Keramikwandschirm, der die Eingangstür vom Raum trennt. Zu seiner Rechten befindet sich ein Alkoven, in dem der runde Esstisch und zwei

Stühle ohne Lehnen stehen. Zu seiner Linken führt ein schmaler Torbogen ins Schlafzimmer, an das sich das kleine Badezimmer anschließt.

Er lächelt, als er das Porträt von Ryalth als kleines Mädchen betrachtet. Darauf trägt sie eine hochgeschlossene blaue Tunika und eine dünne goldene Halskette. Der Boden des Hauptraumes ist mit einem alten blauen Wollteppich ausgelegt, dessen Rand mit ineinander geschlungenen, dünnen Kordeln eingefasst ist und das gewebte Bild eines blauen Handelsschiffes mit vollen Segeln umrahmt; es ist das schicksalsträchtige Schiff, das einst Ryalths Händlervater gehörte und auf dem ihre Eltern umkamen.

»Bist du fertig?«, ruft die rothaarige Dame, die sowohl seine Gemahlin als auch das Oberhaupt des aufstrebenden Handelshauses Ryalor ist. Lorn kann es immer noch kaum fassen, dass sie auch seinen Namen in den des Handelsunternehmens einbezogen hat, wenngleich er ihr in all den Jahren, bevor sie heirateten, sehr geholfen hat.

»Ja. Ich habe nur schnell nachgesehen, ob es noch immer warm draußen ist.« Er durchquert den Raum und betritt das Schlafzimmer. Dort rückt er den Säbel und die Abzeichen am Kragen der neuen Spiegellanzenkämpferuniform zurecht, die Ryalth ihm besorgt hatte. Die Uniform wartete bereits auf ihn, als er von seinem letzten Dienstposten zurückkehrte. Die Kämpfe gegen den Verwunschenen Wald hatten ihn alle Uniformen bis auf eine gekostet, und diese letzte trug er auf der Fahrt mit dem Feuerwagen nach Cyad.

»Tatsächlich?«

»Es ist sehr angenehm draußen.« Er lächelt sie an und tritt zurück von dem schmalen Spiegel, der auf einem Gestell an der Schlafzimmerwand steht. »Trotzdem … ich wünschte fast, dass wir nicht schon wieder zum Abendessen zu meinen Eltern müssten. Es bleiben mir nicht mehr viele Tage, bevor ich nach Biehl aufbrechen muss.«

»Sie waren so reizend vorgestern Abend.« Ryalth zwängt sich an Lorn vorbei zum Spiegel und fährt sich mit dem Schildpattkamm, der auf einer Seite versilbert ist, durch das kurze rote Haar. »Außerdem verlangen sie nicht, dass wir lange bleiben. Sie haben Verständnis.«

»Das war nur, weil neulich bloß sie und Jerial da waren. Heute Abend werden auch Vernt und seine Verlobte und Ciesrt und Myryan kommen.« Lorn tritt vor und legt den Arm um Ryalths Taille, dann küsst er ihren Nacken. »Du riechst so gut.«

»Freut mich, dass dir der Duft gefällt.« Für einen Moment berührt ihre Wange die seine. »Es macht dir nichts aus, hier zu sein? In meiner Wohnung?«

»Es ist unsere Wohnung und du bist meine Gemahlin, und ich bin gern hier mit dir.«

»Hier ist es so … bescheiden, verglichen mit dem Haus deiner Eltern.«

»Nichts ist mehr bescheiden, wenn du da bist.«

»Du Schmeichler.«

»Das ist keine Schmeichelei. Nur die Wahrheit«, meint Lorn.

»Die Wahrheit steckt in den Gedanken des Sprechenden«, entgegnet sie. »Der Spiegel spiegelt die Wirklichkeit wider und das Bild zeigt nur eine bescheidene Wohnung.«

Lorn lacht. »Bist du fertig?«

»Es wird doch nicht regnen, o mein großer Magier?«

»Nein, ich habe doch gerade nachgesehen, weißt du das schon nicht mehr? Es wird auch am Abend warm bleiben. Außerdem bin ich kein sonderlich großer Magier.«

»Größer als du zugeben willst.«

Lorn antwortet darauf nicht, er umarmt sie und küsst sie noch einmal auf den Nacken.

»Ich mag es, mit dir spazieren zu gehen und zu wissen, dass du dabei deine Uniform tragen kannst.«

»Einige denken vielleicht immer noch, dass du meine Mätresse bist«, zieht Lorn sie auf.

»Nicht, wenn ich den blau-grünen Umhang trage.«

Lorn lacht. »Du kannst Grün tragen, wenn du willst, jetzt, wo wir verheiratet sind. Könnte ich nicht auch Blau tragen, ohne damit etwas vortäuschen zu müssen?«

»Das könntest du, aber mir gefallen Beige und Grün besser.«

Lorn erinnert sich an eine Frage, die er bisher noch nicht stellen konnte. »Und was würde der verehrte Bluoyal, der Handelsberater des Kaisers, von einem Lanzenkämpfer denken, der Blau trägt?«

»Darüber hast du dir doch all die Jahre keine Gedanken gemacht.« Sie lächelt. »Warum jetzt plötzlich?«

»Weil niemand wusste, wer wir waren.« Lorn hält inne. »Was ist mit Bluoyal? Wenn Eileyt von ihm spricht, verzieht er den Mund, als hätte er in eine Zitrone gebissen. Eileyt ist doch sonst so vorsichtig. Was auch gut ist, denn er ist schließlich der Oberbuchhalter des Hauses Ryalor. Aber mir gegenüber verbirgt er seine Abneigung Bluoyal gegenüber nicht – in keinster Weise.«

»Du bist mein Gemahl«, meint Ryalth.

»Was ist mit Bluoyal?«, fragt Lorn erneut.

»Bluoyal … ich versuche, ihm aus dem Weg zu gehen.«

»Ist er wie Shevelt?« Lorns Augen werden kalt, als er sich den Erben des Yuryan-Klans in Erinnerung ruft, den er vor Jahren beseitigte, weil dieser seine Position auszunutzen versuchte, um sich an Ryalth heranzumachen.

»Nein.« Sie schüttelt den Kopf. »Nein. Bluoyal versteht es sehr gut, dem Kaiser die Probleme der Händler verständlich zu machen, aber er möchte, dass ihn dafür alle huldigen. Er handelte auch die Summe für Liataphis Tochter aus, damit sie Veljan heiraten konnte.«

»Oh ... dann verdankt Veljan seine Position sozusagen Bluoyal und den Magi'i?«

»Für manche war das nur schwer zu verdauen.«

»Hat er dich nicht belästigt?«

Ryalth lächelt. »Nein. Außer als er unseren – Ryalors – Beitrag eingesammelt hat.«

»Ein Zwanzigstel unserer Einnahmen?«

Sie schüttelt den Kopf. »Das sagt man, aber es ist nur der fünfzigste Teil der Einnahmen nach Abzug der Ausgaben.« Sie legt sich einen leichten Baumwollumhang um die Schultern, blau mit einer grün-beigen Bordüre. »Wir sollten gehen. Ich möchte nicht, dass deine Eltern über mich verärgert sind, weil ich ihren Sohn aufhalte.«

»Sie würden mich beschuldigen«, erklärt Lorn. »Niemals dich.«

Ryalth schüttelt den Kopf, verlässt das Schlafzimmer und geht zum Wandschirm vor der Eingangstür. »Sie haben immer noch diese verfluchte Schwarze-Engel-Einstellung der Magi'i, dass sie selbst für alles verantwortlich sind – und du genauso, denn in deinen Adern fließt das gleiche Blut. Ich darf nicht einmal an deinem Zuspätkommen schuld sein.«

Lorn öffnet den Mund, schließt ihn aber schnell wieder, als er das Funkeln in Ryalths Augen sieht. »Ich werde dich verantwortlich machen ... aber nur, wenn du es auch wirklich bist.« Er hält ihr die Tür auf.

»Das hoffe ich.«

Am Fuße der Treppe angelangt, spazieren sie den Dreizehnten Weg hinauf, dann auf der Straße des Fortwährenden Lichts nach Westen, hinein in die Innenstadt von Cyad, an drei langen Häuserblocks vorbei, bis sie das Haus erreichen, in dem Lorn aufgewachsen ist.

»Wir werden die Ersten sein«, sagt Lorn.

»Weil dein Bruder seine höhere Position betonen will, indem er zu spät kommt, genauso wie Myryans Gemahl?«

»Ich glaube, dass Ciesrt am liebsten gar nicht kommen würde, aber er möchte Vater nicht kränken.«

»Und Myryan?« Ryalth zieht die Augenbrauen hoch.

»Ciesrt glaubt, Gemahlinnen seien lediglich schmückendes Beiwerk.«

»Ich bin froh, dass du nicht so denkst.«

»Das würdest du auch kaum zulassen«, entgegnet er.

Sie lachen in der milden Frühlingsluft und achten nicht auf die Kutschen und Wagen, die die Straße des Fortwährenden Lichts entlangfahren. Lorn richtet den Blick auf den Palast des Ewigen Lichts im Westen und auf all die anderen weißen Granit- und Sonnensteingebäude, die sich aus dem Wunder der Stadt Cyad erheben; die leuchtende Stadt, die Stadt, neben der alle anderen Städte verblassen. Die Worte aus einem der Verse in dem silbernen Büchlein kommen ihm in den Sinn; das Buch aus Ryalths Erbe, das sie ihm vor vielen Jahren anvertraute.

Die Stadt Cyad verlor an Licht wie ein Stern,
Der Traum Cyad lenkte nah und fern.

Lorn lächelt in sich hinein. Cyad ist wirklich eine besondere Stadt. Dann fällt sein Blick auf das Haus vor ihm.

Jerial empfängt Lorn und Ryalth an der Tür zu Lorns Elternhaus. Die Heilerin trägt eine grüne Tunika, die so dunkel ist, dass sie schon fast schwarz wirkt, und ihr schwarzes Haar ist kurz geschnitten. »Du siehst wie immer gut aus, Ryalth.« Sie betrachtet ihren Bruder. »Habe ich dir schon gesagt, dass ich sie mag?«

»Ich glaube, ja. Mehrere Male.«

»Geht doch schon hinauf.« Jerial schließt die Tür und geht um den Wandschirm herum, der dahinter steht. »Mutter und ich dachten, wir könnten heute Abend im oberen Säulengang essen. Es weht nur eine leichte Brise und es ist warm.«

»Sind wir die Ersten?«, fragt Lorn.

»Ja, nur Vater und Mutter sind da.«

Lorn und Ryalth erklimmen die Treppen zum obersten Stockwerk des Hauses.

Lorns Mutter wartet schon auf dem oberen Treppenabsatz. »Du siehst wunderbar aus, Ryalth. Der Umhang gefällt mir.«

»Danke.« Die Rothaarige verneigt den Kopf.

»Ich habe Myryan und Ciesrt dazu überredet, doch heute Abend auch zu kommen.« Nyryah zieht die Augenbrauen hoch. »Ciesrt wollte wissen, ob Vernt auch hier sein würde. Er war ganz erfreut, als er erfuhr, dass Vernt seine Verlobte mitbringen wird. Sie heißt Mycela. Ich glaube nicht, dass ihr sie kennt.«

»Diese Ehre hatte ich noch nicht«, fügt Lorn trocken hinzu. »Ich hatte noch nicht einmal das Vergnügen zu erfahren, dass er sich überhaupt vermählen will, bis du es mir neulich gesagt hast.«

»Er kennt sie seit letztem Herbst.« Nyryah dreht sich um und die drei gehen zusammen zum südwestlichen Teil des obersten Stockwerks, zu der überdachten, aber sonst offenen Fläche, die von Säulen gesäumt wird, welche das Schönwetter-Esszimmer einrahmen.

Sie haben den Säulengang kaum betreten, als die Tür zum Arbeitszimmer hinter ihnen geöffnet wird und der weißhaarige Kien darin erscheint. Er kommt auf sie zu, wobei er kaum merklich schlurft. »Seid gegrüßt, Lorn, Ryalth. Ich habe euch beide so lange nicht gesehen.«

Lorn lächelt.

Ryalth lächelt ebenfalls sanft.

»Du wirst sie zu oft hier haben, mein Lieber, wenn du nicht aufpasst«, warnt Nyryah.

»Nicht einmal ein alter Magier wie ich vermag das zu vollbringen«, entgegnet Kien. »Lorn wird in weniger als acht Tagen schon wieder auf dem Weg nach Biehl sein, seinem nächsten Dienstposten.«

Die vier schlendern zum Esstisch im Säulengang.

»Der Hafen sieht so schön aus von hier oben«, bemerkt Ryalth. »Ihr habt einen wunderbaren Ausblick.«

»Ja, wir können uns glücklich schätzen«, antwortet Nyryah. »Manchmal sitze ich hier am Spätnachmittag und beobachte die Wolken und die Schiffe.«

»Lorn!« Vernt taucht hinter ihnen auf, begleitet von einer jungen blonden Frau, die über irgendetwas zu lachen scheint.

Lorn und Ryalth drehen sich um und gehen auf die zwei Neuankömmlinge zu.

»Lorn, Ryalth, das ist Mycela.« Vernt lächelt die blonde Frau an. »Mein älterer Bruder Lorn und seine Gemahlin Ryalth ... Wie du siehst, Mycela, ist Lorn Oberst bei den Spiegellanzenkämpfern, einer der Jüngsten, wie ich zu behaupten wage, und Ryalth ist das Oberhaupt des Hauses Ryalor, eines der neuen herausragenden Handelshäuser in Cyad.« Vernt lacht vergnügt.

»Wie schön, euch kennen zu lernen.« Mycelas Lächeln wirkt ein wenig gekünstelt.

Lorn und Ryalth deuten eine Verneigung gegenüber der weiß gekleideten jungen Frau an.

»Mycela ist die Tochter von Lektor Abram'elth«, erklärt Vernt.

Jerial schlüpft an Vernt vorbei. »Ciesrt und Myryan sind auf dem Weg nach oben. Myryan ist nur kurz in ihr altes Zimmer gegangen, um etwas zu holen.«

»Du erinnerst dich an meine Schwester Jerial«, sagt Vernt.

»Du trägst Grün«, bemerkt Mycela und ihre Augen werden dabei ganz groß. Sie verbeugt sich vor Jerial.

»Ich bin Oberheilerin und unverheiratet«, erklärt Jerial mit einem Schulterzucken. »Da erscheint Grün wohl am angebrachtesten.«

»Du hast wirklich eine außergewöhnliche Familie, Vernt.« Mycela kichert leise. »Jeder besitzt eine andere Fähigkeit.«

»Lorn!«, ruft Myryan, als sie hinter Vernt auf der Treppe erscheint, der ihr und Ciesrt Platz macht.

Ciesrt verneigt den Kopf vor Vernt. »Ich freue mich, dich zu sehen.« Er verbeugt sich leicht vor Vernts zukünftiger Gemahlin. »Sei gegrüßt, Mycela.«

Mycela kichert wieder. »Sei gegrüßt, Ciesrt.«

»Wir sollten uns setzen, nun da Ciesrt und Myryan auch hier sind.« Nyryah deutet auf den Esstisch auf dem überdachten oberen Balkon. Wie immer ist er so gedeckt – Lorn kennt es seit seiner Kindheit nicht anders –, dass alle außer Nyryah hinunterschauen können nach Süden zum Hafen und hinauf nach Westen zum Palast des Ewigen Lichts. Die Abenddämmerung bricht langsam herein und ein dunkles Rot überflutet den Himmel, das jedoch bald wieder verblasst. Die Lampen, die in Halterungen an den Säulen stecken, sind bereits angezündet. Im Hafen schimmern die weißen Steinpiere über der Dunkelheit des Wassers und vor dem Westmeer weiter im Süden. Der Palast bleibt ein Gebäude aus leuchtendem Weiß, aus den Fenstern strahlt Licht von den unzähligen Lampen, die in den hohen Gängen und Hallen angebracht sind.

Lorn und Ryalth werden einander am südlichen Ende des Tisches gegenübergesetzt, Nyryah sitzt am Tischende zwischen ihnen und Jerial zu Lorns Linker. Ciesrt weist man den Platz rechts neben Ryalth zu und Vernt und Mycela sitzen links und rechts von Kien, während Myryan zwischen Jerial und Vernt Platz nimmt. Lorn nickt Ryalth zu. »Macht es dir etwas aus, … wenn wir die Plätze tauschen?«

Ein leichtes Lächeln flackert auf Jerials Gesicht auf, verschwindet jedoch sofort wieder, als das Paar die Plätze gewechselt hat. Mycelas Miene ist völlig ausdruckslos.

Als Lorn schließlich auf dem Platz von Ryalth sitzt, breitet sich Schweigen am Tisch aus und alle blicken zu Kien.

»Lasset uns danken für das, was wir empfangen, für den Segen und die Wärme des Chaos und den Wohlstand, den es mit sich bringt.« Am Nordende des Tisches spricht der weißhaarige Kien mit klarer Stimme, dann hebt er den Kopf und lächelt. »Ich danke euch allen, dass ihr heute Abend gekommen seid.«

Auf dem Esstisch, um den die neun sitzen, liegt ein hellgrünes Leinentischtuch, die Porzellanteller sind glänzend weiß. Quyal – die Köchin – kommt mit einer großen Platte heraus, auf der sich gebratene Hühnerbrüste türmen, überzogen mit einer dicken Sahnesoße, und stellt sie vor Kien ab. Kysia, die Haushälterin in Lorns Elternhaus – ihr Lohn wird schon seit Jahren von Ryalth aufgestockt, wenngleich zu Anfang auch heimlich –, folgt mit einer Schüssel, aus der Dampf aufsteigt, und einem Silbertablett mit aufgeschnittenem dunklem Sonnennussbrot.

Lorn nimmt einen Schluck vom Wein – Alafraan –, wirft einen Blick zu Ryalth und murmelt: »Den hast du herübergeschickt.«

Sie lächelt. »Das war das Mindeste nach allem, was deine Eltern für uns getan haben.«

»Es ist sehr aufmerksam von dir«, meint Nyryah dazu.

Lorns Lippen kräuseln sich zu einem Lächeln.

»Du bist bestimmt noch nicht lange hier, Lorn«, stellt Ciesrt fest.

»Nein. Ich befinde mich gerade zwischen zwei Dienstaufträgen.«

»Wo wirst du hingehen?«, fragt Ciesrt weiter.

»Nach Biehl, um dort den Hafenposten zu übernehmen.«

»Wirst du der Verantwortliche sein?«, fragt Mycela. »Der leitende Offizier dort?«

»Das steht zumindest in meinem Versetzungsbefehl.« Lorn lächelt und reicht seiner Mutter das Sonnennussbrot, nachdem er sich selbst eine Scheibe genommen hat. »Der Hafenposten ist zum Schutz des Handels da und sorgt dafür, dass die Zölle ordnungsgemäß eingetrieben werden.«

»Ich könnte mir vorstellen, dass das eine Erholung sein wird nach all den Kämpfen gegen die Barbaren und den Verwunschenen Wald«, meint Kien. »Und Biehl liegt etwas näher an Cyad.«

»Wie ist die Lage am Verwunschenen Wald?«, fragt Vernt. Seine Augenbrauen ziehen sich zusammen. »Was genau tun die Lanzenkämpferpatrouillen dort?«

»Wir reiten an den Mauern entlang und töten die wilden Tiere, die zu entkommen versuchen. Wir sorgen für Recht und Ordnung und schützen die Spiegelingenieure, während sie die Schäden an den Mauern reparieren, die der Verwunschene Wald angerichtet hat.«

»Der Wald zerstört die Mauern?«, fragt Mycela verwundert.

»Einige der Bäume, die auf die Sperrenwände fallen, sind mehr als zwanzig Ellen dick und beinahe so hart wie Stein. Gelegentlich fügen sie der Mauer und den Sperren, die die Waldtiere zurückhalten sollen, Schäden zu.« Lorn wirft einen Blick zu Ciesrt. »Ich habe gehört, dass das Waldvorhaben Fortschritte macht.«

»Ich denke schon, aber das gehört nicht zu meinem Aufgabenbereich.« Ciesrt zuckt mit den Schultern. »Es gibt Gerüchte, aber dein Vater weiß darüber sicher mehr als ich.«

Vernt und Lorn blicken zu dem alten Magier am Tischende.

Kien lächelt ironisch. »Auch ich bitte darum, schweigen zu dürfen. Ich kann nur sagen, dass es ein Vorhaben gibt, und wenn es gelingen sollte, wird Cyad weit weniger Lanzenkämpfer für die Patrouillen am Verwunschenen Wald brauchen.«

Nach kurzem Schweigen blickt Ciesrt über den Tisch zu Ryalth. »Myryan sagte, du wärst das Oberhaupt eines Handelshauses.«

»Haus Ryalor«, bestätigt Ryalth.

»Und du bist wirklich das Oberhaupt?«, hakt Ciesrt nach. »Wie ist es dazu gekommen? Hatten deine Eltern keine Söhne?«

»Ehrlich gesagt, Ciesrt«, erklärt Lorn ruhig, »hat sie das Haus selbst gegründet und aufgebaut; aus einem winzigen klanlosen Geschäft ist ein Haus geworden, das es mit den anderen großen Häusern durchaus aufnehmen kann. Ryalth ist sehr talentiert, und ich hatte großes Glück, dass ich sie dazu überreden konnte, meine Gemahlin zu werden.«

»Oh.« Ciesrt runzelt die Stirn.

»Es gibt nicht viele Händlerinnen, die einem Haus vorstehen, nicht wahr?«, fragt Myryan mit funkelnden Augen.

»Ich kenne nur eine Einzige außer mir«, gesteht Ryalth. »Und sie ist viel älter als ich.«

»Hat sie ihre Stellung nicht geerbt?«, fragt Jerial.

»Ich glaube, ja, aber mit Bestimmtheit kann ich es nicht sagen.« Ryalth wählt die Worte sorgfältig.

»Dann hat Lorn also Recht«, sagt Jerial. »Du bist die erste Frau seit Generationen, die ein Handelshaus nur aufgrund ihrer Fähigkeiten führt, vielleicht bist du sogar die erste Frau, die selbst solch ein Haus aufgebaut hat.«

»Ich habe das ja nicht allein vollbracht. Diejenigen, die für mich arbeiten, tun das sehr gut.« Ryalth lächelt. »Und außerdem hat mich Lorn sehr stark inspiriert.«

»Ja, das tut er für gewöhnlich«, fügt Kien mit einem trockenen Lachen hinzu, »sogar bei jenen, die eine solche Inspiration gar nicht wünschen.«

»Vater!«, versucht Myryan scherzhaft zu protestieren.

Kien schluckt den Bissen erst hinunter, bevor er seine jüngste Tochter anschaut und die weißen Augenbrauen hebt. »Dein Bruder hinterlässt seine Spuren, wo er auch hingeht. Das war schon immer so. Frag nur seine Freunde, wie Tyrsal und Dettaur.«

»Wo hält sich Dettaur derzeit eigentlich auf?«, fragt Ciesrt.

»Nach unserem Wissen ist er stellvertretender Befehlshaber oder etwas Ähnliches in Assyadt«, antwortet Jerial. »Er schreibt gelegentlich, aber er berichtet nichts von dem, was er tut.«

»Er schreibt noch immer?«, fragt Lorn.

»Er macht sich Hoffnungen«, antwortet Jerial.

»Er muss ein wichtiger Offizier sein«, meint Mycela. »Wenn er Verantwortung für etwas trägt.«

»Er nähert sich Frauen, als führte er einen Feldzug«, erzählt Jerial, »als müsste man uns angreifen und gefangen nehmen. Das ist nicht so einfach.« Sie lächelt Mycela an. »Zumindest für eine Heilerin.«

Lorn schaut über den Tisch zu Myryan hinüber. »Wie kommst du mit dem Garten voran?«

»Dieses Jahr ist es viel besser. Ciesrt hat etwas Kalkstein zu Pulver zermahlen und Ryalth im letzten Herbst eine Wagenladung Stallmist liefern lassen. Wir haben noch einige Gläser und Töpfe mit Eingemachtem zu Hause, aber ich hoffe, dass dieses Jahr viel ertragreicher wird.«

»Sie bestellt den Garten auf ganz wunderbare Weise«, strahlt Ciesrt. »Sie entlockt der Erde die besten Gemüse und Früchte. Ich bezweifle, dass irgendein anderer junger Magier eine so wundervolle Gemahlin hat. Außerdem kocht sie sehr gut und alles im Haus ist so sauber und ordentlich.«

»Ich werde dich einmal besuchen und mich in deine Geheimnisse einweihen lassen müssen«, sagt Mycela. »Ich möchte nicht, dass es Vernt an irgendetwas fehlt.«

Lorn schluckt und sucht Zuflucht beim Wein, während die Gespräche über Haushaltsführung andauern. Ryalth lächelt ihn milde an und nimmt ebenfalls einen Schluck aus dem Kelchglas.

»Heute kann ich mit einem richtigen Nachtisch aufwarten«, kündigt Nyryah an, nachdem alle aufgegessen haben. »Es gibt die ganz besonderen Birnäpfeltörtchen mit Sahne.« Sie sieht zu Lorn. »Und es sind genug, sodass jeder zwei davon haben kann.«

Lorn bemerkt, wie er rot wird, hofft, dass die anderen es im Dämmerlicht nicht bemerken, und nimmt einen Schluck Alafraan.

Nyryah macht eine Handbewegung und Kysia und Quyal erscheinen am Tisch, um die großen Teller abzuräumen und stattdessen kleine vor die Gäste zu stellen. Nur auf Nyryahs Teller und auf dem von Jerial bleibt es bei einem Törtchen.

Lorn wartet, bis alle etwas haben und Ryalth und seine Mutter den ersten Bissen genommen haben, bevor er es sich schmecken lässt. Er nickt beim Schlucken. »Sie sind gut.«

»Der Meinung warst du schon immer.«

»Ich glaube, ich muss mir das Rezept geben lassen«, sagt Ryalth und lacht. »Mit meinen Kochkünsten ist es zwar nicht sehr weit her, aber … schließlich ist es sein Lieblingsnachtisch …«

»Koch lieber weiterhin Hausmannskost«, schlägt Jerial vor. »Bisher hast du ihn noch nicht verwöhnt. Fang auch jetzt nicht damit an.«

»Meine eigene Schwester«, beklagt sich Lorn und setzt eine entrüstete Miene auf.

»Wisch dir die Krümel vom Kinn, wenn du wirklich erbost aussehen willst«, entgegnet Jerial.

Lorn und auch Ryalth müssen lachen.

Mit der Zeit verschwinden die Törtchen und die Unterhaltung gerät ins Stocken.

Lorn nickt erst seiner Mutter zu, dann dem Vater. »Ich

danke euch beiden für das Mahl und allen anderen hier für die Gesellschaft. Ich wünschte, ich könnte länger bleiben, aber ich war Tage unterwegs und einige wenige Nächte Schlaf können die lange Reise und eine lange Jahreszeit am Verwunschenen Wald nicht so einfach wettmachen.«

»Es war schön, dass ihr beiden, du und Ryalth, hier bei uns wart.« Nyryah strahlt. »Wir werden euch aber doch noch öfter sehen, nicht wahr?«

»Das werdet ihr«, verspricht Lorn. »So oft wie möglich.« Er lächelt und reicht Ryalth die Hand.

Die Rothaarige steht auf, verneigt den Kopf vor Nyryah und anschließend vor Kien. »Ich danke euch aufrichtig.«

»Ich werde euch zur Tür begleiten.« Jerial erhebt sich vom Tisch und folgt Lorn und Ryalth zur Treppe.

Während die drei die Stufen zur Vordertür hinuntergehen, sagt Jerial: »Nun habt ihr endlich auch Mycela kennen gelernt.«

»Was hältst du von ihr?«, fragt Ryalth leise.

»Sie ist die Richtige für Vernt«, antwortet Jerial mit einem Lächeln.

Lorn zuckt zusammen.

»Das habe ich mir auch gedacht«, stimmt Ryalth zu.

Die zwei Frauen lächeln.

Nachdem sie sich weit genug von Lorns Elternhaus entfernt haben und Jerial die Tür geschlossen hat, wendet sich Ryalth an Lorn. »Ich mag Jerial.«

»Sie mag dich auch. Das ist nicht zu übersehen.«

»Hast du bemerkt, dass alle Angeheirateten zuerst auf der einen Seite des Tisches platziert waren?«, bemerkt Ryalth, während sie langsam in Richtung Osten durch die noch immer laue Abendluft spazieren.

»Ich habe getan, was in meiner Macht stand«, sagt Lorn.

»Ich weiß.« Sie nimmt seine Hand und drückt sie. »Mycela hat nichts verstanden.«

»Ciesrt auch nicht und bei Vernt bin ich mir nicht sicher. Jerial hat es bemerkt. Sie hat gelächelt, als wir die Plätze getauscht haben.«

»War deine Mutter verärgert?«

»Ich weiß nicht. Sie hat keine andere Wahl bei der Tischordnung, wenn sie sich nach der Abstammung richtet, aber mir gefiel es nicht.«

»Ich bin froh, dass du so bist, wie du bist.«

Lorn drückt Ryalths Hand und sie gehen weiter nach Osten, die Straße des Fortwährenden Lichts entlang, zurück zu der Wohnung, die seine wie auch ihre geworden ist.

III

Am sehr späten Nachmittag, kurz vor Einsetzen der Dunkelheit, stehen Kaiser Toziel'elth'alt'mer und seine Kaiser-Gemahlin Ryenyel auf dem obersten Balkon des Palasts des Lichts, zehn hohe Stockwerke über den Gärten. Seine große, jedoch schlanke Gestalt wirkt gebeugt unter der Silberrobe, die er für die letzte Audienz des Nachmittags an- und noch nicht wieder ausgezogen hat, seit er den kleinen Audienzraum verlassen hat. Ryenyel trägt eine Tunika aus einem leuchtend grünen Schimmertuch und eine Hose aus einem fließenden Stoff von etwas hellerer Schattierung – Farben, die das mahagonifarbene Haar und die Sommersprossen in ihrem Gesicht noch betonen.

Eine warme, feuchte Frühlingsbrise weht aus Osten und flüstert an ihnen und an den kannelierten Balken des Balkons mit ausreichend Kraft vorbei, um zwischen den Balken ein Pfeifen und Brummen entstehen zu lassen – ein Geräusch, das einerseits lieblich klingt und andererseits laut genug ist, um etwaige Lauschversuche zunichte zu machen, so wie von den Erbauern des Palasts vor etwa acht Generationen auch beabsichtigt. Cupridiumblumen hätten zwar denselben Zweck erfüllt, aber der Palast des Lichts beherbergt weder solchen Zierrat noch irgendwelche Statuen. Alle Linien sind klar, anmutig und schnörkellos, selbst eingemeißelte Inschriften fehlen fast gänzlich.

Im Süden, am Fuß des Hügels hinter dem Handelsviertel und den Lagerhäusern, liegen die weißen Steinpiere des Hafens von Cyad. Bei zwei Feuerschiffen an der Pier der Spiegellanzenkämpfer hat man um die weißen Rümpfe Gerüste errichtet. Eines der beiden Feuerschiffe, so weiß es der Kaiser, wird niemals mehr mit eigener Kraft fahren. Es wird gerade ausgeschlachtet, um das zweite Schiff, die *Ozeanflamme*, überholen zu können. An der Pier östlich der Gerüste sind zwei dreimastige Handelsschiffe vertäut, hochseetüchtige Schiffe, von denen keines unter cyadorischer Flagge fährt, und zwei Küstenschoner, einer aus Sligo, der andere aus Spidlar.

Nördlich der Piere unter dem Palast schimmern die Gehwege aus Sonnenstein und die mit weißem Granit gepflasterten Straßen in der Spätnachmittagssonne. Die Geschäfte und vereinzelten Kaffeehäuser im Westen können mit makellosen grün-weißen Markisen aufwarten.

»Bluoyal'mer sagt, dass alles zum Besten steht mit unserem Handel«, meint Toziel nachdenklich; den rechten Arm hat er um die Taille der Kaiserin gelegt. »Aber nur wenige Schiffe im Hafen fahren unter unserer Flagge. Und die Kaiserlichen Buchhalter berichten, dass die eingetriebenen Zölle jedes Jahr niedriger werden.«

»Vielleicht werden nicht alle Zölle ordnungsgemäß bezahlt«, erwidert Ryenyel. »Kann die *Hand* des Kaisers …«

»Nein. Er kann Befehle ausgeben, aber deren Wirksamkeit ist verloren, wenn er den Schatten verlässt und sich zu erkennen gibt.«

»Der Erste Magier Chyenfel'elth muss wissen, wer er ist.«

»Zweifellos, das haben wir ja bereits besprochen; aber es wäre nicht zu seinem Vorteil, dies zu enthüllen.« Toziel lacht. »Und auch nicht zu unserem.« Der Kaiser schüttelt langsam den Kopf, ohne den Blick von der Stadt des Lichts zu wenden, die sich unter ihm ausbreitet. »Die Chaos-Türme versagen bereits, und ich bin gezwungen, den Plan des Ersten Magiers zu unterstützen. Er will das gesamte Chaos in den verbliebenen Türmen um den Verwunschenen Wald ausschließlich dazu verwenden, den Wald zurückzudrängen, damit dieser nicht das gesamte östliche Cyador an sich reißt. Das heißt, dass diese Türme nicht länger die Feuerlanzen der Lanzenkämpfer oder die Chaos-Zellen der Feuerwagen aufladen können.« Toziel zuckt die Achseln. »Ist dies der Beginn des letzten langen Nachmittags von Cyad?«

»Die Chaos-Türme im Viertel der Magi'i hier in Cyad funktionieren noch«, erklärt die Kaiserin mit den mahagonifarbenen Haaren, »und sie werden das auch noch für einige Jahre tun, nach dem, was der Erste Magier sagt.«

»Einige Jahre sind nicht sehr lang, wie wir alle wissen. Er wünscht es sich sicherlich, aber ich habe meine Zweifel an Chyenfels Vorhersagen.«

»Wie könntest du auch anders entscheiden, mein Liebster, selbst wenn Chyenfel zu zuversichtlich wäre?«

»Ich könnte es nicht, denn der Wald ist ärger als die Barbaren im Norden. Diese können mit Cupridiumlanzen und Klingen zurückgedrängt werden, wenn auch mit mehr Verlusten, aber nur eine bestimmte Form von gebundenem Chaos wird den Verwunschenen Wald in Schach halten.« Ein freudloses Lachen folgt auf seine Worte. »Wir wissen das, und doch muss ich wie ein dummer Schuljunge reden, um angesichts der Wahlmöglichkeiten, die mir zwischen all den Übeln bleiben, meine Seele zu beruhigen. Noch mehr Spiegellanzenkämpfer werden sterben. Die Händler werden noch mehr Schiffe an Piraten und Freibeuter verlieren und es wird Unruhe unter den Händlern geben …«

»Die gibt es bereits jetzt, Tasjan schmiedet ein Komplott und hat Sasyk als Anführer seiner Garde von Grünröcken angeheuert«, stellt Ryenyel fest.

»Wer könnte es ihm übel nehmen, einen ehemaligen Spiegellanzenkämpfer-Offizier anzuwerben?« Toziels Worte klingen hell, aber seine Augen sind dunkel. »Besonders in diesen Zeiten. Tasjan wird alle Fragen über Sasyk gegen mich wenden. Und für die vielen Veränderungen werden die meisten in Cyad und in ganz Cyador mich beschuldigen, denn sie haben die Macht des Waldes weder gesehen noch erfahren.«

»Das ist immer so«, antwortet die Kaiserin sanft. »Dem Volk ist es nur wichtig, dass für die Beseitigung dessen gesorgt wird, was ihnen schaden könnte, und dass sie das bekommen, von dem sie wissen, das es ihnen nützt. Nur wenige scheren sich um das, was allen zugute kommen würde, und wenn es Verzicht bedeutet, wenden sie sich ab. Das war schon immer so und so wird es auch immer sein. Dafür ist der Kaiser da.«

»Und doch darf es nicht den Anschein haben, als plante ich etwas oder leitete eine Verschwörung ein, denn jene, die dergleichen tun, werden für kalt und berechnend gehalten, ganz gleich, wie sehr sie sich um ihr Volk sorgen, ganz gleich, was sie für ihr Volk getan haben, ganz gleich, wie viele Leben sie retten.«

Ryenyel nickt. »Auch das ist ein Grund, warum es einen Kaiser gibt.«

»Und all diese Probleme müssen ausgerechnet dann auftauchen, während ich Kaiser bin?«

»Die Magi'i warnen schon seit vielen Jahren davor,

dass die Türme versagen werden, dass das, was die Ehrwürdigen aufgebaut haben, nicht ewig halten wird.« Ryenyel legt ihre Hand auf die seine, die auf ihrer rechten Hüfte ruht, und schließt die Finger darum.

»In solchen Zeiten bin ich beinahe froh darüber, dass wir keine Erben haben«, grübelt Toziel. »Denn wer auch immer mir folgen wird … welcher Nachkomme es auch immer sein mag … wenn es einen gibt …«

»Es wird einen geben … wir haben noch Zeit«, versichert sie ihm.

»Bei dem Pulk von Magi'i, die sich verschwören, und einem Major-Kommandanten der Spiegellanzenkämpfer, der die Magi'i allesamt für Dummköpfe hält, weil sie die Gefahr, die die Barbaren darstellen, nicht erkennen, und einem Handelsberater, der sein Wissen und seine Stellung zweifelsohne missbraucht, um sich die Taschen zu füllen und Cyador auszuhöhlen, auch wenn er gleichzeitig vorgibt, es zu stärken?«

Nach einigen Sekunden der Stille setzt Ryenyel zu einer Antwort an. »Der Major-Kommandant, der höchst ehrwürdige Rynst, weiß, dass es für Bluoyal einzig und allein von Bedeutung ist, dass die Türme und Lanzenkämpfer richtig arbeiten, damit die Schiffe der Händler beschützt werden können. Rynst kann Chyenfel kaum ertragen, aber er weiß auch, dass der Erste Magier weitaus vertrauenswürdiger ist als der Zweite oder gar Chyenfels Schützling, der junge Rustyl.«

»Nur weil Rynst den Handelsberater Bluoyal mehr fürchtet als die Magi'i.« Toziel schnaubt.

»Bluoyal schlägt einen verschlungenen und tödlichen Pfad ein. Er wird dafür sorgen, dass die Spiegellanzenkämpfer und Magi'i nicht erkennen, dass sie beide ähnliche Ziele verfolgen – im Gegensatz zu ihm.«

»Rynst und Chyenfel haben das längst erkannt. Darüber haben wir schon gesprochen. Keiner der beiden kann es sich leisten, dem anderen als Bluoyals Verbündeten zu trauen. Doch sie wissen auch, dass es außerhalb der drei Städte weder viele Magi'i noch Spiegellanzenkämpfer gibt. Sie arbeiten zusammen wie zwei Riesenkatzen gegen ein Rudel Nachtleoparden. Höchst umsichtig.«

»Und wenn die Türme doch versagen?«

»Werden wir viel mehr Lanzenkämpfer brauchen, um die Barbaren zu bekämpfen. Bluoyals Nachfolger werden feststellen, dass auch sie noch immer Lanzenkämpfer brauchen, aber erst wenn viele umgekommen und mehr als nur ein paar Schiffe verloren sind.«

»Deshalb wird alles so bleiben wie es ist«, antwortet Ryenyel.

»Das wird den meisten nicht so vorkommen. Der zukünftige Kaiser muss entweder ein mächtiger Magi'i sein oder in den Reihen der Spiegellanzenkämpfer Vertrauen genießen, denn Lanzenkämpfer und Magi'i haben die Macht, den Kaiser zu zerstören.«

»Bluoyal glaubt, dass die Händler den Palast des Lichts in den kommenden Jahren kaufen können, vielleicht auch schon früher. Wir müssen ihn beobachten, sehr genau, viel genauer als bisher, denn ein zu mächtiger Händler könnte Cyador schneller zum Niedergang verhelfen als der Verwunschene Wald oder die Barbaren.«

»Das sagt auch die *Hand*, aber er ist der Meinung, dass wir uns Zeit lassen können, denn Bluoyal wird sich übernehmen, noch bevor etwas Derartiges eintreten kann.«

»Ich wünschte, ich könnte darin Trost finden«, klagt die Kaiserin und lehnt den Kopf an die Schulter ihres Mannes.

»Er hat nur selten Unrecht ... höchst selten.«

»Und wenn doch ...?«

»Wenn er doch Unrecht hat, wenn wir versagen sollten, dann wird Blut den Sonnenstein des Palasts beflecken, so viel Blut, dass es niemals mehr zu entfernen sein wird.« Der Kaiser blickt in das angespannte Gesicht seiner Frau. »Ich habe es dir schon oft gesagt, aber ... Du gibst mir so viel.«

»Was sollte ich anderes tun, mein Liebster? Wir wissen, dass es sonst niemanden gibt.«

»Noch nicht.«

Während er spricht, hebt sie die Hand und legt sie sanft auf seine Wange.

Das orange Glühen der Dämmerung überflutet von Westen her den Hügel und die weißen Steinpiere am Hafen schimmern golden.

Kaiser und Kaiserin stehen auf dem Balkon und sehen zu, wie das Gold verblasst.

IV

Im grauen Licht des stürmischen Frühlingsmorgens sitzt Lorn am Ende eines langen Tisches in einem der Räume des Hauses Ryalor und liest sich durch einen Stapel von Papieren, die ihm Eileyt vorgelegt hat. Der Oberbuchhalter hat Lorn versichert, dass diese Papiere mehrere Beispiele für zwielichtiges Handelsgebaren enthalten.

Bis auf ein paar eindeutige Fehler beim Zusammenzählen hat Lorn jedoch nichts gefunden. Er ruft schließlich Eileyt zu sich, und als der grauäugige Mann sich nähert, sagt er: »Ich glaube nicht, dass ich das gefunden habe, was ich finden sollte.«

Eileyt überblättert die ersten drei Seefrachtbriefe und deutet dann auf eine Zahl in der Mitte des vierten. »Seht Euch das genauer an.«

Lorn prüft den Eintrag: *Baumwolle, 20 Ballen, braun, Hamor.*

»In Hamor wird braune Baumwolle angebaut, aber

ausgeführt wird von dort gewöhnlich nur gute weiße Baumwolle. Seht Euch das Pergament an – und es ist wirklich Pergament, ein weiterer Hinweis.«

»Sieht aus, als wäre es glatter, aber nur bei dem Wort *braun*.«

»Auch sind die Abstände um das Wort *braun* herum größer.« Eileyt nickt. »So ein Pergament kann man wie ein Palimpsest verwenden, man braucht nur ein scharfes Messer, kratzt die Buchstaben weg und schreibt statt *weiß* einfach *braun* nieder.«

»Aber warum? Warum schreiben sie den Frachtbrief nicht einfach neu?«

»Weil das Siegel darunter steht. Wenn ein Händler bei der Fälschung eines Siegels ertappt wird, wird ihm die Hand abgehackt. Ein ›Fehler‹ in einem Frachtbrief kostet nur einige Goldstücke Strafe, aber die meisten dieser ›Fehler‹ werden niemals aufgedeckt. Der Zoll für weiße Baumwolle beträgt ein Goldstück pro Ballen. Braune Baumwolle hingegen kostet nur einen Silberling und man kann sie aus Kyphros oder Valmurl oder sogar aus Worrak in Hydlen beziehen.«

»Aber alles hier kommt von außerhalb und nicht aus Cyador«, stellt Lorn fest.

»Das stimmt«, meint Eileyt geduldig. »Aber ... wenn der Kaiserliche Zoll für kyphrische braune Baumwolle ein Goldstück betragen würde, würde das Volk den Stoff auf Karren laden und ihn an den Stränden unter den Westhörnern entlangschmuggeln, und unehrliche Händler in Fyrad würden ihn mit echter kyphrischer Ware vermischen. Man müsste schon jeden Ballen zählen, um das feststellen zu können, aber die Kaiserlichen Buchhalter haben dafür weder das Personal noch die Zeit zur Verfügung. Ein Silberling für den Ballen – und der Zoll ist der gleiche wie der für einen Ballen des fertigen Stoffes. Es ist billiger und schneller, die braune Baumwolle oder jede andere Baumwolle von Kyphros aus zu verschiffen, als sie zu schmuggeln. Hamorische weiße Baumwolle kostet heutzutage fünf Goldstücke pro Ballen ... und braune eines. Bei dieser Ladung konnte der Händler also fast achtzehn Goldstücke in seine Tasche stecken, er musste nur ein Wort auf dem Frachtbrief ändern. Und falls er überführt wird, kann er behaupten, dass es ein Fehler war. Wenn das hamorische Siegel intakt ist und ein Magier das feststellen kann, dann wird er nicht mehr als eine Strafe von drei Goldstücken bekommen, höchstens zehn. Doch die meisten dieser Fälle werden ohnehin niemals aufgedeckt.«

»Aber die fertige Baumwolle ... man bekommt mehr als zehn für einen Ballen und der Stoff ist einfacher zu transportieren«, meint Lorn und erinnert sich an seine ersten Handelsangelegenheiten mit Ryalth. »Warum sollte jemand die Ballen den ganzen Weg von Hamor bis hierher transportieren? Sie sind groß und sperrig.«

Eileyt nickt. »Gut. Das ist ein weiterer Grund, um das hier anzuzweifeln. Jedermann sieht bei einem Ballen von fertigem Stoff den Unterschied zwischen hamorischer weißer und kyphrischer brauner, aber roher Baumwolle – das ist eine andere Geschichte. Es könnte auch etwas in den Ballen versteckt sein.«

Lorn schüttelt den Kopf, aber er hat schließlich Ryalth und ihre Buchhalter selbst gebeten, ihn in alles einzuweihen, was sie über unlautere Handelsmethoden wissen. Obwohl es sehr unwahrscheinlich ist, dass Lorn einmal selbst damit zu tun haben wird – außer er würde von den Kaiserlichen Zöllnern einberufen. Je mehr er lernt, desto mehr einzelne Hinweise darauf bekommt er, wie alles miteinander verwoben ist; wie etwa Bluoyals Einmischung in die Heirat zwischen Syreal und Veljan, die – weil Lorn den älteren Bruder Veljans, Shevelt, tötete – zu einem größeren Einfluss der Magi'i auf die Angelegenheiten eines der führenden Handelshäuser führte. Das unterstreicht die Notwendigkeit noch mehr, so viel zu wissen, dass er seine eigenen Fragen stellen kann, sollten solche auftauchen. Die Erfahrungen, die er mit den Patrouillentaktiken und dem Verwunschenen Wald gemacht hat, reichen ihm vollauf als Beispiel dafür, wie es ist, nicht genug zu wissen, und um seine Entscheidung noch zu bekräftigen, in den wenigen Tagen, die ihm in Cyad noch bleiben, so viel wie nur irgend möglich in Erfahrung zu bringen. Außerdem hat er inzwischen festgestellt, dass es für alle Beteiligten viel besser – und weniger kostspielig – ist zu handeln, bevor andere es tun … und nicht erst, wenn allgemein offensichtlich ist, dass eine Handlung erfolgen muss.

Also muss er so viel wie möglich selbst lernen, denn Ryalth kann ihre Arbeit nicht unterbrechen, besonders da der Frühling weitaus arbeitsreicher für das Haus Ryalor ist, als Lorn es sich jemals vorgestellt hätte.

Er sieht die Frachtbriefe noch einmal durch und achtet auf seltsame Zwischenräume, unwahrscheinliche Güter und andere Unstimmigkeiten.

Auf dem vorletzten Brief findet er etwas – oder glaubt es zumindest.

»Hundert Stein Zinkwerkzeuge?«, fragt er. »Sollten damit etwa Eisenklingen getarnt werden? Es ist ein Metall und hat in etwa dieselbe Anzahl von Buchstaben.«

»Das ist sehr gefährlich, denn Waffen mit Eisenklingen sind mit hohen Zöllen belegt, und sie in Cyad zu verkaufen oder sie nicht zu deklarieren, wenn sie woandershin verschifft werden sollen, kann einen Händler ins Gefängnis bringen«, erklärt Eileyt. »Einige Händler kaufen dennoch gern hamorische Klingen und verkaufen sie irgendwo in Candar.« Der Buchhalter händigt Lorn einen weiteren Stapel von Frachtbriefen aus.

Es ist fast Mittag, als Lorn in Ryalths Arbeitszimmer kommt. Sie blickt von einem großen Buch auf.

»Du hast ein hübsches Arbeitszimmer«, bemerkt er.

»Händler bezeichnen es als ›Kontor‹, mein Liebster.«

Sie lächelt. »Aber wenn du einen Händler glauben machen willst, dass du weniger weißt, als wirklich der Fall ist, dann sag ›Arbeitszimmer‹.«

»Danke. Das ist klug. Ich verstehe, warum du der Händler geworden bist und nicht ich.« Er schüttelt den Kopf.

»Gemeinsam machen wir unsere Sache sehr gut«, sagt Ryalth.

»Musst du den ganzen Tag arbeiten?«

»Zerlynk kommt am Nachmittag. Er hat mir ein Angebot für Tauwerk gemacht. Ich habe letztes Jahr von einem Händler aus Sligo rohen Hanf gekauft und dann ein paar Bauern in der Nähe von Desahlya dazu überredet, Taue daraus zu drehen. Es sind keine sehr hochwertigen Seile, und ich werde sie auch nicht als solche zu verkaufen versuchen, aber einige Silberlinge sollten dabei schon für uns herausspringen. Wenn er gegangen ist, kann auch ich hier weg.«

Lorn nickt. »Du hast sehr viel zu tun. Ich werde sehen, was ich noch lernen kann.«

»Du könntest dich mit Kutyr unterhalten. Er weiß mehr, als er mir sagen will.« Ryalth lächelt wieder.

»Dann wird er mir wahrscheinlich auch nicht mehr erzählen.«

»Wenn du ihm schmeichelst …«

Lorn schüttelt den Kopf, schmunzelt und geht hinaus.

V

Der Kern eines voll funktionstüchtigen Turmes hält eine isochrone/isotemporale Barriere von etwa 900-1000 Nanosekunden aufrecht, und diese zeitliche ›Dislokation‹ führt nicht nur zu einer zeitweisen Energiepolarität, wodurch die Urkraft erzeugt wird, wie oben beschrieben, und zu einer Isolation der örtlichen Zeitlichkeit, sondern es wird auch etwas herbeigeführt, was man grob als eine Wiederaufladungswirkung aufgrund von örtlichen raum-zeitlichen Energieereignissen beschreiben könnte, die chaotische Zufallsamplituden aufweisen …

Beobachtungen haben ergeben, dass die Nähe zum Turm eine gewisse Sensibilität sowie die Fähigkeit zur Einwirkung auf und/oder Manipulation von örtlichen raum-zeitlichen Zufallsamplituden-Ereignissen hervorruft … Eine solche Sensibilität kann den fortgesetzten Betrieb des Turmes nachteilig beeinflussen, wenn sie nicht diszipliniert und geschult wird.

… Übersensibilisierung und disziplinierte Schulung müssen streng überwacht werden im Hinblick auf die vernarbte Zelldegeneration, die bereits beim Personal beobachtet wurde, welches in hohem Maße dem Betrieb des Basisturmsystems ausgesetzt ist. Dies steht, wie schon oben angemerkt, im Widerspruch zu früher aufgestellten Prinzipien und Toleranzen …

Zusätzlich zu den degenerativen Auswirkungen, die durch eine exzessive Nähe zu den Türmen ausgelöst werden, wurden ähnliche Symptome auch bei Einzelnen im nichttechnischen Kader beobachtet, die die Begabung besitzen, derartige örtliche raum-zeitliche Zufallsamplituden-Ereignisse zu manipulieren. Es wird empfohlen, dass solche Personen so stationiert werden, dass sie überwacht werden können, und, wenn notwendig, diszipliniert, um eine größtmögliche Betriebsdauer der übrigen Turmkerne zu gewährleisten.

Die Errichtung einer hierarchischen Sozialstruktur könnte sich als notwendig erweisen, sollten derartige Auswirkungen weiterhin auftreten, da Bedingungen und Infrastruktur für eine weitere technische Ausbildung und damit auch für das Verständnis begrenzt sein könnten …

Empfehlungen
Persönliches Handbuch
[Überarbeitet]
Cyad, 15 N.G.

VI

Tyrsal und Lorn sitzen im Garten hinter dem weitläufigen und massiven zweistöckigen Haus, das über dem Hafen am westlichen Hang Cyads steht. Die Luft dort ist kühler als in Cyad selbst.

»Du hast einen schönen Ausblick auf den Hafen von hier oben«, sagt Lorn.

»Er ist nicht so gut wie der bei deinen Eltern«, antwortet der rothaarige Magier. »Außerdem war es stets ein langer Marsch zur Akademie. Mutter war nicht sehr angetan von der Vorstellung, dass ich reite oder die Kutsche nehme. Deshalb verbringe ich jetzt auch die meisten Nächte bei meiner Schwester und ihrem Gemahl – aus Gewohnheit, nehme ich an.« Er schüttelt den Kopf. »Ich bin ein ziemlicher Morgenmuffel.«

»Das Haus gehört dir?«, fragt Lorn.

»Wohl schon, aber eigentlich gehört es Mutter, und es wäre nicht Recht, es ihr wegzunehmen.« Tyrsal lächelt. »Außerdem kann ich so behaupten, ich wäre nur ein armer Jungmagier, und keiner der Lektoren kann mich zu einer Heirat mit jemandem drängen, den ich nicht mag.«

»Wie Aleyar oder Syreal?«, fragt Lorn mit einem Grinsen.

»Syreal ist nett. Was sie aber an diesem Holzklotz von Veljan findet, weiß ich nicht. Aleyar kenne ich nicht.«

»Dann könntest du sie dir also noch immer als Gemahlin vorstellen?«, bohrt Lorn weiter. »Man sagt, dass sie nett und auch noch hübsch ist.«

»Versuchst du, mein Leben zu erschweren? Oder es gar zu beenden?«, fragt Tyrsal. »Ich glaube nicht, dass es gut für meine Gesundheit wäre, mich ständig mit Liataphi abgeben zu müssen.«

»Was ist mit Ciesrts jüngerer Schwester?« Lorns Augen funkeln.

»Du willst Ciesrt als …« Tyrsal schüttelt den Kopf. »Es tut mir Leid. Es ist kaum zu glauben. Myryan ist ein so nettes Mädchen. Ciesrt verdient sie nicht.« Er hält inne. »Außerdem hat Rustyl Ciesrts Schwester gefragt und sie wird ja sagen. Er ist ehrgeizig und ein Günstling Chyenfels. Sie wird sich zwar noch einige Zeit zieren, aber am Ende wird sie zustimmen.«

»Kharl'elth wird ihr wohl keine andere Wahl lassen«, vermutet Lorn.

»Es war klug von dir, nicht in eine Magi'i-Familie einzuheiraten«, meint Tyrsal.

»Die Wahl hat sich mir nicht gestellt«, bemerkt Lorn.

»Du hättest dir auch unter den Lanzenkämpfermädchen eine erwählen können.« Tyrsal grinst. »Aber du hast es viel besser getroffen. Ryalth ist schön und klug.«

»Du hast bisher doch kaum mit ihr gesprochen außer neulich Abend beim Essen, und ich glaube nicht, dass es mehr als ein Dutzend Worte waren.«

Tyrsal richtet sich entrüstet auf. »Ich habe zugehört. Man erfährt am meisten, wenn man zuhört.« Seine Augen funkeln und dann lacht er. »Du hast noch nicht viel über deinen neuen Posten erzählt. Du gehst nicht gern nach Biehl?«

»Es ist nicht der Auftrag, es ist das, was dahinter steckt. Ich bin eigentlich zu jung, um Oberst zu sein, und ich habe zu wenig Dienstjahre. Zandrey wurde erst nach fast acht Jahren zum Oberst befördert, ich brauchte nur vier … fünf, wenn man die Offiziersausbildung dazurechnet.«

»Sie verlieren viele Offiziere an die Barbaren, Lorn.«

»Ich wette, dass ich nur so lange dort bin, bis man mir die Schuld an einem Fehler zuschieben kann – oder bis ich erneut befördert und zum nächsten schwierigen Posten geschickt werde, gegen die Jeranyi oder etwas Ähnliches.«

Tyrsal lacht. »Für dich ist doch nichts zu schwierig. Du hast alles schon immer durchschaut, bevor sie dich hinschicken. Hast du nicht gesagt, dass du Frachtbriefe und die Zollgesetze studiert hast? Hat dir das jemand aufgetragen?«

»Aber das ist doch das Naheliegendste. Wenn man für die Durchsetzung der Handelsgesetze sorgen soll, sollte man schon etwas darüber wissen. Über die Lage in Biehl ist mir allerdings nichts bekannt, was mir große Schwierigkeiten bereiten könnte.« Lorn holt tief Luft und hebt die Hand. »Ich weiß. Du wirst mir gleich sagen, dass es vielleicht für mich das Naheliegendste ist, aber nicht für andere Lanzenkämpfer.« Er verzieht das Gesicht zu so etwas Ähnlichem wie einem Lachen. »Ich bin aber nicht ›andere Lanzenkämpfer‹.«

»Das ist es doch, was ich immer sage. Du denkst stets weit voraus.«

»Ich versuche es zumindest.« Lorn hält inne. »Aber auch das ist gefährlich. Die Menschen glauben dann, du bist ein Verschwörer oder ein Intrigant. Oder kalt und berechnend. Und dann beobachten sie dich doppelt genau.«

Tyrsal lacht erneut auf. »Deshalb erzählst du ja auch niemandem etwas.«

»Würdest du es tun?« Lorn wirft einen Blick auf den Hafen und steht auf. »Ich muss gehen. Ryalth wird fast fertig sein an der Börse ...«

»Und du willst keinen Augenblick mit ihr versäumen?«

Der Oberst grinst den Magieradepten der zweiten Stufe an. »Um das zu sehen, braucht es kein Spähglas.«

VII

Der kalte Frühlingsregen prasselt auf die Dachziegel, sammelt sich und fließt dann in Bächen über den Dachsims. Er strömt in die Regenrinnen, die neben den Häusern und den weißen Granitstraßen und -wegen in Cyad verlaufen.

In Ryalths Wohnung sitzen Lorn und seine Händlerdame nebeneinander aufrecht im Bett an die Kissen gelehnt. Auf dem Nachttisch neben dem Bett brennt eine kleine Lampe.

Lorn hält ein schmales, grünliches Buch mit Silbereinband in der Hand; es ist das Buch, das Ryalth ihm vor Jahren gegeben hat, damit er es für sie aufbewahrt und darin liest. »Ich habe es überallhin mitgenommen und trotzdem ist es gänzlich unversehrt.« Er dreht das Buch um. »Ich frage mich immer noch, wie deine Mutter dazu gekommen ist.«

»Sie hat es nie verraten. Sie sagte nur, dass es etwas Besonderes ist.«

Lorn nickt und fragt sich, wie besonders … und ob das Buch nicht nur ein weiterer versteckter Hinweis darauf ist, welch ungewöhnliche Frau Ryalth doch ist – und warum.

»Wie oft liest du darin?«, fragt Ryalth.

»Nicht jeden Abend. Auf Patrouille konnte ich nicht lesen, da wollte ich es nicht mitnehmen.«

»Alle Achttage?«

»In etwa.« Er lächelt. »Manchmal auch öfter.«

»Was denkst du jetzt über die Ehrwürdigen?«

»Ich weiß nicht viel von den Ehrwürdigen.« Er runzelt die Stirn. »Der Verfasser war melancholisch. Vielleicht waren nicht alle so wie er.«

»Wärst du das nicht auch gewesen, wenn du von den

Rationalen Sternen in eine Wildnis gekommen wärst? Nichts anderes war Cyador damals.«

»Ich bin mir nicht sicher, ob es das nicht auch jetzt noch ist.« Lorn lacht.

»Aber wir haben den Wohlstand des Chaos und die Chaos-Türme, die Straßen und den Hafen, all die Dinge, die sie gebaut haben«, erklärt Ryalth.

»Das Volk ist immer noch unglücklich.«

»Nicht alle.«

»Einige ...«, neckt er sie.

»Genug.« Sie nimmt ihm das Buch aus der Hand, schließt die Augen und öffnet es irgendwo in der Mitte. Dann gibt sie es Lorn zurück. »Lies das vor.«

»Du hast es gar nicht gesehen.«

»Lies es, bitte.«

Lorn räuspert sich.

Chaos und das Versprechen des Lichts,
Ordnung, lockende Dame der Nacht ...
Welchem Liede soll aufs Neue ich lauschen?
Wir haben so lange zugehört.
Soll ich erneut mit den Flügeln des Lernens fliegen?
Wir haben gelernt, was die Sehnsucht bringt.

»Das ist traurig«, sagt sie. »Lass uns ein anderes lesen. Du suchst eines aus.«

»Und du liest es«, antwortet Lorn.

Sie nickt.

Lorn schließt die Augen und lässt die Finger durch die glatten, schweren Seiten blättern, schließlich hält er inne und gibt Ryalth das Buch.

»Das hat mich schon früher verwirrt«, sagt sie, als sie die schrägen und altertümlichen anglorischen Buchstaben sieht.

»Lies es«, verlangt Lorn.

Ryalths Stimme klingt rau, fast heiser, als sie die Worte ausspricht.

Cyad ist keine Heimat für nachdenkliche Seelen,
die die Versprechen anzweifeln, welche sie gekauft haben,
denn die Magi'i nutzen Chaos als Stufe zu allem.
Die Lanzenkämpfer stärken mit Feuer ihren Ruf,
ihre Gesichter, silberweiß vom Cupridium,
spiegeln das chaotische Licht wider.

Sollte Sampson sich diesen Tempel aussuchen,
auch hier würde er blind bleiben,
seine Augen unberührt,
sein einfaches Vertrauen
verloren in den Spiegelungen.

Sie klappt das Buch zu. »Ich habe mich schon immer gefragt, wer dieser Sampson wohl war. Er muss blind gewesen sein, aber die Worte beinhalten auch, dass er das nicht immer war. In Cyad wäre er es jedoch weiterhin gewesen, weil sich alles in allem spiegelt und verloren geht in den Reflexionen.«

»Genau das geschieht doch hier auch.« Lorn lacht. »Denk an das Abendessen in großer Runde neulich bei meinen Eltern und daran, wie sich Vernt und Ciesrt ständig angesehen haben. Und an Mycela, deren größter Wunsch es ist, eine vollkommene Gemahlin zu sein und Vernts Wünsche zu reflektieren.«

»Das ist auch auf gewisse Weise traurig.« Nach einigen Sekunden fügt sie hinzu: »Du musst übermorgen schon wieder fort. Möchtest du nicht das Gedicht über die Früchte noch einmal vorlesen?« Sie gibt ihm das Buch.

Er blättert durch die Seiten, bis er die Worte findet, und liest mit sanfter Stimme im Halbdunkel des Schlafzimmers.

Wie eine Dämmerung ohne Wolken,
ein Blatt ohne Baum …

um die sonnigen Tage festzuhalten,
um die Früchte unseres Tuns zu erwarten
… die Früchte unseres Tuns zu erwarten.

Nachdem er das Buch auf dem Tisch neben dem Bett abgelegt hat, dreht er den Docht der Lampe herunter und lässt Dunkelheit den Raum erfüllen. Seine Arme legen sich um Ryalth und die ihren um ihn.

VIII

Die beiden ranghöchsten Spiegellanzenkämpfer-Offiziere sitzen sich am polierten Schreibtisch in dem geräumigen Arbeitszimmer im obersten Stockwerk des Hauptquartiers der Spiegellanzenkämpfer gegenüber, zwei Häuserblöcke westlich des Palasts des Ewigen Lichts. Ein leichter Nieselregen prasselt gegen die alten Fensterscheiben, die noch auf die Ehrwürdigen zurückgehen, aber das Tageslicht ist hell genug, sodass keine der glänzenden Cupridiumlampen an den Wänden angezündet werden muss.

Rynst'alt blickt Luss'alt an, seine Augenbrauen wandern leicht nach oben. »Ich habe gehört, dass ich als Major-Kommandant der Spiegellanzenkämpfer den jungen Hauptmann – Entschuldigung, den jungen Oberst Lorn – an den Hafenposten in Biehl versetzt habe und dass er bereits auf dem Weg dorthin ist oder es zumindest in Kürze sein wird.«

»Ja, Ser. Er war bisher an der nordöstlichen Sperrenmauer stationiert und hat mehr gefallene Bäume und wilde Tiere in gut einem Jahr gesehen als die meisten Patrouillenhauptmänner während ihrer gesamten Laufbahn.«

»Also habt Ihr beschlossen, dass er auf einen Posten versetzt wird, von dessen Aufgaben er weder durch Abstammung noch durch Ausbildung Ahnung haben kann.« Rynst lacht den Hauptmann-Kommandanten strahlend an, dann lehnt er sich in den Stuhl zurück, der mit grünem Schimmertuch gepolstert und bespannt ist.

»Die Kaiserlichen Buchhalter sind diejenigen, die für die Umsetzung der Zoll- und Hafengesetze zuständig sind; Oberst Lorn soll sie nur dabei unterstützen.«

»Ein Offizier, der in Schlachten und am Verwunschenen Wald Befehlsgewalt hatte, wird sich nicht tatenlos auf sein Pferd oder hinter den Schreibtisch setzen und die Worte der Buchhalter schweigend hinnehmen. Davon können wir ausgehen.«

»Die meisten Offiziere würden sich über eine solche Aufgabe freuen, Ser.«

»Erfreut oder nicht, ist es weise? Wo doch Bluoyals Verwandte überall im ganzen Land verstreut sind? Woher wollen wir wissen, dass Bluoyal nicht auch Angehörige in Biehl hat?«

»Ich hielt es für weise, Ser«, erwidert Luss steif.

»Ihr meint, der Zweite Magier hielt es für weise?«

Luss vermeidet es, Rynst in die Augen zu blicken. »Oberst Lorn wurde auch mit einer Händlerin gesehen – sie ist das Oberhaupt des Hauses Ryalor«, erzählt Luss. »Mit einem Mal ist sie sehr mächtig geworden. Wie aus dem Nichts, könnte man sagen, und das erscheint eher merkwürdig, besonders für eine Frau.«

»Eine Frau, die leicht an die Macht kommt, kann auch leicht beseitigt werden. Würde er mit der Tochter von Liataphi am Arm spazieren gehen, würde ich mir mehr Sorgen machen, Luss, aber eine Händlerin? Selbst ein reicher Händler kann die Magi'i nicht beeinflussen und kein Händler vermag jemals mehr Einfluss auf den Palast des Ewigen Lichts zu erlangen, als Bluoyal bereits hat.«

Luss blickt ausdruckslos durch den Nieselregen auf das graue Wasser des Hafens und das dunklere Wasser des Westmeers dahinter.

Rynst deutet auf den glänzenden Reflektor der Lampe, die am Rand des Schreibtisches steht. »Cyad ist wie dieser Reflektor, Hauptmann-Kommandant. Oder wie viele Reflektoren, die man gegenüber aufgestellt hat. Jede Handlung wird in jedem Reflektor widergespiegelt. Ihr wisst, was ich tue und plane, und ich weiß es von Euch, aber jeder von uns versteckt sich hinter diesen Reflexionen.« Ein kaltes Lächeln umspielt die Lippen des Major-Kommandanten. »Ihr seid ein guter zweiter Befehlshaber, Luss, solange Ihr mir erlaubt, für Euch zu denken. Ihr erlaubt Kharl, Eure Gedanken zu steuern ... aber es wird niemanden geben, der Euch schützt; die Magi'i werden es sicherlich nicht tun. Und auch die Händler nicht. Bluoyal niemals.«

»Er scheint mir sehr fähig zu sein, Ser.«

»Er ist zu fähig für einen Händler, Luss.« Rynst hält inne. »Oder besser gesagt, er wird wohl nur als zu fähig angesehen. Und als solches angesehen zu werden ist gefährlicher, als es wirklich zu sein. Was den jungen Oberst Lorn betrifft, würde ich gern wissen, was Kharl von ihm erwartet. Ihr wisst, dass Kharls Sohn mit der jüngeren Schwester des Obersts verheiratet ist, die dieser sehr liebt?«

»Ich habe es gehört, Ser.«

»Dieser andere ehrgeizige junge Magier, auf den wir ein Auge haben sollten – Rustyl –, er verleiht seiner Werbung um Kharls Tochter gehörigen Nachdruck. Beobachtet den ehrwürdigen Zweiten Magier gründlicher als den Oberst. Behaltet das im Hinterkopf, wenn Ihr Euch mit dem Zweiten Magier trefft. Vergesst auch nicht, dass der Erste Magier sich wenig um den Zweiten schert und dass alle Magi'i den Vierten Magier weit mehr respektieren als die drei mit Titel. Es gibt einen Grund, warum sie

Kien'elth den ›Vierten Magier‹ nennen. Er ist sehr fähig – und außerdem der Vater des jungen Lorn. Wir haben Glück, dass er keine Ansprüche erhebt, Erster Magier zu werden.« Rynst schweigt eine Weile. »Mit den drei ersten Magiern haben wir nicht so viel Glück.«

»Ja, Ser.« Luss zieht die Augenbrauen leicht nach oben.

Rynst deutet auf die Tür, was bedeutet, dass die Unterredung zu Ende ist. »Trotzdem hätte ich es selbst nicht besser einfädeln können. Ich schlage vor, Ihr denkt vor Eurem nächsten heimlichen Treffen mit dem Zweiten Magier darüber nach, warum das so ist.«

»Wie Ihr meint, Ser.« Luss' Gesicht wirkt völlig ausdruckslos, als er aufsteht und eine flüchtige Verbeugung andeutet.

»Ich habe ein Auge auf Euch, Luss, auch wenn Ihr es nicht so empfindet. Ihr solltet Euch zudem fragen, ob meine Handlungen und Ratschläge für Euch von Nutzen sein könnten. Fragt Euch dasselbe auch bezüglich anderer Angebote.« Rynst erwidert Luss' Verbeugung mit einem kurzen Nicken.

IX

Lorn steht im Säulengang des obersten Stockwerks im Haus seiner Eltern und blickt nach Süden auf den Hafen von Cyad. Die Regenwolken der vorangegangenen Tage haben sich verzogen und der Spätnachmittagshimmel leuchtet strahlend türkis. Es weht ein frischer, aber nicht sehr starker Wind, und nur vereinzelt bilden sich Schaumkronen auf dem Hafenwasser.

»Ich werde Cyad morgen früh mit dem ersten Feuerwagen verlassen«, verkündet Lorn seiner Mutter.

»Schön, dass du dann heute Nachmittag noch einmal zu uns gekommen bist.« Nyryah lächelt warmherzig. »Deine Gemahlin wünscht sich sicher das Gleiche.«

Lorn wird rot.

Die Tür zum Arbeitszimmer öffnet sich und Kien bleibt an der Stufe zum Säulengang stehen. Er blinzelt benommen, als hätte ihn das Licht für einen Moment geblendet, doch seine Worte klingen gestochen scharf. »Lorn, ich möchte mit dir reden.«

»Wie immer an solch einem Tag«, bemerkt Nyryah.

»Ja, wie immer.« Der Magier lächelt. »Mir bleibt nicht mehr allzu viel Zeit, das zu tun.«

Lorn grinst und folgt seinem Vater ins Arbeitszimmer. Kien schließt die Tür, vergewissert sich, dass sie auch wirklich zu ist, und deutet auf die Stühle vor seinem Schreibtisch. Lorn entscheidet sich für den linken Stuhl und wartet, bis sein Vater sich gesetzt hat. Eine Zeit lang sagt Kien kein Wort, er presst nur die Finger aneinander und schürzt die Lippen.

»Lorn … du wirst uns morgen früh verlassen, wie ich höre.« Der alte Mann blickt über den breiten, polierten Arbeitstisch. »Du gehst zum Hafenposten nach Biehl.«

»Ja, Ser.«

»Es gibt einige Dinge, die wir besprechen sollten.« Kien blinzelt, dann nickt er. »Zuerst möchte ich, dass du weißt – auch wenn ich meine Gefühle ja schon offen gezeigt habe –, dass du deine Gemahlin sehr weise gewählt hast, so weise, dass viele es erst verstehen werden, wenn du um einiges älter geworden bist.«

»Danke. Ich hatte Glück, ihr zu begegnen.«

»Du hattest Glück, ihr zu begegnen, und warst weise genug, sie zu halten.« Kien schweigt einige Sekunden. »Deine Gemahlin ist viel mehr, als der erste Blick verrät. Ich wäre überrascht, fände sich keine Magi'i-Abstammung in ihrem Stammbaum.«

Lorn nickt. »Genau wie bei mir, aber es gibt keine

offensichtlichen Beweise dafür.« Da fällt ihm das silberne Büchlein mit den Versen ein. Ist das der Beweis? Oder nur Zufall?

»Zweitens«, fährt Kien fort, »werde ich verlangen, dass du deinen Anspruch als Erstgeborener an Vernt abtrittst. Ich bitte nicht für Vernt darum, sondern für Jerial.«

Lorn nickt. »Ich verstehe. Hast du ein Schriftstück vorbereitet?«

Kien deutet auf das Pergament, das vor ihm auf dem Schreibtisch liegt. »Du hast nichts dagegen?«

»Ser … Ich werde entweder als Spiegellanzenkämpfer-Offizier Erfolg haben – und den Anspruch dann nicht brauchen – oder nicht. In letzterem Fall werden weder ich noch Ryalth davon einen Nutzen haben.«

Der alte Mann nickt bedächtig. »Du weißt, dass du dann nur auf ein Viertel Anspruch hast?«

»Ja, Ser. Aber das wird noch viele Jahre dauern.«

»Das hoffe ich«, sagt Kien mit einem ironischen Unterton, »aber man muss Vorsorge treffen.«

Lorn vernimmt die Worte und wundert sich. Aber er sagt nichts, steht nur auf, nimmt den Federhalter, liest und unterzeichnet anschließend das Schriftstück.

»Ich werde es morgen im Viertel registrieren lassen. Und ich schätze deine Rücksichtnahme.«

»Ja, Ser.«

Kien lehnt sich zurück und schürzt erneut die Lippen. »Schließlich habe ich dir noch etwas zu sagen und möchte dir noch einige Fragen mit auf den Weg geben. Cyad ist wirklich eine wunderbare Stadt, aber die Menschen hier sind genauso wie überall sonst. Ich bitte dich, dies zu bedenken. Die Fragen … nun … mir wäre es lieber, du würdest sie nicht gleich beantworten, sondern auf der Feuerwagenfahrt nach Biehl darüber nachdenken – und auch noch anschließend, wenn es notwendig sein sollte.«

Lorn zieht die Augenbrauen hoch. Fragen?

»Es sind nur drei Fragen. Und zwar:

›Was ist es, das Cyads Existenz sichert?‹

›Kann all die Macht der Spiegellanzenkämpfer hier in Cyad oder all die Macht der Eisenlegionen in Hamor gegen den Willen jener, die in diesen Ländern leben, die Oberhand gewinnen?‹

›Sind jene, die Macht oder Chaos steuern, auch die Quelle der- oder desselben?‹«

Lorn konzentriert sich auf die Fragen und versucht, sie im Gedächtnis zu behalten.

Kien reicht ihm ein Blatt Papier. »Ich habe sie schon eine Zeit lang in Verwahrung, aber nun bist du alt genug, um selbst darüber nachzudenken.«

Lorn nimmt das Blatt, auf dem die Fragen stehen, die sein Vater ihm gerade gestellt hat.

»Mein Sohn … dies sind keine leeren Fragen. Noch sind es allzu philosophische Überlegungen eines alternden Magiers. Sie stammen übrigens nicht von mir, irgendwann wirst du die Quelle selbst entdecken. Die Quelle der Fragen ist allerdings nicht wichtig; die Fragen zu überdenken, das ist von höchster Bedeutung für einen Spiegellanzenkämpfer, der danach strebt, mehr als nur eine Patrouillenkompanie zu befehligen. Du brichst auf zu einer neuen Aufgabe, die vielleicht deine gefährlichste werden könnte.«

Lorn runzelt die Stirn.

»Gefährlich, weil du Zeit haben wirst nachzudenken, weil man dir schmeicheln wird und du entdecken wirst – wenn du das nicht schon längst getan hast –, dass die Welt einerseits viel einfacher ist, als du es dir jemals vorgestellt hättest, aber andererseits auch viel komplizierter.« Sein Vater lacht. »Die letzte Frage stammt von mir: ›Wie kann die Welt einfach und gleichzeitig kompliziert sein?‹ Die Beantwortung überlasse ich einstweilen dir.«

Der Oberst nickt langsam.

»Ich muss dir nicht sagen, dass du äußerst vorsichtig sein musst und mehr zuhören als sprechen solltest. Das hast du bereits gelernt. Erinnere dich stets daran, dass Schweigen die Wahrheit, aber auch eine Lüge bedeuten kann. Sorge dafür, dass dein Schweigen stets so verstanden wird, wie du es meinst.« Kien steht auf. »Ich könnte dir bis in die Nacht hinein weiter Ratschläge geben, aber dann wäre deine Gemahlin vermutlich sehr ungehalten mit mir. Das will ich nicht, aber wisse, dass ich dir alles Gute wünsche; das hingegen wollte ich schon immer, ganz gleich, wie du es auch empfunden haben magst.« Er kommt umständlich um den Tisch herum.

Lorn versteht und umarmt seinen Vater zum ersten Mal seit vielen Jahren. »Danke.«

Kien nickt, er sagt nichts, aber seine Augen glänzen. Schließlich meint er: »Geh jetzt zu Ryalth, genieß die Zeit, die dir noch bleibt.«

Als Lorn die Tür zum Arbeitszimmer hinter sich schließt, fühlt er die Kälte eines Spähglases, aber diese Kälte ist nicht wie jene, die sich bei der Beobachtung durch seinen Vater offenbart.

Er setzt einen freundlichen Gesichtsausdruck auf und umarmt seine Mutter ein letztes Mal, bevor er die Stufen zur Vordertür hinunterläuft.

Wieder ist es Jerial, die an der Tür auf ihn wartet. »Sei gut zu Ryalth heute Nacht.«

»Das werde ich.«

»Ich weiß.« Ihr Lächeln ist sanft, nicht der berufsmäßige Ausdruck einer Heilerin.

Lorn umarmt seine Schwester. »Danke, dass du so freundlich zu ihr bist.«

»Sie ist gut für dich. Viel besser, als irgendjemand ahnt. Sie und ich, wir verstehen uns, und das ist gut so.« Jerial drückt Lorn fest an sich. »Sei vorsichtig, hörst du.«

»Das werde ich.«

Lorn lässt seine ältere Schwester schließlich los, geht

um den Wandschirm herum und läuft die Stufen zur Straße des Fortwährenden Lichts hinunter.

Wie kann die Welt einfach und gleichzeitig kompliziert sein? Die letzte Frage seines Vaters geht ihm nicht mehr aus dem Sinn.

X

»Verehrter Ser, Ihr habt mich gerufen?« Der große Mann ist schlank und sein blondes Haar dicht und zugleich fein; es schimmert leicht, als das Licht durch die Fenster des Arbeitszimmers darauf fällt. Seine grünen Augen sind hell und konzentriert, als er sich von der Verbeugung vor dem Ersten Magier aufrichtet.

»Setzt Euch, Rustyl.« Chyenfels sonnengoldene Augen blinzeln nicht, während sie den gut aussehenden jungen Magier beobachten, der sich in dem Goldeichenstuhl ihm gegenüber niederlässt. »Da Ihr ein scharfsichtiger junger Magier seid«, fährt der Erste Magier schließlich fort und betont dabei jedes Wort, »habt Ihr sicherlich bemerkt, dass nichts mehr so ist, wie es einst in Cyador war. Ich möchte gern Eure Gedanken dazu hören.«

»Verehrter Ser, es wäre überheblich von mir anzunehmen, dass Ihr nicht schon alles einmal durchdacht hättet, was ich zu sagen habe. Also will ich die Angelegenheiten nur anreißen. Erstens, die Chaos-Türme versagen, aber ganz Cyador ist abhängig von der Energie dieser Türme. Nur wenige fühlen, dass die Türme kurz vor dem Versagen stehen, weil sie es sich einfach nicht vorstellen können. Stattdessen glauben sie zu fühlen, dass die Magi'i die Chaos-Türme als Waffe benutzen, um mehr Einfluss auf die Spiegellanzenkämpfer und den Malachit-Thron zu gewinnen. Zweitens, die ausländischen Händler und die Barbaren haben bereits bemerkt, dass wir weniger Feuerschiffe zur Verfügung haben. Wir sind mit mehr hamorischen Händlern und mit einer größeren Anzahl von Angriffen der Barbaren im Norden konfrontiert. Drittens, die alten Handelshäuser und Klane, jene, die Cyador lange unterstützt und verstanden haben, werden nun durch neue Häuser ausgestochen; und zum ersten Mal seit Menschengedenken wurde ein bedeutendes Handelshaus von einer Händlerin gegründet und wird nun auch von ihr geführt.« Rustyl lächelt. »Ich habe nichts gegen sie, denn sie verkörpert den Geist, den einst alle Händler in Cyad bewiesen, aber es ist bestürzend zu sehen, dass eines der neuen und starken Häuser von einer Frau aufgebaut werden muss, wo es doch so viele junge Männer unter den Händlern gibt.«

»Fahrt fort.« Die Stimme des Ersten Magiers bleibt ruhig. »Was noch?«

»Der Kaiser altert sehr schnell, verbirgt es jedoch und hat noch keine Schritte unternommen, einen Nachfolger zu benennen. Vielleicht aus Furcht, dass dies Cyad gänzlich zerstören könnte. Er verlässt sich immer mehr auf seine Gemahlin und wendet sich von seinen Beratern ab – von Euch, dem verehrten Major-Kommandanten der Spiegellanzenkämpfer und sogar von seinem einst favorisierten Händlerberater.« Rustyls Lächeln wird schwächer. »Dann gibt es jene, die zwar die Fähigkeit besitzen, den Magi'i zu dienen, sich aber über den Ruf des Chaos gestellt haben.« Rustyl zuckt die Schultern. »Ich zweifle nicht daran, dass es noch viele andere Anzeichen dafür gibt, dass es nicht gut um Cyador steht, einige mögen auch jenseits meiner Erkenntnis und Erfahrung liegen, aber die genannten gehören zu denen, die ich klar sehe.«

»Ihr seht viel von dem, was andere auch sehen, worüber diese jedoch nicht sprechen wollen.« Chyenfel presst die Fingerspitzen vor der Brust gegeneinander und schürzt die Lippen. Eine Weile schweigt er, bevor er schließlich weiterredet. »Es gibt auch noch andere Städte in Cyador, in denen Eure Fähigkeiten von Nutzen wären. Und wo Eure Gegenwart auf höchst zurückhaltende Weise geschätzt werden würde.«

Rustyl wartet mit einem freundlichen Lächeln im Gesicht.

»Am dritten Tag«, sagt Chyenfel, »werdet Ihr nach Fyrad reisen, um dort mit den Spiegelingenieuren zusammenzuarbeiten.«

Rustyl nickt kaum merklich. »Ich stehe zur Verfügung, was immer ich auch ausführen soll.«

»Eure Gegenwart wird höchst hilfreich sein und man wird Euch wie hier mit dem größten Respekt begegnen. Ihr werdet versuchen, die Ehre für das, was Ihr erreicht, anderen zukommen zu lassen. Sollte das nicht möglich sein, werdet Ihr diese Ehre mit anderen teilen. Falls irgendetwas nicht gelingen sollte, werdet Ihr die Schuld dafür auf Euch nehmen und eine andere Lösung finden, für die jemand anders die Ehre mit Euch teilen wird.«

»Ja, Ser.«

»Ihr werdet Euch nicht zum Verwunschenen Wald begeben und jedes Wissen über die Schlafsperren leugnen. Ihr werdet höflich darauf hinweisen, dass dieses Vorhaben in den Aufgabenbereich des Ersten Magiers fällt. Ihr versteht, warum?«

»Könnte es sein, weil die Chaos-Türme, die den Wald umgeben, die Feuerlanzen der Lanzenkämpfer nicht länger aufladen können und das ganze Vorhaben daher wenig viel versprechend ist?«

»So wird es erscheinen.« Chyenfel nickt. »Nach einigen Jahreszeiten, sobald es angebracht erscheint, werdet Ihr nach Sommerhafen entsandt, wo Ihr Eure Fähigkeiten und Macht dazu nutzen werdet, den Spiegelingenieuren dabei zu helfen, die dortigen Hafeneinrichtungen zu verbessern. In einigen Jahren muss ganz Cyador Euch kennen, doch nur flüchtig, nur als jemanden, der erfahren und vertrauenswürdig ist, als jemanden, der jung genug ist, um nicht gänzlich an die alten Wege gebunden zu sein, aber auch als einen, der diese Wege beschreiten und anderen dabei helfen kann, die Bedürfnisse der Gegenwart zu befriedigen.«

Rustyl verneigt den Kopf. »Ich verstehe und schätze Eure Voraussicht und Weisheit.«

Chyenfel lacht. »Möget Ihr das nur tun ... Aber da ich alt bin, weiß ich, dass das nicht immer so sein wird. Erinnert Euch an meine Worte, solltet Ihr jemals mein Alter erreichen. Die Jungen lehnen sich stets gegen die Macht auf, auch wenn sie selbst danach streben und überlegen, wie sie diese besser und wirkungsvoller als ihre Vorgänger einsetzen können.« Ein zweites Lachen folgt. »Wenn wir Erfolg haben, bei Eurer Arbeit und der Wahl Eurer Gemahlin, wird Eure Zeit kommen, Rustyl. Aber meine ist noch nicht vorbei.« Der Erste Magier macht eine flüchtige Handbewegung. »Ihr könnt gehen.«

Als der blonde Magier die Tür zum Arbeitszimmer hinter sich schließt, verschwindet das Lächeln von Chyenfels Lippen.

XI

Lorn steckt den Bronzeschlüssel in das Schloss der Wohnung im obersten Stockwerk, die vormals Ryalth gehörte und nun ihrer beider Wohnung ist; aber die Tür ist bereits offen. Er tritt ein. Ryalth steht gleich hinter dem Wandschirm.

»Du überraschst mich. Du bist schneller vom Haus Ryalor zurück, als ich angenommen habe«, gibt er zu.

»Das ist unsere letzte gemeinsame Nacht. Ich dachte eigentlich, du würdest mich bereits erwarten.« Ihr Lächeln wirkt nervös, zaghaft. »Ich habe mich beeilt.«

»Das tut mir Leid. Ich habe mich von meinen Eltern und Jerial verabschiedet und davor noch von Myryan. Sie war nicht zu Hause, also musste ich sie in der Krankenstation suchen. Ich bin so schnell zurückgekommen, wie ich konnte.« Er umarmt sie, berührt ihre Wange mit seinen Lippen und murmelt ihr ins Ohr: »Ich freue mich, dass du hier bist.«

Nach einem Augenblick erwidert sie die Umarmung und sie stehen eine Weile eng umschlungen da. Dann löst sie sich von ihm, ihre Hand hält die seine, seine Finger umfassen ihre. Ryalth zieht die feinen Augenbrauen hoch. »Du hast eine Weile gebraucht.«

»Mein Vater hatte mir noch einige Ratschläge zu erteilen.« Er zwingt sich zu einem trockenen Lächeln. »Und einige Fragen zu stellen. Er gab mir ein ganzes Blatt davon.« Lorn hält das Pergament hoch. »Ich soll auf der Feuerwagenfahrt nach Biehl darüber nachdenken.«

»Er akzeptiert dich als das, was du bist, doch kann er dir nur wenig Hilfe anbieten – ganz anders deinem Bruder, für den kann er viel tun«, meint die Rothaarige.

»Das mag sein.« Lorn runzelt die Stirn. »Er hat mir auch etwas gesagt, das mir zu denken gibt, nämlich dass Cyad zwar eine wunderbare Stadt wäre, das Volk aber genauso wie überall sonst. Warum sollten sie auch anders sein?«

»Weil du noch immer glaubst, dass in einer großartigen Stadt auch großartige Menschen wohnen müssen, mein Lieber.« Sie lächelt ihn traurig an. »Eine großartige Stadt kann durchaus nur von einer Hand voll großartiger Menschen geschaffen werden – und durch die Akzeptanz der anderen, die dankbar und erfreut sind, von der Arbeit einiger weniger zu profitieren. Das hast du selbst schon gesagt, aber ich bin mir nicht sicher, ob du es auch glaubst.« Ryalth nimmt ihre Hand von seiner und durchquert den Hauptraum zum Kühler, wo sie sich bückt und nach etwas sucht, bis sie eine bernsteinfarbene Flasche Alafraan hochhebt. »Ich habe einige Flaschen für uns aufgehoben.«

»Aufgehoben?«

»Du wirst auch in Biehl welchen brauchen.« Sie grinst. »Jemand muss sich ja um diese Kleinigkeiten kümmern.« Das Grinsen verschwindet. »Du machst dir Sorgen.«

»Mein Vater. Er wirkt schwach … und er hat darauf bestanden, mit mir unter vier Augen zu sprechen.« Lorn schüttelt den Kopf. »Einiges von dem, was er sagt, verstehe ich nicht. Vor einigen Jahren hat er mich praktisch gezwungen, mich von dir fern zu halten. Er meinte, dass ich die Beziehung zu dir abbrechen müsste, dass sie nicht passend für mich wäre, und nun besteht er darauf, dass ich keine bessere Wahl hätte treffen können; mein Wahrlesen sagt mir, dass er es auch wirklich so meint.«

»Darüber bin ich froh.« Ryalth entkorkt den Alafraan und füllt zwei Kelchgläser halb voll, anschließend drückt sie den Korken wieder in die Flasche. »Vielleicht wollte er nur erreichen, dass du deinem Herzen und deinem Glauben folgst und nicht den allgemeinen Sitten und Gebräuchen.«

»Das muss wohl so sein … aber … das würde heißen …« Lorn schüttelt den Kopf einmal mehr. »Das würde bedeuten, dass er von Anfang an genau wusste, dass ich kein Magier werden würde. Und doch drängte er mich, die Studien weiter zu betreiben. Auch predigte er mir immer wieder, wie ein Magier die Studien und Chaos-Anwendungen über alles lieben muss.«

»Aber hatte er mit all dem nicht Recht? Wärst du

heute das, was du bist, wenn du deine Studien nicht so erfolgreich betrieben hättest?«

»Nein«, gibt Lorn zu. »Aber das würde heißen, dass er alles … von Anfang an gewusst hat.«

»Er ist dein Vater. Wie könnte es anders sein?« Ryalth lacht sanft. »Bei unseren eigenen Eltern rechnen wir gewöhnlich nicht mit solcher Weisheit und einem so feinen Wahrnehmungsvermögen.«

»Er hat mir immer wieder Hinweise gegeben, aber die Kälte seines Chaos-Glases habe ich nur selten gespürt.«

»Er kennt dich so gut, dass er kein Glas mehr braucht.«

Lorn lächelt verwundert. »Und all die Jahre dachte ich, dass ich meinen Kurs allein steuere.«

»Wir steuern unseren Kurs niemals allein, mein lieber Lanzenkämpfer.« Ryalth reicht ihrem Gemahl ein Kelchglas. »Nicht einmal die Oberen vermögen das zu tun.«

»Das hätten wir gern.« Er nimmt das Glas entgegen. »Wir hätten gern, dass die Männer – und Frauen – die Zeiten machen und nicht die Zeiten sie.«

Ryalths Lächeln wirkt milde. »Danke, dass du die Frauen mit eingeschlossen hast. Das ursprüngliche Sprichwort lautet anders.« Sie hebt das Kelchglas und nippt daran. »Viel von dem, was wir denken, ist pure Illusion, mein lieber Gemahl, des Trostes wegen.«

Lorn hebt das Glas und nippt am Alafraan. »Ich bin froh, dass ich nicht wieder ein Jahr warten muss, um dich zu sehen. Oder dass du den ganzen Weg bis zum Verwunschenen Wald reisen musst.«

»Das bin ich auch, aber … ein Achttag ist kaum genug Zeit, um sich richtig zu begrüßen, geschweige denn zu verabschieden.«

»Aber besser ein Achttag, als überhaupt keine Zeit füreinander zu haben.«

Sie nickt langsam, dann blickt sie Lorn lange an. »Es ist einfacher, nach Biehl zu reisen … als nach Jakaafra … oder in Städte wie Syadtar oder Assyadt.«

»Weil es eine Hafenstadt ist?«

»Ich kann es als Handelsreise tarnen. Ich kenne Fyrad, weil ich dort aufgewachsen bin, aber Biehl ist mir unbekannt, und ein paar Handelsbeziehungen dort würden dem Haus Ryalor gut tun.«

»Warum Biehl?« Lorn kann nicht anders, er muss fragen.

»Jera ist der nächste barbarische Hafen und zwischen diesen beiden Häfen verkehren viele Küstenschiffe. Ich könnte feststellen, womit sie handeln, unter Umständen sind das Güter, von denen wir hier nichts wissen.« Sie nimmt einen weiteren Schluck Alafraan, einen viel größeren als gewöhnlich. Ihre tiefblauen Augen sind groß und leuchten beinahe, als sie Lorn wieder ansieht. »Ich werde dir vom Handel schreiben, dann kann ich sicher gehen, dass meine Schriftrollen ankommen, während du in Biehl bist. Heute Abend möchte ich aber nicht mehr von der Arbeit sprechen. Und auch nicht von irgendwelchen Pflichten.«

Sie stellt das Kelchglas auf den Tisch und geht auf Lorn zu.

Auch er stellt sein Glas ab. Während sie sich umarmen, wundert sich Lorn über ihre Verwundbarkeit, die er hinter ihrem stark wirkenden Äußeren spürt … Hat er etwas übersehen?

Aber dieses Wundern dauert nur wenige Momente, bis sich ihre Lippen treffen und eine andere Art von Wunder seinen Lauf nimmt.

Lorn'alt, Biehl

XII

Lorn geht von der Feuerwagenhaltestelle in Biehl in Richtung Norden. Nach zwei Häuserblöcken erreicht er den Hafen. Zu seiner Rechten liegen die Piere und zu seiner Linken – im Westen – befindet sich eine kurze Häuserzeile, deren untere Stockwerke verputzt und weiß gestrichen sind. Verputz und Farbe sind an einigen Stellen abgebröckelt, wodurch der Blick auf die alten gelben Ziegelsteine darunter freigegeben wird. Die oberen Stockwerke dieser Gebäude bestehen aus verwitterten Holzbalken, an denen die Farbe größtenteils abgeblättert ist.

Sein Blick wandert von dem verblassten Schild mit den gekreuzten Kerzen eines Krämers zu einer Küferwerkstatt und dann zu einem Gebäude, das kein Schild trägt. Lorn dreht sich mit dem Gepäck in der Hand um und betrachtet die drei Piere im Hafen; grobe Holzkonstruktionen, verwittert und an manchen Stellen angeschlagen, nicht im Geringsten vergleichbar mit den weißen Steinpieren in Cyad, Fyrad oder Sommerhafen. Die Piere ragen hinaus in den breiten Fluss, der irgendwo in den westlichen Gefilden der Hügel des Endlosen Grases entspringt. An der mittleren Pier liegen zwei Schoner und an der äußeren eine hochseetüchtige Brigg vor Anker. Die verlassene dritte Pier scheint eher für die kleineren Schiffe da zu sein, vielleicht für die Fischerboote, um ihre Ladung zu löschen.

Die Piere und die kleine Stadt Biehl liegen am westlichen Ufer des Flusses Behla. Auf der Ostseite befindet sich eine kleinere Stadt und wie es scheint auch eine verfallene Pier, die teilweise von Sand und Schlamm bedeckt ist. Nach dem, was der Feuerwagenfahrer erzählt hat, muss die Kaserne der Spiegellanzenkämpfer nördlich der Piere und weiter westlich an einem niedrigen Hang liegen, der das Nordmeer überblickt, oder besser gesagt, das Wasser, in dem Nord- und Westmeer aufeinander treffen.

Die Gerüche von totem Fisch, Schlamm und Salz vermischen sich in der kühlen Brise, die von Norden her über das blauschwarze Wasser im Hafen bläst. Weiße Streifen zieren die kleinen, kabbeligen Wellen im Hafen.

Da es in Biehl kein Fuhrunternehmen gibt – dem Feuerwagenfahrer war jedenfalls nichts dergleichen bekannt –, macht sich Lorn zu Fuß auf den Weg, vorbei an der äußersten Pier und der Brigg, die ein dunkelblaues Hoheitszeichen trägt – Spidlar, vermutet Lorn. Vor ihm erhebt sich ein kleiner Hügel, und das unebene Kopfsteinpflaster der Straße wird von Granitpflastersteinen abgelöst, die sehr brüchig und in nicht mehr so gleichmäßigen Abständen verlegt sind, aber doch ebenmäßiger als die Steine der Hafenstraße. Die wenigen Bäume tragen noch die wintergrauen Blätter, was zeigt, dass der Frühling in Biehl später Einzug hält.

Der Hang ist nur ein kleiner Hügel und ragt nicht einmal zwanzig Ellen über das Wasser im Hafen hinaus. Der Spiegellanzenkämpferposten in Biehl ist sehr klein, das erkennt Lorn bereits, als er auf die Tore zugeht. Die gelben Ziegelmauern sind nicht viel höher als fünf Ellen und bilden zusammen mit den offen stehenden Toren aus geölter Goldeiche eine etwa einhundertfünfzig Ellen lange Barriere.

Ein einziger Wachposten blickt den nahenden Spiegellanzenkämpfer-Offizier misstrauisch an. Schließlich spricht der Jüngling. »Ser?« Seine Stimme klingt sehr hoch.

»Ich bin Oberst Lorn.« Er zeigt dem Lanzenkämpfer

seinen Siegelring. »Ich konnte keine Kutsche finden, also bin ich zu Fuß gegangen.«

»Äh … Ser … hier in Biehl gibt es kein Fuhrunternehmen.«

»Das habe ich schon vermutet. Welches ist das Hauptgebäude?«

»Links, Ser, aber es wird niemand außer Truppenführer Helkyt dort sein, Ser.«

»Das ist schon in Ordnung.« Lorn geht durchs Tor und weiß, dass der junge Wachmann ihn nicht als den neuen Kommandanten des Hafenpostens erkannt hat.

Er betrachtet die zwei verwitterten Gebäude aus gelbem Ziegel in der Mitte des Geländes, beide lang und schmal, und das, was ein Stall an der rückwärtigen Mauer zu sein scheint. Die Dächer aller Gebäude sind aus gespaltenem grauem Schiefer, aus den Rissen darin wächst hier und da etwas Moos, genau so wie aus den Spalten zwischen den alten Granitpflastersteinen des Hofes.

Im Hauptgebäude links von Lorn steht eine Tür offen und er geht darauf zu. Er betritt den Eingangsbereich und stellt das Gepäck dort ab, dann geht er durch den Torbogen in einen Flur. Auf der rechten Seite ist eine Tür nur angelehnt und Lorn späht hinein. Der finstere Raum ist niedrig und breit, auf einem Podium steht ein Schreibtisch mit zwei Stühlen dahinter. Der Platz vor dem Podium ist leer und die Steinfliesen des Fußbodens sind staubig. Dünne Spinnweben überziehen die geschlossenen Fensterläden.

Der Oberst wendet sich der Tür auf der anderen Seite des Korridors zu, die ebenfalls nur angelehnt ist. Er späht durch die handbreite Öffnung. Drinnen im Raum, der ebenfalls ein Arbeitszimmer zu sein scheint, sitzt ein Haupttruppenführer weit zurückgelehnt in einem alten Eichenstuhl, seine Stiefel ruhen auf einer kleinen Truhe von der Art, wie sie oft zur Aufbewahrung von Personalunterlagen verwendet werden. Die Augen des Mannes sind geschlossen und er schnarcht. Rechts von ihm befindet sich eine weitere Tür, vermutlich führt sie zum Arbeitszimmer des Kommandanten.

Lorn verlässt den Raum und fragt sich, auf was er wohl noch alles stoßen wird. Er lässt sein Gepäck im Vorraum stehen und geht langsam draußen am Gebäude entlang. Blätter liegen in den Mauerecken und verdecken den Schmutz, der sich vor den bröckelnden, verblassten gelben Ziegelsteinen angesammelt hat.

Aus dem Haus, das gegenüber dem Hauptgebäude mit den Arbeitszimmern für den Hafenposten liegt, treten drei Lanzenkämpfer. Sie bleiben stehen und sehen sich an. Lorn kann ihr Gemurmel hören.

»... junger Offizier ...«

»... Abzeichen eines Oberst ...«

»... Sohn eines Kommandanten ... glaubt ihr, das ist der neue Kommandant?«

»... nein ... zu jung ... schicken doch nur alte Wichtigtuer hierher.«

Als Lorn sich den dreien zuwendet, verstummt das Gemurmel und die Männer marschieren forsch auf den Wachmann am Hoftor zu. Lorn wendet sich wieder zur Tür, die ins Hauptgebäude führt, aber noch bevor er die Stufen erklimmen kann, läuft schon der Truppenführer, der kurz zuvor noch geschnarcht hat, aus dem Gebäude und Lorn entgegen. Der Mann setzt sich hastig eine schmutzige, grüne Garnisonskappe auf das dünne graue Haar und rückt sie zurecht.

»Ser?« Der beleibte Haupttruppenführer bleibt stehen und verbeugt sich.

»Oberst Lorn. Ich bin hier, um das Kommando über den Hafenposten zu übernehmen. Ist noch ein kommandierender Offizier hier oder ist er schon vor meiner Ankunft abgereist?«

»Äh, Ser ... Oberst Madlyr ... er ist an Bauchfluss gestorben ... fast eine Jahreszeit her. Wir haben uns schon gefragt, wann wohl wieder jemand kommen wird.«

»Nun bin ich hier.« Lorn holt die Schriftrolle mit dem Befehl heraus. »Ich habe deinen Namen nicht verstanden, Truppenführer.«

»Helkyt, Ser. Helkyt.« Er nimmt die Schriftrolle.

Lorn zeigt ihm den Siegelring.

»Äh, ja, Ser.« Helkyt hält inne. »Ist das Euer Gepäck im Vorraum des Hauptgebäudes, Ser?«

»Ja. Ich dachte, ich sehe mich ein wenig um ... während du dich ausruhst.«

Helkyt wird rot, fährt jedoch fort: »Wenn es Euch recht ist, Ser, zeige ich Euch nun Euer Gemach und Ihr könnt als Erstes Euer Gepäck dort abladen.«

»Das wäre gut.«

Lorn geht an dem Truppenführer mit dem schütteren graublonden Haar und dem kreisrunden Gesicht mit Doppelkinn vorbei und hinaus in den Vorraum, wo er das Gepäck aufhebt. Er nickt Helkyt zu, der sich daraufhin umdreht und einen Weg an der Längsseite des Gebäudes in Richtung Norden einschlägt.

Das Kommandantenquartier befindet sich im ersten Stockwerk des Hauptgebäudes und dort im rückwärtigen Teil. Eine Treppe führt unmittelbar vom Vorraum hinauf, die ausgetretenen Sonnensteinstufen sind staubig. Die getäfelte Tür ist aus Goldeiche und die Paneele sind so angeordnet, dass sich dazwischen kleine Spalte bilden.

Mit einem Bronzeschlüssel, den Helkyt hervorgeholt hat, schließt Lorn die Tür auf, er öffnet sie und tritt in einen kleinen quadratischen Vorraum. Der Fußboden besteht aus abwechselnd grünen und beigefarbenen, rautenförmigen Keramikfliesen. Lorn schaut nach rechts. Ein schmaler Torbogen führt in einen kleinen Raum, ein Arbeitszimmer mit eingebautem Bücherregal und einem Schreibtisch. Vor dem Schreibtisch steht ein Eichenstuhl mit gerader verzierter Lehne – ein uralter Stuhl oder ein alter Stuhl mit einem uralten Muster.

Auf der linken Seite steht eine Tür offen, die in eine kleine Schlafkammer mit einem schmalen Bett führt.

Lorn geht weiter in den großen Hauptraum, der mit zwei grün gepolsterten Samtsofas, zwei Lehnstühlen, einem niedrigen Tisch und einigen lehnenlosen Stühlen an der Wand bestückt ist. Zwei der Stühle flankieren ein niedriges Regal.

In der linken Außenmauer befinden sich vier kleine Fenster. An der rechten Innenmauer führt eine offene Doppeltür in ein größeres Schlafzimmer. Lorn geht hinein und stellt die Taschen auf den grün gefliesten Boden. Ein bescheidenes Doppelbett ohne Pfosten und mit einem niedrigen Zierbrett am Kopfende wird von zwei Tischen eingerahmt, auf denen jeweils eine stumpf gewordene Bronzelampe steht. Ein verblichenes grünes Schimmertuch ist auf dem Bett ausgebreitet. Neben der schmalen Tür, die in ein Badezimmer führt, steht ein Frisiertisch, auf der anderen Seite der Tür befinden sich zwei große Schränke nebeneinander. Das Schlafzimmer verfügt ebenso wie der Hauptraum über vier kleine Fenster.

»Ser … einige der Kommandanten … früher, Ser … haben ihre Gemahlinnen mitgebracht.«

»Meine Gemahlin wird mich vielleicht auch einmal besuchen«, sagt Lorn, »aber sie wird nicht lange bleiben.«

»Ser?«

»Sie führt ein Handelshaus.«

»Ja, Ser.«

Lorn dreht sich um und verlässt das Schlafzimmer.

»Ser … äh … ich werde Daelya sagen, dass Ihr Eure Gemächer gereinigt haben wollt.«

Lorn nickt. »Wenn sie das erledigen könnte, während du und ich über die Lage hier sprechen …«

»Ja, Ser. Sie ist auch Eure Köchin, Ser.«

Die restlichen Räume des Quartiers umfassen ein Esszimmer mit einem Tisch darin, an dem ein Dutzend Gäste Platz finden, eine Küche mit einem großen Keramikofen, der schon Generationen alt sein muss, ein Frühstücksraum und eine Speisekammer, von der eine Dienstbotentreppe hinunter in den Hof führt.

Lorn nickt, als sie die kurze Besichtigungsrunde beendet haben, und sieht Helkyt an. »Ich möchte die Unterkünfte sehen, die Ställe und alles andere.«

»Jetzt … Ser?«

»Jetzt.« Lorn lächelt. »Wie soll ich wissen, worüber du sprichst, wenn ich es noch nicht gesehen habe?«

»Ja, Ser.« Helkyts berufsmäßiger Tonfall kann die Bestürzung und Resignation in seiner Stimme nicht überdecken. Er dreht sich um und führt Lorn die Treppe hinunter. Sie überqueren den staubigen, gepflasterten Hof und gelangen zu dem anderen langen Gebäude, das sie durch die Doppeltür in der Mitte betreten.

Der Geruch von Alter, Urin und verfaultem Essen greift Lorn schon an, bevor er den zweiten Schritt in das Gebäude mit den Unterkünften gemacht hat. Er sieht sich um. Der Grundriss ist ähnlich wie der in den Unterkünften von Isahl, jeweils ein Schlafbereich links und rechts des offenen Appellplatzes in der Mitte.

Lorn dreht sich nach links.

»Äh, Ser … der Nordflügel ist schon seit einiger Zeit geschlossen.«

Lorn nickt und geht an den Säulen vorbei. Die Gestelle der Etagenbetten sind kaum zu erkennen unter dem achtlos hingeworfenen Unrat überall. Lorn erkennt verrottete Balken, leere und zerbrochene Fässer, einen verbogenen Feuerlanzenschaft, einige Fensterläden und viele Flecken von undefinierbaren Flüssigkeiten auf den Fliesen.

Er dreht sich um und geht zurück durch den Appellraum in den Bereich, der genutzt wird.

»Offizier in den Unterkünften!«, kündigt Helkyt an.

Die ersten beiden Betten sind nicht belegt, nackte Rosshaarmatratzen liegen auf Gestellen, an deren Fußenden nicht einmal Truhen stehen.

Zwei Lanzenkämpfer haben sich vor den kleinen Truhen neben den nächsten beiden Betten aufgestellt. Beide sind jung, sicherlich jünger als Lorn zu Beginn seiner Lanzenkämpferausbildung. Sie tragen Unterhosen. Lorn zieht die Augenbrauen hoch.

»Sie hatten Wachdienst am Tor letzte Nacht, Ser.«

Lorn nickt. »Ihr könnt euch ausruhen.«

»Ja, Ser«, antworten die beiden fast einstimmig.

Die anderen Betten sind leer, aber auf den Matratzen liegen achtlos hingeworfene Decken; Staub sammelt sich in allen Ecken. Drei der Truhen sind offen, bei einer fehlen Scharniere und Deckel gänzlich.

Lorns Stiefel treten auf dem gefliesten Boden auf klebrige Flecken, als er die Latrinen besichtigt. Er dreht sich um und geht zurück, vorbei an den jungen Lanzenkämpfern, die sich gerade wieder hinlegen, und hinaus über den Appellplatz. Schließlich steht er wieder in der frischen Luft vor den Unterkünften.

Er sieht Helkyt an. »Lass uns den Rest auch noch besichtigen.«

»Ja, Ser.«

Während er dem rundlichen Truppenführer folgt, hofft Lorn inständig, dass sich die Ställe, Waffenkammern, Lagerräume und anderen Örtlichkeiten der Kaserne als weniger schmutzig und beschädigt erweisen.

XIII

Am ersten Morgen nach seiner Ankunft in Biehl legt Lorn die Liste, die er geschrieben hat, auf den breiten Schreibtisch in seinem Arbeitszimmer. Dann untersucht er den Raum noch einmal gründlicher, als er das am Tag zuvor tun konnte. Wie alles andere in der Spiegellanzenkämpferkaserne in Biehl, so ist auch das Arbeitszimmer, das man Lorn als dem Kommandanten zugeteilt hat, größer als jene, die er auf anderen Posten gesehen hat – und viel älter. Von den fünf Handbüchern in dem eingebauten Bücherregal ist seit Jahren keines mehr geöffnet worden, wenn nicht seit Generationen, denn als Lorn eines davon herausnimmt, bleibt ein dünner Lederstreifen vom Einband am Holz des Regals kleben.

Feine Risse zieren den antiken Goldeichenschreibtisch. So prunkvoll gedrehte Bronzelampen oder auch solche Wandhalterungen, in denen diese stecken, hat er noch niemals gesehen. Der Stuhl hinter dem Schreibtisch ist groß – und schwer. Staub wirbelt aus dem breiten grünen Sitzpolster auf, als Lorn sich setzt. Er reibt sich die Nase, muss jedoch nicht niesen.

Das Fenster klemmt, doch er kann es so weit aufstemmen, dass etwas feuchte, aber saubere Luft hereinströmt. Er setzt sich wieder hinter den Schreibtisch und wirft einen Blick auf die zwei Truhen, in denen sich wenig sorgfältig geführte Aufzeichnungen befinden, deren Studium fast den gesamten vorangegangenen Abend in Anspruch nahm.

Er holt tief Luft, räuspert sich und ruft: »Helkyt!«

Die Tür öffnet sich und der Truppenführer erscheint. »Ja, Ser?«

Lorn bedeutet Helkyt, sich auf einen der Stühle auf der anderen Seite des Schreibtisches zu setzen. Er wartet, bis sich der Mann niedergelassen hat, bevor er fortfährt. »Es gibt da einige Angelegenheiten, die wir in Angriff nehmen müssen, Helkyt«, sagt Lorn mit einer Fröhlichkeit, die er eigentlich nicht empfindet.

»Ja, Ser.« Helkyts Stimme klingt zwar ruhig, aber ein wenig misstrauisch.

»Am besten, ich sage dir zuerst, warum ich hierher versetzt wurde.«

»Das hat mich etwas verwirrt, Ser, das muss ich zugeben.«

»Du hast vielleicht gehört, dass die Barbaren ihre Angriffe östlich und südlich von hier verstärkt haben. Isahl, Inividra, Assyadt – sie alle werden von immer größeren Gruppen immer öfter angegriffen.«

»Das wusste ich nicht, Ser. Wir hier in Biehl erfahren alles immer erst mit Verspätung.«

»Der Major-Kommandant braucht mehr ausgebildete Lanzenkämpfer.« Lorn wartet.

»Äh … ja …«

Lorn nickt. »Du wirst verstehen, dass der Kaiser mehr Lanzenkämpfer in Assyadt haben will, da die Barbaren dort immer umtriebiger werden … Es können also entweder mehr Lanzenkämpfer ausgebildet werden, oder aber es müssen Versetzungen vorgenommen werden, die jeden von uns treffen können.«

Helkyt versucht, ein Schlucken zu vermeiden.

»Wir beide sollten daher neue Lanzenkämpfer einziehen und ausbilden. Das heißt, wir müssen den nördlichen Flügel der Unterkünfte wieder bewohnbar machen und mehr Pferde und Säbel beschaffen. Wir können hier nur eine kurze Feuerlanzenausbildung durchführen, weil die Lanzen anderswo dringender gebraucht werden, aber ich werde versuchen, ob wir nicht ein paar mehr bekommen können, nur für den Fall, dass die Barbaren sich entschließen sollten, von Westen, von Jera aus, hierher zu marschieren. Das bedeutet auch, dass wir spätestens zur Sommerwende mit den Renovierungsarbeiten fertig sein müssen, um mit der Ausbildung beginnen zu können.«

»Zur Sommerwende, Ser?«

Der Oberst schenkt dem Haupttruppenführer noch ein Lächeln. »Ich bin sicher, du kannst mir bei der Lösung dieses Problems helfen, Helkyt. Ich würde mich hier in Biehl lieber auf jemanden mit deiner Erfahrung verlassen, als einen neuen Haupttruppenführer einzuarbeiten.«

»Ich bin sicher, wir können die Anforderungen des Major-Kommandanten erfüllen, Ser. Äh ... werden noch andere Offiziere kommen ... Kompanie-Hauptmänner?«

»Soweit ich weiß, habe ich hier erstmals die Gelegenheit, etwas zu ändern, Helkyt. Ich möchte gern, dass wir das Problem allein lösen. Wenn sich herausstellen sollte, dass wir zu lange brauchen, dann könnte es sein, dass neue Offiziere kommen. Der Major-Kommandant wird dann vielleicht sogar einen völlig neuen Kader schicken.«

»Ich bin sicher, dass wir dieses Problem lösen werden, Ser. Ganz sicher.«

Lorn lehnt sich im Stuhl zurück, aber nur ein wenig. »Ich freue mich, dass du so denkst. Der Major-Kommandant und Seine Majestät sind bekannt dafür, dass sie Erfolg belohnen, genau so, wie sie Versagen bestrafen. Wir ziehen beide die Belohnung vor, nehme ich an.«

»Ja, Ser. Ja, Ser.« Helkyt nickt zweimal kurz hintereinander.

»Nun ... lass uns darüber sprechen, was wir gleich in Angriff nehmen können. Zuerst die Soldlisten, denn daraus werden wir ersehen, wie viele neue Lanzenkämpfer wir überhaupt ausbilden können. Ich habe mir die Aufzeichnungen angeschaut.«

Helkyt bleibt völlig regungslos in seinem Stuhl sitzen, aber seine Augen funkeln.

»Es scheint Unstimmigkeiten in den Berechnungen zu geben.« Der Oberst zuckt die Schultern. »Wir können die Vergangenheit nicht ändern, und ich werde kein Urteil über das fällen, was geschehen ist.« Er hält inne. »Aber es wird nicht mehr vorkommen. Wir haben zwar eine Gesamtsumme, die für zwei Lanzenkämpferkompanien reichen müsste, aber nicht einmal eine ganze Kompanie hier. Nur wenig junge Lanzenkämpfer werden eingezogen, und ich wage zu behaupten, dass die Fähigkeiten einiger Lanzenkämpfer hier fragwürdig sind. Also müssen wir dafür sorgen, dass die Männer, die nicht so gut sind, neu geschult werden. Ich möchte, dass du als Erstes für die Rekruten und all diejenigen, die noch etwas Übung brauchen, das Ausbildungsprogramm organisierst. Nimm die zwei besten Lanzenkämpfer zu Pferd für Reit- und Formationsübungen und die zwei besten Säbelkämpfer zum Kampftraining. Es können ruhig dieselben Männer sein. Ich kann auch mithelfen, soweit es meine Zeit erlaubt.« Lorn runzelt die Stirn. »Beim Säbeltraining sollten wir am Anfang die Klingen polstern, zumindest bis die Jüngeren wissen, welche Seite eine Schneide hat und welche nicht.«

Helkyt nickt langsam, dann holt er ein Tuch heraus und tupft sich damit die Stirn trocken.

Lorn übergeht dieses Zeichen und fährt fort. »Wir werden morgen früh als Erstes mit den Männern, die du ausgesucht hast, eine Lagebesprechung abhalten.« Er sucht nach dem nächsten Punkt auf seiner handgeschriebenen Liste. »Die Kasse ist das Nächste. Ein Großteil der Soldgelder scheint verschwunden zu sein. Ich bin sicher, wenn du genau nachsiehst, kannst du etwas davon wieder finden. Wir werden das Geld gut gebrauchen können.« Lorn lacht Helkyt an. »Ich bin mir sicher, dass der Major-Kommandant sich nicht die Mühe machen wird, andere Offiziere hierher zu versetzen, wenn ein guter Teil der verschwundenen Silber- und Goldstücke wieder auftaucht und wir seinen Auftrag erfüllen.«

Helkyt nickt bedächtig. »Es sind noch etwa hundert Goldstücke und an die zweihundert Silberlinge in der Kasse im Tresorraum. Ich könnte vielleicht auch noch einige andere finden, die wir woanders sicher aufgehoben haben, jetzt, wo wir wissen, was der Major-Kommandant mit uns vorhat.«

»Ich bin sicher, dass du dein Bestes tun wirst.« Lorn lächelt kurz. »Nun, wie kommen die Soldgelder hierher?«

»Die Kasse wird jeden zweiten Achttag gefüllt«, antwortet der Haupttruppenführer. »Ich nehme die Kasse mit zu den Kaiserlichen Buchhaltern und diese stocken den Betrag darin um die entsprechende Summe auf. Die Wachen und ich bringen das Geld anschließend hierher und bewahren es im Tresorraum auf, bis wir die Männer am siebten Tag damit bezahlen.«

»Wann kommen die nächsten Soldgelder?«

»Übermorgen.«

»Gut. Von nun an wirst du das Geld hier im Arbeitszimmer nachzählen, nachdem du es geholt hast, und wir beide werden ein Schriftstück unterschreiben, das besagt, wie viel wir bekommen haben.«

»Ja, Ser. Ich werde mit den Buchhaltern sprechen.«

»Das ist eine gute Idee. Sie sollten ebenfalls wissen, was der Major-Kommandant beabsichtigt, gerade vor der Auszahlung der nächsten Soldgelder.«

»Der Meinung bin ich auch, Ser.«

»Auch ich sollte mich mit ihnen besprechen. Vielleicht werden wir das gemeinsam tun.«

»Äh … ja, Ser.«

Lorn lächelt erneut. »Ich möchte Gewissheit haben, dass wir dem nachkommen, was sie brauchen.«

»Ihr sagtet, Eure Gemahlin sei das Oberhaupt eines Handelshauses, Ser?«

»Ja. Ich habe viel von ihr gelernt.«

Helkyt lächelt. »Die Buchhalter wird es sicher interessieren, dass der neue Kommandant etwas vom Handel versteht.«

»Du kannst ihnen eine diesbezügliche Nachricht übermitteln. Besser wäre jedoch, wir träfen sie so bald wie möglich gemeinsam.«

»Ja, Ser.«

Lorn wirft erneut einen Blick auf seine handgeschriebene Liste. »Der Nordflügel der Unterkünfte. Wir werden einen Karren oder Wagen ausleihen müssen, um all den Unrat fortzuschaffen. Gibt es einen Lumpensammler hier in Biehl, der uns vielleicht etwas für die Stoffe und das Holz bezahlt?«

Helkyt schaut Lorn verständnislos an.

»Du wirst herausfinden, ob es einen gibt. Wir müssen auch in Erfahrung bringen, ob es hier genug Cuprit für den Kupferschmied gibt, damit er uns …«

Lorn hält inne, als Helkyts Augen langsam glasig werden. »Das soll reichen für heute. Warum fängst du nicht gleich mit der Ausarbeitung der neuen Übungspläne und mit der Auswahl der Lanzenkämpfer an, die das Training übernehmen sollen?« Er steht auf. »Wir unterhalten uns später weiter.«

Helkyt rafft sich schwerfällig auf. »Ich werde Euch in Kürze die Namen der Männer mitteilen, Ser. Sehr bald.«

Das Lächeln schwindet nicht von Lorns Gesicht, bis der Haupttruppenführer die Tür hinter sich geschlossen hat.

XIV

Am Abend sitzt Lorn am Schreibtisch in seinem Arbeitszimmer und prüft die Lohn- und Ausgabenlisten ein weiteres Mal. Er schüttelt den Kopf. Ohne zusätzliche Goldstücke kann er sich weder Pferde noch Sättel für zwei vollständige Kompanien leisten, selbst wenn er die zweite neue Einheit nicht vor Mittsommer rekrutiert. Vielleicht kann er auf die Bezirkswache zurückgreifen. Er schüttelt erneut den Kopf, dann fügt er einen Punkt zu seiner Aufgabenliste hinzu. Er muss dem Bezirkswachkommandanten eine Nachricht zukommen lassen und ihn dann aufsuchen, denn es gehört auch zu seinen Aufgaben, die Mannstärke und Einsatzbereitschaft dieser Wache festzustellen und zu prüfen – etwas, das seit Jahren nicht mehr getan wurde. Er legt die Liste beiseite und holt sich erneut die Zahlen der Soldlisten.

Er rechnet im Geiste noch einmal alles durch und legt die Berechnung dann zur Seite. Er weiß genau, dass er seine Ziele nicht erreichen wird, wenn er gute Pferde und Sättel … die gesamte Ausstattung … nicht günstiger einkaufen kann. So viele Ziele, die nur in seinem Kopf existieren. Er weiß, was er tun muss, also verschwendet er nicht viele Gedanken an die Kühnheit, die seine Aufgabe erfordert. Aber ohne diese Kühnheit sieht seine Zukunft düster aus. Und ohne Wissen auch.

Er lacht in sich hinein. Dennoch … er glaubt fest daran, dass ein Mensch die Zeiten ändern kann – auch wenn ihm noch überhaupt nicht klar ist, wie das möglich sein soll –, und auch daran, dass die Zeiten den Menschen formen. Er wird sehen, wird es sehen müssen.

Er nimmt das Chaos-Glas aus dem Wäschestück und stellt es auf das polierte Holz. Lorn weiß, dass er das

Glas sinnvoll und erfolgreich einsetzen muss, um überleben und weiterkommen zu können. Es ist jedoch schwierig, jene Personen durch das Glas zu beobachten, zu denen er nur wenig Verbindung hat. So ein Chaos-Glas könnte sich auch als Kampfmittel höchst nützlich erweisen – und wenn es nur dazu dient, sehen zu können, wo die Barbaren oder andere Feinde gerade reiten.

Lorn konzentriert sich. Dieses Mal dauert es länger – viel länger als sonst, wenn er nur einzelne Personen sucht, die er bereits kennt –, bevor sich die Silberschwaden lichten und die Sicht auf eine Horde Reiter freigeben. Das Bild zeigt eine Barbarenbande. Lorn hat nur ein Problem, er hat keine Ahnung, wo sich die Barbaren aufhalten oder was ihr Ziel ist.

Nachdem er das Bild losgelassen hat, holt er tief Luft. Muss er das Glas gar dazu gebrauchen, den nordöstlichen Teil der Hügel des Endlosen Grases zu vermessen? Vielleicht sollte er auch ein Bild von Jera aufrufen?

Er konzentriert sich ein weiteres Mal – und wird belohnt mit dem Anblick einer Stadt, die von oben aussieht wie Biehl, nur dass Jera an der nördlichen Seite des Flusses Jeryna liegt. Das Brennen in Lorns Augen verwandelt sich langsam in tausend Nadelstiche und schließlich in Messer, die ihm von hinten in die Augen stechen, während er versucht, die einzelnen Stadtteile im Glas auszumachen.

Als er das Bild schließlich loslässt, pocht ein wilder Schmerz in seinem Kopf und winzige Messer durchbohren Augen und Schädel. Er sitzt da mit geschlossenen Augen – draußen wird es bereits dunkel – und massiert sich die Stirn, um das Pochen wegzureiben, das stets auf den ausgedehnten Gebrauch des Chaos-Glases folgt. Schließlich öffnet Lorn die Augen, wickelt das Glas wieder in das Wäschestück, steht auf und zündet die Lampe an. Dann nimmt er den Federhalter heraus und ein leeres Blatt Papier und beginnt zu schreiben, langsam, nachdenklich. Zuerst verfasst er einen Brief an seine Eltern und an Jerial, dann einen kürzeren an Myryan und schließlich jenen, den er am liebsten als Erstes geschrieben hätte. Aber hätte er damit angefangen, hätte er die anderen womöglich nicht mehr geschrieben.

Als er den letzten Brief fertig hat – er ist an Ryalth gerichtet –, liest er ihn noch einmal durch. Mit höchster Sorgfalt hat er die Worte gewählt, denn hier in Biehl sieht er keine Möglichkeit, die Briefe durch einen Händler seines Vertrauens zu verschicken. Deshalb muss er diese Schriftrolle über das übliche Feuerwagen-/Kuriernetz versenden.

Meine Liebste,
die Fahrt nach Biehl verlief ohne besondere Vorkommnisse. Die Ankunft erwies sich jedoch als völlig anders, als wir beide es uns jemals hätten vorstellen können. Zunächst einmal war niemand mehr da, den ich hätte ablösen können, da der vorherige Oberst, ein älterer Offizier, schon vor etwa einer Jahreszeit gestorben war. Sein allzu früher Tod hat dazu geführt, dass vieles vernachlässigt wurde und im Argen liegt – ärger als ich dachte. Die alte Stadt, die wohl eher ein größeres Städtchen ist, liegt an der Ostseite des Flusses Behla, südlich des Nordmeers … Wenn der Wind bläst, kann es sehr kalt sein …

Es scheint, als würde meine Aufgabe hier auch die Rekrutierung von jungen Lanzenkämpfern beinhalten, sodass ich anderen Außenposten wohl bald ausgebildete Männer zur Verfügung stellen kann, wie es der Major-Kommandant verlangt. Das kommt noch zu den Aufgaben des Wiederaufbaus der Kaserne und der Bereitstellung von Lanzenkämpfern für die Kaiserlichen Buchhalter hinzu, die seit dem Tod des vorherigen Oberst ohne diese Unterstützung auskommen mussten.

In meinen Gemächern, die viel größer sind als jemals erhofft und sogar für eine Gemahlin passend wären – zumin-

dest für einen Besuch –, wenngleich sie etwas altmodisch sind, habe ich genügend Platz, um in Ruhe lesen und nachdenken zu können. Und ich habe ein Dienstmädchen, das mit einem der älteren Lanzenkämpfer verheiratet ist. Sie macht sauber und kocht das Abendessen. Obwohl sie einfach und bescheiden kocht, schmeckt das Essen doch viel besser, als es bei meinen früheren Dienstposten der Fall war … Da ich sehr damit beschäftigt bin, die ungeklärte Lage, die durch den frühen Tod meines Vorgängers entstanden ist, in Ordnung zu bringen, hatte ich noch nicht viel Gelegenheit, mir die Stadt näher anzusehen oder festzustellen, welche besonderen Waren hier gehandelt werden …. aber ich habe nicht vergessen, dass dies wichtig ist …

Ich vermisse dich und hoffe, dass es dir gut geht.

Lorn legt die Schriftrolle zum Trocknen beiseite und lehnt sich für einen Moment in dem uralten und nicht überaus bequemen Stuhl zurück. Irgendwie erinnern ihn die Räumlichkeiten hier an das Büchlein mit dem Silbereinband, es ist fast so, als würden sie die Zeiten des ehrwürdigen Schreibers heraufbeschwören. Biehl ist eine alte Stadt, und es ist durchaus möglich, dass die Kasernenmauern schon in den ersten Jahren Cyadors erbaut wurden. Aber sein Quartier ist vermutlich erst drei Generationen alt, bestimmt nicht älter.

Während die Schriftrollen trocknen, nimmt Lorn das dünne Silberbuch zur Hand, das noch immer so unversehrt ist wie damals, als Ryalth es ihm förmlich aufdrängte, obwohl er es schon einige Male kreuz und quer durch Cyador mitgenommen hat. Er schlägt das Buch auf und blättert durch die Seiten, bis ihm einer der rätselhaften Verse ins Auge fällt.

Ich höre die einsamen Magi'i,
sie kerkern ihre Chaos-Seelen ein
in den Korridoren des Viertels,

sie schmieden Feuerwagen, Schiffe und Feuerspeere,
damit die alte Welt niemals mehr zum Vorschein kommt.
Ich höre die Kämpferseelen, die ihre Lanzen erheben
gegen das, was der Zukunft Vergangenheit uns bringt,
während Zeittürme halten in Schach
die Winter der kommenden Tage,
die wir nicht sehen werden,
die wir nicht auslöschen können …
bis die Türme zu Sand zerfallen
und Cyad nicht länger sein wird.

Lorn runzelt die Stirn, während er weiter durch die Seiten blättert und einen anderen Vers findet, der Cyad als etwas weitaus Größeres darstellt. Er liest die ersten zwei Strophen laut.

In dieser Zeit sind die Steine scharf und klar
durch Entscheidungen, einst getroffen in Furcht und Hoffnung,
Traditionen, aufgepfropft von lange verlorenen Sternen,
ferne Schlachten, gekämpft, ohne an die Opfer zu denken,
Länder, dem Griff der toten Hände der Ordnung entrissen,
damit Flüchtlinge ein fruchtbares Land bestellen konnten.

Cyad, von deinen Plätzen und Straßen aus weißem Stein
wird der erste Frieden kommen, den dieses Land sieht.
Von den Rationalen Sternen und den drei Wegen
wird Hoffnung und Gerechtigkeit für alle Tage folgen …

Lorn murmelt die restlichen Zeilen des Gedichts in sich hinein. Es ist immer derselbe Autor, erst schreibt er über die Größe Cyads, dann wieder über den unvermeidlichen Niedergang der Stadt. Lorn runzelt die Stirn. Cyad darf nicht fallen – nicht, solange er lebt.

Langsam klappt er das Buch zu. Der Schriftsteller wusste schon vor so vielen Jahren, dass die Türme versagen würden, und doch harrte er aus. Lorn legt erneut die Stirn in Falten. Tat er das? Das Buch liefert keine Beweise dafür. Es gibt kein einziges Gedicht, das davon erzählt, was aus dem Verfasser geworden ist, und keinen einzigen Hinweis darauf, wie dieses dünne Büchlein in die Hände von Ryalths Mutter gelangt ist.

Lorn wirft einen Blick aus dem Fenster in die Dunkelheit. Er wird versuchen, die Garnison und die Kaserne wieder aufzubauen. Wird ihm das gelingen? Kann Cyad neu aufgebaut werden, damit es seine Größe auch ohne Feuerwagen, Feuerschiffe und Feuerlanzen behalten kann? Wird es dann noch Cyad sein?

Was ist Cyad denn?, fragt er sich. Doch noch immer weiß er keine Antwort auf die Frage seines Vaters, zumindest keine, die ihn zufrieden stellen würde. All diese Fragen und die traurigen Worte des ehrwürdigen Schriftstellers lassen die andere Frage wieder auftauchen, und auch diese klingt ganz einfach, lässt jedoch ebenfalls keine einfache Antwort zu: Formen die Zeiten den Menschen oder kann der Mensch die Zeiten formen? Wurde der ehrwürdige Schreiber inspiriert von den Kräften Cyadors oder reagierte er nur auf diese Kräfte? Oder steuerte er sie gar selbst? Da Lorn nicht weiß, wer der Mann war, hat er auch keine Antworten, und die Worte des Schriftstellers bieten ebenfalls keine absolute Sicherheit für irgendetwas.

Er schüttelt resignierend den Kopf und gähnt. Solche philosophischen Überlegungen werden ihm bei dem, was er noch vollbringen muss, gewiss nicht weiterhelfen. Noch einmal gähnt er, dann steht er auf und dreht die Lampe herunter. Er hat viel zu tun am nächsten Morgen, so wie jeden Morgen.

XV

Die zwei Männer stehen am Ende einer weißen Steinpier, an der keine Schiffe liegen. Unter den dicken Wolken des kalten Frühlingstages bläst der Wind weiße Kronen auf das kabbelige, graublaue Wasser im Hafen von Cyad. In der Mitte der Pier stehen zwei Gruppen von uniformierten Männern, jede bei einem Poller. Die eine Gruppe ist in grüne Uniformen mit goldenen Tressen gekleidet, die andere, eine kleinere Einheit, in verwaschenes Blau. Beide Gruppen beobachten die zwei Händler, die einander gegenüberstehen.

Die beiden Männer tragen keinen Bart, ihre Kleidung ist aus blauem Schimmertuch. Der eine wirkt schwerfällig, ist groß und beleibt und seine braunen Augen scheinen von den dicken Lidern fast erdrückt zu werden. Sein glattes dunkelbraunes Haar ist sorgfällig frisiert, aber bereits schütter, und flattert im Wind. Der zweite Händler ist von mittlerer Größe und wirkt gepflegt. Sein sandfarbenes Haar weist schon einige silberne Strähnen auf und seine Augen sind haselnussbraun.

Der schwere Händler blickt den kleineren Mann an. »Hochverehrtes Klan-Oberhaupt Tasjan, mir ist zu Ohren gekommen, dass es im Dyjani-Klan einige Stimmen gibt, die nach einer Veränderung bei den Händlern verlangen.«

»Solche, die nach Veränderung streben, gibt es immer.« Tasjans Stimme ist ein weicher, tiefer Bass, was bei einem so schlanken Mann ein wenig überrascht.

»Die Worte künden nicht nur von Veränderungen. Es wird auch vom zukünftigen Kaiser gesprochen.«

»Es wird immer wieder gefragt: ›Wäre es nicht an der Zeit für einen Händler-Kaiser? Können wir nicht einen der unseren mit Klingen und Goldstücken unterstützen, der dann in den kommenden Jahren regieren wird? Können wir jene nicht endlich absetzen, die die sprichwörtliche zersprungene und unbrauchbar gewordene Vase der Vergangenheit noch immer verehren?‹« Tasjan lacht. »Ich höre solche Fragen, seit ich ein kleiner Junge bin. Und Ihr auch.«

»Solche Fragen sind gefährlich heutzutage«, bemerkt Bluoyal.

»Weil der Kaiser alt wird, Bluoyal? Oder weil er mit seinem Handelsberater nicht mehr zufrieden ist?«

»Vergesst nicht, Tasjan, dass ich derjenige war, der Fuyol beruhigt hat, als er Euch und Eure Erben mit Hilfe von Schwertern auslöschen wollte. Ich war es, der ihn beschwichtigt hat.«

»Ich schätze Eure Taten, mein alter und hochverehrter Freund.« Tasjan zuckt die Schultern. »Aber keiner wollte sein Gold annehmen, und nun liegt er im Sterben und alle wenden sich von ihm ab.«

»Da war diese Angelegenheit mit der Handelsplakette der Dyjani«, sagt Bluoyal. »Und ein mit Cupridium veredelter brystanischer Säbel. Es sind die Dyjani, die mit Säbeln aus Brysta handeln – sie sind die Einzigen, wenn ich mich recht entsinne.«

»Jedem ist bekannt, dass nur wir mit solchen Waffen handeln. Neben dem Haus Bluyet natürlich, welches auch damit Geschäfte macht, aber wir wissen, dass der Kaiserliche Handelsberater über alle Verdächtigungen erhaben ist«, antwortet Tasjan. »Deshalb war der Vorfall bedeutungslos. Es war nicht schwer, den Verdacht auf uns zu lenken.«

»Und warum«, fragt Bluoyal mit einem Lachen, »wollte man den Verdacht auf den höchst ehrenwerten Dyjani-Klan lenken? Weil man Euch so liebt?«

Tasjan erwidert das Lachen. »Wir sind beliebt, weil wir beim Kräftemessen mit den Hamoranern am erfolgreichsten abschneiden, und nicht nur da.«

»Beliebt oder nicht, hochverehrter und alter Freund – jetzt ist nicht der richtige Zeitpunkt, dass Händler Anforderungen stellen könnten. Die Zeit wird uns einen größeren Gefallen als alle Taten erweisen. Rynst wird mit jedem Tag älter, und ohne ihn werden die Spiegellanzenkämpfer nicht mehr wissen, gegen wen sie ihre Klingen richten sollen. Chyenfel hält sich nur noch durch seinen schieren Willen gegen die Kraft des Chaos am Leben. Wenn Kharl ihm nachfolgt, wird Chaos auf Chaos treffen, denn der Zweite Magier wird den jungen Rustyl als Nachfolger für den Malachit-Thron nicht unterstützen – so wie er niemanden von Rynsts Günstlingen fördern wird.« Bluoyal schüttelt den Kopf. »Der Zweite Magier würde gern Kaiser sein, aber er erkennt nicht, dass nur wenige ihn unterstützen würden – selbst aus dem Viertel der Magi'i wären es nur wenige.

»Er ist ein mächtiger Magier, genau wie sein Sohn«, entgegnet Tasjan. »Der Vierte Magier, der bisher alles ausgeglichen hat, wird alt, sagen viele, und seine Tochter ist mit Kharls Sohn verheiratet. Viele würden Kharl befürworten, weil er einen Sohn hat, und um der Tochter des Vierten Magiers willen, um sicherzugehen, dass es einen Erben geben wird. Das Kaiserreich erträgt nicht noch einen Kaiser ohne Nachfolger, nicht in diesen Zeiten.«

»Und wenn der Zweite Magier scheitert ... was dann?«, fragt Bluoyal. »Werdet Ihr Euch dann selbst anbieten, als der Mann der Händler – oder des Volkes?«

»Ich kann mir nicht vorstellen, dass der Fall eintritt«, antwortet Tasjan.

Trotz des kühlen Windes muss sich Bluoyal die Stirn mit einem Tuch abwischen, dessen hellblauer Stoff für einige Sekunden sein gesamtes Gesicht verdeckt. Seine braunen Augen wirken kalt, als er wiederum den schlanken, blonden Händler betrachtet. »Ihr habt mit anderen über das Versagen der Magi'i gesprochen. Warum wollt Ihr mit mir nicht darüber sprechen?«

»Weil Ihr Euch zu oft mit Chyenfel und Kharl trefft.« Tasjan zuckt die Achseln. »Ich werde auch jetzt nicht mit Euch darüber sprechen. Ich glaube weiterhin, genau wie Ihr, dass eine Zeit kommen wird, in der ein Händler auf dem Malachit-Thron sitzen muss. Wann diese Zeit sein wird, das weiß ich nicht. Und Ihr auch nicht.«

»Ihr setzt darauf, dass diese Zeit bald kommen wird, und Ihr werdet der Händler sein. Eure Wachen unter Sasyk werden schon dafür sorgen, dass zumindest einige ein solches Anliegen an Euch herantragen werden.«

Tasjan lächelt. »Ich würde so ein Angebot zwar kaum ablehnen, aber wer sollte mir dergleichen antragen – mir, dem ach so beliebten Oberhaupt des Dyjani-Klans? Was Sasyk betrifft, so wisst Ihr, dass er nur dazu da ist, die Interessen des Hauses zu schützen.«

Der ältere und schwerere Händler schüttelt bedächtig den Kopf. »Ihr spielt mit Chaos-Flammen, mein Freund.«

»Ihr werdet von diesen Flammen noch vor mir aufgefressen werden, Bluoyal, weil Ihr ihnen viel näher steht. Cyad ist nicht sehr nachsichtig mit denen, die das Gleichgewicht zwischen dem Chaos des Chaos und dem Chaos der Menschen nicht finden.«

»Ihr seid wirklich sehr um mein Wohlergehen besorgt.«

»Das bin ich in der Tat, denn wenn Ihr scheitert, wer wird dann Handelsberater?«, fragt Tasjan. »Ich möchte nicht, dass Veljan das wird, aus Gründen, die wir alle kennen. Auch Vyanat nicht, der all das in sich vereint, was Ihr mir vorwerft. Und beliebt, wie ich bin, wer würde mich wollen? Bedeutet das, dass wir am Ende jemanden wie Kernys auf diesem Posten sehen werden? Oder die Händlerin, die uns mit unseren belanglosen Racheakten geradezu großmütig aussehen lässt? Nein … mir wäre es lieber, Ihr würdet noch bleiben.«

»Im Moment noch«, meint Bluoyal.

»Aber natürlich«, Tasjan lacht. »Wäre es Euch lieber, ich würde Euch ins Gesicht lügen?«

Bluoyal fällt in das Lachen ein und hebt das breite blaue Tuch, um sich noch einmal die Schweißtropfen vom Gesicht zu wischen.

XVI

Im frühmorgendlichen Licht, welches das Arbeitszimmer erhellt, brütet Lorn über der Landkarte von Biehl und versucht das bisher in der Stadt Gesehene mit den alten Karten in Verbindung zu bringen. Einiges, so stellt er fest, ist veraltet: Die Karte zeigt vier Piere im Hafen und einige Gebäude, die wahrscheinlich einmal Lagerhäuser waren, jetzt jedoch nicht mehr existieren.

Die Durchsicht der Aufzeichnungen in Helkyts Arbeitszimmer hat ihm auch offenbart, dass einst ein Major oder Sub-Major die Kaserne befehligte und dass es drei Kompanien hier gegeben haben muss. Er richtet sich auf und schüttelt den Kopf; er muss schnell und entschlossen handeln, auch wenn er dazu noch nicht genug weiß. Ihm ist auch bewusst, dass sein Handeln so wenig wie möglich auffallen darf, denn ein intelligenter Offizier, der sehr jung ist für seinen Rang, ist bereits verdächtig.

»Ser?« Helkyt späht durch die Tür ins Arbeitszimmer. »Seid Ihr schon lange hier?«

»Seit der Morgendämmerung, glaube ich.« Lorn lacht. »Komm herein und erzähl mir von den Kaiserlichen Buchhaltern. Schließ die Tür.«

Helkyt macht die Tür hinter sich zu und nimmt auf dem Stuhl neben der Wand Platz. Er streicht sich eine dünne, lange Strähne seines graublonden Haares aus dem Gesicht und drapiert sie quer über den Schädel, von dem die meisten Haare schon verschwunden sind. »Vielleicht … vielleicht, Ser, ist es am besten, ich erzähle Euch etwas über die Kaiserlichen Buchhalter in Biehl, bevor Ihr sie besucht.« Über Helkyts Augenbrauen stehen Schweißperlen, obwohl die Luft im Arbeitszimmer kühl ist.

»Erzähl mir von ihnen«, fordert Lorn ihn munter auf.

»Es gibt drei Buchhalter: Flutak, Neabyl und Comyr. Oberbuchhalter Flutak«, fährt Helkyt fort, »ist dafür verantwortlich, die Zölle einzutreiben und zu verwalten. Neabyl durchsucht die Schiffe und stellt sicher, dass sie keine Schmuggelware transportieren. Comyr ist der jüngste der drei. Er tut alles, was die älteren Buchhalter ihm auftragen.«

»Wie lange hat Flutak den Posten als Oberbuchhalter bereits inne?«

Helkyt zuckt unruhig die Schultern. »Er war schon Oberbuchhalter, lange bevor ich hierher versetzt wurde.«

»Und du bist schon wie lange hier?«

»Fast acht Jahre, Ser.«

»Verbringt Flutak viel Zeit bei den Händlern in der Stadt? Oder unterhält er Beziehungen zu irgendwelchen Handelshäusern?«

Helkyt fährt sich mit der Zunge über die Lippen. Schließlich spricht er: »Nicht dass ich wüsste, Ser, zumindest weiß ich es nicht sicher. Man sagt, er hätte mächtige Verwandte in Cyad. In Biehl hat er angeblich gute Beziehungen zu Baryat, dem Olivenbauern … vielleicht auch zu anderen, doch davon habe ich bisher nichts gehört.«

Lorn nickt. »Was ist mit Neabyl?«

»Er kam erst vor fünf Jahren hierher und Comyr vor dreien.«

»Hat einer der drei seine Gemahlin hier?«

»Flutak ist nicht verheiratet, aber man sagt, er hätte eine Mätresse. Die jüngste Tochter von Baryat. Baryat besitzt große Ländereien im Süden und Westen. Dort ist es trockener und sonniger.«

»Werden von Biehl aus viele Oliven verschifft?«

»Mehr Oliven als alles andere, Ser. Außer Ton, aber der bringt nicht so viel ein.«

Was Lorn nicht versteht – oder fürchtet, nicht zu verstehen –, ist, dass das, was Helkyt ihm hier enthüllt, ohnehin offensichtlich ist.

»Und Neabyl?«

»Seine Gemahlin lebt in Sommerhafen, und man sagt, dass sie allenfalls zu Besuch nach Biehl kommt. Comyr – der ist jung und nicht verheiratet, nicht dass ich wüsste.«

»Du weißt nicht zufällig, wer diese mächtigen Verwandten von Flutak sein könnten oder ob sie vielleicht irgendeinem großen Handelshaus angehören?«

»Leider nicht, Ser.«

»Du kannst wieder an die Arbeit gehen, Helkyt. Wir werden in Kürze aufbrechen, um den Buchhaltern einen Besuch abzustatten. Ich möchte mir vorher nur noch ein paar Notizen machen.«

»Ja, Ser.« Helkyt erhebt sich vorsichtig von dem Stuhl.

Lorn fügt noch einige Punkte zu seiner Liste hinzu, die in den wenigen Stunden, die er nun in Biehl ist, erschreckend lang geworden ist; dann verlässt er das Arbeitszimmer.

Helkyt blickt von einem Stapel Papier auf. »Ser?«

»Wir treffen uns im Stall.«

»Komme sofort, Ser, nur einen Moment noch, wenn Ihr gestattet.«

Lorn nickt und geht hinaus, vorbei an der Tür zu dem ungenutzten Raum auf der gegenüberliegenden Seite des Flurs, dem Raum, der so etwas wie ein Audienzzimmer zu sein scheint oder ein Raum für offizielle Anlässe.

Draußen bläst der Wind nun stärker als vorher, aber wärmer und aus südlicher Richtung.

Vor dem Stall kommt ihm ein Stallbursche entgegen, der wie die meisten Soldaten in Biehl schon etwas älter ist. Er hat weiße Haare und es fehlen ihm einige Zähne. »Ich heiße Chulhyr, Ser.« Neugierig beäugt er Lorns Abzeichen.

»Ich heiße Lorn, der neue Oberst. Du warst nicht da, als ich ankam, sagte mir Helkyt.« Lorn lächelt. »Ich brauche ein Pferd. Wenn du mir ein gutes empfehlen könntest …«

»Ihr wollt einen Hengst, Ser?«

Lorn lacht. »Ich möchte ein Pferd, das macht, was ich will und nicht störrisch ist.«

Der Stallbursche lacht ebenfalls. »Ja, Ser.«

Als Chulhyr die braune Stute hinausführt, kommt Helkyt schwer atmend über den Hof gelaufen. Der Stallbursche blickt Lorn an. »Sie hat zwar einen eigenen Willen, aber mit fester Hand ist sie gut zu reiten.«

»Danke.« Lorn betrachtet die Stute eingehend und schwingt sich anschließend in den Sattel, wo er sich den brystanischen Säbel zurechtrückt. Dann reiten er und Helkyt über den Hof.

»Hast du jemanden gefunden, der den Unrat fortschafft?«, fragt Lorn, während sie durch die Kasernentore und vorbei an einem wieder viel zu jungen Lanzenkämpfer reiten.

»Ich werde es heute Nachmittag erfahren, Ser.«

»Und du hast die Namen der Ausbilder?«

»Ja, Ser.«

Lorn nickt. »Erzähl mir etwas über die Straßen und Plätze, an denen wir vorbeikommen, wenn es dir nichts ausmacht.«

»Ja, Ser.« Helkyt räuspert sich. »Dort drüben befindet sich das Lagerhaus der Olivenbauern, wo sie die eingelegten Oliven aufbewahren, dahinter liegt das der Töpfer, nur dass Aluyt die großen Töpfe für Kernöl und Ähnliches ...«

Lorn hört den Ausführungen des Truppenführers aufmerksam zu, während sie zum Hafen reiten, und versucht, die Namen und Gebäude im Gedächtnis zu behalten, um sie später mit der Karte vergleichen zu können, die er sich zuvor angeschaut hat. Genau wie an dem Tag, als er Biehl zum ersten Mal betreten hat, sieht er auch jetzt nur wenige Menschen auf den Straßen der alten Stadt.

Das einstöckige Haus der Buchhalter steht westlich der Piere und südlich von der Krämerei. Es ist ein viereckiger Bau mit einer Seitenlänge von etwa fünfzig Ellen, der teilweise hinter einer hohen Hecke versteckt liegt. Die grünen Fensterläden sind frisch gestrichen und die Scheiben der Fenster weisen nicht die typischen Streifen auf, die das Meersalz für gewöhnlich hinterlässt und wie es bei den Fensterscheiben in den Lanzenkämpferunterkünften und auch in Lorns Gemächern der Fall ist.

Lorn und Helkyt halten vor dem Gebäude an, wo sich einige Pfosten zum Anbinden der Pferde befinden. Sie steigen ab, machen ihre Rösser fest und gehen zum Eingang. Drinnen steht ein kleiner Tisch, an dem ein braunhaariger junger Mann in blauer Kleidung sitzt; seine Tunika ist mit dünnen beige- und grünfarbenen Paspeln besetzt.

»Truppenführer«, begrüßt der Buchhalter die beiden Männer.

»Comyr«, erwidert Helkyt, »das ist Oberst Lorn, der neue Kommandant der Spiegellanzenkämpfer. Er ist gekommen, um die Oberbuchhalter zu sprechen.«

»Sie haben schon von Euch gehört und sind gewiss erfreut, Euch nun persönlich begrüßen zu dürfen, Oberst.« Comyr verbeugt sich. »Wenn Ihr mir folgen wollt.« Comyr führt sie durch eine Doppeltür in einen großen Raum, der dem in der Lanzenkämpferkaserne ähnelt; nur sitzen hier zwei Männer am Tisch, der auch auf einem Podium steht. Zwischen ihnen liegt ein Stapel Papier.

Die beiden erheben sich. Beide Oberbuchhalter tragen dieselbe Art von Uniform: blaue Tuniken über grünen Hosen mit beigefarbenen Stoffgürteln. An den Ärmeln leuchten zwei goldene Streifen.

»Oberbuchhalter, dies ist Oberst Lorn«, stellt Helkyt seinen Vorgesetzten vor. »Oberst, Flutak ... und Neabyl.«

Flutak verbeugt sich. Er ist ein grobschlächtiger Mann, beinahe kahl, aber von einer muskulösen Statur, um die ihn jeder Barbar beneiden würde. Er ist glatt rasiert und die Augenbrauen stehen weiß und buschig ab; die letzten weißen Haare wachsen an den Seiten. »Es ist mir eine Freude zu sehen, dass Biehl wieder einen fähigen Lanzenkämpferoffizier hat.« Seine Stimme klingt wie die eines ausgebildeten Tenors.

»Mir ebenso.« Obwohl Neabyl klein ist, schwarzhaarig und drahtig, spricht er mit einer tiefen Baritonstimme.

Lorn antwortet mit einer Verbeugung.

»Und was können wir für Euch tun, Oberst?«, fragt Flutak.

»Ich bin gekommen, Euch mitzuteilen, dass ich vom Major-Kommandanten nach Biehl geschickt wurde, um die Garnison wieder aufzubauen und auszubilden und die Kaiserlichen Buchhalter besser zu unterstützen, als dies bisher der Fall war.« Lorn lächelt. »Ich dachte, es wäre das Beste, es Euch gleich selbst zu sagen.«

»Das sollten wir näher bereden.« Flutak geht in eine Ecke des Raumes und kommt mit zwei lehnenlosen Eichenstühlen zurück. Er stellt sie jeweils an die gegenüberliegenden Enden des rechteckigen Tisches. Alle vier Männer setzen sich.

Flutak sieht Lorn mit aufforderndem Blick an.

»Wie Ihr vielleicht wisst«, fängt Lorn bedächtig an, »haben die Barbaren ihre Attacken entlang der nördlichen Grenzen von Cyador in letzter Zeit verstärkt, und es werden immer mehr ausgebildete Lanzenkämpfer gebraucht, um diese Angriffe abzuwehren. Es wurde festgestellt, dass in Biehl sowohl Raum als auch die notwendigen Einrichtungen vorhanden sind, um junge Lanzenkämpfer zu rekrutieren und auszubilden, und dass die bereitgestellten Soldgelder ausreichen würden, um die Garnison zu vergrößern.« Lorn lächelt. »Aus diesem Grund hat man mich hierher versetzt.«

Flutak lächelt ungezwungen, ein Lächeln, das Lorn an Major Maran erinnert. »Wir haben bereits von den Verlusten gehört, die die Spiegellanzenkämpfer draußen auf dem Schlachtfeld gegen die Barbaren hinnehmen mussten. Viele haben auch schon vermutet, dass die Kaserne vielleicht ganz geschlossen wird und die Lanzenkämpfer allesamt an andere Standorte verlegt werden, denn in Biehl selbst werden nur wenig Lanzenkämpfer gebraucht. Ich bin sehr froh, dass dies nicht der Fall ist, und auch die Händler werden aufatmen, denn sie betreiben regen Handel mit der Kaserne und den Lanzenkämpfern.«

»Jedoch erscheint es uns etwas seltsam, dass Ihr allein gekommen seid«, bemerkt Neabyl.

Lorn zuckt mit den Schultern. »Das muss Euch nicht seltsam erscheinen. Der Major-Kommandant glaubt, dass diese Aufgabe von einem Oberst allein bewältigt werden kann. Wenn nicht, werden zweifellos in Kürze ein Major und ein Unteroffizier folgen. Auf jeden Fall wird bald ein Unteroffizier kommen, aber es hätte wenig Sinn, einen anzufordern, wenn es für ihn noch gar keine Aufgabe gibt.«

Die beiden Oberbuchhalter tauschen verstohlene Blicke aus.

»Ich habe gehört, dass Ihr die hier an Land gehenden Frachtladungen untersucht und die Zölle darauf eintreibt. Auch sollt Ihr dafür zuständig sein, dass Schmugglerware wie Eisenwaffen und dergleichen nicht nach Biehl gelangen. Welche anderen Aufgaben gehören noch zu Eurer Arbeit, von denen ein Lanzenkämpfer vielleicht nichts weiß?«

»Wir stellen die Soldgelder für die Kaserne zur Verfügung«, meint Neabyl mit einem Lächeln.

»Das habe ich bereits gehört und dafür sind wir Euch auch dankbar.« Nach einem Augenblick des Schweigens fragt Lorn: »Und ich nehme an, Ihr führt Buch über die Schiffe, die hier einlaufen, sodass die Zahlen von Jahr zu Jahr und Jahreszeit zu Jahreszeit verglichen werden können?«

»Das tun wir und die Zolleinnahmen schicken wir dann nach Cyad.«

»Vielleicht werden die Zolleinnahmen für den Kaiser auch steigen, wenn mehr Lanzenkämpfer anwesend sind.«

»Die Buchhalter mussten sich dafür noch niemals auf die Lanzenkämpfer verlassen«, meint Flutak.

»Dann habt Ihr in der Tat Glück, denn das ist nicht in allen Häfen möglich«, antwortet Lorn ruhig. »Ich wollte Euch nur versichern, dass ich ebenfalls stark und auf Dauer am Handel interessiert und wirklich gewillt bin, Euch bei der Erfüllung Eurer Pflichten gegenüber dem Kaiser und dem Land des Lichts zu unterstützen, so wie es der Kaiser und der Major-Kommandant verlangen ...« Lorn hält inne, dann fügt er hinzu: »Und Ihr natürlich ... soweit notwendig.«

»Oberst Madlyr hatte gerade begonnen, sich für Zölle und den Handel zu interessieren ... aber dann verstarb er sehr plötzlich, just nachdem er dieses Interesse an den Tag gelegt hatte«, bemerkt Flutak mit verschlagenem Blick.

»Ein höchst unglückliches Ereignis.« Lorn lächelt, aber seine Augen sind kalt. Er konzentriert sich darauf, sich das Gesicht des Buchhalters einzuprägen. »Vielleicht gereicht es jedem zum Vorteil, wenn die Garnison zum Schutz des Handels wieder aufgebaut wird.«

»Wir alle streben nach dem Vorteil, der aber auch für alle von Nutzen sein soll«, stimmt Flutak zu.

»Ich habe festgestellt, dass die Unterkünfte nicht instand gehalten wurden«, sagt Lorn schnell, bevor die zwei Buchhalter weiter auf das Thema eingehen können.

»Es gibt wenig Grund dazu. Biehl ist bisher immer ein friedlicher Hafen gewesen, Lanzenkämpfer und Wachen wurden fast nie gebraucht.«

»Dessen bin ich mir sicher und bestimmt wird es auch in Zukunft so sein«, stimmt Lorn zu, »denn die Lanzenkämpfer werden ausgebildet, um gegen die Barbaren kämpfen zu können, und davon gibt es hier sicher keine.«

»Nein, in der Tat nicht, Oberst.«

Lorn richtet sich auf. »Ich danke Euch und freue mich darauf, mit Euch zusammenzuarbeiten.« Er deutet eine Verbeugung an.

Die Buchhalter erheben sich langsam.

»Wir freuen uns ebenfalls, einen so jungen und tatkräftigen Oberst hier in Biehl zu haben, und wir hoffen, dass sich unsere Erfahrung für Euch als nützlich erweisen wird, Oberst«, antwortet Flutak. »Und dass Ihr es für angebracht haltet, darauf zurückzugreifen.«

»Dafür danke ich Euch, und ich bin sicher, dass ich Eure Erfahrung noch gut verwerten kann.« Der Oberst verneigt den Kopf ein letztes Mal, bevor er sich umdreht und hinausgeht.

Lorn sagt kein Wort, bis er wieder auf dem Pferd sitzt und sie auf dem Rückweg zur Kaserne die Hafenpiere passieren. »Die Buchhalter haben ein ziemlich neues

Haus, eines der wenigen neuen Gebäude, die ich bisher in Biehl gesehen habe.«

»Es sind erst vier Jahre vergangen, seit es gebaut wurde.«

Lorn betrachtet die Piere. Die Brigg und einer der Schoner haben den Hafen schon verlassen, dafür liegt nun ein Fischerboot am innersten Kai angebunden, wo Körbe voller Fische auf einen kleinen Karren verladen werden.

»Die beiden schienen nicht gerade erfreut zu sein«, meint Helkyt.

»Ich bezweifle auch, dass sie sich wirklich gefreut haben.« Lorn lacht. »Lanzenkämpferoffiziere werden nirgends freudig begrüßt, aber ich bin sicher, dass sie hilfsbereit sein und mich unterstützen werden. Wenn wir zurück in der Kaserne sind, muss ich gleich einige Dinge niederschreiben, Helkyt. Danach werden wir die Pferde vielleicht noch einmal brauchen.«

»Ja, Ser«, meint Helkyt und schweigt dann. Sie reiten weiter, und als er von der Seite einen Blick auf Lorn wirft, schwankt der Ausdruck auf seinem Gesicht zwischen Sorge und Verwirrung.

Zwei Soldaten kämpfen in der schattigen Nordostecke des Hofes ungeschickt gegeneinander, als Lorn und Helkyt den Stall erreichen. Lorn nickt.

»Wie war sie, Oberst?«, fragt der Stallbursche, nachdem Lorn vor dem Stall Halt gemacht hat und abgestiegen ist.

»Gut, aber ich werde sie gleich noch einmal für einen längeren Ausritt brauchen.«

»Etwas Auslauf wird ihr gut tun.«

»Davon wird sie noch genug bekommen.« Lorn lächelt, bevor er sich umdreht und rasch über den Hof schreitet. Helkyt muss sich beeilen, um mit ihm Schritt halten zu können.

Zurück im Arbeitszimmer, hält Lorn all seine Eindrücke und die Lügen der Buchhalter schriftlich fest. Es hat den Eindruck, dass beinahe jeder zweite Satz, den Flutak aussprach, entweder eine Unwahrheit oder eine versteckte Drohung enthielt. Lorn beschreibt zwei ganze Seiten Papier, bevor er den Kopf schüttelt und den Truppenführer ruft.

»Ja, Ser?«

»Helkyt, wir werden gleich losreiten. Es kann länger dauern, vielleicht sogar den ganzen Nachmittag. Weißt du, wo Flutak und Neabyl wohnen?«

»Äh … man sagt …«

Lorn hebt die Augenbrauen.

»Ja, Ser.«

»Gut. Wir werden ausreiten und einige der hiesigen Lanzenkämpfer mitnehmen, die sich in Biehl auskennen. Du wirst mir alle Plätze und Orte zeigen, die ein Oberst kennen sollte. Dazu gehören die Wohnungen oder Häuser der Buchhalter, der mächtigsten Händler, Schiffseigner und Kommis. Außerdem möchte ich die Werkstätten der Handwerker sehen, die Waren an die Kaserne liefern oder liefern könnten. Es wäre gut für mich, das alles zu wissen.«

»Ja, Ser. Das verstehe ich.«

Lorn steht auf. »Ich werde dich in wenigen Minuten im Stall treffen. Ich muss noch etwas aus meinen Gemächern holen.«

Helkyt nickt.

»Und du such inzwischen zwei Lanzenkämpfer aus, die hier aufgewachsen sind und die Stadt und ihre Gerüchteküche kennen.«

»Ja, Ser.«

Lorn geht mit Helkyt hinaus in den Hof und dann allein am Hauptgebäude entlang, bis er die Treppe zu seiner Wohnung am Nordende des Hauses erreicht. Der Staub wurde bereits aus den Zimmern gefegt und der Duft von frisch gebackenem Brot strömt aus dem alten Ofen, obschon Daelya nirgends zu sehen ist.

Lorn holt das Chaos-Glas aus dem Versteck im Schrank zwischen der Unterwäsche und trägt es ins Arbeitszimmer. Dort schließt er die Tür und legt den Riegel vor, bevor er das Glas auswickelt und sich konzentriert.

Silberne Nebelschwaden wabern, dann lichten sie sich langsam und es erscheint eine Gestalt. Flutak sitzt allein an einem rechteckigen Tisch. Er hat die Stirn in Falten gelegt und blickt aus dem Fenster. Der Buchhalter murmelt etwas vor sich hin, aber er ist allein.

Lorn lässt das Bild schließlich los. Flutak scheint es nicht zu stören, beobachtet zu werden.

Der Oberst sperrt die Tür auf und läuft über die Vordertreppe hinunter in den Hof und hinüber zum Stall, wo Helkyt und zwei Lanzenkämpfer bereits auf den Pferden sitzen. In der warmen Nachmittagssonne, die am klaren, grünblauen Himmel strahlt, hält Chulhyr die Zügel der braunen Stute in der Hand.

»Danke, Chulhyr. Es ist ein gutes Pferd.«

Der Stallbursche verbeugt sich und zieht sich zurück.

Helkyt deutet auf die zwei Lanzenkämpfer. »Das sind Nayhul und Kurbyl.«

Nayhul ist braunhaarig und schon etwas älter, sein Gesicht ist wettergegerbt, während Kurbyl schwarzhaarig und noch jung ist.

»Gut.« Lorn schwingt sich aufs Pferd. »Ihr zwei und Truppenführer Helkyt werdet mich durch Biehl führen.«

Die drei nicken.

»Ich möchte noch einmal die Hafenstraße entlangreiten und an den Pieren vorbei. Ihr müsst mir zuerst die Werkstätten der Handwerker und die Läden der wichtigen Kommis zeigen, dann die Häuser der angesehensten Familien in der Stadt«, erklärt Lorn, während die vier durchs Tor reiten.

Ihr Weg führt den Hang hinunter, Nayhul hustet.

»Was ist, Nayhul?«

Der ältere Lanzenkämpfer deutet nach Westen auf

eine große Grube, die man aus dem Hügel gegraben hat, der gleich neben dem Hang liegt, auf dem die Kaserne erbaut wurde.

»Das sind die Tongruben von Jahlyr und seiner Familie. Feinster Ton für Porzellan und Keramik, so gut, dass die Spidlarer ihn den ganzen weiten Weg bis nach Spidlaria verschiffen«, erklärt der Lanzenkämpfer. »Und sogar die Hamoraner kaufen ihn.«

»Ist dieser Jahlyr reich?«, fragt Lorn.

»Muss er wohl. Seht Ihr die Villa da hinten?«

Lorn betrachtet die Ziegelgebäude auf der anderen Seite des Hügels, von denen nur die Dächer und oberen Stockwerke von der Straße aus zu sehen sind. »Sieht groß aus.«

»Es gibt viele Zimmer in der Villa, Ställe und ein Lagerhaus und sogar ein Becken zum Baden.«

»Sind die Zölle für Ton hoch?«, fragt Lorn den Haupttruppenführer.

»Das … weiß ich nicht, Ser.«

Sie reiten vorbei am Olivenlagerhaus und nähern sich dann den Pieren am Meer. An der äußersten Pier liegt ein zweimastiges hochseetüchtiges Schiff mit einer rotgoldenen hamorischen Flagge vor Anker. »Wisst ihr, warum die Hamoraner hierher fahren?«, fragt Lorn. »Ich kann mir nicht vorstellen, dass der Reichtum in Biehl so gewaltig ist, dass die Hamoraner hier ihre großen Ladungen löschen.«

»Sie kaufen vor allem gesalzenen Fisch«, bemerkt Kurbyl. »Mein Vater ist Fischer und verkauft ihn. Gelegentlich handelt er auch mit Porzellan und Oliven.«

»Ich nehme an, du wolltest kein Fischer werden«, meint Lorn.

»Ich mag Pferde lieber als Boote, Ser. Und ein trockenes Bett ist mir auch angenehmer.«

Die anderen Lanzenkämpfer lachen über den ironischen Tonfall des Jüngsten.

»Was kaufen die Hamoraner noch?«

»Manchmal auch Duftöl«, überlegt Helkyt.

Die anderen Piere sind leer.

Lorn deutet auf das Schild mit den gekreuzten Kerzen.

»Der Krämer, er heißt Reycuh, aber er ist kein guter Krämer«, sagt Nayhul. »Fuycyl hingegen ist ein sehr guter Küfer.«

»Wirklich sehr gut«, fügt Kurbyl hinzu. »Mein Vater zahlt gern einen Kupferling mehr für seine Fässer, um darin den gesalzenen Fisch an die hamorischen Händler zu verkaufen.«

Vor der Krämerei biegen sie in Richtung Süden ab, und Lorn hört aufmerksam zu, während Nayhul Erklärungen und Namen für fast jedes Gebäude oder Haus abliefert, an dem sie vorbeikommen.

»Das blaue Haus ... dort lebt die Unterhalterin Fyella ... sie ist alt, aber mein Großvater erinnert sich noch an sie ... die gelben Fensterläden ... der Möbelschreiner ... und da drüben ... das ist Systyl, der Alchimist mit seinen Pulvern und Tränken ... der Feuerwagenbahnhof, den alle Lanzenkämpfer kennen ...«

Es dauert nicht lange, da haben sie die Stadtmitte von Biehl verlassen und folgen einer kurvigen Straße in Richtung Südwesten.

»Hier stehen die Häuser derer, die von Bedeutung sind, Ser«, meint Nayhul. »Da drüben, der rötliche Turm, das ist Meister Duplyrs Wachturm über der Mühle.«

Nach einer Weile, etwa eine Meile weiter im Nordwesten, fällt Lorn eine große Villa auf, die auf einem niedrigen Hügel erbaut ist. »Wessen Haus mag das sein?«

Helkyt rutscht nervös im Sattel umher, sagt jedoch nichts.

Nayhul beantwortet schließlich die Frage. »Das ist das

Haus von einem der Kaiserlichen Buchhalter, der Große mit dem kahlen Schädel.«

»Ist das Buchhalter Flutaks Haus, Helkyt?«

»Äh ... ich glaube ...«

»Es ist recht ... weitläufig«, meint Lorn.

»Es ist das größte Haus in ganz Biehl, sagt mein Großvater«, fügt Kurbyl, der junge Lanzenkämpfer, hinzu. »Fast sechzig Arbeiter haben drei Jahreszeiten daran gebaut.«

»Und die Villa auf dem nächsten Hügel?«, fragt Lorn.

»Die gehört dem Olivenbauern Baryat«, meint Helkyt.

»Seine Tochter ist Flutaks Mätresse?«, hakt Lorn nach.

»Äh ... das sagt man ...«

Lorn dreht den Kopf zur Seite und bemerkt, wie die zwei anderen Lanzenkämpfer Blicke austauschen. Sie haben offenbar dieses Gerücht noch nicht gehört. Ein Lächeln umspielt die Lippen des Obersts. »Gerüchte ... sie sind stets mit Vorsicht zu genießen ... Wenn sie unwahr sind, leiden Unschuldige darunter, und wenn sie stimmen ...« – Lorn lacht leise –, »dann leiden meist auch die Unschuldigen.«

Helkyt runzelt die Stirn.

»Ser?«, fragt Kurbyl, so wie Lorn es sich erhofft hat.

»Wenn ein Gerücht falsch ist, dann leiden die, über die geredet wird. Wenn es jedoch stimmt, dann lassen die, über die geredet wird, jene, die die Wahrheit sagen, leiden.« Lorn zuckt die Schultern. »Deshalb sind Gerüchte so gefährlich, besonders die über einen Kaiserlichen Buchhalter.«

Die zwei Lanzenkämpfer tauschen einen weiteren Blick aus und Helkyt fühlt sich sichtlich unwohl in seiner Haut.

Nachdem die kleine Gruppe eine weitere Meile zurückgelegt hat, mit noch mehr Erklärungen über verschiedene Häuser und eine Sägemühle, streckt Helkyt beinahe erleichtert den Arm aus. »Seht Ihr! Wir haben

Biehl umrundet und reiten schon wieder auf die Piere zu.«

Als sie die Kasernentore passieren, lächelt Lorn, denn er weiß nun, wie er Flutaks Villa findet; wieder kann er einen Punkt auf seiner Liste abhaken.

»Danke«, sagt er zu den beiden Lanzenkämpfern, als er vom Pferd steigt. Dann wendet er sich an Helkyt. »Dank auch dir, Helkyt. Schon bald werde ich die Wege in Biehl ohne Führer finden.« Lorn sieht in den Spätnachmittagshimmel, dann fügt er hinzu: »Ich glaube, ich werde noch ein wenig in meinen Gemächern arbeiten, wir werden uns vor morgen früh nicht mehr sehen. Ich möchte, dass wir morgen die Pläne für die Renovierung der alten Unterkünfte durchgehen und Trainingspläne für die Lanzenkämpfer ausarbeiten.«

»Äh … ja, Ser.«

Lorn dreht sich zu dem wartenden Chulhyr um. »Danke.«

»Ist mir ein Vergnügen, Ser.« Der Stallbursche übernimmt die Zügel der braunen Stute und führt sie zurück in den Stall.

Lorn geht in sein Quartier. In dem kleinen Arbeitszimmer – die Fensterläden schließt er, um das starke Spätnachmittagslicht ein wenig zu dämpfen – versucht er sich erneut an dem Glas und sucht den Kaiserlichen Buchhalter.

Diesmal ist Flutak nicht allein, sondern geleitet einen Mann aus einem Zimmer; dieses Zimmer befindet sich nicht im Buchhaltergebäude, sondern in einem Haus aus weißem Stein – wahrscheinlich handelt es sich um die großzügige Villa, die Lorn zuvor zu Gesicht bekommen hat. Der schlanke Mann, der aufrecht geht, trägt zwei Dolche am Gürtel und ein schwarzes, aufgewickeltes Seil über der Schulter. Lorn kennt den Mann nicht, aber es steht außer Frage, welchen Berufsstand er vertritt.

»Dann gibt es also mehr als nur ein paar Ratten im Kornspeicher.« Lorn lacht heiser, dann stellt er das Glas zurück, das er öfter einsetzen muss, als er jemals gedacht hätte – damals, als Jerial es ihm gegeben hat. Er muss noch einige Vorbereitungen für den Abend treffen, dazu gehört auch, das Glas noch einmal zu benutzen, um festzustellen, wie man sich am besten Flutaks Villa nähert und insbesondere seinem Schlafzimmer.

XVII

Daelya hat als Abendessen eine Portion Eintopf und einen Laib frisches Brot für Lorn hingestellt. Er sitzt im Frühstücksraum neben der Küche und isst. Fast wünscht er sich, er hätte einen Schluck Wein dazu, ein Byrdyn würde ihm reichen. Aber nach dem, was er bisher in Biehl gesehen hat, gibt es überhaupt keinen Kommis für Spirituosen hier, es sei denn der Krämer oder ein anderer Kommis handeln mit Wein oder anderen alkoholischen Getränken. Bisher hat er noch kaum Zeit gefunden, das richtig zu ergründen, aber schließlich ist der Wein auch das geringste seiner Probleme.

Er ist sich nicht sicher, ob die Versetzung nach Biehl eine Prüfung ist oder ein weiterer Versuch, ihn aus den Reihen der Lanzenkämpfer zu entfernen – oder beides. Offenbar wird er von einigen Lanzenkämpfern nicht sehr geliebt, denn so mancher Spieler versucht wohl, ihn für die verschiedensten Züge einzusetzen. Seine Gedanken wandern zu den Fragen, die ihm sein Vater gestellt hat, besonders zur ersten, auf die er immer noch keine wirklich zufrieden stellende Antwort gefunden hat: *Was ist es, das Cyads Existenz sichert?* Andere Städte existieren auch ohne Chaos-Türme, das weiß er, und ohne Magi'i.

Andere Städte kommen ohne Kaiser oder Hafen und auch ohne den Reichtum Cyads aus. Er schnaubt. Biehl existiert mehr schlecht als recht ohne diese Dinge. Alle Städte haben Einwohner und Häuser, sonst wären sie keine Städte, aber dies sind allzu simple Antworten, sie würden seinen Vater nicht zufrieden stellen.

Die zweite Frage: *Kann all die Macht der Spiegellanzenkämpfer hier in Cyad oder all die Macht der Eisenlegionen in Hamor gegen den Willen jener, die in diesen Ländern leben, die Oberhand gewinnen?* Die Antwort darauf ist ebenfalls allzu simpel: Nein. Das ist so offensichtlich, dass Lorn sich fragt, warum sein Vater ihm diese Frage wohl gestellt hat. *Sind jene, die Macht oder Chaos steuern, auch die Quelle der- oder desselben?* Die Antwort auf die dritte Frage muss genauso deutlich nein heißen.

Doch Kien'elth ist weit davon entfernt, ein dummer oder plumper Vater und Magier zu sein. Warum hat er Lorn diese Fragen gestellt? Was soll Lorn hinter diesen Fragen erkennen? Und die letzte nicht niedergeschriebene Frage ist so allgemein gehalten, dass die Antwort beinahe alles sein könnte: *Wie kann die Welt einfach und gleichzeitig kompliziert sein?* Die Kompliziertheit ist einfach zu erkennen – in Menschen wie Maran und Flutak und selbst in seinem Vater. Die Einfachheit bereitet ihm jedoch Kopfzerbrechen.

Lorn hat auch noch keine Antworten gefunden, mit denen er zufrieden wäre, als er mit dem Essen fertig ist. Er wäscht Topf und Teller in einem Eimer mit Seifenwasser ab, den Daelya stehen gelassen hat, dann spült er beides mit klarem Wasser aus dem Wasserkrug nach und stellt das Geschirr zum Trocknen auf den Tisch. Er geht langsam hinaus aus dem Frühstücksraum, wo er allein gegessen hat, und zurück ins Arbeitszimmer, wo er auf das Glas blickt. Wieder konzentriert er sich.

Als die Nebelschwaden verschwinden, sieht Lorn, dass der zwielichtige Mann nun mit zwei anderen Männern in einem düsteren Raum zusammensitzt. Lorn sieht nur einen Augenblick lang zu, denn er möchte nicht zu viel Energie in das Glas verschwenden, wenn es ihm nur wenig zu sagen hat. Als das Bild verschwindet, nimmt er die grobe Karte, die er von der Straße und dem schnellsten Weg zu Flutaks Villa gezeichnet hat. Er hofft, dass Flutak allein ist, denn er weiß, dass er es sich nicht leisten kann, lange auf der Lauer zu liegen und zu warten oder gar Zeit zu vertrödeln.

Lorn hofft auch, dass die von Flutak beauftragten Mörder schon früh in der Nacht kommen werden, sodass er seine eigenen Aufgaben noch vor Tagesanbruch erledigen kann. Er hat wenig Zweifel daran, dass Flutak schnell handeln wird, noch bevor Lorn aufdecken und weitergeben kann, wie viel von den Soldgeldern abgezweigt wurde.

Lorn schüttelt den Kopf, während er darüber nachdenkt, was ihm nun bevorsteht. Wenn er nicht schnell etwas gegen Flutak und seine Mannen unternimmt, dann wird er später viel Zeit dafür aufwenden müssen, einen tödlichen Anschlag auf sich selbst zu verhindern. Womöglich scheitert er dadurch noch an seiner Aufgabe – den Posten in Biehl aus seinem erbärmlichen Zustand zu erlösen –, die ohnehin schon all seine Kräfte erfordert. Sollte Lorn jedoch scheitern und man ihm nachweisen können, dass er gehandelt hat, um seinen eigenen Tod zu verhindern, wird man ihn für unbeholfen halten; für rücksichtslos wird man ihn erachten, wenn ihm sein Vorhaben gelingt; und in beiden Fällen wird man ihn als kaltblütig einstufen.

Sein Lachen klingt heiser. Warum denken die Menschen, dass offene Rache gerecht und vertretbar ist und dass es menschlich ist und von Leidenschaft zeugt, wenn man sich rächt? Sich stumm zur Wehr zu setzen gilt jedoch als kaltblütig und rücksichtslos – auch wenn am Ende viel weniger Menschen darunter zu leiden haben. Lorn kann die Tiefe des Korruptionssumpfes schon erahnen, wenn er nur einen kurzen Blick in die Soldlisten und auf Flutaks Villa wirft, und auf die fragwürdigen Männer, mit denen sich Flutak trifft. Aber die Ankläger werden stichhaltigere Beweise fordern. Ein stärkerer Beweis wäre sicherlich Lorns Tod, aber das wird er nicht zulassen. Also muss er handeln.

Er fühlt sich zwar nicht sehr wohl mit seiner Entscheidung, aber er sieht keine andere Möglichkeit für sein Überleben und seinen Erfolg in Biehl.

Also wartet er auf die Schergen, die da sicher kommen werden, und setzt sich in die Dämmerung, um erneut über die erste Frage seines Vaters nachzudenken: *Was ist es, das Cyads Existenz sichert?* Alle Städte existieren, weil das Volk dort leben will, und zwar besser als an einem anderen Ort. Warum? Oder wie? Handel? Aber Handel setzt voraus, dass ein Volk mehr von einem Gut produziert, als es selbst benötigt, und es müssen genug Lebensmittel und ausreichend Unterkünfte vorhanden sein, um zu überleben.

Schließlich nickt er und löscht das Licht im Arbeitszimmer, dann geht er in den Schlafraum, wo er die Lampe ebenfalls löscht. Wie bei den meisten Magi'i sind seine Nachtsinne sehr gut ausgeprägt. Außer zum Lesen oder Schreiben braucht er nachts kein Licht.

In der Dunkelheit betrachtet er noch einmal die Feuerlanze, die er sich am Nachmittag aus der Waffenkammer genommen hat. Nun ist sie voller als zuvor und er stellt sie auf das Gesims neben der Doppeltür zum Schlafzimmer.

Dann kehrt er zurück ins Arbeitszimmer, wo er sich auf das Bild des Mannes konzentriert, den er am Nachmittag und am frühen Abend schon einmal durch das Glas verfolgt hat. Drei dunkle Gestalten reiten eine schmale Gasse entlang, vorbei an etwas, das Lorn für die Tongrube südlich der Kaserne hält.

Lorn beobachtet die Männer durch das Glas, dann lässt er das Bild verblassen und nickt. Er geht zurück in den Frühstücksraum und öffnet das Fenster einen kleinen Spalt breit, gerade so weit, dass er etwaige Geräusche im Hof hören kann. Er sitzt auf demselben Platz, an dem er zuvor gegessen hat, und wartet.

Als er glaubt, dass genug Zeit verstrichen ist, schleicht er zurück ins Arbeitszimmer und bemüht noch einmal das Glas. Die Letzte der drei Gestalten lässt sich an einem Seil an einer Ziegelmauer hinunter – es ist die Kasernenmauer. Lorn holt die Feuerlanze und stellt sie in die Ecke neben dem Durchgang zur Küche. Er löst die Säbelscheide vom Gürtel und legt sie auf den Tisch, nachdem er die brystanische Klinge gezogen hat. So bleibt er in der Dunkelheit stehen, die für ihn nicht anders als die frühe Abenddämmerung wirkt, und wartet.

Er weiß nicht genau, wie lange er so dasteht, aber plötzlich fühlt er die Gegenwart der drei Männer auf der hinteren Dienstbotentreppe, sie schleichen herauf in seine Gemächer. Das leise Klicken eines Schlüssels im Schloss ist Lorn Bestätigung genug.

Die drei stehlen sich wortlos in die Küche, zwei tappen durch den Torbogen in den Hauptraum hin zur geschlossenen Doppeltür des großen Schlafzimmers. Eine kleinere Gestalt bleibt in der Küche zurück und wartet an der Tür.

In der Dunkelheit schleicht Lorn sich an. Derjenige, der Wache steht, späht ins Dunkle, er erwartet die Rückkehr der Kumpanen. Lorn bewegt sich vorwärts und drückt ihm den Chaos-verstärkten brystanischen Säbel an die Kehle; gleichzeitig schlägt er ihm den schweren Schlagstock aus der Hand.

Die gurgelnden Laute sind kaum hörbar, aber der dumpfe Schlag, als der Körper des Mannes zu Boden fällt, und das Klirren der Waffe hallen laut durch die Küche.

Lorn ignoriert das Geräusch, holt sich mit drei langen Schritten die Feuerlanze und begibt sich zur Tür zwischen Frühstücks- und Hauptraum.

»Er ist nicht da!«, zischt eine Stimme.

»Im Arbeitszimmer!«

Lorn legt die Feuerlanze an und nimmt seine Chaos-Sinne zu Hilfe, um den Feuerstrahl fest zu bündeln. *Hssst! Hsst!*

»Aaaah!« Ein kurzer Aufschrei ist das einzige Geräusch, das Lorns Gemächer verlässt.

Er holt tief Luft und geht zu den beiden Körpern, die beide ausgestreckt und mit verbrannten Köpfen daliegen. Lorn kämpft gegen ein Würgegefühl an und bleibt kurz stehen. Die drei sind zwar gekommen, um ihn zu töten, aber es gefällt ihm ganz und gar nicht, dass er nun zum Mörder geworden ist. Nur hatte er keine Wahl. Er hätte sie nicht gefangen nehmen können, und selbst wenn er es gekonnt hätte, sie hätten nichts gesagt, und er hätte wie ein Narr ausgesehen, wenn er Flutak beschuldigt hätte, die Schergen angeheuert zu haben. Dann würden vermutlich immer wieder neue Mordversuche auf ihn verübt werden, die er abwehren müsste, wenn ihm das überhaupt möglich wäre, und andere gefährliche Anschläge: angefangen bei Vergiftungsversuchen bis zu allem anderen, was Flutak sich ausdenken kann – und mit jedem Anschlag würden seine Aussichten auf Erfolg schwinden.

Schließlich beugt er sich hinunter und durchsucht die Gestalten, aber keiner trägt irgendetwas bei sich, das sich als nützlich erweisen könnte, bis auf die Gold- und Silberstücke in den Brieftaschen, zwei Dolche, einen Schlagstock und ein kurzes, gerades Schwert mit Doppelklinge. Lorn durchsucht auch den Toten in der Küche.

Anschließend zerrt er die drei Gestalten hinaus in den gefliesten Flur. Dort legt er die Feuerlanze erneut an und führt das Chaos vorsichtig über die Leichen, wobei er versucht, die getäfelte Holzwand nicht zu versengen. Nach kurzer Zeit ist von den dreien nichts mehr übrig bis auf einige wenige Metallteile.

Der alte Besen aus der Küche reicht aus, um die Asche hinaus auf den Treppenabsatz vor der Tür zu kehren, und ein Lappen entfernt die Schwärze von den Fliesen. Wasser und Lappen genügen völlig, um das Blut in der Küche zu beseitigen.

Lorn legt die Waffen in den Schrank, den er nicht benutzt, und die Schuhnägel in den schmutzigen Lappen, welchen er anschließend in den hintersten Winkel des Schrankes verbannt. Er verschließt beide Türen und begibt sich ins Arbeitszimmer. Trotz der leichten Kopfschmerzen richtet er den Blick im Chaos-Glas auf Flutak.

Die Silbernebel wabern und zeigen schließlich Flutak in seinem Schlafzimmer. Offensichtlich allein, liest er eine Schriftrolle im Licht der Leselampe, die auf dem Tischchen neben dem Bett steht. Lorn lässt das Bild erlöschen, dreht sich um und verlässt das Arbeitszimmer.

Er holt sich die brystanische Klinge samt Scheide und die Feuerlanze, bevor er sein Quartier durch die Vordertür verlässt, die er verschließt; obwohl es keinen Unterschied macht, ob er nun abschließt oder nicht. Im Hof ist es ruhig, genauso wie im Stall, und niemand stört Lorn, als er die braune Stute sattelt.

»Ruhig, mein Mädchen … ruhig.«

Er braucht länger dafür als der Stallbursche, aber dann reitet er auch schon über den Hof.

»Wer da?«, ertönt die Stimme der Wache. »Zeig dich.«

»Oberst Lorn. Ich mache einen abendlichen Ausritt.«

»Ser?«

Lorn zügelt das Pferd, sodass der Lanzenkämpfer sein Gesicht sehen kann. »Ich denke, ich werde nicht lange bleiben.«

»Äh … ja, Ser.«

»Guten Abend, Lanzenkämpfer.«

Lorn lenkt das Pferd zum Tor hinaus und hinunter in Richtung Hafen, dann auf die Straße zuerst nach Westen und schließlich nach Süden. Die Luft ist kalt, ein kühler, feuchter Wind bläst vom Nordmeer übers Land und verspricht unangenehmen Regen.

Als er die Piere hinter sich gelassen hat, biegt Lorn nach Westen ab und folgt der kurvigen Straße, eine Hand stets bereit, nach der Feuerlanze im Köcher zu greifen, aber die Straße bleibt dunkel, leer und verlassen, während die braune Stute ihn nach Westen und dann nach Süden trägt. Er kennt Biehl zwar noch nicht sehr genau, aber nach dem Ausritt am Nachmittag und mithilfe seiner Nacht- und Chaos-Sinne wird er Flutaks Villa finden – und auch das Schlafgemach des Buchhalters.

Dennoch dauert der Ritt in der Dunkelheit viel länger, als er ihn vom Nachmittag in Erinnerung hat – vielleicht erscheint es ihm aber auch nur so. Dann reitet er einen kleinen Hang hinauf, der schließlich den Blick auf die große Villa freigibt. Unter dem Gebäude auf der Südseite des Hanges befindet sich der Stall, aber Lorn lenkt die braune Stute nach Norden, wo er einen schlanken, jungen Baum neben der Straße findet. Dort steigt er in der Dunkelheit vom Pferd und bindet das Tier an den Baum.

Mit der Feuerlanze in der Hand schleicht er durch den kleinen Olivenhain, bis er keine hundert Ellen von der Villa entfernt steht. Eine Zeit lang lauscht er in die Dunkelheit und schickt seine Chaos-Sinne aus. Er fühlt drei Gestalten, die sich bewegen: zwei Wachen an der Vordertür und eine dritte irgendwo hinter dem Haus.

Lorn geht leise zum rückwärtigen Teil der Villa, wo er vorsichtig auf eine niedrige Ziegelmauer klettert, an einer Stelle, die von einem Baum – vermutlich einem Birnapfelbaum – beschattet wird. Verborgen von der Dunkelheit und den Ästen, betrachtet Lorn von oben den kleinen Innenhof.

Der Wachmann, der zuerst auf einem Hocker gedöst hat, schreckt auf, als der hamorische Blutmastiff zur Mauer rennt, direkt unterhalb von Lorn, und knurrt.

»Was ist los? Wieder eine Katze?«, murmelt der Wachmann.

Der riesige Mastiff knurrt weiter, noch immer direkt unterhalb von Lorn, dann springt er hoch.

Lorn legt die Feuerlanze an und schießt auf den Wachmann, bevor dieser Alarm schlagen kann, dann erlegt er den Mastiff. Er wartet einen Augenblick, aber der dumpfe Aufschlag des Körpers auf dem Boden bleibt unbemerkt.

Lorn springt von der Mauer in den Innenhof, wo er noch mehr von der Ladung darauf verwendet, die Spuren von Wache und Mastiff zu beseitigen. Er wirft die Münzen und Metallnägel über die Mauer, bevor er die Klinge des Wachmanns sorgfältig auf den Hocker legt und sich auf den Weg zur Hintertür macht.

Seine Sinne sagen ihm, dass sich im Haus niemand bewegt, obgleich im südlichen Flügel der Villa wohl Dienstboten schlafen. Die zwei Wachen vor dem Haus bleiben, wo sie sind.

Ist Flutak der edle und ehrliche Buchhalter, den seine Stellung verlangt?

Er, der beträchtliche Teile der Soldgelder niemals an die Spiegellanzenkämpfer ausgehändigt hat? Der drei Wachen vor seinen Türen stehen hat und einen gefährlichen hamorischen Mastiff hält? Der die größte Villa in ganz Biehl besitzt und drei bezahlte Mörder auf Lorn gehetzt hat, nachdem dieser angedeutet hat, dass etwas nicht so ist, wie es sein sollte?

Das einzige Geräusch verursacht der Wind in den Schutzhecken. Lorn schürzt unschlüssig die Lippen. Zu handeln, bevor irgendjemand es vermutet, hat gewisse

Vorteile, es sei denn, Flutak hat Ähnliches vor. Lorn hofft, dass er besser vorgesorgt hat als der Buchhalter.

Die Hintertür, die durch eine kleine Hecke abgeschirmt ist, vor der die Wache saß, ist von innen verriegelt. Lorn studiert sie kurz mit seinen Chaos-Sinnen, dann hebt er die Lanze und richtet den Lauf auf den kleinen Spalt zwischen Tür und Rahmen. Er betätigt den Abzug und formt das Chaos zu einem dichten Strahl.

Seine Stirn ist leicht feucht, als das Chaos sich durch den schweren Riegel gebrannt hat, aber die Tür ist noch immer verschlossen. Lorn lässt seine Chaos-Sinne über die Metallplatte im Schloss gleiten. Als schließlich der Bronzeriegel des Schlosses unter dem Druck des geballten Chaos zurückschnellt, stehen ihm die Schweißperlen auf der Stirn. Erst dann lässt sich der Riegel anheben und die Tür schwingt völlig geräuschlos auf.

Der große, geflieste Raum, der sich vor Lorn auftut, ist leer.

Er schenkt den stärker werdenden Kopfschmerzen keine Beachtung und geht den kurzen Flur entlang zum Schlafzimmer; dabei fragt er sich, ob er wohl noch einen Türriegel zerstören muss. Das bleibt ihm jedoch erspart. Wie die meisten Schlafkammern in cyadorischen Häusern, verfügt die Tür zu Flutaks Schlafzimmer lediglich über ein einfaches Schloss und das lässt sich leicht öffnen. Lorn schleicht in die Kammer, wo der schlafende Buchhalter laut schnarcht.

Hssst! Aus der Feuerlanze flammt ein Blitz.

Da schießt hinter dem massigen Körper des Buchhalters eine schlanke Gestalt in die Höhe, den Mund weit aufgerissen.

Hssst! Die Feuerlanze flammt ein zweites Mal auf. Lorns Finger zittern, als er die Waffe senkt. Mehrere Sekunden lang steht er stocksteif da, dann schluckt er geräuschlos. Er weiß, dass er keine andere Wahl hatte, nicht nachdem er Flutak schon umgebracht hatte. Hätte

Lorn die Lanze nicht ein zweites Mal eingesetzt, hätten alle von seiner Tat erfahren – durch einen Zeugen oder auch flüchtende Dienstboten, die ebenso Bescheid gewusst hätten, ganz zu schweigen von den Wachen an der Vordertür.

Auch kann er es sich nicht leisten, Nacht für Nacht auszureiten, nicht nachdem er schon einen Mastiff und eine Wache getötet hat. Er presst die Lippen aufeinander, seine Augen brennen. Warum müssen immer Unschuldige in die Machenschaften von Betrügern verstrickt sein?

Hätte er irgendetwas anders machen können? Lorn weiß, dass er sich diese Frage noch mehr als einmal stellen wird, und lehnt die Feuerlanze sorgsam gegen die Wand. Dann zerrt er – wie schon zuvor in seinen eigenen Gemächern – die zwei Gestalten auf eine geflieste Stelle am Boden und führt die Feuerlanze über beide Körper, wobei er seine Chaos-Sinne benutzt, um die Flammen zu steuern und zu verstärken. Diesmal gibt es keine Metallteile, die er entsorgen müsste. Auf den Laken sind noch braune Flecken zu sehen, doch dagegen kann er nichts machen. Auch kann er nicht mehr ändern, was er getan hat; die Frau ist tot.

Mit einem weiteren leisen Seufzer schleicht er über den Flur zur Tür und hinaus in den Hof; den entzweigebrochenen Türriegel nimmt er mit. Er klettert über die Mauer und macht einen weiten Bogen um die Villa.

Die braune Stute steht brav neben dem Goldeichenbaum. »Ruhig …« Lorn bindet sie los und steigt rasch auf. Den hölzernen Riegel trägt er noch bei sich.

Langsam und vorsichtig reitet er fort von der Villa. Weder das Glas noch seine Chaos-Sinne hatten ihm die Gegenwart der Frau verraten, er sah sie erst, als er den Buchhalter schon getötet hatte. Aber hätte er ihr das Leben geschenkt, hätte er sich damit wahrscheinlich selbst verdammt.

Er wandelt auf einem schmalen und gefährlichen Weg.

Immerhin kann er sich zugute halten, dass die Frau nicht völlig unschuldig war. Die Tatsache, dass sie wahrscheinlich die Tochter des Olivenbauers Baryat war, der zweifellos eine besondere Behandlung durch Flutak genoss, lässt darauf schließen, dass die Verabredung, Zölle umzuleiten, nicht allein Flutaks Werk war. Der üppige Luxus der Villa und die Wachen bestätigen Flutaks Korruption. Jede Frau, die an den Früchten dieser Korruption teilhat, trifft vorher eine Wahl.

Aber hat sie diese wirklich getroffen? Lorn weiß, dass seine eigenen Schwestern nur selten eine eigene Entscheidung treffen können. War es bei dieser Frau anders?

Und … welche Wahl hatte Lorn? Hätte er ihr das Leben gelassen, hätte sie wahrscheinlich Alarm geschlagen und alsbald wäre der Verdacht auf Lorn gefallen.

Vielleicht hätte es auch einen klügeren Weg gegeben, um mit Flutak fertig zu werden. Sein Vater hätte vielleicht einen gefunden, aber Lorn weiß schon lange, dass seine Stärken nicht im Intrigenspinnen liegen, sondern im Handeln. Bei all den Intrigen, die bereits gegen ihn gesponnen wurden, wäre Abwarten sein Verderben gewesen.

Wenn Flutak unschuldig gewesen wäre, hätte er kurz nach dem Treffen mit ihm – einem Spiegellanzenkämpfer-Offizier, der lediglich gelobt hat, seine Pflicht zu tun – nicht drei Schergen angeheuert.

Aber das ändert nichts an dem üblen Gefühl, das Lorn in der Magengegend verspürt. Und nichts an dem Ärger, der sich mit Wut und Bedauern paart. Ärger, weil er wieder einmal in eine Lage geraten ist, in der er nur zwischen mehreren Übeln hat wählen können, und Wut auf sich selbst, weil er die Schwierigkeiten nicht vorhergesehen hat.

Langsam reitet Lorn auf der Straße zurück zur Kaserne.

Nachdem er eine Meile in Richtung Hafen zurückgelegt hat, lässt er die Teile der Türverriegelung in einen Abwassergraben fallen. In seinem Kopf pocht es und selbst in der Dunkelheit sieht er alles doppelt.

Er hat viel mehr Chaos aus der Umgebung ziehen und es intensiver einsetzen müssen, als klug ist, und in einer Weise, die er bedauert … und auch immer bedauern wird.

XVIII

Am nächsten Morgen sitzt Lorn früh an seinem Schreibtisch – wenn auch nicht bereits in der Morgendämmerung, wie sonst so oft –, denn er hat eine lange Nacht mit schrecklichen Träumen hinter sich: Die junge Frau darin hatte ihn flehend angesehen, und ihr Gesicht hatte Myryans Züge angenommen, wahrscheinlich weil Lorn ihr wirkliches Gesicht niemals gesehen hat. Eine Zeit lang starrt er mit ausdruckslosem Gesicht zum offenen Fenster hinaus.

Er versucht gerade, das Bild der flehenden Gestalt aus seinen Gedanken zu verbannen und die Gedanken zu formulieren, die sich im Gespräch mit Neabyl, dem zweiten Oberbuchhalter, als nützlich erweisen könnten, da erscheint Helkyt in der Tür.

»Ser?«

»Ja, Helkyt?«

»Es gibt ein Problem, Ser.«

Lorn hebt die Augenbrauen. Ihm fallen viele Probleme ein, doch sie erscheinen ihm belanglos, verglichen mit den Träumen von Flutaks Mätresse. »Ja?«

»Vielleicht kein richtiges Problem, Ser, aber eine sehr merkwürdige Begebenheit.«

»Worum handelt es sich?«

»Ser, es gibt da einen Mann, sein Name ist Drakyt. Niemand weiß, wovon er lebt, aber so mancher starb schon durch eine Klinge, die ihm mitten in der Nacht in den Leib gestoßen wurde, und danach hat Drakyt Goldstücke genug gehabt, um sich gute Gewänder und das beste Bier zu kaufen.«

Lorn bedeutet Helkyt fortzufahren.

»Heute Morgen hörten die Wachen Pferde vor den Mauern, und als sie hinausgingen, um nachzusehen, standen da drei Pferde an der Westseite angebunden, ziemlich weit weg vom Tor. Eines der Pferde ist ein Rappe, den nur Drakyt reiten kann, so sagt man.« Der Haupttruppenführer hält inne und fährt erst fort, als er bemerkt, dass Lorn keine Fragen stellen will. »Da war auch ein schwarz geteertes Hanfseil, wie es die Seeleute hernehmen, es hing an der Mauer. Aber niemand hat fremde Männer in der Kaserne gesehen.«

Lorn zuckt mit den Schultern. »Vielleicht haben die Wachen sie abgeschreckt. Sie werden sicher irgendwann kommen und ihre Pferde holen wollen. Bis dahin werden wir ihre Rösser bei uns im Stall unterstellen. Wenn sie kommen, werden wir ihnen das Futter berechnen und dieses Geld dann in die Soldkasse stecken; uns hilft jeder Kupferling weiter. Das kannst du auch bei den Leuten verbreiten, die um die Kaserne herum wohnen.«

»Aber was ist, wenn sie nicht mehr zurückkommen?«

»Sagen wir … in einer halben Jahreszeit gehören die Pferde den Spiegellanzenkämpfern.« Lorn sieht Helkyt an. »Oder glaubst du, dass wir länger warten sollten?«

»Ich weiß nicht …« Helkyt runzelt die Stirn. »Diesen Drakyt sollte man nicht verärgern.«

Lorn lacht. »Warum sollte das den Burschen verärgern? Er lässt einfach sein Pferd hier stehen und die

Spiegellanzenkämpfer des Kaisers sollen es füttern und sich darum kümmern? Sollen wir das etwa umsonst tun?«

»Äh … Ser …«

»Ja?«

»Man sagt, Ihr seid letzte Nacht noch ausgeritten und wärt erst spät zurückgekehrt.« Helkyt schürzt die Lippen. »Ihr habt die Pferde nicht gesehen oder gehört?«

»Ich habe keine Menschenseele im Hof oder draußen vor den Mauern gesehen«, antwortet Lorn wahrheitsgemäß, wenngleich er nicht die ganze Wahrheit preisgibt. »Hätte ich das, so hätten es sicher alle in der Kaserne gehört.«

»Sehr seltsam.« Helkyt verbeugt sich und runzelt noch immer die Stirn. »Ich werde Tashqyt sagen, er soll die Pferde in den Stall bringen.«

»Tashqyt? Ist das einer der Untertruppenführer? Dunkelhaarig, mit einem langen Bart?«

»Ja, Ser.«

Lorn nickt. »Ich versuche nur, die Namen den Gesichtern zuzuordnen. Gibt es noch etwas?«

»Nein, Ser.«

»Werden wir einen Wagen haben, um den Unrat aus dem Nordbau fortschaffen zu können?«

»Noch heute Morgen werden sie anrollen, Ser. Zwei sogar.« Helkyt lächelt, ein Ausdruck der Erleichterung.

»Gut. Ich wusste, dass du das zuwege bringen würdest.« Lorn erhebt sich. »Das ganze Gerede über streunende Pferde erinnert mich an etwas. Ich wollte mit Chulhyr sprechen und müsste eigentlich schon längst weg sein.«

»Ja, Ser. Ich werde zu den Buchhaltern gehen, um die Soldkasse abzuholen, nachdem ich Tashqyt mit der Pflege der Pferde beauftragt habe.«

Lorn nickt und die zwei Männer trennen sich vor dem Verwaltungsgebäude. Helkyt geht zu den Unterkünften, während Lorn den Innenhof im leichten, aber kalten Regen überquert, der den Pflastersteinen einen dunkleren Grauton verleiht. Trotz des Regens lächelt und nickt Lorn den jungen Lanzenkämpfern zu, die den Unrat aus dem Nordflügel der Unterkünfte zu einem klapprigen Karren tragen. Ein altes Maultier mit durchgedrücktem Rücken steht angeschirrt davor.

Im Stall nimmt Lorn Chulhyr beiseite. »Du kennst dich gut mit Pferden aus, nicht wahr? Sehr gut?«

»Das möchte ich meinen, Ser. Besser als alle anderen außer dem Hufschmied und Spherl.« Chulhyr runzelt die Stirn, er zögert. »Meint Ihr, der Stute fehlt es an etwas?«

»Bei den dunklen Engeln, nein«, antwortet Lorn mit einem Lachen, nach dem ihm gar nicht zumute ist. »Wir werden neue Lanzenkämpfer bekommen und somit brauchen wir auch zusätzliche Pferde. Aber mir wäre lieb, wenn das noch nicht bekannt werden würde. Könntest du dich ein wenig umsehen ...?«

»Äh ... ja, das kann ich tun, Ser. Jetzt ist gerade der richtige Zeitpunkt dafür, denn die Ernte und der Handel im letzten Jahr waren nicht so gut wie in den vorangegangenen Jahren.« Der Stallbursche hält inne. »Wie viele?«

»Genug für eine weitere Kompanie bis zum Herbst.«

Helkyt und vier andere Lanzenkämpfer betreten den Stall, um ihre Pferde zu satteln. Der Haupttruppenführer verneigt den Kopf, als er am Oberst vorbeigeht. Die Lanzenkämpfer, die ihm folgen, tragen ein kleines Kästchen.

»Es wird vermutlich auch bis zum Herbst dauern, bis ich genug aufgetrieben habe, es sei denn, Ihr wollt mehr bezahlen, als sie wert sind«, antwortet Chulhyr nachdenklich.

»Wir haben noch etwas Zeit, aber trotzdem solltest du jetzt schon damit anfangen.«

»Ja, Ser.«

»Lass es mich wissen, wenn du welche gefunden hast, von denen du glaubst, wir sollten sie kaufen. Du weißt, wo ich zu finden bin.«

Chulhyr nickt. »Ich werde Euch Bescheid geben, Ser.«

»Danke.«

Der Oberst läuft zurück über den Hof, die Wolken sind zwar noch grau, aber schon ein wenig heller als zuvor. Hinter sich hört er das Geräusch von Hufen auf Stein. Helkyt und die Lanzenkämpfer machen sich auf, um die Soldgelder zu holen.

Zurück in seinem Arbeitszimmer, schreibt Lorn auf seine Liste noch einige weitere Dinge, die es zu erledigen gilt. Er hat vergessen, Chulhyr nach Sätteln und Zaumzeug zu fragen. Ob wohl noch Sättel aus der Zeit übrig sind, in der zwei ganze Kompanien in Biehl stationiert waren, und wenn dem so ist, inwieweit sind sie wohl noch zu gebrauchen? Jeder neue Gedanke bringt weitere Probleme mit sich und noch mehr Arbeit.

Dann wendet sich Lorn wieder seinen Plänen mit den Buchhaltern zu.

Er hat geplant, was er planen konnte, hat einen Brief an den Bezirkswachkommandanten in Ehlya entworfen, in dem er seinen baldigen Besuch ankündigt, und arbeitet gerade an einem Entwurf für ein Lanzenkämpfer-Trainingsprogramm in Biehl, als die Tür zum äußeren Arbeitszimmer aufgeht und sich wieder schließt.

Ein kurzes Klopfen ertönt. Doch noch ehe das Geräusch verstummt ist, platzt Helkyt schon herein.

»Ser … Ser …«

Lorn blickt von dem Entwurf des Trainingsprogramms auf.

»Ser … äh … es gibt ein Problem … mit der Kasse. Oberbuchhalter Flutak ist verschwunden.«

»Ist verschwunden?«

»Ja, Ser.«

»Weiß niemand, wo er ist?«

»Alles, was Neabyl sagen wollte, ist, dass Flutak aus seiner Villa verschwunden ist und niemand weiß, wo er hingegangen ist.« Helkyt zuckt die Schultern.

»Auch wenn er nicht da ist, heißt das noch lange nicht, dass wir kein Geld bekommen können«, meint Lorn und legt einen leicht verärgerten Tonfall in seine Stimme.

»Er ist nicht weggefahren und auch nicht in Urlaub, Ser. Das hat Neabyl zumindest gesagt.«

»Aber die Sache dürfte doch keine so großen Schwierigkeiten bereiten.« Lorn runzelt die Stirn. »Ist nicht Neabyl ebenfalls ein Oberbuchhalter?«

»Ja, Ser. Aber er möchte die Soldgelder nicht ohne Flutaks Zustimmung ausbezahlen.«

Lorn steht auf, geht zum Fenster und tut so, als würde er über das, was Helkyt soeben berichtet hat, nachdenken. Nach einer Weile dreht er sich um. »Helkyt ... es gibt doch ein Problem. Wir haben ein Anrecht auf die Soldsumme für zwei Kompanien, habe ich Recht?«

»Ja, Ser.« Ein ganz leichtes Zittern schwingt in der Stimme des Truppenführers mit.

»Dann schreibe auf, welche Summe uns zusteht und dass Oberst Lorn bestätigt, dass dies die Soldsumme ist, welche die Spiegellanzenkämpfer in Biehl am heutigen Tage berechtigt sind zu erhalten. Darunter kommt meine Unterschrift.« Lorn lächelt. »Wir wollen doch nicht, dass unsere Lanzenkämpfer keinen Sold bekommen, oder?«

»Nein, Ser.«

»Und fertige zwei Exemplare an. Auf dem zweiten zieh eine Linie, auf der Neabyl unterschreiben kann, dass er eine Abschrift erhalten und genau diese Summe ausbezahlt hat.«

Helkyt nickt langsam. »Aber er wird es nicht unterzeichnen und die Summe auch nicht ausbezahlen.«

»Wenn du das Schriftstück aufgesetzt hast, werden

wir beide hinüberreiten zu den Buchhaltern, und ich denke, wir sollten eine ganze Einheit mitnehmen ... in voller Kampfausrüstung.«

Helkyt schluckt. »Hm ...«

»Die Kaiserlichen Buchhalter haben den Spiegellanzenkämpfern zu dienen, auch wenn wir sie bei der Arbeit unterstützen.« Lorn macht eine Handbewegung. »Wenn du jetzt den Männern den Befehl geben würdest, sich fertig zu machen, und dann die zwei Schriftstücke anfertigst ...?«

»Ja, Ser.« Helkyt nickt zweimal schnell hintereinander.

Es ist bereits später Vormittag, als der Haupttruppenführer mit den beiden Schriftrollen zurückkommt, auf denen er die Soldsumme aufgeführt hat.

Nachdem Lorn sich das Geschriebene genau durchgelesen hat, steht er auf. »Gut gemacht. Wenn die Einheit fertig ist, werden wir dem Oberbuchhalter Neabyl einen Besuch abstatten.«

»Ja, Ser. Die Männer warten bereits im Hof auf uns.«

»Gut.« Lorn schlüpft in seine Winterjacke, die zumindest wasserdicht ist, und folgt Helkyt ins Freie.

Obwohl er es nicht ausdrücklich verlangt hat, steht die braune Stute schon gesattelt vor dem Stall und wartet. Als Lorn und Helkyt im leichten Nieselregen durchs Tor hinausreiten, hört Lorn in der Kolonne hinter sich einige Bemerkungen.

»... Buchhalter sind nicht so ...«

»... würde mir mehr Gedanken darüber machen, dass der Oberst das nicht mag ...«

»... erste Mal ... ein Kommandant mit einer Klinge als Rückgrat ...«

Lorn hofft nur, dass er sich selbst nicht allzu sehr mit dieser Klinge verletzt – oder dass er dies nicht bereits getan hat.

Die Wasser im Hafen und im Nordmeer dahinter sind glatt und dunkelgrau und die Piere leer, als die Lanzenkämpfer daran vorbeireiten. Vor dem Haus der Buchhalter zügelt Lorn die Stute und die Lanzenkämpfer tun es ihm gleich.

»Bleibt in Formation, aufgesessen«, befiehlt Lorn. »Es wird ein wenig dauern, aber ich bin sicher, ihr habt nichts dagegen, denn es handelt sich schließlich um euren Sold.«

Einige Gesichter blicken ihn wohlwollend an.

Lorn und Helkyt betreten das Gebäude, gefolgt von einem älteren Lanzenkämpfer, der die leere Kasse trägt.

Neabyl kommt aus einem großen Raum, um sie zu begrüßen. Er blickt von Helkyt zu Lorn, dann auf die Einheit von Lanzenkämpfern, die formiert vor dem Haus stehen geblieben sind. Er verbeugt sich. »Oberst … ich sehe, dass Truppenführer Helkyt Euch unsere Schwierigkeiten geschildert hat.«

Lorn nickt in Richtung der Tür, die in den größeren Raum mit dem Podium führt, und geht an Neabyl vorbei dort hinein. Nach einer Sekunde des Zögerns folgt ihm der Oberbuchhalter mit einem etwas verärgerten Gesichtsausdruck. Helkyt geht hinter den beiden her. Lorn bedeutet dem Truppenführer, die Tür zu schließen, und Helkyt tut es.

»Oberst …«

»Ich sehe keine großen Schwierigkeiten«, sagt Lorn ruhig. »Ihr schuldet uns die Soldgelder. Ihr seid Oberbuchhalter des Kaisers und befugt, sie auszuzahlen.«

Neabyl zuckt die Schultern. »Ich würde es mir nicht erlauben …«

»Ihr seid doch auch verantwortlich, wenn Meister Flutak abwesend ist«, stellt Lorn fest.

»Äh, ja, Oberst.«

»Und steht nicht auf diesem eurem Schriftstück, welche Gelder an uns ausbezahlt werden sollen?«

»Ich habe das Geld nicht …« Neabyls Stimme klingt fast entschuldigend.

Lorn lächelt. »Ich verstehe. Ich dachte mir schon, dass dies das Problem ist.« Er hält dem Oberbuchhalter das erste Blatt Papier entgegen, das er in der Jackentasche mit sich geführt hat. »Hier ist eine Aufstellung über unseren Soldanspruch und die Auflistung der Ausgaben für einen Achttag. Ich habe das anhand der ursprünglichen Ermächtigung für die Garnison geprüft, die vom Major-Kommandanten und vom Obersten Buchhalter des Kaisers in Cyad unterzeichnet wurde.«

Neabyl studiert das Papier. »Das wusste ich nicht.«

»Aber ich. Und der Major-Kommandant wird sehr ungehalten sein, wenn er erfährt, dass seine Lanzenkämpfer nicht bezahlt werden. Ihr führt keine Bücher. Wenn Ihr es aufschreiben wollt, werde ich das Papier unterzeichnen, sodass alle wissen, dass Ihr Eure Pflicht erfüllt habt.« Lorn hält kurz inne. »Und Ihr werdet ein zweites Schriftstück unterzeichnen, das besagt, dass Ihr die Goldstücke an mich ausbezahlt habt, und nur diese Goldstücke. Genau die Soldsumme, die uns Lanzenkämpfern am heutigen Tag zusteht. Auf diese Weise wird Meister Flutak alles nachprüfen können, wenn er zurückkommt. Ihr könnt damit jederzeit nachweisen, welche Gelder Ihr ordnungsgemäß ausbezahlt habt.«

»Äh …«

»Und Ihr könnt dieses Schriftstück zukünftig als Gedächtnisstütze nehmen für den Fall, dass Meister Flutak oder Eure Aufzeichnungen gerade nicht aufzufinden sind.«

»Das ist richtig …«, meint Neabyl nachdenklich. Schließlich nickt er. »Ja, das könnte sich in der Tat für alle als nützlich erweisen, und ich muss sagen, mir gefällt die Idee, Nachweise über die Auszahlungen zu führen. Das könnte allen zukünftigen … Unerfreulichkeiten vorbeugen.«

Lorn lächelt. »Man kann die Vergangenheit nicht ungeschehen machen, aber wir können es in Zukunft ändern.«

»Ihr seid überzeugend, was Worte und … Schriftstücke anbelangt, Oberst.«

»Vielleicht.« Lorn lächelt weiter und fügt wie beiläufig hinzu: »Und … Neabyl … sollte die Aufstellung zufällig irgendwelche Mängel haben oder sollte Buchhalter Flutak wirklich nicht mehr zurückkommen, dann wäre es klug, dies zu berichten … Ihr habt gewiss bereits die erforderlichen Schritte eingeleitet, um sicherzugehen, dass so etwas nicht noch einmal vorkommt.«

Neabyls Gesicht wird kreidebleich. Nach einigen langen Sekunden kehrt ein gezwungenes Lächeln auf sein Gesicht zurück. »Euer Rat ist nicht nur überzeugend, Ser, sondern auch höchst klug, und sollte so ein Fall noch einmal eintreten, dann seid versichert, ich werde Euren Worten Buchstabe für Buchstabe Folge leisten.«

Lorn nickt.

Neabyl erwidert das Nicken. »Comyr soll die Kasse hereinbringen und dann werden wir nachzählen und Eure Papier unterzeichnen. Ich bin sicher, niemand wird uns unsere Vorsicht verübeln.«

»Das wird gewiss niemand tun«, stimmt Lorn zu.

Als Neabyl den großen Raum verlässt, wirft Helkyt Lorn einen Blick zu. »Ser … Ihr sprecht, als würde Flutak nicht mehr zurückkehren.«

»Aber nur weil Meister Neabyl handelt, als würde Flutak nicht zurückkommen. Sonst hätte es ja keine Schwierigkeiten gegeben. Neabyl könnte genauso gut Flutaks Machenschaften weiterführen. Da er dies nicht tut, können wir davon ausgehen, dass Flutak weggegangen ist und nicht mehr zurückkehrt.« Dann fügt Lorn mit leiser Stimme noch hinzu: »Vielleicht ist er verschwunden, weil in den Büchern nicht alles mit rechten Dingen zugeht.«

Helkyt schluckt.

»Wie ich Oberbuchhalter Neabyl schon gesagt habe, wir können nicht ändern, was gewesen ist – nur, was sein wird. Und unser Verhalten ändern.« Lorn lächelt weiter, während sie gemeinsam auf Neabyls Rückkehr warten. Er weiß, dass er das Risiko eingeht, dass Neabyl einige Goldstücke unterschlägt und Flutak dann für die fehlenden Gelder verantwortlich macht. Doch das kann er ohnehin nicht verhindern, nicht, ohne Gefahr zu laufen, mehr zu verraten, als klug wäre.

Auch wird er niemals offen sagen können, dass er eine Unschuldige getötet hat, weil er schnell gegen die Schuldigen und Korrupten vorgehen musste.

XIX

Lorn gähnt, als er die Küche seines Gemachs verlässt, nachdem er das Geschirr vom Abendessen abgewaschen hat. Als er noch ein einfacher Lanzenkämpferoffizier unter dem Kommando von anderen war, hatte er sich um Geschirr nicht kümmern müssen, aber dafür auch nicht so viel Platz für sich selbst gehabt wie jetzt. Er gähnt ein zweites Mal auf dem Weg zum Arbeitszimmer. Der Tag und die letzte Nacht waren lang gewesen, besonders der Albtraum von der Tochter des Olivenbauern, deren Gesicht ihn stark an Myryan erinnert. Aber es gibt noch viel zu tun … viel mehr.

Trotzdem wandern seine Gedanken immer wieder zurück zu Flutak … und der jungen Frau. Mit der Frau hat es eine ganz andere Bewandtnis, wie seine Albträume bezeugen.

Flutaks Absichten und Taten waren völlig klar. Lorn hat vielleicht keinen Beweis, der einen Richter überzeugen könnte, aber er *weiß* um die Tiefe des Korruptionssumpfes, in dem der Buchhalter steckte. Neabyls Reaktion bestätigte das nur noch. Lorn weiß genau, dass man alles, was später geschehen wäre, ihm angelastet hätte, hätte er nicht so rasch etwas gegen Flutak unternommen. Ein Grund, der ihn beinahe jeden Verdachtes enthebt, ist die Tatsache, dass die meisten wohl niemals vermuten würden, dass ein neuer Offizier so schnell und entschieden handeln kann … oder dass er die Mittel dazu so bald nach seiner Ankunft zur Verfügung haben würde. Lorn holt tief Luft. Was auch immer daraus folgen wird, er hat es getan und kann diese Tat auch nicht mehr rückgängig machen. Auch weiß er nicht, was er hätte anders machen können.

Im Arbeitszimmer angekommen, schließt er die Fensterläden und holt das Chaos-Glas aus der Schublade des Schreibtisches. Er stellt es auf das glatte Holz und konzentriert sich, erst auf den Namen und dann auf das Bild von Baryat, dem Olivenbauern, dessen Tochter Lorn getötet hat. Die Silbernebel füllen das Glas und klären sich gemächlich.

Baryat – graubärtig und muskulös – sitzt an einem langen Tisch, links und rechts von ihm sitzen drei jüngere Männer, die seine Söhne zu sein scheinen. Der bärtige Mann fährt mit dem Daumen über die Klinge eines Messers, er sagt etwas. Lorn kann zwar die Worte nicht hören, aber er spürt die Heftigkeit darin. Einer der Söhne schlägt mit der Faust auf den Tisch.

Lorn sieht noch eine kleine Weile zu, bevor er das Bild loslässt. Danach tränen ihm die Augen und sein Kopf schmerzt. Eine Zeit lang sitzt er mit geschlossenen Augen vor dem Glas und denkt nach. Ist der Olivenbauer so aufgebracht, weil er die Tochter verloren hat oder weil er befürchtet, dass seine Machenschaften aufgedeckt werden? Wird Lorn es je erfahren?

Lorn ruht sich kurz aus, bevor er das Glas noch einmal benutzt. Seine Gedanken wandern von Baryat zu den Händlern und den Spiegellanzenkämpfern. Er denkt an Offiziere wie Major Maran, die ihn lieber tot und begraben sehen würden.

Schließlich richtet er sich auf, er weiß, dass er mehr üben muss, dass er geschickter werden muss im Umgang mit dem Glas. Denn er muss Länder sehen, in denen er noch nicht gewesen ist, und die Fähigkeit erwerben, diese Anblicke in Karten umzusetzen – und andersherum. Er holt tief Luft und konzentriert sich ein weiteres Mal auf das Glas vor sich und auf die Steuerung der Silbernebel.

XX

Der späte Frühlingsnachmittag gebärdet sich eher wie ein Sommertag, feucht und heiß ist es, als Lorn im Hof der Spiegellanzenkämpferkaserne auf sein Pferd steigt. Er betrachtet die Gebäude der Kaserne und den Innenhof und freut sich im Stillen, dass Laub und Schmutz weggefegt und die Steine sauber sind und sogar das Moos aus den Zwischenräumen der Pflastersteine im Hof verschwunden ist. Auch die alten Fenster glänzen wieder. Im Nordflügel der renovierten Unterkünfte sind nun zwanzig neue Rekruten untergebracht.

Etwa zehn dieser jungen Männer kämpfen auf dem offenen Platz vor dem Verwaltungsgebäude mit gepolsterten Klingen gegeneinander. Helkyt überwacht das Mittags-Training. Später wird Lorn zurückkehren, und dann ist er an der Reihe, die jungen Soldaten auszubilden.

Der Oberst treibt die braune Stute voran. Als die sechs Lanzenkämpfer durchs Tor reiten und die Straße in Richtung Hafen einschlagen, reitet der schwarzhaarige

Tashqyt mit den markanten Gesichtszügen neben Lorn. Er ist der ältere der beiden Untertruppenführer und auch derjenige, den Lorn für eine Beförderung zum Haupttruppenführer vorschlagen wird, falls er eine zweite Kompanie in Biehl aufbauen wird.

Lorn verkrampft sich etwas im Sattel, als sich die vertraute Kälte eines Spähglases um ihn legt, und er fragt sich, wer ihn wohl beobachtet. Einer der Magi'i aus Cyad – Ciesrts Vater? Oder der Erste Magier? Wer es auch sein mag, er ist stark; die Überprüfung ist allerdings nur kurz und schon vorüber, noch bevor Lorn den Fuß des Hügels erreicht.

Ein einziges Schiff liegt an der äußeren Pier: Es ist ein Dreimaster in voller Takelung, das größte Schiff, das Lorn während der gesamten Jahreszeit, die er nun in Biehl stationiert ist, gesehen hat. Das Schild am Bug weist den Namen *Lorava von Tyrhavven* aus und eine Flagge aus Sligo hängt schlaff in der warmen Luft.

»Ich glaube nicht, dass ich hier schon einmal ein Schiff aus Sligo gesehen habe«, meint Lorn.

»Früher sind öfter sligonische Schiffe eingelaufen«, erwidert Tashqyt.

»Vor der Zeit des verschwundenen Oberbuchhalters?«

»Er war schon hier, als ich fast noch ein Kind war.«

Lorn zügelt die braune Stute am Anfang der Pier, dann bindet er sein Pferd an einen Balken, der ein Geländer stützt. Er wartet, bis die fünf anderen Lanzenkämpfer sich formiert haben. Dann marschiert Lorn, mit Tashqyt an seiner Seite und den vier anderen Lanzenkämpfern hinter sich, hinaus auf die Pier und zur Laufplanke des sligonischen Schiffes. Er geht an Bord.

Ein bärtiger Mann mit blassblauen Litzen auf seiner ärmellosen Tunika tritt vor. Lorns Augen funkeln wie Chaos-Feuer und der dritte Offizier weicht zurück.

»... legt euch nicht mit denen an ...«

»… Weiße Teufel …«

Lorn beachtet das Gemurmel nicht.

Gleich hinter dem Quarterdeck stehen zwei ältere Lanzenkämpfer aus der alten Kompanie hinter Oberbuchhalter Neabyl, der gerade die Frachtbriefe zurückgibt, die ihm der Kapitän des Schiffes offenbar vorher ausgehändigt hat. Neben den Lanzenkämpfern steht der Jungbuchhalter Comyr. Der Kapitän – er hält eine Lederbrieftasche in der Hand – blickt plötzlich auf.

Neabyl dreht sich um, er runzelt die Stirn. »Oberst.«

»Kapitän.« Lorn macht eine kleine Verbeugung vor dem Schiffsmeister, dann vor Neabyl. »Oberbuchhalter. Es ist schon eine Weile her, dass ich ein Schiff aus Sligo gesehen habe, und ich dachte, ich mache Euch kurz meine Aufwartung.« Er lächelt höflich. »Ich bin Oberst Lorn, der Kommandant des Hafenpostens und der Garnison hier in Biehl.«

»Ich freue mich, Euch kennen zu lernen, Ser«, begrüßt ihn der Kapitän der *Lorava.* »Es liegt schon geraume Zeit zurück, dass wir hier angelegt haben.«

»Ich hoffe, wir werden Euch in den kommenden Jahreszeiten öfter sehen.« Lorns zweites Lächeln wirkt herzlicher als das erste. Sein Blick wandert zu Neabyl. »Habt Ihr den Zoll schon festgelegt?«

»Äh … ja, Ser.«

»Wurden alle Zölle ordnungsgemäß bezahlt?«

»Ja, Ser.«

»Wirklich ordnungsgemäß?«, fragt Lorn, während er den Buchhalter eindringlich ansieht und seine Chaos-Sinne gebraucht, um wahrzulesen.

»Ja, Ser. Das ist die Aufgabe eines Buchhalters.« Neabyls Augen sind eiskalt.

Lorn lächelt, ein Lächeln, das auch so gemeint ist. »Gut. Sehr gut.« Sein Blick wandert wieder zum Kapitän. »Gibt es irgendwelche Probleme mit der Eintreibung der Zölle?«

»Außer, dass wir sie zahlen müssen? Nein, kann ich … diesmal nicht behaupten, Major.«

Lorn sieht Neabyl an. »Ich glaube, der Kapitän erkennt bereits eine Verbesserung. Vielleicht wird er es weitersagen.« Er wendet sich an den Kapitän. »Wenn Ihr mit den Zöllen fertig seid, würde ich gern mit Euch sprechen.« Dann fügt er noch schnell hinzu: »Keine Sorge, es gibt keine Schwierigkeiten und auch keine zusätzlichen Zölle.«

»Ich werde hier sein, Ser.« Die Stimme des Kapitäns klingt ein wenig misstrauisch

Lorn tritt zurück und geht die Laufplanke hinunter, gefolgt von Tashqyt. Die Lanzenkämpfer warten.

Kurz darauf kommt auch Neabyl in Begleitung von Comyr. Seine Haltung ist steif und seine Miene kalt. Die zwei Lanzenkämpfer, die ihm zugeteilt sind, gehen hinter ihm.

»Oberbuchhalter?« Lorn tritt vor und spricht, noch bevor Neabyl etwas sagen oder an ihm vorübergehen kann.

»Ja.«

»Ich nehme an, Ihr versteht, dass mein Kommen nicht den Mangel an Vertrauen Euch gegenüber widerspiegelt, sondern eine Notwendigkeit ist, die auf Euren Vorgänger zurückgeht.«

Neabyls Gesicht zeigt keine Regung.

»Ich bedaure, dass ich Euch nicht vorher informiert habe, aber ich wusste nicht, dass dieses Schiff im Hafen eingelaufen ist. Zudem wart Ihr schon an Bord. In meiner Eigenschaft als Hafenkommandant konnte ich diese Gelegenheit nicht verstreichen lassen.« Dann fügt er mit leiser Stimme hinzu: »Ich habe dem Major-Kommandanten von Euren Bemühungen berichtet, die Zolleintreibung in Biehl zu verbessern.«

»Ich wünschte, Ihr hättet mir das früher mitgeteilt.« Neabyls Stimme klingt nun um eine Nuance weniger kühl.

»Wäre ich vertrauter mit den Gepflogenheiten des Handelns«, fährt Lorn fort, »würde ich weniger Unannehmlichkeiten machen. Ich schätze Eure Bereitschaft, mit mir gemeinsam daran zu arbeiten, Biehl in den Hafen zurückzuverwandeln, der er einmal war und der er wieder sein sollte.«

Neabyls Gesichtszüge entspannen sich zusehends. »Ich stehe bereit, Euch zu helfen.«

»Danke.« Lorn schweigt einige Sekunden. »Ich werde mit dem Kapitän über bestimmte Angelegenheiten sprechen, die die Verschiffung von Eisen und Waffen betreffen, und sehen, ob er etwas darüber weiß. Die Barbaren ziehen immer größere Truppen zusammen.«

Neabyl nickt. »Das … das verstehe ich.«

Lorn verbeugt sich. »Ich werde noch auf viele Schiffe gehen müssen, bis wir die Händler davon überzeugt haben, dass alles wieder so ist, wie es sein sollte. Auch möchte ich Euch um Nachsicht und Verständnis bitten; ich bin wirklich nicht gekommen, weil ich es aufgrund Eures Verhaltens oder Eurer Handlungen als notwendig erachte.«

»Ihr habt Euch klar ausgedrückt, Oberst.« Neabyl macht eine Pause. »Die Lage ist für keinen von uns einfach.«

»Nein. Ich wünschte, diese Handlungsweise wäre nicht notwendig. Das wünschte ich wirklich.«

Neabyl nickt. »Wir sollten uns später weiter unterhalten.«

»Danke.« Lorn verbeugt sich.

Neabyl tut es ihm gleich.

Als der Buchhalter die Pier verlassen hat, wendet sich Lorn an den Untertruppenführer. »Tashqyt … ich werde nicht allzu lange brauchen. Du und die Männer, ihr wartet hier.«

»Ja, Ser.«

Als Lorn die Laufplanke wieder hinaufgeht, hört er Gemurmel.

»… *niemals* gehört, dass ein Oberst es mit einem Buchhalter aufgenommen hat …«

»… Oberst möchte, dass die Dinge richtig …«

»… erste Mal seit Jahren in dieser Gegend …«

Wenn – *wenn* – Ryalth ihm einmal Alafraan schicken sollte, dann wird er einige Flaschen davon für Neabyl erübrigen müssen. Lorn wird den Buchhalter auch mehr als einmal aufsuchen müssen, um ihn zu loben.

Oben am Ende der Laufplanke wartet der Kapitän. Auf dem wettergegerbten Gesicht zeichnet sich ein kleines Lächeln ab. »Oberst, Ihr seid ein viel mutigerer Mann, als ich es wäre, würde ich an Eurer Stelle stehen.«

»Im Gegensatz zu Euch, Kapitän, habe ich keine Schiffsladung, die in den Händen der Buchhalter liegt.« Lorn legt einen ironischen Tonfall in seine Antwort.

»Ihr wolltet mit mir sprechen?«

»Das wollte ich. Und zwar über den Handel und was Ihr darüber denkt.« Lorn sieht den Kapitän an. »Ich will nichts über Geld wissen, oder welche Ladungen am gewinnbringendsten verkauft werden können, Kapitän.«

»Nennt mich Svenyr.«

»Mein Name ist Lorn.«

Svenyr dreht sich um. »Wir sollten uns setzen.«

Lorn folgt ihm in eine kleine Kabine auf dem Hinterdeck, fast unmittelbar unter dem Steuerrad.

Der drahtige Kapitän mit dem blonden und silberfarbenen Haar und dem langen Bart kramt in einem eingebauten Schrank herum und holt eine Flasche heraus, aus der er in zwei Humpen eingießt, die auf einem festgeschraubten Tisch stehen. Er deutet auf die beiden Stühle. »Setzt Euch und trinkt, Major.«

Lorn nimmt Platz und folgt Svenyrs Vorbild; er trinkt einen Schluck von der roten Flüssigkeit, bei der es sich wohl um Wein handelt, und ignoriert die Beförderung zu einem Rang, von dem er sich fragt, ob er ihn wohl irgendwann einmal einnehmen wird. Aufmerksam studiert er das wettergegerbte Gesicht des Kapitäns.

»Was wollt Ihr wissen?«

»Einige Dinge. Erstens, wärt Ihr bereit, mir davon zu berichten, wenn Ihr erfahren würdet, dass Klingen und Eisen nach Jera verschifft werden?«

»Da gibt es keine Geheimnisse. Ultyn, der Kapitän der *Grenver*, erzählte, dass er brystanisches Eisen und Schilde dorthin transportiert habe. Einige Kommis zahlen gutes Geld für Klingen.«

Lorn nimmt noch einen Schluck. »Und wie lange verhält es sich schon so? Drei, vier Jahre?«

»Vielleicht auch länger. Die Jeranyi können selbst keine Eisenwaffen schmieden, nicht einmal wenn sie ihre Erstgeborenen und stärksten Kühe opfern würden. Was noch?«

»Wie lange haben die Buchhalter hier in Biehl zu hohe Zölle verlangt?« Lorn konzentriert sich erneut, um bei Svenyr wahrzulesen.

»Um die Wahrheit zu sagen, Biehl ist nicht mehr die Stadt, die sie noch vor zehn Jahren war. Ich könnte aber den anderen Kapitänen raten, dass sie es hier wieder mal versuchen sollen. Ich bin nur einer, aber wenn sie selbst gesehen haben, was ich jetzt sehe ...«

Lorn lächelt herzlich. »Neabyl scheint mir ein fähiger Buchhalter zu sein und wir Lanzenkämpfer werden gut mit ihm auskommen.«

»Ha! Das hat der Buchhalter auch gesagt. Man würde ihm die kalte Stahl- oder sogar Cupridiumklinge an die Kehle halten, sollte er auch nur einen Kupferling veruntreuen.« Svenyr nimmt einen großen Schluck von dem sauren Wein.

»Ich glaube, er hat es verstanden.«

»Ihr werdet auf alle Schiffe gehen?«

»Ich habe Neabyl gesagt, dass ich das tun werde ... eine Zeit lang, wenn ich kann.« Lorn hält inne. »Welche

Schiffsladungen würdet Ihr gern transportieren, könnt sie aber nicht bekommen?«

»Da kann ich Euch nur sagen, dass das Probleme mit den Gesellschaftern geben würde.« Der Kapitän runzelt die Stirn und reibt sich das Kinn. »Was immer gekauft wird, sind Farben, besonders entlang der nordwestlichen Küste. Aber die Suthyaner lassen uns nur in Armat anlegen, wo die Zölle sehr hoch sind. Ich habe gehört, dass das Volk mit Karren den ganzen Weg von Rulyarth bis dorthin fährt. Farben sind überall willkommen, auch östlich von Armat, sogar bis nach Austra lassen sie sich verkaufen. Helle Farben. Braun haben alle selbst.«

»Wisst Ihr, dass es hier Ton und Porzellan gibt?«

»Ist der alte Kahlyr noch im Geschäft?«

»Nun ist es sein Sohn Jahlyr.«

»Gut zu wissen.« Svenyr nimmt den letzten Schluck aus dem Becher. »Oh ... gute Spirituosen verkaufen sich natürlich auch.«

»Legt Ihr zuweilen in Cyad an?«

»Von Zeit zu Zeit«, antwortet der Kapitän vorsichtig.

»Dort gibt es ein neues Handelshaus, Haus Ryalor – sie haben dort gute Spirituosen, solche findet Ihr sonst nirgends.«

»Hmmm ...« Svenyr zuckt mit den Schultern. »Wenn ich dorthin komme, werde ich mich umsehen.«

Lorn steht auf. »Ihr wart sehr geduldig, und ich bin sicher, wir werden Euch in Biehl wieder sehen.«

»Einmal bestimmt. Auf mehr lege ich mich niemals fest.« Der Mann aus Sligo lacht und steht auf.

Die zwei gehen hinaus in die dampfende Hitze des Nachmittags. Lorn verbeugt sich, bevor er sich umdreht und die *Lorava* verlässt.

Schweigend reitet er zurück in die Kaserne und denkt über seine Fehler nach und darüber, was er tun kann, um sie zu korrigieren – wenn das überhaupt möglich ist.

Einige Fehler, wie etwa den Tod der Tochter des Olivenbauern, kann er nicht rückgängig machen.

Es bleibt ihm jedoch nur wenig Zeit für weitere Gedanken, denn als er durch die Tore reitet, ist er schon an der Reihe, das Säbeltraining für die neuen Rekruten zu übernehmen. Er muss sich beeilen, schnell die Trainingstunika überziehen und sich einen gepolsterten Säbel holen.

Als das Training vorbei ist, ist seine grobe braune Tunika völlig durchnässt und die Arme schmerzen genauso wie die Beine. Er ist so müde, als er seine Gemächer erreicht, dass er nach dem Waschen nur noch die Hälfte der Emburhka essen kann, die Daelya für ihn gekocht und auf dem Herd stehen gelassen hat, und ein Drittel von dem frisch gebackenen Brot.

Nach dem Essen begibt er sich ins Arbeitszimmer und sinkt auf den Stuhl, wo er im Dämmerlicht eine Weile still sitzen bleibt.

Dann atmet er tief durch, holt das Chaos-Glas hervor und konzentriert sich. Er sucht den Olivenbauer Baryat, der, davon ist Lorn nach dem letzten Gebrauch des Chaos-Glases überzeugt, ein Komplott gegen ihn ausarbeitet. Baryat sitzt noch am Tisch und stopft sich etwas aus einem Schmortopf in den Rachen. Lorn lässt das Bild los, er wird es später noch einmal versuchen.

Stattdessen nimmt er sich ein Blatt Papier und taucht den Federhalter in die Tinte.

Meine liebste Gemahlin,
ich habe noch nichts von dir gehört, aber ich hoffe, dass es dir und den deinen wohl ergeht …

Wir haben fast eine ganze Einheit junger Lanzenkämpfer rekrutieren können und beginnen nun mit der Ausbildung … wird ein langer Sommer werden, so fürchte ich, aber einige lassen gute Fähigkeiten erkennen … und ich hoffe, dass sie im Herbst für den Dienst an weiteren Ein-

satzorten gut genug ausgebildet sein werden, obschon diese Entscheidung natürlich von anderen getroffen wird.

… könntest dir überlegen, Farben durch Küstenschiffe oder Händler zu vertreiben, die im suthyanischen Hafen von Rulyarth willkommen sind … habe gehört, dass viele dort gern kaufen würden … aber keine Farben bekommen können, weil die Suthyaner darauf beharren, dass alle Farben in dem größeren Hafen von Armat an Land gebracht werden … weiß allerdings nicht, wie ein Handelshaus dieses Verbot umgehen könnte, außer durch das Anlegen am nächsten Hafen … es scheint, dass jene, die davon profitieren könnten …

Lorn holt tief Luft und taucht den Federhalter wieder ein. Er kann nur hoffen, dass sich das, was er vom Schiffskapitän und auch von den Kommis erfahren hat, die er in und um Biehl herum aufgesucht hat, für Ryalth als nützlich erweisen wird.

Nachdem er den Brief fertig geschrieben hat, muss er mit dem Glas noch einmal Baryat und vielleicht auch Neabyl ausfindig machen. So müde er auch sein mag, er muss das Land besser kennen lernen, das er in Natur noch gar nicht gesehen hat; entweder durch das Glas oder durch persönliche Erkundung.

XXI

Chyenfel und Rynst stehen allein im hohen Audienzsaal im Palast des Ewigen Lichts und warten auf Kaiser Toziel. Bluoyal soll noch zu ihnen stoßen, was in den vergangenen Achttagen öfter der Fall war.

Der Erste Magier sieht Rynst an und murmelt: »Die Schlafsperren werden in weniger als einer halben Jahreszeit fertig sein. Dann werden nur noch wenige Lanzenkämpfer um den Verwunschenen Wald herum vonnöten sein, so wie wir es schon besprochen haben.«

»Was ist mit den Patrouillen entlang der Mauern?«, fragt der Major-Kommandant in einer ähnlich gedämpften Tonlage. »Werden nicht die neuen Sperren auch irgendeine Art von Schutz brauchen?«

Chyenfel schüttelt den Kopf und lächelt. »Nein. Darin liegt ihre Schönheit. Diese Sperren kann man weder sehen noch berühren.«

»Ich wäre zwar höchst erfreut, wenn ich mehr Lanzenkämpfer nach Norden schicken könnte, aber ich muss diese Ankündigung infrage stellen. Warum haben die Ehrwürdigen nicht schon dergleichen versucht? Kannten sie so etwas nicht?« Zweifel durchdringt Rynsts Stimme.

»Doch, das taten sie.« Chyenfel schürzt die Lippen, dann neigt er den Kopf leicht zur Seite, als suchte er nach einer Erklärung. »Sie hatten das Wissen und die Schlüssel zu den Schlafsperren, doch sie fürchteten, dass die Sperren nicht funktionieren und die Chaos-Türme dadurch für immer verloren gehen würden.«

»Und Ihr wisst mehr als sie?«

»Wir haben etwas erfahren, was sie nicht wussten, verehrter Major-Kommandant.« Chyenfel lässt ein kurzes Lächeln aufblitzen. »Sie hatten weniger Erfahrung mit Chaos, denn das Chaos funktionierte in der Welt der Rationalen Sterne anders. Das haben wir ihren Aufzeichnungen entnommen.«

»Und«, fügt Rynst mit einem leisen Lachen hinzu, »Ihr werdet die Türme ohnehin in Kürze verlieren, wenn Ihr nichts unternehmt. Also habt Ihr Magi'i wenig zu verlieren.«

»Wir verlieren genug mit den Schlafsperren, denn wir werden nicht mehr in der Lage sein, so viele Ladungen für die Feuerlanzen Eurer Lanzenkämpfer bereitzustellen wie bisher, auch die Feuerwagen und die Zugwagen für den Großen Kanal werden zu kurz kommen ... und viele werden uns dafür kritisieren. Das allein sollte Euch schon zeigen, dass wir im Interesse aller Cyadoraner und nicht nur der Magi'i handeln.«

»Es zeigt mir, dass *Ihr* im Grunde Eures Herzens nur das Beste für Cyador wollt. Ihr und der Vierte Magier.« Rynsts Worte kommen leise und vorsichtig über die Lippen.

»Beobachtet Ihr deshalb den Oberst in Biehl so genau?«, fragt Chyenfel. »Glaubt Ihr, dass der Sohn die Ehrlichkeit des Vaters geerbt hat?«

»Er ist ehrlicher als die meisten. Wahrscheinlich auch ehrlicher als Rustyl.« Rynst lächelt und wartet auf die Reaktion des anderen, die aber nicht kommt. »Der Oberst hat damit begonnen, die Garnison und die Kaserne wieder aufzubauen, ohne dass ich ein Wort gesagt hätte.«

»Er wird Schwierigkeiten bekommen mit den Buchhaltern, die von Bluoyal bestochen werden«, meint Chyenfel. »Und mit dem Gold, das unser Handelsberater nicht erhält.«

»Der Oberbuchhalter ist verschwunden, wie Ihr mit Sicherheit bereits wisst«, erzählt Rynst. »Und der Oberst bildet neue Lanzenkämpfer aus, bei voller Soldkasse, so habe ich vernommen.«

»Werden Bluoyal oder der Kaiser so ein ›Verschwinden‹ nicht hinterfragen?«

»Der Kaiser wird es vielleicht gar nicht erfahren, wenn nicht Bluoyal es der Kaisergemahlin erzählt. Aber das würde zu Fragen führen, die Bluoyal wohl lieber vermeiden würde«, antwortet Rynst.

»Doch wollt Ihr dem Oberst tatsächlich erlauben, seine eigenen Spiegellanzenkämpfer auszubilden? Träumt er vielleicht davon, der ...«

»Er ist jung.«

»Das hat Alyiakal auch an nichts gehindert, soweit ich weiß.«

»Ich denke, dass der Oberst nicht aus einem solchen Holz geschnitzt ist, aber wir werden sehen. Biehl ist weit genug entfernt, um ihn aus … sicherer Entfernung beobachten zu können.«

»Von Cyad aus«, meint Chyenfel.

»Habt Ihr nicht dasselbe mit Rustyl gemacht?«, fragt Rynst.

»Genau wie ein guter Lanzenkämpferoffizier muss auch ein guter Adept viel von Cyador sehen und vollbringen«, antwortet Chyenfel. »Euer Oberst hat wenig gesehen außer Kämpfen, aber in Cyador gilt es mehr, als nur gegen Fremdlinge zu kämpfen.«

»Und mehr, als nur Chaos zu manipulieren«, meint Rynst mit ruhiger Stimme. »Er wird viel über den Handel lernen in Biehl, wie Ihr selbst sehr gut wisst.«

»Ihr solltet ihm eine Gemahlin aussuchen«, schlägt Chyenfel vor.

»Obwohl wenig darüber gesprochen wird«, sagt Rynst mit einem Lächeln im Gesicht, »wisst Ihr so gut wie ich, dass er bereits eine gefunden hat. Nicht, dass er viel Freizeit hätte, um sich um sie zu kümmern, bei dem, was er vorhat.«

»Er ist jung«, bemerkt der Erste Magier und seine Augen wandern zum Hafen. »Sehr jung, selbst für sein Alter.«

»Ihr macht Euch Sorgen um seine Gemahlin, obwohl er nur ein Lanzenkämpfer ist?« Rynst sieht den Ersten Magier eindringlich an.

»Da er ein Lanzenkämpfer ist, solltet *Ihr* Euch die Sorgen machen.« Chyenfels Stimme klingt fest und sicher. Er lächelt. »Ich sehe, Ihr seid wankelmütig, Rynst. Ich dachte bisher, Euer Günstling wäre der Major in Assyadt, derjenige, den Euer Hauptmann-Kommandant so geschickt ausgebildet und postiert hat.«

»Bei den Spiegellanzenkämpfern steht ein Offizier weit vielfältigeren Gefahren gegenüber. Man muss mehrere Nachfolger heranziehen. Dann ... wird vielleicht einer übrig bleiben, der die nötige Ausbildung und das Talent besitzt. Wie Ihr bereits bemerkt habt, haben nicht alle diese möglichen Nachfolger dieselben Gönner oder Ziele.« Rynst presst die Lippen aufeinander, als die Hintertür des Saales aufgeht und Bluoyal zu ihnen hastet, um auf die Ankunft des Kaisers und seiner Gemahlin zu warten.

XXII

Lorn sitzt am Schreibtisch in seinen Gemächern und blickt ins Glas, so wie er es an etlichen Abenden zuvor auch gemacht hat. Es ist schon beinahe einen Achttag her, dass das sligonische Schiff ausgelaufen ist, und nur ein einziger Küstenschoner hat seither im Hafen festgemacht ... ein größeres Schiff jedoch nicht.

Es wird noch eine Weile dauern, bis die Kunde verbreitet ist, und noch länger, bis die Kapitäne und Händler das Risiko auf sich nehmen werden, denn sie neigen dazu, wenig auf das zu vertrauen, was nicht sicher ist. Lorn runzelt die Stirn und denkt über Vertrauen nach. Basiert der Handel nicht eigentlich ebenso sehr auf Vertrauen wie auf dem Wert der Waren? Er lacht. Wieder eine einfache Frage mit einer simplen Antwort. Natürlich, denn kein Händler kann vorher den wirklichen Wert der Waren prüfen. Sie können im Innern verdorben sein, gutes Getreide kann von schlechtem umgeben sein, gute Baumwolle kann man über solche von schlechter Qualität wickeln.

Mit einem tiefen Seufzer richtet Lorn den Blick wieder

ins Glas und konzentriert sich, um noch einmal Baryat aufzusuchen.

Als die Silbernebel wabern und sich schließlich verziehen, zeigt das Bild den Bauern, der mit einem großen, schlanken Mann spricht, welcher graue Kleidung trägt und eine schwarze Lederweste; er hält einen Bogen in der Hand. Lorn runzelt die Stirn. Bogenschützen – gute Bogenschützen – können töten, ohne gesehen zu werden.

Lorn versteht die Sorge oder auch den Ärger des Bauern, aber er fragt sich erneut, wie schwer wohl die Trauer über die verlorene Tochter dabei wiegt und wie viel die Wut und die Furcht vor dem Verlust von Gold sowie vor der Aufdeckung der früheren Bestechungen. Lorn bedauert den Tod der Frau noch immer, aber die Erfahrung hat gezeigt, dass für viele Leute in Cyador Gold mehr wert ist als eine Tochter. Auch diese Feststellung bedrückt ihn, denn sie ist wahr, das weiß er.

Lorn senkt den Blick, während er darüber nachdenkt, gegen wie viele hier geltende Handelsgesetze Baryat bereits verstoßen hat. Er hat beinahe einen ganzen Achttag gebraucht, um all die Zollvorschriften und Gesetze Cyadors in dem Buch zu lesen, das er sich von Neabyl geborgt hat, und all die Abschnitte zu finden, die auf Baryat zutreffen. Die Gesetze sind sehr klar formuliert. Wer einen Buchhalter besticht, kann all sein Land verlieren und sogar sein Leben verwirken. Lorn hat nur ein Problem dabei. Er kann die Bestechung nicht beweisen, und auch nicht, wer wen bestochen hat. Die Reaktion des sligonischen Kapitäns war jedoch eine weitere Bestätigung für Flutaks Machenschaften.

Dem Olivenbauern Baryat kann Lorn vielleicht aber beweisen, dass dieser einen Söldner angeheuert hat, um ihn zu töten; ein Vergehen, das ebenso mit dem Tod bestraft wird.

Schließlich zuckt er die Schultern. Morgen wird er

etwas unternehmen. Im Augenblick kann er nur wenig tun, was ihn in seinem Vorhaben weiterbringen würde.

Er trinkt einen Schluck Wasser aus dem Humpen, dann verrückt er die größeren Papiere neben sich auf dem Schreibtisch, sodass er sie bequem mit der rechten Hand erreichen kann, bevor er sich wieder auf das Chaos-Glas konzentriert.

Als das Bild erscheint – ein Tal mit mehreren Höfen und einer Straße entlang einer Hügelkette im Westen –, blickt Lorn vom Glas aufs Papier neben sich. Sorgfältig zeichnet er den Verlauf des Baches ein und die Lage des kleinen Weilers, der gut hundert Meilen westlich von Jera liegt, nahe bei den Hügeln des Endlosen Grases.

In den vergangenen fünf Achttagen, in denen er – meist am Abend – mit dem Glas gearbeitet hat, hat er eine ganze Reihe von Karten angelegt. Langsam überkommt ihn die Sorge über die enormen Verwüstungen, die die Barbaren anrichten. An der nordwestlichen Küste von Cyador gibt es keine Außenposten der Spiegellanzenkämpfer – nicht westlich von Biehl. Inividra ist der nächste Außenposten, aber dieser liegt gut zweihundert Meilen südöstlich von Biehl und Lorns Kaserne.

In der Vergangenheit haben die Jeranyi-Barbaren ihre Angriffe auf jene Teile Cyadors beschränkt, wo die Grashügel niedrig und halbwegs passierbar sind. Die Unwegsamkeit des Geländes östlich von Biehl bietet den Menschen dort Schutz genug; das und die Tatsache, dass es dort noch weniger zu holen gibt für Räuberbanden als anderswo in den Grashügeln.

Lorn schiebt diese Gedanken für einen Augenblick zur Seite und konzentriert sich darauf, das auf die Karte zu übertragen, was er im Glas sieht.

Als die Messerstiche in seinen Augen stärker werden, schiebt er das Glas beiseite und steht auf. Er schreitet in dem kleinen Arbeitszimmer seiner Gemächer auf und ab. Mit der Zeit wird er immer geschickter im Umgang mit dem Glas und er kann es immer länger benutzen, aber am Ende kommt immer dasselbe heraus. Oder rühren seine Schmerzen daher, dass er nie aufhört, bevor er diesen Punkt erreicht?

Er bleibt stehen, um einen Schluck aus dem Humpen zu nehmen.

XXIII

Im frühen Morgenlicht, welches das Arbeitszimmer des Kommandanten erhellt, liest Lorn wieder im Kaiserlichen Gesetzbuch, während er auf Helkyt wartet. Er ist gerade bei den Abschnitten über Zölle und Verwaltungsvorschriften und muss verwundert den Kopf schütteln. Zwar wusste er, dass Juist als Richter für die Gemeinden nördlich des Verwunschenen Waldes amtierte, aber es war ihm bislang noch nicht zu Ohren gekommen, dass das Gesetzbuch des Kaisers dieses Recht jedem obersten Spiegellanzenkämpfer einer Region zuspricht. Und Lorn ist der oberste – und einzige Offizier – in einem Umkreis von zweihundert Meilen.

Hätte er diese Gesetze gegen Flutak anwenden können? Kaum, denn er hätte eindeutige Beweise gebraucht, die er nicht hatte und auch nicht hätte bekommen können, gesetzt den Fall, er hätte Flutaks Anschläge überlebt. Lorn hegt keinen Zweifel daran, dass Flutak es nicht bei einem Versuch hätte bewenden lassen.

»Ser?« Helkyt späht in Lorns Arbeitszimmer. »Schlaft Ihr auch gelegentlich, Ser?«

»Genug, Helkyt, genug.« Lorn hält inne. »Wir werden dem Olivenbauer Baryat einen Besuch abstatten.«

»Baryat, Ser? Er ist eine hoch angesehene Person hier

in Biehl.« Der Haupttruppenführer tritt beunruhigt von einem Fuß auf den anderen und vermeidet es, Lorn in die Augen zu blicken.

»Er hat aber auch bestochen und noch mit einigen anderen Taten gegen die Gesetze des Kaisers verstoßen.« Lorn hebt das Buch hoch, das er sich von Neabyl ausgeliehen hat.

»Etwas tun und es dann beweisen ... das sind zwei verschiedene Dinge, Ser«, bemerkt Helkyt.

»Das stimmt. Deshalb müssen wir den Gesellen aufsuchen.« Lorn lächelt.

Helkyt verlagert erneut das Gewicht und blickt zu Boden.

»Du hast eine Gemahlin hier in Biehl, nicht wahr?«, fragt Lorn.

»Ja, Ser. Dybynt und ich haben zwei Schwestern geheiratet. Meine Gaelya ist die Schwester von Daelya.«

Der Oberst reibt sich das Kinn. »Wir nehmen die Erste Einheit mit und die Rekruten-Einheit, aber statte sie mit Uniformen aus, sie sollen keine Übungstuniken tragen. Feuerlanzen für die Erste Einheit, aber nicht für die Rekruten. Und eine Feuerlanze für mich.« Lorn runzelt die Stirn. »Am besten bleibst du hier, für den Fall, dass es anders kommt, als es sollte. Tashqyt soll die Einheit führen, solange ich dort bin.«

»Ja, Ser, das ist wohl das Beste.«

»Das meine ich auch. Nun geh und sag Tashqyt Bescheid. Die Einheit soll sich fertig machen. Und lass mich wissen, wann sie fertig zum Abmarsch sind.«

»Ja, Ser.« Helkyt verbeugt sich und verlässt den Raum.

Lorn liest einen Abschnitt des Gesetzbuches nach dem anderen, bis er zu einem Kapitel kommt, das die Beziehung der Bezirkswache zu den Spiegellanzenkämpfern beschreibt. Während der Ausbildung wurde den Unteroffiziersanwärtern beigebracht, dass selbst Bezirkswachkommandanten gegenüber den Spiegellanzenkämpfer-Offizieren einer Region Rechenschaft ablegen müssen, aber Lorn möchte noch einmal die genauen Worte und Vorschriften überprüfen.

»Bei den schwärzesten aller Engel …«, murmelt er leise vor sich hin. Niemals hätte er gedacht, dass er die Gesetze des Landes einmal als Spiegellanzenkämpfer lesen würde. Oder das Gesetz einmal wie einen Säbel gebrauchen müsste.

»Eher wie eine Keule oder einen Schlagstock«, brummt er in sich hinein.

Er hat die Worte gefunden, die er gesucht hat, und legt gerade ein ledernes Lesezeichen zwischen die Seiten, als Helkyt zurückkommt.

»Die Einheit ist formiert und wartet, Ser.«

»Danke.« Lorn steht auf, befestigt den Säbel am Gürtel und geht hinaus in den Hof, wo die Kolonne in Zweierreihen Aufstellung genommen hat, die ausgebildete Einheit vorne, die Neulinge dahinter. Tashqyt hält die Zügel der gesattelten braunen Stute.

»Danke.« Lorn übernimmt die Zügel und steigt auf, er berührt die Feuerlanze und überprüft den Säbel.

»Ser?«, fragt der Truppenführer.

»Zu den Ländereien des Olivenbauern und Gesetzesbrechers Baryat, auf der Straße, die am Hafen entlang nach Süden führt und in die niedrigen Hügel westlich von Biehl.«

»Ja, Ser.«

Lorn treibt die Stute an und führt die Kolonne hinaus durch die Tore und den Hang hinunter. Er beobachtet den Hafen, während die gemischte Kompanie in Richtung Süden reitet, aber die Piere sind leer, kein Handelsschiff weit und breit, selbst die hier beheimateten Küstenschoner lassen auf sich warten.

»Gesetzesbrecher?«, fragt Tashqyt, nachdem die Kompanie den Hafen fast eine Meile hinter sich gelassen hat, als hätte er während der ganzen Zeit über das nachgedacht, was Lorn vorhin gesagt hat.

»Ja.« Lorn fährt sich mit der Zunge über die Lippen. »Obwohl es in den letzten Jahren nur selten notwendig war, so gehört es doch zum Aufgabenbereich des kommandierenden Spiegellanzenkämpfers einer Garnison, die Kaiserlichen Gesetze durchzusetzen. Ich habe Grund anzunehmen, dass Baryat gegen einige Gesetze verstoßen hat.« Er lächelt. »Aber wir werden erst mit ihm sprechen und dann urteilen.«

Tashqyt wirft einen Blick über die Schulter auf die volle Kompanie. »Er hat eine große Familie, aber ... sie verhalten sich meist gesetzestreu.«

»Ich würde es lieber sehen, wenn seine Familie weise genug wäre, die Handlungsweisen des Oberhaupts nicht weiterzuführen.« In Lorns Tonfall schwingt leichte Ironie mit. »Sie sollten auch wissen, dass die Streitmacht Seiner Majestät hinter den Handelsregeln des Kaiserlichen Gesetzbuches steht.«

»Äh ... ja, Ser.« Tashqyt schweigt, als sie sich dem Hügel nähern, auf dem Baryats Haus steht.

Auf den Hängen der niedrigen Hügel ringsum stehen Bäume – Olivenbäume mit dem Hellgrün der neuen Blätter und dem Graugrün des Winterlaubs, das inzwischen seine Sommerfärbung angenommen hat. Zwei Steinpfosten markieren die Zufahrt zur Villa und zu den Häusern entlang des Hügelkamms darüber. Eine Allee windet sich vom Tor in vielen Biegungen den Hügel hinauf.

Lorn wendet sich an Tashqyt. »Wenn wir die Villa erreichen, sorg dafür, dass die Männer auf den Pferden sitzen bleiben und ihre Lanzen und Säbel bereithalten.«

»Feuerlanzen bereithalten«, kündigt Tashqyt an.

Ein junger Mann, der vor dem äußeren Wandschirm der Villa steht, starrt auf die Lanzenkämpferkompanie hinunter, als diese den Schatten der letzten Olivenbäume hinter sich lässt.

Lorn hält die braune Stute kurz vor dem Jungen und dem grünen Keramikwandschirm an. »Ich bin Oberst Lorn, Kommandant der Spiegellanzenkämpfer in Biehl und der Richter des Kaisers in diesem Bezirk. Ich suche den Bauern Baryat. Er ist hier. Sag ihm, dass ich ihn gern sprechen möchte.«

Der Junge schluckt.

»Sag ihm, er soll herauskommen.«

»Ja, Ser.« Nach einem zweiten Schlucken dreht sich der Junge um und läuft davon, nicht ins Haus, sondern den Hügel hinunter in Richtung Süden.

»Bereit machen zum Feuern«, befiehlt Lorn mit ruhiger Stimme.

»Fertig machen zum Feuern!«, gibt Tashqyt den Befehl weiter.

Die Lanzenkämpfer warten. Lorn bleibt auf dem Pferd sitzen und beobachtet Bäume und Vorderseite der Villa gleichzeitig.

Ein halbes Dutzend Männer taucht aus dem Gartenbereich auf, angeführt von dem Jungen. Hinter ihnen, am Rande der Olivenbaumreihe, bleiben einige Gestalten in grauer Kleidung stehen, einschließlich eines größeren Mannes, der eine schwarze Weste trägt. Dieser bleibt hinter den anderen zwischen den Olivenbäumen stehen. Ein breitschultriger Mann, grauhaarig und -bärtig, muskulös und einen halben Kopf größer als Lorn, tritt vor den Jungen.

»Du meine Güte … eine ganze Kompanie, um einem Olivenbauern einen Besuch abzustatten. Ich fühle mich geschmeichelt, Unteroffizier.« Baryat verbeugt sich übertrieben tief. Er hält ein langes Gartenmesser in der Hand, fast so lang wie ein Kurzschwert, und die Schneide glänzt, als wäre sie kürzlich erst geschliffen worden.

Lorn steigt ab. »Wie ich dem Burschen bereits gesagt habe, bin ich Oberst Lorn, Kommandant der Spiegellanzenkämpfer-Garnison in Biehl und Richter des Kaisers.«

»Für jemanden, der Gerechtigkeit verbreiten soll, habt Ihr viele Lanzenkämpfer bei Euch.«

»Gerechtigkeit erreicht man am ehesten, wenn man ihr Nachdruck verleiht«, antwortet Lorn und wirft einen Blick auf das Gartenmesser.

»Ihr würdet mir niemals allein gegenübertreten, Oberst. Ihr seid nichts ohne die Lanzenkämpfer und Eure Uniform.«

Lorn tritt vor, bis er auf dem gestampften Lehm des Weges steht, weniger als drei Ellen von Baryat entfernt. Er sieht dem Bauern geradewegs ins Gesicht. »Nichts würde ich lieber tun, als Euch allein gegenüberzutreten, Baryat. Ihr würdet sterben. Das wisst Ihr. Aber Ihr seid ein Betrüger und ein Feigling. Ihr habt den vormaligen Buchhalter mit Goldstücken und Eurer Tochter bestochen und gebt nun mir die Schuld an deren und Eurem Versagen. Ich bin nicht darauf aus, mit den Pfeilen versteckter Bogenschützen gespickt zu werden.« Lorn bleibt stehen, sein Lächeln ist kalt.

Baryat lacht höhnisch. »Worte, Oberst.«

»Die Vergangenheit interessiert mich nicht. Ich habe auch kein Interesse daran, im Dunkeln ermordet zu werden. Deshalb bin ich hier. Nun … wie entscheidet Ihr Euch? Wollt Ihr weiter lügen und Pläne schmieden, wie Ihr mich in einem unachtsamen Augenblick töten könnt? Oder gegen mich kämpfen und sterben? Oder Eure Zölle ordnungsgemäß zahlen und die Vergangenheit vergessen?«

»Ich werde … die Vergangenheit vergessen«, sagt Baryat langsam, als müsste er die Worte aus seinem Inneren herauswürgen. Seine Finger verkrampfen sich, die eine Hand wird zur Faust, die andere greift das lange Messer fester.

Lorn blickt den Bauern kühl an. »Ihr lügt.« Er wirft einen Blick auf den großen Mann in der schwarzen Weste, der sich zurückschleicht in die Olivenbäume. »Tashqyt!

Hol diese Männer in Grau zurück, besonders den großen. Er ist ein Bogenschütze und wahrscheinlich liegt irgendwo in der Nähe ein Langbogen.« Lorn zieht den brystanischen Säbel.

Baryat wird blass und seine Hand zittert. Vor Wut, so vermutet Lorn.

Einer der Bogenschützen läuft weg, nicht so der Größte. Dieser nähert sich stattdessen, begleitet von einer schlankeren Gestalt, die ebenfalls Grau trägt. Dass der Anführer der Bogenschützen nicht wegläuft, ist ein weiteres Anzeichen für Lorn, dass es sich bei dem Mann um einen Söldner handelt. Der Hüne kommt auf den Oberst und die Lanzenkämpfer zu und verbeugt sich, dann blickt er Lorn und seinen ausgestreckten Säbel an. »Ihr wünscht, Ser?«

»Ich vermute, Ihr habt in dem Hain dort einen Bogen versteckt.«

»Er ist hinter dem zweiten Baum. Es ist ein guter Bogen. Solltet Ihr mich töten, sorgt zumindest dafür, dass mein Sohn oder ein anderer Bogenschütze ihn erhalten werden.« Die grauen Augen des Bogenschützen spiegeln Witz und gleichzeitig Besorgnis wider.

»Sind noch andere Bogenschützen in der Nähe?«, fragt Lorn. »Außer Euch dreien?«

»Niemand, von dem ich wüsste, Ser«, antwortet der Mann.

»Oder sind noch andere dafür bezahlt worden?«

»Wieder muss ich sagen: Niemand, von dem ich wüsste.« Der Bogenschütze zuckt mit den Schultern.

Lorn nickt. »Wie viel hat man Euch bezahlt, um mich zu töten?«

»Zehn Goldstücke, Ser.«

»Wurdet Ihr bezahlt, um noch andere zu töten?«

»Den Oberbuchhalter in Biehl – den neuen.«

»Wie viel?«

»Fünf Goldstücke.«

Lorn lacht belustigt auf. »Ich fühle mich geschmeichelt, dass mein Tod Euch zehn Goldstücke wert ist, Baryat.«

»Er lügt!«, behauptet Baryat. »Er lügt, um seine eigene Seele zu retten.«

Lorns Augen funkeln wie Eis, während er den Olivenbauern ansieht. »Nein. Er sagt die Wahrheit in der Hoffnung, damit sein Leben zu retten.«

Lorn blickt zur Seite, als Tashqyt sein Pferd zu Lorn lenkt. Der dritte Bogenschütze lächelt verlegen, als er sich auf den Oberst zubewegt. Seine Augen wandern zurück zu Baryat. »Drei Bogenschützen?«

»Ihr seid kein Richter. Ihr tötet in der Dunkelheit.«

Lorn sucht nach einer Antwort, denn hier hat Baryat ausnahmsweise Recht. Lorn hat in der Dunkelheit getötet. »Sagt mir, Baryat, welche Zollgebühren hat Flutak Euch für die Dienste Eurer Tochter nachgelassen? Zwei Silberstücke pro Fass?«

»Sprecht nicht so von meiner Tochter«, schnaubt Baryat.

»Warum nicht? Ihr habt sie so geliebt, dass Ihr sie an den Buchhalter gegen niedrigere Zölle verkauft habt. Oder etwa nicht?« Verachtung bricht aus Lorn heraus.

»Ich habe meine Tochter an niemanden verkauft«, bellt Baryat nach einem längeren Schweigen.

Die Lüge ist so offensichtlich, dass Lorn selbst bei Tashqyt ein kurzes Kopfschütteln bemerkt.

»Und ich nehme an, Ihr habt auch keine niedrigeren Zölle bezahlt.«

»Wenn Ihr Beweise hättet, würdet Ihr nicht fragen«, spottet Baryat.

»Ich frage nicht«, antwortet Lorn ruhig. »Ich erzähle es Euch nur.« Der Oberst blickt von Baryat zu den drei jungen Männern – die Söhne des Olivenbauern, wenn die Bilder im Spähglas nicht trogen. »Ihr seid seine Söhne. Ihr werdet verstehen, dass es sich die Spiegellanzenkämpfer nicht so einfach machen können. Wenn ich ihn töte, werdet ihr alle nur möglichen Entschuldigungen finden, um keine Zölle zahlen zu müssen, und ihr werdet mich am Ende töten oder anderweitig beseitigen lassen. Lasse ich ihn am Leben, wird er entweder mich töten oder ich werde ihn später töten.«

»Ihr ... unerträglicher ... kleiner ...« Baryat macht einen Schritt nach vorn, sein Körper zittert von oben bis unten vor Wut und er hält das Gartenmesser hoch.

Lorns Klinge blitzt durch die Luft, worauf eine Wunde auf dem Rücken von Baryats Messerhand klafft. »Das hätte auch Euer Hals sein können.« Er seufzt ... laut.

Baryat hört nicht auf zu zittern, doch er lässt das Messer sinken.

Lorn blickt über den Bauern hinweg, lässt den Mann jedoch nicht ganz aus den Augen. »Wer von euch ist der Älteste?«

Ein blonder Mann mit dichtem Bart tritt vor. »Ich.«

»Hör mir gut zu. Ein Mann hat seine Zölle nicht bezahlt. Er hat einen Oberbuchhalter mit Gold und mithilfe der Dienste seiner Tochter bestochen. Der Buchhalter und die Tochter sind verschwunden. Der Mann gibt den Beamten des Kaisers die Schuld an ihrem Verschwinden und schwört Rache, obwohl der Buchhalter sich schuldig gemacht hat, indem er die Bestechungsgelder angenommen hat. Der Mann heuert einen Söldner an. Einen Bogenschützen, um zwei Beamte des Königs zu töten, die das Verbrechen untersuchen. Dann leugnet er, dass er dies getan hat. Er hat den Kaiser betrogen und versucht, zwei Männer zu töten, die nur ihre Pflicht tun.« Lorns Augen fixieren den ältesten Sohn. »Nach den Gesetzen Cyadors könnte ich nun euer Land dem Kaiser übereignen. Soll ich das tun?«

Der blonde, bärtige Sohn senkt den Blick zur gestampften Erde des Weges.

»Tut es und die Schwarzen Engel werden Euch holen!«, stößt Baryat hervor. Noch immer quillt Blut aus der Schnittwunde an seiner Hand.

Lorn blickt den Sohn an, dann bedeutet er den drei Bogenschützen, beiseite zu treten. »Ihr, Bogenschützen, werdet mit uns nach Biehl zurückkehren. Ihr müsst die Stadt verlassen – entweder Ihr geht in die Grashügel oder in die Länder nördlich des Verwunschenen Waldes.«

Der große Bogenschütze verneigt den Kopf. Nach einigen Sekunden tun es ihm die anderen beiden gleich.

»Und was ist mit mir, Oberst? Werdet Ihr mich auch verbannen?« Baryats Stimme klingt rau, füllt sich mit Wut. »Werdet Ihr Eure Bluthunde auf mich hetzen?«

Lorn lächelt traurig, er übergeht den Bauern und blickt den ältesten Sohn an. »Soll ich euer Land dem Kaiser übergeben oder wollt ihr von nun an seine Gesetze befolgen?«

»Sybyn! Antworte nicht darauf. Ich bin der Landbesitzer«, wütet Baryat. »Der Kaiser wird davon zu hören bekommen.«

»Das wird er in der Tat«, stimmt Lorn ihm zu. »Er wird einen Bericht über Eure Machenschaften erhalten, über Eure Anstrengungen, zwei seiner Beamten umzubringen, und über die nicht ordnungsgemäß bezahlten Zölle. Ihr seid nicht länger der Besitzer dieser Ländereien. Die Frage ist nun, ob Euer Sohn das sein will.« Lorn blickt Sybyn an. »Du kannst mich nicht anlügen. Ich werde es erkennen, genau so, wie ich das Böse in deinem Vater erkannt habe. Wenn ich zustimme, dass die Ländereien auf dich übergehen, wirst du die Gesetze von Cyador in Ehren halten, deine gerechten Zölle zahlen und keine weitere Rache gegen mich oder meine Spiegellanzenkämpfer oder die Buchhalter anstreben?«

»Das könnt Ihr nicht tun!«, schreit Baryat. »Außerdem seid Ihr nicht Manns genug, irgendetwas zu tun, außer zu drohen.«

»Ich möchte eine Antwort hören, Sybyn«, fährt Lorn unbeirrt fort, die Augen auf den Bauern und seinen Sohn gerichtet. »Wirst du die Gesetze des Landes Cyador befolgen und keine Rache üben? Wenn schon nicht um deinetwillen, so doch für deine Brüder, ihre Frauen und eure Kinder?«

»Ich … muss …«, stammelt der junge Mann.

»Feigling! Du bist nicht mehr mein Sohn!« Baryats Augen blitzen Lorn an. »Und Ihr seid genauso feige und klein. Ihr versteckt Euch hinter Euren Streifen und der Uniform.«

»Und Ihr habt Euch hinter Euren Ländereien und den Goldstücken versteckt«, meint Lorn ruhig. »Ihr habt Eure Tochter eingetauscht und Buchhalter bestochen. Ihr habt versucht, meinen Tod zu erkaufen, und seht nicht einmal ein, dass Ihr Unrecht getan habt.«

»Und ich hätte es früher getan, in dem Augenblick schon, in dem Ihr ankamt, hätte ich gewusst, was Ihr tun würdet!« Baryat starrt Lorn an.

»Ihr alle hier, hört seine Worte«, ruft Lorn. »Er gibt seine Gesetzesbrüche zu.«

Baryat schließt den Mund sehr schnell wieder. Die drei Söhne tauschen Blicke aus.

»Beweist es!«, bellt der Bauer.

Lorn lacht. »Ich habe Flutaks Bücher gesehen. Sie zeigen mehr als …«

Mit einem Satz stürzt Baryat vor, das blitzende Gartenmesser fährt auf Lorn hernieder.

Lorns Klinge zuckt durch die Luft, ein winziges Stück Chaos schärft die Schneide zusätzlich.

Der Mund des Bauern bleibt offen stehen, als sein Kopf vom Hals abgetrennt wird.

»In meiner Eigenschaft als Richter habe ich gehört, wie dieser Mann seine Schuld zugegeben hat. Er hat nicht nur seine Schuld zugegeben, sondern auch einen Offizier der Spiegellanzenkämpfer angegriffen. Mehr als vierzig Zeugen haben dies gesehen und gehört.« Lorn lässt den Säbel sinken, doch er steckt ihn nicht zurück in die Scheide, als seine Augen Sybyn ausfindig machen. »Ich spreche weder dich noch deine Brüder für die Verbrechen eures Vaters schuldig. Noch wird euch oder eurem Land Schaden zugefügt werden – es sei denn, das Unrecht geht nach diesem Vorfall weiter und ihr seid dafür verantwortlich. Habt ihr das gehört und verstanden?«

»Ja … Ser …«, stammelt Sybyn, aus seinem Gesicht ist jeglicher Ausdruck gewichen.

Lorn säubert den Säbel mit dem Tuch, das er aus seinem Gürtel zieht, dann steckt er die Waffe zurück in die Scheide. Er steigt aufs Pferd und nickt Tashqyt zu.

Eine Zeit lang reitet die Kolonne schweigend dahin. Sie haben fast den Hafen erreicht, als Tashqyt zu Lorn aufholt und sich räuspert.

»Ja, Tashqyt.«

»Ihr hättet ihn auch hinrichten können, wenn er Euch nicht angegriffen hätte, oder?«, fragt der Truppenführer.

»Das hätte ich tun können«, gibt Lorn zu. »Aber ich wollte, dass so viele Lanzenkämpfer wie möglich hören, was er sagt.«

»Das dachte ich mir, Ser.«

Lorn hofft nur, dass die Kunde sich verbreiten wird, wie gerecht, aber auch streng er ist. Trotzdem kommt er solchen Zeitgenossen lieber zuvor, als auf sie reagieren zu müssen. Er hat zwar Flutaks verschwundene Bücher niemals gesehen und bezweifelt auch, dass dies je einer tun wird, aber er hegt keinen Zweifel an Baryats Schuld – nicht mehr.

Und er fragt sich, wie lange er wohl noch von dessen Tochter träumen wird.

XXIV

Als es an der Tür zum Arbeitszimmer klopft, blickt Lorn von den Papieren auf, auf denen er die Berechnungen für das Riemenzeug niedergeschrieben hat, das für einen längeren Ritt von zwei vollen Kompanien gebraucht wird. Liebend gern würde er noch eine weitere Einheit dazunehmen, aber er sieht keine Möglichkeit, diese auszustatten. Viele der Sättel, auf denen seine Rekruten reiten, erfüllen ohnehin kaum noch ihren Zweck. Vor zwei Achttagen hat er einen Brief vom Major-Kommandanten erhalten, unterzeichnet von Kommandant Inylt, dass seine Zuteilung für Ausrüstung und Lebensmittel um fünf Goldstücke pro Achttag angehoben wird. Damit hofft er, die Sättel und Zaumzeuge bis zum Ende des Sommers ausbessern lassen und einige neue Sättel dazukaufen zu können. »Ja?«

»Ein Schiff mit der Flagge von Cyad läuft im Hafen ein«, kündigt Helkyt an, der den Kopf durch die Tür zum Arbeitszimmer steckt.

»Und du bist hier, um mir das zu sagen, damit ich an der Pier sein kann, bevor es festmacht und der Kapitän sich mit dem Oberbuchhalter beraten kann?« Lorn grinst.

»Ihr habt gesagt, dass Ihr unnötige Unannehmlichkeiten vermeiden möchtet, Ser.«

»Das habe ich in der Tat.« Lorn erhebt sich. »Und ich mache mich am besten gleich auf den Weg.«

»Chulhyr sattelt bereits die Stute.«

»Danke.« Lorn verneigt den Kopf, als er das vordere Arbeitszimmer verlässt. Er läuft den Flur entlang und hinaus über den Hof, über dem hohe sommerliche Schleierwolken schweben. Ihm steht der Schweiß auf der Stirn, als er den Stall erreicht, wo – wie von Helkyt versprochen – die Stute bereits auf ihn wartet. Auch eine Einheit, zusammengemischt aus Lanzenkämpfern und Rekruten, steht bereit, angeführt von Tashqyt.

Das cyadorische Schiff hat die Pier noch nicht erreicht, kreuzt noch vorsichtig Richtung Süden in den Hafen hinein, als Lorn am Ende der Pier das Pferd zügelt, wo Neabyl und Comyr in ihren Buchhalteruniformen zusammen mit zwei Zollbeamten in Braun stehen.

Neabyl wirft einen Blick zu Lorn und den Lanzenkämpfern, spricht aber nicht gleich.

»Seid gegrüßt, Oberbuchhalter«, beginnt Lorn das Gespräch.

»Seid gegrüßt, Oberst.«

Lorn steigt ab und blickt zu Tashqyt. »Die Männer bleiben hier, bis auf die, die den Oberbuchhalter begleiten.« Er wendet sich an Neabyl. »Ich dachte mir, ich kündige dem Kapitän gleich an, dass wir beide hier sind – um Missverständnisse von vornherein zu vermeiden, wie sie in der Vergangenheit mit den Zöllen und deren Eintreibung aufgetreten sind. Ist dies auch zu Eurer Zufriedenheit?«

Neabyl lächelt erfreut. »Das ist es. Ich schätze Eure Wohlüberlegtheit sehr.«

»Und ich möchte mich noch einmal für all die Unannehmlichkeiten entschuldigen.«

Neabyl geht die Pier entlang, fort von den Lanzenkämpfern und Comyr, und nickt mit dem Kopf. Lorn folgt ihm.

»Ich habe eine Schriftrolle von der *Hand* des Kaisers erhalten«, erzählt Neabyl. »Man hat mir den Posten des verantwortlichen Oberbuchhalters hier in Biehl bestätigt und mich belobigt, weil ich Euch bei Euren Bemühungen um den Wiederaufbau des Hafens von Biehl unterstütze.« Neabyl lächelt. »Es war zwar nicht so einfach, aber offenbar wird Euer ... Unternehmungsgeist in Cyad nun mit Wohlwollen betrachtet. Ich möchte Euch für Euer Verständnis bezüglich des vollen Ausmaßes der vormaligen Verhältnisse hier danken.«

»Hallo da unten auf der Pier!«, ertönt ein Ruf vom Schiff.

Die zwei Zollbeamten eilen an Oberst und Buchhalter vorbei zum ersten Poller.

Lorn verneigt leicht den Kopf. »Ich danke Euch, dass Ihr mit mir einer Meinung seid. Nachdem ich Flutak das erste Mal begegnet war, konnte ich nicht anders handeln.« Er macht eine Pause. »Habt Ihr irgendeinen Erfolg bei der Suche nach den vermissten Büchern zu melden?«

Neabyl kann nur schief lächeln. »Ich habe einige Bücher in Flutaks Wohnung gefunden. Der Inhalt zeigt indes nur wenig Ähnlichkeit mit dem, was er eigentlich darstellen sollte, aber es waren auch keine Einträge zu finden, die besonders große Unregelmäßigkeiten beweisen würden. Ich habe die Bücher vorsichtshalber an die *Hand* des Kaisers geschickt, mit Abschriften für die Oberbuchhalter. Seitdem habe ich nichts mehr davon gehört.«

Lorn nickt.

»Leinen auswerfen!«, kommt der Befehl vom dreimastigen Schiff.

»Ich schätze Euer Gespür«, fügt Neabyl hinzu.

»Festmachen!«

Lorn und Neabyl beobachten das Schiff, das an der Pier anlegt. *Rotes Land* ist der Name, der auf dem Schild am Bug eingraviert steht. Als das Schiff an der Pier fest vertäut ist, geht Lorn hinter dem Oberbuchhalter die Laufplanke hinauf, Comyr und zwei Lanzenkämpfer folgen mit etwas Abstand.

»Oberbuchhalter, Oberst.« Der Kapitän, der eine blaue Tunika mit einer doppelten Reihe von goldenen Tressen auf der Schulter trägt, verbeugt sich. »Kapitän Elvygg zu Euren Diensten.« Er blickt Lorn an. »Ihr seid Oberst Lorn?«

»Der bin ich.«

»Sehr gut. Sehr gut. Dann muss ich Euch nicht erst suchen.«

Neabyl wirft Lorn einen Blick von der Seite zu.

»Sehr erfreut, Euch kennen zu lernen, Kapitän«, sagt Lorn. »Ich sollte gleich zu Anfang erklären, dass der Oberbuchhalter und ich gemeinsam gekommen sind, weil in der Vergangenheit immer wieder … sagen wir, Unstimmigkeiten bei den Zolleinnahmen aufgetreten sind.«

Elvygg grinst breit. »Davon hat man mich in Kenntnis gesetzt und, ehrlich gesagt, nur deshalb hat es die *Rotes Land* riskiert, hier anzulegen. Deswegen und wegen der Ladung natürlich.«

Der Kapitän hält dem Buchhalter die Frachtgutliste und die dazugehörigen Frachtbriefe hin. »Hier, Buchhalter. Ihr werdet alles in bester Ordnung vorfinden.«

»Danke.« Neabyl nimmt die Frachtgutliste und gibt die Frachtbriefe an Comyr weiter.

»Oberst.« Der Mann in der blauen Tunika verbeugt sich ein weiteres Mal vor Lorn und übergibt ihm eine Schriftrolle. »Von Eurer Gemahlin und Händlerin. Wir führen auch eine kleine Ladung für Euch mit, die wir abladen werden, sobald die anfallenden Zölle beglichen sind. Etwas Wein, einige Körbe mit Waren …« Er runzelt die Stirn, als versuchte er, sich an die anderen Sachen zu erinnern. »Und auch etwa zehn Reitgarnituren, Sättel und Zaumzeug aus weißem Leder.«

Neabyl sieht Lorn verwundert an. »Ihr habt zwar erwähnt, dass ihr gewisse Beziehungen zu Händlern unterhaltet, und auch, dass Ihr am Handel interessiert seid, aber nicht, dass Eure Gemahlin …«

»Sie ist Händlerin; ich hingegen wurde nicht dazu geboren«, erklärt Lorn. »Ich habe versucht, sie dazu zu bringen, mich etwas über den Handel zu lehren, doch wir hatten nicht viel Zeit füreinander.« Er lacht. »Lanzenkämpfer sehen wenig von Cyad.«

»Das stimmt wohl.«

Lorn blickt Neabyl an. »Ich möchte, dass Ihr die mir zustehende Ladung auf das Genaueste untersucht. Ich möchte mir nicht nachsagen lassen, dass ich mich dem entziehen will, was ich zu bezahlen habe.«

»Äh ... Sers ...«

Beide blicken den Kapitän an.

»Die Dame hat Gold mitgeschickt für den Zoll, sodass der Oberst sich keine Gedanken machen muss.«

Neabyl lacht übers ganze Gesicht. »Eure Gemahlin ist wirklich sehr umsichtig.«

Lorn grinst zurück und fügt hinzu: »Und weise.«

Während Neabyl und Comyr das Schiff und seine Papiere überprüfen, geht Lorn zu Tashqyt.

»Haben wir einen Karren in der Kaserne?«

»Ja, Ser.«

»Lass ihn holen ... wie es scheint, bekommen wir neues Riemenzeug und neue Sättel.«

»Ja, Ser!« Tashqyt lässt sich zu einem Lächeln hinreißen. »Ser ... für gewöhnlich kommt eine solche Ausrüstung aber mit dem Feuerwagen an.«

»Wir haben einen neuen Lieferanten, glaube ich.« Lorn schürzt belustigt die Lippen.

Ein Lanzenkämpfer ist bereits auf dem Weg zur Kaserne, als Lorn erneut am Fuß der Laufplanke steht, wo er auf die Buchhalter wartet, die ihre Arbeit bald beendet haben.

»Wie steht es mit den Zöllen?«, fragt Lorn, als Neabyl und Comyr die Laufplanke herunterkommen.

»Alles zum Besten, sowohl mit der Eintreibung derselben als auch mit den Papieren.« Neabyl nickt. »Der Kapitän ist zufrieden und der Kaiser wird auch zufrieden sein. Was kann man mehr verlangen?«

»Dass den Anforderungen der Buchhalter ebenfalls genüge getan ist«, meint Lorn.

»Auch das ist der Fall.«

»Sehr gut.«

Neabyl blickt Lorn an. »Ihr habt eine große Ladung zu erwarten.«

»Es sind auch einige Dinge darunter, die ich für Euch angefordert habe«, gibt Lorn zu.

Neabyl zieht die Augenbrauen hoch.

»Ich habe nichts Unrechtes vor«, beschwichtigt Lorn ihn sogleich, »aber Ihr wart mir eine große Hilfe, und ich dachte, ein paar Flaschen guten Wein würdet Ihr mir nicht übel nehmen.«

Der Buchhalter lacht. »Oberst ... wer könnte Wein übel nehmen! Ich werde ihn in dem Geist annehmen, in dem Ihr ihn mir anbietet.«

»Sobald er abgeladen ist, werde ich Ihn Euch zukommen lassen.« Lorn hält kurz inne. »Ich würde ihn allerdings einen Achttag lang ruhen lassen. Dann wird er besser munden.«

»Auf das, was Ihr für gut befindet, werde ich warten.«

Es dauert bis weit in den Nachmittag hinein, bis die Sättel und Zaumzeuge hinauf zum Stall transportiert und die zwei Kisten mit Alafraan, die Kiste Fhynyco und die drei großen Körbe, in denen Lorn Uniformen und Kleidung vermutet, in seine Gemächer hinaufgetragen sind.

Lorn belässt alles dort und kehrt in sein Arbeitszimmer im Verwaltungsgebäude zurück.

»Tashqyt sagte, wir haben Sättel bekommen. Stimmt das, Ser?«

»Zehn Stück, lanzenkämpferweiß.«

Helkyt schüttelt den Kopf. »Das erste Mal, seit ich hier bin.«

Lorn zuckt nur mit den Schultern. »Wir tun, was wir können.«

Als er wieder allein in seinem offiziellen Arbeitszimmer sitzt, öffnet er die Schriftrolle von Ryalth.

Mein liebster Lanzenkämpfer,

ich weiß kaum, wo ich anfangen soll. Dein Rat hat sich wieder einmal als sehr wertvoll erwiesen, das Haus Ryalor wächst und wächst. Man hat uns den Rang eines unteren Klan-Hauses verliehen, worauf wir auf die andere Seite des Platzes gewechselt haben, zu den kleineren Klan-Häusern, aber wir haben nur das oberste Stockwerk bekommen, wieder einmal, und einen Teil des Stockwerks darunter. Ich beschäftige nun drei Jungbuchhalter, Eileyt und noch zwei andere, und natürlich unsere Handelsvertreter in den Häfen von Candar, Nordla und Hamor.

Du und ich werden bald unseren eigenen Klan gründen. Deine Schwester Jerial behauptet steif und fest, dass das Kind ein Junge wird …

Lorn schluckt. Ist er alt genug und weit genug aufgestiegen bei den Lanzenkämpfern? Er lacht. Selbst wenn er ohne einen Pfennig dastehen würde – nicht, dass dem so wäre –, das Haus Ryalor könnte den Jungen mühelos versorgen.

… und dass er gesund und stark wird.

Du wirst bereits gesehen haben, dass ich mir auch die Freiheit genommen habe, ein wenig Riemenzeug für deine Lanzenkämpfer mitzuschicken, denn ein Oberst kann nur sein Bestes geben, wenn seine Männer gut ausgerüstet sind. Wenn du mehr brauchst, so halte nicht still, denn ich würde alles geben, was ich habe, nur um für deine Sicherheit zu sorgen …

Alles geben, was sie hat … Lorn blickt zum Fenster hinaus, bis seine Augen wieder klar sehen.

Ich speise zweimal im Achttag mit deinen Eltern. Dein Vater erlaubt sich nun sogar manchmal Scherze mit mir. Deine Mutter verlangt ständig, dass ich mehr esse, denn sie will, dass ihr Enkelkind gesund und kräftig wird. Würde ich alles essen, was sie mir anbietet, könnte ich keinen Schritt mehr tun …

Vorgestern traf ich mich mit Husdryt vom Dyjani-Klan. Nur zögerlich habe ich diesem Treffen zugestimmt, weil ich meine Zweifel Tasjan gegenüber habe, besonders da sein Oberster Wachmann Sasyk immer noch mehr Grünröcke anwirbt. Aber dein Freund Tyrsal hat das Treffen vorgeschlagen und sich für Husdryt verbürgt. Husdryt sagte, dass er alles, was er wisse, von Tyrsals Vater gelernt habe. Wir haben uns eine Weile unterhalten und vielleicht kommt sogar einiges dabei heraus …

Aufgrund meines Umstandes und aus anderen Gründen möchte ich derzeit keine Reise unternehmen, und ich bin sicher, du wirst das verstehen. Wisse, dass dies die Gründe sind, denn ich würde dich überall besuchen, wäre ich die Einzige, die das zu entscheiden hätte …

Alles Gute, mein Liebster

Lorn denkt über die Worte nach, dann schüttelt er den Kopf. Er hat wirklich großes Glück, eine Frau wie Ryalth gefunden zu haben. Er lächelt.

Wenn er später allein in seinen Gemächern ist, wird er sie im Glas suchen, wenn auch nur kurz, denn trotz der Wärme und Herzlichkeit in Ryalths Worten weiß er auch um ihre Sorge. Um ihre große Sorge.

Lorn hat eigentlich geglaubt, dass er ein wenig mitbestimmen könnte, wie seine Zukunft und sein Schicksal verlaufen sollen. Aber an Tagen wie diesen, mit Nachrichten wie denen von Ryalth und Neabyl, fühlt er sich eher wie ein Schiff, das der Gnade des Windes ausgeliefert ist – und die Winde der Intrigen blasen scharf in Cyad und werden in Zukunft vielleicht sogar noch stürmischer werden, wenn er die Botschaft zwischen den anmutig geschriebenen Zeilen in Ryalths Brief richtig gelesen hat.

XXV

Im orangefarbenen Licht der Dämmerung blickt Lorn auf den breiten Fluss Behla zu seiner Linken, dann auf die verstreuten Gebäude der Stadt vor ihnen. Er und seine Einheit sind schon lange vor Anbruch der Morgendämmerung aufgebrochen und zehn Meilen flussaufwärts geritten, um die Doppelbrücke bei den Unteren Inseln zum Ostufer zu überqueren und dann auf der Straße am Ostufer zurück nach Ehyla zu reiten, der kleineren Schwesterstadt auf der anderen Seite des Hafens von Biehl. In der Wachstation über dem Fluss Ehyla wird Lorn dem Bezirkswachkommandanten einen Besuch abstatten, so wie er es in seiner Nachricht angekündigt hat.

Lorn beobachtet den Fluss und die Straße, bis er endlich die einsame Pier entdeckt, die in den Fluss ragt. Eine schiefe und wackelige Konstruktion, die flussaufwärts von einer Sand- oder Schlammbank blockiert zu sein scheint. Den Kurieren zufolge befindet sich der Posten der Bezirkswache auf einem niedrigen Hügel unmittelbar östlich der Pier an einem zum Fluss abfallenden Hang.

Als sie den Wegweiser passieren, der Ehyla in einer Entfernung von nur noch zwei Meilen ankündigt, betrachtet Lorn die vereinzelten Häuser etwas näher. Gelbe Ziegelgebäude, die meisten ohne Wandschirm oder Hecke, einige noch mit einem altertümlichen Strohdach statt mit Schiefer oder Ziegel gedeckt, und die meisten haben unbemalte und oft schiefe Fensterläden.

Eine Meute von vier Hunden schießt aus dem niedrigen Gebüsch über den schlammigen Flussniederungen. Der Anführer, ein schwarz-weißer Mischling, schnüffelt vorsichtig, macht kehrt und verschwindet gleich wieder im Gebüsch. Die anderen folgen ihm, nur ein kleiner, goldener Hund reckt noch einmal die Nase in die Luft, bevor auch er sich ins Dickicht zurückzieht.

Der Wachposten befindet sich tatsächlich dort, wo die Kuriere gesagt haben, und Lorn und die Zweite Einheit zügeln vor den erst kürzlich weiß gestrichenen, verputzten Wänden des zweistöckigen Hauses die Pferde. Das viereckige Gebäude thront förmlich über Ehyla.

Lorn schaut Whylyn an, den zweiten Untertruppenführer neben Tashqyt, der die Einheit führt, die Lorn begleitet. »Die Männer können absitzen, aber sie sollen in der Nähe und bereit zum Abmarsch bleiben. Seht zu, dass ihr etwas Wasser für die Pferde findet.«

»Ja, Ser.« Der blonde Truppenführer mit der Hakennase nickt.

Lorn steigt ab, bindet den Braunen an einen der Eisenringe an dem Sonnensteinpfosten unter den Stufen, die zu der steinumrahmten Tür führen, und überprüft seinen Säbel. Dann schreitet er die Stufen hinauf zum Haus.

Im kleinen Eingangsbereich sitzt ein junger, braun gekleideter Wachmann. Seine Augen weiten sich beim Anblick des Spiegellanzenkämpfer-Offiziers in Beige und Grün, der vor ihm steht. »Ser?«

»Oberst Lorn. Ich bin gekommen, um dem Bezirkskommandanten einen Besuch abzustatten.«

»Äh … ja, Ser. Er erwartet Euch bereits.«

Wenn man ihn schon erwartet, warum ist dann der junge Wachmann so erstaunt?, fragt sich Lorn. Oder haben sie einen alternden Offizier erwartet, der bereits in den letzten Zügen seiner Karriere liegt? Er verzieht den Mund ganz kurz, als er dem jungen Wachmann folgt, vorbei an einer offenen Tür zu seiner Rechten, bei der es sich offenbar um den Zugang zu einer sehr nachlässig geführten Waffenkammer handelt. Dann erreichen sie die erste offene Tür auf der linken Seite.

»Oberst Lorn, Ser.« Der Wachmann verbeugt sich und geht rückwärts hinaus, um Lorn allein in das große Arbeitszimmer eintreten zu lassen.

Der Bezirkskommandant der hiesigen Wache erhebt sich. Er ist klein, hat schwarze Haare, funkelnde schwarze Augen und einen dünnen Schnurrbart, der in Höhe der Mundwinkel steil nach oben ragt. Die braune Uniform mit den purpurroten Verzierungen ist makellos, die Silbersterne auf seinem Kragen schimmern hell.

»Kommandant Repyl, Oberst.« Repyl deutet auf einen hölzernen Lehnstuhl, der auf der anderen Seite des großen, glänzenden Schreibtisches steht. Er wartet nicht, bis Lorn sich gesetzt hat, bevor er selbst wieder Platz nimmt.

Lorn sieht sich im Arbeitszimmer rasch um und betrachtet den fast leeren Bücherschrank und die vier Truhen, die man anscheinend erst kürzlich poliert hat, bevor er sich setzt.

»Nun, Oberst, man sagt, Ihr wollt den Spiegellanzenkämpfer-Posten in Biehl wieder stärken.« Repyl schnaubt. »Viel Zeit musste vergehen, bevor das jemand versucht.«

»Für alles kommt die rechte Zeit«, meint Lorn freundlich und setzt sich auf den Stuhl mit gerader Lehne. »Der Major-Kommandant hat entschieden, dass in Biehl einiges geschehen muss.«

»Ihr habt … wie viele Männer … etwas weniger als eine Kompanie?« Der Kommandant hält kurz inne. »Ihr habt eine volle Einheit mitgebracht. Was geschieht, wenn ein Schiff in Eurer Abwesenheit anlegt oder wenn Piraten auftauchen?«

»Die Lanzenkämpfer unter Haupttruppenführer Helkyt kennen ihre Aufgaben. Wir haben nun fast zwei volle Kompanien. Das ist schon doppelt so viel wie noch im letzten Winter.« Lorns Augen fixieren den Kommandanten. »Auch haben wir kürzlich die notwendige Ausrüstung erhalten, um eine weitere halbe Kompanie aufbauen zu können.«

»Das nenne ich wirklich eine Veränderung.« Der Kommandant lächelt anerkennend.

»Wie viele Wachen habt Ihr hier, Kommandant?«, fragt Lorn. »Wie viele, die voll ausgestattet sind mit Pferd und Waffe, die man einberufen kann und die ihren Mann stehen?«

»Danach hat noch nie jemand gefragt.« Der Bezirkskommandant richtet sich hinter seinem prunkvollen Schreibtisch auf.

Lorn zuckt mit den Achseln. »Ich bin noch verhältnismäßig neu im Hafenposten. Ich habe die meiste Zeit bei den Spiegellanzenkämpfern als kämpfender Offizier verbracht. Deshalb stellen sich mir solche Fragen. Auch habe ich mir meine Pflichten noch einmal näher angesehen. Teil meiner Aufgabe ist es, die Anzahl und die Fähigkeiten der Bezirkswachstreitkräfte festzustellen und zu prüfen. Aus diesem Grund bin ich gekommen. Deshalb habe ich Euch auch eine entsprechende Nachricht geschickt.«

»Aha.« Der Kommandant nickt. »Man kann Euch nicht vorhalten, Ihr würdet Eure Aufgabe nicht ernst nehmen. Es ist schon lange her, soviel ich weiß, dass die ganze Bandbreite dieser Pflichten beachtet wurde. Sagt mir, wie ergeht es Oberbuchhalter Flutak? Ein höchst beeindruckender Beamter.« Repyl lächelt.

»Der Oberbuchhalter wurde des Vergehens überführt, Bestechungsgelder von Händlern und von einem der großen Olivenbauern angenommen zu haben. Er verschwand zusammen mit dem Großteil seiner Bücher und wurde seit Jahreszeiten nicht mehr gesehen. Der Bauer, ein hochnäsiger Geselle mit Namen Baryat … er hat Bogenschützen angeheuert, und als ich den Fall untersuchte, gab er nicht nur zu, dass er die Bestechungsgelder bezahlt hatte, sondern auch die Mörder.

Er beging den Fehler, mich mit einem Gartenmesser vor einer versammelten Einheit anzugreifen. Der neue verantwortliche Oberbuchhalter ist nun Neabyl. Er ist sehr ehrlich und widmet sich voll und ganz der Einhaltung der Bestimmungen der Kaiserlichen Gesetze. Seine Majestät hat ihm bereits ein Lob zukommen lassen.« Lorn lächelt kühl. »Wir arbeiten gut zusammen und in Biehl laufen allmählich wieder mehr Schiffe ein.«

»Nun … ja … das klingt höchst interessant.«

»Ihr wolltet mir gerade sagen, wie viele Wachen Ihr einsatzbereit habt«, erinnert Lorn den Kommandanten.

»Die Bezirkswache hat beinahe ihre volle Stärke.«

Lorns Augen starren den Kommandanten an, er wartet.

»Innerhalb von zwei oder drei Tagen kann ich zwei Kompanien zusammenstellen. Wir haben Cupridiumlanzen – keine Feuerlanzen. Ansonsten gleicht unsere Ausrüstung der Euren.«

»Freut mich, das zu hören.« Lorn steht auf. »Ihr seid sehr beschäftigt, so wie ich. Wenn Ihr mir nun das Gebäude zeigen wollt, das Waffenarsenal, die Sattelkammer …«

»Ich hätte nicht gedacht, dass ein Mann von Eurer Stellung …«, beginnt der Kommandant, als er sich langsam erhebt.

»Wenn man vom Major-Kommandanten ausgesandt und mit einem solchen Auftrag betraut wird«, erklärt Lorn ruhig, »dann führt man diesen am besten wunschgemäß aus.«

»Ja … das verstehe ich.« Repyl zupft am rechten Ende seines gewachsten Schnurrbartes. »… das verstehe ich natürlich.«

»Der Major-Kommandant hat Pläne mit Biehl«, fügt Lorn hinzu. »So viel weiß ich.« Er zeigt auf die Tür, geht hinaus und durchquert den Flur zu der Waffenkammer, in die er vorhin schon einen Blick werfen konnte.

Jemand hat sich in Windeseile die Mühe gemacht, die Cupridiumlanzen zu ordnen, die meisten sind geputzt, wenn auch etwas nachlässig, und die Säbel stehen in Reih und Glied, so wie es sein soll. Andere Ausrüstung ist jedoch nur spärlich vorhanden, es fehlen etwa kleine Spaten, Wasserflaschen und Satteltaschen.

Lorn schreitet den langen und düsteren Raum schweigend ab, bis er mit der Inspektion fertig ist. »Die Waffen sind angemessen gepflegt. Aber mehr als die Hälfte Eurer Wachen würde auf einem langen Ritt verdursten – oder Ihr müsstet sie übers Land ausschwärmen lassen, damit sie nach Wasser suchen können. Ihr solltet ihnen Wasserflaschen besorgen, und zwar bald.«

»Bald?«

Lorn übergeht die Frage und stellt schon die nächste. »Pferde und Sättel?«

»Jeder Wachmann hat ein eigenes Pferd. Wenn es durch seine Schuld verendet, muss er es durch eins ersetzen, das vorher vom Stallmeister begutachtet wurde. Die Pferde sind alle in einem ausgezeichneten Zustand.«

Lorn kann die Wahrheit der Antwort deutlich fühlen, bei Repyl selbst und weil ihm dieses Verfahren klug erscheint.

»Die Sattelkammer ...« Der Kommandant führt Lorn zum Nordende des Gebäudes, wo er eine Tür mit einem einfachen Messingschlüssel öffnet. »Es gibt noch eine Außentür, doch diese ist verriegelt, es sei denn, wir halten eine Übung ab.«

Die Sättel und Zaumzeuge sind ordentlich aufgeräumt und wurden erst kürzlich gereinigt, Lorn findet allerdings noch etwas Schmutz in den brüchigen Lederstellen, aber die Ausrüstung ist nicht so übel, wie sie sein könnte – und auch nicht in einem so schlechten Zustand wie das, was er teilweise in Biehl vorgefunden hat.

Lorn nickt, als sie die Sattelkammer verlassen, und

wendet sich Repyl zu. »Hier scheint alles weitgehend in Ordnung zu sein. Irgendwann im Spätsommer oder frühen Herbst werde ich wiederkommen, um die Wachen samt Pferde zu inspizieren.« Lorn lächelt. »Ich verlange, dass sie ausgerüstet und versorgt sind für einen achttägigen Ritt.«

»Das ist nicht …«

»Doch, das ist es«, meint Lorn ruhig. »Ich werde mich einen Achttag vorher ankündigen. Wenn Ihr das als zu schwierig erachtet …« Er lässt den Gedanken unausgesprochen.

»Äh … nein. Wenn Ihr Euch einen Achttag vorher ankündigt, werden wir bereit sein.«

»Gut. Es war mir eine Freude, Euch kennen gelernt zu haben und zu sehen, dass Ihr Verständnis dafür habt, dass die Welt sich verändert und sich deshalb auch das ändern muss, was in der Vergangenheit einmal als richtig erachtet wurde. Ich freue mich auf ein Wiedersehen anlässlich der Inspektion.«

»Wir werden bereit sein, Oberst, wenn Ihr kommt.«

»Danke.« Lorn verbeugt sich, dreht sich um und schreitet an dem nervösen jungen Wachmann vorbei hinaus zu seiner wartenden Einheit.

Ohne ein Wort zu sagen, bindet Lorn den Braunen los und steigt auf. Repyl ist nicht unehrlich, auch hat er nichts zu verbergen, was seine Bezirkswache betrifft, aber der Mann ist ganz offensichtlich ein wenig beunruhigt über Lorns Besuch und die Veränderungen, die zur Zeit in Biehl stattfinden. Das bedeutet, dass er ihn beobachten muss, durch das Glas, und das wiederum heißt mehr Arbeit und Kopfschmerzen für Lorn.

»Aufstellen!«, befiehlt Whylyn.

Die Lanzenkämpfer stellen sich in Zweierreihen auf und reiten nach Süden und zurück über die Brücken bei den Unteren Inseln.

»Darf ich fragen … Ser?«, wagt Whylyn den Oberst

anzusprechen, als sie etwa eine Meile zurückgelegt haben.

»Der Kommandant war sehr freundlich«, erzählt Lorn. »Wir werden in einer halben Jahreszeit noch einmal kommen, vielleicht auch erst später, um die Wachen zu inspizieren.«

»Das wird ihnen nicht gefallen«, prophezeit der Truppenführer.

Was Lorn im Schilde führt, werden sie noch weniger mögen, vermutet der Oberst.

XXVI

Im Frühstücksraum ist es heiß, obwohl die Spätnachmittagssonne bereits hinter den Ziegelmauern der Spiegellanzenkämpferkaserne in Biehl versunken ist. Lorn beendet ungeachtet der Hitze und der reglosen Luft sein Abendessen – Geflügel geschmort mit Quilla-Scheiben, die wie Sägespäne schmecken.

Das trockene Roggenbrot mundet nicht viel besser als das Gemüse. Allein das Glas Fhynyco, das Lorn sich genehmigt, macht das Brot und das Gemüse halbwegs genießbar.

Nachdem er das Geschirr abgewaschen und zum Trocknen hingestellt hat, geht er langsam hinüber in sein Arbeitszimmer, wo er sich an den kleinen Schreibtisch setzt und die Schriftrolle herausholt, die er an diesem Tag von seinem Vater bekommen hat. Er rollt sie auf und liest sie sich noch einmal langsam durch, diesmal achtsamer.

Es geht uns gut, obschon wir nicht mehr so beweglich sind wie früher … Kysia hilft uns weiterhin auch auf eine Art und Weise, mit der wir so nicht gerechnet hätten, und ich bin sicher, dass sie gern auch dir und Ryalth dienen wird, wenn du nach Cyad zurückkehrst …

Wir freuen uns, dass deine liebenswerte Gemahlin uns beim Abendessen oft Gesellschaft leistet, meist ein- oder zweimal im Achttag, wenn nicht sogar öfter. Sie und Jerial haben ein sehr enges Verhältnis entwickelt und manchmal gesellt sich sogar Myryan zu ihnen.

Myryans Garten wächst und gedeiht und sie teilt die reichhaltigen Früchte mit uns; gelegentlich kommt auch Ciesrt zu Besuch, doch er und Vernt sind sehr beschäftigt, jetzt, da beide Adepten der oberen zweiten Stufe geworden sind und sich den unzähligen Herausforderungen stellen müssen, denen sich die Magi'i dieser Tage gegenübersehen … Dein junger Freund Tyrsal ist zwar erst in der unteren zweiten Stufe, aber er entwickelt sich viel versprechend, wenn auch verspätet. Ich sehe es mit Wohlwollen, in Anbetracht der Aufmerksamkeit, die der Erste Magier dem jungen Rustyl zuteil werden lässt, welcher sich ähnlich gebärdet wie der Lanzenkämpferoffizier, der noch immer deine Schwester umwirbt. Es heißt, dass bald Einvernehmen getroffen werden wird über die Vermählung von Rustyl mit Ciesrts jüngerer Schwester Ceyla. Die ältere Schwester wurde kürzlich mit Zubyl vermählt …

Im Sommer oder Frühherbst werden vom Verwunschenen Wald vermutlich noch mehr Lanzenkämpfer abgezogen werden… wenn sich alles gut entwickelt.

Myryan und Jerial müssen wieder zusätzliche Dienste in der Krankenstation leisten, das Ergebnis des Versagens des Chaos-Turmes im Ersten Stern …

Lorn runzelt die Stirn. Wenn sein Vater das Versagen dieses Chaos-Turmes so offen erwähnt, bedeutet es, dass ganz Cyad bereits davon weiß und dass die Verluste wirklich hoch gewesen sein müssen. Er weist auch darauf hin, dass das Vorhaben mit der Sperrenmauer, wie auch immer dieses aussehen mag, kurz vor der Vollendung steht.

Wird das eine Auswirkung auf die Barbaren haben? Werden sie es herausfinden? Werden sie ihre Angriffe vermehren, noch bevor die Lanzenkämpfer versetzt werden können? Oder die Angriffe in andere Teile Cyadors verlagern? Lorn blickt aus dem Fenster in die Dämmerung, die erst noch Kühle in die windstille Luft bringen muss, welche die Lanzenkämpfer-Kaserne lähmt.

Nach einer kleinen Weile widmet er sich erneut der Schriftrolle und runzelt die Stirn, als er noch einmal die Zeilen über Tyrsal und Rustyl liest. Sein Vater schreibt für gewöhnlich nur über Dinge, die in irgendeiner Weise von Bedeutung sind, und das heißt, dass Lorn den Namen Rustyl in den kommenden Jahreszeiten oder gar Jahren im Gedächtnis behalten muss.

Wenn er die Antwort an den Vater und die Schriftrolle für Ryalth fertig hat, wird er das Glas wieder zur Hand nehmen und noch einmal größere Anstrengungen unternehmen, um festzustellen, wo die Barbaren ihre Truppen zusammenziehen, und um einen Teil einer weiteren Karte zu zeichnen.

Und er wird Pläne schmieden müssen, wie er die Streitkräfte des Bezirkskommandanten am besten nutzen kann …

Er reibt sich die Stirn und wirft einen Blick hinaus in die sommerliche Dunkelheit, die nun doch unbemerkt über die Kasernenmauern gekrochen ist. Der Sommer wird lang werden und anstrengend, denn Lorn steht noch viel Arbeit mit den Lanzenkämpfern bevor, mit der Beobachtung der Barbaren und mit seinen Karten – außerdem muss er dafür sorgen, dass alle Schiffe, die in Biehl anlegen, gut und gerecht behandelt werden. Des Weiteren sollte er gelegentlich die Olivenbauern und die anderen Händler und Kommis überprüfen.

Diese Aufgaben sind weder sonderlich aufregend

noch glanzvoll. Aber sie müssen erledigt werden, und Lorn wird auch die meiste Energie darauf verwenden müssen, sodass ihm nur wenig für sich selbst bleiben wird – oder für die Benutzung des Glases, wenn auch nur kurz, um Ryalth zu sehen.

XXVII

Die beiden treffen sich auf dem Balkon im fünften Stockwerk an der Nordseite des Palasts des Ewigen Lichts. Selbst die leichteste Brise wird laut auf diesem Balkon und macht ein Lauschen beinahe unmöglich. Der Hauptmann-Kommandant der Spiegellanzenkämpfer nickt dem Zweiter Magier zu.

»Es wird Veränderungen geben in den kommenden Jahren«, meint Luss.

»Die Welt verändert sich ständig«, erwidert Kharl mit einem Lachen. Die Brise zaust sein rötliches Haar. Er streicht es sich aus dem Gesicht. »Alles verändert sich, und doch bleibt alles beim Alten, so war es schon immer und so wird es immer sein. Täuscht Euch nicht, mein kühner Lanzenkämpferoffizier.«

»Die Audienzen des Kaisers sind kurz«, bemerkt Luss.

»Es gibt nichts Neues zu sagen. Er wartet auf die Ergebnisse des Sperrenmauer-Vorhabens des Ersten Magiers.«

»Ihr wart gegen diesen Plan. Seid Ihr es noch immer?«

»Ich war gegen dieses Vorhaben, denn ich befürchtete einen Machtverlust für die Magi'i und Spiegellanzenkämpfer, und ich dachte, dass der Plan uns lediglich den vorzeitigen Ausfall der Chaos-Türme bescheren würde, noch vor dem Augenblick, in dem sie ohnehin versagen würden. Chyenfel hat alle überzeugt, und nun ist es nicht mehr sehr sinnvoll, gegen das zu sein, was kommen wird. Es wird Chyenfels letzte große Leistung sein, und wer bin ich, dass ich ihm diese versagen würde?« Kharl lächelt. »Es scheint, als hätte er tatsächlich Erfolg, und wenn dem so ist, dann wird der Verwunschene Wald für einige Generationen schlafen und die Spiegellanzenkämpfer werden mit gutem Gewissen große Streitkräfte nach Norden schicken können. Die Verluste werden jedoch viel höher sein als jetzt, so fürchte ich.«

»Da wir weniger Feuerlanzen haben werden, werden wir mehr Lanzenkämpfer brauchen, als in den Kompanien, die zur Zeit um den Verwunschenen Wald herum stationiert sind, vorhanden sind«, entgegnet Luss. »Werdet Ihr das unterstützen?«

»Wenn Ihr von der Notwendigkeit einer größeren Lanzenkämpfer-Streitmacht sprecht, erinnert mich das an Euren jungen Oberst, der sehr ehrgeizig ist«, bemerkt Kharl.

»Meinen Oberst? Ich erinnere mich nicht, dass mir in letzter Zeit einer zugeteilt worden wäre.«

»Der junge Lanzenkämpfer, der nach Biehl versetzt wurde. Ich glaube, wir hatten einige Auseinandersetzungen wegen dieses armen Burschen«, meint Kharl, dessen grüne Augen scheinbar lachen, während er den Hafen und den Hauptmann-Kommandanten der Spiegellanzenkämpfer beobachtet.

»Ach … ja. Derjenige, der durch Vermählung nun mit Euch verwandt ist und dem der Major-Kommandant freundlicherweise eine weniger … schwierige Aufgabe angeboten hat.« Luss lächelt höflich.

Kharl erwidert das Lächeln mit einem ebenso freundlichen Ausdruck. »Ich höre, dass er sehr entschlossen handelt und den Außenposten bereits in eine einigermaßen disziplinierte Kaserne verwandelt hat. Er soll sogar damit begonnen haben, neue Lanzenkämpfer zu rekrutieren und auszubilden, die jene ersetzen könnten, die den Barbaren zum Opfer fielen.« Nach einer ganz kurzen Pause fügt er hinzu: »Und ich habe gehört, dass der Major-Kommandant erfreut gewesen ist über Euren Vorschlag, ihn dorthin zu schicken.«

»Ich bin höchst dankbar, dass meine Weitsicht im Hinblick auf die Fähigkeiten dieses Offiziers nun bestätigt wird«, Luss Augen werden zu Schlitzen, »obwohl ich natürlich nicht weniger erwartet habe von einem so fähigen Offizier, der zudem noch mit Euch verwandt ist, wenn auch nur durch eine Vermählung.«

»Ich freue mich, dass die Wahl meines Sohnes bezüglich seiner Gemahlin Eure Zustimmung findet. Obgleich ihr Bruder ein Lanzenkämpfer ist und als nicht geeignet erachtet wurde, ein Magi'i zu werden, so stammt er doch aus einer alten und verdienstvollen Familie, und er ist sicherlich ein fähiger und hart arbeitender Lanzenkämpfer.«

»Er hat bei vielen Gelegenheiten sein Leben für Cyador riskiert, und jedem Lanzenkämpfer, der solches getan hat, sollte alle Anerkennung und Beförderung zuteil werden«, antwortet Luss.

»Was Ihr bereits gewährleistet habt.« Kharl nickt höflich. »Vielleicht ist auch eine andere Information über ihn für Euch von Interesse. Mir wurde aus … einer bestimmten Quelle … zugetragen, dass die Zolleinnahmen der Kaiserlichen Buchhalter in Biehl sich in der vergangenen Jahreszeit fast verdoppelt haben.« Kharl runzelt die Stirn. »Doch Bluoyal hat mir bestätigt, dass die Anzahl der Schiffe, die in Biehl anlegen, fast unverändert ist. Er wirkte ziemlich belustigt, als ich meinte, dass vielleicht die Zustände vorher nicht ganz rechtens gewesen wären. Es erscheint mir höchst interessant, dass die Einnahmen ausgerechnet seit dem Zeitpunkt des Verschwindens des Oberbuchhalters stetig ansteigen. Er war ein Vetter Bluoyals, nicht wahr?«

»Das ist eine Angelegenheit, die für den Major-Kommandanten in der Tat von Belang sein könnte.«

»Das war auch mein Gedanke. Und für die *Hand* des Kaisers, wenn der Major-Kommandant denkt, dass man die Angelegenheit an so hoher Stelle vortragen sollte.«

»Das wird er selbst bestimmen. Natürlich könntet Ihr es der *Hand* mitteilen.«

»Ich? Nie würde die *Hand* glauben, was ich sage, selbst wenn man mir erlauben würde, im Schatten zu ihm zu sprechen.«

»Die Weisheit der *Hand* ist legendär, so sagte man mir«, meint Luss. »Ich werde diese Mitteilungen weitergeben und die Mächte über mir werden damit tun, was ihnen gefällt.«

»So wie stets.« Kharl lacht so leise, dass die Laute sich in der Brise verlieren, die um den Balkon des Palasts des Lichts flüstert.

XXVIII

Trotz der Mittagshitze läuft Lorn die Treppe zu seinen Gemächern hinauf und nimmt dabei jeweils zwei Stufen auf einmal, nachdem er das Verwaltungsgebäude verlassen hat. Oben angekommen isst er rasch etwas Brot mit Käse in der Küche und eilt dann in sein Arbeitszimmer, um ins Chaos-Glas zu blicken.

Er schließt die Fensterläden, sodass das silbrige Bild im hellen Sommerlicht nicht verblasst. Danach holt er das alte Glas aus dem Schubladen, das einst seinem Vater gehörte, und konzentriert sich auf die schimmernde Oberfläche. Schweißperlen bilden sich über seinen Brauen, was von der Anstrengung herrührt und von der Enge des Arbeitszimmers, in das kein Lufthauch durch die versperrten Fenster dringt. Die Silbernebel formen sich und verschwinden rasch wieder; sie geben den Blick frei auf den Hafen von Jera. Zwei Schiffe liegen an der langen, baufälligen Pier, die in die ruhigen und beinahe flachen Wasser des Hafens ragt. Beide Schiffe scheinen erst kürzlich angekommen zu sein, da noch viele Karren auf der Pier stehen und Waren die Laufplanken hinuntergetragen werden.

Lorn konzentriert sich auf das Schiff mit den hamorischen Waren. Die Pier scheint sich zu biegen unter dem Gewicht der Karren. Lorn versucht dem Glas ein klareres Bild von den langen Gegenständen zu entlocken, die in Tücher eingewickelt sind, aber es gelingt ihm nicht. Die Stücke sind einzeln eingeschlagen; sie bestehen aus Eisen, und in Hamor gibt es nur wenig von Wert, das so transportiert werden müsste, außer den großen und schweren Klingen, die die Barbaren gern kaufen.

Er lässt das Bild los und stellt das Glas zurück in die Schublade, bevor er die Läden wieder öffnet. Er kann zwar Karten am frühen Abend zeichnen, wobei die Schatten zu dieser Tageszeit die Arbeit sogar manchmal erleichtern, aber Schiffe und was darauf geschieht kann er nicht in der Dunkelheit verfolgen. Und auch nicht, so denkt er, wenn sie auf hoher See und außerhalb eines jeden Hafens sind.

Mithilfe der Karten und der Gespräche mit den Kapitänen der Handelsschiffe, die nun allmählich wieder in Biehl verkehren, kann Lorn das große Bild, das sich in seinem Kopf formt, langsam besser verstehen. Dieses Bild gefällt ihm allerdings gar nicht, doch er kann nur wenig dagegen unternehmen. Von Zeit zu Zeit fragt er sich sogar, warum er sich all die Mühe macht. Doch er fühlt, dass er es tun muss.

Die Barbaren handeln mit geprägten Lederwaren, die oft mit kunstvollen Mustern verziert sind, mit bearbeitetem Kupfer, großen Körben und gerösteten Nüssen, die sich gut lagern lassen. Diese Güter erreichen Jera über die drei dort zusammenfließenden Flüsse. Im Gegenzug kaufen die Barbaren große Mengen Eisenklingen, die besser sind als die, die sie selbst schmieden können. Und diese Klingen werden eingesetzt, um Spiegellanzenkämpfer zu töten.

Bedeutender für Lorn ist jedoch, dass einige dieser Klingen ihren Weg in den Westen von Jera finden werden, zusammen mit einer zunehmenden Anzahl von Barbaren. Bis jetzt haben die Barbaren keine Angriffe jenseits der Grashügel in die Richtung von Ehyla oder Biehl unternommen. Das bereitet Lorn ebenfalls Sorgen, denn wann haben die Barbaren schon einmal nicht angegriffen, wenn sie genügend Waffen und größtenteils unverteidigte Dörfer vor sich hatten?

Es stimmt schon … die Grashügel östlich von Biehl und westlich von Jera sollte man besser als ›Steinhügel‹ bezeichnen, weil sie sehr steil sind und es dort nur wenig Wasser gibt. Bislang haben die Barbaren es vorgezogen, über die breiteren Pässe und Täler des Südwestens anzugreifen, wo Gras und Wasser reichlich vorhanden sind.

Lorn schüttelt den Kopf. Darüber kann er auch noch später nachdenken. Jetzt muss er zusammen mit Tashqyt, Helkyt und Whylyn eine Vorgehensweise ausarbeiten, mit der die Rekruten den Umgang mit der Feuerlanze schneller lernen – ohne die vierzig Lanzen zu entladen, die sie hier in der Kaserne zur Verfügung haben.

Danach werden sie weiter den Säbelkampf üben … und Lorn wird dabei mit dem schweren gepolsterten Anderthalbhänder-Schwert kämpfen, dessen Beherrschung er hatte erlernen müssen, damit sich die Rekruten an die barbarischen Klingen gewöhnen können.

XXIX

Die heiße Spätsommersonne brennt auf Lorn hernieder, der Schweiß dringt aus all seinen Poren und tränkt die braune Tunika, die er beim Übungskampf trägt. Selbst nach achttagelangem Training, das er immer noch härter gestaltet, hat sein Körper Schweiß zu vergießen. Inzwischen kann Lorn mit der großen Klinge genauso leichthändig umgehen wie mit dem Säbel, doch auf dem Pferd kämpft er nach wie vor lieber mit der kleineren Waffe.

»Abbrechen!«, befiehlt er und wirft einen Seitenblick auf die Rekruten, die zwei gegen drei auf der ebenen Sandfläche am Strand links von ihm üben. Er zieht die Zügel an und lässt die Brise, die vom Nordmeer her weht, seine erhitzte Stirn kühlen.

Der Truppenführer – Tashqyt – lässt die Einheit Aufstellung nehmen und die Lanzenkämpfer können sich ausruhen. Lorn nickt.

Helkyt lenkt sein Pferd neben Lorn. »Sie haben sich sehr verbessert, selbst die neuen Burschen aus Vyun und Ehyla.«

»Sie machen sich allmählich«, sagt Lorn. »Sie sind noch immer nicht so weit, dass sie sich mit den Besten der Barbaren messen könnten, aber die meisten Barbaren sind nicht so gut.«

»Äh … Ser … der Hafenposten hier wurde seit zwei langen Generationen nicht mehr angegriffen.«

»Das mag sein.« Lorns Augen fixieren den Truppenführer. »Und wie viele Lanzenkämpfer verenden in den Grashügeln?«

»Etwa ein Drittel, Ser.«

»Kannst du mir sagen, welches Drittel?« Lorn fühlt erneut eine Kälte – eine Kälte, die keine wirkliche Abkühlung verschafft, sondern die gefühlsmäßige Kälte eines Chaos-Glases, welches auf ihn gerichtet ist. Er achtet nicht darauf.

»Äh … nein, Ser.«

»Willst du diese Männer dazu verurteilen, im ersten Kampf zu sterben, den sie gegen barbarische Räuber führen müssen?«

»Nein, Ser.« Helkyts Tonfall verrät Niedergeschlagenheit. »Es ist nur, weil es so heiß ist …«

»Die Barbaren kämpfen nicht, wenn es angenehm kühl ist, soweit ich mich erinnere.« Lorn hält inne und wischt sich die heiße Stirn ab. »Da ist noch etwas. Hast du bemerkt, wie sich die Lanzenkämpfer verhalten, wenn sie Neabyl, Comyr und den neuen Buchhalter … Gyhl heißt er wohl … an Bord der Schiffe begleiten?«

Helkyt runzelt die Stirn.

»Sie verhalten sich wie Lanzenkämpfer. Sie sind ausgebildet, stets bereit, und das sieht man an ihrer Haltung. Das vereinfacht die Arbeit für die Buchhalter. Zudem zeigt es den Hamoranern und Barbaren, dass Cyador kein leichtes Ziel ist.«

»Das stimmt, Ser«, gesteht der Haupttruppenführer. »Neabyl ist viel fröhlicher als früher, seine Gemahlin hat ihn sogar schon besucht.«

Lorn vermutet, dass dies mehr mit Flutaks Verschwinden zu tun hat als mit der gestiegenen Professionalität der Lanzenkämpfer aus dem Hafenposten. »Es gibt noch mehr Gründe, die Männer gut auszubilden.«

Helkyt zieht die Augenbrauen hoch.

»Die barbarischen Angriffe werden immer häufiger und wir werden vielleicht zu Hilfe gerufen. Oder«, Lorn lacht schief, »vielleicht wird mein nächster Dienstposten genau dort bei den Barbaren sein, zusammen mit genau diesen Lanzenkämpfern.«

Helkyt zuckt zusammen.

»Du tust hier deine Pflicht, Helkyt, und nach den Aufzeichnungen verrichtest du schon lange treu deinen Dienst, sodass ich bezweifle, dass du noch einmal versetzt wirst, bevor du in Pension gehst.« Lorn wischt sich noch einmal über die Stirn. Wer auch immer ihn gerade im Chaos-Glas beobachtet hat, er hat das Bild losgelassen. Wer könnte es gewesen sein? Es hat sich nicht nach Tyrsal oder seinem Vater angefühlt, Lorn hat jedoch keine Ahnung, um welchen unbekannten Magier es sich sonst gehandelt haben könnte.

»Ich wollte Euch nicht kränken, Ser, aber ich hoffe, Eure Worte werden wahr.« Der Haupttruppenführer lacht verkrampft.

»Ich kann nicht dafür garantieren, aber ich würde fast darauf wetten.« Lorn lenkt die braune Stute zu Tashqyts Einheit, hebt die große, gepolsterte Anderthalbhänder-Klinge hoch, die er nun im Mann-gegen-Mann-Kampf gegen die jüngeren Lanzenkämpfer einsetzen wird, um diese an die langen Schwerter der Barbaren zu gewöhnen. »Jetzt einer gegen einen!«

Helkyts Seufzer überhört er. Lorn hofft nur, dass er jeden der Rekruten zumindest in so etwas Ähnliches wie einen Lanzenkämpfer verwandeln kann, bevor zu viel Zeit vergeht. Er hat bereits eine Nachricht an Kommandant Repyl geschickt und das Datum für die Inspektion bei der Bezirkswache um zwei Achttage verschoben. Das bedeutet, dass er und die meisten der Spiegellanzenkämpfer Biehl innerhalb von drei Achttagen verlassen müssen.

Nach dem, was er im Chaos-Glas sieht und gesehen hat, bleibt ihm weniger Zeit, als irgendwer in Biehl auch nur ahnen kann, und sein Schicksal beruht zu großen Teilen auf der Beurteilung dessen, was er in seinem Chaos-Glas beobachtet hat. Doch obwohl sein Schicksal und das Schicksal vieler anderer allein auf seinen Berechnungen und Beobachtungen beruht, kann er das, was er sieht, niemandem mitteilen.

XXX

Lorn blickt kurz auf und zum Fenster seines Arbeitszimmers im Erdgeschoss des Verwaltungsgebäudes hinaus. Die Luft ist ruhig und warm, nur eine leichte Brise weht vom Meer her. Er hofft, dass das trockene Wetter noch anhält, zumindest noch für einige Tage. Dann wendet er sich wieder den Papieren zu, die vor ihm liegen. Er schreibt die letzten Worte auf Schriftrollen, Befehle und Kartenentwürfe, als er Helkyt das äußere Arbeitszimmer betreten hört.

»Helkyt?«

»Ja, Ser.« Der Haupttruppenführer schüttelt den Kopf, als er in Lorns Zimmer tritt und die vielen Stapel Papier sieht. »Schlaft Ihr eigentlich jemals, Ser?«

»Nicht so viel, wie ich gern möchte, aber das ist nicht zur Nachahmung zu empfehlen.« Der Oberst deutet auf den Stuhl auf der anderen Seite des Schreibtisches.

Helkyt setzt sich, fast übertrieben vorsichtig.

»Ich werde dir nun einige Aufgaben übertragen. Ich wünschte, ich müsste es nicht tun, aber du bist der Einzige mit der notwendigen Erfahrung dafür.«

Der Haupttruppenführer zieht die Augenbrauen hoch.

»Morgen werden wir der Bezirkswache einen Inspektionsbesuch abstatten, wie du dich vielleicht erinnerst.«

»Ja, Ser.«

»Ich werde dazu alle Spiegellanzenkämpfer mitnehmen, bis auf etwa zehn von den erfahrenen Lanzenkämpfern und zehn von den jüngsten Rekruten.«

»Ser?« Helkyt rutscht nervös auf dem Stuhl hin und her.

»Ich habe von einigen Händlern gehört, dass barbarische Banden in das Land westlich von Ehyla eingedrungen sind. Ich dachte, das sollten wir überprüfen, während wir mit der Bezirkswache ein Manöver abhalten.«

»Am besten nehmt Ihr dann alle Feuerlanzen mit, Ser. Wir können ohne sie auskommen – eher als Ihr, wenn die Barbaren wirklich nach Cyador kommen.«

»Ich schätze deine Rücksicht. Ich hoffe, ich habe mich getäuscht, aber man kann nie wissen.« Lorn zuckt die Schultern. »Meine Quellen sind für gewöhnlich verlässlich, aber die Barbaren sind nicht immer berechenbar, außer wenn es um Angriffe auf Lanzenkämpfer und das Volk von Cyador geht.«

»Ser … entschuldigt, Ser, aber in mehr als zwei Jahreszeiten habe ich nicht einmal erlebt, dass Ihr Euch geirrt hättet, und obwohl ich sonst nicht wette, so würde ich fast alles auf Euer Wissen setzen.« Er macht eine Pause. »Und Ihr wollt, dass ich die Dinge hier weiterführe, wie Ihr es tun würdet?«

»Das war mein Ansinnen.« Lorn lehnt sich nach vorne. »Wir stehen kurz vor der Ernte, es sollten also nicht sehr viele Schiffe im Hafen einlaufen, weder um zu kaufen noch um zu verkaufen – außer vielleicht Ton und Porzellan –, aber es werden nicht viele nur deswegen kommen.«

»Der Sohn des Olivenbauern Baryat … benimmt er sich?«

»Soweit ich das feststellen kann. Falls er Probleme macht, soll das nicht deine Sorge sein.« Lorn lacht. »Es könnte ein Befehl eintreffen, dass wir Lanzenkämpfer nach Assyadt oder in einen anderen Außenposten schicken sollen«, überlegt Lorn, »aber unternimm nichts, bis ich zurückkomme. Oder bis klar ist, dass ich nicht zurückkomme.«

»So dürft Ihr nicht sprechen, Ser.«

»Ich habe es keineswegs vor, aber ich wäre ein schlechter Oberst, wenn ich nicht das Schlimmste in Erwägung zöge.« Lorn deutet auf die Ecke des Schreibtisches. »Das sind die Übungspläne für die nächste Jahreszeit, und es liegen noch einige andere Unterlagen dort, die hilfreich sein könnten.«

»Ja, Ser.«

Lorn führt Helkyts Unterweisung bis in den Vormittag hinein fort. Er hätte damit bis später am Tag warten können, aber er möchte, dass Helkyt noch ein wenig Zeit hat, über seine Anweisungen nachzudenken. Falls der ältere Mann weitere Fragen hat, wird Lorn noch in Biehl sein, um ihm diese beantworten zu können.

XXXI

Am späten Nachmittag studiert Lorn hinter verschlossenen Fensterläden wieder das Bild im Glas. Eine lange Kolonne von Reitern folgt dem Verlauf einer engen, staubigen Straße – man kann sie kaum als solche bezeichnen – in Richtung Osten durch ein langes Tal. Ihr Ziel ist ein schmaler Pfad, der durch den zerklüftetsten und unfreundlichsten Teil der Grashügel führt. Bei einem näheren Blick auf den Pfad stellt Lorn fest, dass dieser schon einmal stärker frequentiert gewesen sein muss, aber der schlechte Zustand des Pfades und die Unwegsamkeit des Geländes werden die Barbaren nicht aufhalten.

Lorn schüttelt den Kopf. Er weiß bereits, dass das Ziel eine von den Städten westlich der Grashügel in Cyador sein muss, denn es gibt keine Jeranyi-Stadt mehr westlich der barbarischen Kolonne. Bei dem Tempo, das sie vorlegen, werden sie Cyador in weniger als drei Tagen erreichen, spätestens in vier.

Die Spiegellanzenkämpfer werden am kommenden Morgen die Kaserne verlassen, um zur Inspektion der

Bezirkswache in Ehyla aufzubrechen, und Lorn hat getan, was er konnte. Seine Lanzenkämpfer wissen, dass sie ins Manöver ziehen und möglicherweise Erkundungs- und Aufklärungsritte unternehmen müssen. Einige der älteren Lanzenkämpfer haben wissend genickt. Andere haben sich heimlich Lebensmittelvorräte angelegt, der Koch hat bei Helkyt bereits Beschwerde eingelegt.

Lorn lächelt bei diesem Gedanken.

Er lässt das Bild verblassen und ruft ein anderes Bild auf – dieses zeigt eine Händlerin in Blau. Trotz der fortgeschrittenen Tageszeit sitzt sie in einem großen Raum, den Lorn als ihr Handelskontor erkennt. Lorn kräuselt die Lippen, als ihm ihre Belehrung über den Unterschied zwischen Arbeitszimmer und Kontor in den Sinn kommt.

Er lässt das Bild rasch verblassen, denn er möchte sie nicht stören. Doch hat sie aufgeblickt und die Augen zusammengekniffen, kurz bevor das Bild verschwand. Als er das Glas beiseite stellt, fragt sich Lorn erneut, welche Geheimnisse wohl in ihrem Stammbaum liegen; denn sie hat die Beobachtung eines Chaos-Glases auch schon in seinem Beisein gespürt – und nur die, die mit den Fähigkeiten eines Magi'i ausgestattet sind, vermögen dies zu spüren.

Nach einem Augenblick des Nachdenkens greift Lorn nach Papier und Federhalter, als Ersatz dafür, dass er nicht bei Ryalth sein kann. Er schreibt langsam und gleichmäßig, bemüht sich um jedes Wort.

Meine Liebste,
wenn du diesen Brief erhältst, befinde ich mich wahrscheinlich schon in den Ländern östlich der Grashügel, westlich von Biehl und östlich von Jera. Ich habe erfahren, dass eine große Gruppe von Barbaren sich dort versammelt und einen Angriff auf Cyador vorbereitet; in einem Gebiet, wo sie

seit Generationen nicht mehr angegriffen haben, wenn überhaupt schon jemals.

Ich habe nicht die Möglichkeiten, um zu überprüfen, was mir zugetragen wurde, außer durch Berichte von Händlern, deshalb werden wir Erkundungsritte durchführen, wobei wir nicht wissen, was wir vorfinden werden. Wenn wir wirklich auf Barbaren treffen, werden wir keine Möglichkeit haben, den Major-Kommandanten zu warnen. Ich gehe ein großes Risiko ein mit diesem Unterfangen, nicht nur für mich, sondern auch für dich und für unseren werdenden Sohn. Doch ich fürchte, die Gefahr für Cyador und uns alle wird noch viel größer werden, wenn ich nichts unternehme. Ich bin sicher, du weißt, wovon ich spreche …

Die Barbaren greifen in letzter Zeit immer öfter an. Es wird nicht mehr lange dauern, dann wird der Major-Kommandant verlangen, dass die jungen Lanzenkämpfer, die ich ausgebildet habe, nach Assyadt oder in andere gefährliche Gegenden versetzt werden, aber selbst dann werden die Streitkräfte dort nicht in der nötigen Stärke vorhanden sein, um all die Angriffe in diesem zerklüftetsten Teil der Grashügel abzuwehren. Also muss ich handeln, solange ich die Soldaten dazu zur Verfügung habe, um etwas dagegen zu unternehmen und um die verheerenden Folgen zu vermeiden, die ich befürchte, falls ich es nicht tue.

Ich habe von meinen Eltern erfahren, dass du so freundlich bist, sie zu besuchen, und oft mit ihnen und mit Jerial zu Abend isst; für diese letzte Freundlichkeit bin ich dir sehr dankbar. Wann ich Heimaturlaub bekomme, ist höchst unsicher, mehr werde ich nicht vor Eintritt des Winters wissen, frühestens, wenn überhaupt.

Er schließt mit den Worten *Alles Liebe* und seiner Unterschrift, obschon er sich etwas seltsam dabei fühlt, es nun gefahrlos aussprechen zu können; aber seiner Gemahlin gegenüber seine Liebe auszudrücken ist schließlich selbst bei den Spiegellanzenkämpfern üblich.

Die Schriftrolle wird er morgen früh an Helkyt weitergeben, damit dieser sie mit dem Feuerwagen verschickt. Selbst wenn sie auf dem Weg nach Cyad gelesen wird, so wird Lorn bereits gehandelt haben und die Ergebnisse seines Tuns werden längst bekannt sein – wie auch immer diese ausfallen mögen –, bevor irgendein anderer Offizier etwas unternehmen könnte, was ihm helfen oder auch schaden würde.

Er steht auf und rollt die Karten zusammen, von denen er weiß, dass er sie brauchen wird. Das Chaos-Glas würde er gern mitnehmen, aber im Gegensatz zu größeren Lanzenkämpfer-Außenposten ist es hier in Biehl sicherer, er lässt es zurück, denn ein Lager ist für alle offen einsehbar, und Lanzenkämpfer-Magi'i sind noch immer höchst unwillkommen bei vielen Spiegellanzenkämpfern – und besonders bei Bezirkswachen.

XXXII

Im frühen Morgenlicht bleiben die Erste und Zweite Kompanie der Spiegellanzenkämpfer-Garnison aus Biehl in einer vollkommen geraden Reihe auf der Fläche unter dem Hauptquartier der Bezirkswache in Ehyla stehen, während Lorn die Reihen der Bezirkswache inspiziert. Er reitet mit der braunen Stute jede Reihe ab, gelegentlich bleibt er stehen und überprüft die Essensrationen und besonders auch die Wasserflaschen. Nur Tashqyt begleitet ihn dabei.

Kommandant Repyl bleibt auf seinem Pferd sitzen, vor seinen zwei Kompanien und der kleineren Einheit von jüngeren Wachen.

Lorn beendet die Überprüfung und nickt Tashqyt zu. »Es wird nur einen Augenblick dauern. Seine Männer sind zwar bereit zum Manöver, aber ich bezweifle, ob auch Kommandant Repyl bereit ist, sein Kommando abzugeben.« Lorn wendet das Pferd und reitet zum Kommandanten.

»Und was haltet Ihr von ihnen, Oberst?«, fragt Repyl, noch bevor Lorn die Stute anhält.

»Keine Beanstandungen, Kommandant.« Lorn deutet auf das Wachpostengebäude. »Ich muss eine Angelegenheit von höchster Wichtigkeit mit Euch besprechen. Wenn Ihr mich begleiten wollt?«

Kommandant Repyls dünne, schön geschwungenen Augenbrauen ziehen sich zusammen. »Diese ganze Angelegenheit ist sehr ungewöhnlich.«

»Vielleicht nur ungewöhnlich im Vergleich zu den letzten Jahren, aber diese Anforderungen stehen schon seit vielen, vielen Jahren im Kaiserlichen Gesetzbuch geschrieben«, sagt Lorn gelassen und lenkt das Pferd Richtung Osten.

Als sie gut hundert Ellen vom nächsten Lanzenkämpfer entfernt sind, hält Repyl sein Pferd an. »Ich nehme an, der Abstand wird die … Diskretion … gewährleisten, die Ihr wünscht?«

»Für uns beide.« Lorn übergibt dem Kommandanten eine Schriftrolle. »Ich dachte, Ihr würdet lieber für Euch sein, wenn Ihr das lest.«

»Oh?« Repyls Gesicht färbt sich schon rot, noch bevor er den ersten Abschnitt zu Ende gelesen hat. Schließlich starrt der Bezirkswachkommandant den Oberst an. »Ihr handelt gemäß Euren Rechten, Oberst, aber der Major-Kommandant wird davon erfahren.«

»Da bin ich mir sicher.« Ein träges Lächeln umspielt Lorns Lippen. »Denn ich beabsichtige, ihn selbst davon zu unterrichten.« Lorn wartet. »Ich schlage vor, dass Ihr nicht zu hastig vorgeht, Kommandant. Wenn alles nach Plan verläuft bei diesem Manöver und Eure Wachen sich als so tüchtig erweisen, wie sie aussehen, dann wird man Euch mit Wohlwollen betrachten. Wenn mir dieses Manöver misslingt, dann könnt Ihr Euch zugute halten, Ihr wärt zur Zusammenarbeit bereit gewesen – so wie es Eure Pflicht ist –, und dennoch gerecht und anständig erscheinen.«

Langsam verschwindet die Röte aus Repyls Gesicht. »Ich kann nicht behaupten, dass ich sehr erfreut bin.«

»Ich wünschte, es wäre anders«, gibt Lorn zu. »Wollt Ihr selbst verkünden, dass Eure Kompanie nun unter meinem Kommando steht, und den Männern Lob und Unterstützung mit auf den Weg geben? Oder ist es Euch angenehmer, wenn ich das übernehme?«

»Ich werde es selbst tun – mit Anstand und, wie ich hoffe, Geschick.« Repyl lächelt verkrampft. »Ihr wisst, was Ihr tut?«

»Ich versuche Biehl zu schützen … und Cyador.«

»Mit Manövern?«

»Mich hat die Nachricht erreicht, dass ein großer Verband Barbaren in ein Gebiet östlich von hier eingefallen ist. Wir sind die einzigen Truppen, die verfügbar sind, und es ist besser, die Barbaren aufzuhalten, bevor sie alles verwüsten.«

»Ihr vertraut bloßen Worten?« Repyl zieht die Augenbrauen hoch.

»Kommandant, ich könnte warten, bis ich absolut sicher bin. Dann aber … wenn ich warte, werden viele sterben. Wenn ich Unrecht habe, dann erhält Eure Wache zumindest Übung im Reiten und im Kampf. Wenn jene, die mich lieber warten sähen, irren, wird man die Spiegellanzenkämpfer beschuldigen, das Volk nicht beschützt zu haben.« Lorn erwähnt natürlich nicht, dass das Chaos-Glas selten Unrecht hat und er bereits gesehen hat, wie die Angreifer sich im Nordosten zusammenrotten und über die engen Täler in die Grashügel und in Richtung Biehl reiten. Er kräuselt die Lippen. »Ich hoffe, Ihr versteht mich.«

»Ich fürchte, das tue ich, Oberst, und ich befürchte vor allem, dass Ihr wahrscheinlich eher Recht als Unrecht habt.« Repyl nickt. »Ich werde meine Pflicht mit Anstand erfüllen und hoffen, dass Ihr Euch doch irrt. Nicht, weil ich Euch Schlechtes wünsche, sondern weil auch wir – solltet Ihr Recht behalten – allzu bald die Attacken abwehren müssten, die bisher nur Assyadt und Syadtar getroffen haben.«

Nicht, wenn ich rasch handle. Lorn verleiht diesem Gedanken jedoch keine Stimme. »Danke.«

Die zwei Soldaten wenden die Pferde und reiten zurück zu den versammelten Spiegellanzenkämpfern und Bezirkswachen.

XXXIII

Die Sonne ist erst eine Hand breit über dem goldbraunen Gras der sanften Hügel aufgegangen, als Lorn einen letzten Blick auf die Karte wirft. Nachdem sie die nördlichen Strände als Straße benutzt haben, sind er und sein Heer ins Landesinnere geritten. Nun halten sie sich Richtung Südosten und bewegen sich auf den Punkt zu, an dem nach seinen Berechnungen die Barbaren aus den Grashügeln kommen müssten. Sie reiten an einem kleinen Nebenfluss entlang, der sich durch das unwegsame Gelände schlängelt und irgendwo zwanzig Meilen von seiner Quelle entfernt versiegt.

Vielleicht gibt es das eine oder andere Anwesen auf der Strecke, aber einzelne Hütten sind schwer auszumachen auf dem kleinen Bild eines Chaos-Glases – besonders für Lorn, wenn er versucht, Landstriche zu kartieren, die er noch niemals gesehen hat. Er hofft, dass es nicht zu viele solcher Anwesen entlang der Route gibt, die die Barbaren überfallen könnten – oder vielleicht schon überfallen haben.

Nachdem sie die Strände verlassen haben, kommt Lorns Truppe langsamer voran als geplant. Es liegt an der Route, die er gewählt hat. Es finden sich zwar keine Schluchten oder große Hindernisse auf dem Weg, aber es gibt auch keine Straßen und Bäche, nur grasbedeckte Hügel, soweit das Auge reicht.

»Ser«, meint Tashqyt ruhig. »Da vorne.«

Lorn blickt auf von der Karte, die er im Reiten aufzurollen versucht. Er muss gegen die noch tief stehende, aufgehende Sonne blinzeln, um einen schmalen Streifen gräulichen Rauches zu entdecken, der in die klare Morgenluft aufsteigt.

Die Ursache für den Rauch wird von dem niedrigen Hügelkamm verdeckt, der vor ihnen liegt. Er nickt. »Lass uns abwarten, was die Späher berichten. Es könnte ein allein stehendes Bauernhaus sein oder die Schlafstelle eines Hirten.«

Sie sind fast schon eine ganze Meile weit den sanften Hügel hinaufgeritten, der sich weiter erstreckt, als Lorn zuerst dachte, so allmählich gestaltet sich der Anstieg, und haben noch immer mindestens eine Meile vor sich, ehe sie den Kamm erreichen werden, als Lorn zwei Lanzenkämpfer entdeckt, die schneller reiten als gewöhnlich. Er fürchtet, er weiß nun, was der Rauch bedeutet, aber er sagt nichts und reitet weiter.

Swytyl entfernt sich von der Spitze seiner Einheit und lässt sein Pferd rechts neben Tashqyt traben, sodass sie nun zu dritt auf die Ankunft der Späher warten.

Als sie die Truppe erreicht haben, nehmen die zwei Lanzenkämpfer die Pferde herum und reiten auf der linken Seite neben Lorn her.

»Ser … hinter dem Hügel ist ein Dorf … an einem Bach«, keucht der Späher neben Lorn.

»Waren die Barbaren schon dort?«, fragt Lorn.

»Äh … ja, Ser.« Der fragende Blick des Spähers verlangt nach einer Antwort.

»Der Rauch«, meint Lorn, »und eure Hast beim Zurückreiten. Sie sind bereits wieder fort, sonst wärt ihr nicht hierher zurückgaloppiert.«

»Nein, Ser. Wir haben niemanden gesehen. Es hat sich auch nichts bewegt«, antwortet der zweite Späher.

»Nur für den Fall«, Lorn blickt zu Tashqyt. »Viererreihen, Feuerlanzen bereithalten.«

Tashqyt stellt sich in die Steigbügel und dreht sich um. »Viererreihen! Feuerlanzen bereithalten!«

Die anderen Truppenführer geben den Befehl weiter, nur die Truppenführer der Bezirkswache befehlen: »Lanzen bereithalten!«

Die Barbaren sind schneller vorwärts gekommen, als Lorn vermutet hat, während er und seine Männer langsamer über das Grasland Richtung Süden reiten als geplant; das kleine Dorf ist das erste Opfer seiner Fehlberechnungen. Er presst die Lippen aufeinander und streicht mit den Fingern über die Feuerlanze. Unter seiner Garnisonskappe sammelt sich der Schweiß und läuft ihm über den sonnenverbrannten Nacken und den Rücken.

Als die braune Stute Lorn über den Kamm der grasbewachsenen Erhebung getragen hat, erkennt er den Bach, den er bereits im Chaos-Glas ausgemacht hat, und zu seiner Linken einen Einschnitt in den zerklüfteten Hügeln, wo der Bach entspringt. Darunter befindet sich das Dorf.

Lorn schüttelt den Kopf. Dünne Rauchschwaden und Nebelfetzen bedecken den Boden um das Dorf herum. Es besteht aus etwa einem Dutzend Häuser, höchstens, deren Mauern aus Erde oder Lehm errichtet sind. Die Dächer sind fast alle eingebrochen – von innen ausgebrannt, was der Rauch verrät, der die Hohlräume füllt.

»Ser?«, fragt Tashqyt.

»Barbaren«, bestätigt Lorn. »Gestern, vermute ich. Alles ist fast vollständig ausgebrannt.«

Nichts bewegt sich in dem Dorf, nur der Rauch wird von einer Brise davongetragen, die so leicht ist, dass Lorn sie nicht wahrnimmt, als er die Spiegellanzenkämpfer und Bezirkswachen den grasbedeckten Hang zum Bach hinunterführt.

Das Bachbett verläuft nordwestlich des Dörfchens und trennt Lorns Truppen von den Häusern durch eine Tiefe von vielleicht vier Ellen. Lorn lenkt die Stute nach Nordwesten und reitet fast eine halbe Meile weiter, bis er eine Stelle findet, wo das Vieh so etwas wie eine Furt durch den Bach getreten hat. Die Späher durchqueren den Bach als Erste und die Beine der Pferde sinken weniger als eine Elle tief ins Wasser ein.

Lorn entdeckt auf der anderen Seite etwas, das sich bewegt, und wendet sich nach rechts. Da, ein Hund mit rötlichem Fell taucht auf und schleicht an einem vertrockneten Bewässerungsgraben entlang, dessen Ufer völlig zertrampelt sind. Eine braun gekleidete Gestalt liegt mit dem Gesicht nach unten auf dem platt gedrückten Gras hinter dem Graben. Der Rücken der Tunika ist mit großen dunkelbraunen Flecken bedeckt. Fliegen umschwirren den toten Mann.

Lorn lenkt die Stute von dem Toten weg und reitet parallel zum Graben entlang eines Viehpfades auf die östlichste Hütte zu. Die zwei Späher sind ihm fast zweihundert Ellen voraus, vor der Hütte bleiben sie stehen und werfen einen Blick zurück zu Lorn und den anderen.

Wieder glaubt Lorn zu wissen, warum sie das tun. Als sich die Stute dem Haus nähert – Lehmmauern mit einem einzigen Fenster auf der Ostseite –, muss Lorn beim Anblick eines weiteren Toten schlucken. Er lenkt die Stute auf die unbefestigte Straße, die in Richtung Südwesten zu den übrigen Wohnhäusern führt, und wendet den Blick von dem halb nackten Körper einer Frau ab, die in etwa so alt wie seine Mutter sein dürfte und an der Lehmmauer der Hütte lehnt, als hätte man sie dorthin geschleudert. Er möchte gar nicht genau wissen, wie sie getötet wurde, denn er kann ohnehin nichts mehr daran ändern und sieht nur, dass sie gelitten haben muss und unter Schmerzen gestorben ist.

»Folgt dem Weg an den Häusern vorbei«, befiehlt Lorn den zwei Spähern. »Haltet Augen und Ohren offen.« Dann wendet er sich an Swytyl. »Die Lanzenkämpfer sollen alle Häuser absuchen und nachsehen, ob vielleicht noch Kinder oder auch andere am Leben sind. Jeweils zwei sollen sich eine Hütte vornehmen.«

»Ja, Ser.« Swytyl wendet das Pferd und reitet zurück zu seiner Einheit, die noch immer auf dem Viehpfad steht.

»Ihr glaubt nicht, dass noch jemand lebt?«, fragt Tashqyt.

»Nein. Aber ich möchte nicht weggehen und ein Kind oder einen Säugling sterben lassen, weil wir nicht nachgesehen haben.« Während Lorn spricht, verspürt er erneut die Kälte eines Chaos-Glases, sie hält nur kurz an und verschwindet wieder.

Der Truppenführer mit den markanten Gesichtszügen schüttelt den Kopf, als die Kolonne in Viererreihen, die Lanzen im Anschlag, den unbefestigten Weg entlangreitet, der beinahe einer Straße gleichkommt.

Überall liegen Leichen – viel mehr, als Lorn in einem so kleinen Dorf vermutet hätte –, bei jedem Haus das gleiche Bild. Die Männer wurden allesamt schnell erschlagen, genau wie die kleinen Kinder. Die Frauen wurden missbraucht und dann getötet, auch Mädchen, die noch gar keine Frauen waren, und Frauen, die das Alter von Großmüttern hatten.

Der Oberst hätte sich den Ritt durch das Dorf am liebsten erspart, er hat das Werk der Barbaren in den vergangenen Jahren schon zu oft gesehen. Die Spiegellanzenkämpfer und Bezirkswachen kennen jedoch die Gräueltaten dieses Volkes noch nicht. Also reitet er langsam an jedem Lehmhaus vorbei und lässt sich von der braunen Stute zurück nach Südwesten tragen, fort von den Grashügeln. Hinter ihm in der Kolonne ist kein Laut, kein Gemurmel zu hören, kein Wort dringt an sein Ohr.

In den Grasebenen im Süden entdeckt Lorn viele dunkle Gestalten – Rinder, die vor dem Gemetzel geflüchtet sind – und einige graue Flecken – Schafe.

Als sie das letzte Haus hinter sich gelassen haben, zügelt Lorn die Stute. »Wir warten auf Swytyl und seinen Bericht.«

»Halt!«, befiehlt Tashqyt.

Lorn wartet unter der immer heißer brennenden, grellen Herbstsonne. »Der Bach führt an der Straße entlang. Wir werden weiter vorn die Pferde tränken. Die Barbaren haben ihn nicht verseucht und auch die Bewohner haben, so scheint es, ihren Unrat davon fern gehalten.«

Tashqyt nickt.

Kurz darauf kommt Swytyl angeritten. Der Truppenführer wirkt blass.

Lorn blickt Swytyl an.

Swytyl schüttelt den Kopf. »Nein, Ser. Kein einziger Überlebender.« Er schluckt schwer. »Sogar … sogar die Säuglinge …«

»Du siehst, warum …« Lorn spricht den Satz nicht zu Ende aus.

»Ja, Ser.« Nach ein paar Sekunden fügt Swytyl hinzu: »Ser … es sind so viele Leichen …«

»Wir müssen sie liegen lassen«, antwortet Lorn sofort. »Wir haben weder die Gerätschaften noch die Zeit, um sie zu begraben. Wenn wir uns hier aufhalten, wer weiß, was dann passiert, wenn die Barbaren das nächste Dorf erreichen?«

Tashqyt und Drayl, die ihre Pferde näher herangeführt haben, um Swytyls Bericht zu hören, nicken.

»Wir werden diesem Weg hier folgen.« Lorn zeigt auf die schmale Straße, die in Richtung Südwesten am Bach entlangführt. Unzählige Huftritte bedecken den staubigen Weg. »Wir werden in Kürze anhalten und die Pferde tränken.«

Er treibt die Stute vorwärts, auf den Spuren der Barbaren, und fragt sich, wie viele Fehlberechnungen er noch machen wird; er hofft, dass es nicht zu viele sein werden.

XXXIV

Der Schweiß rinnt über Lorns Nacken und die Sonne brennt auf die rechte Seite seines Gesichts, während er nach Südwesten durch das Tal reitet, das so breit und lang ist, dass die Grashügel, die es auf drei Seiten begrenzen, nur mehr grüne Farbkleckse am Horizont sind. Lediglich im Südwesten sind keine Hügel sichtbar, dort verläuft der Fluss.

Es ist früher Nachmittag, Tashqyt holt zu Lorn auf und reitet links neben ihm her, Swytyl schließt ebenfalls zu ihnen auf.

»Was haben sie gefunden?«, fragt Lorn.

»Die Späher sagen, dass der Weg vor uns nach Westen abbiegt, auf dem Hügel dort drüben«, berichtet der rundgesichtige Swytyl. »Am Fuße der Erhebung ist ein ausgebranntes Gehöft. Auch Leichen. Nicht schön. Wie in dem Dorf.«

»Sie waren schon dort, noch bevor wir mit dem Tränken der Pferde fertig waren. Bei dem Dorf«, fügt Lorn nach einer Weile hinzu.

Obwohl das erste Dorf, das die Jeranyi angegriffen haben, nur aus wenig mehr als Hütten, Scheunen und Viehweiden bestand, wo Bauern und Hirten ihr Auskommen fanden, so klein, dass es jenseits seiner Grenzen keinen Namen hat, bedauert Lorn es zutiefst, dass sie nicht schon vor den Barbaren dort waren. Nun wird das namenlose Dorf auch namenlos bleiben, denn die Jeranyi haben keine Überlebenden zurückgelassen. Hätte dieses Dorf in der Umgebung von Isahl gestanden, hätten die Menschen dort Mauern und Wälle errichtet und Patrouillen der Spiegellanzenkämpfer hätten regelmäßig nach dem Rechten gesehen. Aber östlich von Biehl sind die Menschen nicht auf solche Angriffe vorbereitet.

Der Zustand des Pfades, dem Lorn, seine Lanzenkämpfer und die Bezirkswachen hinter dem Dorf in Richtung Südwesten folgen, weist darauf hin, dass Rinder und anderes Vieh regelmäßig zu einem Nebenfluss des Flusses Behla getrieben wurden, der etwa vierzig Meilen südwestlich vom Dorf entfernt verläuft. Das Vieh wird dort zusammen mit anderen Tieren auf großen Flößen flussabwärts transportiert, um es in Biehl und Ehyla zu verkaufen. Von Zeit zu Zeit gelangen laut Neabyls Bericht mit den Tieren auch Felle nach Biehl.

Mit dem kleinen Dorf, das die Angreifer niedergemacht haben, ist eine so große Gruppe von Jeranyi wohl kaum zufrieden, da ist sich Lorn sicher. Die Bande folgt nun bestimmt dem Viehpfad, um in eine größere Stadt am Nebenfluss zu gelangen; Nhais war einst der Name, Lorn ist sich nur nicht ganz sicher, ob dieser Name noch besteht, so alt ist die Karte, die er im Hinterzimmer des Hauptquartiers gefunden hat. Seine handgezeichneten Karten, die er mithilfe des Glases entworfen hat, haben sich bisher als genauer erwiesen als die wenigen, die in der Lanzenkämpfer-Kaserne in Biehl überlebt haben.

Jenseits von Nhais im Süden und Westen gibt es noch

andere, lohnendere Ziele, wie etwa die Lagerhäuser der Weinhändler in Escadr und die Cupritminen von Dyeum. Ob die Barbaren sich jedoch so weit vorwagen, ist eine andere Frage. Wenn jedoch niemand sie aufhält, befürchtet Lorn das Schlimmste.

Lorns Blick streift über das langsam braun werdende Gras, das der Stute bis über die Knie reicht. Wie um Swytyls Worte über die Grausamkeit der Barbaren noch zu unterstreichen, steigt eine dünne Rauchsäule in den grün-blauen Himmel, der an diesem Tag nur von hohen Schleierwolken bevölkert wird. Die Luft ist heiß und windstill. »Haben sie irgendwelche Anzeichen von Reitern gesehen?«

»Nein, Ser. Nicht einmal Staub.«

Der Staub würde nicht sehr hoch steigen in der windstillen Luft, und wenn keine Staubwirbel zu sehen sind, befinden sich die Barbaren mindestens noch vier oder fünf Meilen westlich oder südlich von Lorns Truppen.

Lorn nickt. »Wir werden sie einholen.«

Er will Nhais und den Fluss erreichen, bevor die Jeranyi dort ankommen. Dort wird er sie umkreisen und von vorn angreifen. Er hofft, dass er nicht zu lange mit dem Aufbruch gewartet hat. Noch mehr hätte er jedoch Kommandant Repyl nicht zu bedrängen gewagt, ohne genauer zu enthüllen, was er schon wusste.

XXXV

Lorn hat die Stute angehalten und sie nach Süden gedreht, sodass er nicht länger in die niedrig stehende Nachmittagssonne blinzeln muss, die von rechts seine Augen blendet. Sein Nacken ist rot und rau und brennt von Sonne und Schweiß. Die Schweißtropfen, die unter seiner Garnisonskappe herausrinnen, brennen ständig in den Augen. Gelblicher Staub bedeckt seine Hose und die seiner Lanzenkämpfer, genauso wie die Beine ihrer Pferde. Die acht Truppenführer und Lorn bilden einen Halbkreis und hören dem blonden, rundgesichtigen Swytyl zu.

»Sie sind nur wenig mehr als fünf Meilen vor uns und werden bald ihr Lager errichten. Wir können sie einholen, wenn wir uns beeilen, bevor sie Nhais erreichen …«, schlägt Swytyl vor.

Einige Köpfe im Halbkreis nicken. Der schwarzhaarige Tashqyt gehört nicht dazu. Auch der graubärtige Haupttruppenführer der Bezirkswache ist dagegen.

»Sie reiten langsam«, sagt Lorn. »Wir haben uns beeilt und der Tag war lang. Was ist, wenn sie umdrehen, und was geschieht mit unseren Pferden und ihren Reitern?«

Diesmal nicken auch der ältere Truppenführer der Bezirkswache und Tashqyt.

»Es geht nicht darum, so schnell wie nur möglich anzugreifen. Wir streben einen großen Sieg mit wenigen Verlusten an«, erklärt Lorn. »Wir werden sie morgen einholen, wenn sie den Fluss erreichen. Die Stadt liegt westlich von hier, aber der Fluss windet sich ein wenig. Sie werden dem Fluss folgen. Wir werden uns mehr westlich halten und die Stadt vor ihnen erreichen.«

»Und wenn sie nicht dem Fluss folgen?«, fragt Swytyl.

»Dann befinden wir uns zwischen ihnen und der Stadt und die Stadt wird nicht zu leiden haben. Es wird keine weiteren Berge von Toten im Volk Cyadors geben.«

Die anderen Truppenführer nicken.

»Die Gefahr, dass sie ein weiteres Dorf angreifen, ist immer gegeben«, sagt Lorn langsam. »In den Karten sind zwar keine Orte eingezeichnet, aber es könnte sein, dass es doch welche gibt. Wir sind die einzigen Truppen hier, und wir können es uns nicht erlauben, die Barbaren an uns vorüberziehen zu lassen, damit sie eine Stadt wie Nhais heimsuchen, wo hunderte von Menschen leben.«

Tashqyt nickt, die anderen Truppenführer auch.

Nicht zum ersten Mal hofft Lorn, dass er richtig liegt. Wenn er sich diesmal irrt, werden die Hirten und Städter weniger leiden. Beim letzten Mal wurde ein Dorf ausgelöscht, weil der Blick ins Chaos-Glas ihm nicht enthüllte, dass das Hirtendorf überhaupt existierte – und weil er, so ermahnt er sich selbst, die Fähigkeiten seiner Truppen und die der Angreifer falsch einschätzte.

Dennoch, er hätte das Dorf und die Menschen liebend gern gerettet, aber ein Kampf am Fuß der Grashügel wäre schwierig gewesen; beinahe unmöglich, die Angreifer dort aufzuhalten.

Lorn blickt reihum in die Gesichter, die ihn erwartungsvoll ansehen. Hat er zu viel Vertrauen in Pläne und Karten? Zweifellos. Die Spuren überall auf dem Grasland zeigen jedoch, dass er es mit mehr als zweihundert Barbaren zu tun hat, vielleicht sind es sogar mehr als dreihundert. Seine vier Kompanien bringen es wahrscheinlich nur auf die Hälfte der Stärke des Barbarenheers; und die Hälfte seiner Männer besitzt keine Feuerlanze. Doch da ist Nhais, das ohne ihn völlig schutzlos wäre, und dahinter Escadr und Dyeum. Also muss er versuchen herauszufinden, wo und wie er am besten kämpft.

Wenn er dazu in der Lage ist.

XXXVI

Lorn hat ganz vergessen, wie so ein Patrouillenritt in der Hitze der Grashügel aussieht – oder in den Tälern darin. Überall der Staub, der sich in den Stiefeln, in der Kleidung, Ohren, Augen und Nase festsetzt. Die unbedeckte Haut ist rot und am Nacken schält sich die Haut. Der Schweiß brennt in den Augen, die die meiste Zeit tränen. Der Wind bringt zwar eine willkommene Abkühlung, doch er weht noch mehr Sand in Augen und Nase. Sie müssen das Wasser für die Männer rationieren und die Pferde in den nur spärlich vorhandenen Bächen tränken, was mehr Zeit in Anspruch nimmt als erwartet.

Obwohl die Erntezeit begonnen hat und sie sich nicht in der größten Hitze des Sommers bewegen müssen, steigt die Wärme am späten Nachmittag noch immer in Wellen aus dem braunen Gras auf. In der Nacht kühlt die Luft dann schlagartig ab und Lorn und die Lanzenkämpfer zittern unter ihren dünnen Decken.

Am heißen Frühnachmittag hält Lorn die Stute auf einer kleinen Anhöhe an, von wo aus er einen der wenigen Bäche überblicken kann, die in den Fluss münden. Unter ihm tränken die Kompanien ihre Pferde. Währenddessen studiert Lorn die Karten und das Gelände um sich herum, das nun immer hügeliger wird, je näher sie dem Fluss und der Stadt Nhais kommen. Nach den Karten vermutet Lorn die Stadt Nhais weitere zwanzig Meilen im Südwesten, der Fluss liegt keine zehn Meilen entfernt im Süden. Er und die Lanzenkämpfer sollten die Stadt noch weit vor der Dämmerung erreichen – oder zumindest in ihre Nähe gelangen; falls seine Karten stimmen und die Wege passierbar bleiben.

Er blickt auf, als sich drei Reiter nähern – Swytyl und zwei der Lanzenkämpfer, die als Späher ausgeschickt wurden. Die Lanzenkämpfer sehen bedrückt aus; Lorn wartet, bis sie die Pferde gezügelt haben. Dann sagt er nur: »Gibt es Neuigkeiten?«

»Ser ... die Barbaren haben den Fluss durchquert und wieder ein kleines Dorf überfallen, vielleicht zehn Häuser. Sie haben angehalten, um ...« Swytyl macht eine Pause und Lorn versteht nur zu gut, warum die Barbaren angehalten haben.

»Wir können nichts tun.« Lorn nickt und behält den Seufzer für sich. Wieder eine Fehleinschätzung, aber diese wird sein Vorhaben weder beeinträchtigen noch ihn davon abbringen. In der Hitze kann er seine Männer nicht vorwärts hetzen und dann auch noch erwarten, dass sie das Beste im Kampf geben. Doch das müssen sie, so unterlegen wie sein kleines Heer ist.

»Es sieht aus, als würden sie morgen an der Südseite entlangreiten«, fügt Swytyl hinzu. »Die Hügel sind hoch und der Fluss schmaler und tiefer. Auf der anderen Seite gibt es mehrere Dörfer, auf dieser Seite keine, nicht vor Nhais. Nicht, dass wir welche entdeckt hätten.«

»Es gibt eine Möglichkeit, den Fluss vor der Stadt zu überqueren, eine Furt, weniger als eine Meile südlich von hier«, sagt Lorn. »Wir werden heute Abend länger reiten. Wenn wir den Fluss nicht überqueren können, um sie anzugreifen, können sie das umgekehrt auch nicht, selbst wenn sie wissen sollten, dass wir hier sind. Wir werden morgen früh eher aufstehen und losreiten, solange es noch kühl ist, dann werden wir die Furt durchqueren und flussaufwärts reiten. Es muss auch geprüft werden, an welcher Biegung der Fluss am tiefsten ist.«

Swytyl zieht die Augenbrauen hoch.

»Wir werden versuchen, sie an einer Stelle einzukreisen und anzugreifen, wo sie sich nicht über den Fluss zurückziehen können.« Lorn lächelt grimmig. »Nach all ihren Anstrengungen schulden wir ihnen das, glaube ich.«

Swytyl nickt. »Ja, Ser.«

»Einer der Männer soll den Fluss beobachten, während wir nach Nhais reiten.«

»Ja, Ser.«

Wieder kann Lorn nur versuchen, sein Bestes zu geben, und hoffen. Doch das spricht er nicht aus. Wenn er versagt, steht den Barbaren der Weg nach Escadr und Dyeum offen. Es reicht, wenn er allein das weiß.

XXXVII

Die Sonne ist noch nicht einmal aufgegangen, als Lorn und seine Truppe schon auf der staubigen Straße nach Norden reiten und auf dem Hauptplatz von Nhais eintreffen. Es ist lediglich ein offener, schmutziger Marktplatz, umgeben von niedrigen Häusern. Das graue Licht des Morgens reicht aus, um die Armut des Ortes zu enthüllen. Auf der Westseite befindet sich ein Gasthaus mit einer Veranda, die von einem durchhängenden Dach geschützt und von Pfählen mit weißer abblätternder Farbe gestützt wird. Das Schild über dem Gasthaus soll einen braunen Bullen darstellen. An der Nordseite des Platzes gibt es einen Krämer und einen Küfer. Im Osten steht ein langes, niedriges Gebäude, dessen Fenster und Türen mit Brettern vernagelt sind. Die weiße Farbe ist längst von den Fensterläden geblättert und das Holz ist gespalten und verwittert. Die Südseite des Platzes wird von drei mehrstöckigen Häusern begrenzt, die sich aneinander lehnen, die beiden äußeren neigen sich zu dem in der Mitte. Keines der drei Häuser trägt ein Schild und sämtliche Läden und Türen sind geschlossen.

Die Gebäude sind alle aus rötlich braunen Ziegeln gebaut, außer dem Gasthaus. Dieses ist über den Ziegeln mit Lehm verputzt. Das sieht Lorn an den Stellen, an denen der weiß gestrichene Verputz abgebröckelt ist. Alle Dächer außer dem des Gasthauses bestehen aus geflochtenen Weidenruten. Dies hat Lorn in Cyador noch nicht gesehen. Das Dach des Gasthauses ist aus uralten, brüchigen roten Ziegeln gefertigt.

Nhais gehört nicht zu den Städten, die Lorn als typisch cyadorisch bezeichnen würde. Die Häuser sind ungepflegt, ohne Hecken oder Wandschirme. Viele haben nicht einmal Fensterläden. Die Straßen sind ungepflastert und staubig; wenn es regnet oder schneit, werden sie sich sogleich in schlammige Pfade verwandeln.

Lorn wirft noch einmal einen Blick zum Gasthaus, wo nun drei Männer unter dem durchhängenden Dach der Veranda stehen. Ansonsten ist der Platz menschenleer.

»Arme Stadt«, flüstert Tashqyt.

»Sie wird noch ärmer werden, wenn wir die Barbaren nicht aufhalten«, murmelt Lorn als Antwort.

Als Lorn und die Erste Einheit der Spiegellanzenkämpfer die Veranda passieren, dringt das Gemurmel der drei Männer zu den Reitern. Lorn hört es, seine Chaos-Sinne helfen ihm dabei.

»... Spiegellanzenkämpfer ... ein Oberst. Was tun sie hier?«

»... willst du sie fragen?«

»Jerem sagte ... Angriffe im Norden ...«

»... lass sie gehen ... je weniger man sagt, desto besser.«

»Besser Lanzenkämpfer als Barbaren ...«

»... keine Wahl ...«

Wenn sie gesehen hätten, was Lorn gesehen hat, so denkt er, würden sie anders reden. Aber die meisten Menschen können sich nicht vorstellen, was sie noch nicht selbst erlebt haben.

Lorn und Tashqyt biegen in die Straße ein, die nach Süden zu der Furt führt. Das vom Staub gedämpfte Stampfen der Hufe übertönt das Gemurmel der Männer auf der Veranda des Gasthauses. Entlang der Straße stehen nur noch Hütten und diese werden bald abgelöst von den schäbigen Verschlägen, die das Flussufer bevölkern.

Die Stadt steht auf einem nicht sehr hohen Steilhang etwa zwanzig Ellen über dem Fluss. Hinter der letzten armseligen Hütte fällt der Hang sanft zum Wasser ab. Das Flussufer wird gesäumt von Büschen und kleinen Weiden, die Blätter sind alle dick mit Staub bedeckt. Von

Ufer zu Ufer misst der Fluss weniger als hundertfünfzig Ellen und in der trockenen Erntezeit ist er auch nicht sehr tief. Sandbänke ragen aus dem bräunlichen Wasser. Wagenspuren führen den Hang hinunter und auf der anderen Seite hundert Ellen entfernt wieder hinauf.

Lorn dreht sich im Sattel um. »Wir überqueren den Fluss einzeln hintereinander, Einheit für Einheit. Dann reiten wir am Fluss entlang zurück nach Osten. Etwas weiter flussaufwärts werden wir bestimmt eine Stelle finden, an der wir die Pferde tränken können.«

»Sehr weit flussaufwärts«, meint Tashqyt.

Lorn nickt.

»Einheitsweise überqueren, einzeln hintereinander!«

»Einheitsweise, einzeln hintereinander«, ertönt das Echo der Truppenführer.

Lorns Stute tänzelt ein wenig zur Seite, als sie die Hufe in das bräunliche Wasser setzen soll, aber der Fluss ist so seicht an der Furt, dass Lorns Stiefel nicht einmal die Wasseroberfläche berühren. Er zügelt das Pferd oben auf der Uferböschung des südlichen Ufers, von dort aus sucht er den Fluss, das Land und die Hügel im Osten ab. Doch er entdeckt weder Mensch noch Tier, kein einziges Rind oder Schaf, nur etwas weiter im Südwesten stehen vereinzelt einige Häuser.

Als das gesamte Heer den Fluss durchquert hat, winkt Lorn Swytyl heran; er wartet, bis der Truppenführer bei ihm ist, bevor er spricht. »Schick Späher aus … mindestens fünf Meilen weit nach Osten. Wir werden auf dieser Uferstraße entlangreiten, bis wir einen guten Platz finden, um die Pferde zu tränken. Dann werden wir uns in Richtung Norden halten.«

»Ja, Ser.« Mit einem Nicken reitet der rundgesichtige Truppenführer zu seiner Einheit und den Lanzenkämpfern, die er als Späher ausschicken wird.

»Vorwärts, Zweierreihen!«, befiehlt Lorn.

Orangefarbenes Licht überflutet die niedrigen Hügel,

als die Kolonne sich in Richtung Osten auf dem schmalen, zerfurchten Feldweg, der in etwa parallel zum Fluss verläuft, in Bewegung setzt.

Die Sonne steht gerade über den niedrigen Bäumen und Hügeln am Horizont, als Lorns Heer, bestehend aus Spiegellanzenkämpfern und Bezirkswachen, am Südufer Halt macht, nahezu zwei Meilen östlich von Nhais entfernt. Lorn wirft einen Blick zurück nach Westen, wo die Stadt von einem leichten Dunstschleier teilweise verdeckt wird, wahrscheinlich eine Mischung aus der Feuchtigkeit des Flusses und dem allgegenwärtigen Staub. Im Osten erstrecken sich entlang des Flusses niedrige Hügel, die in Richtung Süden immer steiler werden. Es gibt weder eine Spur von den Barbaren noch neuere Hufabdrücke im Staub der Straße außer denen, die Swytyls Späher hinterlassen haben.

»Einheitsweise die Pferde tränken!«, ordnet Tashqyt an. »Die Pferde sollen nicht ins Wasser steigen.« Nachdem er die braune Stute getränkt hat, wischt sich Lorn das Gesicht mit einem feuchten Tuch ab, dann steigt er auf und reitet auf den niedrigen Hügel, der das südliche Ufer des Flusses bildet. Soweit er das aus seinen Karten ersehen kann, verengt sich der Fluss und wird tiefer, je steiler die Hügel werden, etwa eine Meile östlich von der Stelle, an der sich das Heer jetzt befindet.

Schon bald stoßen Tashqyt, Swytyl, Whylyn und Drayl, die Truppenführer der Spiegellanzenkämpfer, und Wharalt, der graubärtige Haupttruppenführer der Bezirkswache, zu ihm.

Wharalt blickt Lorn unverblümt ins Gesicht. »Ser … Ihr wart darauf bedacht, uns nicht zu hetzen. Aber Ihr schickt Späher aus und wir reiten geradewegs auf die Barbaren zu. Wie bald werden wir auf sie treffen?«

»Heute oder morgen«, antwortet Lorn. »Eher heute, meiner Meinung nach, aber die Späher werden uns Näheres berichten. Ich hoffe, wir können bald nach Süden reiten und dann wieder nach Nordosten, etwa fünf Meilen östlich von hier.«

»Äh … Ser, warum warten wir nicht einfach auf sie? Wenn ich fragen darf.«

»Weil es dort eine Flussbiegung gibt mit einem hohen Steilhang. Wir werden sie in die Falle locken, wenn das überhaupt möglich ist.«

Wharalt zieht die Augenbrauen hoch.

»Wharalt … wir sind der einzige Verband von Lanzenkämpfern östlich von Biehl. Wenn wir auch nur einem Barbaren die Flucht gestatten, wird es mehr Angriffe geben als je zuvor. Ich kann hier keine große Truppe unterhalten und den Hafen ungeschützt lassen. Und ich glaube auch nicht, dass du und die Bezirkswachen die nächsten Jahreszeiten damit verbringen wollt, Barbaren zu verfolgen, bis der Major-Kommandant mehr Lanzenkämpfer hierher verlegen kann. Also …«, Lorn zuckt mit den Schultern, »… werden wir versuchen, sie alle auf einmal zu schlagen. Wenn das nicht funktioniert, werden wir zumindest einige weitere Achttage damit verbringen müssen, die Geflohenen zu verfolgen und zu jagen.« Der Oberst lächelt den Truppenführer frostig an. »Mir wäre es lieber, es würde keiner entkommen.«

»Wenn Ihr es so erklärt … Ser … dann wird mir klar, was wir hier tun.« Wharalt nickt bedächtig. »Habt Ihr etwas dagegen, wenn ich das weitersage?«

»Nein. Alle sollen es wissen.« Lorn hält inne, dann fügt er hinzu: »Ich würde es auch begrüßen, wenn die Barbaren nicht erführen, dass wir hier sind oder was wir im Schilde führen. Da ist noch etwas, was du deinen Männern sagen solltest, und zwar allen: Die Barbaren geben nicht nach und sie hassen uns. Was du in dem Dorf und bei den Bauernhöfen gesehen hast, ist genau das, was Lanzenkämpfer überall dort vorfinden, wo Barbaren gewütet haben.«

»Wie mein Bruder gesagt hat«, fügt Swytyl hinzu. »Er

hat einen Arm verloren und gemeint, er hätte noch Glück gehabt. Hat auch erzählt, was sie den Frauen angetan haben …«

»Das stimmt«, unterbricht Lorn den Truppenführer rasch. »Ihr alle habt das gesehen, und wir wollen nicht, dass das Gleiche in Nhais geschieht; deshalb müssen wir jetzt aufbrechen.«

»Ja, Ser.« Die Zustimmung ertönt beinahe einstimmig.

Der Tag wird immer wärmer, während sie ostwärts am Fluss entlangreiten. Am frühen Vormittag erblickt Lorn in der Ferne dunkle Vögel, die am Himmel kreisen, er erkennt jedoch nicht, ob es sich um Aaskrähen oder kleinere Aasfresser handelt. Neben den Spuren ihrer eigenen Späher weist die Straße keine Anzeichen von Reitern auf.

Während des Rittes fühlt Lorn wiederum kurz die Kälte eines Chaos-Glases, doch sie verschwindet bald wieder. Der Oberst schürzt die Lippen und reitet weiter, schweigend.

Sie haben weitere fünf Meilen zurückgelegt, als der Erste von Swytyls Spähern zurückkommt.

Lorn hält die Kolonne an und schickt eine Hand voll Männer den steilen Hang hinunter zum Fluss. Sie sollen die Wasserflaschen auffüllen, während er den Bericht des Spähers vernimmt.

»Ihr hattet Recht, Ser. Sie kommen uns entgegen, aber langsam, in etwa neun Meilen Entfernung.«

»Auf der anderen Seite dieses Hügels – dort, wo Straße und Fluss nach Norden abknicken?«, fragt Lorn. »Und dann kommt ein weiterer Hügel?«

Der Späher blickt Swytyl an, dann den Oberst. »Ja, Ser. Zieht sich fast zwei Meilen in diese Richtung, vielleicht sind es auch drei, weil da wieder ein Hügel ist.«

»Wie weit sind sie von diesem Hügel noch entfernt – von dem, über den die Straße führt?«

»Vielleicht sechs Meilen.«

Lorn nickt und dreht sich im Sattel um. »Swytyl! Hol die Truppenführer.« Während sich die Männer sammeln, steigt Lorn vom Pferd und holt seine Karten hervor. Er übergibt die Zügel der Stute an einen jüngeren, neuen Lanzenkämpfer und wirft einen Blick zu Tashqyt. »Wir brauchen Lanzenkämpfer, die die Pferde halten. Ich möchte, dass ihr alle einen Blick in die Karte werft.«

»Ja, Ser.«

Als sich die vier Truppenführer der Spiegellanzenkämpfer und Wharalt versammelt haben, breitet Lorn die Karte auf dem staubigen Gras neben der Straße aus und zeigt mit dem Finger darauf. »Hier sind wir ... und ungefähr dort sind die Barbaren. Sie werden sich wahrscheinlich an die Straße hier halten und dann zum Fluss hin abbiegen ... Ich glaube nicht, dass sie über die steilen Hügel dort reiten, wenn es einen flacheren und einfacheren Weg nach Nhais am Fluss entlang gibt ...« Er macht eine Pause und wirft dem grauen Wharalt einen Blick zu. »Können deine Männer eine Linie halten, bis die Barbaren auf eine Entfernung von etwa hundert Ellen herangekommen sind, bevor ihr einen Angriff gegen sie reitet?«

»Natürlich, das können wir.«

Lorn nickt und erklärt, was er im Schilde führt. »Wharalt ... die Barbaren haben Späher, aber diese reiten nur etwa eine Meile vor dem Hauptheer. Sie werden wahrscheinlich an der Biegung vorbeireiten, bis dorthin, wo die Straße dann freie Sicht bis nach Nhais bietet. Ihr wartet hinter jenem Hang dort, entweder bis sie umdrehen oder bis sie eine gute Meile weiter im Westen sind ...«

»Dann reiten wir vor und blockieren die Stelle zwischen dem steilen Hügel und dem Fluss, sodass sie uns entweder angreifen oder sich in die Biegung zurückziehen müssen?«

Lorn nickt. »Wenn die Späher an euch vorübergeritten sind, kommandierst du einen oder zwei Männer ab, um sie zu beobachten.«

»Das können wir machen.«

Der Oberst zeigt auf den Fluss. »Die Straße macht hier eine Biegung, um dem Fluss zu folgen und weil sich dort im Süden ein Hügel erhebt. Wir werden hinter dem Hügel entlangreiten, sodass auf der Straße keine Spuren zurückbleiben, und dort warten. Wenn sie an uns vorüber sind, treiben wir sie mit den Feuerlanzen nach Westen, dann können sie entweder direkt in die Wachen reiten oder sich zur Verteidigung auf der Ebene oder am Rand des Steilhangs aufstellen, wo sie mit dem Rücken zum Fluss kämpfen müssen …«

»Und wenn sie sich nicht abdrängen lassen, Ser?«, fragt Wharalt.

Lorn lacht. »Dann drehen wir den Spieß um: Wir halten die Linie und ihr greift an.«

»Das wird unser Heer spalten.«

»Wir werden nicht sehr weit voneinander entfernt sein«, meint Lorn.

»Sie werden kämpfen wie Schwarze Engel, Ihr lasst ihnen keinen Ausweg«, sagt Drayl nachdenklich.

»Das werden sie ohnehin.« Lorn deutet nach Osten, wo die Aaskrähen noch immer am Himmel kreisen. »Ich vermute, dort befindet sich ein Dorf, das mit Leichen übersät ist. Wir wollen nicht, dass die Barbaren das noch einmal wiederholen.«

»Ja, Ser.«

Lorn rollt die Karte zusammen. »Füllt die Wasserflaschen auf, die Einheiten sollen sich fertig machen.« Er geht zu seinem Pferd und steckt die Karte in den Behälter hinter dem Sattel.

»… habe noch nie solche Karten gesehen …«

»… oft bei dem Oberst. Es wird noch einiges geben, was du nicht kennst …«

Nicht zu viel, so hofft Lorn, während er sich aufs Pferd schwingt.

Er führt die zwei Kompanien an der Rückseite des

Hügels entlang, sehr langsam, denn sie müssen Büschen und dornigen, grünen Kakteen ausweichen, wie sie Lorn noch niemals zuvor gesehen hat.

Dennoch ... es ist weit vor der Mittagszeit, als sie die Rückseite des Hügelkamms erreichen, von wo aus man genau die Stelle überblicken kann, wo die Straße mit der Flussbiegung nach Norden abknickt. Genau unterhalb der Spitze des Hügels warten Lorn und Tashqyt und lauschen, ob sie Hufschläge, Stimmen ... oder irgendetwas anderes hören. Unter und hinter ihnen befinden sich die zwei Kompanien Spiegellanzenkämpfer aus Biehl.

Die Sonne gebärdet sich eher so, als wäre es Hochsommer anstatt Spätsommer oder Frühherbst, und unter Lorns Garnisonskappe sammelt sich weiterhin der Schweiß. Die Schweißtropfen laufen in Richtung Augen und Lorn muss sich ständig mit dem Ärmel über die Stirn wischen. Neben ihm rutscht Tashqyt unruhig im Sattel umher.

Die Stute schnaubt und Lorn lehnt sich nach vorne, um sie an der Schulter zu tätscheln. »Ruhig ... ruhig. Das Warten fällt uns allen schwer.«

Lorn fühlt etwas, oder jemanden, und lenkt die braune Stute hinauf zum Kamm, gerade weit genug, um nach Osten schauen zu können, wenn er sich in die Steigbügel stellt.

Zwei Barbaren reiten die Straße entlang, ziemlich schnell. Lorn duckt sich und führt die Stute den Hang hinunter, außer Sichtweite für die Barbaren.

Er und Tashqyt warten weiter – genauso wie die Spiegellanzenkämpfer hinter ihnen – und plötzlich dringen leise Stimmen über den Kamm des Hügels; die Bedeutung dessen, was die zwei Krieger gerade bereden, bleibt ihnen jedoch verborgen. Tashqyt blickt Lorn an. Lorn schüttelt den Kopf und deutet nach Osten. »Nicht mehr lange«, murmelt er und hofft, dass er Recht behält.

Die Sonne steigt höher und treibt ihnen den Schweiß aus allen Poren. Lorn wünscht sich, dass es wenigstens ein paar Bäume oder eine Felswand gäbe oder irgendeine andere Form von Schatten, aber die einzigen Pflanzen, die höher als bis zur Schulter wachsen, sind die dürren Bäume und die Weiden, die an einigen Stellen das Flussufer säumen.

Ein leises Gemurmel dringt zu ihnen und Lorn streckt sich im Sattel. Tashqyt tut es ihm gleich. Beide warten, bis das Geräusch lauter wird und sich scheinbar direkt unter ihnen befindet.

Lorn wartet noch eine Weile, dann lenkt er die Stute erneut den Hang hinauf.

Die unordentliche Kolonne der Barbaren – jeweils drei oder vier nebeneinander – ist schon zur Hälfte an Lorn vorüber. Er duckt sich und wendet das Pferd. Nach diesem ersten Überblick glaubt er, dass sie es eher mit dreihundert Reitern zu tun haben.

Schließlich hebt er den Arm und lässt ihn wieder sinken. Tashqyt macht dasselbe.

Hinter ihnen reiten die Einheiten in Viererreihen den Hang hinauf und über den Kamm, bevor sie auf der anderen Seite wieder hinuntertraben. Auf der Straße und der Ebene, die diese umgibt, erhöhen sie dann das Tempo.

Drei barbarische Krieger, die hinter dem Hauptfeld herreiten, blicken hinauf zu den angreifenden Lanzenkämpfern. Alle drei fahren ruckartig herum.

Lorn legt die Feuerlanze an.

Hssst! Hsst! Einer der Männer fällt vom Pferd; der neben ihm windet sich im Sattel.

Hssst! Hsst!

»Aus kurzer Entfernung schießen! Kurze Entfernung!«, befiehlt Lorn.

»Kurze Entfernung!«, hallt das Echo von Tashqyt, Swytyl, Whylyn und Drayl wider.

Von vorn ertönen die Rufe der barbarischen Krieger.

Während Lorn auf das Ende der barbarischen Kolonne zureitet, beobachtet er die gegnerische Streitmacht, die sich zu teilen scheint. Die vorderen Reiter geben ihren Pferden die Sporen und schwenken von der Straße in Richtung Norden ein, während etwa vierzig der hinteren Reiter die Pferde herumreißen und sich gegen die Spiegellanzenkämpfer stellen.

Mit dem brystanischen Säbel in der linken und der Feuerlanze in der rechten Hand führt Lorn die Truppe noch immer an. Er fühlt auch die Gegenwart eines Chaos-Glases, verdrängt jedoch das Gefühl sofort wieder.

Hssst! Hsst! Die kurzen Schüsse der Lanzenkämpfer flammen durch die ohnehin schon heiße Mittagsluft. Mehr als die Hälfte der Gegner ist bereits tot, bevor die ersten zwei Einheiten von Lanzenkämpfern durch sie hindurchpflügen können – jedoch nicht ohne Verluste.

Lorn pariert den Hieb einer riesigen Klinge mit dem Säbel, duckt sich und schlägt mit der Rückhand auf den Angreifer ein, der soeben versucht hat, seine Klinge gegen den Oberst aufzubieten.

Dennoch gelingt es den übrigen Barbaren, zusammen mit einer anderen Gruppe, die sich weiter westwärts hält, eine so große Verzögerung herbeizuführen, dass sie sich südlich der Straße in einem Halbkreis in der Flussbiegung neu formieren können.

Lorn gefällt es nicht, dass seine Truppen die eigene Formation nahezu aufgelöst haben, und er befiehlt laut: »Halt! Haltet ein und formiert euch neu! Fünferreihen! *Fünferreihen!*«

Die Truppenführer geben den Befehl weiter, und innerhalb weniger Augenblicke stehen sich auf einem Schlachtfeld, das vielleicht zweihundert Ellen im Quadrat umfasst, zwei Streitmächte gegenüber.

Hufschläge verkünden die Ankunft der braun gekleideten Bezirkswachen, ihre Cupridiumlanzen glänzen in der Mittagssonne.

Lorn, der sich noch immer vorne mitten unter seinen Spiegellanzenkämpfern befindet, die sich gerade neu formieren, ruft: »Wachen, teilt euch und verstärkt die Flanken! Wachen teilen und an die Flanken!«

Lorn ist überrascht, denn die Barbaren greifen nicht an, auch als die Wachen in ihren braunen, mit roten Tressen verzierten Tuniken sich an den Flanken der zwei Spiegellanzenkämpfer-Kompanien in Position begeben. Dass sie nicht angreifen, gibt Lorn zu denken; er wartet ab – bereit, jeden Augenblick den Befehl zum Angriff zu geben, jedoch nicht, bevor die Wachen die Flanken vollständig decken.

In der heißen, windstillen Luft reiten vier Barbaren vor und zügeln gut hundert Ellen vor Lorn die Pferde. Der Anführer – ein bärtiger blonder Riese – hält vor sich eine Gestalt im Sattel; es ist ein kleines Mädchen. Er presst ihm seine stumpfe Klinge an die Kehle.

»Seht her, ihr Weißen Dämonen! Wir haben eure Frauen, mehr als zwanzig. Lasst uns umkehren, Weiße Dämonen, und wir werden ihnen nichts tun …«

Lorn erstarrt innerlich. Er blickt nach links, dann nach rechts. Die Wachen zu seiner Rechten sind noch nicht in Position, die anderen Männer scheinen bereit zu sein. »Ihr seid in unser Land eingefallen, und ich soll euch ungeschoren davonkommen lassen, nach all den Gräueltaten, die ihr angerichtet habt?«, ruft er dem blonden Krieger entgegen und lässt die Stute dabei einige Schritte vorwärts tänzeln, sodass er etwa zwanzig Ellen vor seinen Männern steht und gut zu sehen ist. Er hat keine Bogenschützen erspäht und hofft, dass sich auch wirklich keine unter den Barbaren befinden. Er hält seine Lanze unten, nur ein wenig hat er sie angehoben.

»Dieses Land habt ihr unseren Vorvätern gestohlen. Es ist nicht euer Land. Es hat niemals euch gehört und bald wird es wieder das Land der Jeranyi sein.« Der Anführer der Barbaren wirft den Kopf ruckartig zur Seite. Links neben ihm wartet ein zweiter Reiter, der ebenfalls ein Kind vor sich hält, und Lorn kann weiter hinten in den barbarischen Reihen Frauen erkennen, die man auf Pferde gebunden hat. »Wir haben eure Frauen, seht ihr?«

Lorn bewegt das Pferd weiter vor.

»Wage nicht, deine teuflische Lanze zu heben, oder sie wird sterben. Und die anderen auch!«

Lorn muss sich dazu zwingen, die Lanze blitzschnell zu heben. *Hssst!*

Der Chaos-Blitz durchdringt die Brust des bärtigen Blonden. Fast gleichzeitig schneidet die große Klinge des Kriegers neben dem Anführer durch die Kehle des Mädchens.

Hssst! Der Barbar, der das Mädchen getötet hat, fällt mit dem Kopf vornüber in die Mähne seines Pferdes.

»Angriff! Feuer frei!«, befiehlt Lorn. »Angriff!« Lorn gibt der Stute die Sporen und hofft, dass der Angriff zumindest einige der Barbaren dazu zwingen wird, sich für den Kampf und gegen das Töten der Gefangenen zu entscheiden.

»Tötet sie!«, brüllt ein Barbar und die hünenhaften Krieger reiten gegen die Spiegellanzenkämpfer.

Hssst! Hssst! Feuerlanzenblitze schießen über die weniger als hundert Ellen lange Entfernung hinweg, die die zwei Heere voneinander trennt.

Ein hoher Schrei zerstört Lorns Illusion, dass vielleicht einige der Geiseln überleben könnten, auch wenn die Schüsse seiner Lanze die Barbaren durchbohren. Dann schlägt er abwechselnd zu und pariert mit dem Säbel, dazwischen feuert er Chaos-Feuer ab, wenn er genug Platz findet, um auf einen Barbaren zielen zu können, ohne einen Lanzenkämpfer oder einen Wachmann dabei zu gefährden.

Staub wirbelt auf und Pferde wiehern. Männer schreien.

Lorn findet sich hinter der barbarischen Linie wieder, für einen kurzen Moment allein. Er hebt die Lanze.

Hssst! Hsst! Zwei Schüsse hintereinander bohren sich durch Rücken und Nacken von zwei Barbaren.

Lorn dreht sich nach rechts und löst einen weiteren Schuss, um auch noch einen dritten Barbaren von hinten zu Fall zu bringen. Er kann noch drei weitere Schüsse abgeben, bevor ein Riese von einem Barbar mit einer Klinge, so lang wie Lorns Feuerlanze, an einem sterbenden Lanzenkämpfer vorbei- und auf ihn zustürmt.

Lorn vermag die Klinge des anderen kaum von seinem Säbel zu drücken. Die Feuerlanze wird verbogen, als er sie zu Hilfe nehmen muss, um den Hieb des Barbaren zu parieren, aber die riesige Klinge bleibt in der dünnen Cupridiumschicht der Lanze lange genug stecken, damit Lorn die Spitze seines Säbels in den Hals des anderen rammen und wieder herausdrehen kann. Von Zeit zu Zeit macht sich die zusätzliche Spitze, die er dem brystanischen Säbel hinzugefügt hat, doch bezahlt. Er lässt die Lanze fallen und kann den zweiten Säbel gerade noch rechtzeitig herausreißen. Mit einem freudlosen Lächeln lenkt er die Stute zu einem Lanzenkämpfer, der von drei Barbaren bedroht wird.

Lorn tötet den Ersten von hinten, den Zweiten mit dem offiziellen Lanzenkämpfersäbel von der Seite, und als er an dem vorbei ist, nimmt er es mit der nächsten Gestalt auf.

Die dumpfen Schläge von Metall auf Metall beherrschen mittlerweile das Schlachtfeld, das Zischen der Feuerlanzen verstummt langsam.

Plötzlich – so erscheint es zumindest – stehen nur noch Lanzenkämpfer und Wachen auf dem Schlachtfeld, starren sich gegenseitig an oder suchen nach Barbaren.

Lorn zügelt die Stute und blickt auf das Gras, das nun mit Blut und anderen Flüssigkeiten bedeckt ist; das Schlachtfeld ist übersät mit Leichen und einigen Pferde-Kadavern – und einer Hand voll Kindern und Frauen. Er presst die Lippen aufeinander, schiebt den Lanzenkämpfersäbel in die Scheide zurück und nimmt den brystanischen Säbel in die rechte Hand. Er fühlt, dass der Magier, der mit seinem Chaos-Glas den Kampf beobachtet hat, nicht mehr gegenwärtig ist. »Ich hoffe, ihr habt genug Blut gesehen …«, murmelt er leise.

Schließlich reitet er das Feld ab und hält neben einem gefallenen Barbaren an. Das Schimmern einer Klinge neben der Leiche erweckt seine Aufmerksamkeit und er steigt ab. Er nimmt die Klinge in die Hand und betrachtet sie lange.

»Ser! *Ser!*« Tashqyt bringt sein Pferd neben dem Oberst zum Stehen.

Lorn blickt zu Tashqyt hinauf.

»Es ist vorbei«, berichtet der Truppenführer. »Wir haben sogar die Klippe des Steilhanges überprüft, auch auf diesem Weg ist niemand entkommen.«

»Ich weiß.« Lorn hebt die große Klinge an, die der Bearbeitung nach zu urteilen in Hamor geschmiedet und geschliffen wurde. »Ich möchte, dass alle Klingen eingesammelt und mitgenommen werden. Bindet sie auf die Ersatzpferde und die erbeuteten Rösser. Der Major-Kommandant wird einen Beweis sehen wollen.«

»Beweis?«

»Dass die hamorischen Händler Klingen nach Jera verkaufen und dass diese Klingen dazu benutzt werden, um Lanzenkämpfer zu töten.« Lorn steigt langsam auf. Seine Beine sind müde und die Augen stechen. Dann fällt sein Blick auf den Körper einer Frau, die ausgestreckt im Gras liegt. Er weiß nicht, wie sie gestorben ist, aber sie ist kaum jünger als Ryalth oder Myryan – oder die Tochter des Bauern, die er getötet hat.

Nach einigen langen Sekunden blickt er auf und in Tashqyts Augen. »Für dieses Mal … ist es vorbei.« Er räuspert sich. »Was ist mit unseren Männern?«

»Äh … wir haben einige Verluste zu verzeichnen, Ser.«

Lorn wartet.

»Gut sechzig Lanzenkämpfer sind gefallen, fast zwanzig von den Wachen. Und Whylyn und zwei von den Truppenführern der Wachen.«

»Sechzig Mann …« Lorns Lächeln spiegelt keine Freude wider. »Zu viel, aber nicht übel, dafür dass es für die meisten der erste Kampf war, und nicht übel gegen ein Heer von dreihundert Mann.«

»Dreihundertfünfzig, Ser. Äh … ich dachte, wir müssten das wissen.« Tashqyt blickt zu Boden. »Sie haben die meisten Gefangenen getötet, Ser. Es waren an die zwanzig. Fünf sind noch am Leben.«

Dreihundertfünfzig Mann tot … mehr, als so manche Kleinstadt in Cyador Einwohner hat. Lorn nickt langsam. »Haben wir auch barbarische Gefangene?«

»Etwa fünfzehn. Sie sind alle verwundet.«

»Wo sind sie?«

»Drüben am Ufer. Dort.« Der Truppenführer mit den markanten Gesichtszügen deutet zum Fluss.

Im Spätnachmittagslicht reitet Lorn zu den Gefangenen. Er steigt ab und übergibt die Zügel der Stute an Tashqyt. Es sind fünfzehn Männer, alle tragen Bärte, alle haben die Hände auf den Rücken gebunden. Einer liegt bewusstlos am Boden, auf der Seite, im staubigen Gras. Die Gefangenen sind umzingelt von Drayls Einheit – die Hälfte seiner Männer steht mit gezogenem Säbel am Boden; die anderen sitzen auf den Pferden, ebenfalls mit gezogenen Klingen.

Einer der Gefangenen will sich auf Lorn stürzen. »Weißer Dämon!«

»Du hast Frauen und Kinder getötet, die dir nichts hätten tun können.« Lorn zieht den brystanischen Säbel.

»Ihr seid alle Dämonen.« Der gefesselte Gefangene spuckt vor Lorn aus.

Lorns Gesicht ist eiskalt, als er einen Schritt nach vorne macht. Es ist nur ein dumpfer Schlag zu hören, als die mit Chaos verstärkte Klinge den Kopf des Barbaren von dessen Rumpf trennt. Beides fällt in den blutverschmierten Staub.

»Mein Blut klebt an allen von ihnen«, Lorn blickt auf zu Drayl, der auf dem Pferd sitzt. »Deines nicht. Töte die anderen.«

»Ser?«

»Wenn wir sie freilassen, werden sie denken, wir sind schwach. Sie haben ihre Gefangenen getötet, als hätten diese Klingen getragen – einige taten das vielleicht wirklich. Wir töten keine Gefangenen. Aber wir töten die, die das getan haben.« Lorn nimmt Tashqyt die Zügel der Stute ab. »Verlangst du von mir, dass ich jeden Einzelnen selbst töte?«

Drayl blickt zu Boden. »Nein, Ser.«

»Dann erfülle deine Pflicht.« Lorn steigt auf, nimmt das Pferd herum und lässt die Truppenführer und Lanzenkämpfer zurück, die die Gefangenen bewachen. Er verschließt die Ohren vor den Flüchen und Schreien der sterbenden Gefangenen.

Sein Magen ist verkrampft, aber seine Bewegungen bleiben anmutig. In seinem Kopf pocht es und er fühlt die Müdigkeit in Armen und Beinen. Winzige Messer stechen in seinen Augen, ein Hinweis darauf, dass er im Kampf offenbar Chaos zu Hilfe genommen hat, obschon er sich nicht daran erinnern kann, dergleichen getan zu haben.

»… sag mir nur eins … frage mich … was er nicht tun würde …«

»… Schlächter …«

»… sie vielleicht besser? … habe das Bauernhaus gesehen … was sie hier getan haben …«

Lorn hat keine Antworten; denn jede Antwort, die er vor dem Kampf zu bieten gehabt hätte, wäre falsch gewesen, und das sind auch all seine jetzigen Antworten. Er kann nur wieder einmal hoffen, dass er das geringere Übel gewählt hat, dasjenige, das Cyad in den kommenden Jahren am wenigsten kosten wird. Aber er weiß, dass die Kriege gegen die Jeranyi nun auch nach Biehl kommen werden, aufgeheizt durch alten Hass und neue hamorische Klingen. Schon bald wird es weitere Angriffe geben und noch mehr Zerstörung und noch mehr Tote – ganz gleich, was er getan hat.

Ist er nur eine Marionette der Zeit? Eine, die auf alte Hassgefühle antwortet? Oder ist sein Los noch ärger, weil er die Freiheit besitzt zu handeln, und sich dafür entschieden hat, ein ganzes Heer von Barbaren zu vernichten – in der Hoffnung, dadurch cyadorisches Leben zu retten, obwohl er gar nicht wissen kann, ob seine Handlungen zum Erfolg führen werden? Und ob er die Zeiten beeinflussen kann, etwas verändern kann im Vergleich zu dem, wie es ohne ihn gewesen wäre?

XXXVIII

Lorns Spiegellanzenkämpfer und die Bezirkswachen reiten am Nordufer des Flusses Behla entlang, nach Westen in Richtung Ehyla. Sie sind sehr weit nach Süden und Westen geritten, als sie die Barbaren verfolgt haben; da bietet die staubige Uferstraße eine viel kürzere Rückreise, als wenn sie ihre eigenen Spuren nach Nordosten und entlang der Strände zurückverfolgen würden.

Lorn studiert den schlammigen Fluss, der meist gut hundert Ellen breit ist, aber nicht viel tiefer als vier oder fünf Ellen, außer an den wenigen Engpässen, wo die

Tiefe vielleicht zwanzig Ellen erreichen mag. Die Weiden am Ufer hier sind größer und üppiger und vereinzelt mischen sich auch andere Bäume darunter. Immer öfter wird das Nordufer auch von kleinen Waldstücken gesäumt. Das Land jenseits des Südufers bleibt jedoch flaches Grasland, das immer öfter von Feldern durchsetzt ist.

Einige Marksteine trägt Lorn in seine Karten ein, ganz leicht und vorsichtig mit einem Kohlestift. Er hat jedoch seine Zweifel, ob er sie noch einmal brauchen wird. Sechzig Gefallene gegen eine Streitmacht von dreihundertfünfzig ist nicht übertrieben viel, aber die Verluste sind größer, als Biehl sie seit Generationen hinnehmen musste. Wegen der hamorischen Klingen, die sie auf die Ersatzpferde und die erbeuteten Rösser gebunden haben, wird es einen genauso lauten Aufschrei geben, und die Gründe, die nach seiner raschen Ablösung verlangen, werden reichlich sein. Denn wenn man ihm glaubt, dass die Jeranyi eine echte Gefahr bedeuten, muss der Major-Kommandant einen erfahreneren Offizier nach Biehl schicken; und wenn man ihm nicht glaubt, wird man ihn auch ablösen, um ihm eine Disziplinarmaßnahme aufbürden zu können.

Hinter ihm murmeln die Lanzenkämpfer leise vor sich hin, so wie schon während der letzten zwei Tage, als könnten sie nicht glauben, was passiert ist, und müssten ständig darüber reden.

»… glaub es immer noch nicht … Oberst … hat selbst bestimmt mehr als zwanzig niedergemetzelt …«

»… hast deine Sache auch gut gemacht …«

»Hat zugelassen, dass sie sie töten. Hübsches kleines Ding …«

Lorn zuckt zusammen, wendet jedoch den Blick nicht vom Fluss.

»… hat sie alle niedergemacht …«

»… weiß … aber irgendwie nicht richtig …«

»… lass sie frei und sie bringen noch mehr um … hätten wir nicht alle gekriegt. Das weißt du.«

»… du hast das Dorf gesehen … willst du, dass sie das deiner Familie antun?«

»… doch irgendwie nicht richtig …«

Nach einer Schlacht wie der letzten bezweifelt Lorn, dass überhaupt etwas richtig ist. Er wirft einen Blick nach Nordwesten. Zwei Tage sind sie nun schon unterwegs, seit sie Nhais verlassen haben, und bis nach Ehyla liegt noch gut ein Tagesritt vor ihnen, wenn nicht sogar zwei. Und dann werden seine neuen Probleme erst anfangen.

XXXIX

Als die Spiegellanzenkämpfer und die Bezirkswachen sich vor dem Wachgebäude in Ehyla formieren, fällt ein leichter Nieselregen aus den niedrigen grauen Wolken, die vom Nordmeer her über den Fluss Behla geweht werden. Die Wolken sind zwar dunkel und werden immer noch schwärzer, aber der Regen hat bislang nicht einmal den Staub der Straße befeuchtet. Lorn reitet zu den Wacheinheiten und zügelt die Stute vor dem grauen Wharalt.

»Ser?« Der ältere Wachmann blickt den Oberst fest an.

»Du und deine Männer habt eure Sache gut gemacht – sehr gut. Ohne euch hätten wir die Barbaren nicht aufhalten können. Einige von deinen Männern – und vielleicht auch du selbst – werden sich irgendwann einmal fragen, ob das notwendig war, was wir getan haben.« Lorn schaut Wharalt fest in die Augen. »Ich habe drei Jahre in den Grashügeln verbracht, ich weiß, welche Gedanken einem da durch den Kopf gehen. Ich gebe das

Kommando an Kommandant Repyl zurück und werde ihm auch berichten, wie tapfer ihr euch gehalten habt. Nach dem Kaiserlichen Gesetzbuch stehen den Familien der Bezirkswachen, die unter dem Kommando der Spiegellanzenkämpfer gefallen sind, Goldstücke zu. Es ist nicht sehr viel und es wird lange dauern, bis das Geld die Familien erreichen wird, aber sie werden etwas bekommen, deshalb habe ich auch nach ihren Namen gefragt. Ich will ihnen nicht verweigern, was sie mit ihrem Leben bezahlt haben. Ich möchte, dass du dich um die Familien kümmerst und dafür sorgst, dass sie die Goldstücke bekommen.«

»Das werde ich.« Wharalt verneigt den Kopf. »Ser … selbst ich erkenne, was getan werden muss. Keiner sieht es gern, aber es wird auch keiner leugnen. So manch anderes Vorgehen hätte uns mehr gekostet, fürchte ich. Ihr und Eure Lanzenkämpfer habt die Hauptlast der Angriffe getragen. Und das werde ich allen sagen, Ser.«

»Danke.« Lorn erwidert das Kopfnicken, dann lenkt er die Stute zum Eingang des Gebäudes.

Kommandant Repyl wartet bereits auf den Stufen, als Lorn absteigt und das Pferd an einen Messingring bindet.

Der Oberst geht zum Kommandanten und verbeugt sich. »Kommandant Repyl, ich freue mich, Euch das Kommando über Eure Kompanien wieder übergeben zu dürfen. Sie haben sich tapfer geschlagen, Eure Ausbildung und Organisation sollten belobigt werden.«

Repyls Lippen werden schmal, als er die mehr als zwanzig fehlenden Pferde und leeren Sättel erblickt. Eine Zeit lang sagt er nichts. »Ich bin sicher, Ihr habt Euer Bestes getan, Oberst … ein so tapferer Lanzenkämpferoffizier, der Ihr seid. Aber nachdem ich nicht selbst zugegen war, würde es Euch da etwas ausmachen, die Verluste zu erklären, Oberst?«

Lorn nickt. »Das werde ich. Ich werde Euch auch eine

Abschrift des Berichtes zukommen lassen, den ich an den Major-Kommandanten entsenden werde.« Er räuspert sich. »Wir hatten das Glück, eine barbarische Angreifertruppe abfangen zu können. Es waren an die vierhundert Reiter. Sie waren schon weit nach Cyador vorgedrungen, fast bis nach Nhais, als wir sie am Südufer des Flusses stellen konnten. Sie hatten bereits mindestens drei Dörfer niedergebrannt, zehn Gehöfte und Bauernhäuser. Sie haben alle Leute getötet, die dort lebten, bis auf etwa zwanzig.«

»Drei Dörfer?«

»Ihr könnt Eure Wachen befragen. Die Dörfer und Gehöfte haben wir alle selbst gesehen. Vielleicht haben sie auch noch woanders gewütet. Wir drängten sie in die Enge und sie weigerten sich, sich zu ergeben. Sie verlangten tatsächlich, dass wir ihnen einen sicheren Rückzug nach Jerans gewähren – oder sie würden alle Geiseln töten.« Lorn zuckt die Schultern. »Nach all den Gräueltaten, die sie bereits angerichtet hatten, konnte ich dem nicht zustimmen.«

»Ihr habt zugelassen, dass sie die Geiseln töteten?«

»Wir konnten eine Hand voll retten, die wir bei Freunden und Familien in Nhais zurückgelassen haben.«

»Ihr habt gekämpft und wie viele sind entkommen?«

»Keiner, so weit wir wissen. Wir haben mehr als dreihundertfünfzig Tote gezählt. Ich habe Eure zwei verbliebenen Truppenführer das überprüfen lassen. Wir haben auch alle barbarischen Klingen mitgebracht.«

Repyl schluckt. »Ihr habt dreihundertfünfzig Mann niedergemetzelt?«

»Ich würde es kein Gemetzel nennen. Wir selbst haben etwa siebzig Mann verloren, die Lanzenkämpfer haben fast doppelt so hohe Verluste wie die Wachen zu beklagen«, sagt Lorn ruhig. »Wir hatten keine Wahl, als wir erkannten, dass die Barbaren nach Westen ritten, um Nhais zu plündern.«

»Ich … verstehe.«

Lorn bezweifelt, dass der Bezirkswachkommandant das wirklich tut, aber er nickt trotzdem.

Repyl senkt die Stimme, als seine Augen in Lorns Gesicht blicken. »Ihr habt es schon gewusst, bevor Ihr losgeritten seid.«

»Ich wusste es nicht«, erwidert Lorn ruhig. »Ich erachtete es als höchstwahrscheinlich, doch beweisen hätte ich es nicht können. Wenn ich es allen erzählt hätte, hätten sich einige vielleicht unklug verhalten. Hier hat es seit Generationen keinen Angriff mehr gegeben und in nächster Zeit wird es auch so schnell keinen mehr geben.«

»So zu handeln ist gefährlich.«

»Gar nicht zu handeln wäre noch gefährlicher gewesen, Kommandant. Und dann wäre auch die Gefahr für das Volk von Cyador größer gewesen.« Lorns Augen wirken leer, als er hinzufügt: »Ich nehme an, ich werde bald abgelöst. Früher oder später, aber höchstwahrscheinlich früher.«

Repyl runzelt die Stirn. »Habt Ihr daran auch schon gedacht, bevor Ihr losgezogen seid?«

»Ja. Aber nachdem ich bereits drei Jahre lang in den Grashügeln gedient habe und weiß, wie es dort aussieht, hatte ich keine andere Wahl.«

»Wirklich … sehr erstaunlich. Ein ehrlicher und tatkräftiger Oberst in Biehl. Einer, der seinem Land dient und nicht sich selbst.« Repyl schüttelt langsam den Kopf. »Ihr habt Recht, Oberst. Sehr wahrscheinlich werdet Ihr nicht hier bleiben.«

»Ich rechne nicht damit.« Lorn lächelt. »Ich wünsche Euch viel Glück mit meinem Nachfolger, wenn es so weit ist. Und … Ihr habt Eure Männer gut ausgebildet. Das meine ich ehrlich. Ich werde in meinem Bericht auch erwähnen, dass ich meine Befehlsgewalt ausgeübt habe und Ihr bereitwillig mit mir zusammengearbeitet habt, und dass unser Erfolg nicht ohne Eure Arbeit möglich gewesen wäre.«

»Das würde ich sehr begrüßen.«

Für einen Augenblick sehen sich die zwei an. Dann verbeugt sich Lorn. »Guten Tag, Kommandant.«

»Guten Tag, Oberst.«

Lorn dreht sich um, geht die Stufen hinunter und steigt wieder auf sein Pferd, um den langen Weg zurück in die Kaserne nach Biehl zu reiten. Danach kommt das Warten auf seinen Nachfolger, seine Versetzung oder das Disziplinarverfahren. Doch er wird gewisse Schritte unternehmen, um etwaige Disziplinarmaßnahmen zu verhindern. Diese beinhalten Schriftrollen an seinen Bruder, die Eltern, Ryalth, sowie Abschriften seines Kriegsberichts an die Kommandanten in Assyadt, Syadtar und Isahl, in denen er diese vor den sich häufenden barbarischen Angriffen und dem Überhandnehmen von hamorischen Waffen warnen wird. Er wird vielleicht noch andere Möglichkeiten finden, um gewährleisten zu können, dass er lediglich an einen anderen – wenn auch gefährlicheren – Posten versetzt und nicht öffentlichen Disziplinarmaßnahmen ausgesetzt wird – so hofft er zumindest.

Er erwägt sogar, einen Bericht an die *Hand* des Kaisers zu senden, obschon er nicht weiß, ob eine Schriftrolle, die so adressiert ist, die Schattengestalt überhaupt erreichen würde.

XL

In der Stille der Dämmerung, zwei Tage nach seiner Rückkehr nach Biehl und nachdem er Dutzende von Briefen an seine Familie geschrieben hat, Berichte aufgesetzt und abgeschickt sowie Neabyl und Comyr dazu überredet hat, Anzahl und Herkunft der beschlagnahmten Waffen offiziell zu bestätigen, sitzt Lorn am Schreibtisch in seinen Gemächern, nippt an einem Glas Alafraan und blickt ins Chaos-Glas. Er kann keine weiteren Angreifer auf den Wegen und Pfaden ausmachen, doch im Hafen von Jera liegt wieder ein hamorisches Schiff.

Werden all seine Anstrengungen und all die Toten nur noch mehr Hass erzeugen und den Händlern erlauben, noch mehr Klingen in Jera zu verkaufen? Wird der Major-Kommandant auch außerhalb von Biehl Außenposten errichten müssen oder gar in Nhais, um die Stadt, Escadr und die Cupritminen zu schützen?

Er bläst den Atem langsam aus und lässt das Bild des Hafens von Jera los, denn im Augenblick kann er wenig tun, selbst wenn er eine weitere Gruppe von Barbaren entdecken würde, die durch die Grashügel oder in Richtung Nhais reiten. Doch dort sind keine Barbaren, das weiß er … noch nicht.

Nach einem weiteren Schluck Alafraan und mit einem Lächeln auf den Lippen schaut er erneut ins Glas, um einen kurzen Blick auf seine Händlerin zu werfen, die im oberen Säulengang seines Elternhauses zu Abend speist – allein mit Jerial. Die beiden lachen, aber das Gelächter verstummt, als Lorn bemerkt, dass sie – beide – den Chaos-Blick fühlen.

Jerial setzt ein verkrampftes Lächeln auf und murmelt etwas, Ryalth berührt mit dem Finger ihre Lippen.

Hunderte von Meilen entfernt lächelt Lorn, dann lässt er das Bild los. Er wundert sich erneut, dass seine Gemahlin das Glas fühlen kann. Seine Augen starren in die Leere der Dämmerung, doch dann erlöscht die Wärme, die das Bild von Ryalth ihm für einige Sekunden geschenkt hat, und er denkt erneut über die vergangenen Achttage nach.

Etwa einhundert cyadorische Männer, Frauen und Kinder wurden getötet. Gut dreihundertfünfzig Jeranyi-Krieger starben, weil Lorn eingegriffen hat, und mehr als sechzig Spiegellanzenkämpfer und Bezirkswachen.

Warum? Lorn könnte Gründe angeben, aber diese ergeben keinen Sinn. Die Jeranyi glauben, dass das Land, auf dem sie seit mehr als zehn Generationen nicht mehr gelebt haben – wenn nicht sogar länger –, ihnen gehört, und sie wollen all jene töten, die nun dort leben. Lorn hat diese Jeranyi getötet. Sie starben aufgrund seiner Pläne und Taktiken, mithilfe derer er sie davon abzuhalten versuchte, noch mehr unschuldige Cyadoraner zu töten – Leute, die nichts getan haben, außer dort zu leben, wo die Vorfahren der Barbaren einst lebten.

Lorn hat die Menschen gesehen, die östlich von Biehl wohnen, und er vermutet, dass bei vielen von ihnen reines Jeranyi-Blut in den Adern fließt, trotz der vielen Jahre, die sie und ihre Familien nun dort leben; und doch gelten sie als Weiße Dämonen, genau wie er.

Werden die vielen Toten etwas verändern? Irgendetwas?

Ohne eine Antwort darauf zu wissen, nimmt er das silbrig glänzende Büchlein zur Hand, blättert langsam darin und überfliegt die Zeilen. Er kräuselt die Lippen, als sein Blick auf einen der Verse fällt, der mit einemmal viel mehr Sinn ergibt. Er murmelt die Worte leise vor sich hin.

Ich wünschte,
in diesem grausamen Land
existierte ein Gebet,
so stark wie mein Unglaube,
oder wenn das nicht möglich,
so tief wie meine
Unsicherheit.

Ist das die Aufgabe eines Lanzenkämpfers oder eines Magiers in Cyad – Sicherheit zu geben in einer unsicheren Welt? In einer Welt, wo Vernunft weit entfernt und unwirklich erscheint? Ist das die Bestimmung, welche die Flüchtlinge von den Rationalen Sternen der Stadt des Ewigen Lichts auferlegt haben?

Lorn klappt das Buch langsam zu und blickt hinaus in die Finsternis.

XLI

Im indirekten Licht, das durch die altertümlichen Scheiben der Fenster fällt, spiegelt der polierte Schreibtisch aus Weißeichenholz die Gesichter von Rynst und Luss wider. Sie sitzen sich in einem langen Raum mit vielen Fenstern im fünften und höchsten Stockwerk am Hofe der Spiegellanzenkämpfer gegenüber, der als Arbeitszimmer des Major-Kommandanten dient.

Rynst sieht Luss an, dann spricht er: »Ihr wollt mir erzählen, dass dieser Oberst die Bezirkswachen und zwei Kompanien von nur halb ausgebildeten und schlecht ausgerüsteten Spiegellanzenkämpfern genommen hat und für einen Achttag hinausgeritten ist – wobei er den Hafen ungeschützt gelassen hat –, und so gut wie alle Männer einer barbarischen Reiterbande, von denen niemand jemals gehört oder sie gesehen hat, in einen Hinterhalt gelockt und getötet hat? Und er behauptet, sie hätten geplant, die Stadt Nhais, die Lagerhäuser der Weinhändler in Escadr und die Cupritminen in Dyeum zu plündern? Und dass sie das mit frisch geschmiedeten hamorischen Klingen tun wollten? Wollt Ihr mir das weismachen, Hauptmann-Kommandant?«

»Ja, Ser. Oberst Lorn beharrt darauf, dass die Barbaren

genau dies versucht haben. Er hatte natürlich keine Beweise, auf die er seine Handlungsweise im Vorfeld hätte stützen können.«

Rynst runzelt die Stirn und seine Augen werden kalt.

Luss senkt den Blick. »Er behauptet, er hätte dreihundert ihrer Klingen in der Waffenkammer in Biehl gesichert.«

»Dreihundert?« Rynst nickt. »Dann hat er sie auch, denn er würde es nicht wagen, so etwas zu behaupten, wenn dem nicht so wäre. Hat er schon einen Beweis dafür geliefert?«

»Er hat eine Bestätigung geschickt, die von beiden Kaiserlichen Buchhaltern in Biehl unterzeichnet und gesiegelt ist«, gibt Luss zu. »Genau zweihunderteinundneunzig – und alle bis auf fünf weisen neuere Schmiedezeichen auf.«

»Das habt Ihr nicht erwähnt, Luss. Höchst verwunderlich, höchst verwunderlich, beinahe hätte ich geglaubt, dass er sie alle selbst geschmiedet hat. Was hat er sonst noch gesagt?« Rynst macht eine kurze Pause und fügt dann hinzu: »Aber nicht, dass Ihr glaubt, ich würde seinen Bericht nicht noch selbst lesen wollen, nach all dem.«

»Er hat geschrieben, dass es mehr als dreihundertfünfzig Barbaren waren und dass er und seine Truppen alle getötet haben. Wir haben dabei fast siebzig Lanzenkämpfer und Wachen verloren, Ser.« Luss lächelt milde. »Dass es auf Seite der Barbaren keine Überlebenden gibt, erscheint sehr … ungewöhnlich«, fügt er hinzu. »Der Oberst legte Erklärungen von allen noch lebenden Truppenführern bei, die die Zahlen und die Tatsache bestätigen, dass es keine überlebenden Barbaren gibt.«

»Schreibt er auch, warum das so ist?«

»Er hat eine kurze Erklärung abgegeben, dass Überlebende nicht im Interesse Cyads wären, weil es keine Außenposten in der Nähe gibt, die die Folgeangriffe abwehren könnten.«

»Dann haben also er und seine Männer dreihundertfünfzig Barbaren getötet und alle Gefangenen. Die Barbaren befanden sich innerhalb der Grenzen Cyadors?«

»Das hat der Oberst behauptet.«

»Und was sagt der Zweite Magier dazu?« Rynst zieht die Augenbrauen hoch. »Ich bin sicher, Ihr habt ihn konsultiert, wo er doch mit dem Oberst verwandt ist, wenn auch nur sehr entfernt.«

»Er sagt, dass der Kampf weit westlich der Grashügel stattfand, an einem Fluss östlich von Nhais. Oberst Lorn ist an den Stränden entlang geritten, hat die Barbaren durch das Tal verfolgt und sie von hinten angegriffen, so vermuten wir. Die Beobachtungen im Glas scheinen ebenfalls zu ergeben, dass es keine barbarischen Überlebenden gibt.«

»Aha ... der ehrenwerte Kharl ist also so besorgt um den Oberst, dass er sich die Zeit nimmt, ihn im Chaos-Glas zu beobachten.« Rynst faltet die Hände und lehnt sich in seinem Stuhl zurück. »Oberst Lorn ließ keinen einzigen Barbaren entkommen, mitten im Niemandsland; ohne Karten und Magi'i ist es ihm gelungen, sie zu finden und für jeden Mann, den er verloren hat, sechs Feinde zu töten. Ich wünschte, wir hätten mehr Männer von seinem Schlag.«

»Er hat es ohne Erlaubnis getan, Ser, und dann hat er Abschriften seines Kriegsberichts nach Assyadt, Inividra, Pemedra, Isahl und nach Syadtar geschickt. In dem dazugehörigen Brief an die Kommandanten rät er ihnen, ebenfalls wachsam zu sein, denn er hat eine große Anzahl von hamorischen Waffen entdeckt. In seiner Eigenschaft als Kommandant des Hafenpostens in Biehl hat er auch von zahlreichen Kapitänen vernommen, dass Waffen nach Jera verschifft werden.«

Rynst zuckt zusammen. »Er ist klug. Man kann einen Offizier, der Barbaren tötet und aufdeckt, woher ihre Waffen stammen, nicht mit Disziplinarmaßnahmen bestrafen, ohne sich viele Fragen von Offizieren gefallen lassen zu müssen.«

»Nein, Ser. Deshalb dachte ich, Ihr solltet es gleich erfahren.«

»Dann liegt also die volle Verantwortung bei mir, ohne Zweifel.«

»Sie liegt stets bei Euch, Ser.«

»Vielleicht sollten wir Oberst Lorn an einen Dienstposten versetzen, wo er sich mit dem beschäftigen kann, was er am besten beherrscht.« Rynst wirft einen Blick zu Luss. »Was denkt Ihr, Hauptmann-Kommandant?«

»Der Oberst versteht es sehr gut, Barbaren zu töten, Ser.«

»Und Biehl ist ein achtbarer Posten geworden, nicht wahr?«

»Ja, Ser.«

»Vielleicht sollte Major Brevyl ihn übernehmen … *Sub-Major* Lorn hat sich unverzüglich, ohne Urlaub, in Assyadt zu melden. Dort wird ihm das Kommando über die Kompanien in Inividra übertragen. Oh … und kümmert Euch darum, dass unser neuer Sub-Major persönlich auf einigen der Patrouillen das Kommando führt. Das kann er wirklich am besten. Und nun geht und sorgt dafür, dass dies so rasch wie möglich geschieht.«

»Ja, Ser.« Luss lächelt und steht auf.

Rynst blickt Luss nach, auch er lächelt.

XLII

Lorn sitzt am Schreibtisch in seinem Arbeitszimmer im Verwaltungsgebäude, es ist Nachmittag und viel zu heiß für die herbstliche Jahreszeit. Er taucht den Federhalter in die Tinte und zwingt sich, weiter an dem Ausbildungsplan zu schreiben, den er für den Spätherbst und Frühwinter neu bearbeitet – wenn er dann noch in Biehl weilt und falls er weitere Lanzenkämpfer rekrutieren kann, um die zwei Einheiten zu ersetzen, die er in der Schlacht gegen die Jeranyi verloren hat. Fast zwei Achttage sind vergangen, seit Lorn und die Lanzenkämpfer wieder in Biehl eingetroffen sind.

»Ser?« Helkyt öffnet die Tür zum Arbeitszimmer, ohne vorher anzuklopfen.

»Ja?« Lorn blickt von den Papieren auf, die auf seinem Schreibtisch verteilt liegen.

»Das kam gerade mit dem Feuerwagen, Ser.« Helkyt reicht ihm ein kleines Paket, das in grünes Schimmertuch gewickelt ist, eine Elle lang und fast zylindrisch in der Form. »Es soll Euch sofort übergeben werden.«

»Danke.« Lorn steht auf und nimmt das eingewickelte Paket entgegen, das er daraufhin auf dem Schreibtisch ablegt. Er macht keine Anstalten, es zu öffnen.

Helkyt bleibt vor dem Schreibtisch stehen.

»Ich werde dich unverzüglich über den Inhalt informieren«, fügt Lorn freundlich hinzu. »Danke.«

»Äh … ja, Ser.« Helkyt verbeugt sich, schlüpft zur Tür hinaus und schließt diese leise hinter sich.

Als Lorn allein im Offiziers-Arbeitszimmer sitzt, steht er auf und sieht sich das Paket genauer an. Schließlich öffnet er es. Er blickt auf die zwei schweren Schriftrollen mit den grünen Siegeln und Bändern daran und anschließend auf den grünen Filzbeutel, als befände sich darin eine Schlange oder eine Chaos-Spirale.

Er öffnet die erste Schriftrolle, die ein schweres Siegel trägt und reich verzierte Goldbuchstaben oben am Papierrand, dazu den Schild und das Wappen der Spiegellanzenkämpfer. Es stehen nur wenige Worte darin, die jedem anderen Lanzenkämpferoffizier Befriedigung verschafft hätten; Lorn jedoch jagen sie einen Kälteschauer über den Rücken.

... hiermit wird Lorn'alt von Cyad der Rang des Sub-Majors der Spiegellanzenkämpfer von Cyador verliehen, und die Aufgabe des Beschützers und Verteidigers des Landes des Ewigen Lichts, der Stufen zum Paradies ... und werden ihm all die damit verbundenen Vorzüge und Pflichten übertragen ...

Kurz gesagt, er ist nun Sub-Major, gut drei bis fünf Jahre früher, als er es nach den sonst üblichen Beförderungszeiten geworden wäre. Er legt die erste Schriftrolle beiseite und bricht das grüne Siegel der zweiten. Die zweite Schriftrolle ist die schlimmere und er muss sie zweimal lesen, denn seine Augen springen zu hastig von Zeile zu Zeile.

Sub-Major Lorn'alt von Cyad, Ihr werdet hiermit zum Kommandanten und Offizier des Spiegellanzenkämpfer-Außenpostens in Inividra abberufen ... Diese Ernennung ist so dringlich zu vollziehen, dass Euch anbefohlen wird, den nächsten verfügbaren Feuerwagen in Biehl zu nehmen. Ihr habt Euch unverzüglich in Assyadt zu melden und bei Kommandant Ikynd vorzustellen ... Als Kommandant des Außenpostens werdet Ihr unverzüglich das Kommando über die Patrouillen übernehmen und jede Euch unterstehende Kompanie auf einer nicht unerheblichen Anzahl von Patrouillen begleiten ... Weder Heimaturlaub noch sonstige Freizeit ist zulässig in Verbindung mit der Reise und der Versetzung zu diesem Posten. Heimaturlaub oder sonstige Freizeit werden gewährt, als wäre Euer neuer Dienstposten eine Fortsetzung Eures gegenwärtigen ...

Und noch eine dritte, kleinere Schriftrolle ist den Befehlen beigelegt. Lorn liest sie gleich im Anschluss.

Ihr werdet von Major Brevyl abgelöst, der abkommandiert wurde und zum Zeitpunkt Eures Aufbruchs bereits unter-

wegs sein dürfte. Er wurde über die Waffensituation in Jera informiert und hat eine Abschrift aller Berichte erhalten, die Ihr dem Major-Kommandanten übermittelt habt. Es wird strengstens empfohlen, dass Ihr das Kommando über eine Kompanie selbst übernehmt …

Unter der Nachricht befindet sich eine gekritzelte Unterschrift: *Luss'alt, Hauptmann-Kommandant.*

Lorn nickt, dann lacht er freudlos. Schließlich öffnet er den grünen Beutel und holt die dreifachen Streifen hervor, die er auf den Ausbildungsplan legt. Er nimmt die Doppelstreifen mit dem Bogen darüber vom Uniformkragen ab und ersetzt sie durch das Abzeichen des Sub-Majors. Anschließend steht er auf und geht zur Tür, öffnet sie und tritt hinaus. Tashqyt und Swytyl drehen sich um. Sie haben sich gerade mit Helkyt unterhalten. Der Blick des Haupttruppenführers fällt sofort auf die neuen Streifen, als hätte er es schon geahnt.

»Ser! Gratulation, Ser!«

»Gratulation, Ser!«, ertönt das Echo der beiden Untertruppenführer.

»Danke. Ich danke euch allen.« Lorn macht eine Pause. »Die Zeiten … sie ändern sich, und in Biehl verändern sie sich noch mehr. Man hat mich versetzt, unverzüglich, ich werde neuer kommandierender Offizier in Inividra …«

Tashqyt und Swytyl tauschen Blicke aus, Tashqyt runzelt die Stirn.

Helkyt nickt langsam, als täte es ihm Leid. »Sie wollen, dass Ihr wieder gegen die Barbaren kämpft.«

»Euer neuer Kommandant ist ein richtiger Major – Major Brevyl. Ich habe in Isahl unter ihm gedient, das ist allerdings schon einige Jahre her. Er war ein guter Vorgesetzter, er hat Leistung belohnt, aber Fehlleistung auch bestraft.

Ich muss mit dem nächsten Feuerwagen abfahren, das

wird schon übermorgen sein.« Nach einigen Sekunden fügt der Sub-Major hinzu: »Ich bitte dich, die Männer morgen früh als Erstes zum Appell antreten zu lassen, damit ich eine Ansprache halten kann.«

»Ja, Ser«, sagt Helkyt.

»Ich werde die Weiterentwicklung des Ausbildungsplanes Major Brevyl überlassen. Ich denke, all die anderen Aufzeichnungen und Berichte sind auf dem neuesten Stand. Jetzt werde ich zu Neabyl reiten. Er und die anderen Buchhalter sollen es gleich erfahren.«

Der Truppenführer nickt und Lorn geht zurück ins Arbeitszimmer, um seine Garnisonskappe zu holen, bevor er sich auf den Weg in den Stall macht. Die Worte sind schneller als Lorn, denn Chulhyr hat die Stute schon gesattelt und wartet, als Lorn den Stall erreicht.

»Ser … hier ist sie.« Chulhyrs Augen wagen es nicht, den neuen Sub-Major anzublicken, als er Lorn die Zügel überreicht. »So viel … habt Ihr für die Kaserne und Biehl getan … fast eine Schande, dass Ihr nun schon gehen müsst, aber wahrscheinlich brauchen Euch andere mehr.«

»Danke, Chulhyr.« Lorn lächelt ihn an. »Das ist wohl auch die Meinung des Major-Kommandanten. Dein neuer Kommandant wird Major Brevyl sein. Ich habe viel von ihm gelernt. Er kann sehr streng sein, aber er ist gerecht.«

»›Gerecht‹ … ein gutes Wort, aus eurem Mund vernommen, Ser.«

Lorn nickt erneut und führt die braune Stute hinaus in den Hof. Er steigt auf und reitet langsam zum Tor hinaus und den Hügel hinunter zum Hafen – zum Gebäude der Buchhalter.

Neabyl ist da und die zwei gehen in den großen Raum mit dem Podium, wo sich Lorn an die kurze Seite des langen Tisches setzt.

Neabyl nimmt seinen Platz vor einem Stapel von

Frachtbriefen und Ladeverzeichnissen ein. »Eine Beförderung, wie ich sehe.«

»Beförderung und Versetzung«, stimmt Lorn zu. »Ich übernehme das Kommando im Außenposten von Inividra.«

Neabyl lacht, jedoch nicht herzlich. »Der Erfolg musste sich ja einstellen. Bei all den Barbaren-Angriffen ist das kein Wunder.« Er sieht Lorn an. »Wisst Ihr, wer Euer Nachfolger wird?«

»Major Brevyl – ein guter Offizier. Ich denke, der Major-Kommandant wird neue Außenposten errichten, auch an Orten wie Nhais, vermute ich. Er hat meine Berichte erhalten. Wahrscheinlich wird er zuerst noch vorsichtig sein, aber es wird geschehen.«

Der drahtige Neabyl fährt sich mit der Hand durch das feine schwarze Haar, streicht es sich aus der Stirn und reibt sich anschließend das Kinn. »Ihr *wisst* vieles, Oberst ... ich meine, Sub-Major. Andere müssen es erst herausfinden.« Er lächelt. »Was wisst Ihr, was mich betreffen könnte?«

»Ich bin nicht sicher.« Lorn runzelt die Stirn. »Es werden mehr hamorische Händler nach Jera kommen, auch in den Hafen von Biehl werden mehr Schiffe einfahren. Ich rechne damit, dass es neue Spiegellanzenkämpfer und Außenposten im Osten geben wird, näher bei Jerans und dem nördlichen Teil der Grashügel. Einige Kommis und Bauern werden sich bei meinem Nachfolger über mich beklagen, dass ich ungerecht gewesen wäre, doch das wird bei Major Brevyl nicht viel nützen.«

»Das hatte ich schon vermutet. Und was wird in Cyad geschehen, das auf mich eine Auswirkung haben könnte? Wisst Ihr etwas?«

Lorn lächelt. »Ich kann nur raten. Warum fragt Ihr? Was wisst Ihr, was auch ich wissen sollte?«

»Ich weiß nichts Näheres, aber ich habe die Aufforderung erhalten, Abschriften von allen verbliebenen Aufzeichnungen, die Flutak betreffen, nach Cyad zu schicken. Die *Hand* des Kaisers hat danach verlangt.«

Lorn runzelt erneut die Stirn. Die *Hand* des Kaisers – der Kaiserliche Funktionär, der niemals beim Namen genannt wird – eine Schattengestalt, die zwar Befehle im Namen Seiner Majestät ausgibt, ihre Macht jedoch selten ausspielt. Doch …

Lorn schüttelt den Kopf.

»Genau«, antwortet Neabyl. »Ich habe die verbliebenen Aufzeichnungen losgeschickt; die, die Flutak geprüft und unterzeichnet hat, und besonders die, die Oliven und noch ein paar andere Waren betreffen.« Der dunkelhaarige Buchhalter macht eine Pause. »Ihr wisst, dass Flutak ein Vetter von Bluoyal'mer war, dem Handelsberater des Kaisers?«

»Ich habe schon einmal davon gehört, aber das war vor Jahren und ich habe es wieder vergessen«, sagt Lorn. »Ich frage mich, warum die *Hand* daran interessiert ist?«

»Ich weiß nicht, aber in dieser Jahreszeit möchte ich nicht in Bluoyals Haut stecken.«

»Ich auch nicht.« Lorn lacht leise. »Ich bitte Euch, heute oder morgen hinauf zur Kaserne zu reiten, damit ich Euch noch einige Flaschen Alafraan übergeben kann.«

»Aber ich kann doch nicht …«

»Ich selbst kann nur zwei oder drei Flaschen mitnehmen«, erklärt Lorn, »einige werde ich für meinen Nachfolger hinterlassen, mit dem ich schon viel durchgemacht habe, und die paar Flaschen für Euch sind ohnehin zu wenig als Dank.« Er steht auf.

Neabyl grinst. »Ich möchte natürlich nicht, dass ein so guter Wein verschwendet wird.«

Die zwei verlassen den großen Raum, Lorn zum letzten Mal.

XLIII

Lorn sitzt in seinen Gemächern am Schreibtisch, die Dämmerung geht langsam in die Nacht über. Als er die Gedanken zu Papier gebracht hat, die er seinen Männern am Morgen sagen will, dreht Lorn den Federhalter um und schreibt noch einen Brief an Ryalth. Er muss ihn höchst vorsichtig formulieren, denn zweifelsohne ist das Risiko groß, dass der Brief irgendwo auf dem Weg nach Cyad gelesen wird. Aber die Zeit, auf ein Handelsschiff zu warten, hat er nicht.

Meine Liebste,
du erinnerst dich, was ich dir das letzte Mal schrieb, nachdem ich vom Kampf gegen die barbarische Invasion in Cyad zurückgekommen war. Ich dachte damals schon, dass die Spiegellanzenkämpfer mehr Außenposten in der Nähe von Biehl gründen müssten. Nun scheint es, dass der Major-Kommandant der Spiegellanzenkämpfer die Angelegenheit in einem ähnlichen Licht betrachtet, denn ich bin befördert worden, und wenn du diese Zeilen erhältst, bin ich schon auf dem Weg zu meinem neuen Dienstposten in Inividra, wo ich das Kommando über den Außenposten übernehmen werde …

Diese Angelegenheit bringt es mit sich, dass ich dieses Mal keinen Heimaturlaub haben werde, doch man hat mir versichert, dass mir dieser so gewährt wird, als wäre ich in Biehl geblieben. Ein längerer Urlaub, so fürchte ich, muss jedoch aufgeschoben werden.

Du hast so viel dazu beigetragen, Biehl wieder aufzubauen, auf so vielfältige Art und Weise. Ich weiß, dass Major Brevyl dankbar sein wird für das, was er bekommen wird, aber ich wünschte, du hättest einmal hierher kommen können, um zu sehen, wie viel Gutes du bewirkt hast. Ich hoffe, du erinnerst dich daran, wie ich dich mit Jerial zusammen beim Abendessen gesehen habe, und dass du meinen Wunsch verstehst, euch wieder zu sehen.

Lorn hält inne. Er fühlt, dass er noch so viel mehr sagen müsste, aber seine Gedanken sind bereits woanders. Er denkt an das, was der Befehl seiner Abordnung beinhaltet, der ihm die persönliche Durchführung der Patrouillen nahe legt – und an den Befehl des Hauptmann-Kommandanten, der verlangt, dass Lorn das Kommando für eine Kompanie selbst übernimmt. Aus welchem Grund? Bis er am Ende übermannt und getötet wird? Oder wird er einen Weg finden, mit seinen Befehlen die Basis der Angreifer zu vernichten, so wie er es bei Nhais getan hat, statt sie Angriff für Angriff zu vertreiben, wie es in Isahl der Fall war? Er zwingt seine Gedanken zurück zur Schriftrolle.

Ich kann dir gar nicht sagen, wie sehr ich dich vermisse und wie ich es bedauere, nicht bei dir und unserem Kind sein zu können …

Die Worte kommen immer langsamer aus der Feder, je schwärzer die Nacht wird und je verschwommener Lorn sieht, was vielerlei Gründe hat.

Lorn'alt, Inividra

Sub-Major der Spiegellanzenkämpfer

XLIV

Lorn steigt aus dem vorderen Abteil des Feuerwagens und wirft einen Blick zurück auf das sechsrädrige, mit Chaos angetriebene Gefährt. Die schimmernde Haube, unter der die Fahrer sitzen, spiegelt sein Antlitz wider, wenn auch leicht verzerrt. Mit einem trockenen Lächeln schreitet Lorn den Säulengang in Assyadt entlang. Der Anschluss-Feuerwagen von Chulbyn verkehrt zwar zweimal im Achttag, aber Lorn hat das Glück gehabt, oder auch das Unglück, einen Tag am Umsteigebahnhof warten zu müssen. Dort hat er Briefe an seine Eltern, an Myryan und noch einen an Ryalth geschrieben.

In der prallen Nachmittagssonne weht ihm ein heißer Fallwind ins Gesicht, als er seine zwei Taschen holt und nach einer Kutsche oder einem anderen Transportmittel zum Hauptquartier Ausschau hält. Kutschen sind keine zu sehen und der einzige Wagen wird bereits von zwei Männern in Braun mit Beschlag belegt, die ihre Kisten aus dem Frachtabteil des Feuerwagens darauf verladen. Drei Lanzenkämpfer warten auf der anderen Seite des Feuerwagenbahnhofs, einer hält die Zügel eines reiterlosen Pferdes.

Der Untertruppenführer blickt zu Lorn, dann auf die schimmernden Abzeichen auf seinem Kragen. »Ser? Seid Ihr Sub-Major Lorn'alt?«

»Der bin ich.« Lorn nickt.

»Kommandant Ikynd hat uns gebeten, Euch das Pferd zu bringen, Ser.«

»Danke.« Lorn überquert den Bahnhof und bindet sein Gepäck hinter den Sattel des Pferdes. Er steigt leichtfüßig auf.

Während er mit den drei Lanzenkämpfern durch die mit Granit gepflasterten Straßen reitet, die viel trockener und staubiger sind als die Straßen in Biehl, sieht er sich ein wenig in der Stadt um. Assyadt ist eine kleinere Ausgabe der Stadt Syadtar, wo sich das Hauptquartier seines ersten Postens unter Major Brevyl in Isahl befand. Wie Syadtar sind die Häuser in Assyadt aus sauberen und viereckigen Steinen gebaut oder weiß gestrichen und haben grüne Fensterläden und Ziegeldächer. Er sieht keine Schieferdächer, wie sie in Biehl meist zu finden waren.

Die Kaserne befindet sich keine Meile vom Feuerwagenbahnhof entfernt, bildet jedoch bereits die Nordgrenze der Stadt. Wie in Syadtar stehen die Tore offen und es hat auch nicht den Anschein, als würden sie jemals geschlossen werden. Die Lanzenkämpfer halten vor dem ersten Gebäude innerhalb der Mauern an. »Das ist das Quartier des Kommandanten, Ser.«

Lorn steigt ab und bindet seine Taschen los. »Danke.«

»Gern, Ser. Viel Glück, Ser.«

Als Lorn sich abwendet, um die Stufen zu dem viereckigen Steinbogen hinaufzugehen, hört er mithilfe seines Chaos-verstärkten Gehörs einige geflüsterte Bemerkungen.

»… jung für einen Sub-Major … verdammt jung …«

»… sieht nicht wie ein Schlächter aus …«

Der neue Sub-Major behält das freundliche Lächeln bei, während er sein Gepäck durch die offene Doppeltür in den Eingangsbereich des Gebäudes trägt.

»Ser!« Der Truppenführer hinter dem Tisch am Eingang springt auf. »Ihr müsst Sub-Major Lorn sein.«

»Der bin ich«, stimmt Lorn zu.

»Kommandant Ikynd und Major Dettaur wünschen Euch gleich zu sehen. Wenn Ihr mich für einen Augenblick entschuldigt … Ich sage dem Kommandanten Bescheid, dass Ihr da seid. Oh … Ihr könnt Euer Gepäck auf der Bank dort abstellen. Ich bin sofort wieder da, Ser.«

Lorn hat die Taschen kaum auf der Bank aus Goldeiche abgestellt und seine Uniform so gut es geht glatt gestrichen, als der schlaksige Haupttruppenführer auch schon zurückkommt.

»Hier entlang, Ser.«

Lorn folgt dem Truppenführer den kurzen Flur entlang zu einer Tür auf der linken Seite, die in ein Arbeitszimmer führt, das kleiner ist als das, welches Lorn als Kommandant in Biehl zur Verfügung stand.

Ikynd steht auf, als Lorn eintritt. Er hat ein kantiges Gesicht, glatt rasiert mit kurz geschnittenen, schwarzgrauen Haaren und buschigen Augenbrauen. Seine schwarzen Augen studieren Lorn so lange, bis der Truppenführer die Tür zum Arbeitszimmer hinter sich geschlossen. Dann grinst er und schüttelt den Kopf. »Sub-Major … es ist mir eine Freude, den Schlächter von Nhais begrüßen zu dürfen.«

Lorn lacht, jedoch ohne damit Freude auszudrücken. »Ser, dieser Ausdruck ist mir bislang noch nicht zu Ohren gekommen.«

»Setzt Euch.« Ikynd deutet auf den Stuhl vor seinem breiten Schreibtisch. »Das ist gut möglich. Major Dettaur hat ihn geprägt. Aber darüber werden wir später sprechen.«

Lorn setzt sich und behält das freundliche Lächeln auf den Lippen bei.

»Zuerst einmal … Gratulation. Ihr habt getan, was die meisten vernünftig denkenden Lanzenkämpferoffiziere auf jeder engelsverdammten Patrouille nur zu tun versuchen.« Ikynd zieht die buschigen Augenbrauen hoch. »Wie ist Euch das gelungen?«

Lorn zuckt bescheiden die Achseln. »Glück, die richtigen Informationen zur richtigen Zeit, gute Lanzenkämpfer und gute Bezirkswachen …«

Ikynd lacht breit und freundlich, dann sagt er: »Das sind keine schlechten Aussichten für Cyad. Hier hingegen sieht es nicht so gut aus. Wollt Ihr es noch einmal versuchen?«

Lorn betrachtet den Kommandanten einige Augenblicke lang. »Ich habe alles aus den Bestimmungen des Kaiserlichen Gesetzbuchs herausgeholt, mich auf die Vollmacht, die mir vom Major-Kommandanten übertragen wurde, berufen, einige alte Karten gefunden und sie auf den neuen Stand gebracht, ich habe zusätzliche Soldgelder verwendet, um neue Lanzenkämpfer zu rekrutieren und auszubilden, und darauf spekuliert, dass meine Informationen richtig waren. Und ich habe alle bis zum letzten Angreifer getötet, weil ich wusste, dass nach mir keine Patrouillen mehr kommen. Es hat mich fast die Kommandantur gekostet, ein Drittel der Wachen und an die hundert Leben von Cyadoranern. Ist es das, was Ihr hören wolltet, Kommandant?«

Ikynd nickt. »Fast.« Das Lächeln kehrt in sein Gesicht zurück. »Woher wusstet Ihr überhaupt, dass die Barbaren dort waren?«

»Ich war mir nicht völlig sicher«, lügt Lorn. »Ich wusste nur, dass die Hamoraner hunderte von Klingen verschifft hatten, und die Handelskapitäne hatten gehört, dass die Barbaren an einem Ort angreifen würden, den sie noch niemals zuvor zum Ziel genommen hatten. Für mich hieß das, dass es die Gegend östlich von Biehl sein musste. Ich sagte allen, dass die Manöver für die Ausbildung wichtig wären und dazu dienten, die Bezirkswachen zu testen. Wenn ich die Barbaren nicht gefunden hätte, dann hätte ich auch nicht mehr zu erzählen gehabt – sondern hätte lediglich empfehlen können, eine Kompanie Lanzenkämpfer in die Grashügel zu verlegen.« Wieder folgt ein Schulterzucken. »Als wir die Strände im Norden verlassen hatten, entdeckten wir Rauch am Himmel, ein untrügliches Zeichen für all diejenigen, die bereits Patrouillen in den Grashügeln geritten sind. Also folgten wir dem Rauch, bis wir die Barbaren stellen konnten.«

»Raffiniert ... und gefährlich«, bemerkt der Kommandant. »Ihr wart Hauptmann unter Brevyl, habe ich Recht?«

»Ja, Ser.«

»Ihr müsst es nicht sagen, aber was hatte er für eine Meinung von Euch?«

Lorns Augen werden kalt, als er den älteren Offizier fixiert. »Ser, er sagte, ich wäre einer der besten Hauptmänner gewesen, die er jemals gehabt hat, dass ich mehr aus meinen Männern herausgeholt und dabei weniger Verluste erlitten hätte als alle anderen vor mir, und dass er mich niemals gemocht hat und das wahrscheinlich auch nie tun würde.«

Ikynd lacht, ein tiefes, rollendes Glucksen. Dann schüttelt er den Kopf. »Der alte Griesgram ... jedes Kompliment muss einen Dorn haben.«

Lorn wartet.

»Ihr habt eine gehörige Portion Mut im Leib, Lorn. Ihr riskiert es, die Wahrheit zu sagen, wenn niemand sie hören will, und Ihr nehmt Euch einer Aufgabe an, vor der sich alle anderen abwenden würden. Meine Befehle für Euch sind einfach. Ich gebe Euch Inividra und befehle Euch, eine Kompanie zu führen wie ein gewöhnlicher Hauptmann. Ich gebe Euch angemessene Unterstützung, jedoch nichts Außergewöhnliches, und behalte Euch hier, bis Ihr eine Dummheit begeht, die Euch das Leben kostet.« Die Lippen des Kommandanten kräuseln sich. »Mein Stellvertreter, der hochverehrte Dettaur'alt mit all seinen Beziehungen in Cyad, sitzt hier auf seinem hochgeschätzten Hinterteil, allzeit bereit, dem Hauptmann-Kommandanten davon zu berichten, falls ich von seinen Befehlen abweiche. Auch wenn ich Euch niemals getroffen hätte, glaube ich, würde ich Euch für die Klasse Eurer Feinde respektieren. Mein Respekt wird Euch aber nicht viel weiterhelfen, solange mir alle über die Schulter schauen.«

Lorn nickt. »Ich glaube, ich verstehe.«

»Tut Ihr das?«

»Nicht so wie Ihr, vermute ich, aber gut genug.« Lorn hält inne. »Wie weit kann ich gehen? Was kann ich tun?«

»Ihr seid der Kommandant des Außenpostens. Solange Ihr viele Barbaren tötet, mindestens vier für jeden verlorenen Lanzenkämpfer, kann ich Eure gefallenen Lanzenkämpfer zu Beginn jeder Jahreszeit ersetzen. Verliert Ihr zu viel, ungeachtet der Zahl der getöteten Barbaren, dann hängt es allerdings vom Major-Kommandanten ab, weil wir nur eine Reserve-Kompanie für unerwartete Ereignisse hier in Assyadt haben. Wenn Ihr weniger als drei tote Barbaren für jeden verlorenen Lanzenkämpfer vorzuweisen habt, dann wird Euch der Hauptmann-Kommandant durch Euren Freund Dettaur zu einer konstruierten Disziplinarmaßnahme verurteilen.«

Alles, was Ikynd sagt, ist wahr, aber ohne den Offizier wahrlesen zu müssen, spürt Lorn, dass noch mehr, viel mehr, ungesagt bleibt.

»Wie weit sollen die Patrouillen führen?«, fragt Lorn vorsichtig.

»Die Patrouillen-Zuständigkeiten sind auf den Karten vermerkt – bis an die Grenzen Cyadors. Haltet Euch von den Gebieten der anderen Außenposten Cyadors fern. Wenn Ihr es riskieren wollt, in Jeranyi-Territorium einzudringen, habe ich nichts dagegen – solange Ihr Eure Männer zurückbringt und nicht zu viele tote Lanzenkämpfer hinterlasst. Bedenkt, dass es keine Bezirkswachen gibt, die Ihr ausheben könnt.«

»Was ist mit den Feuerlanzen und Ladungen?«

»Wir bekommen nur noch drei, manchmal vier Ladungen pro Jahreszeit.«

Lorn zuckt sichtlich zusammen.

»Es wird knapp und immer noch knapper, Sub-Major.«

»Pferde?«

»Sollte kein Problem sein. Bevor er gestern abreiste, berichtete Sub-Major Kysken, dass er vierzig Stück in Reserve hätte – erbeutet.«

»Offiziere und Kompanien?«

»Ihr habt fünf Kompanien in voller Mannstärke. Zwei Unteroffiziere und drei Hauptmänner. Euch würde auch ein Oberst zustehen, aber Ihr werdet ihn nicht bekommen, zumindest nicht in den nächsten Jahreszeiten.«

»Welche Art von Übergriffen gibt es in der Gegend?«

»Die Anzahl unterscheidet sich nicht sehr im Vergleich zu früher. In etwa zwei Angriffe alle drei Achttage in Eurem Zuständigkeitsbereich. Der Unterschied ist der, dass die Räuberbanden immer größer werden.«

»Mehr Klingen«, meint Lorn.

»Könnte sein. Aber alles ist möglich.«

Lorn fühlt die bewusste Unbestimmtheit der Antwort, aber er nickt nur. »Gibt es etwas, was Euch besonders wichtig erscheint, das ich wissen sollte, Ser?«

Das freundliche Lächeln erscheint wieder. »Ich hasse es, lange und aufgeblähte Berichte lesen zu müssen. Mir haben Eure Kriegsberichte gut gefallen. Behaltet sie so bei und wir werden uns gut verstehen.«

»Ja, Ser.«

Ikynd erhebt sich abrupt. »Viel mehr gibt es nicht zu sagen. Dettaurs Arbeitszimmer befindet sich auf der anderen Seite des Flurs. Viel Glück.«

Lorn steht auf und verbeugt sich. »Danke, Ser.«

Während Ikynd dem neuen Sub-Major mit einem Lächeln nachblickt, öffnet Lorn die Tür und geht hinaus.

Er überquert den Flur und betritt Dettaurs makelloses, kleineres Arbeitszimmer. Der größere Mann lächelt und steht hinter seinem Schreibtisch langsam auf.

Auf der linken Seite liegen Papierstapel, doch es sieht nicht danach aus, als hätte Dettaur soeben darin gelesen.

»Du siehst gut aus, Lorn.«

»Du ebenfalls.« Lorn lächelt. »Und du hast es bis zum Major gebracht.«

»In der letzten Jahreszeit.« Dettaur deutet auf einen Stuhl und setzt sich wieder. »Du hast schon mit dem Kommandanten gesprochen. Was denkst du?«

»Er ist sehr direkt«, bemerkt Lorn, als er sich setzt.

Dettaur nickt. »Er verbirgt genauso viel, wie er enthüllt, aber er lügt niemals. Du bist für ihn wahrscheinlich ein echtes Problem. Er mag Offiziere, die Barbaren töten – er wurde in Syadtar geboren –, und darin bist du anscheinend sehr gut.« Der Major lächelt. »Du hast auch eine gewisse … Unruhe, möchte ich sagen, im Hauptquartier der Spiegellanzenkämpfer verursacht.«

»Weil ich Jeranyi getötet habe, die Menschen im ganzen Land aufs Grausamste abgeschlachtet haben?« Lorn zieht die Augenbrauen hoch.

»Nein. Weil du die Macht eines Lanzenkämpfer-Kommandanten dazu benutzt hast, das schmutzige, kleine Bestechungsspiel der Kaiserlichen Buchhalter aufzudecken, weil du die Bezirkswachen ausgehoben hast und weil du alle darauf aufmerksam gemacht hast, wie schlecht die Spiegellanzenkämpfer den Hafenposten geführt hatten, indem du ihn zur doppelten Größe aufgestockt und ihn in eine Kampfeinheit zurückverwandelt hast, ohne dass es Cyador auch nur ein Goldstück mehr gekostet hätte.« Dettaur schüttelt langsam den Kopf. »Man kann auch zu gut arbeiten, Lorn. Ich habe die Lektion nicht vergessen, die du mir damals in der Schule erteilt hast. Ich weiß, dass du es warst.« Es folgt ein Lächeln. »Aber das ist lange her und wir haben hier eine Aufgabe zu erledigen.«

»Das haben wir allerdings. Was schlägst du vor?«

Dettaur schürzt die Lippen, als würde er nachdenken,

doch Lorn weiß, dass er seine Antwort schon längst parat hat. »Sei vorsichtig. Du wirst eine lange Zeit hier verbringen. Der Kommandant kann dir nicht mehr Unterstützung gewähren als den anderen Außenposten, und Inividra hat mit den meisten Überfällen in der ganzen Gegend zu kämpfen. Man hat auch angekündigt, dass wir weniger Feuerlanzen-Ladungen bekommen werden – das hat etwas mit den Chaos-Türmen des Verwunschenen Waldes zu tun.«

Lorn nickt.

»Du hattest Recht mit den hamorischen Klingen. Zumindest glaube ich das. Deshalb werden auch die Jeranyi-Reitergruppen immer größer. Wenn sie genügend Klingen haben, kommen immer mehr nach Osten, und dann wird auch der Außenposten in Syadtar mit zahlreicheren und größeren Angriffen konfrontiert werden.«

»Während gleichzeitig die Feuerlanzen immer weniger werden«, sagt Lorn.

»Genau. Genau das bedeutet es, ein Lanzenkämpfer zu sein.«

Nur dass Dettaur keine Patrouillen führen wird, sagt sich Lorn im Stillen.

»Und glaub nicht, dass dir irgendeine brillante Taktik hier heraushelfen könnte. Das wird nicht der Fall sein.«

Der Sub-Major fühlt die Lüge und das Unbehagen des anderen bei dieser Feststellung, er antwortet jedoch nur mit einem trockenen: »Das weiß ich bereits.«

»Das dachte ich mir. Du bist nun einmal hier, und ich habe noch nicht erlebt, dass du denselben Fehler zweimal gemacht hast.«

»Das versuche ich zu vermeiden.«

»Gut.« Dettaur deutet zum offenen Fenster. »Du kannst heute Nacht in den Gästegemächern der höheren Offiziere schlafen und dir ein Pferd aus dem Stall aussuchen, das frei ist. Morgen wirst du die Ersatzlanzenkämpfer nach Inividra führen. Das sind gut zwei Tagesritte in Richtung Nordwesten.«

Lorn lacht. »Wie zu allen Außenposten.«

Dettaur steht auf.

Lorn erhebt sich ebenfalls.

»Da ist noch eine Sache, Lorn.«

»Ja, Ser?«

»Du bist mir zuvorgekommen. Das stimmt. Aber am besten erinnerst du dich von Zeit zu Zeit daran, dass alles, was du tust, auch auf den Kommandanten und auf mich zurückfällt. Wenn du also deine Sache gut machst, fällt auch auf uns ein gutes Licht.« Dettaur lächelt.

»Dann muss ich meine Sache gut machen, Ser.« Lorn versteht nur zu gut. Wenn er versagt, wird es seine Schuld sein; hat er jedoch Erfolg, wird Dettaur die Anerkennung für sich einheimsen. Und da Dettaur alle abschließenden Berichte schreiben wird und alle Kuriersendungen über Assyadt verschickt werden, hat Lorn noch ein weiteres Problem.

»Da bin ich mir sicher, und viel Glück, falls ich dich später nicht mehr sehe.« Dettaur lässt ein letztes falsches Lächeln aufblitzen, was Lorn jedoch ernster nimmt als so manch anderes Lächeln.

Lorn verlässt Dettaurs Arbeitszimmer und geht zum Eingang, um sein Gepäck zu holen. Er hat einen langen Ritt nach Inividra vor sich und muss über sehr vieles in sehr kurzer Zeit nachdenken. Er hat nämlich nicht so viel Zeit, wie Dettaur gemeint hat. Wenn es ihm nicht gelingt, schnell zu handeln – ganz gleich wie –, wird er am Ende in eine ausweglose Situation verstrickt sein. Handelt er jedoch zu schnell, wird er die Unterstützung seiner Männer nicht bekommen und auch nicht das Wissen erlangen, um am Ende den Erfolg für sich verbuchen zu können.

Es ist auch offensichtlich, dass der Kommandant und der Major sich nicht mögen; beide lügen auf ihre eigene

Art, und man darf ihnen nur so weit trauen, wie ihre eigenen Interessen es zulassen. Dettaur hat sich nicht verändert, seit er vor vielen Jahren Cyad verlassen hat, um Spiegellanzenkämpfer-Offizier zu werden. Er ist nur geschickter darin geworden, andere für sich auszunutzen.

Als Lorn sein Gepäck hochhebt, bevor er nach der Richtung seines Quartiers für die Nacht fragt, muss er lachen.

Der Haupttruppenführer blickt auf. »Ser?«

»Mir ist nur gerade etwas eingefallen, Truppenführer. Wo befinden sich die Gästegemächer für die Offiziere?«

»Das dritte Gebäude. Die zweite Treppe. Sie sind nicht versperrt und der Schlüssel hängt hinter der Tür, Ser.«

»Danke.« Noch immer lächelnd, wendet sich Lorn der Doppeltür zu, die aus dem Hauptquartiergebäude hinausführt.

XLV

Lorn reitet neben Yusaet, dem Haupttruppenführer, der als Ersatztruppenführer für die Fünfte Kompanie nach Inividra versetzt worden ist. Yusaet ist hellblond und wirkt fast noch kindlich, bis auf die grauen Augen, die so kalt sind wie das Eisen einer barbarischen Klinge. Die spätherbstliche Mittagssonne brennt auf die Kolonne hernieder, während sie durch eine enge Schlucht reitet, die in das Tal mündet, in dem sich der Außenposten befindet.

»... noch fünf Meilen«, bemerkt Yusaet.

»Gibt es nur Hirten hier im Tal?«

»Schafe ... Ziegen, ein paar Rinder; und einige der Leute tun nichts, außer den Lanzenkämpfern ihre Töchter anzubieten.«

Lorn zuckt zusammen. »Das ist nicht gut.«

»Was soll man dagegen tun, Ser? Der Dienst ist hart, die Männer sind einsam; die meisten haben keine Ehefrauen, und viele werden nicht so alt, um eine Familie gründen zu können. Für die Bauern, und das sind sie nun mal, sind die Töchter nichts anderes als Vieh. Viele von ihnen unterscheiden sich kaum von den Jeranyi. Sie sehen genauso aus und sie handeln wie sie, nur dass unsere Bauern sich an das Kaiserliche Gesetzbuch halten, auch wenn wir manchmal mit einer Feuerlanze oder Cupridiumklinge nachhelfen müssen.«

»Vor Jahren hat man mir einmal gesagt, dass die Angriffe in Inividra im Herbst am ärgsten sind. Weißt du, ob das noch immer so ist?«

Yusaet zeigt über die Schulter auf die Kolonne hinter ihnen, die aus sechzig Ersatzlanzenkämpfern besteht, und auf die fünf Wagen, die mit vollen Feuerlanzen und Lebensmittelpaketen beladen sind.

Lorn lacht. »Sie könnten der Anzahl nach genauso gut nach Pemedra reiten.«

»Nur fast, Ser.«

»Es wird immer noch schlimmer.«

»Das glaube ich auch.«

Eine Zeit lang schweigen die zwei Männer, und man hört im Tal nur das Gemurmel der Lanzenkämpfer, das Flüstern des heißen Windes über dem braunen Gras, das gedämpfte Klappern der Hufe auf der harten, staubigen Straße und das Quietschen der Wagenräder.

Als sie sich dem Außenposten am nordöstlichen Ende des Tales nähern, studiert Lorn ihn sehr sorgfältig. Die Kaserne in Inividra gleicht der in Isahl aufs Haar, nur dass sie auf einem etwas breiteren Hügel steht, anstatt ihn mit ihren Mauern zu umschließen, und das Tal, in dem sich die Kaserne befindet, ist schmäler und im Osten und Norden von trockenen, zerklüfteten Hügeln begrenzt.

Der Außenposten steht am äußersten östlichen Ende des langen Tales. Die äußeren Sonnensteinwände sind gut acht Ellen hoch und schützen Pferche und Ställe. Die inneren Mauern umschließen, genau wie in Isahl, das Waffenarsenal und mehrere Unterkunftsgebäude – die alle aus Stein gebaut und mit Ziegeln gedeckt sind. Es gibt auch eine erhöhte Wasserzisterne und eine Quelle, deren Schutzmauern bis zur Waffenkammer reichen.

Lorn lenkt den großen weißen Wallach nach Norden auf die kurze Straße, die zu den Kasernentoren führt. Wie in Isahl wird das Tor von vier Männern bewacht; zwei stehen davor und zwei auf niedrigen Brüstungen darüber. Alle vier starren auf Yusaet, Lorn und die nahenden Ersatzlanzenkämpfer.

Nach einem Nicken zum Haupttruppenführer lenkt Lorn den Wallach zu den zwei sehr jung aussehenden Lanzenkämpfern, die neben den offenen Toren stehen. »Sub-Major Lorn, melde mich zur Kommandoübernahme.«

»Ja, Ser.« Beide erstarren bei den Worten und beim Anblick der drei Streifen auf dem Uniformkragen. Auch die zwei auf der Brüstung bemerken den Dienstgrad sofort.

Als sie schließlich die äußere Mauer und etwa eine Drittel Meile weiter nördlich auch die innere Mauer hinter sich gelassen haben, führt Lorn den Wallach nach rechts auf einen quadratischen Turm zu, den er schon zu kennen glaubt, obwohl er ihn noch niemals gesehen hat. Er steigt etwa ein Dutzend Ellen vor dem viereckigen Eingangstor ab und bindet den Wallach an den leeren Pfosten. Das Gepäck lässt er einstweilen noch auf dem Pferd.

Ein Wachmann, der sich in den schmalen Schattenstreifen an der Mauer gestellt hat, verneigt den Kopf. »Ser!«

»Sub-Major Lorn, Lanzenkämpfer.«

»Lanzenkämpfer Weit, Ser.«

»Wer ist der Stabstruppenführer hier?«

»Das ist Nesmyl, Ser. Da drin, Ser.«

»Danke.«

»Ja, Ser.«

Lorn betritt den Turm und geht einige Schritte in den düsteren Flur hinein, bis seine Augen sich angepasst haben.

Ein Haupttruppenführer taucht aus dem hinteren Teil des Flurs auf. Seine Augen weiten sich.

»Nesmyl? Ich bin Sub-Major Lorn.«

»Ja, Ser.« Nesmyl ist schlank, braunhaarig und hat eine beginnende Glatze. Seine braunen Augen mustern Lorn rasch von oben bis unten. »Wie wollt Ihr vorgehen, Ser?«

»Zeig mir erst das Arbeitszimmer, dann möchte ich mein Gepäck unterbringen und anschließend die Offiziere sehen.«

Nesmyl nickt und dreht sich um. Lorn folgt ihm an dem schmalen Tisch vorbei, der Nesmyls Arbeitsplatz darstellt.

Das Arbeitszimmer ist nicht sehr geräumig für einen Offizier, der einen so großen Außenposten wie Inividra kommandieren soll. Der Raum misst etwa fünfzehn auf zehn Ellen und ist mit einem Schreibtisch, einer Vitrine für die Schriftrollen, einem Lehnstuhl hinter dem Schreibtisch und vier einfachen Holzstühlen davor möbliert. Hohe Fenster an der Wand hinter dem Schreibtisch stellen die einzige natürliche Lichtquelle dar, zwei Wandleuchter sind mit Öllampen bestückt.

Lorn schüttelt den Kopf; er erinnert sich daran, wie Major Brevyl einmal sagte, dass der gefährlichste Außenposten ›Inividra im Herbst‹ sei.

»Ihr seht, Ser. Es ist alles für Euch vorbereitet.«

»Zuerst möchte ich alle Offiziere sehen, die nicht gerade auf Patrouille sind.«

»Äh … sie sind alle hier, Ser. Man hat ihnen befohlen, sich zur Verfügung zu halten, wenn Ihr ankommt, Ser.«

»Es sind insgesamt fünf, habe ich gehört, drei Hauptmänner und zwei Unteroffiziere?«

»Ja, Ser.«

Der Sub-Major nickt. »Wo sind meine Gemächer?«

»Genau über uns. Es gibt eine Hintertreppe.«

»Gut, ich lade mein Gepäck ab und bringe es hinauf, während du die Offiziere versammelst.«

»Wie Ihr wünscht, Ser.« Nesmyl folgt Lorn den Flur entlang und hinaus in die heiße Nachmittagsluft.

Der Haupttruppenführer überquert den Hof zu den Unterkunftsgebäuden, die auch die Offiziersgemächer und das große Arbeitszimmer der Offiziere beherbergen.

Lorn bindet das Gepäck hinter dem Sattel des Wallachs los und trägt es am Wachmann vorbei in den Turm, den kurzen hinteren Flur entlang und die hintere Treppe hinauf. Er muss eine Tasche vor und die andere hinter sich halten, so eng ist die Treppe in das nächsthöhere Stockwerk.

Wie Nesmyl gesagt hat, befinden sich die Kommandantengemächer im oberen Stockwerk des Turmes unmittelbar über dem Arbeitszimmer. Sie sind ebenfalls sehr viel kleiner als die in Biehl, es gehört lediglich eine winzige Küche mit einem Essbereich dazu, ein ähnlich kleines Arbeitszimmer und eine Schlafkammer, die kaum groß genug ist für ein Doppelbett und einen kleinen Schrank.

Lorn stellt seine Taschen am Fußende des Bettes ab, holt die Schriftrollen mit den Befehlen und die wenigen Berichte und Schriftstücke heraus, die er mitgebracht hat, und läuft über die Treppe hinunter zurück ins Arbeitszimmer.

Kaum hat er die Befehle und Papiere auf dem Schreibtisch abgelegt, da kommt der Haupttruppenführer schon wieder herein.

»Sie werden in Kürze hier sein, Ser.« Nesmyl verbeugt sich.

»Gut. Bring sie herein, wenn sie alle da sind, Nesmyl.«

»Ja, Ser.«

Lorn blickt sich im Arbeitszimmer um. Die eingebauten Regale sind fast leer, nur ein abgenutztes Exemplar des Kaiserlichen Gesetzbuches steht darin, das dünne Handbuch der Spiegellanzenkämpfer und einige andere Bände, die er nicht kennt, einschließlich einem Buch, das den Titel *Der Navigator* trägt. Er nimmt es heraus, blättert durch die Seiten und stellt es wieder zurück. Dann öffnet er die erste Truhe links vor ihm. Sie enthält Patrouillenberichte – die der Ersten Kompanie. Er lächelt. Sechs kleine Truhen stehen an der Wand aufgereiht, den Inhalt von fünfen kann er sich denken. Er geht zu der auf der ganz rechten Seite. Sie enthält Aufzeichnungen über Vorräte, Pferde, Lebensmittel und Feuerlanzen. Lorn schließt sie. Diese Aufzeichnungen wird er genau studieren müssen.

Da klopft es an die Tür.

Lorn blickt auf. »Ja?«

»Die Offiziere sind da.«

»Sie sollen hereinkommen.« Lorn steht hinter seinem Schreibtisch, als die fünf der Reihe nach eintreten. Er wartet, bis Nesmyl draußen ist und die Tür hinter sich geschlossen hat. Lorn bleibt stehen. »Ich bin Sub-Major Lorn. Ich würde es sehr begrüßen, wenn Ihr Euch selbst vorstellen könntet, sodass ich jedem Gesicht einen Namen zuordnen kann.«

»Hauptmann Emsahl …«

»Hauptmann Cheryk …«

»Hauptmann Esfayl …

»Unteroffizier Rhalyt …«

»Unteroffizier Quytyl …«

Lorn sieht die fünf an. Zwei der drei Hauptmänner – Emsahl und Cheryk – sind altgedient, älter als er, viel älter. Esfayl scheint erst kürzlich zum Hauptmann befördert worden zu sein, während Rhalyt und Quytyl ganz frische Unteroffiziere sind. Kurz gesagt: er hat zwei fähige Hauptmänner, einen möglicherweise viel versprechenden jungen Hauptmann und zwei Unteroffiziere, die noch Führung brauchen.

»Ich gehöre nicht zu denen, die etwas verbergen wollen«, beginnt Lorn. »Da ich sicher bin, dass die Gerüchte um mich auch hier in Inividra kursieren, werde ich Euch über die Einzelheiten in Kenntnis setzen. Ich komme aus Cyad. Die ersten drei Jahre meiner Dienstzeit verbrachte ich in Isahl, unter Major Brevyl. Dann wurde ich für einige Zeit zu den nordöstlichen Sperrenmauern am Verwunschenen Wald versetzt. Uns wurde dort die zweifelhafte Ehre zuteil, mehr Bestien und Baumstürze bekämpfen zu dürfen als die anderen drei Kompanien zusammen im selben Zeitraum. Danach wurde ich Kommandant des Hafenpostens in Biehl und war dafür verantwortlich, den Posten, der aus weniger als einer Kompanie bestand, auf zwei Kompanien aufzustocken. Wir entdeckten dort die ersten Jeranyi-Räuberbanden, die in den südöstlichen Teil der Grashügel einfielen. Die Streitkraft der Barbaren umfasste dreihundertfünfzig Kämpfer. Wie hatten zwei Lanzenkämpferkompanien und zwei Bezirkswachen-Kompanien zur Verfügung. Die Barbaren verloren alle bis zum letzten Mann, wir hatten den Verlust einer ganzen und einer halben Kompanie zu beklagen.« Lorn lächelt. »Als der Major-Kommandant hörte, dass wir hamorische Klingen beschlagnahmt hatten, die über Jera verschifft wurden, wurde ich hierher versetzt.«

Lorn blickt einen nach dem anderen an. Der graubärtige Emsahl nickt. Cheryk reibt sich das lange, spitze Kinn. Der kraushaarige Esfayl versucht, ein Stirnrunzeln zu verbergen. Der rothaarige Rhalyt und der hagere Quytyl blicken Lorn nur mit großen Augen an.

»Hauptmann Esfayl«, sagt Lorn ruhig. »Ihr seht besorgt aus.«

»Äh … nein, Ser.«

Lorn kann die Lüge fühlen. »Lügt mich nicht an. Ich werde die Antwort nicht aus Euch herausbringen, nicht hier, aber ich weiß sehr genau, wenn mich jemand anlügt.«

Die blassgrauen Augen von Hauptmann Cheryk verengen sich zu Schlitzen. Lorn sieht ihn an – und lächelt, bevor er spricht. »Es sieht so aus, als würden wir die Hauptlast der Angriffe der Barbaren tragen müssen. Ich werde die Patrouillen-Einteilung ändern. Ihr werdet sehen, dass Ihr weniger Patrouillen reiten müsst, aber auf denen, die Ihr reitet, werdet Ihr mehr Barbaren begegnen.« Sein Lächeln wird etwas breiter. »Ich bin sicher, Ihr brennt darauf zu erfahren, dass ich selbst Patrouillen anführen werde, und das nicht nur von der sicheren Kaserne in Inividra aus.«

»Ser …«, wagt sich Emsahl vor; er spricht langsam und gedehnt. »Wir haben gehört, dass Ihr einen Patrouillen-Kommandanten entlassen oder uns neu verteilen werdet, sodass wir fünf vier Kompanien befehligen und Ihr die fünfte.«

Lorn schüttelt den Kopf. »Ich denke nicht, dass das eine gute Idee ist. Ihr kennt Eure Kompanien oder solltet es zumindest, oder Ihr werdet es noch« – sein Blick fällt auf Rhalyt und Quytyl –, »und ich werde Eure Erfahrung und Euer Wissen brauchen, wenn wir alle mit so wenig Verlusten wie möglich durch das nächste Jahr kommen wollen.«

Die zwei älteren Hauptmänner tauschen fragende Blicke aus.

»Glaubt nicht allen Gerüchten. Die Wahrheit ist, dass ich hierher versetzt wurde, um selbst Patrouillen zu kommandieren. Das stimmt. Aber ich werde nicht die Kompanie eines anderen übernehmen. Das wäre eine schlechte Politik und eine noch schlechtere Taktik.

Nun … möchte ich gern jeden von Euch einzeln sprechen, einen nach dem anderen, angefangen beim Ranghöchsten. Ihr seid der Dienstälteste, Emsahl?«

»Ja, Ser.«

»Dann habt Ihr die Ehre. Wenn ich die anderen nach draußen vor den Eingangsbereich bitten dürfte …?«

Als die vier anderen hinausgegangen sind und die Tür geschlossen haben, bedeutet Lorn dem graubärtigen Hauptmann, sich zu setzen; er selbst lässt sich auf dem Stuhl hinter dem Schreibtisch nieder. Dieser knarrt, als er sich setzt. Lorn lacht leise, dann blickt er Emsahl an. »Habt Ihr Fragen, die Ihr vor den anderen nicht stellen wolltet?«

Emsahl starrt hartnäckig auf das Holz des Tisches, er wagt es nicht, Lorn anzusehen. Lorn wartet.

»Ser … wie sie Euch nennen … Lanzenkämpfer mögen es nicht, wenn man sie nur als Klingenfutter betrachtet.« Der Hauptmann senkt den Blick.

»Einige Offiziere nennen mich den ›Schlächter von Nhais‹. Ist das der Name, den Ihr gehört habt?«

Emsahl nickt.

Lorns Lächeln wirkt frostig. »Ihr könnt es überall nachprüfen, angefangen bei Major Brevyl … Ich habe weniger Lanzenkämpfer verloren als irgendein anderer Offizier, wenn man die Zahl der getöteten Gegner und der Kämpfe vergleicht. Ich habe wohl mehr verloren als einige andere Kompanien, aber viele Kompanien hatten in vergleichbaren Kämpfen mehr Verluste zu beklagen – weit mehr. Ich habe dreihundertfünfzig Barbaren niedergemetzelt. Diese haben davor bereits hundert cyadorische Männer, Frauen und Kinder getötet, und Ihr könnt Euch gewiss ausmalen, was sie den Mädchen und Frauen in den Dörfern angetan haben, die wir nicht rechtzeitig erreicht haben. Ich musste sie alle töten, weil ich meine Männer nicht so lange aus Biehl abziehen konnte. Ich wollte einfach die Gewissheit haben, dass es eine Weile dauern wird, bis sie eine neue Angreifertruppe schicken können.« Lorn hält inne, er vermag die unausgesprochene nächste Frage förmlich zu spüren und antwortet gleich darauf: »Ich kämpfe. Ich befehlige nicht von der sicheren Kaserne aus. Ihr werdet sehen.«

Emsahl nickt langsam. »Ich hatte gehofft, dass es so sein würde. Ihr seid kein geborener Lanzenkämpfer, Ser?«

»Nein, und meine Gemahlin – ich habe nämlich eine – ist Händlerin.« Noch bevor Emsahl darüber nachdenken kann, fragt Lorn: »Was meint Ihr, welches unser größtes Problem sein wird?«

»Nicht genügend geladene Feuerlanzen … und zu viele Barbaren, die die einzelnen Kompanien angreifen.«

Lorn nickt. »Wir werden von nun an jeweils zwei Kompanien gemeinsam auf Patrouille schicken.«

»Unter Eurer Leitung?«

»Ja. Wenn die Barbaren in größeren Gruppen reiten, können sie nicht an zu vielen Orten gleichzeitig sein.«

»Das ist eine gute Taktik, Ser … viele Lanzenkämpfer werden froh darüber sein.«

»Wir werden unsere Probleme lösen.« Lorn macht eine Pause. »Noch etwas?«

»Nein, Ser.«

»Wenn es etwas gibt, dass Ihr mir mitteilen wollt, oder wenn Ihr Vorschläge habt – ich werde Euch zuhören. Vergesst das nicht.« Lorn steht auf. »Wenn Ihr nun Cheryk hereinrufen würdet …«

Emsahl lässt ein Lächeln aufblitzen. »Ja, Ser.«

Lorns Unterredungen mit den anderen Offizieren verlaufen in etwa gleich und die Bemerkungen der anderen unterscheiden sich nur wenig von Emsahls. Sie haben offenbar ihre Bedenken und Sorgen schon geteilt, während sie auf ihn gewartet haben. Am späten Nachmittag schließlich haben sich seine ersten Eindrücke fast durchweg bestätigt. Er hofft, dass dies auf seiner guten Urteilsfähigkeit beruht, doch nur die Zeit wird sein Urteil bestätigen oder widerlegen.

XLVI

Der Kaiser sitzt auf dem weniger prunkvollen Malachit-Silber-Thron, der den kleineren Audienzsaal schmückt. Etwas versetzt hinter seiner rechten Schulter sitzt seine Gemahlin auf ihrem Stuhl.

Vor ihm steht Bluoyal'mer, der Handelsberater des Kaisers. Außer den Wachen und einem höheren Kaiserlichen Buchhalter, der in Blau und Grün mit goldenen Streifen an den Ärmeln gekleidet ist und neben einem der Wachmänner an der Tür steht, ist niemand im Saal zugegen.

»Ihr habt mich gerufen, Eure Majestät?« Die Stimme des Handelsberaters klingt klar und fest, ein kleines Lächeln folgt seinen Worten.

»Das habe ich.« Kaiser Toziel lehnt sich in seinem Malachit-Silber-Thron vor. »Habt Ihr nicht beteuert, dass Ihr die Vorschriften des Kaiserlichen Gesetzbuches befolgt, Bluoyal'mer?«

»Ja, Eure Majestät.« Bluoyal meidet den Blick des Kaisers.

»Mir ist zu Ohren gekommen ... und auch die *Hand* hat davon gehört ... einer Eurer Verwandten, ein Vetter ... Ich glaube, sein Name ist Flutak ...«

»Ich bin nicht sicher, ob ich alle kenne, die behaupten, mit mir verwandt zu sein, Eure Majestät.«

»Das mag sein, doch diesen Vetter solltet Ihr kennen. Die Kaiserlichen Buchhalter haben heute Morgen Euer Handelshaus aufgesucht, auf Geheiß der *Hand*.« Toziel nickt und der Oberbuchhalter in seiner strengen grünblauen Uniform tritt vor und händigt dem Kaiser einige Schriftstücke aus. Der Kaiser nimmt diese mit einem Nicken entgegen und fährt fort. »Die Bücher besagen, dass Euer Haus eine beträchtliche Anzahl von Goldstücken an einen Vertreter in Biehl bezahlt hat.« Der Kaiser nickt, diesmal zu einem der Wachmänner an der Hintertür, der diese öffnet.

Der Erste Magier betritt daraufhin den Audienzsaal und geht zum Thron, wo er einige Schritte links vom Handelsberater stehen bleibt.

Auf Bluoyals Stirn bilden sich glänzende Schweißperlen.

»Ich bin sicher, Ihr habt nichts gegen ein paar Anmerkungen des Ersten Magiers einzuwenden«, meint Toziel milde.

»Nein, Eure Majestät.«

»Euren eigenen Buchhaltern zufolge hat Euer Haus in Biehl keinen Vertreter. Doch die Bücher weisen eine ganze Reihe von Zahlungen an einen solchen Vertreter auf. Wollt Ihr das leugnen?«

Bluoyals Augen wandern vom Kaiser zum Ersten Magier, bevor er spricht. »Es wird wohl derartige Zahlungen gegeben haben, Majestät, wenn sie in den Büchern vermerkt sind.«

»Wusstet Ihr von diesen Zahlungen?«

»Ja, Majestät.« Die Stimme des Handelsberaters klingt resignierend, fast gleichgültig.

»Wurden diese Zahlungen an Euren Vetter, diesen Flutak, geleistet?«

»Ja, Majestät.«

»Dienten sie dem Zweck, niedrigere Zölle auf Waren erheben zu müssen, die in Biehl von Bord gingen?«

»Sie wurden für seine Dienste geleistet, Majestät.«

Toziel runzelt die Stirn, sagt einige Sekunden lang nichts. »Welche Dienste genau habt Ihr von dem Kaiserlichen Oberbuchhalter in Biehl verlangt?«

»Seine Hilfe, damit die Frachten schnell und gut abgefertigt werden, Majestät.« Bluoyals Stimme bleibt ruhig.

»Wollt Ihr damit sagen, dass die Zollabwicklung ohne Eure Zuwendungen nicht schnell und gut erfolgt wäre? Oder dass Euer Vetter so korrupt ist, dass er vom Handelsberater des Kaisers bezahlt werden muss, um seine Pflicht ordentlich zu erfüllen?«

»Manche Dinge sind zu bestimmten Zeiten nicht so, wie sie sein sollten, Eure Majestät.«

»Das stimmt wohl. Besonders in diesem Fall.« Toziels Augen, die von dunklen Ringen umgeben sind, starren den Händler an. »Leugnet Ihr, dass Ihr einen Oberbuchhalter bestochen habt, während Ihr als Handelsberater im Dienste des Kaisers standet?«

»Ich habe nicht um eine Sonderbehandlung des Hauses gebeten, Majestät.« Schweiß färbt den Stoff in den Achselhöhlen von Bluoyals Tunika dunkel und der Glanz auf seiner Stirn wird immer stärker.

»Habt Ihr ihn bestochen, ja oder nein?«

Bluoyal wirft einen seitlichen Blick zu Chyenfel, der den Handelsberater schon die ganze Zeit über anstarrt. »Ja, Eure Majestät … doch ohne böse Absicht.«

»Manchmal, Bluoyal«, meint Toziel ruhig, »ist die Absicht unerheblich. Ihr seid hiermit aus den Kaiserlichen Diensten des Handelsberaters entlassen. Eure Entlassung wird unverzüglich dem Rat der Händler und ebenso allen klanlosen Händlern mitgeteilt, zusammen mit dem Grund für meine Entscheidung. Ich ersuche den Rat, drei Vorschläge für den nächsten Kaiserlichen Handelsberater zu unterbreiten.«

Bluoyal senkt den Kopf.

»Ihr könnt gehen.« Toziels Stimme klingt kalt wie Eis.

Der Kaiser wartet, bis Chyenfel und Bluoyal den Saal verlassen haben, dann erhebt er sich. Die Kaiserin folgt ihm in ihren Salon, wo der Kaiser sich gemächlich auf dem weißen Diwan niederlässt. Schweigend sitzt er eine Zeit lang da.

»Du hast Bluoyal nicht gern entlassen«, sagt Ryenyel schließlich.

»Ich wünschte, ich hätte es nicht tun müssen«, antwortet er. »Nicht in Zeiten wie diesen.«

»Alle Handelshäuser haben irgendwo derartige Vereinbarungen getroffen, mein Lieber«, bemerkt Ryenyel.

»Ich weiß ... die größeren zumindest. Ginge ich aber gegen alle vor, die so etwas tun, hätte ich bald keine Händler mehr und zudem Aufstand und Tumult im ganzen Reich.« Toziel zuckt müde mit den Schultern. »Doch ... wenn im Palast des Ewigen Lichts ... und in ganz Cyad bekannt wird, dass mein eigener Handelsberater den Oberbuchhalter eines Hafens bestochen hat ...?«

»Du musstest handeln. Und das hast du getan.« Ryenyel lächelt traurig. »Ich mochte Bluoyal, aber wenn er nicht schnell flüchtet, wird ihn die Dunkelheit verschlucken. Er hat sich Feinde gemacht und nun genießt er keinerlei Schutz mehr.«

Der Kaiser lässt den Kopf sinken und massiert sich mit der linken Hand die verkrampften Nackenmuskeln. »Wen werden sie mir als mögliche Kandidaten nennen?«

»Vyanat'mer, Veljan'mer und Tasjan'mer oder, was wahrscheinlicher ist, ein Oberhaupt aus einem niedrigeren Klan, vielleicht Kernys'mer, vielleicht aber auch einen anderen.«

»Die Händlerin?«

Ryenyel schüttelt den Kopf. »Das Haus Ryalor ist viel zu neu, zu klein und zu unerprobt. Und die Händler würden eine Frau niemals so weit nach oben kommen lassen.«

»Wenn das die Kandidaten sind ...« Toziel schüttelt den Kopf. »Dann ist Vyanat'mer derjenige, den ich wählen muss.«

»Deswegen wird man dir genau diese Kandidaten

vorschlagen«, prophezeit die Kaisergemahlin. »Nach allem, was vorgefallen ist, und all den Machenschaften wird keiner der Händler Bluoyals Klan mehr vertrauen, besonders wenn Denys'mer sein Nachfolger wird. Nur wenige außerhalb des Händlergeschlechts würden Tasjan und den Dyjani trauen, nicht wenn der Grünrock Sasyk weiterhin Soldaten ausbildet. Der Jekseng-Klan und der Kysan-Klan sind zu schwach …«

»Vyanats Haus wird nun auch mehr Vorsicht walten lassen.«

»Das sollte man meinen. Eine Zeit lang zumindest.«

Toziel nickt langsam. »Ist es nicht immer so?«

Die Kaiserin lächelt traurig.

XLVII

Die Dritte Kompanie, mit Emsahl und Lorn unter den Vorkämpfern, reitet durch einen warmen Nieselregen, der mehr zum Sommer als zum Herbst passen würde. Der schmale Pfad führt die Reiter nach Nordwesten, sobald er das breite, flache Tal verlässt. Gut zwei Meilen hinter der Kolonne und hinter den letzten Reitern von Quytyls Fünfter Kompanie liegen die Wälle und Scheunen eines kleinen Dorfes und die dazugehörigen, bereits abgeernteten Felder.

Die Späher reiten gut drei Meilen vor ihnen über den niedrigen Pass zwischen zwei Hügeln.

»Glaubt Ihr, dass wir Barbaren sehen werden?«, fragt Emsahl. »Wenn wir mit einem so großen Heer reiten?«

»Wir werden sie sehen«, antwortet Lorn. »Sie haben keine Angst mehr vor Spiegellanzenkämpfern. Vielleicht weil sie immer mehr und immer bessere Klingen aus Hamor bekommen.«

Lorn ist darauf bedacht, nichts von dem preiszugeben, was er weiß. Er hat natürlich das Chaos-Glas in seinen Privatgemächern befragt und dabei zwei Räuberbanden in den Grashügeln entdeckt. Die eine Gruppe nähert sich dem Gebiet, das von Pemedra aus beschützt wird, die andere hat es ganz offensichtlich auf ein Dorf im Nordwesten von Inividra abgesehen – eines, das nur mit niedrigen Schutzwällen ausgestattet ist und viel mehr Vieh als die anderen besitzt; zudem liegt es weit weg von den üblichen Angriffsgebieten. Genau dorthin reiten Lorn und die zwei Kompanien jetzt.

»Ihr habt solche Klingen aus dem Kampf mitgebracht, sagt man.«

»Fast dreihundert Stück. Ich habe sie in die Waffenkammer nach Biehl bringen lassen und den Kaiserlichen Buchhalter gebeten, die Anzahl zu bestätigen. Die meisten Klingen trugen hamorische Schmiedezeichen. Einige stammten aus Brysta.«

»Ihr habt die Anzahl der Patrouillen pro Achttag verringert«, versucht Emsahl vorsichtig vorzudringen.

»Ich glaube, Ihr werdet bald feststellen, dass wir mit der neuen Patrouillen-Einteilung und den größeren Truppenstärken genauso erfolgreich sein werden.« Lorn benutzt zwar das Chaos-Glas, um die Patrouillen zielgenau zu führen, doch er wagt nicht, darüber zu sprechen. Einen Vorteil hat es jedoch, Kommandant zu sein, er muss nichts erklären – außer Ikynd und Dettaur gegenüber. Aber keiner von den beiden kann direkt danach fragen, wenn er nicht nach Inividra kommt, was Lorn in der nahen Zukunft als höchst unwahrscheinlich erachtet.

»Das stimmt«, bemerkt Emsahl und verfällt in Schweigen.

Lorn wischt sich die Regentropfen von der Stirn und rückt die Garnisonskappe zurecht. Der nächste Morgen – und die Barbaren – kommen noch früh genug.

XLVIII

Vor der Lanzenkämpfer-Kolonne erstreckt sich ein langer, sanfter Hang, der in das nächste der zahllosen Täler führt, welche die südwestlichen Gefilde der Grashügel durchschneiden. Der Nieselregen des vorigen Tages ist von einem klaren, grünblauen Himmel und einer kühlen Brise aus Norden abgelöst worden, die zur Jahreszeit passt. Lorn berührt die volle Feuerlanze im Köcher vor seinem rechten Knie, nur um sich Gewissheit zu verschaffen, dass sie noch geladen ist für die Aufgabe, die ihnen bevorsteht. Allmählich sollten sie sich den Barbarenhorden nähern, die Späher haben jedoch noch nichts gemeldet.

Lorn streckt sich und wirft gleichzeitig einen Blick nach links zu Hauptmann Emsahl. »Wie habt Ihr bisher gegen die Barbaren gekämpft?«, fragt Lorn. »In welcher Formation?«

»In Viererreihen.«

»Versetzt oder in Kolonne?«

»Für gewöhnlich in Kolonne.«

»Wenn es Euch recht ist, werden wir einen Vorstoß in versetzten Fünferreihen versuchen. Jeder Lanzenkämpfer in der zweiten und vierten Reihe soll mit der Nase seines Pferdes fast an das Hinterteil des Lanzenkämpfers in der ersten und dritten Reihe stoßen. Ich möchte, dass sie aus so kurzer Entfernung wie möglich schießen. Wenn sie nicht treffen, müssen sie noch einmal zielen.«

Emsahl runzelt die Stirn.

»Ich weiß ... sie sind es gewohnt, einfach draufloszuschießen ... aber wenn sie ihre Ladungen jetzt verschwenden, fehlt ihnen am Ende der Patrouille das nötige Chaos.« Lorn lächelt freudlos. »Und dann werden sie sagen, dass sie ohnehin sterben werden und es ihnen gleichgültig ist.«

Emsahl lacht, das raue Lachen eines erfahrenen Soldaten.

»Sagt Ihnen, sie sollen versuchen, möglichst schon beim ersten Schuss zu treffen«, schlägt Lorn vor. »Egal wie, aber sie sollen versuchen zu treffen.«

»Das … werden sie … besonders wenn ich Ihnen sage, dass jeder, der seine Ladung aufgebraucht hat, bevor der Kampf vorüber ist, für den Rest der Jahreszeit in der ersten Reihe reiten muss.«

Beide Offiziere blicken auf, als ein Späher sich von rechts der Kolonne nähert und direkt auf Lorn und Emsahl zusteuert.

Lorn reitet weiter, als der Soldat sein Pferd herumnimmt und neben dem Sub-Major her reitet.

»Ihr hattet Recht, Ser. Barbaren … sie erreichen gerade das Tal. Hundertfünfzig Mann, vielleicht hundertachtzig«, berichtet der Späher. »Sie tragen die großen Klingen in ihren Schultergeschirren und Säbel an den Hüften.«

Hundertfünfzig – und Lorn hat in Inividra insgesamt nur zweihundert Spiegellanzenkämpfer zur Verfügung. Er lächelt grimmig. »Wie reiten sie? Welche Art von Kolonne?«

»In Zweierreihen, Ser. Die Kolonne muss fast eine viertel Meile lang sein. Sie reiten langsam, ziemlich ruhig.«

Lorn nickt dem Späher zu. »Reite ein Stück mit uns.«

»Ja, Ser.«

»Lasst uns etwas versuchen.« Lorn lächelt Emsahl entschlossen an. »Sie wissen noch nicht, dass wir jetzt mit zwei Kompanien reiten.«

»Nein, Ser.«

»Quytyl und ich werden die Fünfte Kompanie über den Hügelkamm führen – dort wo der Späher hergekommen ist. Auf der anderen Seite gibt es ein Wäldchen … es sind nur ein paar kümmerliche Eichen, aber das wird als Deckung reichen …«

Emsahl runzelt die Stirn. »Soweit ich mich erinnere, gibt es dort Bäume, aber …«

»Ich habe gute Landkarten«, sagt Lorn schnell. »Wir werden aus den Eichen stoßen, wenn sie auf unserer Höhe sind, und sie im Sturm mit den Feuerlanzen überraschen. Dann galoppieren wir auf der Straße zurück. Ihr formiert inzwischen die Dritte Kompanie auf dem oberen Hang, etwa dort …« Lorn deutet auf die rechte Seite des Hanges vor ihnen. »Für gewöhnlich sieht niemand nach oben, und wenn es doch einer tut, muss er erst einmal dorthin kommen.«

Emsahl nickt. »Das könnte funktionieren.«

»Wenn sie Späher haben, dürft Ihr sie nicht entkommen lassen, sonst können sie die anderen warnen.« Lorn zuckt die Schultern. »Auch wenn uns die, die wir angreifen, nicht folgen, verlieren wir keinen einzigen Mann, weil wir nur auf Lanzennähe herankommen. Wir legen es darauf an, einige von ihnen zu töten oder zu verwunden. Wenn sie uns folgen, werden Eure Männer bereit stehen und noch mehr erledigen; auf dem Hügel werdet Ihr sie auch hinunter verfolgen können, wenn es sein muss.«

Der Soldat nickt ein zweites Mal. »Das wird sie aus der Ruhe bringen, denke ich.«

»Hoffen wir es. Formiert Eure Männer und ich kümmere mich um die Fünfte Kompanie.«

»Ja, Ser.«

Lorn reitet entlang der Kolonne zurück zu Quytyl. Einige Lanzenkämpfer beobachten ihn sehr genau im Vorbeireiten.

»… hat diesen Blick … Barbaren müssen in der Nähe sein …«

»… hoffe, er ist so gut, wie man immer hört …«

Quytyl blickt zufällig auf während seines Gesprächs mit seinem Haupttruppenführer Yusaet, als er Lorn heranreiten sieht.

»Ser.« Der Unteroffizier verneigt den Kopf.

Yusaet schickt sich an, sein Pferd herumzudrehen.

Lorn bedeutet ihm zu bleiben. »Ich brauche Euch alle, Euch und Eure beiden Truppenführer, Unteroffizier. Eine Kolonne Barbaren ist bereits im nächsten Tal. Wir werden sie aus dem Hinterhalt überfallen. Ruft Eure Truppenführer zusammen.«

»Ich werde Syldn holen«, bietet Yusaet an und nimmt das Pferd herum.

»Haltet die Kompanie an. Wir werden nicht weiter auf der Straße reiten.«

»Fünfte Kompanie! Halt! Kolonne halt!« Quytyl hebt den Arm.

Als die Lanzenkämpfer die Pferde zügeln, wendet sich der viel zu dünne Unteroffizier wieder an Lorn und fragt: »Wie viele?«

»Hundertfünfzig, vielleicht auch hundertachtzig.«

»Ja, Ser.« Trotz der Zustimmung sind in den Augen des Unteroffiziers Zweifel zu lesen.

»Macht Euch keine Sorgen, Quytyl. Das ist meine Aufgabe. Eure ist es, die Kompanie dorthin zu bringen, wo sie Barbaren töten kann.«

Yusaet kehrt mit Syldn, dem Untertruppenführer, zurück, und Lorn bedeutet ihnen, sich vor ihm auf der Straße im Halbkreis aufzustellen, damit er ihnen sein Vorhaben erklären kann, das er mit den Worten beendet: »… wir wollen nicht, dass sie langsamer werden oder die Säbel ziehen können. Schießt aus kurzer Entfernung, und dann reitet, als wären die Schwarzen Engel hinter euch her … nur über den Hügel. Dort werden wir uns in Fünferreihen neu formieren und die Straße blockieren.«

»Werden wir genug Zeit haben, Ser?«, fragt Yusaet.

»Wir werden genug Zeit haben, weil die Dritte Kompanie auf der anderen Seite des Hügels stehen und warten wird, bis wir vorbei sind.« So hofft Lorn zumindest.

Er deutet auf den Pfad, der sich den Hang hinauf windet, und lenkt den weißen Wallach darauf zu.

»Folgt dem Major!«, befiehlt Quytyl.

»Den Pfad hinauf, hinter den Offizieren!«

Während Lorn die Fünfte Kompanie den Hang hinaufführt, kommt er nicht umhin, sich zu fragen, ob er überhaupt so lange leben wird, um ein richtiger Major zu werden. Aber er verdrängt den Gedanken sogleich wieder und wirft einen Blick nach links, um zu sehen, wo Emsahl seine Lanzenkämpfer für den Hinterhalt aufstellt.

Der Wallach tänzelt zur Seite und Lorn muss sich festhalten. Er ist nun gezwungen, sich auf den schmalen Trampelpfad vor sich zu konzentrieren, den er ausgewählt hat. Er *denkt* zwar, dass sie auf die Stelle zureiten, wo nach seinen Karten ein fliegender Angriff möglich ist, aber das Spähen aus der Ferne und das Reiten über Stock und Stein sind nicht dasselbe. In keinster Weise.

Die Kompanie reitet auf dem Pfad nach oben, den der Späher heruntergekommen ist, und Lorn hat Bedenken wegen ihres langsamen Fortkommens in den Kreosotsträuchern. Als sie sich dem Kamm und den ersten niedrigen Eichen nähern, horcht er und versucht mithilfe seiner Chaos-Sinne etwas zu entdecken, aber auf dem Hügelkamm ist es völlig ruhig.

Die niedrigen Eichen – einige der Blätter sind rot und bereit zum Abfallen, der Rest zeigt sich wintergrau – bedecken den Hügelkamm und reichen bis zu dem Pfad, dem die Lanzenkämpfer folgen. Als sie den Gipfel erreicht haben, führt Lorn die Kompanie am Kamm entlang, bis er das Bachbett findet, das er im Glas gesehen hat; dann folgen sie dem trockenen Bachbett etwa eine Meile lang den Hügel hinab.

Die Eichen lichten sich langsam und die Straße kommt in Sicht; sie befindet sich nicht mehr als eine halbe Meile entfernt jenseits des braunen Grases, aber von den Barbaren ist nichts zu sehen. Trotz des langen, langen Ritts – so ist es Lorn zumindest vorgekommen – scheint die Fünfte Kompanie das Ende des Tales vor den Angreifern erreicht zu haben.

Lorn hebt den Arm und zügelt das Pferd an einer Stelle, wo er leicht erhöht über dem schmalen Pfad steht, der etwa eine halbe Meile unter ihnen verläuft. Die Lanzenkämpfer verbergen sich hinter den Eichen, sodass sie nur den Abschnitt der Straße sehen, der links von Lorn nach Süden führt. Langsam kommen sie zum Stehen.

Der Sub-Major wendet sich an Quytyl: »Die Männer sollen sich in Zweierreihen formieren. Wir werden warten, bis die Barbaren an uns vorbeigeritten sind.« Er hält inne, dann fügt er hinzu: »Und sagt den Männern, sie sollen leise sein.«

Quytyl nimmt das Pferd herum und gibt die Befehle mit gedämpfter Stimme weiter. Kurz darauf kehrt er zurück und bleibt neben Lorn stehen. Das Gemurmel der Männer verstummt, und die einzigen Geräusche verursacht der Wind, der durch die trockenen Blätter der Eichen raschelt und über das kniehohe Gras zwischen den niedrigen Bäumen streicht. Gelegentlich schnaubt das eine oder andere Pferd.

Der Wind wird stärker und flaut wieder ab, die Lanzenkämpfer warten.

Dann ist ein leises Geräusch zu vernehmen und Lorn entdeckt zwei Späher – oder zumindest zwei Reiter, die zu spähen scheinen und an dem Eichenwäldchen vorbeireiten. Sie halten sich in Richtung Südwesten, ohne zurückzublicken, und reiten den Hang hinauf zu dem niedrigen Pass, hinter dem Emsahl und die Dritte Kompanie schon auf sie warten.

Die Lanzenkämpfer harren weiter aus, bis Hufgeklapper und Stimmen sich über die leisen Geräusche des Windes, der wenigen Insekten und über die Vogelrufe erheben.

Wie Lorns Späher schon gesagt hat, reiten die Barbaren in Zweierreihen und ihre Stimmen tönen laut durch die Mittagsluft.

Quytyl berührt Lorns Arm.

Lorn schüttelt den Kopf und murmelt: »Noch nicht.« Er möchte, dass die Barbaren weit genug vor ihnen sind, sodass seine Lanzenkämpfer sie von hinten mit den Feuerlanzen attackieren können, jedoch auch nicht zu weit, damit die Lanzenkämpfer nicht in Gefahr geraten, abgeschnitten zu werden.

Dann hebt er den Arm, lässt ihn herunterschnellen und zischt: »Jetzt!«

So wie er es zuvor angeordnet, aber doch nicht ganz erwartet hat, stürmen die Lanzenkämpfer aus den Eichen und den Hang hinunter. Sie gewinnen an Geschwindigkeit.

Lorn hört ein Pferd wiehern und fürchtet, dass er bereits den ersten Mann verloren hat. Aber trotzdem drehen sich die Barbaren nicht um, nicht bis Lorn und seine Männer bis auf gut zweihundert Ellen an sie herangekommen sind; die Überraschung, die sich deutlich auf ihren bärtigen Gesichtern abzeichnet, hält noch mal weitere fünfzig Ellen an.

Lorn zielt mit der Feuerlanze, nicht nach Sicht, sondern mithilfe von Chaos.

Hssst! Hsst! Hsst! Zwei der drei Schüsse treffen die Angreifer, einer stürzt sofort aus dem Sattel.

Lorn legt erneut an. *Hsst!*

Weil er den Wallach herumdrehen muss, um auf der Straße zu bleiben und den unebenen Boden auf der anderen Seite zu meiden, ist er sich nicht sicher, welches Ergebnis er erzielt hat. Hinter sich hört er die Schüsse der anderen Feuerlanzen, und er riskiert einen schnellen Blick zurück über die Schulter, als der Wallach wieder auf der Straße galoppiert.

Soweit er es überblicken kann, reiten fast alle seiner

Männer noch, wenn auch nicht so schnell, wie Lorn es gern hätte, und die Barbaren sind hinter ihnen her.

»Schneller!«, ruft er Quytyl zu.

»Schneller!«

Bei dem vielen Staub, der überall durch die Luft wirbelt, und dem allmählich verstummenden Fauchen der Feuerlanzen kann Lorn nicht feststellen, wie erfolgreich sein Blitzüberfall gewesen ist, bis auf die drei oder vier Barbaren, die er selbst verwundet oder getötet hat. Er wirft wieder einen Blick zurück über die Schulter und zügelt den Wallach. Trotz des aufgewirbelten Staubes glaubt er zu erkennen, dass der Abstand zwischen den Lanzenkämpfern und den Barbaren größer geworden ist.

Statt gleich hinter dem Hügelkamm auf der Straße anzuhalten, so wie er es eigentlich geplant hat, hält Lorn erst einige hundert Ellen dahinter an, fast eine drittel Meile weiter.

»Hinter mir neu formieren! Neu formieren – Fünferreihen.«

»Hinter dem Major neu formieren!«, fällt Quytyl ein.

Die Lanzenkämpfer reiten wild durcheinander und Lorn fürchtet, dass die Fünferreihen nicht vollständig formiert sein werden, wenn die Barbaren ankommen. Wieder sind Lorns Befürchtungen unbegründet, denn die Lanzenkämpfer haben sich aufgestellt und auch die Pferde sind wieder zu Atem gekommen, als er die Staubwolken hinter dem Hügel erblickt, die die nahenden Reiter ankündigen.

Die Barbaren erreichen den Gipfel des Hügels.

»Feuer frei!«, befiehlt Emsahl, dessen Stimme mit der leichten Brise zu Lorn getragen wird. »Feuer frei!«

Feuerlanzenschüsse hageln von rechts auf die Säbel schwingenden Krieger; diese reiten in breiter Formation, die quer über die Straße und darüber hinaus reicht. Es scheinen Achterreihen zu sein, was die Wirkung des

Kreuzfeuers der Dritten Kompanie deutlich schwächen wird.

»Angriff!« Lorn hebt die Feuerlanze, schwingt sie durch die Luft nach unten und treibt den großen, weißen Wallach an. Er zwingt sich, mit dem ersten Schuss aus der Feuerlanze zu warten, bis er auf fünfzig Ellen an die Angreifer herangekommen ist, von denen einige schon nach Osten abgedreht haben und nun den Hügel hinaufgaloppieren.

Hsst! Hssst!

Plötzlich ist Lorn viel zu nahe am Feind, um die Lanze noch benutzen zu können, und muss mit dem Säbel kämpfen, während er die Lanze wie einen Schild einsetzt – einen höchst unhandlichen.

Bald muss er feststellen, dass er sich hinter die barbarische Linie gekämpft hat; er wendet den Wallach und bleibt stehen. Einige Krieger, die ihm den Rücken zugedreht haben, stürmen auf einen einzelnen Lanzenkämpfer zu, der seine Lanze verloren hat.

Lorn hebt die eigene Feuerlanze. *Hsst! Hsst! Hsst!*

Kaum hat er den dritten Schuss abgefeuert, als sich zwei Angreifer mit ihren keulengleichen Klingen auf ihn stürzen.

Hhsst! Ohne nachzudenken, schleudert Lorn einen Magi'i-Feuerblitz auf den ersten und schwingt den brystanischen Säbel, um die Riesenklinge des zweiten Barbaren zu parieren.

Staub, Klinge auf Klinge und vereinzelte Schüsse aus den Feuerlanzen füllen die Nachmittagsluft. Lorn umkreist das Feld, holt einen Feind nach dem anderen vom Pferd und vermeidet es, sich in ein Handgemenge verwickeln zu lassen.

Irgendwann sind keine Angreifer mehr da – bis auf etwa zwanzig, die sich losreißen konnten und nun den Hügel hinunter Richtung Norden galoppieren, zurück nach Jerans.

Lorn sitzt auf dem Wallach. Irgendwo am Kopf muss er eine Schnittwunde haben, denn Blut läuft ihm über die Wange. Die Arme schmerzen und überall auf seiner Uniform sind Blutspritzer. Schweigend sieht er sich um.

»Fünfte Kompanie, Erste Einheit! Formiert euch!« Yusaets Stimme schallt durch den sich langsam setzenden Staub, die Befehle der anderen Truppenführer folgen.

In Lorns Kopf pocht es und die Messer, die er bereits allzu gut kennt, stechen in seinen Augen, sodass sie brennen und tränen. Er erstarrt im Sattel, als er verschwommen die Gestalt des bärtigen Offiziers erblickt, die langsam auf ihn zukommt.

»Geht es Euch gut, Major?«, fragt Emsahl.

»Nicht besser oder schlechter als allen anderen auch nach ... so etwas.«

Ein weiterer Offizier stößt zu ihnen. Quytyl hält sich den linken Arm, sein Gesicht ist kreidebleich.

»Wie geht es Euch?«, fragt Lorn.

»Der Arm ist gebrochen ... glaube ich, aber ... es könnte schlimmer sein.« Der Unteroffizier bringt ein etwas verkrampftes Lächeln zustande. »Der Bastard hat mir die Lanze und den Arm gebrochen. Was er aber vergessen hat, ist, dass ich noch einen Säbel habe.«

»Wie haben wir uns geschlagen?«, fragt Lorn Emsahl.

»Wir haben nicht viele Männer verloren – wahrscheinlich nicht einmal zehn. Die Fünfte Kompanie hat mehr Verluste zu verzeichnen.«

Lorn blickt Quytyl an. »Fünfzehn Mann nach der letzten Zählung, Ser. Weitere zehn sind verwundet, aber die meisten können noch reiten.«

»Muss mich um die Männer kümmern.« Emsahl nickt in Lorns Richtung und nimmt das Pferd herum.

Quytyl tut dasselbe.

Lorn reitet langsam zum Gipfel des Hügels und blickt nach Norden. Die Barbaren haben das Tal bereits zur

Hälfte durchquert und die niedrigen Eichen schon weit hinter sich gelassen.

Am späten Nachmittag reitet die Kolonne langsam nach Südosten, zurück nach Inividra. Lorn hört ein paar Stimmen, aber sie schwirren über ihn hinweg.

»... gemeiner Bastard ... der Major ... habe gesehen, wie er mindestens zehn getötet hat – von hinten, von vorn ...«

»... hat nicht aufgehört, auch als sie von allen Seiten kamen ...«

»... noch nie so einen Offizier gesehen ... ein Killer ...«

Lorn muss einen Seufzer unterdrücken. Der Killer, der Schlächter ... ist das alles, was er kann?

»Ser?«, fragt Emsahl, der links neben ihm reitet.

»Ja.« Lorns Stimme klingt heiser und müde.

»Sie haben nicht so reagiert, wie Ihr gedacht habt.«

»Nein. Meistens kommt es anders, als man denkt. Sie haben über die Feuerlanzen nachgesonnen«, meint Lorn. »Deshalb mussten wir zurückkommen und noch einmal angreifen. Ich hätte gedacht, wir könnten eine Linie halten, aber das hätte heute ohnehin nicht funktioniert.«

»Ihr habt schnell reagiert.«

»Das mussten wir«, meint Lorn darauf.

»Ein anderer hätte nicht so rasch gehandelt.« Emsahl hält kurz inne. »Ist es dem Kommandanten deshalb so wichtig, dass Ihr selbst Patrouillen reitet?«

»Das ist wohl ein Grund, aber gesagt hat er das nicht.«

»Wir haben an die einhundertfünfzig Mann getötet, Ser, und ich habe die Kompanie so viele Klingen wie nur möglich einsammeln lassen. Es sind einige brystanische Säbel darunter, aber der Großteil der langen Klingen stammt aus Hamor, wie Ihr schon gesagt habt.«

»Das habe ich befürchtet«, antwortet Lorn.

»Habe sie auf die erbeuteten Pferde binden lassen«, fährt Emsahl fort. »Ich habe etwa vierzig Pferde für uns ausgesucht.« Er lacht. »Die restlichen Tiere können sich die Bauern als Pflug- und Wagenpferde nehmen.«

»Sie werden niemals erfahren, wie teuer die Biester waren. Und wahrscheinlich wäre es ihnen auch gleichgültig.« Lorn lacht bitter.

Emsahl schweigt fast während des gesamten Ritts nach Süden, zurück nach Inividra.

Lorn hat viele Fragen. Etwa zwanzig Barbaren sind trotz der Anstrengungen der Lanzenkämpfer entkommen und Lorns Truppe hat fast zwanzig Mann verloren – einer stürzte bei den Eichen wegen eines Lochs im Boden zu Tode. Dieser ›Erfolg‹ führt nun wahrscheinlich dazu, dass die Streitkräfte auf beiden Seiten immer größer werden. Das Glas wird es ihm sagen – das Glas, das er verschweigen muss. Er kann nur hoffen, dass es noch eine Weile dauern wird, bis die Barbaren sich darauf einstellen.

Er wird sich nun auch eine neue Vorgehensweise gegen die ungewohnte Formation der Barbaren ausdenken müssen, die jetzt mit breiterer Frontlinie angreifen. Es gilt, eine Taktik zu finden, die ihn weniger Lanzenkämpfer kostet.

Der müde Sub-Major atmet tief ein.

XLIX

Lorn sitzt am Kopfende des einzigen Tisches im Speisesaal der Offiziere. Emsahl hat zu seiner Rechten Platz genommen, Cheryk zu seiner Linken, Esfayl neben Emsahl und die zwei Unteroffiziere am Ende des Tisches einander gegenüber. Quytyls Arm ist noch immer geschient, aber er kann zumindest die Hand bewegen, wenn auch nur vorsichtig.

Der Sub-Major blickt auf den großen Schmortopf, aus dem der Geruch einer sehr kräftigen und stark gewürzten Hammel-Emburhka strömt. Er zieht die Augenbrauen hoch und schöpft sich einen Löffel voll auf den alten braunen Steingutteller, der vor ihm steht. Die Schöpfkelle legt er zurück in den Eintopf, damit sich Emsahl bedienen kann, dann bricht er sich einen großen Kanten von dem noch warmen, knusprigen Brot ab.

Kalter Regen prasselt auf das Ziegeldach und ein kleines Wasserrinnsal sucht sich in der Ecke des Raumes seinen Weg an der Wand entlang nach unten.

Lorn wartet, bis Quytyl sich bedient hat, bevor er zu essen beginnt.

Die sechs Offiziere essen einige Minuten lang schweigend.

»Ser?«, bricht Cheryk das Schweigen. »Wisst Ihr schon, wie der Patrouillen-Ablauf im nächsten Achttag aussehen wird?«

»Noch nicht genau. Ich werde den Plan morgen fertig stellen. Ich hatte eigentlich auf einen Bericht über die Ereignisse in Pemedra und den anderen Außenposten gehofft.« Lorn lächelt freudlos. »Wenn dort eine große Gruppe Barbaren angegriffen hat, ist es unwahrscheinlich, dass wir auf eine ebensolche stoßen. Das passt meist zusammen.«

»Ser … es erscheint mir etwas seltsam, aber wir haben nicht eine einzige Angreiferbande verfehlt«, meint Esfayl zwischen zwei Bissen. »Im letzten Achttag etwa haben wir dieses Tal erst erreicht, als die Barbaren schon dort waren … aber sie sind uns auch nicht entkommen. Dennoch reiten wir nicht mehr so viele Patrouillen wie früher.«

Emsahl und Cheryk nicken zustimmend.

»Ich glaube, das kommt daher, dass die Barbaren mehr Waffen haben und in größeren Gruppen reiten. Sie müssen größere Dörfer angreifen, sonst finden sie nicht genügend Beute. Das macht es für uns einfacher herauszufinden, wohin sie reiten.« Lorn lacht. »Wenn sie wieder in kleineren Gruppen angreifen würden, wüsste ich nicht, wie es uns ergehen würde.«

»Das werden sie aber müssen, oder nicht?«, fragt der kraushaarige Unteroffizier. »Wenn wir mit zwei Kompanien reiten, verlieren sie viel mehr Männer.«

»Das stimmt«, sagt Lorn, »aber ich werde es ihnen nicht verraten. So ist es für uns einfacher.«

»Ich habe gehört, dass wir eine weitere Kompanie bekommen sollen«, wirft Cheryk in die Runde.

Lorn nickt und schluckt das zähe Hammelfleisch hinunter, das in der Emburhka schwimmt. »Das ist sehr wahrscheinlich. Die Magi'i arbeiten an einem Vorhaben beim Verwunschenen Wald, und sie sagen, dass dort nicht mehr so viele Spiegellanzenkämpfer gebraucht werden, wenn es ihnen gelingt, ihre Pläne zu verwirklichen.« Er runzelt die Stirn. »Wir können die Verstärkung gut brauchen, besonders dann, wenn die Feuerlanzenladungen immer spärlicher ausfallen.« Sein Blick fällt auf Emsahl. »Wie gehen die Schießübungen voran?«

»Es wird langsam besser.« Emsahl lächelt ironisch. »Einigen der Männer ist endlich klar geworden, dass sie nicht so lange mit dem Säbel gegen die Eisenklingen kämpfen müssen, wenn sie sparsamer mit ihrer Chaos-Ladung umgehen.«

»Auch wenn sie nicht richtig treffen, können einem die großen Klingen gehörige Schmerzen zufügen«, bestätigt Quytyl und wirft einen Blick auf seinen Arm.

»Man kann sie nicht abblocken. Man muss den Schlag parieren oder die Klinge zur Seite schieben«, erklärt Esfayl. »Die neueren Klingen, die die Räuber tragen, haben auch eine längere Schneide.«

»Können nicht die Feuerschiffe etwas gegen diese Händler unternehmen, Ser?«, fragt Rhalyt. »Es erscheint mir nicht rechtens, dass wir sie an unseren Häfen vorbeisegeln lassen und sie die Klingen an die Jeranyi liefern.«

»Die Feuerschiffe können von außen nicht feststellen, welche Schiffe nun Klingen im Frachtraum transportieren, und sie können auch nicht alle Handelsschiffe aufhalten«, erklärt Lorn. »Solange die Jeranyi die Goldstücke für die Klingen bezahlen und es einen Hafen gibt, in dem die Klingen verladen werden können, werden sich auch Händler finden, die das tun. Wir haben nicht einmal genügend Feuerschiffe, um unseren eigenen Häfen Schutz zu bieten, geschweige denn das Ost- und Westmeer abzufahren.«

»Und doch ist es nicht rechtens …«

Lorn nickt und überlässt es den anderen Offizieren, die Unterhaltung fortzuführen.

Nach dem Essen wandert der Sub-Major zurück durch den Regen, der nur noch vereinzelt auf das Steinpflaster fällt, und steigt langsam die enge Treppe hinauf, die hinter dem Arbeitszimmer ins obere Stockwerk führt.

Er ist nun seit fünf Achttagen in Inividra und hat mit allen Kompanien eine Patrouille bestritten. Eine der Patrouillen blieb ohne Zwischenfall; bei den anderen fünf trafen sie auf Barbaren, wobei eine Räuberbande aus nicht einmal zwanzig Mann bestand – vielleicht waren es nur Späher –, die nach Norden abdrehten, lange bevor Lorns Heer die Verfolgung aufnehmen hätte können.

In dem kleinen Arbeitszimmer seiner Gemächer angekommen, holt Lorn das Spähglas hervor, obwohl er weiß, dass es ihn bei Regenwetter noch mehr ermüden und ihm gehörige Kopfschmerzen bereiten wird. Aber er möchte diesmal etwas anderes sehen, einmal keine Täler oder Straßen, Flüsse oder Barbaren, sondern etwas Wichtigeres.

Den Blick aufs Glas gerichtet, konzentriert sich Lorn und missachtet die sogleich einsetzenden Kopfschmerzen, als sich die Silbernebel bilden und dann zur Seite wabern.

Ryalth sitzt aufrecht in einem großen, prunkvollen Bett, ein Kind an ihrer Brust. Sie blickt sich um und kneift die Augen zusammen. Plötzlich lächelt sie und legt den Zeigefinger der linken Hand an die Lippen.

Lorn lächelt, dann, nach einem weiteren langen Blick, lässt er das Bild los. Er runzelt die Stirn. Ryalth sieht zwar gesund aus, aber Lorn erkennt weder das Bett noch das Zimmer, und sie hat ihm nichts davon geschrieben, dass sie umgezogen wäre. Vielleicht gibt es ja einen Grund, der sie dazu bewogen hat, ihm das nicht zu schreiben, denn sie fühlt, wenn er sie beobachtet, und weiß, dass andere vielleicht ihre Briefe an ihn lesen.

Lorn aber muss mit seiner Chaos-Energie sparsam umgehen, denn er muss das Land und die Barbaren erkunden, solange es noch hell ist, und dann am Morgen wieder, bevor er hinuntergeht und sein Tagewerk vollbringt. Auch die Karten sind wichtig, er muss alles tun, um Barbaren zu töten, und dabei so wenig Lanzenkämpfer wie möglich verlieren.

Nach einer Weile stellt er das Glas beiseite, steigt noch einmal die Treppe hinunter und überquert die vom Regen glitschigen Steine des Hofes. Über ihm teilen sich die Wolken langsam und geben den Blick auf die Sterne frei.

Er geht den Flur entlang und betritt das Arbeitszimmer der Offiziere. Nur Rhalyt sitzt dort mit einer Flasche Byrdyn und einem Becher neben seinem Ellbogen. Als er Lorn erblickt, schiebt er etwas unter seinen Patrouillenbericht und steht auf.

Lorn lächelt, er erinnert sich, dass er früher oft dasselbe getan hat. Er geht auf den rothaarigen Offizier zu.

»Ser.«

»Unteroffizier ... wenn Ihr etwas verbergen wollt, dann lenkt nicht die Aufmerksamkeit darauf, indem ihr es hastig beiseite schiebt, sobald ein ranghöherer Offizier den Raum betritt.«

Rhalyt errötet.

»Ich versuchte früher auch auf diese Art die Schriftrollen zu verstecken, die ich an meine Gemahlin schrieb«, fährt Lorn fort. »Das war noch, bevor wir vermählt waren.« Er lächelt. »Solange Ihr Eure Berichte rechtzeitig abgebt, könnt Ihr schreiben, an wen Ihr wollt ... und habt deswegen keine Angst oder Scham.«

»Ja, Ser.«

»Ihr habt einige Lanzenkämpfer in Eurer Kompanie, die ihre Feuerlanzenladungen verschwenden. Eure Truppenführer sollen mit ihnen sprechen. Und sprecht mit Emsahl über die Schießübungen, die er mit seinen Männern macht. Ihr solltet seinem Beispiel folgen, wenn er einen Übungsplan ausgearbeitet hat. Wir brauchen die Chaos-Energie später vielleicht noch dringender als jetzt.«

»Ja, Ser.« Rhalyt nickt.

Lorn dreht sich weg, dann fügt er noch schnell hinzu: »Und lasst Euch nicht durch mich davon abhalten, Briefe zu schreiben. Sie sind ebenfalls wichtig.« Er lächelt, als er das Arbeitszimmer verlässt, und macht sich auf den Weg zu den Unterkünften der Lanzenkämpfer.

Dort hat er noch nicht einmal den ersten Schritt hineingesetzt, als jemand ruft: »Major in den Unterkünften!«

Lorn schüttelt den Kopf. Er schreitet den Nordflügel ab, dann den Südflügel, er sagt wenig, sieht sich nur um, bevor er wieder geht. Er findet nichts vor, das er bemängeln könnte – was auch auf den letzten unangekündigten Inspektionen schon so war. Er möchte sich zwar nicht zu sehr einmischen und die Männer auch nicht allzu sehr stören, aber er weiß, dass seine Überraschungsbesuche der Aufrechterhaltung von Ordnung und Disziplin dienen, und zeigen, dass ihm seine Männer nicht gleichgültig sind.

Langsam geht er zurück ins Arbeitszimmer zu seinen Karten, doch er schiebt sie beiseite, setzt sich an den schmalen Schreibtisch, holt lieber Ryalths letzte Schriftrolle heraus und liest sie.

Liebster Lanzenkämpfer,
es geht uns gut. Das weißt du bereits, aber trotzdem möchte ich es dir schreiben. Dein Sohn Kerial ist gesund und stark, und ich glaube, er sieht dir sehr ähnlich mit seinen braunen Haaren und bernsteinfarbenen Augen …

Ich weiß nicht, ob du es bereits vernommen hast, aber der Kaiser hat nun einen neuen Handelsberater. Es ist Vyanat'mer vom Hyshrah-Klan, ein Haus, das fast so mächtig ist wie das der Dyjani. Veljan wurde auch in Erwägung gezogen. Man hat Bluoyal entlassen, weil er der Bestechung eines Oberbuchhalters im Hafen von Biehl überführt wurde. Wie du bereits weißt, ist der Buchhalter verschwunden, aber nicht die Aufzeichnungen über die Zahlungen. Bluoyal ist nun ebenfalls fort, aber niemand weiß, ob er flüchtete oder von einem Feind beseitigt wurde. Wenn man seine Macht verliert, vervielfachen sich die Feinde …

Das Haus Ryalor hat schon einige Gewinn bringende Geschäfte mit dem Hyshrah-Klan getätigt und dabei festgestellt, dass dies ein sehr sorgfältig arbeitendes Haus ist. Ich bin sicher, Vyanat'mer wird sich als ebenso sorgfältig und klug erweisen …

Wir haben einst über Eisenhandel gesprochen, aber das Haus Ryalor hat sich nie daran beteiligt, obwohl ich von einigen anderen weiß, dass sie es getan haben. Nach deinen Erlebnissen bin ich nun jedoch ganz sicher, dass wir diesen Kurs nicht einschlagen werden, auch wenn er sich bei anderen als ertragreich herausstellen sollte. Wie sogar der arme Bluoyal herausfinden musste, gibt es immer irgendwo Auf-

zeichnungen, denn ein Händler kann ohne solche niemals feststellen, wo er gerade steht.

Lorn runzelt kurz die Stirn, dann lächelt er über Ryalths Beobachtungsgabe und den indirekten Rat. Es gibt immer irgendwelche Aufzeichnungen – irgendwo. Er liest die Schriftrolle zu Ende, dann holt er Papier und Federhalter hervor.

Liebste,
wie du weißt, ist Geduld nicht meine stärkste Eigenschaft. Doch alles, was ich derzeit tue, verlangt nach Langmut, denn die Barbaren scheinen niemals müde zu werden, und wie bei allen neuen Posten gibt es vieles, was ich erst lernen muss …

Der Winter hält langsam Einzug. Die kalten Regenschauer und eisigen Winde werden hoffentlich dazu beitragen, dass die Barbaren weniger angreifen, damit ich die Zeit finde, um Pläne zu schmieden, wie wir am besten mit diesen veränderten Zeiten umgehen. Die Zeiten ändern sich gerade dann am meisten, wenn viele den Blick von der Veränderung abwenden wollen …

Nach dem, was ich mir ausrechnen kann und was ich in deinen Worten gelesen habe, geht es dir und Kerial gut. Ich kann dir gar nicht sagen, wie sehr ich dich vermisse und es bedauere, jetzt nicht bei euch sein zu können … Glücklicherweise sind Jerial und Myryan da, um dir zu helfen. Ich habe ihnen zwar schon geschrieben, dass ich ihnen zutiefst zu Dank verpflichtet bin, aber ich möchte trotzdem, dass du ihnen noch einmal meine Dankbarkeit übermittelst.

Ich wünschte, ich könnte bei dir sein; du weißt, dass du stets in meinen Gedanken bist.

Er liest die Schriftrolle noch einmal durch, rollt sie zusammen und siegelt sie, nachdem er das Wachs mit einer winzigen Menge Chaos erwärmt hat.

Dann nimmt er das silberne Buch zur Hand und blättert darin; er verweilt bei einem Vers, den er aus Gründen ausgesucht hat, die er nicht in Worte fassen kann.

Ich sehe die Hügel, aus denen keine Hilfe kommt;
mein Gott ist nicht göttlich, denn er ist gemacht –
von Menschenhand, aus Feuer, gefüllt mit Salz.
Seine Augen sind Sterne, die lange schon am Himmel weilen.
Er rühmt nicht den Stillstand und die Ruhe.
Er urteilt nicht, noch vergisst er.

Gibt es so etwas? Ein größeres Sein, das über den Stufen zum Paradies steht? Der ehrwürdige Schreiber hatte offenbar keinen Zweifel daran – er weist aber auch ziemlich deutlich darauf hin, dass die Menschheit sich ihre eigenen Götter und Bildnisse schafft, um diese anzubeten.

Als er das Buch schließlich beiseite gelegt hat und in sein kaltes Bett schlüpft, schläft er nicht gut.

L

Der Kaiser und die Kaiser-Gemahlin sitzen auf dem weißen Diwan im Salon der Kaiserin. Ein kühler Wind weht durch den Salon durch ein Fenster, das nur einen Finger breit offen steht. Toziel massiert sich die Stirn mit der linken Hand, dann lässt er den Arm sinken und wendet sich an Ryenyel. »Die Tage sind lang ... du hast etwas, das dein Herz bedrückt.«

»Erinnerst du dich an das Haus Ryalor, mein Lieber?«, fragt Ryenyel.

»Ist es nicht das, welches von der Mätresse des ältesten Sohnes von Kien'elth geführt wird?«

»In etwa. Das heißt, sie ist nicht seine Mätresse. Du hast eine Anfrage durch deinen Handelsberater gestellt.«

»Vyanat'mer? Warum sollte ich …?« Toziel lächelt. »Das habe nicht ich getan, sondern du. Vielleicht sollte ich erst zuhören, bevor ich spreche. Was haben Vyanats Händler herausgefunden – und wo?«

»In der kleinen Stadt Jakaafra … das Buch, in dem die Vermählungen registriert werden.«

»Der Lanzenkämpfer hat sie zur Gemahlin genommen, willst du das damit sagen?«

»Heimlich … aber er hat es getan, und nicht einmal seine Familie wusste davon, nach dem, was wir herausgefunden haben.«

»Gut für ihn.«

»Auch weise von ihm.«

Toziel wischt sich über die Stirn. »Bei den Engeln … ich bin müde … ich habe nur ein paar Worte gesprochen und schon bin ich müde.«

»Ich weiß.«

Er lächelt traurig. »Ja, wie immer. Nur, wie lange noch?«

Ryenyel zuckt mit den Schultern.

»Ein Jahr? Zwei? Drei? Doch nicht länger, vermute ich. Hast du deshalb das Haus Ryalor erwähnt? Sie sind sehr jung.«

»Auch nicht jünger, als wir damals waren, vor so vielen langen Jahren. Sie haben gerade ein Kind bekommen, einen Sohn.«

»Ist er …?«

»Wer weiß? Beide Elternteile sind höchst intelligent, genau wie die Großeltern. Nur selten entspringt einer solchen Verbindung ein Dummkopf. Es könnte sogar sein, dass auf beiden Seiten Magierblut vorhanden ist.«

»Wie kannst du das wissen?« Toziel zieht die Augenbrauen hoch.

»Ihre Urgroßmutter ... lass es mich so formulieren, sie war nicht ganz unbekannt im Palast des Lichts ... und man hat sie hastig vermählt.«

Toziel lacht, dann schüttelt er den Kopf. »Das ist unerheblich, wenn nicht ... Was ist mit dem Sub-Major?« Er hält inne. »Du hast noch mehr zu sagen. Das sehe ich dir an. Ich sollte besser zuhören.«

»Er war im Hafen von Biehl stationiert; hat Schiffe beobachtet und mit ihren Kapitänen und Maaten gesprochen, habe ich gehört. Dann hat er die Bezirkswachen herangezogen ...« Sie lächelt.

»Er ist *der* Oberst?« Toziel schüttelt den Kopf. »Mein Gedankenfluss ist derzeit nicht so gut, wie er sein sollte. Hat nicht Rynst ihn nach Assyadt versetzt?«

»Das hat er, nachdem der Major-Kommandant entdeckte, dass jeder Lanzenkämpfer-Kommandant über sämtliche Einzelheiten dessen, was in Biehl geschah, in Kenntnis gesetzt worden war. Man befahl ihm, selbst als Sub-Major Kompanie-Patrouillen zu führen.«

»Ich könnte mir vorstellen, dass die Barbaren dort mit einem besonders großen Aufgebot angreifen.« Toziels Stimme klingt belegt und gleichzeitig ironisch.

Ryenyel lächelt. »Wir werden sehen. Es bleiben uns ja noch einige Jahreszeiten.« Dann fügt sie noch hinzu, fast als wäre ihr dieser Gedanke erst nachträglich gekommen: »Das Haus Ryalor ist nun als Klan-Haus anerkannt; dies war eine der letzten Amtshandlungen Bluoyals. Es ist nun im höchsten Stockwerk des Klan-Hauses untergebracht. Findest du das nicht interessant?«

»Sehr sogar. Sie ist also sehr klug ... und arbeitet geschickt, nehme ich an, fast so wie jemand anders, den ich kenne.«

Die Kaiserin lächelt. »Du bist sehr freundlich.«

»Nein. Das sind nur die Tatsachen.« Toziel massiert sich noch einmal kurz die Stirn, bevor er weiterspricht.

»Glaubst du, er kann überleben und sich noch entwickeln in … Wo ist er? In Inividra?«

»Das möchte ich annehmen. Doch er muss es gegen den Widerstand von fast allen hohen Spiegellanzenkämpfer-Offizieren tun.«

»Wenn er das die nächsten ein, zwei Jahre durchhält und nicht ins Zwielicht gerät, könnte man ihn Rynst guten Gewissens als Berater vorschlagen, findest du nicht?« Toziel lehnt sich auf dem weißen Diwan zurück und schließt die Augen.

»Wenn er überlebt, ist unser Vorschlag vielleicht schon nicht mehr notwendig«, antwortet Ryenyel. »Es gibt keinen anderen neben Rustyl und Dettaur, aber keiner von diesen beiden hat sich bislang vermählt, obschon es als wahrscheinlich gilt, dass Rustyl die Tochter des Zweiten Magiers zur Gemahlin nehmen wird.«

»Dadurch wird die Angelegenheit für Chyenfel schwierig werden.« Toziel lacht. »Und für Kharl vielleicht noch schwieriger.«

»Das glaube ich nicht. Der Zweite Magier wird seinem Sohn und Rustyl Versprechungen machen, und dann kann er tun, was er will, und hat die Unterstützung von beiden sicher.«

»Sie entstammen beide dem Geschlecht der Magi'i.«

»Chyenfel glaubt, dass sich die Zeiten ändern werden.«

»Nicht so schnell«, meint der Kaiser.

»Ich hoffe nur, dass auch Rustyl das erkennt. Er ist wie der Schatten eines Mannes, den niemand sehen kann. Was Ciesrt betrifft: Für seinen Vater ist er ein Niemand. Ganz im Gegensatz zu Dettaur, den kennen alle. Er hat vielen Damen den Hof gemacht, doch keine will ihn haben. Für einen hohen Lanzenkämpfer sollte das eine Botschaft sein, die man nicht missachten darf.«

»Er selbst scheint diese Botschaft sehr leichtfertig beiseite zu schieben«, meint Toziel.

»Ich für meinen Teil«, Ryenyel hustet einige Male heftig und räuspert sich, »finde genau wie du, dass die Tage immer länger werden.«

»Das kommt, weil du mich so liebevoll unterstützt.«

Die Kaisergemahlin tut die Bemerkung mit einer abwehrenden Handbewegung ab und sagt: »Dettaur mag diesen Lorn nicht und wird versuchen, ihn an einer Stelle zu postieren, wo er keine Chance zum Überleben hat.«

»Wenn nicht einer von beiden obsiegt, dies jedoch Rustyl oder Tasjan gelingt, dann wird nach uns die Schwarze Ordnung herrschen und Cyad dem Erdboden gleichmachen … innerhalb einer einzigen Generation, wenn nicht sogar schneller. Aber man sich auch nicht zu Gunsten des einen oder anderen einmischen, denn sonst wird er nicht stark genug sein, alles zusammenzuhalten.« Toziel seufzt. »Es gab schon mehrere mögliche Erben … die meisten hatten Magierblut in den Adern: Dymytri, Eghyr, Volynt … aber allen ist etwas zugestoßen, und nun sind wir nicht mehr so jung, wie wir waren oder wie wir wirken. Jetzt suchen die Magi'i und selbst die Händler nach einem eigenen Thronfolger und wollen mich zwingen, einen der ihren anzuerkennen.«

»Luss und Kharl haben dafür gesorgt, dass die meisten Kandidaten aus den Reihen der Lanzenkämpfer gänzlich versagt haben.« Ryenyel zuckt müde die Schultern. »Doch wie kann einer Cyad halten, wenn er sich nicht einmal gegen die beiden behaupten kann?«

»Du hast diesen Lorn nicht schon immer als geeignet erachtet?«

»Nein. Das kann ich nicht behaupten. Bis Maran verschwunden ist, habe ich ihn nicht einmal in den engeren Kreis der möglichen Kandidaten gezogen. Ihn genauso wenig wie seine Gemahlin.«

»Viele haben auch dich damals nicht in Erwägung gezogen.« Toziel lacht sanft, doch sein Lachen verstummt bald. »Ich frage mich, ob dies wohl auch die Sorgen derer sind, die selbst Kinder haben.«

»Was ist das für eine Frage, mein Lieber? Du bist der Vater Cyadors.«

»Ein Vater ohne Erben.« Toziels Stimme klingt tief und müde, die Augen fallen ihm zu.

Ryenyel berührt leicht seine Stirn, sehr sanft.

LI

Lorn blickt aus dem Fenster des Kommandanten-Arbeitszimmers auf die schweren Schneeflocken, die gegen die alten Glasscheiben tanzen. Der Hof ist weiß vor Schnee und die Ecken der Fenster sind mit Raureif beschlagen. Der Winter hat in Inividra Einzug gehalten und das Chaos-Glas zeigt kaum Anzeichen von Angreiferbanden. Nur einige wenige Späher oder Suchtrupps sind unterwegs, so klein, dass Lorn die Patrouillen jetzt wieder von nur einer Kompanie durchführen lässt, die er so weit übers Land verteilt wie nur möglich, ohne die Lanzenkämpfer dabei unnötig zu gefährden.

Schließlich nimmt er die Schriftrolle von Dettaur zur Hand, die mit den Ersatzlanzenkämpfern zum Winteranfang vor einem Achttag angekommen ist und die es noch zu beantworten gilt. Er beabsichtigt jedoch keineswegs, einen Kurier nur wegen Dettaur loszuschicken.

Eure Berichte wurden vom Kommandanten wohlwollend aufgenommen und, wie wir hören, auch vom Hauptmann-Kommandanten anstelle des Major-Kommandanten. Es gebührt Euch Ehre für die Mühe, die Ihr Euch bei der Umsetzung der Taktiken und Strategien gebt, die von Kommandant Ikynd vorgegeben werden … Die Anzahl der barbari-

schen Toten ist im Vergleich zu den Verlusten aus den Reihen der Spiegellanzenkämpfer noch annehmbar, obschon der Kommandant hofft, dass Ihr diese Zahlen bei Eintritt der Frühlingsangriffe noch verbessern könnt. Bis dahin werdet Ihr wohl mit den hier üblichen Verfahrensweisen und dem Gelände rund um Inividra vertrauter sein …

Der gute alte Dettaur, denkt Lorn, immer muss er Anspielungen machen und Unzulänglichkeiten unterstellen. Einige Dinge haben sich selbst nach zehn Jahren nicht verändert.

Solange Ihr nicht übermäßig viele Patrouillen mit zwei Kompanien durchführt, sind gelegentliche Mehrkompanien-Patrouillen genehmigt, um die Barbaren auch weiterhin zu überraschen, doch der Kommandant möchte Euch daran erinnern, dass eine derartige ständige Vorgehensweise ein inakzeptables Spiel mit der Sicherheit der Hirten und Bauern und des gesamten Volkes von Cyador darstellt …

Bedauerlicherweise müssen wir Euch auch mitteilen, dass Ihr und alle anderen Außenposten-Kommandanten nur noch drei Feuerlanzen-Ladungen pro Lanzenkämpfer und Jahreszeit beziehen könnt. Als Ausgleich dafür werdet Ihr eine weitere Lanzenkämpferkompanie für Inividra zugeteilt bekommen, die Euch zum Frühlingsanfang erreichen wird, bevor die Barbaren ihre Angriffe wieder in vollem Maße aufnehmen.

Lorn schnaubt. Eine weitere Versuchung, sich selbst zu verausgaben. Wenn er seine Fähigkeit, Feuerlanzen selbst aufzuladen, nicht – insgeheim – nutzt, werden noch mehr Lanzenkämpfer sterben. Jedoch vermag ein einziger Lanzenkämpfer-Magier für fünf Kompanien nur verhältnismäßig wenig Feuerlanzen aufzuladen und Lorn kann es sich nicht leisten, sich auf derartige

Weise zu verausgaben, nicht bei der Menge an Chaos-Energie, die er allein schon für das Spähglas aufwenden muss. Wieder verhält es sich so wie bei allem anderen auch: Je höher er aufsteigt, desto höher werden die Anforderungen, für die er weder die Zeit noch die Energie hat, um sie zu erfüllen.

Nach einem tiefen Atemzug blickt Lorn erneut hinaus in den Schnee. Noch vor Beginn des Frühlings muss er entscheiden, was er tun soll, was er tun muss, denn der Hafen in Jera ist den ganzen Winter über eisfrei. Die Handelsschiffe können also weiterhin an seinen Pieren festmachen und Eisenklingen in noch größerer Anzahl und noch besserer Qualität liefern.

LII

An einem spätwinterlichen Nachmittag starrt Lorn in das Chaos-Glas und überträgt mühsam die Einzelheiten des Bildes, welches er heraufbeschwört hat, in die Karten, die auf seinem privaten Schreibtisch liegen. Er versucht, alle Besonderheiten des Geländes auf den Strecken auszumachen, auf denen die Jeranyi reiten. Nachdem er einen Abschnitt eines Flusses eingetragen hat und dazu die niedrigen Hügel darum herum, lässt er das Bild los, legt den Federhalter zur Seite und schließt die Augen. Er massiert sich eine Weile die Schläfen, dann lehnt er sich zurück, die Augen sind noch immer geschlossen.

Seine Gedanken drehen sich im Kreis, er fragt sich, wie er selbst mithilfe der Karten einen scheinbar unendlich großen Feind bekämpfen kann. Wie viele neue Strategien wird er noch entwickeln müssen vor Beginn des Frühlings, wenn die Barbaren wieder südwärts stürmen? Wie kann er unter diesen Umständen die Patrouillen anführen, ohne sein Geheimnis preiszugeben, wie er die Barbaren findet?

Seine Fähigkeiten, so mächtig sie auch einigen erscheinen mögen, sind begrenzt. Wenn er sich stark konzentriert, kann er Bilder in einem Chaos-Glas heraufbeschwören oder eine Feuerlanze aufladen, einen Türriegel von der anderen Seite der Tür öffnen oder einen Feuerball werfen. Er kann aber nicht alles auf einmal tun und auch nicht kurz hintereinander. Seine Fähigkeiten berühren nur die Ränder dessen, was möglich ist – soweit Lorn das beurteilen kann.

Nach einigen weiteren Sekunden öffnet er die Augen und schüttelt den Kopf.

Warum war er in Biehl so erfolgreich? Weil er nicht darauf gewartet hat, dass der Feind zu ihm gekommen ist, sondern den Kampf zum Feind getragen hat. Ist dies das Hauptproblem in Cyador?

Warum hat noch niemand den Kampf zu den Jeranyi gebracht?

Er reibt sich das Kinn. Mit ausdruckslosem Gesicht schaut er aus dem Fenster in den kalten und grauen Nachmittag, hinaus auf Schnee und Eis und auf den aufgetauten und wieder eingefrorenen Boden, der sich jenseits der Kasernenmauern erstreckt.

Cyador ist beileibe nicht dicht besiedelt. Das Volk nutzt einen Großteil des Landes gar nicht, das es zur Verfügung hat. Die Spiegellanzenkämpfer greifen nicht an, sie verteidigen nur. Lorn schüttelt erneut den Kopf. Haben die Ehrwürdigen das Land des Lichts unter so großen Anstrengungen in dem Glauben gegründet, dass es wachsen und sich bis an die Grenzen ausdehnen würde? Oder sollten die Grenzgebiete nur als Puffer dienen?

Lorn denkt nach, ihm fällt ein Gespräch ein, das er vor einigen Jahren einmal mit seiner Mutter führte, bevor er nach Jakaafra ging, um dort Patrouillen am Verwunschenen Wald zu reiten. Damals erklärte sie ihm, dass es in der Tat wenige Lanzenkämpfer und Magi'i gäbe. Cyador hätte sich vergrößert, aber diejenigen, die sich zahlenmäßig ausgebreitet hätten, wären nicht die Lanzenkämpferoffiziere und die Magi'i, sondern die Händler, Handwerker, Arbeiter, Bauern und anderen gewesen. Aber trotzdem ist Cyador nicht so groß geworden, dass es überbevölkert wäre.

Warum ist das so? Weil das Volk wohlhabend ist? Was ist Wohlstand? Ist Wohlstand die Antwort auf die erste Frage, die ihm sein Vater gestellt hat? Ein Stirnrunzeln drückt Lorns Zweifel aus. Cyad könnte auch ohne Wohlstand existieren und ohne die Magi'i, aber es wäre nicht das Cyad, das er kennt.

Seine Gedanken springen zur dritten Frage, und er muss lachen, als er an Dettaur denkt. Denn der hat nicht verstanden, dass die Macht eines Lanzenkämpfers ausschließlich darauf beruht, dass seine Mannen seine Autorität als Offizier anerkennen. Ein Offizier kann leicht hinterrücks durch einen verirrten Schuss aus einer Feuerlanze getötet werden – oder auch durch einen absichtlich fehlgeleiteten Schuss.

Deshalb macht die zweite Frage seines Vaters deutlich, dass die Lanzenkämpferoffiziere ihre Macht nur behalten, solange das Volk zulässt, dass sie die Macht innehaben. Die Barbaren akzeptieren die Macht der Spiegellanzenkämpfer nicht, deshalb ist es ein Kampf zwischen dem Glauben des Volkes von Cyad und dem der Jeranyi und der Cerlynyi.

Doch diese Schlussfolgerung hilft ihm nur wenig bei der Entscheidung, wie er sich bei den Angriffen im Frühling und Sommer verhalten soll.

Er presst die Lippen aufeinander und greift nachdenklich nach dem Silberbüchlein. Er öffnet es und blättert darin. Bei den letzten Zeilen eines Verses hält er inne, sie handeln von der Erinnerung an die Rationalen Sterne.

Einst besaß ich einen Turm, Himmel von hier …
Oh … nimm die neuen Inseln im See und die grünen Meere,
nimm die Teiche und hohen Bäume,
nimm die Wüstendünen und den sonnendurchfluteten Sand
und lass alles durch deine leeren Hände rieseln.

Das sind nicht die Worte des Begründers eines Weltreiches, das fühlt Lorn ganz genau, oder gar die eines Mannes, der Länder zu erobern sucht. Er blättert weiter und findet einen anderen Abschnitt.

… Ich höre die Kämpferseelen, die ihre Lanzen heben
gegen das, was der Zukunft Vergangenheit uns bringt,
während Zeittürme halten in Schach
die Winter der kommenden Tage,
die wir nicht sehen werden,
die wir nicht auslöschen können …
bis die Türme zu Sand zerfallen
und Cyad nicht länger sein wird.

Das sind die Worte eines Verteidigers. Lorn schüttelt den Kopf. Alles, wofür sein Vater steht, wofür die Spiegellanzenkämpfer stehen – sie alle spielen die Rolle eines Verteidigers. Cyad und auch sein Volk sind es wohl wert, verteidigt zu werden, doch Verteidiger verlieren am Ende stets … *wenn* sie nur auf ihrem eigenen Gebiet kämpfen.

Seine Augen blicken in den grauen Nachmittag, der auf seltsame Weise mit einemmal doch nicht mehr so grau erscheint, nicht mehr ganz so unwirtlich. Lorn wird klar, dass er einen Weg finden muss, um den Kampf zu den Jeranyi zu tragen.

Doch wie soll ihm das gelingen? Mit fünf Kompanien oder auch sechs, die es im Frühling sein werden?

Muss er die Barbaren besiegen? Was ist mit der Frage, die Rhalyt aufgeworfen hat? Er hat keine Flotte und keine Feuerschiffe zur Verfügung, um die Händler aufzuhalten, die nach Jera fahren.

Dann nickt er. Vielleicht gibt es doch einen Weg. Vielleicht ... doch dazu bedarf es noch vieler Sitzungen vor dem Chaos-Glas, und Zeit, und dann ... wird man sehen.

LIII

Das fahle Winterlicht, das durch die alten Fensterscheiben des niedrigen Turmes der Magi'i dringt, wird vom Schein der Wandlampen und deren glänzenden Cupridiumreflektoren leicht verstärkt. Der Erste Magier steht nicht auf, sondern bleibt hinter seinem Schreibtisch im kargen Arbeitszimmer des obersten Stockwerks im Turm sitzen, als der Zweite Magier sich verbeugt und zu dem Goldeichenstuhl tritt, der auf der anderen Seite von Chyenfels Schreibtisch steht.

Der Zweite Magier verbeugt sich ein weiteres Mal, bevor er sich schließlich setzt. Hätte er den Ersten Magier direkt ins Gesicht geblickt, hätte er nicht sein eigenes Antlitz in den Augen des älteren Magiers gesehen, sondern nur das Sonnengold eines alternden und mächtigen Magiers.

»Euer Benehmen ist stets ohne Mängel, Kharl«, begrüßt Chyenfel den Magier. »Das ist eine der Eigenschaften, die ich an Euch so schätze.«

»Ihr wolltet mich sprechen? Unter vier Augen?«

»Ja. Der innere Turm der Magi'i könnte jeden Moment

ausfallen. Er hält vielleicht noch ein Jahr durch, zwei im Höchstfall, aber es besteht auch die Möglichkeit, dass er noch in dieser Jahreszeit versagt. Ich dachte, Ihr solltet das wissen, denn der Hauptmann-Kommandant wird zweifelsohne an Euch herantreten, wenn ich verkünde, dass wir die Anzahl der Ladungen der Chaos-Zellen für Feuerlanzen und Feuerwagen erneut zurückschrauben müssen.«

Die grünen Augen des Zweiten Magiers blinzeln nur kurz. »Können wir nicht einfach behaupten, dass es sich um eine vorübergehende Schwäche handelt?«

»Ihr wollt, dass ich Kaiser und Spiegellanzenkämpfer anlüge? Wo die *Hand* des Kaisers es vermutlich schon weiß und der Kaiser die *Hand* diesbezüglich ohne Zweifel befragen wird?«

»Weder die *Hand* noch der Kaiser werden ewig währen, Ser.«

»Und ich auch nicht. Das denkt Ihr doch jetzt sicher.«

»Ich kann Euch nicht täuschen.« Kharl zuckt die Achseln. »Doch … in der Öffentlichkeit würde ich zu Besonnenheit raten. Alle Chaos-Türme außer dem einen können versagen. Bei diesem einen darf jedoch der Fehler nicht nach außen dringen.«

»Und wenn es doch bekannt wird? Was geschieht dann?« Chyenfels Stimme klingt nicht unbedingt streng. »Dann haben wir gelogen – und versagt.«

»Aber dann, Ser, wird es ohnehin nicht mehr wichtig sein. Ich habe Euch schon vor Jahren davor gewarnt. Ich sagte Euch, dass wir jeden Chaos-Turm brauchen werden. Ihr habt mir stets versichert, dass der Verwunschene Wald eine größere Gefahr darstellt. Nun habt Ihr die Türme der Sperrenmauern genommen und sie in den Nebeln der Zeit versinken lassen. Die Hälfte der Feuerschiffe ist ohne Chaos-Türme, das können wir nicht mehr verhehlen. Wir haben nur noch eine Hand voll übrig. Ohne die Türme wird das Cyad, das wir kennen, untergehen – ohne die Macht der Feuerlanzen, denn kein Magier kann mehr als eine Hand voll pro Tag aufladen, und wenn doch, so hat er keine Kraft mehr für etwas anderes; ohne die Geschwindigkeit der Feuerwagen und ohne die mächtigen Feuerschiffe ...« Kharl neigt den Kopf zur Seite und zieht die Augenbrauen hoch. »Was wird uns noch bleiben?«

»Wir haben noch immer die Cupridiumklingen und die Lanzen, die auch die Bezirkswachen verwenden. Wir haben breite Straßen und Kanäle, die ihresgleichen suchen. Unser Volk ist mit vielen Fähigkeiten ausgestattet und klug.«

»Aber wie lange noch? Cupridium kann ohne die Türme nicht geschmiedet werden.«

»Kharl, dem ist nicht so. Werkzeuge aus Cupridium können mithilfe des Rest-Chaos, das es auf der Welt gibt, geschmiedet werden – und davon haben wir mehr als genug.«

»Dazu ist aber ein Magier für jede Klinge nötig und jedes Schwert muss von Hand geschmiedet werden – wenn es überhaupt noch Magier gibt, die die notwendige Technik beherrschen.«

Chyenfel lehnt sich zurück und lächelt. »Ihr überrascht mich, Zweiter Magier. Das hätte ich nicht von Euch erwartet. Welche Botschaft wollt Ihr mir damit vermitteln? Sollen wir vorgeben, dass alles bestens läuft?«

»Das würde ich dem unaufhaltsamen Chaos-Fluss der anderen Alternative vorziehen.« Der Zweite Magier macht eine Pause und fügt hinzu: »Dann wird vielleicht der innere Chaos-Turm noch einige Jahre halten.«

»Lange genug, um bis dahin zum Chaos zurückgekehrt zu sein, so wie auch Ihr das nach Eurem Gutdünken tun werdet, da bin ich sicher.«

»Ich würde Euch niemals kränken wollen noch Euch verärgern, verehrter Erster Magier.«

»Nicht, solange ich lebe.« Chyenfel lächelt. »Doch ich

könnte meine Lebenskraft länger bewahren, als Ihr ahnt. Das wollte ich Euch noch sagen für den Fall, dass Euer höchst scharfer Verstand nach einer etwas ... ermutigenderen Möglichkeit sucht.«

»Ich danke Euch und werde darüber nachdenken.« Kharl verneigt den Kopf. »Wenn Ihr keine weiteren Anliegen an mich habt ...?«

»Im Augenblick nicht, nein. Aber ... Kharl ... was ist, wenn der nächste Kaiser so ist wie Toziel und nicht wie, sagen wir, der Hauptmann-Kommandant? Oder wie ein junger Magier?«

»Wie etwa Rustyl, wollt Ihr sagen?«

»Ich weiß, Ihr würdet Toziel folgen, aber das kann und wird nicht geschehen. Gebt Euch damit zufrieden, mir zu folgen. Trotz Eurer Verschlagenheit gäbet Ihr einen guten Ersten Magier ab. Ich schlage vor, Ihr denkt darüber nach.«

»Ich denke über vieles nach, verehrter Erster Magier.«

»Und das mit mehr als bloßen Lippenbekenntnissen. Toziel ist zwar viel älter, als es scheint, aber er ist noch immer stark und er sucht nach einem Erben für den Malachit-Thron, der nicht aus dem Geschlecht der Magi'i stammt.«

»Er wird lange suchen müssen, denn unter den Lanzenkämpfern gibt es niemanden, der geeignet wäre. Und sicherlich würde der Versuch, einen Händler entsprechend empor zu bringen, den Sonnenstein des Palasts des Lichts so mit Blut beflecken, dass es für alle Ewigkeit sichtbar bliebe.«

»Ich habe gelernt, so wie Ihr das auch getan habt – oder noch tun werdet –, dass ›niemals‹ und ›niemand‹ sehr gefährliche Worte sind, und jene, die sie oft aussprechen, müssen auch oft schlucken.«

»Ich verbeuge mich vor Eurer Weisheit.« Der Zweite Magier verneigt den Kopf und verharrt wartend in dieser Stellung.

»Ihr könnt gehen.« Erschöpfung ist aus den Worten Chyenfels zu hören und er nickt dem jüngeren Magier zu.

»Ich danke Euch und wünsche Euch eine angenehme Ruhe.« Kharl steht auf und verbeugt sich, bevor er sich umdreht und das karge Arbeitszimmer verlässt.

Die sonnengoldenen Augen des Ersten Magiers folgen ihm mit der Macht des noch immer geballten Chaos. Ein leichtes Lächeln umspielt Chyenfels Lippen.

LIV

Am späten Nachmittag betritt Lorn den vorderen Flur und den Eingangsbereich des viereckigen Turmes in Inividra, die Satteltaschen über der Schulter, Säbel am Gürtel und die Winterjacke noch geschlossen. Er nickt Nesmyl zu. »Wir sind zurück.«

»Ja, Ser. Waren Barbaren zu sehen?«

»Nein. Sie wissen auch, dass Winter ist. Nur Lanzenkämpfer waren draußen.« Lorn lacht reuevoll. »Neuigkeiten aus Assyadt?«

»Nein, Ser. Hauptmann Esfayl möchte Euch sprechen. Einer seiner Männer desertierte und man fand ihn in einem kleinen Dorf – mit einer … Unterhalterin.«

Lorn nickt. »Dagegen müssen wir etwas unternehmen.« Da Esfayls Zweite Kompanie nicht für den Patrouillen-Dienst eingeteilt war, reicht es, wenn Lorn den Soldaten mit ein paar Peitschenhieben bestrafen lässt und seinen Sold für eine Jahreszeit kürzt, doch zuvor muss er mit Esfayl darüber sprechen. »Gibt es noch etwas?«

»Nein, Ser.«

»Gut.« Lorn deutet auf die enge Hintertreppe. »Ich

werde bis zum Abendessen in meinen Gemächern bleiben.«

»Ja, Ser. Wenn Ihr mich nicht mehr braucht …«

»Geh nur.« Lorn lacht. »Du wirst im nächsten Frühling noch genug lange Tage hier verbringen.«

Nesmyl lächelt, wenn auch nur zögernd, und verbeugt sich.

Lorn trägt sein Gepäck die engen Stufen hinauf. Seine Beine schmerzen vom langen Ritt in der Kälte. Die Patrouille, von der er zusammen mit der Vierten Kompanie nach Inividra zurückgekehrt ist, war zwar nur kurz, doch die Kälte lässt die Zeit endlos erscheinen. Sie sind nicht auf Barbaren gestoßen, was Lorn jedoch schon vorher wusste, und haben auch keine Spuren gefunden. Doch so kann er Dettaur zumindest berichten, dass er tatsächlich mit einer anderen Patrouille geritten ist, denn alles muss nach Dettaurs Wünschen und denen von Kommandant Ikynd geschehen oder zumindest soll es so erscheinen.

In seinen Gemächern angekommen, zieht Lorn die Winterjacke aus. Er ist froh, dass einer der Lanzenkämpfer Brennholz im Ofen nachgelegt hat, sodass die Räume nun angenehm warm sind. Dann stellt er das Gepäck ab, löst den Säbel vom Gürtel und stellt ihn vor den Schrank.

Der müde Sub-Major steht eine Weile am Fuß des Bettes und versucht die Beine zu strecken. Dann geht er in das kleine Arbeitszimmer, bleibt hinter Stuhl und Schreibtisch stehen und blickt durch die gefrorenen alten Scheiben hinaus. Die grauen Wolken erschweren es einem festzustellen, ob das düstere Licht durch die Wolken verursacht wird oder von der nahenden Dämmerung.

Lorn kräuselt die Lippen und setzt sich wie so oft an den Schreibtisch im oberen Arbeitszimmer des eckigen Turmes und holt die Karten hervor. Er hat noch fast eine

Stunde Zeit bis zum Abendessen und erledigt lieber sinnvolle Arbeit, als öde Patrouillen zu reiten, die ein rachsüchtiger Vorgesetzter fordert.

Lorn hält inne. Verhalten sich die Jeranyi nicht auf gewisse Weise genauso wie … Dettaur? Dettaur hat vergessen, dass Lorn ihm aus einem bestimmten Grund den Finger brach; nämlich weil Dettaur alle jüngeren Schüler an der Schule tyrannisierte. Dett erinnert sich nur daran, dass Lorn ihm den Finger gebrochen hat, und nicht an die vielen Verletzungen und Demütigungen, die er anderen zugefügt hat. Die Jeranyi erinnern sich nur an eine Demütigung, die sie vor vielen Jahren erfahren haben, und nicht an die vielen Tausend Toten und Verstümmelten, die sie über Generationen hinweg auf dem Gewissen haben.

Der Sub-Major schiebt diese Gedanken beiseite, so zutreffend sie auch sein mögen, und konzentriert sich auf die Landkarten und seine Pläne, wie er gegen die Barbaren vorgehen wird. Auf der Karte, die vor ihm auf dem Schreibtisch ausgebreitet liegt, folgt Lorn einem südlichen Nebenarm des Jeryna-Flusses, wobei er die Entfernungen mit einem Zirkel nachprüft, in der Hoffnung, dass es ihm gelungen ist, den Maßstab gleich bleibend beizubehalten. Er zählt die Zahlen zusammen. Dann macht er dasselbe noch einmal mit dem westlichen Nebenfluss.

Schließlich nickt er. Wenn es nicht allzu spät noch einmal schneit und die Sechste Kompanie wie geplant in Inividra eintrifft … dann steht einem Ritt, so wie er ihn sich vorstellt, nichts entgegen. Leider sind das nicht schon alle Voraussetzungen, die dafür gegeben sein müssen.

Es stehen auch noch vierzig zusätzliche Feuerlanzen in der Waffenkammer, die ihm dabei gute Dienste leisten werden.

Doch er muss genau das finden, was er sucht, sonst

werden ihm – und den Spiegellanzenkämpfern – all die schönen Pläne nichts nützen. Auch nach zwei vollen Achttagen, die er nur mit der Suche im Chaos-Glas zugebracht hat, hat er noch immer nicht das gefunden, was er sucht.

Vorsichtig holt er das Glas hervor und stellt es auf den Schreibtisch. Schon jetzt fürchtet er die Kopfschmerzen, die er bekommen wird, noch bevor er fertig ist mit der Suche. Er richtet die Schultern auf und konzentriert sich auf das Glas. Die Silbernebel werden dichter und geben schließlich den Blick frei, ein Bild nach dem anderen wird sichtbar, bis Lorn das gewünschte Gebäude vor sich hat. Er holt tief Luft und richtet seine gesamte Aufmerksamkeit auf die Eingangstüren.

Auf dem Bild sind zwei schwere, dunkle Türen zu sehen, sonst nichts.

Er versucht es erneut, konzentriert sich auf ein Fenster, das heller als die anderen erscheint, und wird mit einem Blick durch einen halb offenen Fensterladen belohnt. Er sieht einen Mann in brauner und blauer Kleidung, der an einem kleinen Tisch sitzt, er hat so etwas wie eine Truhe vor sich stehen.

Lorn versucht, das Bild des Händlers – oder des Kommis – zu halten und sich auf den Raum zu konzentrieren.

Nach einer Weile wird er fündig, obschon seine Augen brennen und das Kopfweh ärger wird, aber das Bild ist sehr klar. In dem Gebäude werden Truhen mit Büchern aufbewahrt, und es gibt Lagerräume, die jedoch im Augenblick größtenteils leer stehen.

Lorn nickt und zeichnet das Gesehene in die größere Karte ein, die er gerade entwirft. Er verwischt fast die Linien, denn seine Hände zittern stark. So legt er den Federhalter beiseite und schließt kurz die Augen, bevor er weiter zeichnet.

Dann muss er jedoch aufhören, denn er kann es sich

nicht leisten, die Arbeit zu verderben, die er bereits vollbracht hat.

Die Arbeit geht langsam voran … so langsam, dass er manchmal denkt, er wird niemals vollbringen können, was vor Beginn des Frühlings getan werden muss – nicht bei den vielen Patrouillen, Berichten, Übungen und Inspektionen. Der intensive Einsatz des Chaos-Glases ist viel anstrengender, als das Chaos nur heraufzubeschwören – zumindest für Lorn.

Er schüttelt den Kopf und schließt die Augen noch einmal, bevor er sie wieder öffnet. Schon bald muss er hinunter und den Hof überqueren, um zum Abendessen zu gehen, und er darf nicht müde wirken, geschweige denn abgeschlagen.

LV

Der Schnee, der in den nördlichen Tälern gefallen ist und Lorn und Esfayl die Rückkehr erschwert hat, hat Inividra lediglich überzuckert. Die Pflastersteine im Kasernenhof sind weitgehend schneefrei, nur kleine aufgehäufte Schneewehen an den Ecken der Mauern und Gebäude zeugen vom Winter. Die zwei Offiziere zügeln vor dem Stall des Außenpostens ihre Pferde, während die winterliche Dämmerung bereits hereinbricht.

Lorn wendet sich an Esfayl. »Hauptmann, merkt Euch … gegen das Wetter zu kämpfen bringt nichts ein. Der Sturm gewinnt immer.«

»Ja, Ser.«

Lorn steigt ab und führt den Wallach zur Stalltür. Hasmyr, der Stallbursche, kommt ihm bereits entgegen, um die Zügel des Pferdes zu übernehmen.

»Schön, Euch wohlbehalten zu sehen, Ser, zusammen

mit den Lanzenkämpfern und Pferden«, begrüßt ihn der graubärtige Stallbursche. »Habe zu viele junge Hauptmänner gesehen, die im Winter jede Menge Männer verloren haben.« Er zwinkert Lorn zu und blickt dann zu Esfayl hinauf. »Ich kann Euer Pferd auch nehmen, Ser.«

»Oh, danke«, antwortet der Hauptmann.

»Danke, Hasmyr«, sagt Lorn, während er rasch sein Gepäck hinter dem Sattel losbindet – zusammen mit dem zweiten Säbel, den er auf Patrouillen nun stets bei sich trägt.

»Kein Problem, Sers.«

Esfayl grinst Lorn verlegen an, als die zwei Offiziere ihre Pferde und den Stallburschen zurücklassen. »Ich glaube, ich denke noch immer viel zu oft an die Spiegellanzenkämpfer-Weisheiten, die von den Märschen durch den Sturm des Lebens und von den Kämpfen gegen die ewige Kraft der Dunkelheit handeln.«

Lorn lacht. »Ich musste lernen, dass es schwer ist, gegen die Natur zu kämpfen, als ich am Verwunschenen Wald stationiert war. Am besten meidet man diese Kämpfe. Den Wald konnten wir nicht meiden, aber darum geht es hier draußen ja nicht.«

»Ser … Ihr habt zu Hasmyr gar nichts gesagt.«

»Er hat wahrscheinlich Dutzende von Hauptmännern hier erlebt und mindestens zehn Sub-Majore«, erklärt Lorn. »Er mag seine Pferde, und er will nicht, dass sie geopfert werden, wenn es nicht unbedingt nötig ist.« Lorn hält inne. »Ich sehe Euch und die anderen gleich bei Tisch.«

»Ja, Ser.« Esfayl nickt und verneigt den Kopf. »Danke, Ser.«

Lorn schreitet über die feuchten Steine des Kasernenhofes zum Turm und muss sich zurückhalten, um nicht den Kopf zu schütteln. Die Pflicht … die Pflicht – weder als Magierstudent noch während der Lanzenkämpfer-Ausbildung hat er es für gut befunden, sich mit blindem

Gehorsam der Vergangenheit oder irgendeinem absoluten Glauben zu fügen. Aber … warum empfinden so wenige andere das genauso wie er?

Er lacht leise und etwas bitter in sich hinein. Ihm ist klar, dass er auf einem schmalen Pfad zwischen zwei Arten von Katastrophen wandelt, wenn er diese Traditionen weiterhin missachtet; mit Dettaur und offenbar auch dem Hauptmann-Kommandanten Luss'alt im Nacken, die beide darauf hoffen, dass er irgendwann einmal seine Befugnisse übertritt, was ihnen einen Grund geben würde, ihn in Ungnade fallen zu lassen oder ihn zu bestrafen.

Mit den Satteltaschen auf der Schulter marschiert er am Wachmann vorbei in den Turm.

Nesmyl wartet bereits und tritt vor. »Ser, es kamen einige Berichte und Schriftrollen mit den Ersatzwagen. Ich habe sie auf Euren Schreibtisch gelegt.«

»Danke. Ich werde mich nach dem Essen darum kümmern.« Lorn schüttelt den Kopf. »Ich glaube, die Offiziere warten bereits auf mich.«

»Das könnte sein.« Nesmyl lächelt. »Ich bezweifle aber, dass sie schon anfangen wollen, wenn ihr Kommandant gerade erst von einer Patrouille zurückgekehrt ist.«

Lorn geht ins Arbeitszimmer und wirft einen Blick auf den Schreibtisch und die drei Schriftrollen. Es sind zwei offizielle Schreiben, zweifellos von Dettaur im Namen von Kommandant Ikynd verfasst, und eine Schriftrolle mit dem grünen Siegel seines Vaters. Es überrascht ihn nicht, einen Brief von seinem Vater vorzufinden, was er jedoch seltsam findet, ist, dass keiner von Ryalth dabei ist. Er reibt sich das Kinn und nickt. Nur weil er keine Schriftrolle von ihr erhalten hat, heißt das nicht, dass keine existiert. Ihre Reaktion auf seinen Gebrauch des Chaos-Glases sind Lorn Beweis genug für ihre Zuneigung und dafür, dass sie mehr ist, als selbst sein Vater vermutet.

Er nimmt die Schriftrollen mit der freien Hand und verlässt damit das Arbeitszimmer. Schon steigt er die enge Stiege hinauf, wobei er versucht, die Wände nicht mit den Satteltaschen und Säbel zu zerkratzen. Wieder hat Nesmyl dafür gesorgt, dass der Ofen nicht kalt geworden ist und Lorns Gemächer angenehm warm sind. Rauch muss erst kürzlich durch die Räume geweht haben, denn Lorn steigt noch der scharfe Geruch von verbranntem Torf in die Nase. Vermutlich wurde der Ofen erst vorhin geöffnet und noch einmal Brennmaterial nachgelegt. Man hat ihn zwar bestimmt nicht so früh zurückerwartet, aber als man ihn und die Lanzenkämpfer in der Ferne entdeckte, muss einer der Männer gleich heraufgelaufen sein und nachgeheizt haben.

Lorn lacht. Es hat auch seine Vorzüge, Kommandant zu sein.

Er lässt die drei Schriftrollen auf seinem privaten Schreibtisch liegen, sie müssen bis nach dem Abendessen warten, und trägt das Gepäck ins Schlafzimmer, wo er die Satteltaschen auf der Truhe ablegt und die Säbel samt Scheiden gegen die Wand lehnt. Er wird die Klingen später säubern und ölen.

Lorn lässt die Winterjacke noch an und wäscht sich Gesicht und Hände, bevor er wieder hinunterläuft, hinaus aus dem eckigen Turm und über den Hof. Er ist der Letzte, der im Speisesaal der Offiziere eintrifft. Nun hat er keine Zweifel mehr daran, dass das Abendessen angesetzt wurde, unmittelbar nachdem Nesmyl – oder Emsahl oder ein anderer – sie auf der Straße aus Norden hat kommen sehen.

»Guten Abend«, begrüßt Lorn die anderen, als er sich dem Tisch nähert, an dem die fünf Offiziere stehen. »Esfayl und ich wissen es zu schätzen, dass Ihr auf uns gewartet habt.« Er setzt sich rasch und nimmt sich eine große Portion vom Hammeleintopf. Der Eintopf riecht scharf nach Pfeffer, und Lorn hofft, dass die Karotten und Wurzeln darin nicht zu faserig oder weich gekocht sind. »Zumindest ist der Eintopf warm«, sagt er und nickt Esfayl zu.

»Hier war das Wetter übrigens ziemlich warm«, bemerkt Cheryk. »Zu warm für den Winter jedenfalls.«

»Es wird schon wieder kälter werden.« Lorn reicht den großen Topf zu Emsahl hinüber, bricht sich einen Kanten Brot ab und gibt auch den Brotkorb weiter.

»Wenn es richtig kalt wird«, erklärt Cheryk, »treiben sich da draußen auch keine Barbaren mehr herum. Es wäre ein Glück für uns, wenn es kalt bliebe.«

»Wir werden aber trotzdem patrouillieren müssen«, antwortet Lorn darauf. »Der Kommandant und sein Stellvertreter in Assyadt glauben, dass die Barbaren sofort angreifen, wenn wir aufhören, Patrouillen zu reiten.«

»Das trifft nur im Sommer zu«, erwidert Emsahl. »Oder im Spätfrühling, wenn sie mit der Aussaat fertig sind.«

Es folgt ein Augenblick des Schweigens, und Lorn isst einige Bissen, wobei er das zu weich gekochte Gemüse und das zähe Hammelfleisch zu ignorieren versucht.

»Ser …?«, wagt Rhalyt am Ende des Tisches die Stille zu durchbrechen, »einer der Truppenführer hat behauptet, Ihr würdet Major Dettaur schon lange kennen.«

Cheryk und Emsahl runzeln die Stirn. Esfayl zuckt fast unmerklich zusammen. Quytyl, dessen Arm noch immer geschient ist, blickt starr vor sich auf den Tisch.

»Das stimmt. Wir gingen in dieselbe Schule und meine Mutter kannte seine. Er war zwei Klassen über mir.« Lorn führt noch einen Löffel mit dem scharfen Eintopf zum Mund und fügt hinzu: »Er war damals schon so, wie er heute ist.«

»Man trifft immer wieder Offiziere, die man kennt, Rhalyt«, meint Emsahl. »Es gibt nicht so viele Offiziere bei den Spiegellanzenkämpfern.«

Lorn nickt. »Ich durchlief die Offiziersausbildung mit einem Lanzenkämpfer, der mich dann als Hauptmann in Jakaafra ablöste.«

»Ich habe mich nur gewundert, Ser«, sagt Rhalyt. »Ihr wisst … die Gerüchte …«

»Die meisten Gerüchte beinhalten ein Fünkchen Wahrheit«, bemerkt Lorn trocken, »aber fast immer ist es nicht mehr als ein einziges Körnchen Roggen in einem ganzen Laib Weizenbrot.«

»Wie bei den Gerüchten, die sich um die Riesenschlangen an den Sperrenmauern ranken«, wirft Emsahl ein.

Lorn räuspert sich.

Emsahl blickt verwundert auf.

»Es gibt sie wirklich. Wenn auch selten. Wir haben nur eine gesehen in den Jahren, die ich am Verwunschenen Wald verbrachte. Aber die war riesig, fast zwei Ellen Durchmesser und an die vierzig in der Länge.« Lorn lacht. »Sie sind zwar nicht einmal annähernd so gefährlich wie die Wasserechsen oder Riesenkatzen … aber schon der Anblick versetzte uns einen gehörigen Schrecken.«

»Welches von den Tieren war gefährlicher?«, fragt Rhalyt schnell, als wollte er dafür sorgen, dass das Thema nicht gewechselt wird.

»Die großen Wasserechsen … wenn man nur einer begegnet. Die Riesenkatzen treten meist zu zweit oder viert auf und die Nachtleoparden in Rudel.« Lorn zuckt die Schultern. »Deshalb … kann man das nur schwer sagen.«

»Wie verhält es sich mit den Tieren im Vergleich zu den Barbaren?«, fragt Quytyl.

Cheryk, Emsahl und Lorn lachen. Quytyl wird rot, und jetzt ist es Rhalyt, der den Blick senkt und auf den Tisch starrt.

Nachdem das Lachen verstummt ist, meint Lorn:

»Der nordöstliche Abschnitt der Sperrenmauer ist der einzige Abschnitt, an dem die Verluste annähernd die bei den Barbaren-Patrouillen erreichen. In Isahl hatten wir nur die Hälfte der Verluste zu verzeichnen. Die Kompanie an der südwestlichen Sperrenmauer verlor vielleicht fünf bis zehn Lanzenkämpfer im Jahr.«

»Warum ausgerechnet der nordöstliche Mauerabschnitt, Ser?«, fragt Esfayl.

»Darauf wusste noch niemand eine gute Antwort«, antwortet Lorn. »Einige sagen, es wären die Winde, andere schieben es auf den Aufbau der Mauer, andere auf die Nähe zu den Westhörnern …« Er zuckt mit den Achseln.

Cheryk schüttelt den Kopf. »Ihr wart in Isahl, dort und nun hier?«

»Und in Biehl«, fügt Lorn hinzu.

»Aber diese drei sind die härtesten Dienstposten in den jeweiligen Gebieten, Ser.«

»Ich hatte einfach Glück.« Lorn sieht Esfayl an. »Ihr stammt aus Sommerhafen, nicht wahr?«

»Ja, Ser.«

»Wird es dort im Sommer so heiß wie hier?«

»Nein, Ser. Es weht ständig eine leichte Brise vom Meer …«

Lorn nickt dem jungen Hauptmann aufmunternd zu. Die restlichen Gespräche während des Abendessens werden harmlos verlaufen. Davon ist Lorn überzeugt.

Nach dem Essen schlendert Lorn zurück über den Hof, wo der nächtliche Wind kälter weht als zuvor, vorbei am Wachmann, der den Turmeingang bewacht. »Guten Abend.«

»n'Abend, Ser.«

Das Erdgeschoss des Turmes ist dunkel, nur eine winzige Lampe brennt im Flur, und Lorn bleibt stehen und dreht den Docht herunter, um sie auszumachen, bevor er die Treppe hinaufsteigt. Obwohl er die Berichte und

Briefe lieber gleich gelesen hätte, hängt er zuerst seine feuchten Sachen an die Haken über dem Ofen. Dann untersucht er die Säbel, trocknet und ölt sie, bevor er ins Arbeitszimmer und zu den Schriftrollen zurückkehrt.

Er blickt die zwei offiziellen Schriftrollen an, dann zuckt er mit den Achseln und erbricht das Siegel auf der einen, die kürzer aussieht. Er rollt das Schriftstück auf und liest.

> *... hiermit werden alle befehlshabenden Offiziere der Spiegellanzenkämpfer offiziell davon unterrichtet, dass der Schwund an Lebensmitteln und anderen Vorräten einen unannehmbar hohen Grad erreicht hat ... strengstens empfohlen, dass alle Kommandanten den Verbrauch und die Lagerung prüfen und dass der Verbrauch der vorhandenen Vorräte, wenn möglich, angepasst wird ...*

Siegel und Unterschrift stammen von Luss'alt, Hauptmann-Kommandant der Spiegellanzenkämpfer.

Lorn nickt und legt die Schriftrolle beiseite, dann nimmt er die zweite mit dem Spiegellanzenkämpfer-Siegel. Sie ist adressiert an ihn als *Kommandierender, Inividra.*

> *Wie bereits in der Schriftrolle beschrieben, die Ihr vom Hauptmann-Kommandanten der Spiegellanzenkämpfer erhalten habt, ist der Umgang mit und die Lagerung von Vorräten in vielen abgelegenen Posten, wie etwa Inividra, zum Problem geworden. Deshalb müssen einzelne kommandierende Offiziere nun verstärkt darauf achten und sicherstellen, dass die Lebensmittel mit größerer Sorgfalt gelagert und ausgegeben und nicht verschwendet werden ...*
>
> *Dem Kommandanten ist aufgefallen, dass Eure letzte Anforderung höher ausfiel als bei Eurem Vorgänger, und er hat darum gebeten, dass Ihr dies erklärt.*

Lorn schnaubt. Die Antwort ist ganz einfach: Bei ihm bleiben mehr Männer am Leben als unter Sub-Major Kysken, und mehr Männer brauchen mehr Nahrungsmittel.

… und bittet Euch, Eure Antwort mit dem nächsten planmäßigen Kurier nach Assyadt zu senden.

Unterschrift und Siegel sind von Dettaur, was Lorn schon gewusst hat, noch bevor er beides gelesen hat. Dettaur versucht offensichtlich, einen Sachverhalt zu konstruieren, mithilfe dessen er beweisen will, dass Lorn unfähig ist. Darüber hinaus wird früher oder später der Fall eintreffen, dass Lorn auf Patrouille unterwegs ist, wenn eine Anfrage für irgendetwas hereinkommt, und Lorns Antwort wird verspätet in Assyadt ankommen, was wiederum Dettaur ein neues Beispiel für Lorns mangelnde Bereitschaft zur Zusammenarbeit liefern wird. Dettaur beherrscht es zweifellos sehr gut, andere Offiziere in Misskredit zu bringen.

Der Sub-Major blickt hinaus in die Dunkelheit hinter dem Arbeitszimmerfenster und den inneren Läden, die er noch nicht geschlossen hat, trotz der Kälte, die von den alten Glasscheiben abstrahlt. Er steht auf, schüttelt den Kopf und schließt die Läden. Dann setzt er sich wieder und öffnet die Schriftrolle seines Vater, die er langsam liest.

Wir hoffen, dass es dir gut geht in Inividra. Das Leben hier verläuft wie meist im Winter, und für jene von uns, die das kalte Wetter weniger gern mögen, war es …

Mycela erwartet im Sommer ein Kind, doch Kerial ist unser erstes Enkelkind und er ist eine wahre Freude. Wir können nur hoffen, dass du ihn bald sehen wirst, solange er noch so klein ist. Ich erinnere mich noch sehr gut daran, als du so klein warst, dunkelhaarig und auch immer lachend, und es scheint mir noch gar nicht so lange her zu sein. Das

Leben ist vergänglich und zerbrechlich, das vergisst man zu leicht, wenn man jung und stark ist.

Deine Gemahlin löst weiterhin große Verwunderung unter den Händlern aus und das Haus Ryalor floriert. Ihre Buchhalter sind bekannt für ihre Rechtschaffenheit und Loyalität. Heutzutage werden diese Eigenschaften – nach den Enthüllungen über den früheren Handelsberater des Kaisers – mehr respektiert als früher. Es ist interessant festzustellen, dass niemand sich an die Ereignisse erinnert, die zu den Enthüllungen führten, oder sie überhaupt erwähnt, und dafür können wir dankbar sein, obwohl es heißt, dass der Kaiser viel mehr weiß als alle anderen, bis auf die, die unmittelbar darin verwickelt sind.

Lorn runzelt die Stirn. Er hat zwar eine Abschrift des Kriegsberichts an die *Hand* des Kaisers geschickt, worin er auch die hamorischen Klingen erwähnte, doch er erinnert sich nicht, dass er etwas von den erbärmlichen Zuständen der Kaiserlichen Zollerhebung in Biehl geschrieben hätte. Hat Neabyl mehr davon berichtet? Lorn liest weiter.

Myryan beschäftigt sich jetzt schon mit weiteren Verbesserungen für ihren Garten im nächsten Jahr. Ciesrt und Vernt arbeiten noch immer eng zusammen, obschon ich gehört habe, dass dies wahrscheinlich ein Ende haben wird, wenn Vernt als Erster in die nächsthöhere Stufe aufsteigt. Dein Bruder arbeitet hart, wodurch sein Chaos-Verständnis viel tiefer geworden ist als das von anderen, die oberflächlicher arbeiten. Seine Kenntnisse über die Grundlagen der Chaos-Anwendungen werden sich vielleicht in den kommenden Jahren als höchst nützlich für die Spiegellanzenkämpfer erweisen und somit auch für dich.

Ich hoffe, dass du auf den Frühling mit seinen verstärkten Barbarenangriffen und auf all das, was kommen mag, vorbereitet bist. Wir beide wünschen dir alles Gute …

Lorn runzelt die Stirn, während er die Schriftrolle noch eine Weile ansieht. Worte und Schrift sind die seines Vaters, doch die Buchstaben sind zittrig aufs Papier gebracht, was er von seinem Vater nicht kennt, und das bereitet ihm Sorgen. Vielleicht kommen ihm aufgrund dieser Zittrigkeit auch die Fragen wieder in den Sinn, die sein Vater ihm stellte; Fragen, auf die er noch keine zufrieden stellenden Antworten gefunden hat.

Aber schließlich sieht er sich fast jeden Tag neuen Fragen gegenüber, auf die er keine Antworten hat, mit denen er zufrieden wäre.

Obwohl Lorn müde ist und einen langen Tag hinter sich hat, legt er die Schriftrolle seines Vater zur Seite und holt das Chaos-Glas hervor.

Er konzentriert sich und die Silbernebel beginnen zu wabern, dann teilen sie sich und zeigen zwei Gestalten, die Seite an Seite in einem prunkvollen Bett schlafen, das er nur aus dem Glas kennt, in einem Zimmer, das ihm zwar bereits vertraut ist, aber ebenso nur vom Spähen, als Teil einer neueren und größeren Wohnung seiner Gemahlin. Kerial regt sich nicht, nur Ryalth dreht sich um. Es scheint fast, als hätte sie die Kälte des Glases gespürt, und Lorn lässt das Bild los.

Eine Zeit lang sitzt er mit geschlossenen Augen im Halbdunkel und massiert sich Nacken und Kopf mit der linken Hand, dann presst er das Kinn auf die Brust, um die verspannten Nacken- und oberen Rückenmuskeln zu dehnen.

Schließlich steht er auf und dreht den Docht der Lampe herunter. Der kommende Tag verspricht sehr lang zu werden, denn er muss die Berichte über die letzte Patrouille schreiben und eine höfliche Antwort für Dettaur aufsetzen, die die versteckten Beschuldigungen widerlegt, aber gleichzeitig den alten Schulkameraden auch nicht verärgert, zumindest nicht noch mehr, als Dettaur es ohnehin schon ist.

LVI

Beim Geräusch der sich öffnenden Tür dreht Kharl sich um. Ein einladendes Lächeln bestimmt seinen Gesichtsausdruck, als er über den Balkon im vierten Stock des Westflügels des Palasts schreitet.

Der Mann, der die Sonnensteinfliesen des Balkons betritt, ist drahtig und muskulös; das schwarze Haar ist mit grauen Strähnen durchwirkt. Die Augen, die in einem hellen Blau leuchten, fixieren die funkelnden grünen Augen des Zweiten Magiers. Er trägt blaues Schimmertuch und verbeugt sich. »Verehrter Zweiter Magier.«

»Verehrter Handelsberater«, erwidert Kharl die Begrüßung.

»Ihr schlugt vor, dass wir uns besser inoffiziell treffen.« Vyanat deutet auf den leeren Balkon und lächelt. »Sehr inoffiziell. Weder Möbel noch Lauscher gibt es hier. Ihr müsst entschuldigen, verehrter Kharl'elth, wenn mir der Glanz und die gewandte Sprache meines Vorgängers fehlen. Ich bin ein freimütiger Händler, der sagt, was er denkt. Was wünscht Ihr von mir?« Er stellt sich an das brusthohe Cupridiumgeländer, wo er sich leicht nach vorn in den Wind lehnt. »Es ist sehr angenehm hier. Die Luft ist nicht nur warm, sondern frisch.

»Frisch, das stimmt, und zu bestimmten Gelegenheiten ist auch gegen Geradlinigkeit nichts einzuwenden«, antwortet der rothaarige Zweite Magier. »Dies könnte so eine Gelegenheit sein.« Er lächelt. »Wie bei vielen in Cyad gibt es Dinge in meinem Leben, auf die ich keinen Einfluss habe, über die ich mir aber, das muss ich zugeben, gewisse … Gedanken mache.«

»So ergeht es vielen von uns. Doch auf welche Weise betrifft das meine Person? Ihr hättet mich nicht um eine solche Unterredung gebeten, wenn es sich nicht um eine

Angelegenheit von Bedeutung oder händlerischer Natur handelte.« Vyanat lächelt. »Ansonsten verschwendet Ihr unser beider Zeit.«

»Wie Ihr vielleicht wisst«, fängt Kharl an und schaut dabei hinaus auf das wintergraue Wasser des Hafens, wobei sein Blick sich in der Ferne verliert, »ist mein ältester Sohn mit einer Heilerin vermählt, welche aus einer höchst angesehenen Familie stammt. Ihr Vater ist Kien'elth, von dem Ihr höchstwahrscheinlich schon gehört habt.«

Vyanat nickt und wartet.

»Einer ihrer Brüder wird wahrscheinlich in ein oder zwei Jahreszeiten zum Magieradepten der ersten Stufe aufsteigen, wenn nicht schon früher. Der andere war nicht für das Leben eines Magiers bestimmt, aus ihm ist jedoch ein bekannter und fähiger Spiegellanzenkämpfer und Kriegskommandant geworden.«

»Derjenige, der versehentlich die Bestechungsmachenschaften meines Amtsvorgängers aufgedeckt hat«, bemerkt Vyanat. »Woraufhin der gute Major-Kommandant beschlossen hat, ihn zu belohnen, indem er ihn als kommandierenden Offizier an einen der meist attackierten Lanzenkämpfer-Außenposten in die Grashügel versetzt.«

»Es scheint so zu sein, wie Ihr sagt«, fährt Kharl fort, »doch muss man einem Spiegellanzenkämpfer so große Wichtigkeit beimessen? Dieser junge Offizier hat sich mit einer jungen Händlerin vermählt, und das ohne das Wissen und die Zustimmung seiner Familie. Eine wahre Liebesheirat, könnte man sagen. Ich habe nun eine kleine Bitte an Euch. Ich würde es begrüßen, wenn Ihr dazu beitragen könntet, dass nichts, was die Händlerin tut, als … sagen wir … nachteilig für ihre Familie aufgefasst werden könnte.«

»Oder ein schlechtes Licht auf Euch und Euren Sohn werfen könnte und auf Eure Tochter und ihren zukünftigen Gemahl, um den Kreis zu vervollständigen«, antwortet Vyanat. »Ich denke, ich begreife Eure Lage nur zu gut, hochverehrter Zweiter Magier.«

»Ihr werdet verstehen, verehrter Handelsberater, dass ich angesichts Kiens wachsender … Verbindung zum Chaos und der Unerfahrenheit des jungen Vernt, seines Magiersohnes, eine gewisse Verantwortung trage …«

»Darüber bin ich mir im Klaren, verehrter Zweiter Magier, und ich versichere Euch, ich werde tun, was ich kann, um zu gewährleisten, dass das Haus Ryalor die Vorschriften des Kaiserlichen Gesetzbuches einhält.«

»Man muss sich in Acht nehmen vor den angeheirateten Mitgliedern seiner Familie …«

»Ich kann Eure Bedenken und die Sorge um Eure Familie verstehen. Ihr müsst nicht mehr dazu sagen.« Vyanat deutet eine Verbeugung an. »Und da ich, wie bereits erwähnt, ein freimütiger Händler bin, so würde ich nun gern zum Platz der Händler zurückkehren, es sei denn, Ihr habt noch andere Anliegen, denn auch wenn man der Berater Seiner Majestät ist, laufen die Geschäfte nicht von allein weiter.« Er hält inne. »Besonders da Seine Majestät und die *Hand* klar zum Ausdruck gebracht haben, dass die Händler ihr Gold durch Handel verdienen sollen und nicht durch Gefälligkeiten.« Vyanat verbeugt sich noch einmal und verlässt dann den Balkon.

Kharl runzelt erst viel später die Stirn, lange nachdem die Balkontür sich geschlossen hat.

LVII

An der Spitze der Vierten Kompanie mit Cheryk zu seiner Linken reitet Lorn durch das leichte Schneetreiben, das den spätwinterlichen Regen abgelöst hat. Die

Straße ist nass, doch schnee- und eisfrei. Zu beiden Seiten der Straße, die hinaufführt zu den äußeren Toren des Außenpostens von Inividra, schmilzt der Schnee nicht, sondern bleibt auf dem Gras der Weiden liegen.

»Bin froh, dass ich endlich wieder einmal trocken bleibe«, meint Cheryk. »Manchmal ist mir Schnee lieber als Regen.«

»Besonders wenn eine Eiseskälte bevorsteht.« Lorn nickt zustimmend und die zwei Offiziere reiten durch die offenen äußeren Tore, vorbei an den Wachen, die ihre warmen Winterjacken anhaben.

»Ich musste nichts von meiner Feuerlanzenladung verschwenden.«

»Bis jetzt.« Lorn macht sich noch immer Gedanken, ob die Feuerlanzen auch reichen werden, denn es ist nun absehbar, dass die Anzahl der Lanzen und Ladungen mit jedem Jahr abnehmen werden.

Hinter den inneren Toren in Inividra sind die Steine des Hofes noch so warm, dass die dicken Schneeflocken darauf schmelzen und das Pflaster nur feucht und nicht matschig oder eisig ist.

»Keine schlechte Patrouille«, meint Lorn zu Cheryk.

»Jede Patrouille ohne Angriff ist eine gute Patrouille, Ser.«

Lorn lacht. »Wir könnten auf einen langen Winter hoffen.«

»Weiß nicht, was schlimmer ist.«

»Angriffe, wie wir beide wissen.« Lorn zügelt das Pferd vor dem Stall.

Noch bevor er absteigen kann, steht Hasmyr schon in der Stalltür. »Wie geht es den Pferden, Sers?«

»Eine Stute in der Zweiten Einheit lahmt«, gibt Cheryk zur Antwort.

»Ich werde nach ihr sehen.«

»Danke, Hasmyr.« Lorn übergibt die Zügel des Wallachs an den Stallburschen, dann bindet er den zweiten

Säbel und das Gepäck los. Nachdem er Cheryk zugenickt hat, geht Lorn über den Hof zum eckigen Turm und der Wache davor. »Guten Abend, Wyett.«

»n'Abend, Ser.«

»Wollen wir hoffen, dass es nicht zu kalt wird nach all dem nassen Schnee heute.«

»Ja, Ser. Hoffen wir es.«

Nach einem Nicken durchschreitet Lorn den Eingang zum eckigen Turm, wo sein Haupttruppenführer und Verwaltungsgehilfe bereits neben seinem Schreibtisch steht und wartet.

»Ein gewisser Hauptmann Gyraet hat sich zum Dienst gemeldet«, sagt Nesmyl. »Mit einer vollen Kompanie Lanzenkämpfer. Sie sind im alten Südtrakt untergebracht. Und es liegt eine Schriftrolle auf Eurem Schreibtisch.«

»Danke.« Lorn nickt und macht sich auf den Weg zur Hintertreppe. »Wenn du den neuen Hauptmann findest, würde ich gern noch vor dem Abendessen mit ihm sprechen. Ich bringe nur mein Gepäck nach oben und komme gleich wieder.«

»Ja, Ser.«

Lorn läuft die Stufen hinauf in seine Gemächer, wo er nur so lange verweilt, bis er sein Gepäck und die Säbel im Schlafzimmer abgeladen hat, bevor er wieder hinunter in das Arbeitszimmer des Kommandanten geht. Dort zieht er die Winterjacke aus und hängt sie an den Haken an der Wand. Für einige Sekunden schaut Lorn die Schriftrolle an, die zweifellos von Dettaur gesiegelt ist. Er schürzt die Lippen und nimmt die Rolle, bricht das Siegel auf und beginnt zu lesen.

Nun, da die neue Barriere der Magi'i am Verwunschenen Wald an Ort und Stelle ist, entsendet der Major-Kommandant eine zusätzliche Kompanie an jeden Außenposten, an dem schwere Barbarenattacken zu erwarten sind. Haupt-

mann Gyraet und seine Kompanie gehören zu den Ersten, die versetzt wurden. Ich möchte Euch vorwarnen, denn ihre Pferde konnten nicht mit dem Spiegellanzenkämpfer-Feuerwagen geschickt werden, wodurch es nur wenige Ersatzpferde gibt, was sich auch in den nächsten Achttagen nicht ändern wird.

Lorn runzelt die Stirn. Inividra hat fast dreißig Ersatzpferde, wobei es sich dabei hauptsächlich um die Pferde handelt, die sie im Herbst von den Barbaren erbeutet haben. Wie viele Verluste erwartet Dettaur von Lorn in den nächsten Achttagen?

Ich habe auch Hauptmann Gyraet bereits davon unterrichtet.

Der Sub-Major lacht. Man kann sich auf Dettaur stets verlassen, wenn es um ideenreiche Wege geht, um Lorns Position zu untergraben, aber glücklicherweise auch darauf, dass Lorn davon erfährt. Dettaur verfügt über großartige Fähigkeiten, wenn es um seine eigene Stellung geht. So viel ist sicher.

Kommandant Ikynd und ich erwarten mit Spannung die ersten Berichte über Eure Erfolge zur Frühlingswende, wenn die Barbaren die Angriffe wieder aufnehmen.

»Das glaube ich, dass du darauf gespannt bist, Dett. Das glaube ich«, murmelt Lorn leise.

Es klopft an der Tür.

Lorn dreht sich um. »Ja?«

»Hauptmann Gyraet meldet sich zum Dienst, Ser.«

»Hereinkommen.« Lorn bedeutet dem Hauptmann einzutreten.

Gyraet verkörpert das Bild eines mustergültigen Lanzenkämpferoffiziers, schlank, muskulös, dunkelhaarig und mit einem ausgeprägten, aber nicht vorstehenden Kinn und durchdringenden, grünen Augen. Er verbeugt sich, um genau das Maß an Respekt zu zeigen, das angebracht ist. »Sub-Major.«

Lorn deutet auf die Stühle auf der anderen Seite seines Schreibtisches. »Bitte, nehmt Platz.« Während er sich setzt, studiert er das Gesicht seines Gegenübers und spürt den Zweifel, der hinter dem freundlichen Lächeln verborgen liegt. Zweifel – damit kann Lorn besser umgehen als mit Feindseligkeit. »Ich nehme an, Euer Ritt hierher war eher regen- als schneereich.«

»Ja, Ser.« Gyraet lächelt ironisch. »Ich glaube, ich ziehe den Schnee vor, wenn er nicht zu tief ist.«

»Das tun die meisten Lanzenkämpfer.« Lorn macht eine kurze Pause. »Ihr kommt vom Verwunschenen Wald?«

»Ostseite, Ser.«

»Ist Major Weylt noch dort?«

»Ja. Es geht das Gerücht, dass er nach Fyrad versetzt werden und dort in Zukunft für die Wartung des südlichen Teils des Großen Kanals zuständig sein soll.«

»Er hat mir sehr geholfen, als ich in Jakaafra war«, erzählt Lorn.

Gyraet runzelt kurz die Stirn, dann lächelt er. »Ihr seid also *dieser* Hauptmann Lorn.«

Lorn lacht. »Ich glaube, ich war der einzige Lorn, der jemals an der Nordseite gedient hat.«

Gyraet nickt. »Major Weylt hat von der Riesenschlange erzählt, die Ihr getötet habt, und davon, wie Ihr eine Wasserechse mit einem Schwertstoß ins Auge erlegt habt.«

»Es wäre mir lieber, wenn man mich nicht nur für diese Leistungen im Gedächtnis behielte; das war damals eine Mischung aus unkluger Verwegenheit und dummem Zufall.«

Gyraet fügt etwas weniger euphorisch hinzu: »Man

sagt auch, dass Ihr es mit mehr Baumstürzen zu tun hattet als irgendein Hauptmann jemals zuvor, aber dass Ihr weniger Lanzenkämpfer im Verhältnis zur Anzahl der getöteten Kreaturen verloren habt als jeder andere.«

»Das ist schon möglich. Ich weiß nichts über das *jemals zuvor* … aber in den fünf Jahren vor mir und während der Jahre, die ich dort war, traf das zu.«

Gyraet befeuchtet sich mit der Zunge die Lippen.

»Ist Sub-Major Hybyl noch dort?«, fragt Lorn wie beiläufig.

»Ja, Ser.«

Lorn ist sich nicht ganz sicher, wie weit er gehen oder wie viel er andeuten soll. Dann entscheidet er sich für eine andere Vorgehensweise. »Zweifellos seid Ihr von Kommandant Ikynd und Major Dettaur unterwiesen worden.«

»Kommandant Ikynd hat nur wenig gesagt.«

»Er sagte wahrscheinlich, dass ich gute Zahlen vorzuweisen hätte in Bezug auf getötete Barbaren und dass Ihr genau zu diesem Zweck hierher geschickt würdet.«

»So in etwa«, räumt Gyraet ein.

»Er drückte es vermutlich sehr unmissverständlich aus und fügte möglicherweise auch ein paar Worte darüber hinzu, dass Ihr besser vorsichtig sein solltet, weil ich bekannt dafür bin, nicht sehr zimperlich mit Offizieren umzugehen, die nicht mit mir einer Meinung sind.«

Gyraet sagt nichts darauf, aber Lorn erkennt beim Wahrlesen, dass er den Nagel auf den Kopf getroffen hat.

»Major Dettaur hingegen ging bestimmt mehr auf die Einzelheiten ein und meinte, dass zwar alle mit den Ergebnissen meiner Arbeit zufrieden seien, aber Ihr vorsichtig sein solltet, wie Ihr mit mir umgeht.«

»Nun ja … so in etwa.« Gyraet bemüht sich offensichtlich, nicht allzu nervös auf dem Stuhl herumzurutschen, und seine Augen meiden Lorns Blick.

»Ich könnte mich nun übertrieben freundlich geben und Euch überschwänglich willkommen heißen«, fährt Lorn fort, »und Euch täuschen und die Beschreibung in Zweifel ziehen, die von mir gegeben wurde. Das habe ich jedoch nicht vor, denn Ihr erscheint mir durchaus klug. Ihr glaubt Euch in einer schwierigen Lage, weil Ihr dazu verdonnert worden seid, eine Kompanie zu befehligen, die dem Schlächter von Nhais untersteht.« Lorn lächelt. »Habt Ihr den Bericht über den Kampf bei Nhais gelesen?«

»Äh … nein, Ser.«

Lorn geht zur letzten Truhe der Reihe, öffnet diese und holt eine der Abschriften heraus, die er nach Inividra mitgebracht hat. Er schließt die Truhe und reicht Gyraet den Bericht. »Lest ihn. Jetzt. Ich warte so lange.«

»Ja, Ser.« Gyraet verbirgt seine Verwirrung nicht und nimmt das Schriftstück entgegen.

Während der Hauptmann liest, widmet sich Lorn noch einmal Dettaurs Schriftrolle. Anschließend legt er sie beiseite und wirft einen Blick aus dem Fenster. Der Unterton in den Worten seines alten Bekannten bereitet Lorn Sorgen. Er fragt sich, ob Dettaur so versessen auf Rache ist, dass er jede Gelegenheit nützt, um ihn in Rage zu bringen, oder ob er seine Schreiben so verfasst, um ihn zu voreiligen und unklugen Handlungen zu drängen.

Lorn runzelt die Stirn. Dettaur war zweifellos nicht in der Lage, Jerials Abscheu ihm gegenüber zu erkennen, aber immerhin klug genug, um zu verstehen, wie genau Lorn die Lage in Biehl in den Griff bekommen konnte. Doch hat Lorn eine andere Wahl, als früh zu handeln, wenn die Feuerlanzenladungen immer seltener und die barbarischen Horden immer größer werden?

»Ser?«

Lorn blickt auf. »Entschuldigt. Ich habe gerade nachgedacht.« Er schweigt einen Augenblick. »Seid Ihr fertig?«

»Ja, Ser.«

»Wie Ihr seht, wurden viele der Einzelheiten des Berichts von anderen bestätigt, auch von verschiedenen Offizieren und Buchhaltern. Ich wollte, dass Ihr das lest, damit Ihr zumindest eine ungefähre Vorstellung von dem habt, was nördlich der Grashügel vor sich geht und warum Ihr hierher versetzt wurdet.«

»Major Dettaur hat die hamorischen Klingen mit keinem Wort erwähnt.«

»Wahrscheinlich hat er auch die hundert Hirten, Frauen und Kinder nicht erwähnt, die auf brutale Weise ermordet wurden.«

»Äh … nein, Ser.«

»Und ich bezweifle auch, dass er Euch darüber in Kenntnis gesetzt hat, dass wir hier für gewöhnlich viele Ersatzpferde haben – fast vierzig im Augenblick.«

»Nein, Ser.«

Lorn lächelt erneut, dann nickt er. »Das ist alles im Augenblick, Hauptmann. Ihr solltet mit den anderen Offizieren sprechen, besonders mit den älteren. Ich bin sicher, jeder von ihnen hat seine eigene Sichtweise.« Er steht auf. »Ich sehe Euch in Kürze beim Abendessen.«

»Ja, Ser.« Gyraet steht auf und verbeugt sich, bevor er geht.

Lorn stellt sich ans Fenster des Arbeitszimmers und betrachtet die dicken Flocken, die vereinzelt gegen die alten Fensterscheiben prallen.

Ob wohl die Ehrwürdigen mit denselben internen Machtspielen zu kämpfen hatten? Oder zogen sie alle an einem Strang, weil sie es mussten, um aus der Wildnis ein Land zu formen und dem Verwunschenen Wald Herr zu werden?

Irgendwie weiß Lorn, dass das, was er bei den Spiegellanzenkämpfern und insbesondere bei Dettaur erlebt, nichts Neues ist. Der melancholische Unterton in den alten Versen des Silberbüchleins bestätigt das.

Aber dennoch … der traurige Ehrwürdige gehörte zu denen, die die einzigartige Stadt des Lichts erbauten.

LVIII

Lorn beobachtet vom Fenster des Arbeitszimmers aus zwei Wagen, die beladen mit Vorräten durch den leichten Regen über den Hof zum Lagerraum neben den Ställen rollen. Er ist froh, dass er bei dem Regen keine Patrouille hinausgeschickt hat. Der Schnee jenseits der Grashügel schmilzt zwar schon, aber das Chaos-Glas hat ihm gezeigt, dass die Barbaren nach wie vor in ihren Dörfern bleiben und sie noch nicht damit begonnen haben, sich zu sammeln.

Unglücklicherweise verfolgt ihn der unbekannte Magi'i noch immer. Offenbar versucht er herauszufinden, was Lorn zu tun gedenkt. Leider legen nun auch wieder mehr Händler in Jera an; etliche hamorische Klingen werden an Land geschafft und in den Lagerhäusern dort gehortet. Es wird nicht mehr lange dauern und die Klingen werden ihren Weg entlang der Nebenflüsse des Jeryna nehmen und immer noch mehr barbarische Abnehmer finden.

Lorn dreht sich stirnrunzelnd um, als es an die Tür zum Arbeitszimmer klopft. »Ja?«

»Ser … eine Schriftrolle.« Nesmyl verbeugt sich und reicht Lorn die Rolle.

»Danke.« Lorn nickt und nimmt sie entgegen.

Nesmyl geht hinaus und schließt die Tür. Lorn bricht das grüne Lanzenkämpfersiegel auf und liest.

Sub-Major Lorn, Spiegellanzenkämpfer,
befehlshabender Kommandant in Inividra,

der Winter geht dem Ende entgegen und mit Beginn des Frühlings müsst Ihr mit einer erhöhten Anzahl von barbarischen Angriffen rechnen. Kommandant Ikynd möchte Euch noch einmal seine Bedenken betreffend der Taktiken übermitteln, die Ihr in der Vergangenheit angewendet habt. Er möchte betonen, dass Patrouillen regelmäßig nur mit einer Kompanie durchgeführt werden sollen. Mehrkompanien-Patrouillen stellen ein viel zu großes Risiko dar, das den Barbaren erlauben könnte, eine unpatrouillierte Gegend anzugreifen, besonders jetzt.

Des Weiteren werden Eure Patrouillen-Kenntnisse dringend gebraucht, weshalb Euch eindringlich nahegelegt wird, das Kommando über eine Kompanie Eurer Wahl zu übernehmen, vorzugsweise über eine, die von einem Unteroffizier befehligt wird. Hierbei sollte auch angemerkt werden, dass Mehrkompanien-Patrouillen als eine bevorzugte Behandlung der Lanzenkämpfer, die Ihr persönlich befehligt, angesehen werden könnten. Auch dies ist ein Grund, warum Mehrkompanien-Patrouillen minimiert werden sollten …

Assyadt hat bislang noch keine zusätzlichen Pferde bekommen, um die Kompanien aufzustocken, die vom Verwunschenen Wald abkommandiert wurden. Größere Pferdeverluste, wie sie bei Patrouillen mit mehr als einer Kompanie zu erwarten sind, können nicht ausgeglichen werden …

Dies sind herausfordernde Zeiten für alle Spiegellanzenkämpfer, und die kommandierenden Offiziere sollten und müssen sich auf die Praktiken und Taktiken verlassen, die schon seit langem so gute Ergebnisse erzielen. Darauf sollt auch Ihr, auf Geheiß von Kommandant Ikynd, Eure Energien und Talente lenken.

Für Kommandant Ikynd
Major Dettaur
Stellvertretender Kommandant, Assyadt

Lorn legt die Schriftrolle nieder und geht wieder zum Fenster, wo er eine Weile ins Grau des Tages und in den Nieselregen starrt. Schließlich dreht er sich um, geht quer durch den Raum zur Tür und späht hinaus. Nesmyl blickt auf.

»Nesmyl … sag den Hauptmännern und Unteroffizieren Bescheid, dass sie sich im Arbeitszimmer der Offiziere versammeln sollen … ich muss mit ihnen sprechen.«

»Ja, Ser.«

»Danke.«

Lorn geht zurück ins Arbeitszimmer und zu der Truhe an der Wand, in der die Schriftrollen und anderen Briefe an den Außenposten – meist aus Assyadt, doch von Zeit zu Zeit auch vom Spiegellanzenkämpfer-Hauptquartier in Cyad – aufbewahrt werden. Lorn wühlt in der Truhe, einige Schriftstücke zieht er heraus, andere lässt er drin, bis er etwa zehn Dokumente hervorgeholt hat. Er entrollt sie und legt sie übereinander, die letzte Schriftrolle von Dettaur ganz außen.

Er nickt und hofft, dass sein Gefühl ihn nicht trügt. Schließlich klemmt er sich die Schriftrollen unter den Arm und verlässt das Arbeitszimmer.

»Sie sollten mittlerweile versammelt sein, Ser.« Nesmyl steht an seinem Schreibtisch, Yusaet neben ihm. Der jüngere Haupttruppenführer war entweder derjenige, der die Nachricht an die Offiziere überbrachte, oder er hat Nesmyls Posten übernommen, während dieser das tat. »Danke, Nesmyl. Oder auch danke, Yusaet, wer auch immer die Nachricht überbracht hat.«

»Gern, Ser.« Yusaet verbeugt sich.

»… hat wieder diesen kalten Blick … möchte nicht in der Haut desjenigen stecken, auf den er wütend ist …«

Lorn holt tief Luft, als er den eckigen Turm verlässt. Er sollte seinen Ärger auf Dettaur den Offizieren gegenüber nicht zeigen. Der Nieselregen fällt um ihn herum auf die Steine, während er den Kasernenhof überquert und zu den Unterkunftsgebäuden läuft, in denen das Arbeitszimmer der Offiziere untergebracht ist. Unter seinem Arm trägt er die große Rolle mit Schriftstücken.

Als er das Arbeitszimmer betritt, blickt Lorn die sechs Offiziere an, die sich von ihren Plätzen um zwei zusammengestellte Tische erheben. »Bitte, setzt Euch.«

Lorn sieht sich im Raum um, während er die Schriftstücke entrollt, und legt den Stapel vor sich auf den Tisch. Er ist sich darüber im Klaren, dass er mit dem, was er vorhat, viel aufs Spiel setzt, aber er muss wissen, wie die Offiziere dazu stehen. Nach einer langen Schweigeminute sagt er: »Einige von Euch haben schon nach den Patrouillenplänen für den Frühling gefragt, aber ich werde jetzt keinen davon bekannt geben.«

Er wartet und bemerkt das leichte Stirnrunzeln auf Quytyls Gesicht und die hochgezogenen Augenbrauen von Esfayl. »Stattdessen möchte ich Euch allen etwas vorlesen.« Er hält inne. »Dies sind Anweisungen, die ich während der vergangenen Achttage aus Assyadt erhalten habe.« Er nimmt die erste Schriftrolle.

Bedauern wir, Euch mitteilen zu müssen, dass Ihr nicht mehr als drei Feuerlanzenladungen erwarten könnt, wie der Kommandant schon früher in diesem Jahr mitgeteilt hat …

Dann liest er aus der zweiten vor.

Können wir keine Ersatzpferde zur Verfügung stellen und werden dazu auch erst irgendwann im Spätfrühling oder Frühsommer in der Lage sein …

Und aus der dritten.

Wir müssen auch darauf bestehen, dass Ihr von der Praxis der Mehrkompanien-Patrouillen Abstand nehmt. Spiegel-

lanzenkämpfer müssen in der Lage sein, es mit wesentlich größeren Barbarentruppen aufzunehmen, ohne sich auf Verstärkung stützen zu können …

Emsahl schnaubt … für alle hörbar.

Lorn nimmt nun die letzte Schriftrolle und liest laut vor.

Weiterhin wird strengstens angeraten, dass Ihr den am wenigsten leistungsstarken Kompanie-Offizier Eures Außenpostens ablöst und persönlich das Kommando über seine Kompanie übernehmt …

Lorn wartet und lässt die Worte wirken, bevor er weiterspricht. »All diese Schriftrollen kamen im Laufe des Winters hier an. Heute Morgen habe ich eine weitere erhalten, die all diese Botschaften noch einmal wiederholt und eine weitere hinzufügt. Auch die möchte ich vorlesen.« Lorn räuspert sich und liest Dettaurs letzte Nachricht in voller Länge vor. Während er liest, wirft er kurz einen Blick in den Raum, und er spürt, dass die meisten Offiziere beunruhigt sind.

Nachdem die letzten Worte verklungen sind, legt Lorn das Schriftstück vor sich auf den Tisch. Er blickt nacheinander in die sechs Gesichter und studiert sie eingehend, bevor er spricht. »Ich werde die Rollen hier lassen, damit Ihr sie lesen und selbst feststellen könnt, dass ich nichts erfunden oder verzerrt habe.« Er macht eine Pause und lässt ein längeres Schweigen zu. Im Raum bleibt es eine ganze Weile still.

»Ser … stammen sie alle von Major Dettaur und Kommandant Ikynd?«, fragt Esfayl.

Lorn nickt.

»Wir haben im letzten Herbst weniger Lanzenkämpfer verloren als in vergleichbaren Jahreszeiten, die ich hier in Inividra verbracht habe«, berichtet Emsahl nachdenklich. »Und Ihr wollt uns weismachen, dass …«

»Nein. Das will *ich* nicht. Dies sind Briefe von Major Dettaur, die er im Namen von Kommandant Ikynd verfasst hat.«

»War noch nie ein richtiger Patrouillen-Kommandant ...«, meint der sonst eher ruhige Cheryk. »Schlimmer als Sasyk, und der war schon ein saurer Birnapfel ...«

Gyraet zieht die Augenbrauen hoch.

»Das war er wirklich nicht. Er hat sich immer den größten Barbaren ausgesucht und den Rest der Lanzenkämpfer vergessen.«

Lorn räuspert sich laut und deutlich. Cheryks Worte werden später, wenn Lorn weg ist, besser wirken. »Ich wollte, dass Ihr alle erfahrt, welche Art von Anweisungen ich aus Assyadt erhalte.« Er lächelt. »Ich möchte, dass Ihr bedenkt, dass man mir noch nicht verboten hat, Mehrkompanien-Patrouillen durchzuführen. Auch hat man mir noch nicht befohlen, einen aus Euren Reihen abzulösen. *Strengstens angeraten*, aber nicht befohlen.«

»Es hört sich jedoch ganz danach an, als würde der Befehl bald erteilt werden«, meint Emsahl.

»Wenn wir weiterhin so verfahren wie bisher, dann sicherlich, das stimmt. Wenn jeder von Euch wieder eigene Patrouillen reiten muss, werden wir aber schwere Verluste erleiden.« Lorn hält inne.

Emsahl lächelt. »Ich glaube, Ser, dass Ihr bereits eine Idee habt. Sonst hättet Ihr uns nicht hier einberufen.«

»Das stimmt, die habe ich.« Lorn nickt. »Ich habe etwas völlig anderes vor. Kommandant Ikynd sagte zu mir, wir könnten gehen, wohin wir wollen, wenn wir einmal auf Jeranyi-Gebiet sind. Ich glaube, es wäre eine gute Idee, den Angriffen dort ein Ende zu bereiten, wo sie gestoppt werden sollten – nämlich drüben in Jerans –, und ich glaube, dass uns das auch gelingen kann. Wir müssen es jedoch tun, bevor ich noch mehr Schriftrollen aus Assyadt erhalte.« Lorn hebt die jüngste hoch. »Diese ist heute hier eingetroffen. Es wird wahrscheinlich zwei

Achttage dauern, bis wir neue Lebensmittelzuteilungen und damit neue Schriftrollen bekommen.«

»Ihr erwägt, nach Jerans zu reiten?«, fragt Gyraet.

Lorn nickt. »Wir hatten damals in Biehl bessere Chancen, als wir die Barbaren verfolgten und sie angriffen, als sie es nicht erwarteten. Wenn wir abwarten ... werden sie immer noch größere Horden zusammentrommeln.«

»Ziemlich riskant ...«, gibt Gyraet zu bedenken.

»Nicht so riskant, wie mit nur einer Kompanie gegen einhundertfünfzig Mann zu kämpfen«, hält Cheryk dagegen. »Und dazu wird es bald kommen, wenn der Sub-Major diesen Weisungen folgt.«

»Was ist, wenn sie hier angreifen?«, fragt Esfayl.

»Das ist eine gute Frage.« Lorn lächelt. »Aber welcher barbarische Krieger wird es wagen, sein Heimatland zu verlassen, um Cyador anzugreifen, wenn die Weißen Teufel in Jerans sind und zuerst attackieren?«

»Nein ... das wird sich keiner trauen«, bestätigt Emsahl. Dann grinst er. »Wann reiten wir los, Major?«

»Wie wäre es in zwei Tagen?« Lorn lächelt grimmig.

LIX

Im Schein der Schreibtischlampe sieht Lorn noch einmal die Landkarten durch, er prüft die Routen, die eingeplanten Stopps, die Stellen, an denen es Probleme geben könnte, und die Orte, die zerstört werden müssen. Er hat noch keinem der Offiziere die genauen Pläne mitgeteilt, nur dass eine unbenannte Stadt am Südfluss des Jeryna ihr erstes Ziel sein wird. Das ist auch die Wahrheit, denn dies ist einer der Orte, in dem sich die Kämpfer versammeln; es sind noch nicht alle dort, doch es werden genug sein und sie haben ihre Pferde bei sich.

Langsam ordnet er die Karten in der gewünschten Reihenfolge, dann rollt er sie auf und bindet sie zu einem einzigen Bündel zusammen.

Morgen werden alle sechs Kompanien der Spiegellanzenkämpfer aus Inividra ausrücken; das hat es noch niemals zuvor gegeben. Den Geschichten und Berichten zufolge hat noch niemand mehr als zwei Spiegellanzenkämpfer-Kompanien zusammengeschlossen, um einen Angriff zu starten, nicht während der letzten Generationen.

Er schürzt die Lippen. Vielleicht findet er irgendwann einmal heraus, warum das so ist, aber im Augenblick kann er nur das tun, was er für das Beste hält, denn die alten Taktiken erweisen sich als immer weniger wirkungsvoll und die Chaos-Türme stehen kurz vor dem Zusammenbruch. Lorn ist schließlich ein Kind Cyads und wird nicht nur daneben stehen und zusehen.

Er lacht leise, jedoch freudlos. Eine echte Wahlmöglichkeit hat er ohnehin nicht, denn würde er Dettaurs Anweisungen folgen, bedeutete das entweder den Tod oder Schande in immer größer werdendem Ausmaß, denn Dettaur versteht sich außergewöhnlich gut auf politische Manöver – viel, viel besser, als Lorn das jemals könnte.

In der Dunkelheit nimmt Lorn erneut das Spähglas heraus und stellt es vor sich auf den Schreibtisch. Sein Kopf schmerzt noch immer leicht vom Gebrauch des Glases am späten Nachmittag, aber er möchte Ryalth und Kerial noch ein letztes Mal sehen, bevor er sein Schicksal dem Chaos überlässt.

Als die Silbernebel zur Seite wabern, sieht er das schlafende Paar, doch schon nach wenigen Augenblicken lässt er das Bild wieder los. Er will ihren Schlaf nicht stören.

Lorn wird zwar das Chaos-Glas, verpackt in dem hölzernen Kästchen, in der Satteltasche mitnehmen, doch er glaubt kaum, dass er die Zeit oder die Ungestörtheit haben wird, um es unterwegs zu benutzen. Auf einem so ausgedehnten Feldzug, wie er ihn geplant hat, wagt er es nicht, das Glas zurückzulassen, nicht, solange Dettaur jeden Schritt, den er tut, beobachtet.

Noch etwas wird ihn auf der Reise begleiten: Ryalths ehrwürdiges Büchlein mit Silbereinband. Er hält es eine Zeit lang in der Hand, bevor er es öffnet. Nicht zum ersten Mal fragt er sich, wie das Buch wohl in die Hände von Ryalths Mutter gelangte und ob das bedeutet – so wie er vermutet –, dass Ryalth fast ebenso ein Kind der Magi'i ist wie er selbst. Er lacht leise, denn die Magi'i zählen sie beide gewiss nur ungern zu den ihren.

Dann blättert er durch die Seiten, um nachzulesen, ob vielleicht einer der alten Verse seine gegenwärtige Gemütsverfassung widerspiegelt. Er findet einen Vers, dessen Worte ihn in mehrerlei Hinsicht bewegen, so wie das oft der Fall ist, wenn seine Möglichkeiten und Umstände sich verändert haben. Er liest leise vor sich hin.

Wir stehen in einer Welt, die wir nicht kennen,
ernten Leben und Tote, die wir nicht säten.
Mancher greift nach den Rosen anderer Orte,
einer Welt jenseits von Chaos in Zeit und Raum.
Mancher erhebt eine Kupferklinge von seltsamer Anmut,
um ungeliebte neue Wahrheiten zu zerstören.

Chaos existiert wie die Flüsse und Hügel,
und ich werde mein Leben nach dem Willen des Chaos leben,
denn Spiegeltürme sind aus den Himmeln gestürzt,
in Ehren gehaltene Wahrheiten nur noch Lügen,
wenn sie uns aus unheilvoller Vergangenheit Befehl sind,
Talismane, die nicht ewig währen.

Zu bauen, was neu gebaut werden muss,
und neue Hallen errichten,
zu bewachen, was in leuchtenden Mauern verwahrt werden muss,
zu töten die Dämonen des blinden Hasses –
all das und mehr, das ist mein Schicksal geworden.

Bedaure ich die Sterne, die mich hierher verbannt?
Nicht mehr, als dass das Leben zerbrechlich und vergänglich ist
oder dass meine Worte ungelesen sterben,
denn Worte können nicht ausdrücken, was Seelen fühlen.

»›Worte können nicht ausdrücken, was Seelen fühlen …‹«, grübelt Lorn und nickt.

Sein Blick fällt auch auf einen anderen Satz: ›… Dämonen des blinden Hasses‹. Es gibt so viele, die blind und jenseits jeder Vernunft hassen, angefangen bei den Barbaren bis zu Dettaur und zu all denen, die Lorn nicht einmal kennt. Der ehrwürdige Schreiber erwähnte, dass es sein Schicksal sei, diese zu töten. Die anderen Gedichte hingegen zeugen vom Feingefühl dieses Mannes – und Lorn ist sich der Ironie der Aussage, *die Dämonen des Hasses zu töten,* durchaus bewusst. Dort, wo Dämonen vernichtet werden, entsteht immer noch mehr Hass, und ungehinderter Hass vervielfacht sich; Liebe allein wird jedoch den Hass, der eine Klinge hält, nicht aufhalten.

»Du willst also eine noch größere Klinge erheben?« Lorn hat gesucht, doch keine andere Möglichkeit gefunden, keine, die sich ihm in dieser Welt und zu dieser Zeit eröffnet hätte. Wenn er das tut, was die anderen wollen, würde das ebenfalls den Tod bedeuten. Und nur den Willen anderer auszuführen wird Cyad nicht retten und auch nicht das, wofür die Stadt steht und weshalb sie leuchtet. Lorn findet noch ein anderes Gedicht und liest die folgenden Strophen:

Händler, Lanzenkämpfer, Magier, alle verbeugen sich vor ihr,
Rationaler Einheit entstammen diese drei,
und weder Chaos noch Lanze noch Gold
sollen ergreifen die geweissagte Stadt,
denn Cyad hält das Schicksal dieser Erde
und aller Seelen und Fähigkeiten von Wert.
So scheine fort bei Tag und bei Nacht
helle Stadt des Wohlstands und des Lichts.

Lorn starrt lange in die Dunkelheit, bevor er aufsteht und in sein Schlafzimmer geht, wo er das in Silber gebundene Buch und das Chaos-Glas in den Satteltaschen verstaut, die er am Morgen mitnehmen wird.

LX

Mit den Satteltaschen über der linken Schulter, dem brystanischen Säbel am Gürtel und dem Lanzenkämpfersäbel und den Kartenrollen in der linken Hand blickt Lorn Nesmyl am. »Du hast eine halbe Einheit, die Köche und die anderen Bediensteten. Ich wünschte, es wären mehr, aber wir brauchen jeden Mann.«

»Viele Lanzenkämpfer würden viel geben, um das zu sehen, was ich erleben darf, Ser. Es ist lange her, dass die Barbaren in ihrem eigenen Land angegriffen wurden. Ich wünschte fast, ich könnte mit Euch reiten, Ser«, antwortet der leicht gebeugte, ältere Lanzenkämpfer. Sein Lächeln wirkt etwas schief. »Fast.«

»Die Zeiten haben sich verändert, Nesmyl, und wir müssen uns nach ihnen richten.« Lorn deutet zum Arbeitszimmer. »Falls Major Dettaur unerwartet hier auftauchen sollte, kannst du ihm sagen, dass ich gemäß seinen Wünschen alle Kompanien auf Patrouille geschickt habe, um das Land und Volk Cyadors besser beschützen zu können.«

»Das werde ich, Ser. Das werde ich.«

»Ich rate euch, zumindest die inneren Tore zu schließen, wenn wir draußen sind.«

»Das habe ich bereits in Erwägung gezogen, Ser.«

»Gibt es sonst noch Fragen?«

»Dies ist keine Frage ... aber ... Ser ... wenn Ihr viel Beute und Erfolg zurückbringt, legt Ihr alles am besten gleich dem Kommandanten in Assyadt zu Füßen.«

»Wenn ... wenn wir so viel Glück haben ...« Lorn nickt ein letztes Mal und geht zur Tür und dann hinaus in das graue Licht des sonnenlosen Morgens kurz nach der Dämmerung. Seine Beine tragen ihn über den Hof zum Stall, wo Hasmyr den Wallach bereits für ihn gesattelt hat.

»Ich habe einen Sack mit Getreide mitgegeben, Ser. Gerade so viel, wie Ihr ohne Mühe mitnehmen könnt. Versucht, wenn möglich, dafür zu sorgen, dass alle Pferde etwas davon bekommen.«

»Das werde ich«, sagt Lorn, während er sein Gepäck hinter dem Sattel festschnallt. Dann überprüft er die Feuerlanze und seine Wasserflasche. Sein Blick wandert zu den Ersatzpferden, die weitere zwanzig Feuerlanzen tragen, zu wenig für die Streitmacht, die er zusammengestellt hat.

Lorn schwingt sich aufs Pferd und reitet über die Pflastersteine des Hofes zum jüngsten Unteroffizier, Quytyl.

»Ser?«

»Wie geht es Eurem Arm?«

»Noch immer ein wenig steif, Ser, aber wieder stark genug.«

»Gut«, meint Lorn, obwohl er ein wenig an den Worten des jungen Offiziers zweifelt. »Die Fünfte Kompanie wird hinter der Dritten reiten.« Er hat zwar schon am

Tag zuvor den Befehl gegeben, möchte ihn aber ein weiteres Mal betonen.

»Ja, Ser.«

Lorn verständigt sich noch einmal mit allen anderen Offizieren, danach reitet er an die Spitze der Kolonne, wo Emsahl und die Dritte Kompanie sich schon formiert haben. »Lasst uns aufbrechen.«

»Ja, Ser.« Emsahl hebt den Arm und gibt das Zeichen zum Aufbruch.

Das Hufgeklapper auf den Steinen erfüllt den Kasernenhof bis zu den inneren Toren, als die sechs Kompanien Inividra verlassen.

Der frühe Morgen bleibt auch weiterhin grau, die dünnen Wolken treiben hoch am Himmel dahin, und eine leichte, aber warme Brise weht aus Südwesten, als die Kolonne auf die Straße nach Jerans einbiegt. Lorn blickt zurück nach Inividra, wo zwei ältere Lanzenkämpfer die inneren Tore schließen; ein Außenposten, der nun bis auf Nesmyl, die Köche und weniger als ein Dutzend Lanzenkämpfer verlassen ist.

Weder zum ersten noch zum letzten Mal, so vermutet Lorn, fragt er sich, ob er alles erreichen kann, was er sich vorgenommen hat.

Bei seinen Beobachtungen im Glas am vorhergehenden Nachmittag und noch einmal am Morgen waren nur im Nordosten Barbarenbewegungen zu erkennen, an einem Ort, der näher an Syadtar liegt. Das ergibt auch Sinn, denn der späte Schnee, der Frühlingsschnee, ist bloß im Westen gefallen, aber die Straßen sind matschig und die meisten Barbaren scheinen ohnehin noch entweder mit der Aussaat oder ihren Herden und anderen Frühlingsarbeiten beschäftigt zu sein.

Lorn richtet die Schultern gerade und beobachtet die Straße vor sich.

LXI

Lorn trägt die weiße, geölte Winterlederjacke offen, obwohl gelegentlich eine frische Brise aufkommt. Ihm ist warm, doch schwitzen muss er nicht, als er auf der schmalen Straße, die eigentlich nur ein Pfad ist und aus den Grashügeln hinausführt, nach Nordwesten reitet. Während der drei Tage, die die cyadorischen Streitkräfte nun unterwegs sind, hat sich die hohe Bewölkung nicht verändert. Es fiel allerdings nur leichter Regen und das auch nur gelegentlich. Seit kurz nach der Dämmerung sind die Spiegellanzenkämpfer nun vom Regen verschont geblieben und jetzt steigt Nebel aus den Hügeln im Nordwesten, wo der warme Regen den letzten Schnee schmilzt. Ungefähr fünf Meilen hinter diesen Hügeln befindet sich die erste barbarische Ansiedlung auf der Route durch Jerans, wenn Lorns Landkarten stimmen.

Der Sub-Major reitet mit Emsahl an der Spitze der Kolonne auf einer Straße aus weichem Lehm, die jedoch nur wenige Pfützen und schlammige Abschnitte aufweist. Direkt hinter ihnen reiten Emsahls Haupttruppenführer und der Untertruppenführer der Ersten Einheit der Dritten Kompanie.

»Wir wenden uns von Clynya ab, oder irre ich mich, Ser?«, fragt Emsahl.

»Die Barbaren, die Assyadt angreifen, kommen aus Nordwesten, meist aus den Städten entlang der Nebenflüsse des Jeryna«, erklärt Lorn. »Dorthin reiten wir.«

»Ihr habt das schon eine Weile geplant, Ser.« Emsahl spricht den Satz als Feststellung aus, nicht als Frage.

»Ja, seit Rhalyt fragte, warum wir nur herumsitzen und warten.« Lorn runzelt die Stirn, während er die Hügel studiert. »Die erste Stadt sollte auf der anderen Seite liegen, hinter diesem Pass. Dort gibt es einen Bach, das erste richtige Gewässer auf der Nordseite der Grashügel.«

»Wusstet Ihr, dass Ihr nach Inividra versetzt werdet, Ser?«, fragt der ältere Hauptmann.

»Ich wusste nur, dass man mich an einen Ort schicken würde, wo ich gegen Barbaren kämpfen muss«, antwortet Lorn.

»Ihr sammelt bestimmt schon lange Karten und anderes Material über die Barbaren. Das müsst Ihr, bei Eurem großen Wissen.«

»Wenn man nicht als Spiegellanzenkämpfer geboren wird, dann weiß man, dass man irgendwann gegen Barbaren kämpfen muss«, erklärt Lorn. »Da ist es sinnvoll, man lernt rechtzeitig, so viel man nur kann.«

»Leider tun nicht alle Menschen immer nur Sinnvolles.«

»Das stimmt wohl.« Lorn lacht. »Dann lasst uns hoffen, dass wenigsten das, was die Späher herausgefunden haben, einen Sinn ergibt.«

Der bärtige Emsahl brummt eine Zustimmung.

Der Vormittag ist schon lange angebrochen, als Lorn die Späher wieder auf sich zukommen sieht. Er wendet sich an den Hauptmann. »Emsahl, einer Eurer Lanzenkämpfer soll die Offiziere zusammenrufen.«

»Ja, Ser.« Der ältere Offizier dreht sich im Sattel um. »Dwyt, schick einen Boten. Alle Offiziere sollen zum Major kommen, schnell.«

»Wir werden hier anhalten, die Männer können die Formation für eine Weile auflösen.« Lorn dreht sich um. »Kompanien! Halt!«

»Kompanien halt!« Der Befehl hallt durch die lange Kolonne, während Lorn den Spähern etwa fünfzig Ellen entgegenreitet.

Emsahl reitet hinter ihm her, gefolgt von den anderen Offizieren, einer nach dem anderen kommen sie von hinten angeritten. Gyraet, der mit seiner Sechsten Kompanie das Ende der Kolonne bildet, zügelt als Letzter in der Runde der Offiziere sein Pferd, wenige Augenblicke bevor die zwei Späher anhalten.

»Kommt erst zu Atem und berichtet dann«, sagt Lorn.

»Ja, Ser«, antwortet der bärtige, ältere Lanzenkämpferspäher. »Wir sind auf die andere Seite des Hügels geritten, Ser, wie Ihr es angeordnet habt, und haben hinuntergeschaut. Es hat niemand auch nur einen Blick auf die Straße geworfen. Auf den Feldern wird gepflügt, einige Männer ziehen Gräben oder verrichten andere Arbeiten.«

»Wie viele Leute vermutest du in der Stadt?«

»Vierhundert vielleicht, den Häusern nach zu urteilen, aber da sind Frauen und Kinder schon enthalten.«

»Dann sind es um die einhundertfünfzig Männer jeden Alters«, grübelt Lorn laut nach. »Ziehen sie die Gräben entlang des Baches?«

»Ja, Ser.«

»Auf der anderen Seite?«

Der jüngere Späher nickt. »Etwa zehn Mann arbeiten dort, vielleicht auch ein paar mehr.«

»Sind weiter draußen auf den Feldern viele Hirten zu sehen gewesen?«

»Könnte schon sein. Gesehen habe ich aber keine, Ser.«

»Was ist mit Viehherden?«

»Keine befindet sich mehr als eine Meile von der Stadt entfernt, Ser.«

»Danke. Ihr könnt euch ein wenig ausruhen …« Als die Späher fortgeritten sind, steigt Lorn vom Pferd. Er rutscht fast auf dem feuchten Lehm aus, fängt sich aber wieder, und wartet, bis die anderen Offiziere ebenfalls abgestiegen sind und zwei jüngere Lanzenkämpfer die Zügel ihrer Pferde übernommen haben. Dann entrollt er die Karte und bittet Rhalyt, ein Ende zu halten, während er auf die Orientierungspunkte zeigt und erklärt: »Hier ist die Stadt. Die Straße führt dort hinein. Dort sind die Gräben und da ist die Stadtmitte. Rhalyt – unsere Kompanien überqueren den Bach an dieser Furt und halten sich Richtung Osten. Deine Aufgabe ist es, alle Männer auszuschalten, die an den Gräben arbeiten. Nehmt die Säbel oder feuert kurze Schüsse ab – und beeilt Euch. Dann reitet die Straße hinunter, bis Ihr nördlich der Gräben seid. Ihr könnt alle Männer töten, die alt genug sind, um ein Schwert zu tragen, aber rührt die Frauen und Kinder nicht an.«

»Ja, Ser.«

»Eine Kompanie schicken wir um die Stadt herum zur Straße, die nach Nordwesten führt. Das wird die Zweite Kompanie sein.« Lorn blickt den jungen Hauptmann Esfayl an. »Eure Aufgabe ist es, dafür zu sorgen, dass niemand aus der Stadt hinausreitet – niemand. Wir wollen nicht, dass sie die Kunde von unserem Angriff verbreiten – nicht, wenn wir es irgendwie verhindern können. Ihr reitet auf dieser Seite des Baches in Richtung Westen, da trefft Ihr vermutlich auf einen Weg; dann überquert Ihr den Bach und haltet Euch an die Straße, die westlich aus der Stadt hinausführt.«

»Ja, Ser.«

Lorn blickt Gyraet an. »Hauptmann, Ihr bleibt bei der Haupttruppe, bis wir die Kreuzung auf der anderen Seite der Furt erreicht haben. Dann nehmt Ihr den Weg nach Norden und durchkämmt das Gebiet dort.«

»Ja, Ser.«

Lorn sieht die Offiziere an. »Die Aufgaben sind sehr einfach. Wir werden alle Barbaren töten, die uns angreifen, nur keine Frauen, es sei denn, sie tragen Waffen. Sobald wir alle niedergemacht haben, die ein Schwert führen können, und wir die Stadt eingenommen haben, werden wir sämtliche Klingen einsammeln und die Pferde zusammentreiben. Wir werden auch Lebensmittel brauchen, um zur nächsten Stadt zu kommen, und Pferde, um sie zu transportieren.«

»Alle Pferde, Ser?«, fragt Esfayl.

»Wenn sie keine Pferde haben, können sie uns auch nicht verfolgen oder die Nachricht von unserem Angriff verbreiten, sobald wir weg sind.«

Cheryk nickt und er und Emsahl tauschen Blicke aus.

»Es hört sich einfach an, doch es muss sich erst herausstellen, ob alles nach unseren Plänen verläuft«, sagt Lorn. »Denkt stets daran, dass Ihr dafür sorgen wollt, dass dieses Volk lange Zeit nicht mehr dazu in der Lage sein wird, Cyador anzugreifen. Dies ist erst die erste Stadt, nicht die letzte ... also haltet die Männer an, wenn möglich ihre Säbel zu gebrauchen – jedoch nur, wenn sie das ohne Gefahr tun können.« Lorn rollt die Karte auf. »Gibt es noch Fragen?«

Die Offiziere werfen sich gegenseitig Blicke zu.

»Ich hätte eine Frage, Ser«, meint Cheryk. »Ihr plant einen Feldzug, Ser, nicht nur ein paar Angriffe, nicht wahr?«

»Wenn wir ihn zuwege bringen, ja«, räumt Lorn ein. »Wenn sich die Dinge anders entwickeln, dann werden wir die Taktik ändern. Je mehr Städte, Klingen und Pferde wir nehmen können, desto weniger Barbaren werdet Ihr die nächsten Jahre zu Gesicht bekommen.«

Cheryk nickt. »Dann sollten wir so viele töten, wie wir nur können, und dabei so wenig Männer verlieren wie nur möglich.«

Als niemand mehr eine Frage stellt, tritt Lorn zur Seite und steckt die Karte in den langen Beutel hinter dem Sattel. »Die Männer sollen sich formieren. Wir werden eine Viererfront versuchen, wenn wir die andere Seite des Baches erreicht haben.«

»Ja, Ser.«

Lorn schwingt sich in den Sattel und wartet, bis die Offiziere wieder bei ihren Kompanien sind und die Befehle weitergegeben haben. Seine Augen wandern immer wieder auf die leere Straße und zurück zur Kolonne, die aus sechs Kompanien besteht.

»Ser?« Emsahls Stimme klingt ruhig. »Die Dritte Kompanie ist bereit.«

»Danke. Wir warten besser noch einen Augenblick.«

Lorn wendet den Wallach und stellt sich in die Steigbügel. Er wartet, bis Gyraet den Seitenstreifen der Straße erreicht hat, dann hebt er den Arm. »Hinten sind sie bereit. Kolonne, vorwärts!«

Der Befehl wandert nach hinten durch und Lorn fragt sich erneut, ob es wohl die richtige Entscheidung war, während die Spiegellanzenkämpfer nach Nordwesten in den Kampf reiten. Er selbst ist nicht besser als die Barbaren – vielleicht sogar noch schlimmer –, denn diese bringen zwar Unschuldige um, sind jedoch nicht in Cyad geboren so wie Lorn.

Die cyadorischen Streitkräfte reiten etwa eine Meile weiter bis zur Straße, bis diese nach Norden abbiegt, und dann zum Bach. Niemand ist zu sehen.

Esfayl hebt die Hand zum Gruß, als seine Zweite Kompanie an Lorn vorbeireitet und nach Westen schwenkt auf den Weg oder Pfad, der auf der südlichen Seite des Baches verläuft. Lorn erwidert den Gruß.

»Niemand vor uns, Ser«, berichtet der Späher, der sein Ross herumgenommen hat und nun neben dem Sub-Major reitet.

»Immer noch?«

»So ist es, Ser.«

Die Straße kommt mit einer Biegung hinter dem Hügel hervor und fällt einige hundert Ellen weit ab, bevor sie wieder hinter einem Hügel verschwindet, der mit Bäumen bewachsen ist, wahrscheinlich irgendein Obstgarten. Die Äste erscheinen fast leer, bis auf ein paar zusammengerollte Winterblätter. Als sich die Kolonne dem Obstgarten nähert, späht hinter einem Baum ein schlaksiger Junge in einer verfilzten Schaffelljacke hervor, der gerade einen Eimer mit Süßsaft leert. Nach einem Augenblick der Sprachlosigkeit öffnet er den Mund, als er die Lanzenkämpfer in ihren Winterjacken und Uniformen erkennt. Er rennt davon, schreiend, um den Fuß des Hügels herum auf eine kleine Hütte zu, die etwa hundert Ellen weiter westlich liegt. Weißer Rauch steigt aus dem Kamin der Hütte. Im Laufen schreit der Junge: »Dämonen! Weiße Dämonen!

»Lasst ihn laufen«, befiehlt Lorn. »Wir müssen erst den Bach überqueren.« Er lässt den Wallach in einen schnellen Trab fallen und bemerkt, noch während er spricht, einen süßlichen Geruch in der Luft. Stammt er vom Einkochen des Süßsaftes?

Er konzentriert sich auf die Straße, die in Windungen abfällt und zu der Furt durch den Bach führt. Dort ist das bräunliche Wasser um die fünfzig Ellen breit und reicht den Pferden fast bis zu den Knien, als die Lanzenkämpfer den Bach jeweils zu zweit queren. Das Wasser steht höher als sonst und überflutet auf beiden Seiten des Ufers die blattlosen Büsche. Der Hang auf der Nordseite ist von Furchen durchzogen, und Hufspuren von zwei oder drei Pferden sind zu sehen, die nicht aus jüngster Zeit stammen.

Am Gipfel des Hügels angekommen, tänzelt der Wallach zur Seite und schnaubt, als sie die andere Straße erreichen. Lorn blickt sich um, aber die Kreuzung ist leer, worauf er die Kolonne nach links in Richtung Westen zur Stadt führt.

Das erste Anwesen westlich der Kreuzung auf dem Weg zu der kleinen Stadt ist eine einstöckige, einfache Hütte auf der linken Seite der Straße, weniger als zwanzig Ellen entfernt von dem zerfurchten Pfad. Das Haus ist aus Lehmziegeln gemauert und mit einem Strohdach gedeckt, das von den Jahren schwarz geworden ist. Ein bärtiger Mann, etwa in Lorns Alter, späht aus dem Fenster und sieht aus, als könnte er nicht glauben, was er erblickt.

Hsst! Lorns Feuerball durchschlägt den Hals des Mannes und aus dem Haus erschallt ein gellender Schrei.

»Verdammt!«

»Der Major will sie ausrotten …«

»… genau das, was sie unserem Volk schon seit Jahren antun wollen …«

Lorn presst die Lippen aufeinander. Er wirft einen Blick über die Schulter, Gyraet und seine Sechste Kompanie sind bereits aus der Haupttruppe ausgeschert und traben nun auf dem schmalen Feldweg nordwärts. Der Staub weiter östlich hinter der Kolonne beweist, dass Rhalyts Erste Kompanie sich ostwärts auf die Gräben zubewegt.

»Schneller Trab!«, befiehlt Lorn und das Echo der drei Hauptmänner hinter ihm ertönt, worauf die Truppenführer die Order an die Männer weiterleiten.

Während sie auf die Stadt zureiten, kann Lorn schon aus einer halben Meile Entfernung erkennen, dass die Häuser nicht im rechten Winkel zur Straße oder zu den Gassen stehen, sondern fast willkürlich angeordnet und von verkommenen Nebengebäuden umgeben sind; außerdem häuft sich der Unrat um die Häuser. Ein ranziger und beißender Gestank liegt über der Stadt.

Lorn zieht den Säbel aus der Scheide und hält ihn einstweilen zusammen mit den Zügeln in der linken Hand, während er mit der rechten die Feuerlanze balanciert und auf die erste Häusergruppe zureitet.

»Holt euch die Dämonen!«

Hinter einer verlassenen, ungedeckten Hütte rechts von den Lanzenkämpfern stürmt eine Gruppe Barbaren hervor, etwa zehn Mann tragen die langen, dunklen Eisenklingen aus Hamor. Sie lassen sich von der Überzahl der Lanzenkämpfer nicht beirren und stürzen auf die Viererfront der Spiegellanzenkämpfer zu; eine breitere Linie lässt die Straße nicht zu.

»Kurze Schüsse!«, befiehlt Lorn. »Kurze Schüsse!« Er lässt seinen Worten zwei schnelle zischende Chaos-Schüsse folgen. Ein Barbar taumelt aus dem Sattel und ein anderer fällt zur Seite auf das Pferd seines Nebenmannes.

Hsst! Hsst!

Lorn duckt sich unter einer wild geschwungenen Klinge hindurch und schießt fast gleichzeitig auf eine Gestalt, die auf einer schiefen Veranda steht und gerade einen Langbogen spannt. Der Mann fällt zu Boden und ein Feuer breitet sich um seine Füße auf den Planken aus.

Lorn entdeckt gerade noch rechtzeitig mehrere flüchtende Männer, die auf der linken Seite einen Weg entlanglaufen, und wendet den Wallach. »Dritte Kompanie ... Erste Einheit! Folgt mir!«

»Erste Einheit! Folgt dem Major!«, leitet Emsahl den Befehl weiter.

Lorn treibt den Wallach ordentlich an und nach etwa hundert Ellen hat er einen der Flüchtlinge eingeholt. Er schwingt den brystanischen Säbel mit einem Hauch von Chaos, als der Mann versucht, sich zur Seite zu wenden – doch der Versuch scheitert. Ein anderer will sich hinter einem kleinen Baum verstecken, aber Lorn schickt einen Chaos-Schuss aus der Feuerlanze durch seine Schulter.

»Dämonen! Sie sind überall!«, schreit ein Mädchen oder eine Frau.

Lorn hält am Straßenrand an und wirft einen Blick hinter das Haus zu seiner Linken, wo drei Lanzenkämpfer zwei Barbaren verfolgen. Eine grauhaarige Frau stürzt sich von einer erhöhten Veranda, einen langen Dolch in der Hand, aber der nächststehende Lanzenkämpfer kann sich zur Seite werfen und gleichzeitig die Lanze ausrichten. *Hsst!*

Die Frau torkelt und Lorns Kamerad lässt den Säbel herunterfahren.

Lorn dreht sich um. Zwei Jünglinge, kaum alt genug, um eine Klinge in der Hand halten zu können, erstürmen von hinten die Seite der Veranda.

Hsst! Der Erste geht nach einem Schuss aus Lorns Feuerlanze zu Boden. Der Zweite hebt noch das Schwert, als wollte er es Lorn entgegenschleudern, aber ein anderer Lanzenkämpfer reitet heran und stößt dem Jungen den Säbel in die Schulter.

Lorn führt die Erste Einheit die Gasse entlang und entdeckt drei Männer, die aus einer Werkstatt, offenbar einer Schmiede, flüchten. »Holt sie euch!« Er bedeutet drei Lanzenkämpfern, sie einzuholen, bevor er den Wallach nach rechts wendet, um einen graubärtigen Reiter abzufangen, der eine uralte, lange Klinge trägt. Lorn lässt es nicht auf einen Zweikampf ankommen, sondern durchbohrt die Brust des Mannes mit einem Chaos-Schuss und reitet weiter.

Eine Frau schreit und rennt aus einer Hütte, um ihr Kind zu holen. Sie schließt es fest in ihre Arme und hastet zurück ins Haus, worauf sie die Tür heftig hinter sich zuschlägt.

Lorn lässt das ärmliche Haus hinter sich und reitet nach links in eine Gasse, die parallel zur Hauptstraße verläuft. Die Reiter der Ersten Einheit folgen ihm. Sie traben die Seitengasse entlang und finden und töten weitere sechs oder sieben Männer, bevor Lorn die verstreute Einheit zusammentrommelt und zurück zur Hauptstraße führt, die neben dem Bach verläuft, wo er das Pferd zügelt. Die Hauptstraße in der Stadt verfügt nicht einmal über einen Platz, nur einige schäbige Gebäude drängen sich zu beiden Seiten der Straße zusammen. Entlang des Weges häufen sich die Leichen. Auch eine Frau ist darunter, eine Klinge liegt neben ihrem ausgestreckten Arm. Die anderen Leichen sind ausschließlich männlich.

Flammen schlagen bereits aus mehreren Gebäuden.

Als er Hufschläge und Wiehern hört, wendet sich Lorn um und erblickt in dem dicken Rauch Hauptmann Emsahl, der die Zweite Einheit der Dritten Kompanie bringt. »Wir haben die Häuser entlang der linken Straßenseite geräumt, Ser. Quytyl und die Fünfte Kompanie haben die rechte Seite übernommen.«

Lorn blickt Emsahl an. »Wie viele Männer habt Ihr verloren?«

»Keinen, Ser. Keine Verletzungen, nur ein paar Kratzer.«

Lorn nickt. Es herrscht Ruhe in der Stadt, bis auf die Befehle der Offiziere und Truppenführer und das Knistern der Flammen. Der Sub-Major blickt auf, als eine weitere Reitergruppe von Westen her naht. Esfayl bringt seine halbe Einheit zum Stehen.

Lorn wartet.

»Wir halten die Oststraße, Ser. Etwa zehn Mann versuchten zu fliehen oder Nachricht zu geben. Einer wollte über die Felder entkommen.« Nach einem Augenblick fügt der junge Hauptmann mit dem Kraushaar hinzu: »Wir haben sie alle getötet.«

»Gut.« Lorn nickt, jedoch nur zögernd. »Es ist hart, aber so werden sie unseren Frauen und Kinder nichts mehr antun können.«

Nach einer Weile erscheint auch Rhalyt, der seine Kompanie noch immer in der Viererformation reiten lässt. »Wir haben uns die Männer an den Gräben vorgenommen, Ser. Fast zwanzig waren es. Einige Hirten haben uns beobachtet und sind zu ihren Pferden gelaufen. Das waren noch einmal fast zwei Dutzend. Wir haben die meisten getötet, nur einer ist in Richtung Osten entkommen, wir haben ihn nicht mehr stellen können.«

»Das kann passieren.« Lorn hält inne. »Habt Ihr Lanzenkämpfer verloren?«

»Zwei sind verwundet, Ser. Nichts Ernstes.«

Als Cheryk sein Pferd zügelt, blickt Lorn die zwei

Unteroffiziere an. »Rhalyt, Ihr patrouilliert auf den Gassen nahe dem Bach. Aber haltet Euch von den Häusern fern. Wenn sie Euch mit Bögen anzugreifen versuchen, nehmt die Feuerlanzen zu Hilfe. Falls sie sich verstecken, zielt mit den Lanzen auf die Häuser, sie sollen brennen. Quytyl, Ihr macht dasselbe an der Hauptstraße.«

»Cheryk wird Lebensmittel und Klingen einsammeln.« Lorn deutet auf den für gewöhnlich schweigsamen Hauptmann. »Ihr wisst, welche Vorräte wir brauchen können.«

»Ja, Ser.«

»Nehmt, was Ihr auf die Schnelle finden könnt, und packt es auf die erbeuteten Pferde.« Lorn schluckt. »Tränkt die Pferde und sorgt dafür, dass alle Männer etwas zu essen bekommen. Niemand soll sich allein entfernen. Dann brennt die Scheunen und Kornspeicher nieder.«

»Ser?«

»Wir kommen auf dem Rückweg nicht mehr hierher zurück. Außerdem werden die Barbaren nicht auf die Idee kommen, nach Süden in Richtung Cyador zu reiten, wenn sie nichts zu essen haben.«

Cheryk nickt und Lorn sieht auch bei Emsahl ein zustimmendes Kopfnicken.

Im Sattel des Wallachs sitzend und die Erste Einheit der Dritten Kompanie hinter sich, wartet Lorn und beobachtet, wie sich Cheryks Männer an die Arbeit machen und ein weiteres Gebäude in Flammen aufgeht. Er versucht, nicht zu den entlang der Hauptstraße verstreut liegenden Leichen zu blicken, von denen die meisten Bärte tragen, und nicht zu der toten Frau.

Er und die Erste Einheit patrouillieren langsam auf der Hauptstraße entlang und warten auf Cheryk, der Proviant sammelt. Sie hören und sehen niemanden, nur einmal glaubt Lorn einen Schluchzer hinter einem geschlossenen Fensterladen zu hören. Er bleibt aber nicht stehen.

Die Sonne hat den Zenit schon überschritten, als Cheryk Bericht erstattet. »Wir haben drei Beutepferde mit Klingen beladen und zehn mit Proviant, den wir brauchen können. Dabei sind wir noch auf mehrere Männer mit Waffen gestoßen.«

»Sind Lanzenkämpfer zu Schaden gekommen?«

»Nein, Ser. Ein durchschlagender Erfolg für uns. Sie haben uns nicht erwartet.«

»Nein, es hat seit mehr als einer Generation keinen Angriff mehr in Jerans gegeben. Sie haben vergessen, was unsere Bauern und Hirten jedes Jahr durchmachen müssen.« Lorn schweigt einige Sekunden lang. »Wir müssen den Männern sagen, dass es mit jeder Stadt schwieriger und härter werden wird.«

»Ja, Ser.« Cheryk hält kurz inne und wirft einen Blick zu Emsahl, der gerade sein Pferd zügelt. »Mit jeder Stadt?«

»Mit jeder Stadt, in der ein Angriff möglich ist, so wie ich schon gesagt habe. Wir reiten, so weit wir kommen. Wir müssen nicht nur die Barbaren vernichten, sondern auch ihre Klingen und deren Quelle. Ganz gleich, wie schnell wir uns auch fortbewegen, früher oder später werden sie entdecken, dass wir im Anmarsch sind. Wir werden die Straße nach Westen nehmen und dem Bach folgen. Gut vierzig Meilen von hier liegt die nächste Stadt. Wir werden nur einen kurzen Halt einlegen und morgen dort angreifen.« Lorn sieht die zwei älteren Offiziere an, zuerst Emsahl, dann Cheryk. »Sind wir bereit zum Aufbruch?«

»Ja, Ser.«

»Und Ihr, Cheryk?«

»Ja, Ser.«

»Kompanien! Vorwärts!«

Die Kolonne der Spiegellanzenkämpfer macht sich

auf den Weg nach Westen, die Männer reiten durch den aufsteigenden Rauch und den Geruch von Verbrennung und Tod.

»Weiße Dämonen …«, zischt eine Frau hinter einem geschlossenen Fensterladen, der sich etwa zwanzig Ellen rechts von Lorn befindet.

Ohne das Pferd zu zügeln, blickt Lorn sie an und hebt die Feuerlanze.

Sie bewegt sich nicht weg vom Fenster und zuckt nicht einmal. »Na los. Verwandle mich zu Asche, tapferer Dämon.«

»Wir töten keine Frauen. Im Gegensatz zu euren *tapferen* Kriegern, die Frauen und kleinen Kindern die Kehle durchschneiden.«

»Ihr habt uns unser Land gestohlen.«

Dazu hat Lorn nichts zu sagen. Er weiß keine Antwort darauf, denn es gibt keine. Seine Hände sind mit unsichtbarem Blut besudelt: mit dem Blut von hunderten von Barbarenkriegern, mit dem Blut der alten Frau, die einer seiner Lanzenkämpfer gerade getötet hat, und mit dem Blut der Tochter des Olivenbauers in Biehl; doch es gibt keinen anderen Weg, der ihm offen stehen würde, der nicht mit dem Blut Unschuldiger belastet ist. Die einzige Frage, die sich wirklich stellt, ist, wie er das größte Blutvergießen verhindern kann. Lorn bezweifelt, dass die Ehrwürdigen mehr Wahlmöglichkeiten hatten; entweder sie starben oder wurden zu Barbaren, und die Barbaren werden immer denken, dass die Länder Cyadors ihnen gehören.

»Dämonen …«, zischt die Frau hinter dem Fenster noch einmal, während die Lanzenkämpfer vorbeireiten.

Lorn schaut nicht zurück auf den Qualm, der in den Himmel steigt, sondern richtet den Blick stur geradeaus und hält Ausschau nach Männern mit Klingen und nach Esfayls Zweiter Kompanie auf der Straße vor ihnen.

LXII

Am späten Nachmittag haben sich die Wolken zu hohen Schleiern verdünnt und es ist deutlich wärmer geworden – so warm, dass Lorn die Winterjacke ausgezogen hat. Der Bach links von der Straße ist nun tiefer und das Wasser fließt schneller, vermutlich weil nun auch der letzte Schnee schmilzt.

Aber weder Lorn noch die Späher können irgendwelche Anzeichen erkennen, dass die Straße in letzter Zeit benutzt worden wäre; es gibt keine frischen Hufspuren, die darauf hinweisen würden, dass jemand vor ihnen flüchtet, nur Wagen- und Hufspuren, die bereits einige Tage alt sind. Sind diejenigen, die dem Gemetzel in der ersten Stadt entkommen konnten, wirklich alle nach Osten geritten? Erwartet denn niemand, dass er in Richtung Nordwesten vordringt? Hat er etwas so Unerwartetes getan, dass niemand weiß, wie man darauf reagieren soll?

Die Straße verläuft nun gut zehn Ellen oberhalb des Wasserlaufs. Die Böschung fällt steil ab zu einer Bachbiegung, wo die Strömung ein tiefes Becken gegraben hat. Lorn blickt hinunter zum Bach, den man nun fast als Fluss bezeichnen kann, und auf das tiefe Becken darin.

Dann wirft er einen Blick zu Emsahl, der rechts neben ihm reitet. »Glaubt Ihr, dass es dort unten tief genug ist, um hundert Klingen zu verstecken?«

Emsahl lacht. »Bestimmt tief genug, Ser. Gute Idee, muss schon sagen. Ich möchte die Klingen auch nicht mitnehmen, und da unten werden sie verrostet sein, noch bevor sie jemand findet. Wenn sie überhaupt jemals gefunden werden.«

»Schick einen Boten nach hinten zu Cheryk.«

Emsahl dreht sich im Sattel um. »Dwyt … der Major möchte, dass Hauptmann Cheryk kurz nach vorne kommt.«

»Ja, Ser.«

Lorn schaut noch einmal hinunter auf die Biegung. Zuerst wollte er die Klingen mitnehmen, doch sie ermüden die Pferde nur unnötig und erschweren das Fortkommen. Er fragt sich, was die Bauern in ferner Zukunft wohl denken werden, wenn der Fluss seinen Lauf ändert und sie mit ihren Pflugscharen auf Eisen stoßen … oder werden die Pflüge nur roten Staub aufwühlen, wenn sie die Furchen durch die Lehmablagerungen der Jahre ziehen?

Er schüttelt den Kopf, reitet weiter in Richtung Nordwesten und wartet, bis Cheryk zu ihm aufschließt.

LXIII

Lorn steht auf einem niedrigen Hügel östlich der zweiten Stadt am Fluss und studiert die Entfernung. Er sitzt im Sattel des großen Wallachs und seine Augen wandern zwischen Karte und Stadt hin und her. Emsahl, Cheryk und Esfayl flankieren ihn zu beiden Seiten; sie folgen Lorns Erklärungen im frühmorgendlichen Licht. Hinter ihnen sitzen die anderen Kompanie-Offiziere auf ihren Pferden.

Im Gegensatz zur ersten Stadt scheint die zweite etwas aufgeräumter zu sein. Einige der Wohnhäuser sind weiß gestrichen, andere haben sogar Ziegeldächer. Lorn entdeckt einen kleinen Platz und auch so etwas wie ein Gasthaus, und hinter der Stadt liegen Felder mit sauberen Linien im erst kürzlich gepflügten dunklen Boden.

»Was glaubt Ihr?«, fragt Lorn schließlich Hauptmann Emsahl.

»Überrollen ... alles niedermetzeln, was sich uns in den Weg stellt. Die Lagerhäuser und Scheunen anzünden. Nicht von Haus zu Haus gehen.«

»Und Proviant und Pferde nehmen, so viel wir können«, schlägt Cheryk vor.

»Und die Klingen.« Lorn rollt die Karte zusammen und nickt langsam. »Kompanie Drei und Fünf nehmen die Hauptstraße.« Er blickt nach links. »Esfayl, könnt Ihr die Stadt umkreisen und die Straße nach Westen abriegeln?«

»Ja, Ser.«

»Dann reitet zurück und setzt Eure Kompanie in Bewegung. Wir geben Euch noch etwas Zeit, bis Ihr den Westen der Stadt erreicht habt.«

Esfayl nickt und lenkt sein Pferd fort von den anderen.

»Cheryk und Gyraet – Ihr nehmt Euch die Kais am Fluss und die Lagerhäuser vor. Ihr reitet um die Vorderseite des Hügels herum und dann die alte Straße am Fluss entlang.« Lorn wirft einen Blick zurück über die Schulter. »Rhalyt ... Eure Kompanie bleibt bei mir, wir werden eingreifen, wo wir gerade gebraucht werden. Die Dritte Kompanie kommt mit uns.«

»Ja, Ser.«

Lorn und die Offiziere nehmen die Pferde herum und reiten den schmalen Weg zurück, vorbei an einer Hirtenkate, wo fünf Lanzenkämpfer über den Hirten und seine Familie wachen, um zu verhindern, dass sie flüchten und die Städter warnen. Der bärtige Mann sieht Lorn und die Offiziere ausdruckslos an, dann senkt er plötzlich den Blick. Der Junge, der seinem Vater gerade bis zur Schulter reicht, starrt Lorn unverblümt an. Die ergraute Frau beobachtet ihren Sohn. Alle drei machen einen ungläubigen Eindruck, als wäre es ein Ding der Unmöglichkeit, dass Spiegellanzenkämpfer so weit im Landesinnern von Jerans angreifen.

Lorn schaut hinunter auf die Straße und wünscht sich beinahe, er hätte den ganzen Feldzug nicht angefangen, doch er weiß keinen anderen Weg, den er beschreiten könnte, um die vermehrten Angriffe der Jeranyi zu stoppen.

Er presst die Lippen aufeinander. Außerdem kennt er keinen anderen in Cyador, der gedenkt, die Angriffe zu stoppen, oder auch nur den Wunsch dazu verspürt. Wenn es keine Angriffe mehr gäbe, würden sich viele Spiegellanzenkämpfer nutzlos fühlen. Und die Händler, die die Klingen liefern, wollen auch nicht, dass die Angriffe aufhören, denn dann fehlt ihnen das Gold. Es scheint, dass die Lanzenkämpfer die Einzigen sind, die sich ein Ende der Angriffe wünschen, weil sie am meisten darunter zu leiden haben; sie und das arme Volk im Norden von Cyador sind die wahren Leidtragenden der Übergriffe.

Esfayl ist mit der Zweiten Kompanie bereits auf dem Pfad angekommen, der um die nördliche Seite des spitzen Hügels führt, als Lorn vor der wartenden Spiegellanzenkämpfer-Kolonne sein Pferd zügelt.

Rhalyt hält hinter Lorn an, dreht sich im Sattel um und richtet das Wort an die zwei wartenden Truppenführer. »Wir folgen dem Major und greifen dort ein, wo es gerade nötig ist. Haltet die Lanzen bereit und schießt nur auf kurze Entfernung.«

Lorn nickt und sagt: »Wir müssen noch ein wenig warten, bis die anderen die Befehle weitergegeben haben und bereit sind. Cheryk und Gyraet werden nach Süden abbiegen, wenn ihre Kompanien weit genug vom Hügel entfernt sind.« Er reckt den Kopf nach oben, um die Befehle der anderen Offiziere zu verfolgen.

»... nehmen die Kais am Ufer und die Lagerhäuser ... an der ersten Kreuzung links abbiegen ...«

»... kurze Schüsse! Wirklich nur auf kurze Entfernung schießen.«

Der Sub-Major und Rhalyt warten, bis Emsahl und Quytyl wieder bei ihren Kompanien sind.

»Ser ... glaubt Ihr, dass irgendwo ein barbarisches Heer auf uns wartet?«

»Ich weiß nicht. Wir haben niemanden gesehen und die Stadt liegt ziemlich offen da, es stehen keine Bäume oder Ähnliches im Weg. Sie könnten demnach wohl kaum eine große Kriegerschar verbergen.«

»Ser!«, ruft Emsahl von hinten. »Dritte und Fünfte Kompanie bereit, Ser!«

»Vierte und Sechste bereit!«

»Kolonne, vorwärts!« Lorn gibt das Zeichen zum Aufbruch und treibt den Wallach an.

Wieder ist die Straße in Richtung Osten zwischen dem schmalen Fluss und dem Hügel leer und der feuchte Lehm weist nur ein paar Wagenspuren und einige alte Hufabdrücke auf. Ein niedriger Zaun aus Holzlatten flankiert die Straße auf der rechten, etwas erhöhten Seite. Er endet etwa hundert Ellen vor der ersten Kreuzung, die sich lediglich durch das Fehlen von Büschen und Bäumen auszeichnet – eine ebene Fläche, an der ein Sträßchen, aus den westlichen Hügeln kommend, von rechts auf einen zerfurchten Weg von links trifft.

Als Lorn und die Erste Kompanie sich der Kreuzung nähern, blickt Lorn noch einmal über die Schulter zurück und sieht, wie Cheryk und Gyraet ihre Kompanien nach Süden führen; somit ist das cyadorische Heer gespalten. Er wendet sich an Rhalyt: »Die Männer sollen sich zu Viererreihen formieren. Die Straße ist nun breit genug.«

»Viererreihen. Viererreihen!«

Unmittelbar hinter der Kreuzung verkündet ein Meilenstein am rechten Straßenrand: DISFEK, 2 M. Eine kleine mit Stroh gedeckte Hütte schmiegt sich in eine Bodensenke rechts von der Straße etwa eine halbe Meile hinter dem Meilenstein. Dahinter steht ein langes, niedriges Gebäude, um das sich eine Hand voll Hühner geschart hat, die eifrig gackernd davonlaufen, als sich die Reiterkolonne nähert. Jemand schlägt die schlecht gezimmerte Vordertür der Hütte zu und die Fensterläden werden von innen geschlossen, noch lange bevor Lorn und Rhalyt das östliche Ende des Lattenzauns erreichen, der das ungeschnittene braune Gras vom feuchten Lehm der Straße trennt.

Weniger als zweihundert Ellen hinter dem Gebäude mit den Hühnern dreht sich ein weißhaariger Mann beim Geräusch der Hufschläge um. Er gafft die Lanzenkämpfer einige Sekunden lang an, dann rennt er mit seinen dürren Beinen zu dem weiß gestrichenen Haus an der Nordseite der Straße, welche zum Hauptplatz der Stadt führt. »Die Weißen Dämonen! Die Weißen Dämonen! Lauft! Versteckt euch! Die Weißen Dämonen kommen!«

»Dämonen …!«

Entlang der breiten Straße werden Läden und Türen zugeschlagen, Warnschreie hallen zwischen den Häusern hin und her und übertönen beinahe das Hufgeklapper.

Irgendwo beginnt eine Glocke zu schlagen, sie bimmelt laut und misstönend. Von wo sie schlägt, kann Lorn nicht sagen, denn er erinnert sich nicht, vom Hügel aus oder zuvor im Chaos-Glas einen Glockenturm oder irgendeinen anderen Turm gesehen zu haben.

Lorn betrachtet die behelfsmäßigen Gassen zwischen den Häusern. Plötzlich fällt sein Blick auf eine Gruppe von barbarischen Kriegern – fast zwanzig Mann, die Richtung Norden traben, fort von der Stadtmitte und somit auch fort von der Dritten und Fünften Kompanie.

»Folgt mir!« Lorn lenkt den Wallach in die Gasse, die

parallel zur Hauptstraße verläuft, und treibt das Pferd an; er will schneller sein als die Barbaren.

»Folgt dem Major!«, befiehlt Rhalyt.

Wenn Lorns Vorsprung groß genug ist, kann er die Barbaren mit seiner Feuerlanze aufhalten, sodass die Erste Kompanie aufholen und angreifen kann. Er würde viel lieber gegen bewaffnete Krieger kämpfen als gegen unbewaffnete Männer, die nur vielleicht Krieger sind.

Lorn kann nur dann einen Blick auf die Jeranyi-Reiter werfen, wenn er an Gärten und einzeln stehenden Bäumen, Häusern und Nebengebäuden vorbeireitet. Die Krieger scheinen sich ab und zu nach hinten zu drehen, doch sie schauen nicht auf die Gasse, die etwa hundert Ellen östlich von ihnen verläuft, wo Lorn und die Erste Kompanie praktisch neben ihnen her reiten und sie langsam einholen.

Nach fast einer Meile lenkt Lorn den Wallach in einen anderen Weg, der abschüssig nach Nordwesten und zu der Straße führt, auf der die Barbaren reiten. Lorn ist vielleicht noch fünfzig Ellen von der Straße entfernt, als die ersten feindlichen Reiter auftauchen.

Er legt die Feuerlanze an und zielt auf den nächsten Barbaren, einen jungen Reiter, kaum ein Mann. *Hsst!*

Die Schulter des jungen Mannes geht in Flammen auf und wird schwarz, sein Pferd scheut, er fällt auf die andere Seite und auf den Nebenmann. Auf den seitlichen Angriff reagiert der bärtige Barbar neben dem Gefallenen, indem er das riesige Breitschwert aus seinem Schultergeschirr reißt und auf Lorn zustürmt. Die anderen Reiter tun es ihm gleich.

»Lasst sie!«, bellt eine Stimme.

Die Jeranyi-Krieger lassen sich jedoch nicht von ihrem Vorhaben abbringen. Hinter sich hört Lorn die Erste Kompanie nahen. Er löst zwei weitere Schüsse aus der Feuerlanze. *Hsst! Hsst!* Einer trifft den Angreifer neben dem Krieger mit dem enormen Breitschwert, das auf Lorn herunterfährt.

Hhssst! Ein Schuss aus der Entfernung bringt den Hünen zur Strecke und das Breitschwert fällt in den Lehm. Doch die Reiter, die folgen, sind so nah, dass Lorn die Lanze plötzlich als Schild benutzen muss, und den Säbel, um die schweren und langen Eisenklingen beiseite zu schieben, wobei er sich wünscht, er hätte beide Säbel gezogen.

Dennoch kämpft er sich weiter durch die Jeranyi-Streitkraft, bis er entdeckt, dass zwei Männer in Richtung Norden ausbrechen und sich vom Kampfplatz entfernen wollen.

Hsst! Der Schuss aus der Lanze streckt einen von ihnen nieder, aber der zweite Mann lenkt sein Pferd zum Straßenrand, wo er von einem ausladenden, dichten Baum gedeckt wird. Lorn nimmt den Wallach herum und wirft einen weiteren Barbaren vom Pferd, der ihn von hinten angreifen wollte.

Dann steht er Auge in Auge mit einem drahtigen, bärtigen Mann. Als dessen Dolch auf ihn einstechen will, bleibt Lorn nichts anderes übrig, als reines Magierfeuer auf den Mann zu schleudern, der daraufhin zusammenbricht und mit seinem Dolch noch Lorns Lederjacke streift.

Der Sub-Major würde sich gern den Schweiß von der Stirn wischen, konzentriert sich jedoch lieber auf die brodelnde Masse von Pferden und Männern. Das Brodeln lässt jedoch bald nach und die Reiter, die übrig bleiben, sind die Spiegellanzenkämpfer. Zwei oder drei Jeranyi-Krieger haben sich aus dem Handgemenge losreißen können, doch die meisten von ihnen sind tot.

Lorn wischt sich über die Stirn, dann untersucht er den Schlitz in seiner Jacke und das Rot auf der Tunika. Der Schnitt über seinen Rippen hat die Haut zwar kaum verletzt, doch das Blut, das daraus tropft, erweckt den Eindruck einer weit schwereren Verwundung.

»Seid Ihr unverletzt, Ser?«, fragt Rhalyt.

»Ja, das bin ich. Zwar leichtsinnig und dumm, aber unverletzt.« Lorn macht eine Pause. »Wie viele Männer haben wir verloren?«

»Zwei, Ser, so wie es aussieht«, berichtet der Unteroffizier. »Zwei andere sind verwundet.«

»Bindet die Toten einstweilen auf ihre Pferde. Wir werden sie heute Nacht begraben. Den ganzen Weg bis nach Inividra können wir sie nicht mitnehmen. Sucht die Klingen zusammen und alle anderen Waffen. Es soll nichts mehr herumliegen.«

Lorn findet ein sauberes Tuch und sammelt darauf einen Hauch Schwarzer Ordnung, wobei er die Kopfschmerzen, die ihm diese bereitet, zu vergessen sucht. Er lässt die Kraft in die Schnittwunde einwirken. Danach schiebt er das Tuch unter die Tunika, um die letzten Blutstropfen aufzusaugen.

Die Jeranyi, die weiter entfernt von der Grenze leben, scheinen nicht annähernd so gut mit Waffen umgehen zu können wie diejenigen, die Cyador regelmäßig angreifen; oder das Überraschungsmoment verschlechtert ihre Kampfkünste. Wenn diese beiden Vermutungen zutreffen, dann hat Lorn wirklich eine Chance, seinen Feldzug erfolgreich zu beenden.

Als die Erste Kompanie die am Boden liegenden Klingen und Lanzen eingesammelt hat, reitet Lorn im schnellen Trab zurück in die Stadtmitte. Rhalyt und seine Kompanie folgen ihm mit etwa fünfzehn Klingen, die sie auf die erbeuteten Barbarenpferde gebunden haben. Lorn blickt von Haus zu Haus, doch fast alle sind verbarrikadiert und geschlossen, als wollten sie sich einer Belagerung widersetzen. Die meisten Häuser sind einstöckig und haben verputzte Wände, wobei der Verputz hauptsächlich auf Wänden aus Weidenruten angebracht ist; nur ein oder zwei größere Gebäude sind aus weiß gestrichenen Ziegelwänden gebaut.

Emsahl und Quytyl bewachen den Platz mit drei oder vier Einheiten, die sich in regelmäßigen Abständen aufgestellt haben, die Feuerlanzen im Anschlag. Einige Lanzenkämpfer tragen Lebensmittel aus der Krämerei und packen sie in Behälter, die auf zehn beschlagnahmte Pferde gebunden wurden, welche vermutlich aus dem Stall der Herberge stammen, so denkt Lorn.

»Ser?« Emsahl sieht den Sub-Major an, als er sein Pferd zügelt.

»Da war eine Gruppe von Kriegern, vielleicht zwanzig Mann, die versuchten zu fliehen. Wir haben sie fast alle erwischt.«

»Geflüchtet?«, fragt Emsahl.

Lorn nickt.

»Eine Schande, dass Ihr ihnen hinterher reiten musstet«, meint Quytyl, der etwa dreißig Ellen entfernt steht.

Lorn lacht bitter. »Erstaunlich, wie mutig sie sind, wenn sie unser Volk in unserem Land angreifen und sie mehr Klingen und Pferde zur Verfügung haben, und wie wenig ihnen am Kampf gelegen ist, wenn sie in der Unterzahl sind.«

»Das ist wohl meistens so«, meint Emsahl.

»Verläuft hier alles nach Plan?«, fragt Lorn.

»Die Einwohner hatten sich schon zurückgezogen, noch bevor wir die Stadt richtig betreten haben. Die Glocke hatte sie gewarnt.«

»Ladet auf, so schnell ihr könnt. Ich reite zum Fluss hinunter.«

»Ja, Ser.«

Der Fluss ist weniger als eine halbe Meile vom Platz entfernt und wieder reitet Lorn nur an geschlossenen Läden und Türen vorbei. Er fragt sich, wie viele bewaffnete Männer wohl dahinter versteckt sind. Doch es sind zu viele Häuser, als dass seine Männer alle durchsuchen könnten, nicht ohne Verluste zu riskieren, auf die Lorn gut verzichten kann.

Lorn zügelt das Pferd am Kai, wo fünf Männer in grau-braunen Tuniken am Boden liegen. Er hat den Eindruck, dass sie die Lanzenkämpfer davon abhalten wollten, das einzige Flachboot zu erreichen, das dort vor Anker liegt. Noch während Lorn die Lage am Kai zu überblicken versucht, kommt Cheryk zu ihm geritten.

»Was ist in dem Flachboot?«, fragt Lorn.

»Wolle, einige gegerbte Felle, zwei Kisten mit parfümierten Kerzen, ein Dutzend Amphoren, gefüllt mit Öl, und eine Kassette mit etwa hundert Goldstücken darin.«

»Wir werden das Gold mitnehmen müssen.« Lorn lacht. »Vielleicht können wir es brauchen, um die Männer zu bezahlen.«

»Das wollen wir nicht hoffen.« Cheryk zieht eine Grimasse.

»Ser!«, ruft eine andere Stimme.

Lorn dreht sich im Sattel um.

»Ich glaube, das wird Euch interessieren, Ser.« Gyraet reitet zu Lorn und deutet auf das in Leder gewickelte Paket hinter seinem Sattel. »Wir haben hundert Klingen im zweiten Lagerhaus gefunden. Etwa achtzig davon, vielleicht auch mehr, stammen aus Hamor. Und es sind auch zwanzig Cupridiumsäbel darunter. Lanzenkämpferzeichen habe ich nicht darauf gefunden, deshalb vermute ich, dass sie für den Handel geschmiedet wurden.«

»Wo ist der Händler?«

»Äh … er versuchte zu fliehen. Damit. Ich musste die Feuerlanze nehmen.«

»Sind das seine Aufzeichnungen?«

»Sieht so aus, Ser.« Gyraet lacht grimmig. »Wenn ich richtig gelesen habe, stammen einige der Klingen, die gegen uns verwendet werden, aus einer Schmiede in Sommerhafen.«

»Diese Waffen müssen wir behalten«, sagt Lorn. »Und gut aufheben.«

»Ihr solltet sie auf Eurem Pferd mitnehmen – sobald wir die restlichen Klingen und die Waren, die wir aus den Lagerhäusern brauchen können, aufgeladen haben.«

»In welchem Lagerhaus befanden sich diese Waffen?«

»In dem dort – Klingen, einige von diesen polierten Eisenschilden, die Feuerlanzenschüsse blockieren können, und Äxte mit Haken.« Gyraet deutet auf das westlichste Gebäude, das kleiner und älter als die anderen ist, aus denen die Lanzenkämpfer Proviant heraustragen.

»Brennt sie bis auf die Grundmauern nieder«, befiehlt Lorn mit ruhiger Stimme, »beide.«

»Ja, Ser.«

»Wir sollten uns hier nicht zu lange aufhalten.«

»Was ist mit dem Flachboot hier?«, fragt Cheryk, der hinter dem Lagerhaus hervorkommt.

»Verbrennt es. Nehmt das Öl«, sagt Lorn. »Seid Ihr hier bald fertig?«

»Ja, Ser.«

»Brennt alles nieder und reitet dann zu den anderen Kompanien am Platz. Wir werden uns dort formieren und weiterreiten.« Lorn nimmt den Wallach herum.

»... habt ihr das gehört? ... verfluchte Händler in Sommerhafen ...«

»... für Gold tun sie alles ...«

»... unser Blut ... ihr Gold ...«

Rhalyt und die Erste Kompanie folgen Lorn auf dem Weg zum Hauptplatz. Wieder passieren sie Häuser mit fest verschlossenen Läden. Nur an einigen wenigen schlagen die Türen lose im leichten Wind und Lorn fühlt die Kälte eines Chaos-Glases, die ebenso schnell verschwindet, wie sie gekommen ist. Das Glas erinnert ihn wieder einmal daran, dass seine Anstrengungen, die er zum Schutze Cyadors unternimmt, mehr Aufruhr verursachen, als er vorhersehen konnte. Man könnte glauben, alles in Cyador und Candar sei zu einem dichten Netz verwoben, und wenn man auch nur ganz leicht an einer Stelle zieht, hat es Auswirkungen auf die ganze Welt.

Dennoch möchte er Disfek so schnell wie möglich verlassen und zur Straße nach Jera reiten, denn dort kann er den größten Schaden anrichten und vielleicht auch Unterstützung erfahren. Das fühlt er, doch nachweisen kann er es nicht.

Als sie sich dem Platz nähern, ist bereits das Knistern der Flammen zu hören, dunkle Rauchschwaden steigen in den Himmel und der Geruch von verbranntem Holz und Öl steigt in die Nasen der Männer. Die Dritte und Fünfte Kompanie formieren sich erneut zu Viererreihen auf einem Platz, auf dem es nur noch Leichen und Lanzenkämpfer zu sehen gibt.

Lorn richtet die Schultern gerade. Sie haben kaum damit begonnen, das zu tun, was getan werden muss, und es liegen noch hunderte von Meilen vor ihnen.

LXIV

Neben der Uferstraße sitzt Lorn auf einer glatten Stelle der Steinmauer unter einer Eiche, deren Winterblätter zwar noch grau sind, die aber trotzdem schon damit begonnen hat, ihre neuen Blätter auszutreiben. Er arbeitet sich durch die vielen Seiten, Pergamente und Frachtbriefe, die Gyraet in der Flussstadt Disfek entdeckt hat. Er muss seine Augen arg anstrengen im Dämmerlicht, um die Wörter und Zahlen erkennen zu können. Ein paar Insekten zirpen im niedrigen Gras, das zwischen den braunen Halmen zu sprießen beginnt, die noch vom letzten Jahr übrig sind, und das gelegentliche Zwitschern eines Verrätervogels, der einen Lanzenkämpfer schilt, dringt an Lorns Ohr, während er liest.

»Zehn Säbel vom Haus Bluyet, Sommerhafen …« Lorn schüttelt den Kopf. Nach seinen Erfahrungen, die er mit Flutak und Baryat, dem Olivenbauern, gemacht hat, überrascht ihn das allerdings nicht sonderlich. Einige Händler und Funktionäre verkaufen wirklich alles und jeden für Geld. Er holt tief Luft und erinnert sich an Baryats Tochter, wobei er sich fragt, wie viele Unschuldige wohl noch sterben müssen im Zuge seiner Bemühungen, die Dinge richtig zu stellen.

»So wie du sie als richtig erachtest«, murmelt er vor sich hin, bevor er nach dem Datum in den Aufzeichnungen sucht. Die Säbel wurden erst kürzlich gekauft – lange nachdem Lorn die Hafenstadt Biehl verlassen hat und der Handelsberater des Kaisers ersetzt worden ist, so glaubt Lorn, obwohl er sich nicht ganz sicher ist, wann der Wechsel vollzogen wurde.

»Ser?«

Lorn blickt auf und sieht Emsahl, Gyraet und Cheryk vor sich auf der Straße stehen. »Ja? Ich wollte das hier nur durchlesen … für den Fall, dass noch etwas über Klingenverkäufe in anderen Städten drinsteht.«

»Äh, Ser …«, fängt Gyraet an. »Ich sagte, dass ich glaube, dass es Händler aus Cyad waren, die die Klingen an die Barbaren verkauften … aber …« Der Hauptmann zuckt die Achseln.

»Diese zwei verdienten Hauptmänner hegen Zweifel daran?«, fragt Lorn.

»Ja, Ser«, antwortet Emsahl.

Lorn blättert durch die Seiten und hält dem ältesten Hauptmann ein Blatt hin. »Das ist das Erste. Es gibt ungefähr fünf davon … bis jetzt. Ich bin noch nicht ganz durch.«

Emsahl liest langsam, dann gibt er das Papier an Cheryk weiter. Er blickt Lorn an. »Ich frage mich, ob es nicht besser wäre umzukehren.«

»Rückzug?« Lorn zieht die Augenbrauen hoch.

»Keine Lanzenkämpferkompanie ist je so weit ins Barbarenland vorgedrungen.«

»Das stimmt, und wenn wir dazu gezwungen werden, können wir jederzeit den Fluss überqueren und an der Südseite zurückreiten. Doch zum jetzigen Zeitpunkt wäre das unklug.«

»Unklug?«, fragt Emsahl.

Lorn lächelt, fast bitter. »Hauptmann, Ihr denkt doch nicht, dass einige wenige Klingen wie diese alles bedeuten? Jedem Händler kann einmal ein Fehler unterlaufen. Was machen außerdem zehn oder auch zwanzig für einen Unterschied bei der Menge an Barbaren?«

»Ser!« Dann fängt sich Emsahl wieder.

»Das würde man mir sagen, wenn wir jetzt umkehren würden«, meint Lorn. »Ein halbes Dutzend in Sommerhafen geschmiedeter Klingen bedeutet nichts.«

»Er hat Recht«, sagt Gyraet. »Ihnen ist es egal, wenn wir weitere zwanzig Lanzenkämpfer verlieren, weil wir nicht genug Feuerlanzenladungen haben. Warum sollte ein halbes Dutzend Säbel, das in Sommerhafen geschmiedet wurde, irgendetwas ändern?«

»Das wusstet Ihr, Ser?«, fragt Emsahl.

»Ich hatte eine Vorahnung. Alle Barbaren, die wir östlich von Biehl getötet haben, hatten hamorische Klingen bei sich, aber die waren neu, und die Kapitäne erzählten mir, dass praktisch jeder Händler in Jera mit Klingen handelt. Ich hatte schon früher einige brystanische Säbel gesehen und dachte mir, dass es bestimmt noch mehr davon gibt.« Lorn steht auf und zuckt die Schultern, er nimmt das Blatt von Cheryk zurück, nachdem der ältere Hauptmann es gelesen hat. »Märchen gelten im Lanzenkämpfer-Hauptquartier nicht viel. Nur die dreihundert

Klingen in der Waffenkammer der Kaserne haben sie anerkannt, deren Anzahl zusätzlich von zwei Buchhaltern bezeugt wurde.«

»Dann … machen wir also Jagd auf Jeranyi und Klingen, Ser?«, fragt Emsahl.

»Beides«, antwortet Lorn müde. »Beides.«

LXV

Obwohl eine kühle Brise aus nördlicher Richtung weht, brennt die Morgensonne, die den Sommer schon vorausahnen lässt, auf Lorns Rücken und Nacken und heizt seinen ganzen Körper auf.

Unablässig wischt er sich den Schweiß von Stirn und Gesicht, während die cyadorische Streitmacht weiter westwärts reitet, entlang der zerfurchten Uferstraße zur nächsten Stadt, die in den alten Karten als Berlitos verzeichnet ist. Seit sie die Stadt Disfek verlassen haben, haben sie nur eine Hand voll Dörfer und kleinere Städte überfallen, doch haben sie dort weder Soldatentrupps noch Waffen vorgefunden, nur einige Dutzend Krieger. Sie konnten es vermeiden, ihre Feuerlanzen unnötig zu entladen, und verließen sich auf Fackeln und Säbel.

Lorn glaubt, dass die Jeranyi schon bald nicht mehr so erpicht darauf sein werden, Cyador zu überfallen, wenn seine Männer weiterhin die Barbaren niedermetzeln, auch wenn es in jedem Dorf nur ein paar Dutzend Krieger sind.

Die Bäume stehen nun viel dichter beieinander, besonders an der Nordseite des Flusses, wo die cyadorischen Streitkräfte reiten. Weiter im Norden kann Lorn dicht bewachsene Hügel sehen, mit Feldern, die man aus dem Wald herausgerodet hat. Die Felder zeigen keine Anzeichen von Bewuchs und selbst das Gras neben der Straße ist meist braun mit nur ein paar grünen Punkten dazwischen. Wegen der vielen Bäume und Hecken, die überall auf den Feldern stehen, hat Lorn mehrere Späher ausgeschickt, die dafür sorgen sollen, dass sie nicht überrascht werden. Die Berichte, mit denen sie zurückkommen, weisen jedoch auf keinerlei bewaffnete Jeranyi hin. Da generell nur wenig Menschen zu sehen sind, scheint sich der Gedanke zu bestätigen, dass die Jeranyi das Land Cyador nicht aus Gründen der Armut angreifen oder weil sie zu viele Münder zu stopfen und zu wenig Land dafür zur Verfügung hätten, sondern aus Gründen, die nichts mit Gold oder Nahrung zu tun haben.

Vor ihnen auf der rechten Straßenseite steht ein Meilenstein, ein großer Meilenstein, auf dem Lorn schon aus einer Entfernung von fünfzig Ellen lesen kann: BERLITOS, 10 M. Den Karten nach ist Berlitos die einzige große Stadt zwischen seiner Streitmacht und der Stadt Jera und sie liegt in dem östlichen Dreieck zwischen dem Nord- und dem Südnebenfluss des Jeryna.

»Muss eine große Stadt sein«, meint Emsahl.

»Den Karten und Händlern nach muss sie fast tausend Einwohner haben«, antwortet Lorn. »In diese Zahl sind jedoch auch die Bewohner der Randbezirke mit eingerechnet.«

»Sie könnten ein Heer aufstellen – ein großes Heer sogar.«

»Wir werden sehen, was die Späher entdecken und berichten«, beschwichtigt Lorn den Offizier.

Beim zweiten Meilenstein, auf dem Berlitos in fünf Meilen angekündigt wird, versammelt Lorn die Offiziere um sich. Sie steigen alle vom Pferd und er entrollt eine seiner Karten, um die Männer im Schatten eines Baumes, der wie eine Eiche aussieht, jedoch keine ist, zu unterweisen, während sie auf die Rückkehr der Späher warten.

»Dort liegt ein langer, flach ansteigender Hang vor uns, dann kommt ein langer Kamm, der in einer Reihe von kleineren Hügeln endet. Die Stadt befindet sich auf einer Ebene hinter den Hügeln. Es gibt nur eine Brücke und die führt gleich am Ortseingang über den Nordfluss. Esfayl, ich möchte, dass Ihr und die Zweite Kompanie die Brücke übernehmt. Wir werden, wenn notwendig, alle da sein, um Euch zu unterstützen. Dann nehmt Ihr die Hauptstraße bis zum Stadtplatz ein und reitet anschließend zum Lagerhaus und dem Handelsbezirk. Wir werden nur die töten, die uns angreifen. Berlitos liegt so weit von Cyador entfernt, dass es hier nicht viele Barbaren geben kann, die in unserem Land schon Kriegserfahrung gesammelt haben. Hier stehen wir vor einer anderen Aufgabe.« Er hält inne. »Wir werden die drei Handelslagerhäuser am Kai zerstören und sie anschließend zusammen mit den Kais niederbrennen.« Lorn blickt Esfayl an. »Die Brücke lassen wir stehen, denn wir brauchen sie, um nach Jera zu kommen.«

»Wir reiten weiter?«, fragt Rhalyt.

Esfayl zuckt zusammen.

Lorn sieht sich um. »Ich war mir nicht sicher, ob wir es schaffen werden, aber wenn wir Berlitos ohne schwere Verluste einnehmen können, marschieren wir auch weiter nach Jera, denn dort gehen alle Klingen an Land. Auf dem Weg zurück können wir dem westlichen Nebenfluss des Jeryna folgen, der uns bis auf dreißig Meilen an Inividra heranführen wird.« Lorn macht eine Pause. »Wenn wir in einer guten Verfassung sind, können wir auf dem Heimweg vielleicht sogar noch einige Räuberbanden überraschen.«

»Ser«, sagt Cheryk, »da kommen die Späher.«

Lorn dreht sich um und wartet.

Die Lanzenkämpferspäher zügeln ihre Pferde vor Lorn. »Ser … am Ende des langen Kammes, vielleicht vier Meilen weiter westlich – dort wo die Straße hinab in die Stadt führt –, haben sich gut hundert Barbaren formiert.«

»Habt ihr noch andere gesehen?« Lorn blickt auf zu den Lanzenkämpfern.

»Nein, Ser.«

»Welche Art von Waffen?«

»Hauptsächlich die großen Klingen … einige haben auch Streitäxte, die mit den Haken daran. Und sie tragen graue Uniformen.«

Lorn nickt, wenngleich ihm die Vorstellung von Uniformen ganz und gar nicht behagt. »Ist der Boden eben dort unten?«

»Felder ringsum, aber viele Bäume zu beiden Seiten der Straße im Osten und zu den Hügeln hin.«

»Dann können wir also nicht um sie herumreiten?«

»Wird schwer werden, Ser. Da müssten wir durch die Bäume.«

Lorn blickt auf die Karte und runzelt die Stirn. Er sieht den Späher an. »Ist Platz genug, damit eine Einheit in weitem Bogen an den Barbaren vorbeireiten kann – sagen wir, fünfzig Ellen von ihnen entfernt – und dann wieder nach Westen?«

Der Späher runzelt die Stirn und seine Augen werden glasig, als er versucht, sich das Gesehene noch einmal bildlich vorzustellen. Nach einigen Sekunden räuspert er sich. »Könnte sein, Ser.«

Lorn bedeutet dem Späher, sein Pferd einige Schritte zurückgehen zu lassen. Dann wendet er sich an die Offiziere: »Wie viele Ladungen haben wir noch in den Feuerlanzen?«

»Vielleicht … drei, vier Ladungen pro Lanze«, meint Gyraet. »Einige sind leer, andere auch noch fast voll.«

»Wir werden uns … sagen wir, in einer Entfernung

von einer drittel Meile zu den Barbaren formieren ... und wenn sie nicht angreifen, werden wir das einheitsweise tun ... die Männer sollen von der Seite angreifen und jeweils auf die Ersten in der Reihe schießen ...«

Emsahl lächelt. »Und wenn sie ihre Formation auflösen, kommen die Einheiten zurück und wir greifen die Barbaren frontal an?«

»Wenn sie angreifen«, sagt Lorn. »Ich glaube nicht, dass sie zuerst die Initiative ergreifen. Sie haben sich die beste Stelle ausgesucht, um den Zugang zur Stadt zu verteidigen. Die Straße verengt sich hinter ihnen zu einem schmalen Pass. Es gibt Bäume dort und wir können nicht alle unsere Lanzenkämpfer in den Kampf einbringen an dieser Stelle. Sie werden uns einzeln töten, sollten wir versuchen, durch die Wälder zu reiten. Wenn aber unsere Lanzenkämpfer bis auf eine Entfernung von etwa vierzig Ellen hinkommen, können sie die erste Reihe der barbarischen Linie treffen. Falls sie wirklich diese polierten Schilde haben, dann sollen die Männer tiefer zielen und die Pferde töten. Wir werden immer nur eine Einheit losschicken, bis sie entweder angreifen, sich zurückziehen oder wir sie vernichten können.«

»Ihr glaubt, dass sie einfach da stehen bleiben werden?« Cheryk runzelt die Stirn.

»Sie wissen nicht, was wir zuerst versuchen werden. Ich denke, sie werden die ersten ein oder zwei Einheiten nicht angreifen.« Lorn zuckt die Schultern. »Außerdem, wer weiß? Wenn wir zwanzig Mann erledigen können, gelingt es uns vielleicht, sie im offenen Feld hinter den Bäumen vernichtend zu schlagen. Wenn sie die Stellung halten oder sich zurückziehen, werden wir weiter einheitsweise und mit den Feuerlanzen vorgehen. Irgendwann, wenn wir es klug anstellen, werden sie entweder blindlings angreifen oder aufgeben.« Er hält inne und studiert die Gesichter seiner Offiziere. »Noch Fragen?«

»Wie werden wir uns formieren?«

»Wir reiten in Zweierkolonnen hin und werden uns folgendermaßen aufstellen: alle Kompanien nebeneinander, angefangen von rechts mit der Ersten Kompanie. Lasst genügend Raum zwischen den Kolonnen, sodass wir uns zur Verteidigung in Viererreihen formieren können, wenn sie angreifen – falls es so weit kommt.«

Nach einem weiteren Blick in die Runde zuckt Lorn die Achseln. »Dann würde ich vorschlagen, wir steigen auf und sehen uns an, was uns bevorsteht.« Mit einem bitteren Lächeln, das ihm schon fast zur Gewohnheit geworden ist, geht er zu seinem Wallach und schwingt sich in den Sattel.

Die Offiziere steigen ebenfalls auf und kurz darauf setzt sich die gesamte cyadorische Streitmacht in Richtung Osten in Bewegung.

Es ist kurz vor Mittag, als die Lanzenkämpfer das östliche Ende des offenen Feldes erreichen und in Richtung Westen auf die Straße blicken, die von dichtem Wald flankiert wird. Die Straße selbst wird von fast hundert Jeranyi blockiert, die graublaue Tuniken – eine Art Uniform – tragen. Einige sind mit hamorischen Klingen, andere mit den langen Äxten mit Hippen daran bewaffnet, von denen Hauptmann Akytol schon vor Jahren sprach, als er Lorn in Jakaafra ablöste. Sie stehen in einer Linie, die vom Wald an der einen Straßenseite bis zwanzig Ellen über die andere Straßenseite hinaus reicht – eine Linie, die fast siebzig Ellen breit und zwei Reihen stark ist.

Lorn beobachtet, wie sich die cyadorischen Streitkräfte kompanienweise formieren, die Einheiten in Zweierreihen nebeneinander, sodass jede Kompanie eine Viererfront bildet. Die Jeranyi bewegen sich nicht, sie warten nur.

»Erste Kompanie, Erste Einheit, vorwärts und Feuer frei!«, befiehlt Lorn.

Lorn kann die Verwirrung der Jeranyi förmlich fühlen, als sich eine einzige Einheit aus dem Heer der Lanzenkämpfer löst und sich schräg auf die Mitte der Jeranyi-Linie zubewegt.

Hsst! Hsst! … Etwa vierzig Schüsse regnen auf die Frontmänner der Jeranyi nieder. Lorn beobachtet das Geschehen sehr genau und bemerkt, dass nicht mehr als zehn dieser Schüsse treffen, bevor die Erste Einheit von Rhalyts Kompanie zurück auf ihre Position an der rechten Flanke reitet.

»Erste Kompanie, Zweite Einheit!«

Lorn gibt Acht und sieht, dass nun mehr Schüsse treffen. Diesmal müssen die Verteidiger der Stadt fast zwanzig Treffer hinnehmen und Lorn fühlt die Unruhe in den Reihen der Barbaren. »Emsahl … Cheryk … Dritte und Vierte Kompanie … Einheiten in Viererreihen formieren. Bereit machen zum Angriff.«

»Dritte Kompanie …«

»Vierte Kompanie …«

Esfayls Stimme erhebt sich über die des älteren Hauptmanns. »Zweite Kompanie, Erste Einheit, vorwärts!«

»Fünfte und Sechste Kompanie! Viererreihen! Bereit machen zum Angriff!«, befiehlt Lorn.

Esfayls Erste Einheit hat gerade zu schießen begonnen, als sich die gesamte Jeranyi-Linie in Bewegung setzt, langsam zuerst, dann fallen die Pferde in einen Galopp. Nach nur wenigen Ellen ist aus der Jeranyi-Front eine zerrissene Linie ohne Zusammenhalt geworden.

Noch bevor die Absicht der Gegner eindeutig zu erkennen ist, geben die erfahrenen cyadorischen Hauptmänner ihre Befehle aus. »Vorwärts! Feuer frei!«

»Richtet die Feuerlanzen vor allem auf die Reiter mit den Äxten!«, befiehlt Lorn. »Feuerlanzen auf die Äxte!«

»Feuerlanzen auf die Äxte!«

Staub wirbelt über die Straße und die frisch bestellten Felder dahinter, als die größere cyadorische Streitmacht gegen die zahlenmäßig unterlegenen Jeranyi vorstößt.

Lorn muss sich zurückhalten, um nicht gleich in der vordersten Front mitzukämpfen, aber auch weiter hinten hat er genug zu tun. Er stoppt zwei Jeranyi mit seiner Feuerlanze und duckt sich geschmeidig unter einer ungeschickt geschwungenen Klinge hindurch, um gleich danach einen dritten Jeranyi mit dem brystanischen Säbel zu erledigen. Er nimmt den Wallach herum und muss feststellen, dass der Kampf schon fast wieder vorbei ist.

Die Hälfte der Jeranyi ist verwundet oder tot gewesen, noch bevor die zwei Heere richtig aufeinander getroffen sind; die Hälfte der dann noch übrigen Barbaren ist den erfahreneren Spiegellanzenkämpfern innerhalb weniger Minuten zum Opfer gefallen. Und die restlichen Gegner sind so in der Unterzahl, dass auch sie bald tot auf Straße und Feldern liegen.

Während Lorn am frühen Nachmittag durch den sich bereits wieder legenden Staub auf seine Hauptmänner zu reitet, runzelt er die Stirn. Können nur die Barbaren, die am Rande der Grashügel leben, richtig kämpfen?

»Eine richtiggehende Schlacht.« Cheryk schüttelt den Kopf, als er den Sub-Major auf sich zukommen sieht.

»Schickt Späher aus. Wir wollen sichergehen, dass es keine Falle ist«, befiehlt Lorn. »Zwei Kompanien sollen sich zum Kampf bereithalten, für den Fall, dass noch ein Heer nachkommt. Die Dritte und Vierte!«

»Ja, Ser.«

»Sechste Kompanie, bewacht die Straße hinter uns!«

»Quytyl! Eure Männer sammeln die Waffen ein und töten die Verwundeten.«

»Ja, Ser.«

Lorn bleibt auf dem Pferd sitzen und studiert die Straße und die Felder dahinter, aber die einzigen Reiter, die sich schließlich den Cyadoranern nähern, sind die Späher, die den Pass herunterreiten, der auf der anderen Seite nach Berlitos führt.

Lorn bedeutet Emsahl, Cheryk, Esfayl und Gyraet, sich zu versammeln, worauf die vier Hauptmänner ihre Pferde neben Lorn zügeln.

»Berichte«, fordert Lorn den Lanzenkämpferspäher auf.

»Auf der Brücke sind Menschen, Ser, aber dort scheint niemand auch nur zu ahnen, dass wir hier gekämpft haben. Wir haben hinuntergeschaut, Wagen fahren am Fluss entlang und einige Reiter sind auf der Straße, vielleicht auch die eine oder andere Kutsche.«

Lorn schüttelt den Kopf und blickt seine Offiziere an. »Lasst uns die Stadt wie geplant einnehmen. Esfayl … die Brücke. Dritte und Fünfte Kompanie … den Hauptplatz, Vierte und Sechste Kompanie … die Kais am Fluss. Die Erste Kompanie kommt mit mir.«

Mit einem trockenen Lächeln bemerkt Lorn, dass Rhalyt und seine Männer Quytyl helfen. »Ich glaube, wir sollten es auch den Unteroffizieren sagen.« Er nimmt den Wallach herum und reitet nordwärts zu der vormals rechten Flanke der cyadorischen Formation.

»Ser?«, fragt Rhalyt.

»Irgendwelche Verluste?«

»Ein Mann, Ser. Eine dieser Äxte.«

»Was ist mit ihren Waffen?«

»Keine Säbel. Ein paar Äxte, aber sonst nur die großen Eisenklingen.«

»Gut. Die Späher sagen, die Stadt ist unverteidigt. Wir reiten hinunter und die Erste Kompanie wird mir folgen.«

»Ja, Ser.«

»Ich werde auch Quytyl seine Befehle erteilen und komme dann zurück.«

Rhalyt nickt, als Lorn den Wallach antreibt und ihn

neben dem anderen Unteroffizier, der gerade zusieht, wie zwei Lanzenkämpfer Klingen auf ein Beutepferd binden, wieder zügelt.

»Wir haben keine Verluste zu melden, Ser«, verkündet Quytyl. »Nur zwei Verwundete.«

»Schwer verletzt?«

»Einer wird nicht mehr kämpfen können.«

»Kann er reiten und die Lasttiere beaufsichtigen? Das sollten die beiden übernehmen.«

Quytyl nickt.

»Ihr werdet mit Emsahl zusammen reiten und den Platz einnehmen ... genau so wie in der letzten Stadt, Disfek oder wie auch immer sie hieß. Sobald das geschehen ist, formiert Ihr Eure Männer zu einer Kolonne hinter der Dritten Kompanie.«

»Ja, Ser.«

Lorn wendet das Pferd und reitet zurück zu Rhalyt und der Ersten Kompanie. Er wischt sich über Stirn und Augen. Jeder Tag scheint heißer zu werden, als würden sie dem Hochsommer entgegengehen, wo doch gerade erst der Frühling begonnen hat.

»Bereit zum Aufbruch, Ser«, verkündet Rhalyt, als Lorn sich nähert.

Ein Lanzenkämpfer kommt fast gleichzeitig zu ihm und lässt verlautbaren, dass auch Hauptmann Gyraets Sechste Kompanie bereit zum Aufbruch sei.

»Wir werden in Kürze aufbrechen«, meint Lorn abwartend und seine Augen und Chaos-Sinne streifen dabei noch einmal über die Felder und die Bäume dahinter. Er spürt nichts, was falsch oder ungut wäre, aber es stellt sich auch nicht das richtige Gefühl ein, worauf Lorn nur die Lippen schürzen kann.

Als sich die Cyadoraner wieder formiert haben, reiten sie die Straße entlang, die sich zwischen zwei bewaldeten Hügeln hindurch windet und dann einen steileren Hang hinunter nach Berlitos führt. Lorn beobachtet die

Hügel weiter mit Augen und Chaos-Sinnen, und er hat die doppelte Anzahl von Spähern als sonst üblich ausgeschickt. Aber weder er noch die Späher können während des Abstiegs feindliche Krieger entdecken.

Das erste Wohnhaus, auf das die Spiegellanzenkämpfer am Stadtrand von Berlitos stoßen, kurz bevor die Straße in die Ebene führt, steht inmitten eines Hains aus Süßsaftbäumen. Es ist lang und schmal und alte, schwere Querbalken umrahmen und stützen die Tür. Die Läden sind ähnlich schwer und alt und fest verschlossen. Das kleine Gebäude, das der Stall zu sein scheint, ist ebenfalls fest verbarrikadiert.

»Schwer, dort einzubrechen«, bemerkt Rhalyt.

Lorn sagt nichts dazu, er wundert sich nur, warum eine Stadt, deren Häuser so robust gebaut sind, so unfähige Soldaten hat. Oder sind die Häuser aus diesem Grund so stabil gebaut? Lorn vermutet, dass er das wohl nie erfahren wird.

Am Fuß des Hügels angekommen, schert Esfayl mit der Zweiten Kompanie nach Norden aus, um die Brücke zu sichern – ein langes, schmales Bauwerk aus Stein und Ziegel, das zwei Inseln im friedlichen Nordfluss überspannt, von einem Steinpfeiler in seichterem Wasser gestützt wird und am Steilufer an der nordwestlichen Seite endet.

Die Brücke ist leer, soweit Lorn das erkennen kann.

Die restlichen fünf Kompanien reiten westwärts an dem breiten Feldweg entlang und überlassen Esfayl die Brücke.

Im Gegensatz zu den Gebäuden, die sie anderswo gesehen haben, bestehen die Häuser in Berlitos alle aus Holz, gezimmerte Häuser, die in hellen Farben gestrichen sind und unter so vielen Bäumen stehen, wie Lorn seit seiner Stationierung am Verwunschenen Wald nicht mehr auf einem Fleck gesehen hat.

»Stabile Bauwerke«, meint Rhalyt.

»Niederbrennen könnten wir diese Stadt, aber ich glaube nicht, dass wir sie Haus für Haus einnehmen sollten«, sagt Lorn.

»Wenn sie hier nicht besser kämpfen, müssen wir die Stadt dann überhaupt niederbrennen?«, fragt Rhalyt.

Lorn antwortet nicht darauf, er lenkt den Wallach in Richtung Hauptplatz, vorbei an noch mehr verbarrikadierten Wohnhäusern und Nebengebäuden. Alle Geräusche und der aufgewirbelte Staub stammen ausschließlich von den Lanzenkämpfern. Aus den Häusern dringt kein Laut.

Als die Kompanien den Stadtplatz erreichen, deutet Lorn zu Cheryk. »Reitet weiter zu den Lagerhäusern am Kai! Die Erste Kompanie und ich werden dort auf Euch treffen.«

»Ja, Ser.«

Lorn zügelt das Pferd und sieht sich prüfend um. In der Mitte des Platzes befindet sich eine sechseckige, aus Ziegeln gemauerte Plattform mit einer Seitenlänge von etwa fünfzig Ellen. Sie erhebt sich ungefähr eineinhalb Ellen über den Staub und Lehm der Straße, welche die Plattform umkreist. Es gibt kein Geländer und keinen erkennbaren Zweck der Plattform. Die Häuser um den Platz herum sind alle sehr robust gebaut, zweistöckige Gebäude aus dicken Balken – wie überall in Berlitos. Sie wirken uneinnehmbar, die Spiegellanzenkämpfer würden lange brauchen, um all diese Häuser erobern zu können.

»Die Kompanie soll hier anhalten«, sagt Lorn zu Rhalyt, bevor er zu Emsahl reitet. Der Sub-Major kommt auf dem Weg zu dem älteren Hauptmann an einer Krämerei, einer Küferwerkstatt, einem Weber und einem Tuchwalker vorbei. Dann zügelt Lorn den Wallach und blickt Emsahl an.

Emsahl zuckt nur mit den Achseln.

»Das Holz hier ist alt«, meint Lorn.

»Es wird gut brennen.«

»Dann brennt alles nieder. Nehmt Fackeln«, befiehlt Lorn. »So viel wie nur möglich. Anschließend führt Eure Kompanie zur Brücke.« Teilweise erfolgt Lorns Befehl aus Groll und teilweise aus dem Gefühl heraus, man dürfe die Jeranyi nicht glauben lassen, dass sie sich einfach hinter dicken Mauern verstecken und sich über Cyador lustig machen können.

»Ja, Ser. Wahrscheinlich die beste Art, mit dem hier umzugehen.«

»Ich nehme die Erste Kompanie mit hinunter zu den Kais. Wir treffen Euch an der Brücke.«

»Fackeln!«, befiehlt Emsahl, als Lorn sich bereits wieder Rhalyt und der Ersten Einheit zuwendet.

»Ser?«, fragt der Unteroffizier.

»Wir reiten zu den Kais, sie liegen nur etwa eine halbe Meile südlich von hier.«

»Erste Kompanie!«, ruft Rhalyt. »Vorwärts ...«

Lorn schaut sich die Gebäude jenseits des Platzes an. Auch diese sind aus massivem Holz – robust und sehr alt.

Im Gegensatz zu den Häusern auf dem Hauptplatz stehen die Türen zu den drei Lagerhäusern an den Flusskais alle offen, und die Lanzenkämpfer tragen bereits Nahrungsmittel und Klingen heraus.

Gyraet erstattet Lorn Bericht: »Die Lagerhäuser hier sind größtenteils leer, Ser. Die Türen standen bereits offen. Keine Menschenseele weit und breit. Wir haben Wolle, einige Felle, ein paar Fässer mit Öl und zehn Fässer mit gesalzenem Fleisch gefunden.«

»Und keine Händler?«

Gyraet schüttelt den Kopf. »Sie haben Klingen zurückgelassen – fast zweihundert Stück, aber keine Bücher, und es sieht auch nicht so aus, als würden wir noch welche finden.«

»Weitere Cupridiumsäbel?«

»Etwa zwanzig, Ser.«

»Die werden wir mitnehmen, und ich möchte, dass Ihr und die Hauptmänner ein Papier unterzeichnet, das besagt, dass wir die anderen einhundertachtzig Klingen gefunden und in den Fluss geworfen haben. Am besten listen wir alle Klingen auf, die wir seit der ersten Stadt weggeworfen haben.« Lorn verzieht den Mund. »Dann … reitet mit einer halben Einheit zur Brücke – die von Esfayl gehalten wird – und beauftragt dort einen Lanzenkämpfer, mit einem Gewicht an einer Schnur die tiefste Stelle unter der Brücke zu finden.«

»Ja, Ser.«

Diesmal haben sie Klingen gefunden, aber keine Aufzeichnungen.

»Emsahl setzt gerade den Hauptplatz in Brand. Die Gebäude darum herum werden bald Feuer fangen. Ihr müsst hier schnell zu einem Ende kommen«, sagt Lorn. »Nehmt Fackeln, um die Lagerhäuser anzuzünden.«

Gyraet lacht. »Wir sind fast fertig. Hier gibt es nicht sehr viel zu holen.«

»Gut. Lasst es mich wissen, wenn Eure und Cheryks Kompanie bereit zum Abmarsch sind.«

Lorn nimmt das Pferd herum und reitet zurück zum Stadtplatz. Während er nach Norden blickt zu den dünnen, schwarzen Rauchsäulen und den Flammen, die in Kürze alles hier verwüsten werden, und zur Brücke nach Jera, die er nur im Augenblick nicht sieht, kann Lorn es kaum glauben, dass sie Berlitos so einfach einnehmen konnten.

Sie mussten lediglich einige unbeholfene Soldaten überwältigen, über den Platz reiten, um die Lagerhäuser und Gebäude zu plündern und niederzubrennen, und können nun weiterreiten. Er fragt sich, ob er wohl einen großen Fehler begeht, wenn er weiter nach Jera drängt.

Aber die Waffen müssen schließlich von irgendwoher

kommen und in die Hände derer gelangen, die sie brauchen, und Lorn muss diesen regen Klingenhandel stoppen. Wenn es in seiner Macht steht.

Er schüttelt den Kopf.

LXVI

Südlich des Lagers fließt der Fluss Jeryna friedlich dahin, die tiefen Wasser glänzen dunkel in der Abenddämmerung. Irgendwo in der Nähe des Lagers schimpft gerade wieder einer der allgegenwärtigen Verrätervögel auf einen Lanzenkämpfer. Ein paar Frühlingsmücken schwirren am Flussufer umher und am blauroten Himmel sind langsam die Sterne zu sehen.

Lorn öffnet die Satteltaschen und seine Finger gleiten über die kühle Oberfläche des silbernen Gedichtbandes. Selbst an diesem warmen Abend, nachdem die Sonne den ganzen heißen Tag lang auf die Satteltaschen gebrannt hat, fühlt sich das Buch kühl an. Für einen Augenblick lässt Lorn die Hand auf dem kühlen Einband ruhen und denkt an Ryalth – und Kerial.

Ein Lächeln huscht über sein Gesicht.

Dann holt er mit einem langen, stummen Seufzer die Seife heraus, die er mit hinunter zum Fluss nehmen wird, und schließt die Satteltaschen. Er erhebt den Blick in den klaren Nachthimmel und sucht nach Sternen, die er nicht finden wird, denn es gibt kein Schaubild, nach dem man bestimmen könnte, wo die Rationalen Sterne sind – oder waren.

Hat sich der ehrwürdige Schriftsteller so gefühlt wie Lorn, der nun auf den Rauch und die Flammen zurückblickt, die die bewaldete Stadt Berlitos einhüllen? Hat sich der Ehrwürdige auch gefragt, warum er tun musste, was er tat? Hat er sich ebenfalls gefragt, ob es überhaupt einen Unterschied macht, ganz gleich, ob er nun etwas unternimmt oder nicht?

Lorn wendet den Blick von den blassen Sternen der Dämmerung und lacht, ein leises, bitteres Lachen, doch für ihn laut genug.

Natürlich war sich der ehrwürdige Schreiber auch nicht sicher. Deshalb klingen so viele seiner Verse melancholisch, deshalb vermitteln so viele das Gefühl der Vergeblichkeit.

Lorn schüttelt den Kopf. Er kann nichts anderes tun als das, was er für das Beste hält, und er weiß, dass Klingen von anderswo nach Jera kommen und dass damit Lanzenkämpfer ohne triftigen Grund getötet werden, nur um den uralten Hass neu zu schüren und zu rechtfertigen – und um die Börsen der Händler bis zum Bersten zu füllen, die sich nicht um die Menschen kümmern, welche infolge ihres Handels ums Leben kommen.

LXVII

Im Morgenlicht wirbeln die braunen Wasser des Jeryna durch die Büsche, die am Ufer zur Hälfte überschwemmt sind. In der Mitte des Flusses bilden sich gelegentlich Strudel, die mal hier und mal dort erscheinen und wieder verschwinden. Es gibt keine flachen Stellen in Ufernähe, nur eine schlammige, braune Wassermasse, die gut zweihundert Ellen breit und dreißig tief ist. Beim Blick auf den Fluss, der zu seiner Linken fließt, kann Lorn einen graublauen Streifen am Horizont sehen – das Nordmeer.

Wenn seine Karten und Berechnungen stimmen, befinden sie sich etwa noch zehn Meilen von Jera entfernt, und es wird nicht mehr lange dauern, bis sie die ersten Höfe und Häuser zu Gesicht bekommen werden. Lorn verlagert das Gewicht im Sattel des Wallachs und wirft einen Blick zurück auf die Uferstrasse und die Kolonne der Spiegellanzenkämpfer; dann schaut er wieder nach vorn. Rechts neben der Straße befindet sich eine dicht bewachsene, sumpfige Senke, die in einiger Entfernung in einen sanften Hang übergeht, der sich gut als Weidefläche eignete, aber es sind weit und breit keine Schafe oder Rinder zu sehen.

Während Lorn um die lang gezogene Kurve in Richtung Norden reitet, erblickt er rechts von der Straße einen weiteren Holzzaun. Alles ist ruhig, während die cyadorische Kolonne an dem Zaun und den Gebäuden dahinter vorbeireitet.

»Wieder ein verlassener Bauernhof«, bemerkt Gyraet, dessen Sechste Kompanie an diesem Tag mit Lorn in der Vorhut reitet. Der Hauptmann deutet mit dem Kopf nach rechts auf die Bauernhäuser, die aus dicken Baumstämmen gebaut sind und auf dem lang gezogenen Hang nördlich der Uferstraße stehen. Daneben befinden sich drei verschieden große Nebengebäude, doch selbst der Hühnerstall scheint evakuiert worden zu sein.

Hinter den Gebäuden, den Bäumen und dem niedrigen Hang ragen sanfte Hügel auf, die etwa fünf Meilen weiter nördlich in die steileren, ebenfalls bewaldeten Hänge übergehen, welche die Grenze zur Großen Steppe bilden.

»Alle Gebäude sind schon seit Tagen leer«, antwortet Lorn.

Die Nachricht von der cyadorischen Streitmacht hat sich nun anscheinend in ganz Jerans verbreitet – oder zumindest entlang des Flusses. Die Häuser an der Straße sind alle verlassen. Lorn sieht über den Kaminen der

Gebäude an den entfernteren Hängen dünne Rauchlinien in den grünblauen Himmel steigen, obwohl die Späher berichtet haben, dass alle Anwesen entweder leer oder verbarrikadiert sind. Auch haben die Späher weder Anzeichen von Soldaten oder Barbaren noch Spuren auf den Wegen und Straßen gesehen.

Lorn streckt sich im Sattel, so weit er kann, und holt tief Luft.

Am Vormittag reiten Lorn und die Cyadoraner noch immer die Uferstraße entlang, aber Lorn erkennt in der Ferne bereits die Umrisse von Schiffen im Hafen und das Graublau des Nordmeers dahinter. Die Straße hat sie auch näher an die steileren Hügel herangeführt, die die Hafenstadt im Norden begrenzen – und an einen Meilenstein, dessen Inschrift klar besagt: JERA, 5 M.

»Die letzten fünf Meilen kamen mir wie zehn vor«, sagt Gyraet.

»Oder fünfzehn«, meint Lorn lachend. Er wirft einen Blick nach vorn und erkennt zwei weiße Gestalten, die um die Kurve reiten. »Schick einen Boten, um die Offiziere zu versammeln.« Er und Gyraet reiten weiter und führen die Kolonne gen Jera auf der staubigen Straße, die nur wenige Spuren aufweist – und die wenigen stammen von schweren Wagen.

Emsahl und Cheryk kommen schon nach wenigen Minuten angeritten. Beide blicken Lorn an.

»Wir reiten weiter, bis die Späher und die anderen Offiziere da sind«, sagt Lorn.

Esfayl und Rhalyt sind die Nächsten, gefolgt von Quytyl, der sein Pferd hinter den älteren Hauptmännern kaum gezügelt hat, als die Späher die Kolonne auch schon erreichen und ihre Pferde neben Lorn und Gyraet wenden.

»Was habt Ihr gefunden?«, fragt der Sub-Major.

Der graubärtige, ältere Lanzenkämpfer spricht zuerst. »Die Straßen sind frei, Ser, es sieht aus, als wären alle geflohen. Keine Spuren von Soldaten oder Barbaren. Aber mehr Wagenspuren als sonst.«

»Du glaubst, dass die Händler versuchen, mitsamt ihren Waren zu fliehen?«

»Könnte sein ...«

»Was ist mit der Stadt?«

»Weniger Rauch aus den Kaminen als gewöhnlich üblich«, antwortet der andere rotbärtige Späher. »Habe keine Menschenseele und kein Pferd gesehen, nur am Kai – vom Hügel aus, der einige Meilen vor der Stadt liegt. Genau konnte ich es nicht erkennen, aber im Hafenviertel schien es sehr geschäftig zuzugehen, Ser.«

»Keine Soldaten?« Lorn möchte Gewissheit haben.

»Wir haben keine gesehen.«

Der Sub-Major dreht sich im Sattel um. »Diesmal reiten wir direkt zu den Hafenpieren und den Lagerhäusern.« Er blickt reihum in die Gesichter der Hauptmänner. »Um die Stadt kümmern wir uns später.« Als er den verwirrten Ausdruck auf Quytyls Gesicht und Cheryks besorgtes Stirnrunzeln sieht, fügt er noch hinzu: »Wir müssen zuerst die Händler mit den Klingen aufhalten. Sie versuchen zu fliehen. Die Stadt wird später auch noch da sein, aber die Händler nicht.«

»Und ihre Bücher auch nicht«, merkt Gyraet an. »Sub-Majore brauchen Beweise wie die Bücher, um sie den Kommandanten vorlegen zu können, die beim Kampf nicht dabei waren. Ohne Beweise werden diese in einem Jahr alles vergessen haben und wir werden es mit immer noch mehr Cupridiumklingen aus Sommerhafen zu tun bekommen – und gleichzeitig weniger Feuerlanzenladungen erhalten.«

Emsahl nickt langsam.

»Die Uferstraße führt direkt zu den Pieren, immer am Fluss entlang«, erklärt Lorn. »Wenn wir nahe genug herangekommen sind, werden wir uns in Viererreihen formieren. Die Erste Kompanie reitet vor. Ich werde sie führen.« Während des gesamten Feldzugs hat Lorn Dettaurs Weisung peinlich genau befolgt, indem er abwechselnd das Kommando über die Erste und Fünfte Kompanie übernommen hat. Aber Dettaur wird toben, wenn er erfährt, was Lorn getan hat – falls Lorn so lange leben wird, um ihm von seinem Feldzug zu berichten.

»Wenn wir dort sind, werde ich die weiteren Befehle geben, aber denkt daran, wir wollen zuerst den Hafen und die Lagerhäuser einnehmen.«

»Ja, Ser.«

Lorn blickt die Späher an. »Ihr reitet zurück und versucht herauszufinden, ob sich Soldaten oder Barbaren formieren, um anzugreifen – oder die Stadt zu verteidigen.«

Die Späher reiten wieder davon. Lorn wundert sich über den mangelnden Widerstand der Barbaren. Oder warten sie, bis er wieder kurz vor Inividra steht, dann ohne Feuerlanzenladungen, um den entscheidenden und letzten Angriff zu unternehmen? Er zuckt die Schultern.

Etwa eine Meile weiter führt die Straße über einen lang gezogenen Hang etwa zwanzig Ellen bergauf in Richtung Norden. Oben auf der kleinen Erhebung wird der Blick freigegeben auf den Hafen und das Nordmeer. Die Häuser der Stadt stehen auf einem Hang auf der rechten Seite, Lagerhäuser und Hafen breiten sich direkt vor Lorn und den Lanzenkämpfern aus. Zu ihrer Linken wird der Fluss so breit, dass man nur schwer feststellen kann, wo er endet und der Hafen beginnt.

Weniger als eine Meile vor ihnen befindet sich der erste Abschnitt der Steinschüttung und der Seemauer, wo zwei Pfeiler aus Rotstein die Straße flankieren. Es fehlen jedoch die Tore und das Torhaus. Die zwei Späher reiten die Steigung von der Seemauer fast im Galopp herauf.

Als Lorn sich anschickt, den Hang hinunter und den

nahenden Spähern entgegenzureiten, fühlt er, dass der Wind von einem kaum merklichen Hauch zu einer starken Brise aus Nordwesten aufgefrischt hat, die den Geruch von salziger Seeluft und den weniger appetitlichen Gestank von totem Fisch mit sich bringt. Er blickt hinauf, aber es ist diesig, ein weißer Dunst, der nun den klaren, grün-blauen Himmel bedeckt, in den Lorn am frühen Morgen geblickt hat.

Die Späher halten neben Lorn an und berichten, ohne auf den Befehl zu warten. »Soldaten voraus, Ser. Etwa vierzig Mann – mit Schilden und Klingen.«

»Wie weit entfernt?«

»Eine Meile etwa, hinter den Pfeilern, aber noch vor den Lagerhäusern, wie es scheint.«

»Schilde? Welche Art?«

»Sehen aus wie Spiegelschilde.«

Lorn blickt Rhalyt an. »Schickt einen Boten, die Hauptmänner sollen zu mir nach vorne kommen. Wir halten nicht an.«

»Ja, Ser.« Der Unteroffizier dreht sich um und gibt die Nachricht weiter.

Lorn studiert die Straße und den Hafen. Er ist sich zwar nicht ganz sicher, aber es scheinen zwei Schiffe an der langen, schmalen Pier vor Anker zu liegen, die weit in den Hafen hinausragt. Karren und Menschen bewegen sich hastig auf die Pier zu und auf eine Ansammlung von rötlichen Gestalten, bei der es sich um die Soldaten handeln muss, von denen die Späher berichtet haben. Der Sub-Major reitet weiter.

Emsahl und Cheryk sind als Erste bei ihm. Dann kommen Esfayl und Gyraet und schließlich wieder als Letzter Quytyl.

Sie sind keine hundert Ellen mehr von den roten Pfeilern entfernt, als Lorn zu sprechen beginnt: »Dort steht eine Kompanie – vielleicht sind es auch mehr Männer –, die versuchen wird, den Hafen zu blockieren. Sie besitzen glänzende Spiegelschilde und Rüstungen. Wer hat die meisten noch geladenen Feuerlanzen?«

»Wir, denke ich«, wagt sich Cheryk vor.

»Ich möchte, dass Ihr die Spitze bildet. Die Männer sollen mit den Feuerlanzen auf die Pferde zielen. Erlegt sie rasch. Ich werde die Erste und Zweite Kompanie nehmen und versuchen, hinter die feindliche Linie zu gelangen.« Lorn wirft einen Blick zu Esfayl, dann zu Rhalyt. »Seid Ihr bereit?«

»Ja, Ser.«

»Vierte Kompanie vorrücken! Vierte Kompanie vorrücken!« Cheryks tiefe Stimme erhebt sich über das Hufgeklapper, das Schnauben der Pferde und das Lanzenkämpfergemurmel.

Lorn wendet sich an Rhalyt und Esfayl. »Wenn wir die Pfeiler passiert haben, befehlt Ihr den Männern, auf der rechten Straßenseite zu reiten. Wenn ich es sage, sollen sie mir folgen.«

»Ja, Ser.«

»Gyraet und Emsahl … Ihr unterstützt Cheryk.«

»Ja, Ser«, antworten die beiden Hauptmänner einstimmig.

Lorn lenkt den Wallach nach rechts, um zwischen den Steinpfeilern hindurchzureiten. Zu seiner Linken erstreckt sich eine lange, mit Rosendornen bedeckte Ziegelmauer von fast fünf Ellen Höhe. Hinter der Mauer befindet sich ein kleiner offener Platz, der von Ziegelhäusern umgeben ist, deren Läden teils fest verschlossen, teils mit Brettern vernagelt sind.

Die Spiegellanzenkämpfer nähern sich den Pieren und Lagerhäusern im Hafen; in der ruhigen Mittagsluft klingen die Hufschläge der Pferde auf dem unebenen Kopfsteinpflaster, das die Lehm- und Feldwege vor dem Pfeilertor abgelöst hat, doppelt laut. Die hohen, dünnen Wolken des Vormittags sind dicker geworden, sodass das Sonnenlicht zu einem milchigen Schein wird.

Vor ihnen stehen die berittenen Soldaten, drei Reihen hintereinander. Wie die Späher berichtet haben, tragen sie Brustpanzer, Panzerhandschuhe und rote Tuniken. Alle sind bewaffnet mit schimmernden Spiegelschilden und Eisenklingen, die länger als Säbel, aber kürzer als die massiven barbarischen Klingen sind.

»Lanzenkämpfer!«, ruft eine Stimme. »Lasst die Händler ablegen und die Stadt gehört Euch.«

»Nein, Ihr kapituliert und überlasst uns die Händler und Schiffe – und wir werden Euch verschonen!«, entgegnet Lorn.

»Dann werdet Ihr sterben!«, ruft die Stimme zurück.

Lorn wendet sich an die älteren Hauptmänner. »Cheryk! Denkt daran! Nehmt die Feuerlanzen, die wir noch zusätzlich auf die Pferde gepackt haben! Streckt sie nieder!«

»Vierte Kompanie! Bereit machen zum Feuern! Zielt auf die Pferde! Auf die Pferde!«

Während Cheryk seinen Männern die Befehle erteilt und Gyraet und Quytyl ihre Lanzenkämpfer aufrücken lassen, sieht Lorn jenseits der Soldatenlinie an der Pier einige Gestalten aus einem Lagerhaus herauslaufen. »Erste Kompanie! Zweite Kompanie! Folgt mir!« Er lenkt den weißen Wallach in die erste Gasse, die Richtung Norden führt, und reitet vorbei an einer Werkstatt, die eine Gerberei zu sein scheint, vorbei an den Fässern und dem Gestank, und er fragt sich, warum die Jeranyi eine Gerberei mitten in der Stadt dulden. Dann schwenkt er nach Westen in eine leere Straße ein, die halb aus altem Kopfsteinpflaster und halb aus Lehm besteht, passiert eine große Küferwerkstatt und dann ein Gebäude, das nur zur Hälfte fertig gestellt ist.

Etwa fünfhundert Ellen weiter westwärts, kurz bevor die Straße an einer Ziegelmauer endet, findet er eine Seitengasse, die zwischen einem Kunsttischler und einem Gebäude ohne Aufschrift beginnt, und reitet hinein. Als der Wallach im schnellen Trab aus der kleinen Gasse herausstürmt, springt eine grauhaarige Frau flüchtend zur Seite, doch sie ist nicht schnell genug, das Pferd versetzt ihr einen Schlag und sie fällt zur Seite. Lorn hofft, dass sie sich fortschleppen kann, bevor die Reiter hinter ihm folgen.

Er lenkt den Wallach nach rechts zum ersten Lagerhaus und zu der langen Pier, die er schon so oft in seinem Chaos-Glas gesehen hat. Es herrscht geschäftiges Treiben, einige Gestalten laufen auf die Pier hinaus zu den Schiffen. Der Dreimaster am Ende der Pier hat einen roten Rumpf – ein hamorisches Schiff.

»Rhalyt, nehmt die Zweite Einheit und blockiert die Pier – lasst wenn möglich niemanden mehr hinaus. Niemand darf mehr an Bord gehen! Die Erste Einheit bleibt bei mir!«

Als Rhalyt an der Ersten Einheit der Kompanie vorbeireitet und die Zweite Einheit wegführt, wirft Lorn noch einmal schnell einen Blick auf die Seemauer und den Hafen. Ein blaues Schiff hat die Pier bereits verlassen und in den dunkleren Gewässern jenseits des Hafens die Segel gesetzt.

Lorn wartet, bis er die ersten Männer der Zweiten Kompanie sieht. »Esfayl, greift die Soldaten von hinten an!«

»Angriff von hinten. Zweite Kompanie!«, befiehlt Esfayl und nimmt das Pferd herum, um zurück in den Kampf zu reiten.

»Erste Kompanie, Erste Einheit!« Lorn reitet zum Lagerhaus an der Pier, wo graue Gestalten mit Fackeln herumlaufen. Er hebt die Feuerlanze und drückt ab. Der Mann, der mit der Fackel zum Lagerhaus laufen wollte, fällt mit dem Gesicht nach unten in den Lehm und die Fackel bleibt auf dem Kopfsteinpflaster liegen.

Lorn reitet weiter zur Pier. Seine Einheit hat Rhalyts Teil der Kompanie fast erreicht, als sie das letzte Lagerhaus passieren. Hinter sich hört er Schreie, das Zischen der Feuerlanzen und das Klirren von Metall auf Metall.

»Verdammt! Die Bastarde sind hinter uns!«, brüllt einer.

»Verschont uns, bitte! Gnade!«

»Keine Gnade! Auf keinen Fall!«, brüllt Lorn und dreht sich um, damit seine Stimme den lauten Kampf übertönt. »Sie werden immer noch mehr Klingen besorgen, um euch dann in einem Jahr zu töten. Keine Gnade!«

Er hofft, dass seine Worte beherzigt werden, und reitet auf einen Händler oder Kommis zu, der mit seinem mit hölzernen Kisten schwer beladenen Handkarren den Anfang der Pier fast erreicht hat. Als der bärtige Mann, der in eine mit Gold besetzte karminrote Tunika gekleidet ist, Lorn erblickt, lässt er seinen Handkarren zurück und fängt an zu laufen.

Zwei Wachen stolpern hinter ihm her und hasten über das Kopfsteinpflaster der Kaistraße auf die Lücke in der Ziegelmauer zu, die neben dem letzten Lagerhaus beginnt. Zum ersten Mal gibt Lorn dem Wallach die Sporen und der Weiße antwortet mit lautem Hufgeklapper auf den Steinen.

Lorn hebt die Feuerlanze und zielt damit auf den fliehenden Händler.

Eine der Wachen bleibt stehen, dreht sich um und hebt die lange, schwere Klinge. Als er die Feuerlanze sieht, springt er mit einem Satz über die Seemauer ins hüfthohe Wasser. Die zweite Wache sprintet auf die lange Pier, vorbei an dem langsameren und schwereren Händler; seine Beine fliegen nur so durch die Luft, als er um den verlassenen Handkarren herumläuft und einen älteren Mann in Braun gegen einen Poller schubst. Der Ältere taumelt und stürzt ins graue Hafenwasser.

Lorn drückt ab. *Hsst!* Der Schuss schlägt in die hölzernen Planken der Pier vor dem Händler ein. »Händler! Bleib stehen oder du stirbst!«

Der Händler blickt zum Ende der Pier, wo sein vormaliger Wachmann mit einem mächtigen Satz gerade die Lücke zwischen dem hamorischen Schiff und der Pier überwindet. Der Uniformierte erwischt gerade noch eine herunterbaumelnde Leine, die anscheinend gekappt wurde, denn das andere Ende ist noch um den letzten Poller der Pier gebunden. Der Händler bleibt stehen und zuckt hilflos die Achseln, dann hebt er die Arme.

Lorn sieht einen Augenblick nur zu, dann schüttelt er den Kopf. Nun kann er die Handelsschiffe nicht mehr aufhalten.

So langsam das letzte Schiff sich auch vom Ende der langen, schmalen Pier entfernt, es wird außerhalb der Reichweite seiner Feuerlanze sein, wenn Lorn das Ende der Pier erreicht hat. Er kann nur hoffen, dass sich unter den auf der Pier und in den angrenzenden Straßen zurückgebliebenen Taschen, Bündeln und Handkarren das findet, was er braucht. Er nimmt den Wallach herum.

»Rhalyt! Reitet auf die Pier und sorgt dafür, dass sich keiner mit irgendeiner Tasche oder Kiste davonstiehlt! Und bewacht diesen Händler in Rot. Er darf uns nicht entkommen oder sich selbst umbringen.«

»Ja, Ser.«

Lorn wendet den Wallach erneut und die Erste Einheit folgt ihm auf dem Weg zurück zu den Soldaten und den Lanzenkämpfern, die noch immer gegeneinander kämpfen. Er zuckt zusammen, als er die vielen Pferde sieht, die tot auf der Straße liegen. Als er näher kommt, fällt der letzte rote Soldat einer Attacke von drei Lanzenkämpfern zum Opfer.

Lorn zügelt das Pferd und blickt sich um. Außer den toten hamorischen Soldaten sind am östlichen Ende der

Straße, die an der Seemauer entlangführt, nur noch cyadorische Lanzenkämpfer übrig geblieben.

Cheryk reitet vor. »Haben fast ein Dutzend Männer verloren, Ser. Diese Soldaten waren besser als alle anderen, mit denen wir es bisher zu tun hatten.«

Lorn nickt. »Es tut mir Leid. Aber wir konnten nicht zulassen, dass sie hier noch mehr Schiffsladungen voller Klingen bewachen.«

»Nein, Ser. Nicht nach all dem, was wir bereits hinter uns haben.«

Esfayl lenkt sein Pferd zu Lorn. »Ser?«

»Sind Eure Männer unverletzt?«

»Ja, Ser.«

»Ich möchte, dass Ihr so viel Lampenöl wie nur möglich zusammensucht«, befiehlt Lorn. »Hier im Hafen, wenn möglich. Bringt einen Teil davon hinaus auf die lange Pier und den Rest zu den Lagerhäusern.«

Esfayl zieht die Augenbrauen hoch.

»Wir werden die Piere niederbrennen, sobald wir hier fertig sind.« Lorns Mund verzieht sich zu dem Lächeln, das er selbst nicht mag. »Es ist schwerer, Klingen zu verkaufen, wenn man sie in kleinen Booten an Land bringen muss. Die Lagerhäuser werden auch in Brand gesteckt, wenn wir alles Brauchbare herausgeholt haben.«

Gyraet kommt zu Lorn. »Wir durchsuchen das nächststehende Lagerhaus, Ser. Spidlarisch, wie es scheint.«

»Sucht zusammen, was wir brauchen können, und auch die Bücher, wenn Ihr welche findet.« Lorn blickt zurück zu Emsahl. »Könnt Ihr und die Fünfte Kompanie Wache halten, während wir tun, was getan werden muss?«

»Ja, Ser.«

»Wir werden versuchen, es so schnell wie möglich hinter uns zu bringen.«

Lorn reitet an der Seemauer entlang zurück. Er fühlt sich nutzlos, denn es kommt ihm so vor, als würde er die ganze Zeit nichts weiter tun, als immer nur vor und zurück zu reiten.

Rhalyts Lanzenkämpfer eskortieren die bärtige Gestalt in Rot vom Anfang der Pier bis zum letzten Lagerhaus in der Reihe, ein dreistöckiges Holzgebäude, auf dem noch die hamorische Flagge gehisst ist. Der Händler hat die Hände auf den Rücken gebunden, auf der Wange blutet ein Schnitt.

»Wir haben ihn, Ser, und auch einige andere, die ebenfalls Händler sein könnten.«

»Haltet ihn hier fest und lasst ihn nicht in die Nähe des Lagerhauses kommen.« Lorn reitet zum Anfang der Pier und zu dem verlassenen Handkarren, auf dem die kleinen Truhen stehen. Dort steigt er ab und übergibt gedankenverloren die Zügel des Wallachs an den nächsten Lanzenkämpfer. Als er an den Karren und die Kisten heran tritt, bemerkt er die schweren Ledertaschen unter den Truhen. Er beugt sich vor und zerrt eine Tasche hervor. Das Gewicht und das Klimpern von Münzen bestätigt seinen Verdacht. Er winkt Rhalyt heran, der auf seinem Pferd sitzen geblieben ist.

»Ser?«

»Wir brauchen eine Wache hier. Mehrere Männer.«

Lorn schaut wieder auf die vier Truhen, dann hebt er die oberste hoch, öffnet sie und überfliegt die Papiere darin. Er schüttelt den Kopf. Sie werden einen Wagen brauchen. Es wird länger dauern, als er in Jera zu bleiben wagt, um die Aufzeichnungen durchzuarbeiten.

»Rhalyt«, ruft er erneut. »Wir brauchen einen Wagen, um all das und die Nahrungsmittel zu transportieren, die wir benötigen. Seht zu, dass einer der Truppenführer einen Wagen und das dazugehörige Pferdegespann beschafft.«

Rhalyt nickt.

Lorn schwingt sich wieder aufs Pferd und blickt hinaus aufs Meer, wo das hamorische Handelsschiff nun ebenfalls die Segel gesetzt hat. Erneut schüttelt er den Kopf, dann reitet er das kurze Stück zum letzten Lagerhaus – dem hamorischen Lagerhaus. Dort steigt er wieder ab und bindet den Wallach an den Pfosten neben der Tür. Rhalyt steigt ebenfalls vom Pferd und folgt ihm.

Im ersten Raum stehen geöffnete Holzkisten, eine ist halb gefüllt mit langen, dunklen Eisenklingen, die mit Öl und Wachs überzogen sind. Die anderen neun Kisten sind noch verschlossen.

Lorn zählt die Klingen in der offenen Kiste – über zwanzig Stück. »Es sieht so aus, als hätten wir allein in diesen Kisten über vierhundert Klingen.«

Zwei Lanzenkämpfer kommen herein und Rhalyt deutet zur Tür. »Überprüft die anderen Räume, bevor der Major hineingeht.«

Ein älterer Lanzenkämpfer nickt und geht durch die nächste Tür. Nach einigen Sekunden kehrt er zurück. »Niemand da, Ser.«

Lorn und Rhalyt betreten den großen Lagerraum. Einige der Regale und Gestelle sind zwar leer, doch den Großteil der Waren hat man zurückgelassen. Lorn sieht Ballen von Baumwolle, Amphoren, die Öl oder Oliven beinhalten, Fässer mit getrocknetem Fisch, Trockenfrüchte und sogar einige Fässer Ton aus Biehl.

»Ser!« Rhalyt deutet in eine Ecke.

Lorn stellt sich neben den Unteroffizier, vor dem zwei hölzerne Kisten stehen, auf denen mit dicker, grauer Farbe geschrieben steht: SÄBEL, CUP., 40 ST., SMH.

»Vierzig Lanzenkämpfersäbel aus Cupridium«, sagt Lorn. »Die sollten wir ebenfalls mitnehmen. Wir werden die Kisten hier und die anderen Klingen durch den Vorderausgang hinausfahren müssen.«

Lorn verlässt den Lagerraum und geht durch eine kleine Seitentür in einen Nebenraum, den er bereits aus dem Glas kennt. Hier sollten eigentlich die Bücher untergebracht sein, aber der Raum ist leer bis auf einen einfachen Tisch und einen Stuhl. Helle Flecken auf dem Fußboden lassen jedoch erkennen, wo die Kisten gestanden haben müssen.

»Ser«, ruft einer der Lanzenkämpfer, »Hauptmann Esfayl ist mit einem Wagen da.«

Lorn eilt hinaus in das noch immer milchige Nachmittagslicht. Zwei Lanzenkämpfer stehen neben dem gefesselten Händler und dahinter sitzt Esfayl auf dem Pferd neben einem Vierergespann. Der riesige Wagen hinter den Pferden hat acht große Fässer Lampenöl geladen. Esfayl grinst Lorn an. »Wir haben das Öl, Ser.«

Lorn grinst zurück, doch nur kurz. »Bringt sechs Fässer auf die Pier und je eines zu den zwei großen Lagerhäusern. In diesem hier ist ohnehin schon Öl gelagert. Eure Männer sollen die Fässer gleichmäßig entlang der Pier verteilen – eines muss ans äußerste Ende. Schlagt kleine Löcher in die Fässer und rollt sie hinaus, sodass sich das Öl gut auf dem Holz verteilt. Dann werde ich hinausgehen und sie in Brand stecken.«

Esfayl nickt.

»Wir nehmen den Wagen für die Klingen, Münzen und Vorräte – und für die Bücher, die wir gesammelt haben. Lasst ihn hier, sodass Rhalyts Männer ihn beladen können.«

Während die Lanzenkämpfer die Fässer abladen und sie über das unebene Kopfsteinpflaster zur Pier rollen, befasst sich Lorn mit dem hamorischen Händler. »Ihr scheint hier ja ein florierendes Handelshaus zu haben – besonders die Klingen gehen gut.«

Der hamorische Händler, die Hände noch immer auf den Rücken gefesselt, spuckt aufs Kopfsteinpflaster. »Ihr seid wertloser Abschaum … ein Mann, dessen Verstand so gering ist wie die Lanze, die Ihr tragt.«

»Wenn ich Euch nicht bräuchte, um eine Nachricht zu überbringen … wärt Ihr jetzt tot«, meint Lorn ruhig.

»Ich könnte Euch aber auch die rechte Hand verbrennen, wenn Ihr nicht still seid.«

Der Händler schließt den Mund, aber seine Augen spiegeln blanken Hass wider.

»Cyador mag keine hamorischen Händler, die ihr Geld hauptsächlich mit Klingen verdienen, welche zum Töten von Lanzenkämpfern bestimmt sind.« Lorn starrt dem Händler in die Augen. »Denkt gut darüber nach, warum wir da sind. Wir werden Euch hier zurücklassen, da werdet Ihr viel Zeit zum Nachdenken haben. Irgendwer wird Euch finden, da bin ich sicher, und dann könnt Ihr alles erklären.«

Der bärtige Händler senkt den Blick.

»Oh, den Einheimischen werdet Ihr es natürlich nicht erklären.« Lorn lacht. »Sie würden Euch die Kehle durchschneiden. Aber Ihr werdet es Euren Geldgebern berichten müssen und vielleicht auch dem Kaiser von Hamor.« Er zuckt die Schultern. »Ihr könnt es vielleicht verschweigen … so lange, bis der Major-Kommandant der Spiegellanzenkämpfer dieselbe Nachricht den hamorischen Händlern in Cyad überbringt. Er könnte vielleicht sogar erwähnen, dass man es Euch gesagt hat.« Lorn lächelt – ein gemeines Lächeln.

»Ich werde Eure Nachricht überbringen, aber Ihr seid nichts anderes als ein einfältiger junger Major und Ihr werdet gar nichts verändern«, sagt der Händler langsam. »Die Lanzenkämpfer kommen und gehen und nichts ändert sich.«

»Die Herzen der Händler werde ich nicht ändern können«, räumt Lorn ein. »Ihr werdet immer das Gold über ein Menschenleben stellen … aber vielleicht kann ich den Handelsplatz verlegen, an dem Ihr diese Goldstücke verdient.«

Der bärtige Händler blickt erneut zu Boden.

»Bindet ihm die Beine zusammen und legt ihn auf die Seemauer, und zwar auf einen abgelegenen Teil. Einer der Männer soll seine Taschen nach Gold und Handelsbüchern durchsuchen.« Lorn geht zu seinem Wallach und holt die Feuerlanze aus dem Köcher. Er wägt sie vorsichtig in der Hand und geht hinaus bis ans Ende der langen und schmalen Pier … wobei er auf dem rutschigen Holz gut darauf achtet, wo er den Fuß hinsetzt. Am Ende angekommen, blickt er hinaus aufs Nordmeer; beide Handelsschiffe sind in der endlosen graublauen Weite verschwunden.

Er dreht sich um und legt die Lanze an. *Hssst!* Aus dem kleinen Feuerlanzenblitz entstehen lodernde Flammen und verbreiten sich schnell auf den hölzernen Planken. Lorn geht zurück zum Kai. Zehnmal gibt er vor, die Feuerlanze zu gebrauchen, doch das meiste Chaos zieht er magiergleich aus der Umgebung. Sein Kopf schmerzt und die Augen tränen, als er am Kai ankommt. Das Ende der Pier draußen im Meer steht bereits lichterloh in Flammen und die Meeresbrise weht die Hitze landeinwärts.

»Die Lagerhäuser … wir sind fertig damit«, ruft Rhalyt. »Wir haben auch die Truhen und Taschen im Wagen verstaut und etwas von dem getrockneten Fleisch und dem harten Käse – und die Kisten mit den Säbeln. Wir konnten all die Klingen gar nicht in diesem einen Wagen unterbringen.«

»Dann soll Euer Truppenführer einen zweiten beschaffen.« Lorn neigt den Kopf zur Seite. »Haben Eure Männer darauf geachtet, dass das Öl auch auf den Seitenwänden verteilt wird? Haben alle Lanzenkämpfer das Lagerhaus verlassen?«

»Ja, Ser.«

Nach drei Schüssen aus der Feuerlanze steht eine Seite des Lagerhauses in Flammen, knisternde, orangefarbene Flammen und schwarzer Rauch steigen in den diesigen Nachmittagshimmel.

Lorn lässt Rhalyt dasselbe mit dem Lagerhaus der spidlarischen Händler machen.

Dann versammelt er die Hauptmänner um sich. »Wir reiten geschlossen zum Stadtplatz und den Hügel hinauf. Nehmt Fackeln mit. Schont die Feuerlanzen. Wir werden im Vorbeireiten alles in Brand stecken, was auch brennt«, befiehlt Lorn den Hauptmännern. »Ich möchte, dass es lange Zeit dauern wird, bis die Händler hier ihr Geld wieder mit Klingen verdienen können.«

Er steigt aufs Pferd und wartet, bis die Spiegellanzenkämpfer sich neu formiert haben und die drei Wagen, die sie sich genommen haben, in einer Reihe aufgestellt sind. Hinter ihm lodern die Flammen – weil die Händler vor nichts Halt machen, um immer noch mehr Gold zu raffen, und Lorn nur diese eine Möglichkeit hat, um ihren tödlichen Handel zu unterbinden.

LXVIII

Am späten Nachmittag blickt Lorn auf den Fluss und dann hinauf zu den schwarzgrauen Rauchwolken, die über Fluss und Hafen ziehen; das Ergebnis der Flammen, die die Stadt auffressen, die einmal Jera gewesen ist. Bei all den Bäumen und alten Holzgebäuden – es gibt nur wenige Stein- oder Ziegelhäuser in Jera – bezweifelt Lorn, dass am Morgen noch viel von der Stadt übrig sein wird.

Die untergehende Hafenstadt war nicht mehr als ein Sammelpunkt für hamorische und spidlarische Händler, die dort ihre Waffen abluden … aber zweifellos war sie auch Heimat für viele, die nun unter Lorns Taten leiden müssen. Einige sind unschuldig, soweit jemand unschuldig sein kann, der davon profitiert, in einer Stadt zu leben, welche durch einen den Tod einkalkulierenden Handel floriert.

Seine Augen wandern zum Ende der Kolonne und zu den Wagen, die hinter den Spiegellanzenkämpfern knarren und quietschen.

Der erste Wagen ist beladen mit Truhen, in denen sich Gold und Silber befinden, mehr als fünftausend Goldstücke, wie eine ungefähre Zählung ergab, und alle Arten von Büchern und Aufzeichnungen, die Lorn noch lesen muss. Der zweite Wagen transportiert Waffen: hamorische Langschwerter, brystanische Säbel und die Kisten mit den unbenutzten und erst kürzlich in Cyad geschmiedeten Cupridiumsäbeln, die keine Lanzenkämpferzeichen tragen. Der dritte hat die Vorräte geladen, genau so wie die Packpferde, die das Ende der Kolonne bilden.

Wenn er wieder in Inividra ist, wird Lorn empfehlen, dass die – noch verbliebenen – Feuerschiffe von Cyad Lanzenkämpfer nach Jera bringen, welche die Stadt als cyadorische Kolonie wieder aufbauen sollen. Die Kontrolle über den Fluss Jeryna wird der bisher einfachen Versorgung der Jeranyi mit Waffen einen Riegel vorschieben. Es wird weit weniger kostspielig sein, die Stadt einzunehmen und zu halten, als sich mit den endlosen Reihen von Barbaren im gesamten Norden Cyadors herumzuschlagen.

Er lächelt in sich hinein. Wieder hat er kurz geglaubt, er hätte wirklich die Macht, etwas Derartiges zu empfehlen. Er hat sein Vorhaben zwar ziemlich erfolgreich beendet, doch zweifellos wird er sich bald mit ernsthaften disziplinarischen Maßnahmen auseinander setzen müssen – vorausgesetzt er und seine Streitmacht kehren heil nach Inividra zurück. Doch wie immer sind seine Möglichkeiten begrenzt.

»Eine seltsame Stadt«, meint Quytyl, der neben Lorn reitet.

»In mehrerlei Hinsicht«, grübelt Lorn. »Die Lagerhäuser an der Pier waren neu, man hat sie auf den Ruinen alter Gebäude errichtet. Es waren viele verlassene Häuser zu sehen und die Soldaten waren ausnahmslos Hamoraner.« Er schüttelt den Kopf.

»Warum waren die Hamoraner dort?«, fragt Quytyl.

»Handel, Gold ... man hat fast den Eindruck, als schickten sie sich an, die Herrschaft über die Stadt zu übernehmen.«

»Könnten sie das? Es ist eine lange Reise von Swartheld nach Jera.«

»Sie hatten immerhin schon einen Teil an sich gerissen«, erklärt Lorn. »Die Bücher werden uns Näheres darüber berichten. Ich werde sie durchgelesen haben müssen, noch bevor wir wieder in Inividra sind.«

Nach einigen Sekunden der Stille wirft er noch einmal einen Blick zurück auf den grauen und schwarzen Rauch, der noch immer aus der brennenden Stadt aufsteigt.

Es liegt noch mindestens ein Achttag vor ihnen, den sie mit Reiten und Kämpfen zubringen werden, bevor sie nach Inividra zurückkehren. Lorn kann zwar einige wenige Feuerlanzen ›inspizieren‹ und dabei etwas Chaos aufladen, aber seine Energien sind beschränkt. Er kennt es nicht anders: Alles, was er tun kann, ist Beschränkungen unterworfen.

Langsam schüttelt Lorn den Kopf.

LXIX

Westlich der Straße befinden sich zwei Felder – die ersten, die Lorn seit fast einem halben Tagesritt entlang des Westflusses des Jeryna sieht. Die fein säuberlich bestellten Felder, auf denen das erste zarte Grün sprießt, werden durch eine Hecke aus dornigen Rosen voneinander getrennt und von Bewässerungsgräben durchzogen, die vom Fluss abgezweigt wurden. Auf einem niedrigen Hügel hinter dem südlichsten Feld steht ein Haus, die Wände bestehen aus groben Steinen, die mit Mörtel zusammengehalten werden. Felder und Gräben sind menschenleer unter der heißen Frühlingssonne, die am grünblauen Mittagshimmel glüht.

Lorn blickt von den Feldern auf die staubige Straße und dann auf den schmalen Fluss zu seiner Linken, ein größerer Bach, der nicht breiter als fünfzig Ellen und vielleicht fünf tief ist; gerade tief genug, um eine Überquerung zu erschweren.

Er kneift die Augen zusammen, als er die Staubwolke vor sich sieht; die Späher kommen zurück, und das mit großer Eile – ein untrügliches Zeichen für schlechte Nachrichten. Er stößt langsam den Atem aus und wartet.

»Sieht nach Schwierigkeiten aus«, meint Cheryk, der die cyadorischen Streitkräfte mit der Vierten Kompanie anführt.

»Die letzten paar Tage waren zu ruhig«, pflichtet Lorn ihm bei. »Wir nähern uns den Grashügeln, und wenn es eine richtig große Attacke geben sollte, dann wäre hier der geeignete Ort dafür.«

»Jerans ist schon ein seltsames Land«, bemerkt Cheryk. »Es scheint fast, als gehörten die Barbaren nicht dazu. Aber die Jeranyi schicken Waffen.«

»Irgendjemand macht das.« Lorn will sich nicht festlegen.

Die zwei Offiziere reiten schweigend weiter, während sie auf die Späher warten.

»Ser! Barbaren voraus!«, ruft der führende Späher aus einer Entfernung von gut fünfzig Ellen.

Lorn winkt die Späher heran; er wartet, bis sie die Pferde gewendet haben und neben ihm reiten.

»Eine Räuberbande reitet von Osten auf die andere

Seite des Flusses zu, Ser, als wüssten sie, dass wir hier sind«, berichtet der kahle Späher. »Sie reiten zur Furt.«

»Wie viele?«

»Etwa achtzig Mann. Vielleicht auch ein paar weniger.«

»Wir befinden uns wieder auf barbarischem Territorium.« Lorn lächelt.

»Wie weit ist die Furt noch entfernt?«

»Vier Meilen, würde ich sagen.« Diese Worte kommen von dem jüngeren Späher mit dem rötlichen Haar. »Könnte auch etwas weiter sein.«

»Wir sollten hier anhalten, die Pferde tränken und dann erst weiterziehen. Reitet dorthin zurück, von wo aus ihr die Furt beobachten könnt. Gebt uns Nachricht, wenn sie den Fluss früher überqueren oder es gar nicht tun.«

»Ja, Ser.«

Lorn sieht Cheryk an. »Ich brauche alle Offiziere. Sagt allen, dass wir hier anhalten und die Pferde tränken. Später haben wir vielleicht keine Gelegenheit mehr dazu.«

Lorn und Cheryk zügeln die Pferde und warten dann in der windstillen Hitze des Tages, während Semdyl die Nachricht weitergibt und die Offiziere einer nach dem anderen zu ihnen stoßen.

Diesmal ist Gyraet der Letzte, der sich mit seinem Pferd zu ihnen gesellt. »Tut mir Leid, Ser, aber wir hatten Schwierigkeiten mit dem hintersten Wagen.«

»Welcher Art?«

»Die Felgen beginnen zu splittern. Wir haben Ersatzräder mitgenommen, das ist nicht das Problem, nur weiß ich nicht, ob die Felgen bis heute Abend halten werden.«

»Wir werden noch mehr Schwierigkeiten bekommen – achtzig Jeranyi-Krieger nähern sich uns. Von der Sorte, wie wir sie aus den Grashügeln kennen.« Lorn betrachtet die Gesichter seiner Offiziere. »Wir haben wohl nicht mehr viele Feuerlanzenladungen übrig?«

»Meine Zweite Einheit hat noch einige wenige«, bietet Gyraet an.

»Dann möchte ich, dass sie an der Spitze reiten, sie sollen die Feuerlanzen gleich beim ersten Angriff einsetzen.«

»Wir werden bereit sein.«

»Gut.«

»Esfayl ... Eure Männer reiten sehr gut, wie ich gesehen habe. Ich möchte sie aus der großen Kolonne herausnehmen, sie sollen die Barbaren von der Seite angreifen. Welche Seite, werden wir entscheiden, wenn wir dem Gegner gegenüber stehen ...« Lorn umreißt seinen einfachen Schlachtplan.

Als alle ihre Anweisungen bekommen haben, tränkt Lorn seinen Wallach in dem bräunlichen Wasser des Westflusses. Das Wasser scheint nicht allzu schmutzig zu sein, doch Lorn selbst trinkt nicht davon, er leert den Rest seiner Wasserflasche. Dann führt er den Wallach etwa zwanzig Ellen weg vom Ufer zur Straße, wo er darauf wartet, dass alle Pferde getränkt sind.

Schließlich erreicht ihn auch der letzte Bote, den Quytyl geschickt hat: »Fünfte Kompanie und Wagen sind bereit, Ser.«

Lorn nickt Gyraet zu. »Wir reiten los.« Er gibt das Zeichen zum Aufbruch. »Kolonne, vorwärts!«

»Kolonne, vorwärts!« Der Befehl hallt durch die Reihen der Lanzenkämpfer.

Die cyadorische Streitmacht hat weitere zwei Meilen zurückgelegt, als der jüngere, rotbärtige Späher heranreitet. »Sie haben den Fluss überquert, Ser, und tränken nun ihre Pferde. Gut zwei Meilen von hier. Lyrsen beobachtet sie weiter von dem Hang aus ... der ist nicht sehr hoch, aber er wird Nachricht geben, wenn sie hier lang kommen.«

»Gut. Hast du irgendwelche fremden Waffen gesehen?«

»Von den Äxten mit Hippen daran war nichts zu sehen. Ich glaube nicht, dass man sie auf Pferden so gut einsetzen kann. Mit einem längeren Schaft würden sie einem Fußsoldaten gute Dienste leisten.«

Lorn studiert die Straße vor sich, dann dreht er sich auf dem weißen Ledersattel um, der während der Unbilden der letzten Jahreszeiten eher grau geworden ist. Die Straße ist breit und der Straßenrand ebenmäßig genug. Er wirft einen Blick zu Gyraet, der seine Zweite Einheit anführt. »Die Männer sollen sich zu Viererreihen formieren. Gebt den Befehl weiter.«

»Viererreihen! Viererreihen!«

Hinter ihm verbreitert sich die Kolonne und verkürzt sich gleichzeitig, und Lorn muss husten, als ein Windstoß den Staub heranweht. Er wischt sich die Mischung aus Schweiß und Schmutz aus dem Gesicht und betrachtet erneut die Straße vor ihnen, welche leicht ansteigt und nach Südosten abdreht, sodass sich an der Südseite des Flusses ein etwa vier Ellen hohes Steilufer bildet. Wenn der Späher Recht hat, befinden sich Furt und Barbaren eine Meile hinter dem höchsten Punkt des sanften Hanges, den die cyadorischen Streitkräfte gerade hinaufreiten.

Oben auf dem Hügel kommt der andere Späher angeritten, um Lorn und Gyraet zu treffen. Lorn signalisiert der Kolonne anzuhalten.

»Sers … Sie formieren sich dort unten und wollen uns anscheinend aufhalten, dass wir den Fluss nicht überqueren.«

Lorn nickt. Gemäß seinen Karten muss die Straße bald hinüber zum nördlichen Ufer des Flusses schwenken, wo sie mindestens weitere vierzig Meilen verläuft. Das Südufer ist dann fast unpassierbar, denn es grenzt an einen sehr zerklüfteten Abschnitt der Grashügel. Doch

Lorn versteht nicht, warum die Räuber nicht auf der Nordseite bleiben und die Spiegellanzenkämpfer zwingen, sie von der Furt aus anzugreifen – vielleicht erachten sie das ja als feige. Er schüttelt den Kopf.

»Ser?, fragt Gyraet.

»Ich kann nicht sagen, dass ich verstehen würde, warum sie die Furt überquert haben.«

»Da …«, ruft der Späher. »Seht, drüben auf der anderen Seite … das schimmernde Weiß. Das ist Sand … wenn man von der Straße abkommt, steht man im Sand und der ist weich wie Puder.«

Lorn hofft nur, dass die Straße selbst fest genug ist für die Wagen. Die Logik hinter der Aufstellung der Barbaren versteht er nun gut.

Emsahl, Esfayl und Cheryk reiten nach vorn und alle Offiziere blicken den nicht sehr steilen Hang hinunter.

»Nun … Sers … die Flussseite der Straße«, fährt der Späher fort, »Sand wie auf der anderen Seite. Das Gras und der Boden auf der Südseite sind fest.«

»Esfayl … Ihr werdet von der rechten Seite angreifen«, sagt Lorn.

»Ja, Ser.«

Lorn blickt hinunter auf die barbarischen Streitkräfte. »Wir werden jeweils zwei Kompanien nebeneinander in Zweierreihen reiten lassen … vielleicht bei den Büschen, dort wo der Hang ausläuft. Vorher würde ich von unten her nicht angreifen.«

»Ja, Ser.«

»Gyraet, bringt Eure Erste Einheit zum Fluss, die Zweite Einheit auf die rechte Straßenseite. Cheryk … wenn der Boden fest ist, könnt Ihr dann die Sechste Kompanie auf der rechten Flanke unterstützen?«

Der Hauptmann nickt.

»Erste und Fünfte Kompanie, folgt mir, bis wir die Ebene erreicht haben … dann, Rhalyt … stellt Ihr Eure Kompanie hinter die Sechste und seht zu, dass Ihr von der linken Seite vorstoßen könnt. Wie, müsst Ihr vor Ort entscheiden.«

»Ja, Ser.«

Lorn blickt hinunter. »Wir müssen unser Möglichstes tun.« Er lehnt sich nach vorn, um seine Feuerlanze zu berühren. »Ich habe noch ein paar Ladungen, also werde ich bei der Sechsten Kompanie bleiben.«

Während sich die cyadorische Streitmacht langsam auf der Straße den Hang hinunterbewegt, beobachtet Lorn die Barbaren. Diese stehen weiter in Reih und Glied und warten.

Erst als die Sechste Kompanie bei den Büschen angekommen ist und die Dritte Kompanie neben ihnen Aufstellung genommen hat, starten die Jeranyi den Angriff.

»Wartet, bis sie nahe genug sind!«, befiehlt Gyraet. »Erst bei dreißig Ellen Entfernung feuern! *Dreißig Ellen!* Kurze Schüsse!«

»Jetzt … Feuer frei!«, brüllt Lorn und gibt das Zeichen.

Der Boden zittert unter dem Hufschlag von zweihundert Pferden.

Hssst! Hsst! Lorn versucht, die Lanze auf einer Höhe zu halten, und nimmt einen Barbaren nach dem anderen ins Visier, während diese auf die Cyadoraner zustürmen. Aus den Augenwinkeln beobachtet er weiß gekleidete Gestalten, die nach Süden abdrehen, aber er zwingt sich, seine Aufmerksamkeit auf die nahenden Reiter zu konzentrieren, die sich nun mehr verteilen.

Hssst! Hsst!

»Kurze Schüsse!«, brüllt Gyraet ein weiteres Mal.

Noch bevor die Angreifer auf zwanzig Ellen herankommen können, erstirbt der Lärm der Feuerlanzen; nur gelegentlich knallt es aus den wenigen Lanzen, die noch mehr als ein oder zwei Schüsse übrig haben. Obwohl die Angreifer mindestens zwanzig Mann an die

Lanzenkämpfer verloren haben müssen, reißen die Verbliebenen ihre großen Klingen heraus, um sie gegen die kleineren und leichteren Säbel der Spiegellanzenkämpfer einzusetzen.

Lorn bringt die letzte Ladung seiner Feuerlanze, die er selbst in der Nacht zuvor mit seinen magischen Fähigkeiten hineingegeben hat, gegen einen Reiter zum Einsatz, der der Anführer der Bande zu sein scheint. Dann lässt er die Waffe sinken und holt den zweiten Säbel heraus; er duckt sich und schiebt gleichzeitig die Klinge eines Barbaren zur Seite, worauf er dem nächsten Räuber im Vorbeireiten einen Schlag verpasst.

Staub wird auf dem Schlachtfeld aufgewirbelt, die Luft ist angefüllt mit dem dumpfen Klirren von Metall auf Metall und dem gedämpften Geräusch, das entsteht, wenn Metall auf etwas Weicheres wie Fleisch oder Knochen trifft. Lorn hat sich durch die drei Reihen starke Linie der Barbaren gekämpft, er dreht um und reitet zurück, um einen benommenen jungen Barbaren zur Strecke zu bringen, der kaum noch seine Klinge zu heben vermag.

Ein graubärtiger Hüne dreht sich zu Lorn um und lässt seine Riesenklinge pfeifend auf ihn herunterfahren. Der Sub-Major kann den Schlag zwar halb parieren und halb zur Seite schieben, aber sein linker Arm ist schon allein von dem wuchtigen Schlag taub. Der rechte ist noch einsatzbereit, und Lorn dreht sich herum und schlägt mit dem brystanischen Säbel auf den Oberarm des Graubärtigen. Dessen Klinge fällt zu Boden und Lorn setzt nun mit dem linken Arm zum Stoß an. Er duckt sich und reitet davon, als der ältere Krieger langsam aus dem Sattel fällt.

Zwei große Barbaren lösen sich aus dem Schlachtgetümmel und stürmen auf Lorn zu. Dieser kann zwar den Wallach gerade noch rechtzeitig herumnehmen, aber den ersten Klingenschlag kaum richtig abwehren.

Ein glitzernder Lanzenkämpfersäbel fährt auf die Schulter von Lorns zweitem Angreifer hernieder, und der erste Barbar dreht sich zu Quytyl um – der sein Pferd herumgerissen hat, um Lorn zu helfen. Lorn lehnt sich nach vorn, er hat fast das Gleichgewicht verloren, doch es gelingt ihm ein Stoß in den Hals des hünenhaften Gegners. Der Säbel steckt fest und Lorn muss heftig an der Klinge rütteln. Als sie sich schließlich ganz abrupt löst, fällt er fast vom Pferd.

Das Ross des toten Barbaren prallt gegen Lorns Bein, als dieser versucht, Quytyl zu helfen, der nun von zwei weiteren Jeranyi bedrängt wird.

Verzweifelt schleudert Lorn einen magischen Feuerball auf einen der Barbaren, dessen Brust daraufhin in Flammen aufgeht, aber noch bevor er die Klinge schwingen oder einen weiteren Feuerblitz abfeuern kann, rauscht die lange Klinge des verbliebenen Barbaren auf Quytyl hernieder.

Alles, was Lorn noch tun kann, ist, den zweiten Barbaren zu verbrennen, nachdem Quytyl im Sattel zusammengesunken ist. Dann reißt er das Pferd herum und sucht sich den nächsten Barbaren, er pflügt wahllos durch die Angreifer, wird zum Schlächter, die Klinge geschärft von Zorn und Chaos.

Wie schon in so vielen Kämpfen zuvor, ist es auch diesmal so, dass Lorn gerade noch gekämpft hat und im nächsten Augenblick nur noch von Spiegellanzenkämpfern umgeben ist. Er schaut zum Fluss, wo am anderen Ufer an die zwanzig Barbaren in Richtung Osten flüchten. Um ihn herum schnauben Dutzende von reiterlosen Pferden.

»Ser!«, ruft eine Stimme.

Lorn nimmt den Wallach herum und reitet zu Yusaet, Quytyls Haupttruppenführer. Währenddessen wischt er seinen Säbel ab und steckt ihn in die Scheide. Dabei bemerkt er, dass er doppelt sieht und es in seinem Kopf wie wild pocht, als würde ein unsichtbarer Hammer auf einen Amboss einschlagen.

»Ser …« Yusaet blickt den Sub-Major an. »Ich habe es gesehen … Ihr habt noch versucht, den Unteroffizier zu retten.«

»Ich war nicht schnell genug«, meint Lorn traurig. »Einen habe ich erwischt, aber …«

»Ich habe gesehen, wie Ihr drei auf einmal getötet habt. Keiner von uns hätte mehr tun können.«

»Danke. Er wäre ein guter Hauptmann geworden.« Lorn richtet sich auf. »Nun bist du für die Fünfte Kompanie verantwortlich.«

»Ja, Ser.«

»Stell fest, wie viele Verwundete ihr habt, und holt die Pferde zurück, die ausgerissen sind. Du weißt, was zu tun ist.«

Yusaet nickt. »Ja, Ser.«

Lorn lenkt den Wallach zum Hang, wo die Straße eine Kurve macht und dann zum Fluss hin abfällt. Cheryk, Gyraet und Esfayl haben sich bereits dort versammelt. Hinter sich hört Lorn das Gemurmel der Männer.

»… Sub-Major … hast du gesehen, wie er seine Säbel schwingt?«

»… gesehen, wie er vier auf einmal aus dem Sattel geschlagen hat und gleich darauf noch einmal vier mit der Lanze …«

»… vielleicht sogar mehr …«

»… habe noch niemals einen höheren Offizier so kämpfen sehen …«

»Das wirst du auch nicht mehr. Behaltet es für euch.«

Diese letzte Stimme gehört Yusaet.

»… aber …«

»Behaltet es für euch«, wiederholt Yusaet.

Ein kurzes, bitteres Lächeln huscht über Lorns Gesicht, das er jedoch verschwinden lässt, als er sich den drei Offizieren nähert.

»Seid Ihr unverletzt, Ser?«, fragt Esfayl mit einem Gesichtsausdruck, der halb wie ein Stirnrunzeln und halb besorgt wirkt.

Als Lorn das Pferd zügelt, blickt er hinunter auf seine Hose, dann auf die Ärmel. Die Uniform ist mit Blut verschmiert und über und über mit roten Spritzern besudelt. Alles um ihn herum scheint zu verschwimmen, die Bilder, die er noch immer doppelt sieht, fangen an zu flimmern. Er bewegt seine Arme und stellt sich in die Steigbügel. Die Arme schmerzen und in seinem Kopf pocht es noch immer, aber er kann keine ernsthaften Wunden feststellen. »Es geht mir gut.« Er sieht die drei an. »Wissen wir schon … wie viele Männer wir verloren haben?«

»Fast zwanzig, Ser«, berichtet Gyraet. »Und Emsahl.«

Lorn zuckt zusammen.

»Ein paar Bastarde haben ihn von hinten erschlagen.« Gyraet hält inne. »Wisst Ihr schon von Quytyl?«

»Ich war dabei, konnte ihn aber nicht rechtzeitig erreichen. Ich war mir nie sicher, ob sein Arm wieder richtig verheilt war, er selbst hat niemals mehr etwas davon erwähnt.« Lorn kommen die Worte nur langsam über die Lippen.

»Die fehlenden Feuerlanzen schmerzen«, fügt Cheryk hinzu.

»Das ist ein Grund, warum wir das hier tun«, erklärt Lorn. »Wir werden mit jedem Jahr weniger Feuerlanzen bekommen. Ich bin mir nicht sicher, ob wir nächstes Jahr noch hätten tun können, was wir jetzt vollbracht haben. Nicht ohne zusätzliche Lanzenkämpfer und größere Verluste.«

»Die meisten Kommandanten kümmern sich aber nur um die Verluste des aktuellen Jahres«, meint Gyraet nachdenklich.

»Es ist kein Trost für mich zu wissen«, sagt Lorn, »dass in diesem Jahr vielleicht zwanzig Männer verschont bleiben, nur damit im nächsten Frühling gleich sechzig Männer sterben werden.« Sein Lachen klingt heiser und bitter. »Es ist auch kein Trost für mich, auf dem Heimweg noch zwanzig Männer zu verlieren.«

»Deshalb seid Ihr Major ...«

»Sub-Major«, korrigiert Lorn mit einem traurigen Lachen.

»... und Ihr werdet Kommandant oder noch mehr werden«, schließt Gyraet.

»Wenn ich als Sub-Major überlebe.« Lorn blickt alle drei einen nach dem anderen an und versucht dabei, seinen Blick zu schärfen, was ihm jedoch nicht gelingt. »Es tut mir Leid, Hauptmänner. Ich hoffte, das hier mit weniger Verlusten vollbringen zu können.« Er macht eine Pause. »Lasst es mich wissen, wenn die Männer bereit sind, die Furt zu durchqueren.«

»Ja, Ser.«

Lorn lässt den Wallach etwa hundert Ellen weit den Hügel hinaufgehen, von wo aus er einen guten Überblick über den Schauplatz des kurzen und blutigen Kampfes hat. Sechzig Barbaren und zwanzig Lanzenkämpfer sind tot; die Lanzenkämpfer, weil ein Sub-Major die Verluste reduzieren wollte, und die Barbaren, weil ... Das weiß Lorn noch immer nicht genau. Ist es Hass, der so tief sitzt, dass man ihn weder mit Blut noch mit Wasser wegwaschen kann? Oder sind es die Bedürfnisse der barbarischen Kultur, die von der Gier der Händler geweckt werden?

Er schüttelt den Kopf und betrachtet den Westfluss, dessen Wasser nun zu einem Bach geschrumpft sind, welcher kaum noch zehn Ellen in der Breite misst, und dann die Nordseite der Grashügel.

Er glaubt nicht, dass sie auf dem Weg nach Inividra noch mehr Angriffe überstehen müssen. Aber dort werden die wahren Probleme erst anfangen.

LXX

Am Abend nach dem Kampf an der Furt des Westflusses sitzt Lorn am Hang über einer der wenigen Quellen in den Grashügeln in der Dämmerung. Er arbeitet sich langsam durch die Schriftstücke aus der zweiten Kiste, die sie auf dem Wagen aus Jera mitgebracht haben. Vor ihm liegen zwei Stapel mit Papieren und Pergamenten. Die meisten Blätter wandern auf den höheren Stapel, doch hin und wieder legt er auch eines auf den zweiten Stapel, welcher nur einige wenige Papiere zählt.

Der Wind, der über den Hügel weht, ist sehr schwach, aber trotzdem muss Lorn die Papierstapel mit Steinen beschweren.

Er blickt auf, als er ein Husten hört; Gyraet steht vor ihm. »Ja?«

»Vielleicht kann ich helfen?«, bietet der Hauptmann an. »Ich spreche nicht gern darüber, aber ich habe einige Händler in meiner Familie.«

»So wie ich«, meint Lorn. »Aber trotzdem ist es nicht leicht.« Er grinst und deutet auf die dritte Kiste, die noch ungeöffnet hinter der zweiten steht. »Ich nehme Euer Angebot gern an. Sehr gern sogar. Ihr wisst, wonach wir suchen: nach allem, was beweist, dass Händler Waffen nach Jera schicken.« Er wartet kurz und fügt hinzu: »Und nach Beweisen für Hamors Versuche, hier Fuß zu fassen.«

»Wie etwa die hamorischen Soldaten?«

»Findet Ihr es nicht auch seltsam, dass wir jenseits der Grashügel nicht mehr viele Soldaten gesehen haben – und dass die, die wir getroffen haben, aus Hamor waren?«

Gyraet nickt. »Gut ausgebildet noch dazu, das macht mir Sorgen.«

Lorn versteht. Liefert der Kaiser von Hamor Klingen

an die Barbaren, um die Barbaren und gleichzeitig Cyador zu schwächen? Er blickt hinunter auf die Papiere und holt tief Luft.

Gyraet öffnet die dritte Kiste. »Viele Rechnungen hier drin, zu viele für einen alten und sterbenden Hafen wie Jera. Da fragt man sich …«

»Allerdings.« Auch Lorn hat viele Fragen: Wie es wohl Ryalth und Kerial geht, wie es um die Gesundheit seiner Eltern steht und welche neuen Pläne Dettaur wohl in der Zwischenzeit ausgeheckt hat. Aber darum kann er sich nicht kümmern, solange er nicht zurück in Inividra ist.

Bis dahin muss er wissen, was die Papiere der Händler beinhalten und was er mit den Erkenntnissen daraus anfangen kann.

LXXI

Die beiden Männer stehen im Schatten des Ostbalkons im vierten Stockwerk des Palasts des Ewigen Lichts. Die leichte Brise umweht sie sanft und vertreibt die Hitze, die die Steinwände abstrahlen.

»Was haltet Ihr von Vyanat'mer?«, fragt Luss.

»Er ist ein Händler von großer Intelligenz«, antwortet der Zweite Magier. »Und er gibt sich große Mühe, dies hinter einer Fassade aus simpler Ehrlichkeit und Geradlinigkeit zu verbergen. Zumindest für einen Händler ist er sehr ehrlich und geradlinig.«

»Aber keineswegs simpel«, entgegnet der Hauptmann-Kommandant mit einem Lachen.

»Das, woran er glaubt, ist simpel. Aber seine Taten, mittels derer er seine Prinzipien zu verwirklichen sucht, sind keineswegs von einfältiger Natur.«

»Woran glaubt er?«, fragt Luss beinahe beiläufig, als müsste er die Frage zwar stellen, aber als wäre ihm die Antwort darauf gleichgültig.

»Die Händler sollen fair handeln und die Spiegellanzenkämpfer und die Magi'i ebenso.« Kharl lächelt. »Er weiß, dass dies wahrscheinlich niemals verwirklicht werden kann, aber er glaubt daran und wird all jene unterstützen, die diesen Idealen am nächsten kommen.«

»Er könnte sich als gefährlicher als Bluoyal herausstellen.«

»Weitaus gefährlicher ... besonders, wenn wir nicht wissen, wer die nächste *Hand* des Kaisers sein wird.«

Luss zieht die Augenbrauen hoch. »Ich habe nichts dergleichen gehört.«

»Es wird niemals verkündet. Es gibt nur eine *Hand* und keiner kennt sie ... es existieren nur Vermutungen.«

»Ich stelle keine Vermutungen an.«

»Gut.«

»Das könnte die Lage ... in Inividra ändern.«

»Das wäre möglich, aber nicht zu Euren Gunsten, Hauptmann-Kommandant. Die *Hand* hat zur Mäßigung aufgerufen.«

»Wann wird ...?«

»Es wird wahrscheinlich noch eine Weile dauern bis zur Ernennung.«

»Keine *Hand*?«, fragt Luss. »Ist es, weil Toziel immer müder wird und seine Gedanken abschweifen? Was werdet Ihr unternehmen?«

»Hauptmann-Kommandant ... es gibt nur wenig, was ein Magi'i zu diesem Zeitpunkt tun könnte. Der Kaiser ernennt die *Hand*, nicht der Erste Magier, und selbst wenn der Erste Magier auf den jungen Rustyl drängen sollte, ist dieser viel zu jung, um zu führen und eine *Hand* sein zu können, und außerdem wegen Chyenfels Gunst viel zu bekannt. Chyenfel hat ihn herangezogen, damit er, wenn notwendig, Toziels Nachfolger werden kann und nicht sein eigener oder der der *Hand*.«

»Falls nicht Ihr … wenn Toziel …«

Kharl schüttelt den Kopf und lacht laut heraus. »Würde irgendjemand einen Magier, den man als einen der Drei kennt, auf dem Malachit-Thron wollen?«

»Vielleicht würde man Euch akzeptieren.«

Der Zweite Magier lacht erneut. »Eure Schmeichelei freut mich, sie ist jedoch zu durchsichtig.«

»Und die Kaiserin … Toziel hört immer mehr auf sie.«

Wieder muss Kharl lachen. »Er hat stets auf sie gehört. In den letzten Jahreszeiten, während er schneller und schneller gealtert ist, hat er das immer weniger verbergen können. Macht Euch keine Sorgen um die liebe Ryenyel. Sie ist vernünftig und wird den Kaiser nicht lange überleben.«

Luss runzelt die Stirn.

»Nicht, was Ihr glaubt«, erklärt der rothaarige Zweite Magier. »Niemand, der auch nur einigermaßen vernünftig ist, würde ihren Tod herbeiführen. Sie kann weder den Malachit-Thron besteigen noch einen eigenen Nachkommen beraten. Doch sie hat Cyad verstanden, wahrscheinlich besser als Toziel. Sie sind sich … so nahe, dass sie ihm innerhalb weniger Achttage, spätestens nach einer Jahreszeit, folgen wird. Also … wird der Kaiser ohne eine *Hand* auskommen müssen. Niemand liebt die *Hand*, also wird sich auch niemand beschweren. Alle werden ihre Kandidaten nach vorn schicken, die Toziels Nachfolge antreten sollen, aber er wird keinen von ihnen wollen. Wir werden also warten und hoffen müssen, dass kein Blut den Sonnenstein des Lichtpalasts beflecken wird. Oder dass es nur einige Tropfen sind und keine Flut.«

Luss runzelt die Stirn, aber er sagt nichts.

LXXII

Während die Spiegellanzenkämpfer unter dem klaren, grünblauen Himmel und in der Hitze des Spätfrühlingstages vor den Ställen in Inividra anhalten, zügelt Lorn vor dem Kasernenhofturm seinen Wallach.

Der ältere Wachmann zuckt zusammen, als er Lorns blutverschmierte Uniform sieht. »Ser!«

»Wir sind zurück, Dutyl«, sagt Lorn.

Noch bevor Lorn die Tür zum Turm erreicht hat, kommt Nesmyl schon heraus. »Ser … Es waren fast fünf Achttage.« Seine Augen wandern zum Turm. »Es ist viel passiert.«

»Ja, sehr viel. Wir mussten einen weiten Weg zurücklegen.« Lorn blickt den älteren Haupttruppenführer an. »Hat der Kommandant Ersatzfeuerlanzen geschickt?«

»Ja, aber nur einen Satz – und das nicht ganz … einhundert Stück.«

»Das wird reichen. Hat es irgendwo Angriffe gegeben? Hast du etwas gehört?«

»Nein, Ser. Nicht einen.«

»Gut.«

»Ser … es ist ein anderer Sub-Major gekommen.« Nesmyl hustet. »Ich glaube … Major Dettaur hat ihn geschickt … mitsamt Befehlen.«

»Das überrascht mich nicht. Major Dettaur tut so etwas gern.« Lorn lächelt trocken. »Ich werde hineingehen und ihm meine Aufwartung machen.«

Nesmyl wirft einen Blick auf Lorns Säbel und nickt.

»Ich bezweifle, dass es dazu kommen wird.« Lorn geht zur Tür und öffnet sie. Er blinzelt einige Sekunden lang in den verhältnismäßig dunklen Flur des Turmes, dann schaut er sich um. Der Eingangsbereich ist leer. Er geht zur Tür des Arbeitszimmers und öffnet sie.

Ein dunkelhaariger Offizier, etwas älter als Dettaur und Lorn, erhebt sich elegant hinter Lorns Schreibtisch. »Ihr müsst der abtrünnige Sub-Major Lorn sein.« Er hat glanzlose braune Augen, die denen von Major Maran ähneln, und die unbewusste Arroganz von Dettaur.

»Ich bin Lorn.« Er geht zum Schreibtisch. »Ich sehe, Ihr fühlt Euch bereits wie zu Hause.«

»Ich dachte, das könnte ich, denn Ihr wart nirgends zu finden. Man hat mich geschickt, um Euch abzulösen.«

»Ich war auf Patrouille – so wie es der Hauptmann-Kommandant und Major Dettaur verlangt haben.«

»Das ist unerheblich. Oh, ich bin Sub-Major Uflet. Dort liegen Eure Befehle.«

Uflet deutet auf eine Schriftrolle mit einem grünen Band, die am Rand des Schreibtischs liegt.

Lorn nimmt sie, erbricht das Siegel und beginnt zu lesen; dabei lässt er Uflet nicht aus den Augen.

Sub-Major Lorn, Spiegellanzenkämpfer von Cyador, befehlshabender Kommandant in Inividra,

Ihr seid hiermit der Kommandantur und aller damit verbundenen Rechte und Privilegien entbunden. Diese Maßnahme wird gemäß den vorangegangenen Weisungen des Hauptmann-Kommandanten der Spiegellanzenkämpfer ergriffen, aufgrund Eures Versäumnisses, diese Weisungen einzuhalten, besonders jene, die den Einsatz der Lanzenkämpfer zum Schutze des Volkes von Cyador betreffen. Ihr habt Euch unverzüglich in Assyadt zu melden, um Eure Versetzung entgegenzunehmen.

Unterschrift und Siegel stammen von Dettaur, Major, Spiegellanzenkämpfer.

»Dieser Befehl lässt keine Fragen offen«, bemerkt Lorn. »Detts übliche Vorgehensweise.«

»Major Dettaur kennt die Traditionen der Spiegellanzenkämpfer«, meint Uflet steif. »Ich habe ihn als ehrenwerten und vertrauenswürdigen Major kennen gelernt.«

»Dann kennt Ihr ihn nicht sehr gut.« Lorn lacht laut auf. »Einen Kommandanten seines Postens zu entheben, weil er seine Pflicht tut, ist ehrenwert?«

Uflet lächelt. »Major Dettaur würde sicherlich nicht so handeln, wenn es nicht einen triftigen Grund dafür gäbe.«

»Das stimmt gewiss.« Lorn nickt und sieht den dunkelhaarigen Sub-Major an. »Ich würde es begrüßen, wenn Ihr hier warten würdet. Ich werde es den Offizieren sagen, denen, die noch übrig sind. Sie und ich haben diesen kleinen Aufschub verdient.«

»Aber … natürlich.« Uflets Lächeln ist genauso falsch wie das von Dettaur und Maran. »Ich könnte mir vorstellen, dass man diese Verluste hätte vermeiden können, wenn die traditionellen Patrouillenmethoden zum Einsatz gekommen wären.«

»Mit den traditionellen Patrouillenmethoden hätten wir vom Anfang des Jahres bis jetzt nicht mehr als eine Hand voll Männer verloren. Aber am Ende des Jahres wären es zweimal so viele gewesen wie gewöhnlich. Ein Hauptmann und ein Unteroffizier mussten ihr Leben lassen, zusammen mit einer ganzen Kompanie von Lanzenkämpfern.« Lorn lächelt bitter. »Aber wir haben viel erreicht. An die vierhundert Barbaren wurden vernichtet. Wahrscheinlich noch mehr, doch die erste Zahl können wir mit großer Sicherheit bezeugen. Aber wie Ihr wisst, gelten Zahlen nicht viel. Besonders nicht bei Dett. Er konnte noch nie richtig zählen.« Lorn macht eine kurze Pause. »Ich werde in wenigen Augenblicken zurück sein, dann können wir uns um die Formalitäten kümmern.«

»Natürlich.« Uflet lächelt wieder, falsch und selbstgefällig.

Lorn schließt die Tür hinter sich, als er das Arbeitszimmer verlässt.

Nesmyl sieht Lorn an.

»Wir haben noch Verschiedenes zu klären, Nesmyl. Ich muss den Offizieren einige Dinge mitteilen, dann werde ich zurückkommen.«

»Sie … warten bereits im Arbeitszimmer der Offiziere. Ich dachte, das wäre am besten so.«

»Danke.«

Lorn verlässt den Turm und überquert den Hof, seine Stiefel berühren kaum die Pflastersteine, die Stirn ist nachdenklich gerunzelt. Dann zuckt er die Achseln.

Die vier Offiziere stehen auf, als er das Arbeitszimmer betritt.

Lorn bleibt stehen und schaut die vier verbliebenen Offiziere an; er wünscht, Emsahl wäre noch unter ihnen.

Dann hebt er zu sprechen an. »Einige unter Euch haben sich vielleicht schon gedacht, dass meine Vorgehensweise gegen die Barbaren in Assyadt nur wenig Anklang finden wird. Diejenigen unter Euch, die das vermutet haben, haben richtig vermutet. Major Dettaur hat entschieden – ohne die Ergebnisse unseres Tuns abzuwarten –, dass ich abgelöst und disziplinarische Maßnahmen gegen mich eingeleitet werden sollen. Natürlich gab es keine Angriffe im gesamten nordwestlichen Abschnitt der Grashügel; das ist das erste Mal seit einer Generation, dass der Frühling ohne Angriffe vorübergegangen ist. Wir haben eine ganze Kompanie und zwei Offiziere verloren. Das sind ebenfalls die niedrigsten Verlustzahlen eines Frühlings seit zwanzig Jahren. Aber ich soll abgelöst werden.« Lorn lächelt trocken, dann fügt er hinzu: »Ich werde nach Assyadt gehen und den Fall dem dortigen Kommandanten vortragen, denn die Weisungen stammen alle von Major Dettaur. Und ich möchte das gern überleben.« Lorn grinst. »Möchte mich jemand begleiten und vielleicht eine Kompanie oder auch zwei mitnehmen?«

Gyraet nickt. »Ich schließe mich Euch an.«

»Könnte interessant werden«, meint Cheryk.

»Das ist eine Rebellion«, stößt Esfayl hervor.

Rhalyt blickt von Esfayl zu Gyraet.

»Ihr müsst nicht mitkommen, keiner von Euch«, sagt Lorn, »aber ich werde schriftliche Befehle verfassen, dass ich es Euch befohlen habe. Zur Sicherheit.«

»Wenn das ein Befehl ist«, bemerkt Esfayl mit einem trockenen Lächeln, »kann ich wohl nichts dagegen machen.«

»Wir werden im Morgengrauen aufbrechen ... oh, übrigens ... es stehen hundert aufgeladene Feuerlanzen in der Waffenkammer. Das ist alles, was der Kommandant uns für den Sommer zukommen lassen kann.«

Esfayl wirft einen Blick zu Cheryk. »Ich weiß nicht, ob ich da überhaupt einen Befehl brauche. Die Patrouillen nach dem alten System, mit so wenigen Ladungen, sind ohnehin Selbstmord.«

»Wie ich schon sagte«, bemerkt Cheryk, »der Marsch nach Assyadt könnte interessant werden.«

»Ich muss mich jetzt um einige andere Dinge kümmern«, sagt Lorn. »Ich werde vor dem Abendessen noch einmal auf jeden Einzelnen von Euch zukommen.«

»Ja, Ser«, erwidert Gyraet. »Wir werden dafür sorgen, dass die Männer bereit sind.«

»Danke.«

Lorn verneigt kurz den Kopf, dann dreht er sich um und geht hinaus und über den Hof zurück in den Turm.

Nesmyl lehnt sich über den Tisch und sieht ihn fragend an.

»Ich habe es ihnen gesagt.« Lorn lächelt. »Ich muss noch einmal mit Sub-Major Uflet sprechen. Die Lage hat sich etwas geändert. Wenn ... du also etwas anderes erledigen möchtest?«

»Äh … ja, Ser.« Nesmyl zieht die Augenbrauen hoch.

Lorn vergewissert sich, dass die Tür geschlossen ist, als er wieder im Arbeitszimmer steht. »Ich habe die Angelegenheit mit meinen Offizieren besprochen und sie verstehen die Lage.«

»Dann sollten wir vielleicht Nesmyl beauftragen, den Brief für den Kommandantenwechsel aufzusetzen«, schlägt Uflet vor.

Lorn lächelt. »Es scheint, Sub-Major Uflet, dass ich mitsamt meinen Lanzenkämpfern nach Assyadt beordert wurde. Ich würde Euch empfehlen, hier zu bleiben, bis sie zurückkehren.«

»Das ist Rebellion. Major Dettaur wird kaum erfreut sein.« Uflet kommt um den Schreibtisch herum und bewegt sich dabei so gewandt wie eine Schlange. »Aber er wird auch nicht überrascht sein.«

Lorn sammelt Chaos aus seiner unmittelbaren Umgebung und nimmt Dettaurs Schriftrolle in die Hand. »Major Dettaur hatte den Befehl bereits verfasst, als ich noch gar nicht zurück war. Ich bin sicher, Ihr könnt gut mit dem Säbel umgehen …«

Wie um das zu beweisen, hat Uflet den Säbel bereits gezogen und einen Schritt nach vorn gemacht, noch bevor der jüngere Sub-Major den Satz zu Ende sprechen konnte.

Hssst! Uflets Mund steht offen, als sein Kopf in Chaos-Flammen aufgeht. Während er zu Asche zerfällt, landet der Säbel mit einem dumpfen Schlag auf den Steinen des Fußbodens.

Lorn blickt hinunter auf die kopflose Leiche, die auf dem Boden des Arbeitszimmers liegt, und schüttelt den Kopf. Er fragt sich, wie viele es noch sein werden.

Dann sammelt er noch mehr Chaos.

Als er damit fertig ist, hämmert es in seinem Kopf und die Augen tränen. Die einzigen noch sichtbaren Spuren des Sub-Majors, die zurückbleiben, sind sein Säbel, einige Metallschnallen, ein kleiner Dolch und ein paar Münzen – sowie dunkle Flecken und Asche auf dem Steinfußboden. Lorn lehnt den Säbel – der noch warm ist – in die Ecke hinter dem Schreibtisch und steckt die anderen warmen Metallteile ein.

Er reibt sich die Nase und versucht den Niesreiz zu unterdrücken, den die herumfliegende Asche verursacht, bevor er zum Fenster geht und es öffnet. Erst dann fällt ihm ein, dass er auch Dettaurs Schriftrolle mit einem Chaos-Strahl verbrennen sollte.

Er lässt die frische Luft von draußen durch den Raum zirkulieren, bevor er zur Tür geht und sie öffnet.

Nesmyl steht auf. »Ser?«

»Wir werden morgen früh nach Assyadt aufbrechen. Die Offiziere sind bereits unterrichtet.«

»Äh … ›wir‹?«

»Alle Lanzenkämpfer und ich.«

»Was ist mit dem Sub-Major geschehen?«, fragt Nesmyl und blickt an Lorn vorbei in das offensichtlich leere Arbeitszimmer.

»Er hat beschlossen, dass er im Augenblick nicht in die Sache verwickelt werden möchte«, sagt Lorn. »Es ist möglich, dass du ihn nicht wieder zu Gesicht bekommen wirst. Es ist auch sehr unwahrscheinlich, dass du mich wieder sehen wirst, ganz gleich wie.«

»Ich habe ihn nicht herauskommen sehen.«

Lorn zuckt die Schultern. »Du kannst dir vielleicht vorstellen, dass ich zu diesem Zeitpunkt nicht sonderlich interessiert bin an einem Sub-Major.«

»Schon, Ser.« Nesmyl versucht seine Verwirrung zu verbergen. »Aber Kommandant Ikynd und Major Dettaur …«

»Mach dir keine Sorgen, Nesmyl. Die Lanzenkämpfer und ich werden nach Assyadt reiten, und ich werde mit beiden, dem Kommandanten und dem Major, sprechen. Ich habe es nicht anders gewollt. Wenn Sub-Major Uflet nicht zurückkommt, wird ein neuer Offizier mit Lanzenkämpfern Inividra übernehmen.«

»Aber die Barbaren …«

»Ich bezweifle stark, dass noch genug am Leben sind, um einen Ritt nach Cyador zu wagen, außerdem müssten sie dann ihre Klane verhungern lassen.« Lorn dreht sich um. »Jetzt werde ich mich waschen und die Uniform wechseln. Anschließend fange ich mit den Berichten an, zumindest bis zum Abendessen.«

»Gut, Ser.« Nesmyls Augen wandern noch einmal zur offenen Tür des Arbeitszimmers.

»Du wirst Uflet darin nicht finden, aber selbstverständlich kannst du einen Blick hineinwerfen«, sagt Lorn mit einem schiefen Grinsen.

»Äh, nein, Ser. Ich glaube Euch.«

Lorn verlässt den Turm noch einmal, um seine Satteltaschen und den zweiten Säbel zu holen; beides trägt er zur schmalen Hintertreppe. Er steigt zu seinen Gemächern hinauf – die nur noch eine letzte Nacht die seinen sind – und weiß, dass sich das Blut an seiner Uniform entfernen lässt, zumindest größtenteils. Aber wie soll er das Blut von seiner Seele waschen?

LXXIII

Lorn blickt aus dem Fenster seines persönlichen Arbeitszimmers in die rötliche Dämmerung des Spätfrühlingsabends. Noch immer ist das Kopfweh nicht ganz verschwunden und hin und wieder muss er sich über die Augen wischen.

Endlich hat er einen kurzen Bericht fertig gestellt. Es hätte wenig Sinn gemacht, einen längeren zu schreiben, denn der kurze enthält alle wichtigen Informationen:

die Anzahl der gefallenen Barbaren, eingenommenen Städte und beschlagnahmten Klingen. Etwa sechstausend Goldstücke wurden sichergestellt und nach Inividra gebracht, und natürlich enthält der Bericht auch eine Zusammenfassung über den Klingenhandel in Jera und die Gewinne, die dadurch an hamorische, spidlarische und leider auch cyadorische Händler geflossen sind.

Er nimmt das Chaos-Glas heraus und stellt es auf den Tisch. Dann zieht er den Stuhl zurück und setzt sich. Er konzentriert sich und die Silbernebel wabern, sie verziehen sich und geben ein Bild frei: Ryalth sitzt an einem Tisch und gibt Kerial die Brust. Sie sind im unteren Speisezimmer in Lorns Elternhaus, und auch Jerial ist da, sie trägt eine dunkelgrüne oder schwarze Tunika und sitzt Ryalth gegenüber.

Beide Frauen blicken auf. Jerial sagt etwas und Lorn muss schlucken, als er die Tränen über Ryalths Wangen laufen sieht.

Jerial lächelt und Ryalth macht eine Hand frei und berührt mit den Fingern ihre Lippen, als wollte sie ihm einen Kuss über die Entfernung von hunderten von Meilen schicken, die sie voneinander trennen.

Lorn hält das Bild noch einige Augenblicke aufrecht und wünscht sich, dass er ihnen mehr als seine Gegenwart oder sein Dasein vermitteln könnte, bevor er es schließlich loslässt.

Den Frauen und Kerial geht es gut, so scheint es jedenfalls, und zumindest wissen sie nun auch, dass er am Leben ist.

In Gedanken versunken steht er auf und geht wieder zum offenen Fenster, er blickt hinaus und hinunter in den Hof.

»Der Schlächter von Nhais ... und nun der Schlächter von Jerans ...« Er schüttelt den Kopf. Flutak und Baryat hätten Nhais den Barbaren überlassen und Dettaur hätte dreimal so viele Lanzenkämpfer zum Tode verdammt – und für was?

Damit im ersteren Fall ein korrupter Buchhalter und ein ebensolcher Bauer noch mehr Goldstücke zusammenraffen können, und im zweiten alle hohen Lanzenkämpferoffiziere sich sicher sein können, dass althergebrachte Traditionen nicht angetastet werden, auch wenn die Welt sich verändert? Oder damit die Händler in Sommerhafen und Swartheld noch mehr Gold durch den Tod der Lanzenkämpfer verdienen?

Auch wenn die Händler und Cupritschmiede in Cyad durch den Verkauf von Klingen mehr Goldstücke verdienen – die Ausbildung der zusätzlichen Lanzenkämpfer und ihre Bewaffnung würden gleichzeitig ihre Zölle und Steuern erhöhen oder die Kosten auf die Zölle und Steuern anderer verlagern. Für die Händler und Handwerker in Cyad hätte es also wenig Sinn, mit Klingen zu handeln. Aber ist er denn der Einzige, der das erkennt? Oder der Einzige, der dumm genug ist, um dagegen etwas zu unternehmen?

»Der Einzige, der dumm genug ist …«

Er wendet sich vom Fenster ab und bezweifelt, dass er bei all den Versuchen, sich vor sich selbst zu rechtfertigen, gut schlafen wird.

LXXIV

Die Wachen vor den offenen Toren in Assyadt blicken auf, als sich die Sechste Kompanie der Spiegellanzenkämpfer nähert, gefolgt von einer langen Kolonne von Lanzenkämpfern. Die Augen des jüngeren Wachmanns weiten sich, als er sieht, dass die Feuerlanzen gezogen und angelegt sind.

»Sub-Major Lorn. Ich bin gekommen, um Major Dettaur zu sprechen.« Lorn lächelt kalt.

»Äh …« Der junge Wachmann schluckt, als sein grauhaariger Kollege ihm den Ellbogen in die Seite stößt.

»Ich bin sicher, Ihr seid willkommen, Ser.« Der ältere Wachmann spricht schnell und mit fester Stimme.

»Danke.« Lorn verneigt den Kopf und blickt Gyraet an. »Das erste Haus ist das der Kommandanten. Die Männer sollen sich mit den Lanzen in Viererreihen vor jeder Tür aufstellen.«

»Rhalyt! Sichert die Ställe!«

»Ja, Ser.«

In der darauf folgenden Stille reitet Lorn langsam über die Steine des Kasernenhofes und erhascht einige harte Worte des älteren Wachmannes.

»Hätte uns beinahe getötet! Sag ja kein falsches Wort zu einem Mann wie diesem … er ist der Schlächter, sagt man … der einzige Offizier, der den Verwunschenen Wald in die Knie gezwungen hat … In Nhais hat er selbst sechzig Angreifer niedergemacht … nur die Schwarzen Engel wissen, warum er hier ist … sicher wegen dem Kommandanten und dem Major …«

Lorn zuckt zusammen und muss gleichzeitig lächeln, als er sich dem ersten Gebäude aus weißem Stein nähert und das Pferd zügelt. Ein schlechter Ruf hat seine Vorteile, aber auch Nachteile. Er bezweifelt, dass er mit den rangniedrigeren Offizieren oder den einfachen Lanzenkämpfern Schwierigkeiten haben wird. Das war schließlich noch nie so.

»Sollen Euch ein paar Lanzenkämpfer begleiten?«, fragt Gyraet.

Lorn hält inne, dann nickt er zögernd. »Das könnte die Angelegenheit ein wenig … beruhigen.« Nach einem Augenblick sieht er auf zu Gyraet und Cheryk. »Es wäre mir lieber, ich müsste das nicht sagen, aber jeder, der

Euch angreift, ist ein Feind all der Lanzenkämpfer, die gestorben sind.«

»Ja, Ser«, bestätigt Cheryk.

»Erste Hälfte, Erste Einheit«, befiehlt Gyraet. »Folgt dem Major … mit den Lanzen. Setzt die Lanzen gegen jeden ein, der eine Klinge gegen ihn erhebt. Gegen jeden, ganz gleich, ob Offizier oder einfacher Soldat.«

»Ja, Ser.«

Gryal ist der Truppenführer, der absteigt, ein kräftiger Mann mit einer Narbe im Gesicht, die vom Ohr quer über die Wange verläuft. »Wird auch Zeit, dass wir einen Stabsoffizier bekommen, der es ihnen zeigt, Ser.«

»Danke.«

Lorn sammelt Chaos aus der Umgebung, als er durch den Torbogen schreitet.

Die drei Haupttruppenführer im offenen Foyer erstarren, als Lorn hereinkommt, gefolgt von bewaffneten Lanzenkämpfern.

»Ser … ähm … Lanzen … nicht … hier …«, stammelt der älteste Truppenführer.

Lorn erinnert sich nicht an seinen Namen. »Heute schon. Ist Major Dettaur hier?«

»Ich bin hier, Sub-Major Lorn.« Während er Lorns Titel und Namen fast verächtlich in die Länge zieht, setzt Dettaur einen Fuß von der Schwelle der offenen Arbeitszimmertür in den Flur. »Ich sehe, du hast ein paar Lanzenkämpfer mitgebracht.«

»Gryal … es wäre mir lieber, wenn ihr alle bliebet, wo ihr seid«, meint Lorn. »So werden wir sämtliche Unannehmlichkeiten sehr viel schneller erledigt haben.«

»Ja, Ser.«

»Dett …«, sagt Lorn, »wir haben etwas zu besprechen.« Er lässt seine Chaos-Sinne in Dettaurs Arbeitszimmer gleiten und stellt fest, dass es leer ist. »Major Dettaurs Arbeitszimmer ist leer. Wir werden die Probleme, die seine unklugen Befehle verursacht haben, dort beraten.« Lorn lächelt, dann deutet er mit dem Kopf auf die offene Tür. »Gryal ... wenn der Kommandant erscheinen sollte, findest du sicher einen Weg, um ihn in seinem Arbeitszimmer festzuhalten.«

»Ja, Ser.«

Dettaur zuckt zusammen, wenn auch fast unmerklich. »Ich nehme an, ein Gespräch unter vier Augen wäre besser.«

Lorn versteht Dettaurs Hoffnungen, doch er antwortet nur: »Das denke ich auch. Du zuerst.«

Dettaur geht ins Arbeitszimmer, er bewegt sich hastig, als wollte er sich so schnell wie möglich von Lorn entfernen. Lorn schließt die Tür, wobei er die Augen nicht von dem Major wendet.

»Dir wurde die Kommandantur entzogen. Sub-Major Uflet hat dich abgelöst ...«, beginnt Dettaur.

»Dazu kam es gar nicht, denn wir sind nicht lange genug in Inividra geblieben. Ich kann guten Gewissens behaupten, dass er mir niemals ein Schriftstück zum Kommandantenwechsel zur Unterschrift vorgelegt hat. Meines Wissens gibt es keine Befehle in Inividra, die meinen Rücktritt befohlen haben.«

Dettaurs Lippen werden schmal. »Du ... du glaubst, du kommst mit allem durch. Das hast du immer geglaubt. Du meinst, die Regeln gelten nicht für dich. Aber das ist vorbei. Diesmal ist es anders.«

»Dett ... sechs Kompanien sind im Außenposten Inividra stationiert. Die Offiziere haben die Handelsbücher gesehen. Sie haben deine törichten Befehle gelesen. Die Männer haben erlebt, wie du ganze Kompanien in den Tod geschickt hast, weil du Taktiken verlangt hast, die irrsinnig sind. Du glaubst doch nicht im Ernst, dass ich zweihundert Lanzenkämpfer gegen ihren Willen zwingen könnte, hierher zu kommen? Sie sind hier, weil sie wissen, dass sie sterben werden, wenn sich nicht etwas ändert. Sie verwetten ihr Leben darauf.«

»Schlechte Wette, Lorn. Ihr werdet alle sterben.«

»Das glaube ich nicht, Dett. In Assyadt ist niemals mehr als eine Kompanie Lanzenkämpfer stationiert, wenn überhaupt.«

»Du weißt alles. Immer schon hast du alles gewusst.« Dettaur grinst und seine Hand gleitet zum Heft seines Säbels, ganz langsam.

»Dett, eine Frage. Warum hast du alle Schriftrollen von Ryalth, die an mich adressiert waren, zurückgehalten?«

»So etwas habe ich niemals getan.«

»Das ist die falsche Antwort. Mich kannst du nicht anlügen.«

Dettaur lacht, zieht den Säbel und tritt vor. »Mit der Klinge warst du niemals so gut wie ich.«

»Das stimmt nicht – zum zweiten Mal hast du Unrecht, Dett.« Lorn hebt seinen eigenen Säbel und sammelt gleichzeitig Chaos aus der Umgebung – wovon es dort genug gibt, denn es wird von Zorn und Hass genährt. Dann stößt er die Klinge nach vorn, sodass sie Dettaurs Säbel zur Seite schleudert und ihm leicht wie eine Rasierklinge den Hals durchschneidet.

Dettaur hat nicht einmal Zeit, überrascht auszusehen.

Lorn lässt den leblosen Körper auf dem Fußboden des Arbeitszimmers liegen und geht hinaus in den Flur. Er wirft Gryal einen Blick zu. »Ich glaube, Major Dettaur versteht das Problem jetzt. Endlich.« Mit einem schiefen Lächeln im Gesicht marschiert Lorn quer über den Flur und geradewegs in Kommandant Ikynds Arbeitszimmer.

Der Kommandant blickt auf vom Schreibtisch. »Als ich die Pferde und Lanzenkämpfer gesehen habe, habe ich schon vermutet, dass Ihr es seid, Lorn.« Ikynd lächelt freundlich, doch er bleibt hinter seinem Schreibtisch sitzen. »Ich habe jedoch nicht erwartet, dass Ihr mit einer solchen Streitmacht hierher zurückkommen würdet. Ich dachte, Ihr wärt auf Patrouille. Ihr seid ein toter Mann, Ihr wisst es nur noch nicht. Ihr seid zu ungeduldig …«

»Ich habe fast zu lange gewartet, Kommandant. Eine weitere Jahreszeit und die meisten meiner Männer wären tot gewesen. Auch sie wissen das. Warum wären sie sonst hier?«

»Das spielt keine Rolle und das wisst Ihr auch. Lanzenkämpfer und Lanzenkämpferoffiziere sind dazu da, um zu sterben. Wusstet Ihr das nicht? Wenn ich es nicht zuwege bringe, dann wird Dettaur kommen und Euch töten. Darauf versteht er sich gut.«

Lorn lächelt träge, lässt jedoch den Säbel nicht sinken. »Nicht gut genug. Dett hat sich bereits dazu geäußert. Er ist tot. Ihr könntet ein Held werden oder sterben. Wie entscheidet Ihr Euch?«

Der freundliche Gesichtsausdruck verschwindet von Ikynds Gesicht. »Wenn ich es mir aussuchen kann, Schlächterjunge, dann ziehe ich den Helden vor. Würde das nicht jeder Lanzenkämpfer, der etwas auf sich hält?«

»Natürlich. Besonders, wenn andere die Arbeit tun und sterben«, antwortet Lorn in einem gleichgültigen Ton.

»Ihr seid ziemlich aufsässig. Das ist Rebellion. Der Major-Kommandant wird keinen Augenblick zögern, Euch hinzurichten.«

»Das glaube ich nicht. Aber Euch könnte er hinrichten. Er braucht schließlich einen Schuldigen und Ihr wärt bequemer für ihn.« Lorn lächelt. »Es wäre am besten, wenn Ihr Dettaur zuerst die Schuld zuschieben und mich dann loben würdet, weil ich Euch überhaupt auf das Problem aufmerksam gemacht habe.«

»Problem?« Ikynd hebt theatralisch die Augenbrauen. »Welches Problem?«

»Den Hafen von Jera gibt es nicht mehr. Man wird ihn wieder aufbauen, doch das wird seine Zeit dauern.

Draußen stehen drei Wagen und zehn Packpferde. Fast tausend hamorische Klingen haben wir mitgebracht. Da sind die, die wir in den Fluss werfen mussten, noch nicht einmal eingerechnet. Wir haben sie aus den Lagerhäusern in Jera geholt, die wir anschließend in Brand gesetzt haben.« Lorns Lächeln drückt keinerlei Freude aus. »Wir haben weiterhin etwa zehn andere Städte zerstört und niedergebrannt. Und ich habe einige Handelsbücher mitgebracht, zusammen mit hundert Cupridiumklingen – die keine Lanzenkämpferzeichen tragen. Die Aufzeichnungen beweisen, dass die Klingen aus Sommerhafen stammen. Ich habe Bücher und Waffen, die aufzeigen, dass einige cyadorische Handelshäuser dabei geholfen haben, diese Waffen an die Jeranyi-Händler zu vermitteln … ach ja, und dazu mehr als sechstausend Goldstücke von diesen Händlern.«

»So … unsere korrupten Händler … Ihr wisst genauso gut wie der Kaiser, dass sie schon immer korrupt waren … sie haben sich damit einige Goldstücke verdient. Das geht schon seit Generationen so. Es ist unsere Pflicht, die Handelsvorschriften des Kaiserlichen Gesetzbuches durchzusetzen, um das Volk zu schützen. Habt Ihr das vergessen?« Der freundliche Ton kehrt in Ikynds Stimme zurück.

»Sechstausend sind mehr als nur einige Goldstücke.« Lorn lacht. »Ich habe mehr cyadorische Bauern gerettet als alle Offiziere der Spiegellanzenkämpfer zusammen, und Ihr besitzt die Frechheit zu behaupten, ich hätte meine Pflicht vergessen?«

»Es ist nicht das, *was* Ihr tut, Sub-Major, sondern *wie* Ihr es tut. Weder dem Hauptmann-Kommandanten noch dem Major-Kommandanten wird es gefallen.«

»Auch Ihr habt es getan«, sagt Lorn. »Wenn Ihr ein Held sein wollt … meine ich. Wir werden Schriftrollen schreiben, viele Schriftrollen. Wir werden über den Feldzug berichten, die Ergebnisse und die Beweise; diese

Schriftrollen werden dann an alle Lanzenkämpfer-Kommandanten in Cyador geschickt.« Lorn lächelt. »Und an den Hauptmann-Kommandanten, den Major-Kommandanten, die drei obersten Magi'i, die *Hand* des Kaisers, den Handelsberater und an alle Oberhäupter der Handelshäuser in Cyador. Und dann werden wir abwarten. Die Stelle des armen Dett werde ich einnehmen, bis wir wissen, was geschehen wird.«

»Ihr wollt Inividra unbewacht lassen?«

»Es wird für lange Zeit keine Angriffe mehr geben, Kommandant. Dessen könnt Ihr sicher sein.«

»Oh … Ihr scheint Euch Eurer Sache sehr sicher zu sein.«

Das ist Lorn auch, denn sein Glas hat ihm gezeigt, dass derzeit in den ganzen nordwestlichen Grashügeln keine einzige Jeranyi-Bande unterwegs ist – schließlich ist in dieser Gegend nur mehr eine Hand voll Barbaren am Leben. »Ohne Pferde und Waffen werden die Jeranyi Probleme bekommen. Außerdem ist es Frühling, und wenn sie ihre verstreuten Herden und die frisch bestellten Felder nun nicht hegen und pflegen, werden sie verhungern, und das wissen sie.«

»Eine größere, breitere Klinge …« Ikynd schüttelt den Kopf. »Bei den Schwarzen Engeln … Ihr steht Alyiakal in nichts nach. Er ermordete halb Cerlyn, wisst Ihr das?«

»Der Frieden danach hielt eine ganze Generation«, meint Lorn.

»Glaubt Ihr wirklich, dass Ihr nach all dem noch befördert werdet?« Eine Spur von Neugier schwingt in der Stimme des Kommandanten mit.

»Nein. Ich glaube, ich werde nach Cyad berufen. Man wird mir eine Stellung als Berater des Major-Kommandanten anbieten. Es ist zu gefährlich, mich bei den Lanzenkämpfern zu lassen. Die Jeranyi werden für längere Zeit keine unmittelbare Gefahr mehr darstellen und zudem können noch mehr Lanzenkämpfer vom Verwunschenen Wald abberufen werden.« Lorn zuckt mit den Schultern. »Es ist gefährlich, einen Helden zu töten, der eine Gefahr gebannt hat – zumindest in der nächsten Zeit; oder auch einen Lanzenkämpfer, der die Komplizenschaft und Korruption von führenden Handelshäusern aufgedeckt hat. Der Major-Kommandant wird wünschen, dass bei den Händlern alles mit rechten Dingen zugeht, und das, oder etwas anderes, was nichts mit Lanzenkämpfern zu tun hat, wird meine Aufgabe sein. Bis sich irgendwann die Gelegenheit bietet, einen Anschlag auf mich zu verüben, wenn ich lange genug in Cyad gewesen und in Vergessenheit geraten bin.« Lorn lächelt kalt. »Schließlich bin ich nur ein Schlächter. Ich kann die Intrigen und Machenschaften gar nicht verstehen.«

»Wäre ich der Hauptmann-Kommandant, so würde ich Euch meine Position anbieten. Ich würde Euch nicht in Cyad haben wollen.«

»Er würde es vielleicht tun, aber der Major-Kommandant nicht. Wer würde mich schon wollen, mit zwanzig Kompanien, die mir treu ergeben sind?«

»Ihr habt eine hohe Meinung von Euch selbst.«

Lorn schüttelt den Kopf. »Euer eigens ausgewählter Hauptmann sollte das Gegenteil beweisen. Aber am Ende gehörte er zu denen, die mich dazu drängten, hierher zu kommen. Ihr habt eines vergessen, Kommandant. Lanzenkämpferoffiziere mögen es nicht, wenn man sie als Figuren in einem Glücksspiel benutzt. Wenn sie herausfinden, dass dem so ist, unternehmen sie sofort etwas dagegen. Ohne Feuerlanzen und ohne neue Lanzenkämpferbefehle sind sie alle tote Männer, und das wissen sie.«

Ikynd zuckt zusammen.

»Versteht Ihr?« Lorn wartet. »Nun … wir haben einige Schriftrollen zu verfassen, nachdem Ihr die Klingen und die Bücher begutachtet habt. Ihr werdet schreiben, dass

Ihr mir die Entscheidung überlassen habt, wie ich die Angriffe unterbinde. Genau das ist mir gelungen und Ihr werdet berichten, dass es im ganzen Nordwesten seit fast einer ganzen Jahreszeit keine Angriffe mehr gegeben hat … was die Wahrheit ist. Dann werdet Ihr vorschlagen, dass Sub-Major Lorn nun, da er die vom Hauptmann-Kommandanten gestellte Aufgabe pflichtgemäß erledigt hat, nach Cyad berufen wird, um dort seinen Dienst zu versehen.«

Lorn deutet mit dem Säbel zur Tür. »Zuerst aber werden wir einen Blick auf die Ladungen der Wagen werfen, die wir mitgebracht haben.«

Ikynd steht auf. »Ihr würdet mich ohne zu zögern töten, nicht wahr?«

»Wenn nötig.«

»Ihr habt den Säbel in der linken Hand. Alle Lanzenkämpfer …« Ikynd schüttelt den Kopf. »Ihr könnt den Säbel mit beiden Händen führen, stimmt's?«

»Ja. Dettaur hat das nie bemerkt.«

»Es gab vieles, was er nicht bemerkt hat.« Ikynd schüttelt noch einmal den Kopf und der freundliche Ton kehrt in seine Stimme zurück. »Ich werde wirklich empfehlen, dass Ihr nach Cyad zurückkehrt. Ihr müsst mich nicht einmal dazu zwingen.«

»Ihr werdet endgültig überzeugt sein, wenn Ihr gesehen habt, wie viele Cupridiumsäbel die Händler aus Sommerhafen an die Jeranyi verkauft haben.«

»Der Hauptmann-Kommandant wird noch einige Schwierigkeiten bekommen mit einem Mann wie Euch, der sich wirklich Gedanken um Cyad macht.«

»Lasst uns zu den Wagen gehen und dann sollen die Lanzenkämpfer die Bücher und Rechnungen in Dettaurs Arbeitszimmer bringen. Ihr werdet erklären müssen, dass der arme Dett nicht wollte, dass all das aufgedeckt wird.«

»Das wollte er vermutlich wirklich nicht, denn als bekannt wurde, was Ihr zuvor schon entdeckt hattet, wurde er nicht nach Cyad zurückbeordert. Er war immer ein Stadt-Lanzenkämpfer gewesen.« Ikynd lacht. »Ihr seid ein wahrer Lanzenkämpfer und werdet in Cyad niemals glücklich werden. Ihr wisst es nur noch nicht.«

»Da könntet Ihr Recht haben.« Lorn lächelt und tritt zurück, als sich Ikynd zur Tür begibt.

LXXV

Am späten Nachmittag sitzt Lorn in Dettaurs Arbeitszimmer, das nun vorübergehend – und eigentlich auch nicht rechtmäßig – seines ist. Eine angenehm leichte Frühlingsbrise weht durch das Fenster, das nur angelehnt ist, und trägt den Duft einer Blüte herein, die Lorn nicht zu bestimmen vermag.

Er kräuselt die Lippen und sieht hinunter auf die Abschriften seines Berichts über den Feldzug sowie der Schriftrolle, die er quer durch Cyador nach Cyad geschickt hat. Dann blickt er auf, sein Gesicht ist ausdruckslos und er starrt auf die alte, goldene Holztäfelung an der Wand.

Draußen im Eingangsbereich stehen zwei Lanzenkämpfer aus Gyraets Sechster Kompanie, die vom Hauptmann abgeordnet wurden, um Lorn zu schützen. Bei ihnen stehen die Haupttruppenführer, die die Verwaltungsaufgaben für die Kaserne in Assyadt und die dazugehörigen Außenposten erledigen. Der Sub-Major schüttelt den Kopf.

Das Warten ist das Schlimmste, gerade so als säße er in einem Chaos-Turm, der jeden Moment in Flammen aufgehen könnte. Doch er hat alles getan, was er tun konnte.

Er steht auf und geht zum Fenster, von wo aus er die Lanzenkämpfer beobachten kann, die im Hof patrouillieren, und fragt sich, wie lange er sie noch befehligen wird und ob sie nicht vielleicht bald viele Einheiten von Lanzenkämpfern anrücken sehen werden – oder ob er einfach eine Schriftrolle erhalten wird, die ihn nach Cyad abordnet oder zurück nach Biehl … oder an irgendeinen anderen abgelegenen Ort.

Er geht wieder zum Schreibtisch und nimmt die kleine Tasche in die Hand, die er überall mit hinnimmt – zusammen mit dem brystanischen Säbel. In der Tasche befinden sich das Chaos-Glas, das einst seinem Vater gehörte, das silberne Büchlein und die Originale der am meisten belastenden Handelspapiere aus Jera.

Lorn nimmt das Chaos-Glas heraus und stellt es auf den Tisch. Er konzentriert sich. Die Silbernebel teilen sich und zeigen Ikynd, der am Fenster in seinen persönlichen Gemächern steht und hinaus auf den Kasernenhof blickt. Der Kommandant schüttelt den Kopf und wendet sich vom Fenster ab. Lorn lässt das Bild los.

Er beobachtet den Kommandanten ständig, denn er weiß nicht recht, ob er ihm trauen kann, besonders seit er erkannt hat, dass für Ikynd allein die Prinzipien des Eigeninteresses gelten. Im Augenblick dient Lorn seinen, Ikynds, Interessen, aber das kann sich sehr schnell ändern.

Lorn steckt das Glas zurück in das hölzerne Kistchen und dieses zurück in die Tasche. Schließlich fängt er erneut an zu schreiben, obwohl er nicht einmal weiß, ob die Schriftrolle jemals ihren Bestimmungsort erreichen wird.

Meine Liebste,
es gab einige Schwierigkeiten mit Kurieren und Boten, und ich habe keine deiner Schriftrollen bekommen, falls du seit der Winterwende geschrieben hast. Auch von anderen habe

ich nichts gehört. Ich weiß also nicht, wie es dir geht und was in Cyad geschieht.

Ich hoffe, du und Kerial seid wohlauf und dass deine Arbeit im Haus Ryalor reich belohnt wird. Wir haben einen harten Feldzug hinter uns, auf dem wir den ganzen Weg bis nach Jera ritten, wo wir entdeckten, dass viele der Klingen, mit denen Lanzenkämpfer getötet wurden, nicht nur von hamorischen Händlern, sondern sogar von Cupritschmieden und Händlern aus Sommerhafen stammen. Wir waren erschüttert, und als wir nach Inividra zurückkamen, wartete bereits die nächste Überraschung, denn es zeichnete sich ab, dass ich aufgrund meiner Taten draußen auf dem Schlachtfeld meiner Kommandantur enthoben werden sollte.

Ich kam nach Assyadt, wo Dettaur versuchte, mich zu töten – aus Gründen, die mir nicht ganz klar sind. Er wollte anscheinend nicht, dass meine Berichte über den Waffenhandel zum Major-Kommandanten gelangen. Vieles bleibt unklar, aber Kommandant Ikynd und ich haben einen Bericht an den Major-Kommandanten und andere hohe Offiziere geschickt, in dem wir meinen Feldzug und den Waffenhandel in Jera näher erläutert haben. Der Feldzug war so erfolgreich, dass es in den nordwestlichen Grashügeln in dieser Jahreszeit bis jetzt noch keine barbarischen Angriffe gegeben hat.

Wir haben auch noch nichts von Angriffen in den Gegenden gehört, die vom Außenposten in Syadtar kontrolliert werden, aber solche Berichte würden wir ohnehin erst sehr viel später erhalten.

Im Augenblick habe ich den Posten des stellvertretenden Kommandanten in Assyadt inne und warte darauf zu erfahren, wohin ich als Nächstes berufen werde.

Ich vertraue darauf, dass es dir und Kerial gut geht, und wünsche mir, dass es nicht mehr allzu lange dauern wird, bis ich euch beide unter angenehmeren Umständen wieder sehen kann.

Lorn legt die Schriftrolle beiseite. Er holt das nächste Blatt hervor für den Brief, den er an seine Eltern schreiben wird. Dann hält er inne und schaut aus dem kleinen Fenster, wo er einen seiner Lanzenkämpfer beobachtet, der gerade auf seinen Posten reitet. Lorn kann nur hoffen, dass zumindest einige seiner Berichte ihren Weg über Hauptmann-Kommandant Luss hinaus finden werden und dass Major-Kommandant Rynst sich so verhalten wird, wie Lorn es sich erhofft.

Während eines tiefen Atemzuges glättet er das Pergament vor sich und fängt an zu schreiben.

Später, wenn er den Lagebericht aus Pemedra geprüft und eine Antwort für den Kommandanten entworfen hat, wird er die Lanzenkämpfer inspizieren, sich wieder einmal mit seinen Hauptmännern treffen … und warten.

LXXVI

Ein Achttag ist vergangen, seit Lorn seine Berichte verschickt hat. Das Hauptquartier in Assyadt hat seitdem nichts mehr von dieser Angelegenheit gehört; nur die üblichen Berichte über die laufenden Angelegenheiten sind eingetroffen, wie etwa über die Beschaffung von Pferden – verschickt, bevor Lorns Bericht angekommen sein kann –, eine weitere Bekanntmachung über die reduzierte Zahl der Feuerlanzen und verfügbaren Ladungen, und leicht besorgt klingende Briefe aus dem Außenposten von Pemedra, dass es dort bislang keine barbarischen Attacken gegeben hat und auch keine Barbaren gesichtet wurden.

Lorn hat den Posten als Ikynds Stellvertreter angetreten und in dieser Eigenschaft Schriftrollen zur Anforderung von Lebensmitteln verfasst, die Kaserne inspiziert, den Antrag auf Ersatzoffiziere für Inividra gestellt, einige Zeit damit verbracht, die Waffenübungen zu beaufsichtigen, die er für seine Lanzenkämpfer angesetzt hat, und er hat sogar, so schwer es ihm auch gefallen ist, einen Brief aufgesetzt, um Dettaurs Familie von dessen Tod während der Ausübung seiner Dienstpflichten zu benachrichtigen. Aber trotz der vielfältigen Aufgaben findet er dazwischen noch immer Zeit, sich Sorgen über das zu machen, was wohl auf ihn zukommen mag, und seine Augen wandern von der Tür zum Fenster und wieder zurück.

Es klopft.

Lorn blickt auf, als Kommandant Ikynd in sein vorübergehendes Arbeitszimmer tritt, dann steht er auf. »Ja, Ser.«

»Ihr seid so förmlich.« Ikynd lacht laut auf, bevor seine Stimme den gewohnt freundlichen Ton annimmt. »Hier seid Ihr der Befehlshaber.«

»Nein, Ser. Ihr seid der Befehlshaber. Ich lasse Euch nur nichts tun, was den Lanzenkämpfern in den Außenposten oder draußen auf Patrouille schaden könnte, bis wir etwas vom Major-Kommandanten hören.«

Ikynd schüttelt den Kopf. »Zuerst wurde meine Kommandantur von einem intriganten Stadt-Lanzenkämpfer bestimmt, der in der Gunst des Hauptmann-Kommandanten stand, und nun werde ich von einem in Cyad aufgewachsenen, als Magier geborenen Patrouillen-Kommandanten kontrolliert, der genau das Gegenteil von Dettaur ist. Man könnte denken, Ihr wärt in Assyadt aufgewachsen und nicht in Cyad.«

Lorn zuckt nur mit den Schultern und wartet darauf, dass der Kommandant fortfährt.

»Was werdet Ihr tun, wenn der Major-Kommandant zehn Kompanien schickt?«, fragt Ikynd, der noch immer in der offenen Tür steht.

»Aufgeben«, meint Lorn schlicht.

»Ihr würdet nicht versuchen, am Ende mit Glanz und Gloria zu triumphieren?«

»Das wäre den Männern gegenüber nicht gerecht. Ich habe immer versucht, die Risiken selbst zu tragen. Sie haben ihre Aufgabe erfüllt. Ich wollte nicht getötet werden und sie nicht sterben lassen, nur weil jemand wie Dettaur entschlossen war, mich in eine Lage zu bringen, in der entweder ich oder sie sterben würden.« Lorn runzelt die Stirn und fügt hinzu: »Was völlig unnötig gewesen wäre.«

Der Kommandant lacht. »Wenn Euch keiner in die Quere gekommen wäre, dann wärt Ihr vermutlich irgendwann bei der Ausübung Eurer Pflichten gestorben.«

»Ich war nicht auf Schwierigkeiten aus«, erwidert Lorn, »aber ich konnte die Lanzenkämpfer nicht ohne triftigen Grund sterben lassen. Und ich konnte auch Dettaur nicht gewähren lassen. Wenn ich es nicht getan hätte, dann – früher oder später – ein anderer.«

Ikynd wendet sich zur Tür. »Wie dem auch sei, es wird nicht mehr lange dauern. Der Hauptmann-Kommandant trifft seine Entscheidungen für gewöhnlich schnell.« Er macht eine kurze Pause. »Nun, da Ihr mich zum Helden gemacht habt«, meint Ikynd, »wie lange wagt Ihr Inividra und die armen Bauern noch schutzlos zu lassen?«

Lorn reibt sich das Kinn. »Nicht mehr lange. Ich habe darüber nachgedacht. Ich denke, Ihr solltet eine Kompanie hierher abkommandieren, und der Rest geht zurück nach Inividra, zusammen mit einem erfahrenen Hauptmann, der zum Oberst befördert wird, bis der Hauptmann-Kommandant entschieden hat.«

»Neben Sub-Major Uflet?«

»Ich glaube nicht, dass der Sub-Major nach Inividra zurückkehren wird. Wir haben von Nesmyl nichts dergleichen gehört.«

»Das ist schon der zweite hohe Offizier, der in Eurer Nähe verschwindet.«

Lorn lächelt wissend. »Reiner Zufall, da bin ich mir sicher. Ich werde eine Empfehlung für die Beförderung vom Hauptmann zum Oberst entwerfen.«

»Das kann ich selbst tun.«

»Die Vorschriften besagen, dass Kommandanten vorübergehende Beförderungen aussprechen und sie dem Hauptmann-Kommandanten vorschlagen können. In Inividra gibt es ohnehin keinen Oberst.«

Ikynd zuckt die Achseln. »Das hatte ich vergessen. Wen schlagt Ihr vor?«

»Ich hätte Emsahl vorgeschlagen, aber Gyraet wäre auch eine gute Wahl. Oder Cheryk.«

»Ich würde Gyraet den Vorzug geben, wenn Ihr damit einverstanden seid«, schlägt Ikynd vor.

»Ich werde mit den Offizieren über den Abzug reden und sie über unser Vorhaben in Kenntnis setzen.«

»Es wäre in jedem Fall von Vorteil, wenn der Großteil der Lanzenkämpfer die Kaserne verlassen hat, bevor diese Angelegenheit endgültig geregelt wird«, meint Ikynd.

»Da habt Ihr Recht«, stimmt Lorn zu.

»Manchmal durchaus«, sagt Ikynd. »Auch Kommandanten lernen etwas mit den Jahren.«

»Ihr tatet nur Unrecht, indem Ihr Dettaur seinen Willen ließet.« Lorn lächelt.

»Tat ich das?« Ikynd hebt die Augenbrauen. »Wenn Ihr Recht behaltet, werde ich ein Held sein, und er wird in Ungnade fallen und bald vergessen sein, trotz Eurer freundlichen Worte in dem Brief.«

Lorn verneigt sich.

Ikynd erwidert die Verneigung. »Nun werde ich Euch nicht länger davon abhalten, mit den Offizieren zu reden.« Er hält inne. »Ich möchte in meinem nächsten Bericht gerne schreiben können, dass der Großteil der Lanzenkämpfer nach Inividra zurückgekehrt ist, nachdem mir die Angelegenheit zur Kenntnis gebracht wurde. Das wäre auch für Euch besser, ganz gleich, was kommen mag.«

»Ich werde mit ihnen reden.«

Ikynd geht zurück in sein Arbeitszimmer und Lorn hinaus in den Flur und durch den Eingangsbereich in den Hof. Er bleibt nur kurz vor dem Gebäude stehen, damit sich seine Augen an die helle Sonne gewöhnen können. Als er aufblickt, sieht er Rhalyt auf sich zureiten.

»Guten Tag, Ser«, grüßt der Unteroffizier und zügelt sein Pferd unmittelbar vor Lorn, der sich daran erinnert, dass die Erste Kompanie am Nachmittag Dienst tut.

»Noch nichts«, meint Lorn mit einem Grinsen im Gesicht, »wie Ihr sicher schon vermutet habt. Aber wir werden in Kürze fünf Kompanien zurück nach Inividra schicken.«

Der Unteroffizier nickt. »Das dachte ich mir schon.«

»Ich werde mit den anderen Offizieren reden.«

»Ja, Ser.« Rhalyt verneigt den Kopf.

»Ich denke, Ihr solltet auch unter denjenigen sein, die zurückkehren. Ihr seid erst Unteroffizier und habt Eure Karriere noch vor Euch. Der Major-Kommandant hat nicht viele erfahrene Lanzenkämpfer und Offiziere, und Talent und Erfahrung wird er ganz gewiss nicht verschwenden.«

»Ja, Ser. Danke, Ser.« Rhalyt verneigt den Kopf.

»Danke«, sagt Lorn mit einem Lächeln, bevor er sich abwendet und über den sonnenüberfluteten Kasernenhof zu den Unterkünften und dem schattigen Teil des Hofes geht, wo gemäß seinem Befehl die Lanzenkämpfer von den Hauptmännern im Säbelkampf unterwiesen werden.

Als er um die Ecke der Unterkünfte biegt, ertönt der Befehl: »Habt Acht!«

Die drei Hauptmänner gehen rasch auf Lorn zu, der wartet, bis sie sich um ihn versammelt haben. »Es gibt nichts Neues. Noch nicht. Aber ich habe die Lage überdacht. Wir haben hier getan, was wir konnten«, sagt Lorn langsam. »Der Major-Kommandant und der Kaiser wissen nun, was sie wissen müssen. Ich brauche eine Kompanie, die noch eine Weile hier bleibt, aber für die anderen fünf wird es Zeit, nach Inividra zurückzukehren … bevor die Barbaren die Angriffe wieder aufnehmen. Für die Kompanie, die hier bleibt, wird Kommandant Ikynd die Befehle unterzeichnen … aber einen Freiwilligen würde ich vorziehen.«

Esfayl grinst. »Nun … meine Schwester lebt in einem kleinen Dorf ganz in der Nähe von Assyadt.« Er sieht Cheryk und dann Gyraet an.

»Ihr könnt den Posten haben.« Cheryk sieht Lorn an. »Was ist mich Euch, Ser?«

»Entweder haben wir den Major-Kommandanten dazu gebracht, das Problem mit den Händlern zu erkennen, oder es ist uns nicht gelungen. Ich werde hier bleiben und abwarten, was passiert. Der Kommandant wird einen von Euch zum Oberst für Inividra befördern. Es fehlt ohnehin einer in dem Außenposten.«

»Das sollte einer von uns werden«, schlägt Esfayl vor. »Einer von Euch beiden.«

»Der Kommandant würde Gyraet vorziehen«, sagt Lorn und sieht Cheryk an. »Ihr wärt meiner Meinung nach beide geeignet.«

Cheryk nickt. »Nicht, dass ich die Beförderung nicht wollte, aber ich meine, Gyraet ist der Bessere von uns beiden.«

Gyraet wird rot. »Ich war nicht lange in Inividra.«

»Das werdet Ihr noch«, sagt Cheryk. »Und Ihr müsst all die Berichte schreiben.«

»Ser …«, setzt Gyraet an. »Das … habe ich nicht …«

»Ich weiß, was Ihr meint.« Lorn sieht Gyraet an. »Ich

bin sicher, dass Ihr zurechtkommen werdet und dass es so am besten ist. Und nun solltet Ihr beide und Rhalyt Euch auf den Aufbruch morgen früh vorbereiten. Inzwischen werde ich so viele Feuerlanzen für Euch besorgen, wie ich nur kann. Ich habe auch eine Anforderung für Ersatzlanzenkämpfer aufgesetzt, die der Kommandant bereits unterschrieben hat. Ich denke, die Angriffe werden erst im Spätsommer wieder verstärkt auftreten. Und dann werden es nur kleine Angriffe auf einsame Dörfer sein. Ihr werdet also auf die Einkompanienpatrouillen zurückgreifen müssen.« Lorn grinst. »Ich sage das nicht, um den Kommandanten zufrieden zu stellen. Wenn nichts geschieht, werdet Ihr in ein oder zwei Jahren – von jetzt an gerechnet – wieder Patrouillen mit mehr Männern reiten müssen, aber ich glaube nicht, dass die Barbaren zum jetzigen Zeitpunkt genug Reiter für größere Angriffe haben.«

»Darauf wette ich«, meint Esfayl.

»Ihr werdet Euch abwechseln müssen mit der Führung der Zweiten und der Fünften Kompanie«, sagt Lorn, »bis die Ersatzoffiziere kommen.«

»Wir haben schon Schlimmeres durchgemacht und eine Zeit lang wird es auch keine Angriffe geben«, meint Cheryk. »Seid Ihr sicher, dass hier alles soweit geregelt ist?«

»Soweit diese Angelegenheit geregelt werden kann, ja.« Lorn zuckt mit den Schultern. »Ich möchte nur nicht, dass jemand darunter leiden muss – ganz gleich, ob gemeines Volk oder Lanzenkämpfer. Wenn jeder seinen ordnungsgemäßen Befehl erhält, wird es keine Probleme geben.«

»Ja, Ser.«

»Ich werde dafür sorgen, dass Ihr alle Eure Befehle bis zum Abend bekommt.«

Als Lorn sich umdreht und über den Hof zurückgeht, hört er die leisen Stimmen hinter sich.

»… sieht nicht gut aus …«

»… hat immer für seine Männer gesorgt …«

»… engelsfeuerwenige Offiziere wie ihn …«

Lorn ist gerade in sein Arbeitszimmer zurückgekehrt und hat sich an den Schreibtisch gesetzt, als es an die Tür klopft und ein Truppenführer – Gryal – den Kopf zur Tür hereinsteckt.

»Ser?«

»Komm herein.«

Gryal tritt ein und übergibt Lorn eine Schriftrolle, eine mit einem blauen Siegel und einem ebensolchen Band darum. »Das kam mit den Kurieren für Euch an. Ich dachte, ich bringe es Euch persönlich.«

»Danke. Ich nehme an, das ist Post von meiner Gemahlin. Ihre anderen Schriftrollen haben Inividra nie erreicht.«

»Das hat man gemunkelt …«

»Waren noch andere Schriftrollen dabei?«

»Nein, Ser. Ihr würdet sie als Erster bekommen.« Gryal grinst. »So wie es sein sollte.«

»Danke.«

»Ser!« Der Truppenführer verbeugt sich und geht rückwärts hinaus.

Lorn hebt die Schriftrolle hoch und öffnet das Siegel, bevor er zu lesen beginnt.

Liebster Lanzenkämpfer,
gerade habe ich die erste Schriftrolle seit Jahreszeiten von dir erhalten, aber ich wusste immer, dass du an uns denkst, und jetzt weiß ich auch, warum keine Briefe kamen.

Jerial sagt, dass sie nicht überrascht ist über deinen früheren Klassenkameraden, auch wundert es mich nicht, was du in Jera entdeckt hast oder dass du dich jetzt in Assyadt wiederfindest. Mit meinen bescheidenen Möglichkeiten habe ich die Informationen weitergegeben, die du mir übermittelt hast, und habe – wenn auch nur kurz – mit

Vyanat'mer gesprochen. Er wusste bereits davon, denn er hatte deinen offiziellen Bericht gelesen. Er hat es sehr begrüßt, dass du es für richtig erachtest hast, ihn zu informieren, sodass er nicht überrascht war, als er zum Kaiser zitiert wurde.

Ich weiß nicht, was deine Taten und Berichte bewirken werden. Es herrscht großer Aufruhr in deiner Familie, musst du wissen …

Lorn schluckt. Seine Familie? Seine Eltern? Myryan? Jerial kann es nicht sein. Später, wenn er wirklich allein ist, wird er mit dem Chaos-Glas suchen müssen.

… und wegen des Todes der Hand *des Kaisers. Niemand wusste, wer die* Hand *war, aber die Nachricht von seinem Tod ist trotzdem aus dem Palast gedrungen. Der Kaiser kränkelt seit einiger Zeit. Niemand weiß genau Bescheid, und so wird es auch noch einige Tage gehen, und du wirst wahrscheinlich noch länger brauchen, um etwas herauszufinden.*

Was auch immer geschehen mag, ich liebe dich und weiß, dass du mithilfe deiner Bestimmung und deiner Talente dein Bestes getan hast, und wir hoffen, dass du in Sicherheit und auch bald in Cyad bist.

Lorn blickt auf die Schriftrolle. In Sicherheit und in Cyad? Diese beiden Dinge passen nicht zueinander. Das weiß er nur zu gut.

Er atmet tief ein. Er muss die Befehle für die fünf Kompanien und Lanzenkämpfer aufsetzen. Das ist ein Problem, das er zu lösen imstande ist … eines, das er schon früher hätte angehen sollen oder über das er zumindest schon früher hätte nachdenken können.

LXXVII

In der Dunkelheit und Stille der Besuchsunterkunft für höhere Offiziere stellt Lorn das Chaos-Glas auf den kleinen Schreibtisch. Er atmet einmal tief durch und konzentriert sich anschließend. Der Silbernebel füllt das Glas, er wird immer dicker und teilt sich schließlich. Aber das Glas ist leer, eine trübe, silbern schimmernde Leere.

Er lässt das Bild los, das er gesucht hat, und versucht es ein zweites Mal; diesmal denkt er an seine Mutter und an das Gespräch, das er mit ihr vor so vielen Jahren bei windigem Wetter auf dem Balkon seines Elternhauses führte. Doch erneut enthüllen die Nebel nur die silberne Leere.

Lorn fühlt den Schweiß auf seiner Stirn, der Spätfrühlingsabend ist noch immer warm. Eine Zeit lang sitzt er in der Dunkelheit und fragt sich, ob er wohl die Fähigkeit verloren hat, die Bilder im Glas zu kontrollieren, vielleicht aufgrund seiner Ängste oder der Belastungen, denen er gegenwärtig ausgesetzt ist.

Dann versucht er es erneut und diesmal geben die Nebel den Blick auf Ryalth und Kerial frei – sie schlafen in dem prunkvollen Bett. Ryalth wirft sich unruhig herum und Lorn lässt das Bild los, wenn auch nur widerwillig, doch froh darüber, dass seine Gemahlin und Kerial wohlauf zu sein scheinen.

Er versucht noch einmal das erste Bild … und wird für seine Anstrengung lediglich mit der silbernen Leere belohnt, die das runde Glas füllt. Als die Konzentration nachlässt und das Glas sich klärt, brennen seine Augen.

Diese Leere kann nur bedeuten, dass seine Eltern tot sind, und das wohl schon eine ganze Weile, was er aus dem Unterton in Ryalths Brief schließt. Ihr Tod muss inzwischen einige Achttage zurückliegen.

Wieder ein Rechtfertigungsgrund für Dettaurs Tod – nur dass Lorn sich nun fast wünscht, dass Dettaurs Ende noch viel schmerzhafter gewesen wäre. Warum war Dettaur nur so gemein gewesen? Er hätte auch ohne diese Niederträchtigkeit versuchen können, Lorn in Misskredit zu bringen.

Er schüttelt den Kopf und versucht zu verstehen, aber es gelingt ihm nicht.

Schließlich nimmt er im fahlen Licht der einzigen Öllampe das Silberbüchlein zur Hand und blättert darin, bis seine Augen einen Vers finden.

Asche zu Asche
und Staub zu Staub …
Chaos zu Ordnung und zurück in die Flammen
doch die namenlosen Lieder kommen dadurch nicht
zurück …

Aber Lorn wird sich an die Worte der Sorge erinnern, an die Worte des Rates und der Führung, von denen ihm gar nicht bewusst war, dass seine Eltern sie ihm mit auf den Weg gegeben haben.

Blind starrt er in die Dunkelheit.

LXXVIII

Lorn blickt hinaus in den grauen Spätnachmittag. Am Vormittag hatte es noch geregnet, doch nun haben sich die Wolken in höhere Lagen verzogen und die schweren Regengüsse sind in leichten Nebel übergegangen. Dunstschwaden steigen aus den Steinen des Hofes auf.

Vor drei Tagen sind Gyraet und fünf der sechs Lanzenkämpferkompanien aufgebrochen, um nach Inividra zurückzukehren. Die Offiziere haben sich zwar um Lorn gesorgt, doch gleichzeitig sind sie auch erleichtert gewesen, zurückreiten zu können.

Lorn versteht ihre Gefühle und ist noch immer dankbar für ihr Wohlwollen. Überraschenderweise, zumindest für Lorn, hat er nach all den kalten Schauern während des Feldzuges nach Jera schon lange keine Beobachtung durch ein Chaos-Glas mehr gefühlt.

Bedeutet das, dass der Major-Kommandant den Magi'i nicht zutraut, mit Lorn umgehen zu können? Lorn ist sich nicht einmal sicher, ob das nun zu seinem Vorteil ist oder nicht. Sein Blick fällt noch einmal auf die grauen Wolken. Warum die Verzögerung? Wegen des schlechten Gesundheitszustandes des Kaisers? Oder weil Hauptmann-Kommandant und Major-Kommandant erst die Spiegellanzenkämpfer-Kompanien zusammenrufen wollen, um sie nach Assyadt zu schicken?

Das kommt ihm unwahrscheinlich vor; doch auch Dettaurs Gemeinheit, Lorns private Schriftrollen zu vernichten, kam ihm anfangs unwahrscheinlich vor, denn dieses Vorgehen hat nicht zu Dettaurs Fortkommen beigetragen.

Lorn schüttelt den Kopf und ruft sich in Erinnerung, dass er selbst auch nicht über jede Gemeinheit erhaben ist.

Da klopft es an die Tür.

Der Kopf des nachdenklichen Sub-Majors schnellt bei dem Geräusch in die Höhe. »Ja. Herein.«

»Major ...?« Esfayl betritt zusammen mit einem Lanzenkämpfer das Arbeitszimmer.

Der Lanzenkämpfer, der die grüne Tresse eines Sonderkuriers des Major-Kommandanten trägt, hält ein Paket von Schriftrollen in Händen und seine Blicke wandern nervös zwischen Lorn und dem dunkelhaarigen Hauptmann hin und her.

»Er ist gerade aus Cyad gekommen«, erklärt Esfayl. »Ich dachte, ich bringe ihn am besten sofort zu Euch. Er hat Nachrichten vom Major-Kommandanten.«

»Ser, zwei Schriftrollen sind für Euch, eine ist an Kommandant Ikynd adressiert.«

Lorn sieht Esfayl an. »Ist der Kommandant in seinem Arbeitszimmer?«

»Ich glaube, ja.«

»Wir gehen gemeinsam zu ihm. Das wird das Beste sein.« Lorn lächelt trocken. »Ich kann mich auch irren, aber wenn der Major-Kommandant mir zwei Schriftrollen schickt, dann darf ich vermutlich Hoffnung schöpfen.«

Auf dem Gesicht des Kuriers macht sich Verwirrung breit, aber Lorn geht nicht weiter darauf ein. Er steht auf und begibt sich zur Tür. »Kommt mit.«

Der Kurier folgt Lorn über den Flur und in das zweite Arbeitszimmer.

Lorn nickt dem Kurier zu. »Das ist Kommandant Ikynd. Er kann seine Schriftrolle zuerst lesen.«

Der Bote tritt vor und übergibt eine Schriftrolle an Ikynd, die anderen beiden bekommt Lorn. Dann stellt er sich neben Esfayl in die halb offene Tür.

»Ihr wollt sie nicht zuerst lesen?«, fragt Ikynd.

»Diese ist für Euch.«

»Sie versetzen Euch auf einen neuen Posten.« Ikynd lacht. »Sonst stünden längst ganze Kompanien von Lanzenkämpfern hier in Assyadt.«

»Oder sie bestehen darauf, dass ich Dettaurs Posten übernehme«, meint Lorn.

»Wenn Ihr mich fragt, so könnte mir Schlimmeres passieren«, meint der Kommandant trocken. Er bricht das Siegel auf und überfliegt die Zeilen, dann sieht er auf. »Ihr könnt Euren Brief lesen, Sub-Major. Ich will Euch die Überraschung nicht verderben.« Ein Ausdruck von Verwunderung und Interesse macht sich auf seinem Gesicht breit.

Lorn öffnet die erste Schriftrolle. Die Nachricht ist kurz und bündig.

Sub-Major Lorn, Spiegellanzenkämpfer,
Assyadt/Inividra,
Ihr werdet mit sofortiger Wirkung von Eurem gegenwärtigen Posten abkommandiert und angewiesen, Euch persönlich beim Major-Kommandanten in Cyad zu melden, um einen Posten seines Ermessens zu übernehmen.

Das einzig ungewöhnliche Merkmal dieser Schriftrolle ist, dass sie von Rynst, dem Major-Kommandanten, persönlich unterzeichnet und gesiegelt wurde.

Lorn öffnet gleich die zweite Nachricht.

Sub-Major Lorn, Spiegellanzenkämpfer,
Kommandant, Inividra,
hiermit werdet Ihr für Euren Feldzug, unternommen für die Sicherheit der nördlichen Grenzen von Cyador, dem Reich des Ewigen Lichtes, offiziell belobigt. Eure Taten, die eine Zerstörung der barbarischen Sammelplätze und die Beschlagnahmung und Vernichtung von großen Mengen hamorischer Klingen zur Folge hatten, haben zur Rettung von unzähligen Spiegellanzenkämpferleben und zur Verbesserung der gefährlichen Lage geführt, bevor diese sich weiter verschlechtern konnte. Euer unmittelbarer Vorgesetzter, Kommandant Ikynd, wird mit gesonderter Nachricht für seine Weitsicht belobigt, Euch die nötige Freiheit gewährt zu haben, diesen gefährlichen Feldzug zu unternehmen. Eine Abschrift dieser Belobigung wurde in Eurer Akte im Spiegellanzenkämpfer-Hauptquartier hinterlegt.

Die zweite Schriftrolle ist ebenfalls von Rynst unterzeichnet.

Esfayls Blick wandert zwischen Lorn und Ikynd hin und her.

»Es hat sich alles zum Guten gewendet«, sagt Lorn schließlich. »Der Kommandant und ich wurden belobigt und ich werde ins Spiegellanzenkämpfer-Hauptquartier nach Cyad versetzt.«

»Glückwunsch, Sers«, erwidert Esfayl.

»Ich glaube, Ihr solltet morgen gemeinsam mit mir aufbrechen«, meint Lorn zu dem jungen Hauptmann, dann blickt er Ikynd an, »wenn Ihr einverstanden seid, Kommandant.«

»Er kann mit den Versorgungswagen einen Achttag früher aufbrechen«, schlägt Ikynd vor.

Lorn nickt zur Tür. »Der Kommandant und ich haben noch einiges zu besprechen.«

»Äh … ja, Sers.«

Der Lanzenkämpferkurier und Esfayl verlassen gemeinsam das Arbeitszimmer des Kommandanten. Esfayl schließt die Tür hinter sich.

»Ihr wisst, was diese Belobigung bedeutet?« Der freundliche Ton kehrt in Ikynds Stimme zurück.

»Ich nehme an, das bedeutet, dass Ihr mich sozusagen ermächtigt hattet, diesen gefährlichen und riskanten Feldzug zu unternehmen, womit ich mich jedoch an der Schwelle zum Bruch jeglicher Spiegellanzenkämpferregeln befand. Aber da der Feldzug über alle Erwartungen hinaus erfolgreich war, werden wir belobigt – und in Zukunft wohl auch höchst aufmerksam beobachtet werden. Aus diesem Grund beruft man mich auch nach Cyad, damit ich dort unmittelbar dem Major-Kommandanten unterstehe.«

»So verstehe ich es auch.« Ikynd zuckt mit den Schultern. »Für mich ist es nicht weiter von Bedeutung, man hätte mich ohnehin nicht mehr befördert. Ich habe nur noch eine Versetzung vor mir, bevor ich in Pension gehe. Aber mit Euch weiß Rynst wohl nicht recht, was er anfangen soll. Ihr seid zu wertvoll, als dass man Euch einfach töten könnte, und zu gefährlich, um Euch unbeaufsichtigt zu lassen. Ich glaube, er will Euch um sich haben, so wie sich manche Menschen gern mit abgerichteten Riesenkatzen umgeben.«

Lorn lächelt ironisch. »Damit alle nur noch auf mich schauen und nicht mehr auf ihn?«

»So in etwa.« Ikynd neigt den Kopf zur Seite. »Dettaur war gefährlich, weil er zu ichbezogen war.«

»Ich weiß. Wenn es ihm gelungen wäre, mich und die Lanzenkämpfer in den Tod zu schicken, hätte er sich vor einem Disziplinarausschuss wiedergefunden – oder es wäre ihm etwas anderes zugestoßen.«

»Nun … mir fehlen jetzt vier Offiziere.« Ikynd lächelt trocken. »Ich muss mich um meine eigenen Befehle kümmern.«

»Ihr werdet innerhalb eines Achttags vier neue Offiziere bekommen. Jetzt, da die Lanzenkämpfer aus dem Verwunschenen Wald abgezogen werden, wird das Hauptquartier froh sein, für Majore, Sub-Majore, Hauptmänner und Unteroffiziere freie Posten zu haben. Sie alle werden bestimmt gute, traditionelle Lanzenkämpferoffiziere sein.«

Ikynd nickt. »Eine Zeit lang könnten wir schon etwas mehr Tradition gebrauchen.«

Lorn geht zur Tür. »Mit Eurer gütigen Erlaubnis, Kommandant?«

»Ich schätze Eure Höflichkeit, Sub-Major.« Ikynd schüttelt den Kopf, als Lorn hinausgeht und die Tür hinter sich schließt.

LXXIX

Im frühen Morgenlicht begibt sich Lorn auf den Weg zum Feuerwagenbahnhof im Zentrum von Assyadt, gefolgt von zwei Lanzenkämpfern aus Esfayls Zweiter Kompanie. Die beiden werden den weißen Wallach in den Stall nach Assyadt zurückbringen, bevor sie zusammen mit Esfayl in Richtung Inividra aufbrechen.

Als die drei Lanzenkämpfer im frühen Morgenlicht die Südseite des Platzes passieren, bemerkt Lorn, dass auf der Terrasse des *Cupritkessels,* dem größten Gasthaus in Assyadt, ungewöhnlich viele Gäste sitzen. Die meisten scheinen ihn zu beobachten. Seine Chaos-geschulten Ohren vernehmen die leisen Worte, die er eigentlich nicht hören dürfte.

»Ganz sicher … das ist der, den sie den Schlächter nennen.«

»Sieht jung aus …«

»… ist bis nach Jera geritten … hat jede Stadt eingenommen … Dutzende getötet.«

»… gehört, dass er die Kaserne übernommen hat … die hohen Lanzenkämpfer in Cyad dazu gebracht, seine Bedingungen anzunehmen.«

»… kann nicht sein … nur ein Sub-Major.«

»Das wird aber gemunkelt.«

»… sieht wie ein netter junger Offizier aus …«

»… wie erkennt man denn einen richtigen Mörder? … unterscheidet sich doch nicht von anderen …«

Lorn hält die Schultern gerade und ein Lächeln umspielt seine Lippen. Er fragt sich, wie die ganze Stadt schon davon wissen kann. Aber wie könnte es auch anders sein, wenn sechs Kompanien von Lanzenkämpfern die Kaserne einen Achttag lang besetzt halten?

Die drei reiten über den Platz und auf die weißen Säulen der Haltestelle zu, die noch etwa dreihundert Ellen entfernt liegt.

»Wir werden warten, Ser, bis der Feuerwagen kommt«, bietet einer der Lanzenkämpfer an.

»Danke. Ich denke, es wird ohnehin noch eine Weile dauern, bis Hauptmann Esfayl bereit zum Aufbruch ist.«

»Besser hier warten, als den Wagen aufladen müssen«, meint der zweite Lanzenkämpfer.

»Ser … wie lange wird es dauern, bis die Barbaren wieder angreifen?«, fragt der andere.

»Bis zum Mittsommer, würde ich sagen. Und dann werden es nur kleine Angriffe sein. Es würde mich überraschen, wenn ihr dieses Jahr noch größere Attacken erleben würdet. Die friedlichen Zeiten könnten auch länger dauern, wenn der Major-Kommandant etwas wegen Jera unternimmt.«

Die zwei Lanzenkämpfer sehen sich an. Lorn weiß, was sie jetzt denken. Keiner der Soldaten glaubt daran, dass irgendjemand irgendetwas unternehmen wird. Schweigend reiten die drei weiter zu dem kleineren Platz, an dem sich auch die Haltestelle des Feuerwagens befindet. Am Rand des gepflasterten Weges zügelt Lorn das Pferd und wartet im Schatten einer Weberwerkstatt auf den Feuerwagen.

Als das leise Rumpeln der Räder auf dem Steinpflaster zu hören ist, dreht sich Lorn um und beobachtet den Feuerwagen, der unter dem Säulendach stehen bleibt. Eine Hand voll Passagiere, darunter auch ein junger Unteroffizier, steigt aus, bevor Lorn absitzt und sein Gepäck vom Pferd abschnallt.

»Unteroffizier!«, ruft er dem schlanken, rothaarigen Offizier zu.

»Ja, Ser?« Der Unteroffizier wirft einen Blick zu Lorn.

Lorn schaut kurz hinauf zu den beiden Lanzenkämpfern. »Soll er den Wallach zurückreiten …?«

»Wäre uns eine Ehre, Ser.«

»Ser?«, fragt der Unteroffizier.

»Ich reise ab. Anstatt zu Fuß zu gehen, könnt Ihr mit meinem Pferd zur Kaserne reiten. Da wollt Ihr doch hin, oder?«

»Ja, Ser. Das heißt, ich habe mich dort zu melden, bevor ich nach Inividra reite.«

»Ihr habt Glück«, sagt Lorn. »Die Zweite Kompanie reitet noch heute mit Hauptmann Esfayl los. Er und Kommandant Ikynd werden sich freuen, Euch zu sehen.« Dann wendet er sich an die Lanzenkämpfer. »Bringt den Unteroffizier am besten gleich zur Kaserne. Ich bin ohnehin schon fast weg.«

»Ja, Ser.«

Lorn nimmt seine Taschen und überquert den Gehweg zur Haltestelle und zum wartenden Feuerwagen. Er nickt, als er an dem Unteroffizier vorbeigeht. »Gute Reise.«

»Ja, Ser. Danke, Ser.«

»Gern.«

Lorn geht zur Plattform aus Sonnenstein und hört noch die Worte des Unteroffiziers, die dieser an die Lanzenkämpfer richtet.

»… war das?«

»Sub-Major Lorn.«

»*Der* Sub-Major Lorn?«

»Ja, Ser.«

Lorn gelingt es, nicht zusammenzuzucken, während er die erhöhte Plattform überquert und auf das erste Abteil des Feuerwagens zusteuert.

Der Fahrer sieht die Abzeichen auf Lorns Kragen. »Sub-Major … Ser … Ihr seid doch nicht *der* …?«

»Welcher?«, fragt Lorn.

»Der, der die Barbaren in ihre Schranken verwiesen hat, meine ich, Ser.«

»Ich bin Sub-Major Lorn«, gibt er zu. »Der Schlächter

von Nhais und wahrscheinlich auch der Schlächter von Jerans.«

»Wir sind Euch sehr zu Dank verpflichtet, Ser«, sagt der Fahrer. »Das hätte schon vor Jahren getan werden sollen. Ich war in Isahl dabei, als vor Jahren Major Brevyl schon einmal einen Versuch unternommen hat. Sub-Major war er damals noch. Das war nicht übel, aber wir sind nur hinausgeritten und haben sie fortgejagt. Wir haben sie nicht dort getroffen, wo es ihnen wehgetan hätte.« Der Fahrer lächelt. »Viel zu lange her, wenn Ihr mich fragt.«

»Das dachte ich mir auch«, antwortet Lorn. »Aber nicht alle Offiziere waren damit einverstanden.«

»Nicht …?«

»Nein. Ich habe dafür so eine Art Belobigung bekommen und werde versetzt, um für den Major-Kommandanten zu arbeiten.«

»Eine gute Sache, Ser. Nach dem, was im Volk gemunkelt wurde, haben wir Fahrer schon befürchtet, dass man Euch einsperren würde für etwas, das schon vor Generationen hätte getan werden sollen.« Der Fahrer grinst. »Nun ja, Ser. So denken wir eben.« Er hält inne. »Wenn Ihr etwas braucht, Ser, lasst es uns wissen.«

»Das werde ich … und danke.«

Als Lorn sein Gepäck unter dem Sitz verstaut, bemerkt er, wie viel leichter die Tasche nun ist; es sind mindestens drei Uniformen weniger als damals vor mehr als einem Jahr, als er Cyad verließ. Er kann es kaum glauben, dass es nur wenig mehr als ein Jahr und eine Jahreszeit her ist, seitdem er von dort abgereist ist.

Und doch hat sich alles verändert. Er hat einen Sohn und keine Eltern mehr. Er ist der erste Spiegellanzenkämpfer-Offizier seit Generationen, der einen Feldzug außerhalb Cyadors unternommen hat, wenn es auch nur ein verhältnismäßig kurzer Feldzug war. Er hat zwei höhere Offiziere getötet, auch wenn nur ein Mord bewiesen werden kann, und sich unter den Spiegellanzenkämpfern – und offenbar auch in einigen Teilen Cyadors – Feinde und Bewunderer geschaffen.

Lorn steigt in das vordere Abteil, schnallt den brystanischen Säbel ab und lehnt ihn gegen die Außenwand des Gefährts, bevor er sich auf den äußersten linken Sitz in Fahrtrichtung setzt.

»Letzter Aufruf für Passagiere nach Cyad! Letzter Aufruf!«, ertönt die Stimme des Fahrers.

Eine beleibte Gestalt in Rot klettert in das Vorderabteil des Wagens. »Beeilt Euch … beeilt Euch … hier wird man ja wie bei den Spiegellanzenkämpfern herumkommandiert …« Der weißbärtige Mann blickt auf und sieht Lorns Uniform, er schluckt. »Verzeiht, Ser.« Sein Blick fällt auf die Abzeichen des Sub-Majors, da muss er gleich noch einmal schlucken. »Es tut mir wirklich Leid, Ser.«

Lorn lächelt freundlich. »Ich bin sicher, Ihr wolltet mich nicht beleidigen, und ich habe es auch nicht so aufgefasst.«

»Danke, Ser. Danke.«

Lorn hätte am liebsten laut geseufzt. Hoffentlich fährt der Feuerwagen bald aus Assyadt hinaus, denn dann wird Lorn endlich wieder ein gewöhnlicher Sub-Major sein und nicht *der* Sub-Major.

LXXX

In dem dunkel getäfelten Arbeitszimmer, das kaum mehr als zehn auf zehn Ellen misst, blickt Vyanat von dem alten ebenholzfarbenen Schreibtisch aus Hamor auf und dem blonden Mann, der den Raum betritt und sich in dem ebenfalls alten Ebenholzstuhl niederlässt, ins Gesicht.

»Ihr habt um meinen Besuch gebeten, Vyanat«, begrüßt Tasjan ihn freundlich. »Ich hätte mich weigern können, doch ich sehe keinen Nutzen darin. Also bin ich gekommen. Was wünscht Ihr?«

»Ihr kauft noch immer Klingen von den Cupritschmieden in Sommerhafen«, sagt Vyanat.

»Das stimmt. Aber alle diese Klingen verbleiben in Cyador, wie Euch sicher freuen wird zu hören.«

»Ja, derzeit.«

»Schon seit einiger Zeit«, behauptet Tasjan und seine Stimme klingt dabei fast gelangweilt. »Oder sie wandern an Bord meiner Schiffe. Ich bilde eine größere Anzahl von Soldaten für alle Schiffe aus, die unter der Dyjani-Flagge fahren. Bei der sinkenden Anzahl von Feuerschiffen und deren Fahrten ist das nur klug, glaubt Ihr nicht?«

»Bei jedem anderen Händler außer Euch, Tasjan, hätte ich keine Schwierigkeiten zu glauben, dass weitere hundert Soldaten notwendig sind. Aber Ihr … und Sasyk … habt bereits zu viele Männer unter Waffen. Die Waffen, die Eure Seemänner auf den Schiffen tragen, kommen da noch hinzu.« Vyanat'mer lächelt kalt.

»Was soll ich sagen?« Tasjan lacht. »Die Kriegsschiffe, die die Spiegellanzenkämpfer bauen, werden erst in einigen Jahreszeiten fertig sein, wenn überhaupt, und dann sind es immer noch zu wenige, um unsere Schiffe und Frachten zu schützen. Wir Dyjani müssen in diesen schweren Zeiten unsere Interessen wahren.«

»Ja, das müsst Ihr. Aus diesem Grund war ich auch überzeugt, dass Ihr kommen würdet.«

Tasjans Augen verengen sich zu Schlitzen. »Ihr seid verschlagen. Was geschah eigentlich mit dem ehrlichen und aufrichtigen Handelsberater?«

»Auch er musste gelegentlich zu Hinterhältigkeiten greifen, um Eure Aufmerksamkeit zu erlangen.« Das Lächeln des dunkelhaarigen Händlers wirkt schief. Er wartet und lässt Stille in das kleine Arbeitszimmer einkehren, bevor er schließlich weiterspricht. »Tasjan ... wollt Ihr, dass Rynst die Spiegellanzenkämpfer nach Cyad ruft und den Hafen mit Blut rot einfärbt?«

»Und den Norden ungeschützt lässt? Das wird er nicht tun.«

»Genau das kann er tun. Hört Ihr nicht zu? Lest Ihr nichts? Habt Ihr den Kriegsbericht des Sub-Majors nicht erhalten?«

»Er hat Jera zerstört und einige Dutzend Barbaren getötet. Das wurde auch Zeit. Die Hamoraner werden jetzt zweimal darüber nachdenken, ob sie ihren Handel so nahe an Cyadors Grenzen verlegen wollen.«

»Er hat alle Städte, gleich welcher Größe, in der Nähe der Grashügel vernichtet und dabei einen Großteil der Barbaren getötet. Zudem hat er an die sechstausend Goldstücke mitgebracht, von denen ein nicht unerheblicher Anteil in Cyador geprägt wurde. In den nächsten ein, zwei Jahreszeiten, vielleicht auch noch länger, wird es nicht viele barbarische Angriffe geben. Wahrscheinlich werden wir ein ganzes Jahr lang Ruhe haben.«

»Das gibt Rynst die Möglichkeit, mehr Lanzenkämpfer einzuziehen. Nun hat er die Münzen, um sie bezahlen zu können – und muss die Zölle nicht erhöhen.« Tasjan lächelt. »Aber wer wird sie kommandieren? Es gibt keinen einzigen anständigen Stabsoffizier mehr in Cyad. Sie haben alle so lange an ihren Schreibtischen gesessen, dass die meisten von ihnen nicht einmal mehr den Abzug an einer Feuerlanze finden würden – wenn es in einer Jahreszeit davon überhaupt noch welche gibt, die betriebsbereit sind. Es hat ohnehin schon lange keine guten Stabsoffiziere mehr gegeben, seit Jahren nicht mehr – außer vielleicht diesen jungen Sub-Major, und den werden sie auf die eine oder andere Art auch noch zu beseitigen wissen. Sehr schnell sogar, darauf wette ich.«

Vyanat nickt. »Ich dachte, es würde Euch interessieren, dass Sub-Major Lorn nach Cyad beordert wurde, um für Rynst zu arbeiten. Gegen den Willen des Hauptmann-Kommandanten.«

Tasjan lacht übers ganze Gesicht. »Das … mein Freund, ist es wert, Eurer Bitte nachgekommen zu sein.« Er nickt. »In der Tat.«

»Nun … was werdet Ihr tun?«, will Vyanat wissen.

»Was auch alle anderen tun werden. Warten und … sehen, was geschieht.«

LXXXI

Lorn geht in dem kleinen Zimmer im Zwischenposten von Chulbyn auf und ab; es ist ein uralter Steinbau mit glattem Granitfußboden, auf dem kein Teppich die Schritte dämpft. Eine schmale Pritsche steht darin, ein kleiner Tisch und an der Steinwand sind in Schulterhöhe mehrere Haken aus Goldeiche angebracht, um Kleidung aufhängen zu können. Die Öllampe in dem Bronzehalter an der Wand taucht den engen Raum in ein schwaches Licht.

Lorn schiebt den Eichenbalken vor, der als Riegel für die Tür dient, und öffnet eine der zwei Taschen, die er aus Inividra mitgebracht hat. Daraus holt er das hölzerne Kistchen, in dem das Chaos-Glas verstaut ist. Er stellt das Glas auf den kleinen Tisch.

Er konzentriert sich und beobachtet, wie die Silbernebel wabern und sich auflösen, woraufhin Ryalth und Kerial in dem prunkvollen Bett erscheinen, das Lorn nur aus dem Glas kennt. Er bemerkt zum ersten Mal, dass dahinter auch ein kleineres Bett steht, aber seine Gemahlin und sein Sohn schlafen Seite an Seite in dem großen

Bett – sie sind in Sicherheit. Lorn lächelt und lässt das Bild los.

Er wartet eine Zeit lang, bevor er sich an dem zweiten Bild versucht und dann an einem dritten. Er wird jedoch immer nur mit der silbernen Leere belohnt, sobald er versucht, Bilder seiner Eltern aufzurufen – und mit einem leichten Pochen im Kopf zusammen mit Schweiß über den Brauen.

Schließlich gibt er es auf und schüttelt den Kopf. Er stellt das Glas zurück in das hölzerne Kistchen und verstaut dieses in der Tasche. Aus der anderen Tasche holt er das silbergrüne Büchlein heraus, das er lange Zeit quer durch ganz Cyador getragen und sogar bis nach Jera mitgenommen hat.

Er öffnet das Buch und blättert darin auf der Suche nach einem Vers, der ihm irgendwie passend für diese Nacht erscheint, passend für eine Reise, deren Ende völlig offen ist. Nach einem Vers, den er auf eine ganz neue Art und Weise lesen könnte, einen, der die melancholische Einsicht des ehrwürdigen Schreibers widerspiegelt. Lorn findet einen kurzen Vers, der ihn tröstet, und er muss lächeln.

Tugenden aus alten Tagen bestehen fort.
Das Licht des Morgens kann nicht währen,
die Blütenblätter der Rosen vergehen bald.
Nicht so ein standhaftes Herz.

»›Nicht so ein standhaftes Herz …‹«, murmelt Lorn. Aber wie schwierig es doch ist, ein standhaftes Herz in einer Welt zu bewahren, in der Chaos regiert und das einzig Standhafte die dunkle Ordnung des Todes zu sein scheint.

Er blättert weiter, bis er ein Gedicht findet, das er schon einmal gelesen haben muss, an das er sich aber nicht mehr erinnert.

Obschon mancher seinen Ängsten im Dunkel der Nacht begegnet,
bringt des Mittags unbarmherzige Sonne den größten Schrecken.
Während andere singen von Gut und Wahrheit
und rühmen das helle Chaos des kommenden Tages
und die Spiegeltürme einer entfernten Erde,
aber ihre Kinder und die Schönheit der Gärten vergessen,
kämpfe ich im chaotischen Licht dieser seltsamen Sonne,
um von den Seelen den endlosen bitteren Fluch des Krieges zu nehmen.
Magier wenden ihre Blicke auf das Glas,
leeres Silber der möglichen Zukunft;
Chaos hält die Spiegellanzen hoch,
als könnte das weiße Feuer Liebe entzünden.
Weiß glühendes Chaos wird am Ende
nur Zerstörung bringen für jene, deren Weg der echte ist.
Wie die Mauern aus Sonnenstein wird die Wahrheit fallen,
denn die Zukunft liegt jenseits aller Mauern
in den grünen Himmeln, weiten Feldern und träumenden Nächten,
wo die Gedanken frei sind zum Höhenflug.

Ich kann nur kämpfen, mit Flamme und Klinge schlagen,
um die bitteren Wahrheiten zu vernichten, welche die Zeit geschaffen,
und kämpfend biete ich meine Seele dem Feuer dar,
in der Hoffnung, mehr zu erzielen als den vergeblichen Wunsch.

Lorn schüttelt den Kopf. Der ehrwürdige Schreiber machte sich nur wenig Illusionen über Cyad, über die Männer und Frauen und über sich selbst; aber wer auch immer er gewesen sein mag, er hat ausgeharrt in der Hoffnung, dass sein Kampf um den Aufbau und die

Stärkung Cyads sich als größer erweisen würde als er selbst. Kann Lorn weniger wollen?

Er klappt das Buch zu und steckt es zurück in seine Tasche.

Bald … bald wird er schlafen.

Die Chronik von Recluce

1. *Magische Insel* Band 06/9050	*Mitte des 15. Jhs.*	Lerris, ein angehender Schreinergeselle, langweilt sich auf Recluce und ist gezwungen, der Hochburg der Ordnung den Rücken zu kehren. In Candar begegnet er dem Grauen Magier Justen und sein Leben nimmt einen dramatischen Lauf.
2. *Türme der Dämmerung* Band 06/9051	*Beginn des 6. Jhs.*	Creslin, der Sohn der Marschallin von Westwind, flieht vor einer arrangierten Ehe mit Megaera, doch er gerät dabei in die Fänge der Weißen Magier. Als es ihm gelingt zu entkommen, fällt er wiederum Megaera in die Hände. Um ihrer beider Leben zu retten, heiraten sie und fliehen nach Recluce. Creslin, der sich zu einem gefürchteten Sturm-Magier entwickelt hat, ist bald gezwungen, seine Kräfte im Kampf ums Überleben einzusetzen.
3. *Magische Maschinen* Band 06/9052	*Beginn des 8. Jhs.*	Dorrin wird wegen seiner Leidenschaft für Maschinen von Recluce vertrieben. In Candar lernt er das Schmiedehandwerk und verwirklicht Erfindungen, die seiner Zeit weit vorauseilen. Doch die Weißen sind dem Ordnungs-Schmied bald auf den Fersen und er wird in ihre Kriege verwickelt. Ihm gelingt die Flucht zurück nach Recluce, aber auch der Schwarzen Insel droht der Untergang.

4. *Krieg der Ordnung* Band 06/9053	*Spielt 200 Jahre vor Band 1*	Die Weißen Magier haben ihre Herrschaftsgebiete auf Candar weiter ausgedehnt. Ohne Verbündete sind ihnen die restlichen Länder schutzlos ausgeliefert. Recluce schickt Justen, einen genialen Ingenieur, zu Hilfe. Doch seine Waffen vermögen vor der Übermacht der Weißen nichts auszurichten. Justen flieht in die Steinhügel und wird von einer Druidin gerettet – eine Begegnung, die letztendlich machtvolle Auswirkungen auf das Gefüge von Chaos und Ordnung hat.
5. *Kampf dem Chaos* Band 06/9054	*Spielt 5 Jahre nach Band 1*	Das überseeische Reich Hamor schickt sich an, Candar und auch Recluce zu unterjochen. Als die feindlichen Truppen sich nähern, entschließt sich Lerris, inzwischen ein mächtiger Magier wider Willen, das Chaos tief aus der Erde zu holen und mit Hilfe der Ordnung zu bündeln, um seine Heimat zu retten.
6. *Sturz der Engel* Band 06/9055	*Im Jahre 1*	In einer Weltraumschlacht gegen die Dämonen stürzt das Raumschiff der Engel in ein anderes Universum. Die eisigen Gipfel der Westhörner werden zur neuen Heimstatt. Unter dem Kommando Rybas entsteht bald eine eigene Kultur, die geprägt ist vom Kampf gegen die unwirtlichen Lebensbedingungen und die Einwohner im Tal, die mit einem großen Truppenaufgebot ihr Land zurückerobern wollen.

7.	*Der Chaos-Pakt* Band 06/9056	*Im Jahre 3*	Nylan und Ayrlyn kehren Ryba und Westwind den Rücken. Sie begeben sich nach Lornth, doch dieses wird von Cyador, dem ersten Reich der Weißen, angegriffen. Nylan offenbart sich das Geheimnis des Großen Waldes und mit Hilfe seiner Kräfte werden er und sein Sohn gerettet.
8.	*Weiße Ordnung* Band 06/9096	*Spielt 10 Jahre vor Band 3*	Der Waisenknabe Cerryl, Sohn eines abtrünnigen Weißen, wird sich mehr und mehr seiner besonderen Fähigkeiten gewahr. Nachdem er Onkel und Tante verloren hat, gelangt er schließlich über die Arbeit in einer Sägemühle als Schreiberlehrling nach Fairhaven, wo die Weiße Gilde bald auf ihn aufmerksam wird – und nach seinem Leben trachtet.
9. 10.	*Die Farben des Chaos* Band 06/9097 und *Der Magier von Fairhaven* Band 06/9098	*Spielen zur gleichen Zeit wie Band 3*	Cerryl ist zum vollwertigen Weißen Magier geweiht worden. Er entwickelt seine außergewöhnlichen magischen Fähigkeiten im Geheimen weiter, denn er traut insbesondere dem Obermagier Jeslek nicht über den Weg. Als Jeslek Erzmagier wird und Cerryls Mentor Myral stirbt, zieht sich das Netz aus Intrigen immer enger um den jungen Magier zusammen. Doch dann droht der Krieg mit Recluce.

11.	*Sturm der Barbaren* Band 06/9099 und	*Spielen ca. 400 Jahre vor Band 6*	Im alten Kaiserreich Cyador herrscht ein strenges Kastensystem. Lorn, dem vielversprechenden Spross eines alten Magiergeschlechts, mangelt es an Ergebenheit und so muss er sich fortan als Spiegellanzenkämpfer verdingen. Doch er kennt das Geheimnis der Chaos-Türme, die zu versagen drohen, und weiß sich gerissen zu wehren – bis er nach Jakaafra versetzt wird, wo ihn der Verwunschene Wald mit seinem machtvollen Ordnungs-Chaos-Geflecht bis zum Äußersten treibt.
12.	*Freiheit für Cyador* Band 06/9100		
13.	*Die Waffenhändler von Hamor* Band 06/9101	*Spielt im Anschluss an Band 12*	Korruption und Intrige schwächen das alte Kaiserreich nachhaltig. Lorn, zum Oberst der Spiegellanzenkämpfer ernannt, deckt einen ungeheuerlichen Betrug auf. Zur »Belohnung« wird er nach Inividra versetzt, einem Außenposten, der vermehrt von Barbaren angegriffen wird. Während Lorn mit dem Rücken zur Wand ums Überleben kämpft, ziehen Feinde aus den eigenen Reihen die Schlinge um seinen Kopf immer enger.
14.	*Der Malachit-Thron* Band 06/9102 *(in Vorbereitung)*	*Spielt im Anschluss an Band 13*	